악에 피는 꽃

악에 피는 꽃 1

초판 1쇄 펴낸 날 | 2018년 4월 30일

지은이 | 로토스
펴낸이 | 서경석

편집책임 | 조윤희   편집 | 이은주, 이예진   디자인 | 신현아
마케팅 | 서기원   경영지원 | 서지혜, 이문영

임프린트 | MUSE
주소 | 경기도 부천시 부일로 483번길 40 서경B/D 3F (우) 14640
전화 | 032-656-4452 팩스 | 032-656-4453
이메일 | roramce@naver.com 블로그 | bolg.naver.com/roramce
홈페이지 | http://www.chungeoram.com
발 행 처 | 도서출판 청어람
출판등록 | 1999년 5월 31일 제387-1999-000006호
어람번호 | 제11-0079호

ⓒ 로토스, 2018

ISBN 979-11-04-91698-4 04810
ISBN 979-11-04-91697-7 (SET)

도서출판 청어람은 언제나 여러분의 소중한 작품 투고와 도서 출간 기획 등 다양한 제안
을 기다리고 있습니다. chungeorambook@daum.net

악에 피는 꽃

I

······

로토스 장편소설

MUSE

목차

1부

1부

1. 뿌려진 씨앗

자살은 남 얘기라 생각했다. 불행했다. 객관적으로 보든 주관적으로 보든 어찌 보든 나는 불행했다. 기억나지 않는 때 아버지가 돌아가셨다. 얼굴조차 알 수 없었다. 네 살, 부모의 손을 잡고 어리광을 부릴 나이에 생활고에 이기지 못한 어머니는 열 밤만 세면 돌아온다는 한마디만 남긴 채 집을 나갔다. 그렇게 열흘만 기다리자 다짐하며 하루하루 손가락을 접었다.

손가락이 다 접히고 한 번 더 접히고, 지나고 지나 십 년이 넘는 시간이 흘렀다. 아무도 돌아오지 않았다. 보호자 없이 맡겨진 고아원에서 성욕에 이기지 못한 사춘기 짐승 새끼들에게 유린당했을 때도 이를 아득 물며 살아남았다.

여자의 몸으로도 내 한 몸 방어해 낼 수 있다는 걸 보여주고 싶어 혼자서 단련을 해본 적도 있었다. 그러나 아무 배움도 없는 열여섯 꼬맹이가 내지르는 주먹은 그들에겐 또 다른 비웃음거리가 될 뿐이었다. 치욕스러웠다.

 지옥 같은 생활 속에 한 줄기 희망은 찾아왔다. 십대의 다 자란 아이를 입양해 가는 경우는 많지 않았다. 천운이었다. 금슬 좋은 부부는 죽은 딸을 잊지 못해 찾아왔다 말했다. 비록 그들의 기준에 어느 정도 맞춰 살아야 했지만 이전에 비하면 행복한 삶이었다.

 집안은 넉넉했고 부모님은 다정했다. 내 사연을 들은 양부모님들은 나 대신 잡배 같은 짐승 새끼들에게 불같이 화를 내주었고 넉넉한 집안은 그 고아원에 심심치 않은 타격을 줄 수 있었다. 나름의 복수였다. 내가 하지 못한 복수였지만, 그 끔찍한 기억이 지워진 것도 아니었지만, 이 정도면 나도 조금은 밝은 삶을 기대하며 살아갈 수 있지 않을까 생각했다.

 그렇게 희망에 젖어 있었다. 알아주는 대학을 다녔고, 친구를 사귀고, 정신 상담을 받고, 과거를 극복하려 애쓰며 남자친구도 사귀었다.

 그 얕은 행복은 전화 한 통에 깨어졌다. 어머니의 다급한 목소리에 집으로 달려갔다. 붉은색 차압 딱지가 집 안 곳곳에 가득 붙어 있었다. TV에서나 봐왔던 장면이었다. 멍해졌다. 보증, 배신, 횡령 등 알아들을 수는 있지만 알아듣기 싫은 단어가 머리에 왕왕 울렸다. 그렇게 넉넉했던 집 안 풍경은 좁아졌다. 행복했던 가정은 사라졌다. 집 안에는 침묵만이 맴돌았다.

 삼 일 후 다시 전화가 울렸다. 아버지가 돌아가셨다는 내용이었다. 스스로, 강에 몸을 던졌다고 했다. 급하게 달려간 장례식장에서 어머니가 내 목을 졸랐다. 악에 받친 듯 날카로운 비명과 그녀가 내뱉는 한마디가 귀에 내리꽂혔다.

"너 때문이야! 저주받은 년, 너만 아니었어도!"

저주받은 년. 명확하게 귀에 들어온 한마디였다. 낯선 사람들이, 목을 조르는 악귀로 변한 어머니를 떼어냈다. 뒤도 돌아보지 않고 도망쳤다. 그렇게 도착한 곳은 친구의 집이었다. 잠시 신세 지겠다는 말에 친구는 흔쾌히 허락해 주었다. 멍하게 보내던 며칠간 극심한 불안함에 시달렸다.

그러던 중 책 한 권이 눈에 들어왔다. 〈저주받은 아이〉. 나도 모르게 그 책에 손이 갔다. 벼락처럼 꽂히던 한마디와 너무나도 맞아떨어지는 책 제목에, 나도 모르게 읽어 내리기 시작했다. 어두웠던 제목과는 달리 보통의 판타지 소설이었다. 로맨스를 살짝 겸비한. 지금의 내 기분과는 어울리지 않는 내용이었다. 하지만 멈출 수가 없었다.

이상하게 주연이 아닌 조연에 신경이 쓰였다. 소르트 제국의 황녀 벤지안스 D. 마블라 소르트, 줄여서 벤지. 황제와 넥토즈의 왕녀 사이에서 태어난 아름답고 사랑스러운, 하지만 버림받을 운명의 황녀. 어미보다는 아비의 피를 진하게 물려받아 이능을 사용할 줄 알았던, 외양은 어미를 그대로 빼닮아 황제에게는 사랑받던 황녀.

하지만 세력 싸움에 밀린 황녀는 반역의 누명을 쓰고 죽음으로 내몰린다. 그 과정에서 황녀의 귀에 들어왔던 한마디.

"저주받은 년."

믿었던 황제에게마저 버림받고 제 성이 불타는 것을 보던 열 살의 황녀는 유모의 품에 안겨 가까스로 도망쳐 나온다. 그 과정에서 영민했던 황녀는 스스로 기억을 가두고 생각하기를 멈춰, 그 저 아름답고 사랑스러운 백치가 된다. 황녀를 돌봐주는 것은 그 녀의 유모뿐이었다. 유모는 황녀를 데리고 그 누구의 시선도 닿지 않는 시골 한구석, 카르디안으로 도망간다.

유모는 기억을 잃은 그녀를 키우며 스스로를 어머니라 칭한다. 하지만 구석진 시골, 사람들의 시선이 닿지 않는 곳은 아름다운 열여섯의 소녀에게는 가혹한 곳이었다. 남자가 많은 농가에서 아 름답고 어린 백치 소녀의 용도는 상상하지 않아도 알 수 있었다.

유모는 제 복수를 위해 백치가 된 황녀를 이용한 것이었다. 쓸 모없어진 백치 황녀를 향해 유모는 소리 질렀다.

"전부 너 때문이야. 저주받은 년."

그래, 이 책을 계속 읽는 이유는 하나였다. 주연도 아닌 소모 성 조연에 이입되는 감정. 남의 얘기가 아니었다. 눈 감고 책을 덮 을 수는 없었다. 책을 읽는 내내 가슴속으로 간절히 바랐다. 부 디 너만은 행복해지길. 그녀가 행복해진다면 나 역시 다시 살아 갈 수 있을 것 같았다. 그 정도의 바람이었다.

하지만 그런 내 소망은 소설의 끝부분에 가서 산산이 부서졌 다. 그녀는 끝까지 '저주받은 년'이었다. 다른 저주받은 주연의 삶 은 마지막에 그렇게나 행복하면서 왜 황녀만은 끝까지 불행한가.

다시 찾아온 불행에서 삼 일간의 발악은 끝이 났다. 사실 그렇 게 끈질기게 잡아오던 삶을 책 한 권에 놓는 것도 우스웠다. 하지 만 그녀의 끝이 이상하게 나의 끝인 것 같았다. 누군가가 등이라 도 떠미는 것처럼 아무 생각 없이 계단을 올랐다. 25층 아래는 생각보다 까마득했다. 그리고 만족스러웠다. 여기라면 죽음에 실패할 일은 없으니까. 그렇게 당연한 듯 난간을 넘었다. 낯선 부유감이 몸을 휘감았다.

✤

눈을 떴다. 눈이 떠질 리가 없는데 눈이 떠졌다. 그 높이에서 떨어지고도 살아남은 건가? 정말로 나는 저주라도 받은 건가? 여러 가지 생각이 머릿속을 떠다닌다. 그 높이에서 떨어졌으면 식물인간 아니면 죽음일 텐데. 죽지도 못하고 죽은 것만도 못하는 삶을 살아가야 하는 것은 아닌지 불안함에 손을 들어본다. 병원도아니고 산소호흡기도 없고 아무 이상 없이 움직이는 몸이 뭔가이상하다.

주변을 한번 둘러봤다. 침대에서는 삐걱대는 소리가 들렸다. 페인트칠도 되어 있지 않은 꺼질 듯한 나무에 깨끗하지만 색이 바랜, 하얗다고 말하기도 힘든 침대보가 씌워져 있다. 차압 딱지에도망쳐 살던 원룸만 한 크기의 방. 하지만 천장은 그보다도 낮았다. 전기는 통하지 않는지 조금만 남은 심지에 붙어 있는 불빛만이 작은 집 안을 밝혀줄 뿐이었다. 작은 나무 책상, 몇 번이나 기워낸 듯한 방석과 의자, 낡은 주방, 조금은 서늘하고 퀴퀴한 공기가 가득한 집. 아무리 양보해도 절대 좋은 집이라고 말할 수 없는집이었다.

아직 상황이 분간되지 않아 몸을 일으켜 두리번거리는데 문이열리고는 낯선 여인이 들어왔다. 갈색 머리에 세월의 고생이 느껴지는 얼굴. 머리에 두건을 쓰고 내 눈에 익숙지 않은 옷을 입고 있다. 그래, 마치 중세 영화에서나 봤던 평민들이 입을 법한 치마와 그에 덧댄 망토. 힘들어 보이던 중년 여성은 나를 보자 인자하게 웃어 보였다.

"마리, 엄마가 맛있는 빵을 얻어왔단다."

"마리……?"

마리, 흔한 이름이다. 그리고 그보다 더욱 흔하게 들은, 아니, 본 이름이다. 어디서? 내가 죽기 직전에 읽었던 책에서.

말도 안 되는 생각이었다. 스스로를 엄마라 지칭한 중년의 여성을 다시 한 번 쳐다보았다. 붉은 기가 살짝 도는 갈색 머리에 녹색 눈. 옅게 자리 잡은 주근깨는 분명 처녀 시절에는 매력적이었을 것이다. 그 외양은 소설에서 묘사하고 있던, 황녀를 데리고 필사적으로 도망치던 유모와 정확히 맞아떨어졌다.

고개를 돌려 창문에 비치는 내 모습을 한 번 살폈다. 은색에 가까운 금발에 바다색을 담은 눈. 시골에 처박혀 그 빛이 퇴색되었지만 분명 잘 가꾸고 다듬으면 빛날, 사랑스럽고 아름다울 외모였다. 이 역시 내가 읽었던 소설 속 황녀의 외양 묘사와 정확히 맞아떨어졌다. 시골 외딴곳에서 남의 눈을 피해 살고 있는 허름한 오두막집. 그렇구나, 그들이 살던 집이구나.

"하하……."

헛웃음이 나온다. 결국 죽지 못했다. 죽지 못했을 뿐만 아니라 내가 죽겠다고 결심하게 만든, 너만은 어째서 행복하지 못했냐고 그렇게 연민하면서도 뼛속까지 공감했던 백치 황녀, 벤지안스 D. 마블라 소르트의 몸에 들어와 있었다.

⚜

소설 〈저주받은 아이〉에서 '저주받은 아이'는 주인공인 공작, 디르케온 세그다드를 칭하는 말이었다. 내가 들어와 버린 황녀, 벤지안스 D. 마블라 소르트 역시 저주받은 아이라 불려 소설의 초반에 마치 주인공인 것처럼 서술되긴 했지만 뒤로 갈수록 의심할 데 없는 조연이었다. 둘 모두에게 붙여진 저주받은 아이라는 별칭. 하지만 둘 중 하나만이 행복해진 결말은 작가의 입장에서는 주인공 디르케온 세그다드의 행복을 조금 더 강조하기 위함이었겠지.

뻔하디 뻔한 전개의 판타지 소설이었다. 사실 굵직굵직한 내용만이 머리에 남아 있었다. 소설이 재밌어서라기보다는 그저 황녀에 감정에 이입해서 읽었기에.

대충 요약하자면 내용은 이러했다. 강대국 소르트는 황제의 통치로 전에 없던 넓은 영토를 다스리며 태평성대를 맞이한다. 황제는 한 명의 정실과 두 명의 후실 사이에서 일곱 명의 자식을 낳는다. 다섯 명의 황자와 두 명의 황녀. 그 일곱 명의 자식 중 황가의 이능을 받은 진정한 황가의 핏줄만이 계승권을 가질 수 있다. 일곱 명의 남매 중 세 명의 자식이 황가의 후계를 이을 수 있는 자격인 이능을 물려받는다. 이능을 지닌 채 태어난 자는 1황자인 데비스와 2황자인 페리클리즈, 그리고 내가 들어와 버린 1황녀 벤지안스였다. 이능을 물려받은 세 명 중, 권력욕에 눈이 먼 1황자는 제 위치를 단단히 하고자 같은 어미의 배에서 나온 2황자를 제거해 버린다.

그리고 그 권력욕은 벤지안스를 피해가지 않았다. 1황자와 황후는 또 다른 경쟁자인 벤지안스를 노리고 그녀를 해할 계획을 짠다. 그리고 그 계획은 결국 성공한다. 황제는 벤지안스가 그의 목숨을 노렸다는 것을 믿게 되고, 결국 벤지안스를 역모 죄로 처벌한다. 벤지안스가 보는 앞에서 황제는 그녀뿐 아니라 그녀가 거하던 성 전체를 불태워 처벌할 것을 명한다.

벤지안스는 억울함에 황제의 다리에 매달리지만 황제는 냉정하게 그녀를 떼어낸다. 결국 형을 집행하는 날이 다가오고, 황제는 성문을 잠그고, 아무도 도망가지 못하도록 기사까지 배치한 채 성에 불을 지르도록 명령한다. 벤지안스가 거하던 성은 화염에 무너지고, 꼼짝없이 죽을 위기에 처했던 그녀는 디온의 도움으로 겨우 빈틈을 찾아내 그 거대한 화재에서 도망친다.

권력욕에 눈이 멀어 친족마저 가리지 않는 1황자의 행태에, 나라를 사랑한 올곧은 공작은 세력을 모아 반란을 일으킨다. 그 과정에서 1황자는 마족과 계약하고 공작은 신관의 도움을 받는다. 공작은 이능의 존재는 알았지만 이능이 정확히 무엇인지는 알지 못했다. 2황녀와 공작은 꾀를 써 이능이 기억을 읽는 것이라는 걸 알아내고, 이를 이용해 최종 악당인 1황자를 처리한다.

공작은 황제가 되고, 2황녀와 결혼해 황가의 핏줄까지 끊이지 않은 채, 그것으로 그들은 뻔한 해피엔딩을 맞이한다.

그 과정에서 벤지안스는 황후와 1황자인 데비스 D. 마블라 소르트가 얼마나 악독하고 잔인한가를 보여주기 위한 용도로 나올 뿐이었다. 초반에 죽었다고 알려진 벤지안스가 살아 있다는 것을 알아챈 1황자는 그녀의 이능마저 마지막에는 마족에게 제물로 바쳐 버린다. 이능이라는 것은 여신의 은총이기에 마족 소환에 제일 적합하다는 것이 이유였다. 그 과정에서 모든 기억이 돌아오고 울부짖는, 1황자가 마족과 계약하도록 중간 다리 역할까지 해주는, 끝까지 저주받은 년, 그것이 지금 내가 들어와 있는 벤지안스의 역할이었다.

조연이지만 그래도 1황자의 잔인함을 생생히 보여주기 위해 서술된 불쌍한 역할이었기에 그녀의 마지막은 조금 비중 있게 다뤄졌다. 마족에게 뜯어 먹히며 벤지안스는 처절하게 소리 지른다.

어머니에게 내뱉던 말.

"저를 낳지 말았어야죠. 하늘에서 보고 계시니 행복하십니까?"

아버지에게 내뱉던 말.

"당신만은 저를 버리지 말았어야죠. 당신은 당신이 사랑했던 모든 것에게서 버림받을 것입니다."

유모에게 남겼던 말.

"너의 죽어버린 아들은 지옥의 불구덩이에서 악귀들에게 내장을 뜯기고 있지. 눈이 파헤쳐지고 혀가 잘려 나가고 손톱이 하나씩 뽑혀 나가고 있어. 내가 그것을 보고 매일 밤마다 네 꿈에 찾아가 하나씩 하나씩 세세히 말해줄 것이야."

1황자와 황후에게 내뱉던 말.

"너희는 절대로 너희가 원했던 것을 얻지 못할 것이다. 너희가 염원했던 것은 너희가 제일 증오했던 존재가 차지할 것이다. 그리고 그 모습을 사지가 잘려 나간 채 억지로 눈에 담게 되겠지."

그녀는 제 몸이 사라질 때까지 저주의 말을 멈추지 않았다. 황녀는 끝까지 저주받은, 그리고 그 저주를 되뇌는 존재로만 남았다. 어느 소설에서나 그렇듯 일종의 예언 작용으로 저 저주는 그대로 그들에게 돌아간다.

하지만 황녀는 저들의 최후를 볼 수 없었음에도 과연 행복했을까? 아니, 절대로 아니지. 백치로 살았던 육 년의 세월이 억울하고도 억울했을 것이다.

죽기 전의 일이 생각났다. 고아원의 짐승 새끼들에게 내 손으로 고통을 주지 못한 것에 대해 얼마나 후회하고, 그래도 죗값을 치렀으니 괜찮다고 얼마나 합리화를 했던가. 더불어 내 목을 조르던 양어머니가 내 죽음 이후 불행하다고 한들 그것을 내 눈으로 보지 못하는데 그것이 시원할 리가 없지 않은가.

나는 받아온 식사 재료를 꺼내 요리하고 있는 유모를 바라보며 의자에 앉아서 발을 위아래로 흔들었다. 눈에 보이는 풍경과 손에 느껴지는 촉감이, 그리고 지금 겪는 감정들이 너무 생생했다. 이것만으로 여기가 현실이라고 확정 짓기엔 아직 미심쩍지만 아무렴 어때. 25층에서 떨어졌으니 운 좋게 살았더라도 움직일 수 없는 식물인간 신세일 테고 지금 이 상황이 환상이건 현실이건 나는 여기서 살아갈 것이다. 그리고 이것이 내가 그토록 공감했던 '저주받은 년'의 몸이라면 그녀의 복수를 내가 해줄 것이다. 황녀 벤지안스, 아니, 나를 이렇게 만든 그 모두에게.

너희가 나를 저주받은 년으로 끝맺을 수 없도록, 그 저주를 너희에게 다시 돌려줄 것이다.

그 다짐을 속으로 되뇌자 갑자기 시야가 어지러워진다. 몸이 무거워지고 눈앞이 캄캄해지며 나는 그렇게 정신을 잃었다.

✛

기절해 있는 동안 꾼 꿈은 꿈이 아니었다. 밀려들어 오는 정보였다. 주연이 아닌 조연이었기에 책을 통해서는 알 수 없던 정보들이 머릿속에 흘러들어 왔다. 영민했던 황녀, 벤지안스로 살았던 시절부터 모든 것을 잃어버린 마리로 숨어 사는 지금까지의 기억이었다.

눈을 떴다. 침대 맡에는 걱정이 가득한 얼굴로 나를 바라보는 유모가 있었다. 역겨웠다. 유모는 1황자의 손에 죽은 제 아들에게 복수하기 위해 인자한 어머니를 연기하는 여자였다. 후에 제 복수가 이뤄지지 않자 합리화를 위해 황녀에게 모든 원흉을 뒤집어 씌워 그녀의 마지막 희망마저 잘라 버린 여자였다. 기절했을 때 흘러들어 온 기억은 확신에 가까운 의심을 심어주었다.

소설에선 '구석진 농가의 몇몇이 벤지안스를 윤간했다' 정도로 짧게 서술되지만 흘러들어 오는 기억에는 그 정도가 보다 심했다. 서너 명이 돌아가며 황녀를 찾아왔고, 백치 황녀는 받아들였다. 그들이 하나같이 말했던 한마디 때문에.

"네 어머니가 원하는 것이란다."

유일한 혈육인 어머니는 마리에게 희망 그 자체였다. 마리에게 어머니의 말은 법이자 진리 그 자체였다. 그들이 들어오는 시간에는 언제나처럼 유모가 자리를 비웠다. 그리고 그 일이 있고 난 후 유모의 양팔에는 식료품과 여러 가지 생필품들이 쥐어져 있었다. 무슨 일이 벌어지는지 유추하기가 쉬웠다. 하지만 확신은 없었다.

"마리, 괜찮니? 갑자기 쓰러져서 깜짝 놀랐잖아!"

유모가 따스하게 손을 잡아왔다. 정말로 걱정된다는 듯한 목소리에 고개를 돌려 유모의 눈을 마주했다. 기절해 있는 동안 꿈이 알려준 또 하나의 정보가 있었다. 황가에 내려오는 이능을 발동하는 조건.

그건 정말 쉬웠다. 그저 눈을 마주치고 생각하기만 하면 됐다. '과거가 궁금해, 가끔 찾아오던 남자들에게 나에 대해 말했던 유모의 과거'라고 생각하자 순식간에 몇 가지 장면이 머릿속에 들어왔다 빠져나간다. 순식간이었지만 무슨 일이 있었는지 알 수는 있었다. 충분히.

집을 나서며 문 앞에 있던 사내에게 내일은 고기를 부탁한다고 말하는 장면. 몇 가지 과일이 필요하다고 말하는 장면, 옷가지가 필요하다고 말하는 장면. 그 대상은 그다음 날 유모가 없을 때 우리 집에 찾아왔던 사내들이었다.

비시시 흘러나오는 웃음을 틀어막았다. 역겨운 년. 그래, 이 시골구석에서 살아가기 위해 어쩔 수 없는 선택이었겠지. 하지만 그 기억 속에서 그녀가 제 몸을 허락했던 기억은 단 한 번도 없었다. 제 안위를 위해 그녀는 벤지안스를 팔아먹은 것이었다. 열 살의 황녀를 데리고 도망친 순간부터 황녀는 유모에게 소모품 그 이상도 이하도 아니었다.

너는 어쩌면 이리도 추악하고 더러운 틈바구니 안에서 살았니, 벤지안스.

지금 잡고 있는 손을 당장에라도 뿌리치고 싶었지만 아직은 때가 아니었다. 아직은 눈앞의 여자에게 백치로 남아 있어야 한다. 힘겹지만 밝게 웃는 표정을 만들어냈다.

"괜찮아, 엄마. 나 근데 배에서 꼬르륵해요."

"그래, 조금만 기다려. 엄마가 맛있는 음식 해줄게!"

내 말에 유모는 손을 놓고 주방으로 향했다. 아직 손에 남아 있는 온기를 거칠게 털어냈다. 그리고 생각했다. 황가를 멸문시키고 황녀를, 그리고 나를 그 지경까지 만든 모두에게 복수할 방법.

아직은 아무런 힘도, 권력도 없다. 우선은 이 시골부터 벗어나야 한다. 그리고 공작을 만나야 한다. 하지만 공작령에서 꽤 떨어진 시골구석에 공작이 올 일은 없었다. 그러던 중 한 가지가 떠올랐다. 소설에 분명 저주받은 아이들이 스쳐 지나갔다고 서술했던 부분이.

"엄마, 오늘이 며칠이야?"

"어머, 날짜는 갑자기 왜?"

"아까 한스랑 만났는데요~ 한스가 오늘 날짜도 모른다면서 놀렸단 말이야! 아무것도 모르는 배······ 백······ 바보라고!"

괜히 울먹이는 흉내도 내어봤다. 내 기억에선 굳이 이렇게까지 바보 같진 않았던 모양이지만 조금 더 과장해서 나쁠 건 없겠지. 아무것에도 관심 없던 내가 갑자기 날짜를 물어보자 유모의 얼굴에 잠시 의심이 스쳤지만 이어지는 내 말에 안심이라도 한 듯 다시 고개를 돌렸다. 유모는 다정함을 섞어 대답했다.

"아니야, 우리 마리는 전혀 멍청하지 않단다. 얼마나 똑똑한데! 글쎄, 오늘? 오늘이 며칠이더라? 8월······ 그래, 8월 22일이란다."

소설 속 주인공인 공작이 내가 살고 있는 이 시골구석은 아니지만 여기서 별로 멀지 않은 시내를 지나가는 장면이 있었다. 권력욕이 없던 디르케온은 이때까지는 반란을 적극적으로 꿈꾸지 않을 때였다. 하지만 1황자의 위험은 어느 정도 감지하고 있었기에 8월 25일에 열리는 축제인 '여신의 축복'을 핑계로 이곳까지 오게 된다. 백금발의 아름다운 소녀를 만났다는 어떤 농부의 한마디 때문이었다.

그는 그의 기억 속 영리하면서도 영악하지 않았던 1황녀, 벤지안스가 황위를 이을 재목이라 생각했다. 선악이 뚜렷했던 소설

속에서 유모가 황녀와 도망치는 것을 눈치챈 것도 그였고, 주변의 시선을 끌어 도망치는 데에 적지 않은 도움을 준 것도 그였다. 원작에서 디르케온은 백금발 소녀를 만나기는 했다. 하지만 그 소녀는 황녀가 아니었고, 그것이 헛소문임을 깨달은 공작은 지체 없이 등을 돌려 공작가로 향한다.

하지만 이번에는 아니다. 공작은 이번엔 진짜 황녀를 만날 것이다. 공작과 만나야 한다고 스스로 다짐한 후, 어떻게 시내로 나갈까 고민하며 하루가 지났다.

유모는 황녀가 사람들에게 드러날까 꽁꽁 감췄다. 시내에 데려가지 않으려 했다. 그에 대한 해결책뿐만 아니라 처리해야 할 일이 몇 개 더 있었다. 유모가 오늘 아침 빵과 생필품을 얻어왔다. 그렇다면 내일, 빠르면 오늘 그 식료품을 준 사내가 올 것이다. 이전까지의 기억만으로도 충분히 끔찍하고 소름 끼쳤다. 그 경험을 황녀의 몸으로 다시 직접 겪을 의향은 없었다.

"엄마."

우유를 마시다가 유모를 불러 눈을 마주쳤다. 유모가 생필품을 얻어왔을 때의 기억이 보고 싶어. 그 생각이 끝남과 동시에 순식간에 어떠한 장면이 밀려 들어왔다 빠져나간다.

카를이라는 남자였다. 나는 옆집 한스에 관련된 시답지 않은 말을 건네며 카를에 관련된 기억을 다시 헤집었다. 소문으로 들은 카를에 관한 기억, 카를이 직접 말한 카를에 관한 기억.

찾았다. 그것 중 제일 쓸모 있는 기억을.

카를은 막내딸을 병으로 잃었다. 온몸에 상처가 생기고 포진이 올라오는 것으로, 수포가 터지면 바이러스가 전염되는, 전염성이 있는 병이었다. 이 정도의 작은 마을에서는 병에 대한 소문이 퍼질 수밖에 없었다. 하지만 전염성이 있는 것치고는 전염율은 그리 높지 않았는데 그 이유는 딱 하나였다.

일단 병에 걸리면 고열로 몸져눕기 때문에 집 밖으로 나갈 일이 없어 바이러스는 집 안에만 있으니, 완치 혹은 사망 후 그 집을 태워 버리면 퍼지지 못한 병은 그 집에만 머무르다 사라지는 것이다. 또 생각보다 흔한 전염병이기에 어느 정도의 돈만 있으면 시내의 의원을 불러와 치료할 수도 있다고 한다.

그래, 이 병으로 딸을 잃었단 말이지. 적절한 생각이 떠올랐다. 이거라면 평생 그들의 성 노리개에서 벗어나진 못하더라도 잠깐의 탈출은 가능할 것이다. 그거면 충분하다. 이제는 시내에 나갈 수 있도록 떡밥을 뿌려야지. 신난 듯 발을 흔들며 유모와 눈을 마주쳤다.

"오늘따라 기분이 좋나 보구나. 평소보다 말을 많이 하네."

"응, 한스랑 재밌게 놀았고, 한스가 맛있는 과일도 나눠줬어. 엄마가 가져온 빵도 맛있고 정말 좋아!"

나를 팔아서 가져온 빵. 우습지. 맛있긴커녕 푸석푸석한 이 빵을 얻기 위해 성인도 되지 않은 소녀를 그들에게 가져다 바쳤으니. 그 말에 유모는 무언가 생각났다는 듯 테이블을 정리했다. 식사는 이미 다 끝낸 상태니 언제 정리해도 상관없지만 그 행동이 뭔가 서두르는 것 같아 유모를 빤히 바라봤다. 그러자 유모가 말했다.

"오늘 카를 아저씨가 와서 마리랑 놀아주기로 했어요. 엄마는 델 아줌마랑 같이 일을 하기로 해서 나가볼게. 재밌게 놀고 있어요?"

올 게 왔구나. 예상보다는 빠른 방문에 잠시 당황하긴 했지만 다행이라면 다행이었다. 적어도 탈출구 정도는 마련해 놓은 상태였으니.

"싫어요……."

평소와 달리 칭얼대 보았다. 말꼬리를 늘이고 힘없이 내뱉는 미미한 반항이었다. 유모의 인성에 대해서는 확신이 있었지만 그래도 한 번쯤 유모의 반응이 보고 싶었다. 그동안 황녀는 단 한 번도 싫다는 표현을 해본 적이 없었다. 유모의 눈이 크게 떠졌다가 다시 제자리를 찾았다.

"다 아저씨가 마리를 예뻐해서 그런 거야. 엄마는 다녀올게?"

'왜?'라는 질문도, 아무것도 없었다. 무슨 말을 하는지 다 안다는 듯 예뻐하는 거라 말한다. 어쩜 그리도 고아원의 원장, 선생들과 같은 말을 해대는지. 사는 세계가 달라도 역겨운 인간들의 사고 회로는 비슷한 모양이다.

유모는 칭얼대며 옷을 잡아끄는 내 손을 떼어놓고는 집 밖으로 나갔다. 그녀가 나가기가 무섭게 자리에서 일어났다. 항상 유모가 나가고 나면 얼마 지나지 않아 사내가 들어오곤 했다.

아까 우유를 먹던 빨대를 뽑아 몸에 꾹꾹 눌러 자국을 만들기 시작했다. 이것이 포진처럼 보이진 않겠지.

어린아이의 몸에 생긴 붉은 반점들. 병으로 딸을 잃은 적이 있는 그를 자극하면, 하루 이틀 정도 그들의 손을 벗어나는 것은 가능할 것이다.

온몸 곳곳에 붉은 자국을 만들고 빨대를 쓰레기통에 버리기가 무섭게 문이 열리는 소리가 들렸다. 나는 온몸을 긁기 시작했다. 고열 후 가려움과 수포 증상이 나타났다고 했다. 나는 격렬하게 몸을 벅벅 긁어대며 인사했다.

"안녕하세요."

"그래, 마리. 오늘은 아저씨가 왔어."

그는 곧장 나에게 다가왔다. 끔찍했던 황녀의 기억이 떠올라 저 구역질 나는 면상을 밀어버리고 싶지만 꾹 눌러 참아야 한다. 나는 아직 백치다.

카를은 내 팔을 잡고 침대에 앉히고는 옷을 벗겨내려 손을 뻗었다. 그 끔찍스럽고 징그러운 손길에도 나는 몸을 긁는 걸 멈추지 않았다. 그가 역겨운 만큼 더욱 격렬하고 혐오스럽게 몸을 긁어댔다. 정말 가려워 미치겠다는 것처럼. 다리를, 그다음에는 팔을, 목 뒤를 계속 긁었다. 하도 긁어댔더니 이제는 온몸이 얼룩덜룩하고 상처가 나지 않는 게 이상한 상태였다.

카를이 오기 전에 손에 살짝 묻혀놓은 꿀 덕에 드러난 팔다리가 진득거렸다. 그 모습에 내게 손을 뻗으려던 발정 난 짐승이 흠칫 뒤로 몸을 뺐다. 이제 '어디가 가렵니?'라든지 '무슨 일 있니?' 따위의 말을 물어보겠지.

그의 반응이 심상치 않았다. 침대에서 황급히 일어나 뒤로 물러나는 그의 동공이 크게 흔들린다. 공포에 질린 것은 아닌데 마치, 무언가를 떠올리는 듯한 모습이었다. 안색은 파랗게 질렸고 식은땀마저 흘리고 있었다. 혹시 딸을 죽음으로 몰고간 병과 같은 증세의 나를 본 것이 그리도 트라우마인가? 나는 아직은 그리 멀어지지 않은 카를의 눈을 마주쳤다. 그가 전염병으로 죽은 딸과 함께했던 순간들이 머릿속에 펼쳐진다.

"미……."

미친놈이라고 나올 뻔한 말을 겨우 막아냈다. 미친놈, 짐승만

도 못한 새끼. 끔찍이 사랑하던 막내딸…… 이 아니었나? 그게
아니었어?

예뻐하긴 했다. 금이야 옥이야 키워낸 아름다운 딸이 이 마을
지주의 아들과 결혼까지 한다니, 예뻐하지 않을 수가 없잖아? 하
지만 그런 딸이 전염병에 걸려 돌아왔다. 치명적이지는 않지만 마
을에 해를 끼칠 수도 있었다. 심지어 나머지 두 아들마저 병에 전
염되기라도 한다면 제 땅을 경작시킬 일꾼이 줄어드는 꼴이었다.

게다가 이미 딸은 제 몸을 수차례 긁어 온몸에 진물이 묻어 있
었다. 그 모습에 카를은 두 아들이 집에 발을 들이기도 전에 이웃
집에서 며칠 묵도록 보냈다. 그러고는 단도를 꺼내 딸을 내리찍었
다. 본능이었겠지. 쓸모없는 위험 인자는 처리해야 한다는 본능.
한 번, 즉사하지 않자 두 번. 그러고는 자상을 없애기 위해 불에
태웠다. 불에 태우지 않으면 모두에게 전염된다는 핑계를 대며.

그래, 아주 넓은 아량으로 이 시골구석에서 약을 구하기가 어
려워 딸이 고통스럽게 죽기 전에 죽였다고 치자. 하지만 제 몸에
묻은 딸의 진물에 무서워진 카를은 집을 불태우자마자 시내의 의
원을 찾아가 약을 구해 집에 돌아왔다. 그 주제에 죄책감에 시달
렸다. 그 죄책감은 꽤나 오래 지속됐다. 이윽고 그는 자신의 행동
을 합리화하기 시작했다. 우리 집은 둘의 약값을 대기엔 너무 가
난하다고. 우리 가족을 전부 살리기 위해서는 어쩔 수 없는 일이
었다고.

그렇다면 네가 사창가에 뿌려댔던 그 돈들은 무엇이지?

문득 좋은 생각이 들었다. 그와 유모, 둘 다 엿 먹일 방법이.

"미안해요, 아……."

나는 칼에 찔리기 직전 카를의 딸이 내뱉은 말을 그에게 되돌

려 줬다.

"살려주세요, 제가 다 잘못했어요. 안 아플게요, 네?"

여전히 온몸을 긁어댔다. 그의 딸도 찔리기 직전 그러했으니까. 카를의 눈에 떠오른 감정은 혼란이었다. 사실 그 끔찍한 관계만 기피한다면 병이 옮을 가능성은 적었다. 하지만 눈앞의 남자는 본능에 눈이 멀어 저지른 일에 극심한 죄책감을 느낀 모양이었다.

"시르아……."

이미 그 눈에 비치는 건 내가 아닌 모양이었다. 아비긴 아비였나 보지. 어쩌면 죽은 딸과 내 나이가 비슷해서 그랬을 수도. 그것이 더욱 역겨웠다. 제 딸과 비슷한 또래의 아이를 그렇게 유린해? 그리고 내가 제 딸과 같은 인간이라는 사실이 그 역겨운 과거를 직면했을 때야 떠올라?

내가 자리에서 일어나 그에게 다가가자 그는 뒤돌아 문을 열고 빠른 걸음으로 집을 나갔다. 이것만으로 족했다. 그는 문을 열고 나서는 순간 다시 정신을 차렸을 것이다. 그리고 그는 이제 나와 제 죽은 딸을 겹쳐 보겠지. 손대기 조금 껄끄러운 존재. 그걸로 족했다. 그는 당분간, 아니, 어쩌면 트라우마가 계속되는 한 나에게 손을 대지는 못할 것이다.

성추행, 성매매를 서슴지 않는 사람들에게도 딸이 없진 않았다. 그리고 그 딸을 금이야 옥이야 예뻐하는 사람들도 꽤 많았다. 그들에게 딸은 가족이고 창녀는 물건일 뿐이었으니까. 하지만 인식이 전환되면 손대기 껄끄러워진다. 마리는 손대기 껄끄러운 존재. 그 정의가 머릿속에 생기면 다시 들어오겠지. 그는 이기적이고 이해타산적인 남자니까.

준 것이 있으니 꼭 받아내야 한다. 유모의 기억을 통해 본 카를은 그런 남자였다. 시간이 조금 지난 후, 끼익 소리를 내며 문이 열렸다. 눈앞의 짐승 새끼가 물었다.

"네 어머니는 어디 계시니?"

웃음이 나오려는 것을 애써 참아냈다. 너무 예상대로 움직여 힘이 빠질 지경이었다. 유모는 내가 사내들을 상대할 때마다 아무도 살지 않는 빈 오두막으로 향했다. 그러고는 그 근처에만 피는 푸른색의 이름 모를 들꽃을 꺾어 돌아오곤 했다. 제 아들이 좋아하던 꽃. 그래, 황녀가 짐승 새끼들을 상대할 때마다 그년은 제 아들을 생각하며 복수를 꿈꾸고 있었다. 올라오는 혐오감에 입술을 깨물었다.

지금은 저녁이다. 밭일이 끝나고 모두 집으로 향했을 테고, 이 마을의 주민들은 밖에서 벌어지는 일에 딱히 관심이 없을 시간이다. 아무도 살지 않는 오두막이라니. 너무 완벽해서 웃음이 나올 지경이었다.

"어, 어딘지는 몰라요……. 근데 아저씨랑 놀고 나면 맨날 파란 꽃을 꺾어왔어요."

나는 겁에 질린 척 대답했다. 남자는 온몸을 긁어대는 나를 흘끗 쳐다보고는 문을 닫고 나갔다. 창문 밖으로, 예상했던 방향으로 걸어가는 그가 보였다.

나는 벽난로를 뒤적여 남아 있는 불씨를 확인했다. 최소한의 복수를 이룸과 동시에 잘하면 별다른 징징거림 없이 시내로 나갈 수도 있을 것이다. 우선 옷장을 열어 몇 개 없는 옷가지 중 꼭 필요한 옷들을 찾아냈다. 유모의 것과 내 것으로 보이는 로브 두 개가 나왔다. 로브를 새로 장만할 시간을 벌 필요도 없다. 혼자 시내로 나갈 생각은 없으니 이것 두 벌이면 충분했다.

나는 적당한 때가 되기를 기다렸다. 일어나 벽난로로 다시 몸을 옮겼다. 장작을 뒤적여 세게 타오르진 않지만 꽤 쌀쌀한 날씨에도 살아남을 불씨를 찾아냈다. 그리고 카를이 향한 방향으로 뒤따랐다.

아무도 살지 않는 곳, 아이들 사이에서는 유령 오두막이라 불리는 집이었다. 오두막은 폐가가 아니었지만 밭에서 멀고 마을 중심에서도 한참이나 떨어져 있어 사람들이 딱히 관심을 갖지 않는 곳이었다. 즉, 카를에게는 제일 제격인 곳이라는 말이지.

이미 노을마저 떨어져 하늘은 어둑어둑해진 상태였다. 멀지 않은 곳에 유령 오두막이 보였다. 나는 다시 한 번 손에 쥔 불씨를 확인했다. 새빨간 불씨는 장작을 태우며 연기를 내뿜고 있었다.

열 걸음도 채 떨어지지 않은 곳에서는 비명 소리와 열에 달뜬 사내의 숨소리가 들려왔다. 열린 창문을 통해 슬쩍 들여다보고 다시 주저앉았다. 욕정에 미친 짐승과 이제는 타깃이 되어버린 늙은 여우가 나체로 뒤섞여 있었다.

웃음이 터져 나오려는 것을 꾹꾹 눌러 삼켰다. 잘 맞춰왔다. 아직 살아 있는 불씨를 오두막 옆의 풀에 옮겨 붙였다. 타닥타닥, 경쾌한 소리를 내며 옮겨가는 불씨를 확인하고 마을로 등을 돌렸다.

조용히 오두막에서 벗어나 빠른 걸음으로 마을로 내달렸다. 늦기 전에 빨리.

"불이야!"

"불이 났어요, 빨리!"

문을 두드리며 밖으로 사람들을 끌어냈다. 빨리! 지금이야! 빨리 저 오두막으로 가야 해! 내 외침에 사람들이 집 밖으로 하나

둘 나섰다. 카를의 다 자란 아들 둘과 아내 역시 집에서 문을 열고 나왔다. 나는 손가락을 들어 유령 오두막을 가리켰다.

"저기! 저기서 연기가 올라오는 걸 봤어요!"

내 말에 사람들은 반신반의한 표정이었다. 백치의 말이니 믿어도 되나 싶은 표정이었지만 다급하게 옷을 끌어당기며 울먹이자 그제야 사람들이 물을 들고 걸음을 옮기기 시작했다.

이제 곧 연기가 올라올 것이다. 집 안에서도 확인이 가능할 정도로.

제발, 제발, 제발, 지금이야. 제발 연기야, 올라와 줘!

그 염원에 답하듯 조금씩 연기가 보이기 시작했다. 가는 길에도 보이는 연기는 분명 집 안에서도 보일 게 분명했다. 작은 마을이니 불이 한 번 번지기 시작하면 그 타격이 엄청날 것이다. 진짜로 서서히 올라오는 연기에 물을 어깨에 인 장정들의 걸음이 빨라졌다.

"뭐야, 진짜잖아!"

"빨리!"

"아직 크게 나진 않은 것 같은데!"

빨라지는 장정들의 걸음에 맞춰 뒤따르는 마을 사람들의 걸음도 빨라졌다. 조금 더 진해진 연기가 눈에 확실히 보였다. 물을 이고 뛰어가는 사람을 따라 나도 달렸다. 제발, 이 타이밍이 어긋나지 않기를 바라며.

이제 오두막집이 보였다. 멀지 않은 거리다. 아니, 꽤나 가까운 거리다.

"다 왔어, 어서 빨…… 어?"

선두로 달려가던 장정의 말이 의문형으로 끝났다. 그가 뜀박질을 잠깐 멈추자 뒤에서 따라오던 행렬도 잠시 제자리에 섰다. 선두의 장정은 곧 다시 앞으로 향했지만 그 얼굴에는 의아함이 한가득이었다.

그렇겠지. 지금 이 거리에 선 내 눈에도 보이는걸. 미처 추스르지 못한 옷을 손에 들고 나오는, 반쯤 벌거벗은 두 남녀가. 매캐한 냄새에 타오르는 연기를 발견하고 부리나케 빠져나온 지 얼마 되지 않아 보였다.

불에 놀라 뛰쳐나온 두 남녀가 수많은 인파를 발견하고는 제자리에 멈춰 섰다. 채 다 입지도 못한 옷은 둘이 어떤 상태인지 충분히 설명하고도 남았다. 잠시 주변을 두리번거리다가 카를이 제 몸을 더듬고는 옷을 입기 시작했다. 상황 파악이 안 되어 얼떨떨하기 그지없는 표정이었다. 그 모습을 멍하니 보던 유모는 몸을 돌려 다른 곳으로 달아났다. 아니, 달아나려 했다.

"이 미친년이!"

날카로운 욕지거리와 함께 한 여인이 달려 나가 유모의 머리채를 낚아챘다. 카를의 부인이었다. 아들 둘이 멍하니 그 모습을 지켜보다 달려 나와 부인을 말렸다. 장정들은 그 모습에 눈을 떼지 못한 채 게걸음으로 불을 제압했다.

"어디서 굴러 들어와서는 어휴, 근본 없는 년들은 무섭다니까."

"당신네 남편 관리도 잘해."

"창녀 같은 년. 저 딸도 백치던데 애미가 저 모양이니 딸도 저 모양이지."

뒤에서 수군대는 동네 여자들.

"아니야, 저년이, 저년이 날 꼬신 거야!"

끝까지 제 잘못은 아니라고 발뺌하는 카를.

불신 가득한 표정으로 제 아비와 유모를 쳐다보는 카를의 아들 둘. 여전히 유모의 머리카락을 쥐고 머리라도 뽑을 양 흔들고 있는 카를의 부인. 그 모습에 제 남편은 아닐 것이라 위로하며 험담하기 바쁜 마을 아낙네들. 그 옆에서 눈을 떼지 못한 채 화재를 진압하고 있는 장정들.

개판이었다.

정말이지, 정말로 개판이었다. 웃음이 다 나올 정도로 개판이었다. 등을 돌려 집으로 뛰었다. 새어 나오는 웃음을 틀어막고 달렸다. 거칠게 문을 열고 집으로 들어와 참았던 웃음을 터뜨렸다.

"아하하하!"

내 웃음이 이 집을 가득 채우고도 남을 정도로 웃어댔다. 정말 웃음만 나왔다. 이런 말도 안 되는 행동 하나에도 당황할 연놈들이 감히 날 갖고 놀려고 했다는 사실이 너무 우습고도 치욕스러웠다.

눈물이 맺힐 정도로 웃었다. 유모, 네년은 이제 이 마을에서 살지 못할 거야. 외부인은, 특히 경작에 하등 도움이 되지 않는 여자 두 명은 보통 마을에서 받아주지 않는다. 선인들이 모여 있는 곳이라면 모를까.

여기는 절대 도움 되지 않는 여자 둘을 받아주는 선한 사람들의 마을이 아니었다. 하지만 남자들이 비어 있는 집을 언급하며 우리를 받아줬다. 처음부터 그 속이 빤히 보였다. 최소한 양심이라도 있는 남자들은 손을 대진 않았지. 하지만 눈을 감아주었다. 우습지.

읽은 기억들에 의하면 사내들이 나를 범한다는 사실을 아는 부인들도 몇 있었다. 하지만 그녀들 역시 눈을 감았다. 사창가에 가진 않았으니. 외간 창녀에게 돈을 가져다 바치느니 출생도 모르는 어린 년 하나로 욕정을 해소하면 끝이라고 생각했겠지.

하지만 저와 비슷한 나이대의 여인과 나누어온 밀회라니. 그건 눈 뜨고 보지 못하는 꼴이었던 거야. 게다가 혼자 발견한 것도 아니라 온 마을 사람들과 함께 남편이 다른 여자와 무슨 짓을 했는지 똑똑히 보았다. 제 남편을 뺏겼다는 분노도 있겠지. 하지만 그보다는 제 남편이 저로 만족하지 못한다는 사실을 마을 사람들에게 들킨 것이 더욱 억울하고 쪽팔렸을 것이다. 그것이 아니라면 남편이 마리를 유린하는 것엔 눈감았을 리가 없으니.

계속해서 웃음이 나왔다. 어쩜 이리도 면면들이 내 예상과 한 치도 벗어나는 것이 없을까? 새어 나오는 웃음을 겨우겨우 멈추고는 눈물을 짜내본다. 이제 머리채가 반쯤 뜯긴 유모를 데리러 가볼까.

우리는 이제 이 마을에 머물지 못할 것이다. 아니, 이 부근의 마을 어디에도 머물지 못할 것이다. 다른 지역으로 넘어가기 위해서는 꼭 시내를 지나야 했다. 옷장 안의 로브를 다시 한 번 확인하고는 점점 가까워지는 소리를 들으며 문을 열었다. 축제는 곧이었다.

우리는 새벽을 틈타 집을 나섰다. 일은 생각대로 진행됐다. 머리채를 잡혀 질질 끌려오던 유모에게 달려가 엉엉 울며 놓아달라 빌었다. 아직은 유모가 필요했다. 급할 때 이렇게 눈물이 잘 나오는 줄은 처음 알았다. 마을 사람들은 유모를 몰아붙였다. 우스웠다. 사실 가해자는 카를인데, 손가락은 유모를 향했다. 외부인의 굴레가 적용된 까닭이었다.

유모는 집에 들어와 말없이 짐을 쌌다. 그녀의 몸 곳곳에 생긴 상처를 보니 조금 찝찝해지기는커녕 기분이 정말 좋아졌다. 콧노래라도 부르고 싶은 심정이었다. 그 기분을 애써 눌러 담으며 짐 싸는 것을 도왔다. 집 안은 침묵으로 가득 찼다. 짐을 싸면서 유모가 온갖 금전부터 돈이 될 만한 물건들을 어디에 넣는지 살펴봤다.

짐을 다 싸고는 옷장을 열어 로브를 꺼냈다. 둘 다 로브를 쓰는 것만큼 수상해 보이는 것도 없었지만 얼굴을 다 드러내 놓고 거리를 활보하는 것보다는 나았다. 그렇게 우리는 짐을 챙겨 들고, 들춰보지 않고서야 누구인지 모를 로브를 눌러쓰고는 시내로 향했다.

시내로 향하는 동안 우리는 아무 말도 하지 않았다. 유모는 가끔 모욕에 대한 억누른 분노를 눈에 담아 나를 쳐다보곤 했다. 제 한 짓은 생각하지 못하고 나한테 풀어대는 꼴이라니. 그럴 때마다 흠칫 움츠러들며 '화났어요?'라고 물었다. 그러면 그녀는 또 언제 그랬냐는 듯 눈꼬리를 내리며 '아니야, 어서 가자'라고 말했다. 가증스럽기 짝이 없었다.

시골구석에서 시내로 나가는 길은 생각보다 짧았다. 엎어지면 코 닿을 정도는 아니었지만 걸어가도 죽지는 않을 거리였다. 어림잡아 두어 시간쯤 걸었을 때 딱 봐도 시내다 싶은 곳이 눈에 들어왔다. 누가 봐도 중심가였다. 유모가 데리고 나온 적은 없으니 평소의 모습은 모르겠지만 축제를 코앞에 둔 중심가는 정말 화려하기 그지없었다.

먼 곳에서도 한눈에 들어오는 거리에 커다란 나무가 보였다. 나무 제일 높은 곳에는 어떻게 올린 건지 작은 날개가 달린 천사상이 있었다. 천사상을 중심으로 사방으로 펼쳐진 오색찬란한 띠에는 금사, 은사가 얽혀 있었다. 누가 봐도 저곳은 축제의 중심인 것을 알 수 있었다.

"엄마, 우리 빨리 가요! 너무 예뻐요! 이런 거 처음 봐요. 빨리!"

유모의 로브를 잡아당기며 너무 기대돼 죽겠다는 듯 방방 뛰었다. 예쁜 것도 사실이었고 축제 기간에 숙소를 잡기 위해 빨리 가야 하는 것도 사실이었다. 하지만 저 기분에 내가 아무것도 모르고 좋다고 방방 뛰면 배알이 꼬이겠지. 의도치 않은 척 속을 박박 긁고 싶었다. 유모는 그렇게 자신을 잡아끄는 내 손을 거칠게 쳐 냈다.

"조용히 좀 못 하겠니? 정신 사나워 죽겠잖아!"

"어, 엄마……?"

언제나 항상 다정한 척 연기하던 유모였는데. 태도가 바뀌었다. 착한 엄마는 집어치우기로 한 건가? 아니면 지금 제 감정을 이겨내지 못하는 건가?

"아, 아니야, 마리. 지금 엄마가 좀 예민해서 그래. 빨리 가자."

후자였다. 어제의 치욕스러웠던 일들에 평정을 유지하기가 힘든 모양이었다. 그 모습을 보면 볼수록 기분이 계속 좋아졌다. 저 축제에서 신나게 헤집고 놀라면 놀 수도 있을 정도였다. 잡기도 싫은 유모의 손을 잡고 시내로 들어섰다.

시내에 처음 발을 딛자 일일장부터 각종 체험 부스까지 딱 축제에서나 볼 법한 것들이 눈에 들어왔다. 아직 새벽에서 갓 넘어간 아침인지라 사람이 많이 몰리진 않았지만 조금 후 꽉 찰 시내를 생각하니 벌써부터 정신이 아득해 온다.

사람들은, 로브를 걸친 수상한 두 여자를 흘끗흘끗 쳐다보기도 했지만 금세 고개를 돌렸다. 이미 여러 사람이 많이 축제에 참가했을 테고 제 정체를 숨기는 사람이 한둘도 아닐 테니.

이 근처에서 어떻게 공작을 우연히 만나지. 다시 복잡해 오는 머리에 조금 걸음이 늦춰졌는지 유모가 손을 거칠게 잡아끌었다.

"얼른 따라와야지. 놓치면 찾기도 힘들어요."

말투는 부드러웠지만 잡아끄는 손은 억세기 그지없었다. 정말 기분이 거지 같아도 엄청 거지 같은 모양이었다. 그렇게 유모 손에 이끌려 찾아간 곳은 시내의 중심가에서 조금 벗어난 허름한 여관이었다.

어찌 보면 유모의 입장에서는 제일 적합한 여관일 것이다. 사람의 눈에 잘 띄지도 않으며 적당히 몸을 뉘일 수도 있고 값이 싸 보이는 곳. 문제는 나한테 있었다. 축제에서 떨어진 장소에 여관을 잡은 걸 보아하니 아무래도 나갈 생각은 없어 보였다. 곤란한데. 내가 나가야 하거든.

축제 기간이라 방값이 비싸다며 주인과 실랑이하는 유모를 뒤로한 채 여관을 휘익 둘러봤다. 허름했지만 로비에 테이블이 몇 개 마련된 걸 보니 식사도 가능한 여관인 모양이었다.

우선 밖에 사람이 몰릴 시간까지 기다려야 한다. 이곳의 축제는 언제부터 피크인지는 모르겠지만 이른 아침부터 부스가 세워지는 걸 보아하니 두어 시간만 버티면 사람이 몰릴 것 같았다. 소설에서도 '공작이 그 많은 인파를 헤치고'였나. 정확히 기억은 나지 않지만 비슷하게 서술됐으니까.

어찌어찌 흥정에 성공한 유모의 뒤를 따라 방으로 들어갔다. 씻으러 들어간 유모를 확인하고는 짐에서 돈주머니를 빼내 로브 안쪽에 감췄다. 유모는 아무런 의심도 없어 보였다. 시간은 생각보다 빨리 지나갔다. 씻고 밥을 먹고 조금 뒹굴거리다 보니 슬슬 여관 밖으로 사람들이 보이기 시작했다. 들어올 때에 비해 확연히 많아진 인구였다. 여기가 이럴 정도면 시내 중심은 훨씬 많을 게 분명했다. 자, 이제 유모의 속을 긁어볼까?

"엄마, 나 있잖아요. 축제에서 놀고 싶어요!"

처음은 제 엄마 속도 모른다는 듯이 밝고 활기차게.

"아까 사람들이 막 축제 축제 하는 거 들었는데 어어어어엄청 재밌어 보였어! 엄마, 우리 나가서 축제 구경해요! 응?"

옷을 잡아끌며 방싯방싯 웃어 보이자 유모의 얼굴에 짜증이 들어차기 시작했다.

"안 돼."

그 짜증을 꾹꾹 눌러 담으며 유모는 두 글자로 함축했다. 좋아, 이대로 좀 더.

"왜요오오. 밖에서 사람들이 맛있는 것도 들고 다니구. 저기 밖에서 웃음소리도 들리구. 응? 엄청 재밌어 보인단 말이야. 나가서 놀자. 응?"

계속 옷을 흔들어대며 말하는 통에 유모의 로브 자락이 팔락팔락 흔들렸다.

"마리, 엄마가 안 된다고 했지! 오늘따라 왜 이렇게 말을 안 듣니? 응?"

유모의 참을성이 점점 바닥나고 있었다. 이제 유모의 신경을 최대한으로 긁기 위한 최후의 한마디를 꺼냈다.

"하지만, 어제 안 좋은 일도 있었구. 어, 엄마도 많이 다쳤구. 빨리 즐거워지고 싶단 말이야아……. 어제 일은 다 잊고 나가 놀아요, 응?"

어제의 기억을 들춰내는 한마디에 유모는 짝 소리가 나게 내 손을 떼어냈다. 정말 감정을 제대로 실은 모양인지 몸이 뒤로 한 껏 밀려났다.

"안 된다고 했지! 닥치지 못해?"

그래, 이렇게 나와야지. 본성이 어디 갈 리가 없었다. 나는 자리에 주저앉아 부들부들 떨며 충격받은 표정으로 유모를 바라봤다. '어떻게 엄마가'라는 표정으로. 그렁그렁한 눈으로 유모를 쳐다보다가 '미워!'라고 빽 소리를 지른 후 방에서 빠져나왔다.

이제 빠르게 뛰어야 한다. 뒤에서 잠깐의 한숨 소리가 들렸다. 지금은 기분이 제일 더러울 테니 조금 있다가 추스르고 따라오겠지. 그러니 유모가 잠시 감정을 억누르며 가만히 있는 지금이 적기였다. 로브는 제대로 쓰고 있는지 확인한 후 문을 열고 여관 밖으로 뛰쳐나갔다. 로브 안주머니의 묵직한 돈주머니가 느껴졌다. 완벽해.

나는 그대로 달려 시내의 중심가로 향했다. 시내의 중심도 아닌데 사람에 계속 치였다. 하지만 여기서 멈출 수는 없었다. 빨리 중심가로 향해야 했다. 공작이 다른 백금발을 발견하기 전에 그를 만나야 한다. 우선 시내 중심가로 들어가 유모에게서 벗어나야 한다.

아마 유모는 내가 여관 어딘가에 있다고 생각하겠지. 마리는 한 번도 유모의 시야를 벗어난 적이 없으니. 황녀는 유모가 없으면 아무것도 못한다 생각했던 백치였다. 그래서 이 일이 더욱 수월했다.

점점 많아지는 인파를 얼핏 보니 로브를 쓴 사람도 몇 보였다. 그래, 저 안에 스며들면 유모가 찾는 데는 시간이 좀 걸릴 거야.

그렇게 생각하며 재빨리 인파 가운데로 숨어들었다. 여기까지 쉬지도 않고 뛰었으니 유모와 어느 정도 거리를 벌려놨을 것이다.

머리를 굴리며 희미한 기억을 계속 되살렸다. 남의 기억은 그렇게도 다 기억나면서 왜 정작 내 기억은 이렇게 흐린 거야. 생각나라, 생각나라. 이 부분은 좀 집중해서 읽었잖아.

〈저주받은 아이〉에서는 주인공인 공작에 초점을 맞춰 이야기가 진행되기 때문에 공작의 행보가 소설에 다 드러나 있었다. 자, 공작이 와서 어디로 갔지? 도착해서 밥을 먹다가 불한당들과 한번 붙었던 것 같은데. 생각났다. 공작답게 제일 유명한 여관에 여독을 풀었다 했었다.

"여기서 제일 유명한 여관이 어디예요?"

지나가던 행인의 팔을 낚아채 물었다. 그는 갑자기 팔을 잡고 물어오는 로브를 뒤집어쓴 소녀에 잠시 의심의 눈초리를 보냈지만 별다른 질문이 아닌지라 바로 가르쳐 주었다. 행인이 알려준 대로 '체리시 여관'으로 향했다. 인파가 점점 많아지고 있었다. 인파를 뚫고 여관이 밀집되어 있는 골목에 도착하니 쉽게 발견할 수 있었다. 딱 봐도 제일 고급져 보이는 여관.

저기다. 그대로 달려 여관 안으로 들어섰다. 주변을 둘러봤다. 지금 있으면 좋겠지만 공작은 없었다. 하지만 보아하니 부러진 의자가 구석에 버려져 있었다. 지나다니는 사람에 비해 식당에 사람이 없다. 종업원이 바닥을 쓸고 있다. 겉보기엔 깔끔해 보이지만 하나만 바라고 온 내 눈에는 무언가 사건이 터진 것이 보였다.

"여기서 싸움이 났었죠?"

여관 주인처럼 보이는 남자에게 다가가 그를 붙잡고는 확신에 차 물어봤다.

"네? 아, 네."

이제 막 문을 열고 들어온 내 질문이 당황스러웠는지 그는 살짝 말을 더듬었다.

"잘생긴 미남자와 우락부락한 사내들의 싸움. 맞죠?"

"어, 네."

"언제 싸웠죠?"

"그, 글쎄요. 십 분 정도 지난 것 같은데요?"

"그 미남자분 지금 여관에 있나요?"

"아, 아니요. 아까 나가셨는데요."

주인은 쉴 틈 없이 쏟아내는 내 질문에 당황하면서도 꼼꼼히 대답해 주었다. '감사합니다!' 소리치며 나가는 내 뒤로 '누구신데요?'라는 질문이 언뜻 들렸지만 무시했다.

젠장, 십 분이면 별로 지나지도 않은 시간이잖아. 빨리 찾아야 했다. 공작이 다른 백금발을 발견하기 전에 빨리 찾아내야 한다. 조금만 더 생각해 보자. 공작이 그 백금발을 발견한 건 많은 인파 속이 아니었다. 어느 골목이었는데?

이 축제 와중에도 인파가 별로 없는 곳. 생각해 보자. 맹렬히 굴리는 머리에 한 가지 답이 떠올랐다. 여기잖아. 축제 때 그나마 인파가 빠져나가는 지역. 숙박이 몰려 있는 이곳밖에 없었다. 책에는 운 좋게도 많은 인파를 만나기 전에 백금발을 마주쳤다고 서술되었다.

잠깐만, 그럼 이제 곧인데. 안 돼. 공작을 찾아 달리기 시작했다. 타는 듯한 적발. 빨간 머리에 잘생긴 남자. 장신의 남자. 고급스러워 보이는 샌님 같은 분위기. 숙박 단지 골목을 쥐 잡듯이 뛰었다. 그렇게 뛰다 뛰다 도착한 곳은 중심가로 나가는 골목의 끝자락이었다. 그 골목의 끝자락에 보이는 한 남자가 내 눈길을 잡아챘다.

붉은 머리. 장신. 늘씬하고 비율 좋은 몸에 누가 봐도 고급스러워 보이는 올블랙의 의상. 때에 맞춰 뒤를 보이던 그가 고개를 돌렸다.

"찾았다."

넋을 잃을 만큼의 미남자. 무뚝뚝하다 못해 차가워 보이는 인상. 공작, 디르케온이었다. 그에게로 발을 옮겼다. 아니, 발을 옮기려 했다. 하필 그때 내 팔을 낚아채는 손이 있었다.

"마리, 여기서 뭐 하니."

유모였다.

지금 이 순간만큼은 유모를 찢어발기고 싶었다. 안 돼. 하필 공작의 뒤로 백금발의 소녀가 보였다. 지금이었구나. 나와 정확히 같은 색은 아니지만 누가 봐도 백금발의 소녀. 심지어 나와 비슷한 나이대.

지척은 아니었지만, 나와 공작의 거리보다는 멀었지만 위험하다. 나는 로브를 쓰고 있고 저 소녀는 아무것도 가리고 있지 않아. 공작은 지금 나를 보고 있다. 절대 그가 고개를 돌리도록 해서는 안 돼!

"꺄아아아아악! 살려주세요!"

내가 낼 수 있는 최대한 큰소리를 질렀다. 지금 생각나는 건 이 방법뿐이었다. 우선 공작의 시선을 잡아야 했다. 그 소녀 쪽으로 돌아가던 시선이 멈췄다. 동시에 공작의 시선이 이쪽으로 향했다.

"살려주세요! 제발, 살려주세요!"

디르케온 세그다드, 당신은 올곧고 바른 사내잖아. 내 간절한 외침이 들리면 제발 이쪽으로. 공작의 발걸음이 떼어졌다. 내 간절한 외침이 들린 모양인지 공작이 이쪽으로 향했다.

"마리, 무슨 소리야! 엄마야!"

유모는 나를 제 쪽으로 잡아당기고 있었다. 하지만 절대 유모에게 끌려갈 수는 없었다. 말 잘 듣던 마리 연기는 이대로 끝내야 한다. 우악스럽게 나를 잡아당기는 그녀의 팔을 최대한 벗어나려 애썼다.

너무 꽉 잡아오고 마구잡이로 나를 꼬집어대는 그 손길이 너무나도 저주스러웠다. 유모가 알던 벤지안스라면 그대로 그 손에 끌려갔을 것이다. 하지만 나는 그녀가 아니었다. 게다가 열여섯 살의 소녀는 생각보다 그렇게 힘이 약한 존재가 아니었다.

나는 유모의 손에 끌려가지 않도록 온몸에 모든 힘을 줬다. 다리에 큰 힘을 주느라 허벅지가 터질 것 같았다. 그 힘을 다해 다시 한 번 소리쳤다.

"살려주세요! 제발 잘못했어요!"

사람이 간절하면 눈물이 절로 나는 모양이었다. 이쪽으로 오는 공작을 확인했다. 그 뒤로 내 비명조차 듣지 못했는지 반대편으로 사라지는 백금발의 소녀도 확인했다. 나는 몸서리치며 유모에게서 벗어나려 애썼다. 공작이 바로 지척에 와 있었다.

"무슨 일입니까?"

"제 딸입니다. 갑자기 사라져서 데리러 왔는데 많이 놀랐나 보네요."

"그런 것치고는 따님께서 정말 두려워하고 있습니다. 혹시 학대나 가정폭력일 가능성도……."

"아니에요!"

공작의 질문에 날카롭게 소리쳐 대답하는 유모의 목소리가 떨리는 것이 느껴졌다. 떨리는 목소리에서 어느 정도의 두려움도 느낄 수 있었다. 두려워? 공작이? 왜? 그에 대한 답은 금방 얻을 수 있었다.

유모는 지금껏 우리를 알아볼 수도 있는 높은 사람들의 눈을 피해 시골 깊은 곳에서 살아왔다. 그래, 가령 눈앞의 공작 같은. 새된 목소리로 소리를 지른 유모는 제가 생각하기에도 의심스러웠던 모양인지 다시 목소리를 낮췄다.

"아, 아니에요. 아이가 백치라서 그럽니다. 이제 보내주세요. 저희는 빨리 집에 가야 해요."

"아니에요! 아침마다 어머니가 저를 마구잡이로 때려요. 저녁에는 아버지가 매일마다 저를 강간하러 방에 들어와요! 제발 이거 놔주세요. 살려주세요!"

나는 유모의 손을 뿌리치듯 팔을 휘저으며 우연인 것처럼 그녀의 로브를 뒤로 잡아당겼다. 그에 로브 안에 숨겨놨던 유모의 얼굴이 나타났다. 당황스러운 표정. 그리고 곧이어 떠오르는 공포에 질린 얼굴. 황궁에 있을 적 제일 호의를 갖고 황녀를 찾아주었던 것은 공작이었다.

지금도 황녀를 찾아 이 변방의 작은 시내까지 달려온 공작이 유모를 못 알아볼까? 그것도 성인이 된 이후의 유모를? 절대 아니지. 유모의 눈과 공작의 눈이 마주쳤다. 잠시 기억이라도 더듬는 듯 인상을 찌푸리던 공작의 눈이 커졌다.

"세니아 백작부인, 당신이 어째서 여기에……"

네년의 본명이 그거였구나. 공작의 한마디에 유모는 바로 등을 돌려 달아났다. 아니, 절대 그렇게는 안 되지. 나는 유모의 팔을 낚아챘다. 내 힘에 유모가 눈을 크게 뜨고 나를 쳐다봤다. 나는 눈까지 가리고 있던 로브를 살짝 올려 유모와 눈을 마주쳤다.

드디어, 이 이능을 쓸 때가 왔다. 이 능력을 어디에 쓸까 그렇게 고민했는데 드디어 적절한 상황을 찾았다. 타인의 기억을 볼 수 있는 이능을 타고난 황족 중 강한 이들은 하나를 더 할 수 있었다. 타인의 기억을 개조하는 것. 하지만 한 사람에 단 한 번만 사용이 가능하기에 뒤로 미루고 미뤘다. 적재적소에 사용하기 위해. 그리고 지금이 바로 그때였다. 나는 유모의 눈을 응시한 채 간절히 바라며 생각했다.

자, 기억해 봐. 눈앞의 공작이 네 아들을 죽였어. 네 아홉 살 난 아들, 휜을 죽였어. 아주 잔인하게. 기억나지 않아? 유모의 눈이 혼란에 빠진다. 하지만 그것도 순간. 다시 눈을 마주쳐 읽어낸 유모의 기억에서 그녀의 아들은 공작의 손에 죽어가고 있었다. 사지가 찢긴 채로. 유모의 눈에 광기가 일렁였다.

유모를 잡고 있던 손을 풀어줬다. 주변을 둘러봤다. 이 소란을 듣고 경비병들마저 이쪽으로 향하고 있었다. 내 손에서 풀려 자유가 된 유모가 공작을 향해 달려들었다. 정말 찰나였다. 사냥개가 달려든다면 저 정도일까 싶을 정도의 사나움이었다. 유모가 공작의 목을 세게 쥐었다.

"죽여 버릴 거야. 죽여 버릴 거야, 디르케온 세그다드! 네 가문을 갈가리 찢고 한 점 살도 남기지 않은 채 짐승의 먹이로 줄 것이야!"

유모는 제정신이 아니었다. 당연하지. 제 딸처럼 생각하던 황녀마저 물건 취급할 만큼 그리도 바라던 아들의 복수인데. 지금 눈앞에 그 대상이 버젓이 있는데. 주변에는 공작의 호위도 없는데.

·이성을 잃지 않고 버틸 수 있을 리가.

멀리서 이쪽을 주시하던 경비원들이 달려왔다. 공작이 유모의 팔을 떼어냈다. 공작의 얼굴에도 당황한 기색이 역력했다.

"부인, 무슨 일인지는 모르겠지만 우선 진정하고……."

"닥쳐! 내 아들의 원수. 위선자. 공작가의 수치!"

분노에 휩싸여 주위가 보이지 않는 모양이었다. 악귀 같은 그녀의 모습에 공작의 미간도 찌푸려지기 시작했다.

"더 이상 하면 귀족 모독죄로 체포됩니다. 무엇보다 당신은 지금……."

반역자의 신세지. 그것도 도망간 반역자. 공작으로서도 지금 상황이 이해가 안 될 것이다. 그가 나를 데리고 궁을 빠져나가는 유모를 도와준 것을 유모가 모를 수도 있었다. 하지만 이렇게 척을 지고 원수 취급할 사이는 아니었다.

"아니, 체포되기 전에 먼저 내가 네 숨통을 끊어놓을 거야!"

유모가 바락바락 악을 썼다. 그 모습에 기쁨의 박수라도 치고 싶었다. 지척의 경비원들마저 다 듣고 있는 상태. 귀족 모독죄라는 것이 있는 모양인데 공작이 제 신분을 밝히자마자 유모는 연행될 것이다. 경비원들이 이 소란 속에 들어와 유모를 떼어내고는 그나마 제정신을 유지하고 있는 공작에게 말을 걸었다.

"치안 경비대입니다. 신분 확인 부탁드립니다."

공작은 여전히 악을 쓰고 있는 유모에게 잠시 시선을 멈췄다가 망가진 옷매무새를 가다듬었다. 품에서 견장을 하나 꺼내 보여주며 대답했다.

"디르케온 세그다드. 세그다드 공작가의 차남이다. 불미스러운 꼴을 보여줘 유감이군."

깔끔한 대답에 경비원들은 허리를 숙여 예를 취했다.

"시, 시, 시, 실례했습니다. 이 변방에 대귀족님이 오시는 경우가 드물어서. 예를 갖추지 못한 것 송구스럽습니다!"

"아니, 괜찮네. 그보다……."

다시 한 번 공작의 시선이 유모에게 향했다. 유모는 여전히 저를 잡고 있는 경비원의 팔을 빼내려 애쓰며 악을 쓰고 있었다. 제정신이 아닌 모습에 공작이 인상을 찌푸리고는 말을 이었다.

"우선, 저 부인부터 처리를 해야 할 것 같은데."

그러고는 내게로 잠시 시선을 돌렸다. 그의 표정을 보아하니 아직 내 정체를 알아채지 못한 모양이었다. 당연했다. 나는 로브를 뒤집어쓴 어떤 소녀일 뿐이었으니. 하지만 또다시 한 번 바라본 그의 얼굴에는 나의 존재 자체에 대한 의심이 담겨 있었다. 나는 다시 한 번 소리쳤다.

"살려주세요! 유모를 벗어나야 해요! 절대 안 돼요!"

그만이 알아들을 수 있는 한마디를 내뱉었다. 내 말에 공작의 눈이 크게 떠졌다. 당신이라면 똑똑하니까 무슨 말인지 알아들었을 거야. 그는 저 부인이 황녀의 유모라는 사실을 알고 있었다. 그렇다면 제 눈앞에서 로브를 뒤집어쓰고 주저앉아 유모에게서 벗어나야 한다고 울부짖는 소녀가 그가 찾던 황녀, 벤지안스라는 것도 알아챘겠지.

공작의 커진 눈이 다시 제 감정을 찾는다. 조금 전보다 훨씬 차분해진 어조로 경비대에게 명령했다.

"저 부인을 우선 연행해 가두게. 그 차후의 처리는 내가 알아서 하겠네. 그리고 오늘 있던 일은 공작가의 수치가 될 수도 있으니 입조심 부탁하네."

책에서 읽었던 대로 그의 언변은 논리적이었다. 누가 듣더라도 별다른 이상함을 느끼지 못할 이유를 대며 그들의 입을 막았다. 경비들은 남작도 백작도 아닌 대공작가의 명령이기에 함부로 어기지 못하리라.

그래, 깔끔해. 내가 원하던 흐름이야. 그 말에 경비원들이 '네!' 하고 대답하고는 시선을 내게로 돌렸다. 나는 어찌하냐는 무언의 질문이었다.

"저 소녀는 내가 보살피겠네. 우선은 그 부인부터 연행 부탁하지."

"예, 여신의 축복이 함께하시길!"

우렁차게 외치며 경비대원들이 우리에게서 멀어졌다. 그들이 사라지는 것을 확인하고는 공작이 나에게 다가왔다. 팔을 잡고 일으키려는 행동에 흠칫 나도 모르게 뒤로 몸을 빼냈다. 정신과 치료로 그나마 나아졌던 혐오 증상이 다시 도지는 모양이었다. 지금까지야 어쩔 수 없이 그들의 손길을 참아냈지만 굳이 필요하지도 않을 때 용납하고 싶지는 않았다. 아니, 내 의지와는 다르게 몸이 먼저 거부반응을 일으켰다.

제 손길을 피하는 내 모습에 공작이 약간의 한숨을 내쉬었다. 제 손길을 피한 것이 다른 이유라 생각하는 모양이었다. 그가 어떻게 생각하든지 상관이 없었다. 나는 몸을 일으켜 로브에 묻어 있는 먼지를 털어냈다.

그리곤 그를 바라봤다. 드디어 만났다. 입가에 미소가 걸렸다. 공작이 나를 빤히 바라보는 시선이 느껴졌다. 아까와는 달리 함부로 손을 내밀지는 않는 모습이 상당히 마음에 들었다.

"정식으로 인사드리겠습니다. 제 이름은 디르케온 세그다드.

세그다드 공작가의 차남입니다. 레이디는 누구십니까?"

내 로브를 여기서 강제로 벗기지 않는 것만으로도 칭찬해 주고 싶었다. 주변에 몰려왔던 구경꾼들은 구경거리가 사라지자 전부 자리를 뜬 상태였다. 우리에게 관심 갖는 사람은 이 거리에 한 명도 남아 있지 않았다. 나는 손을 올려 로브를 살짝만 들었다. 로브에 가려졌던 파란 눈과 백금발이 드러났다. 나와 마주한 공작의 눈이 크게 흔들렸다.

그래, 만나서 정말 반가워. 이 순간을 얼마나 기다려 왔던지.

올곧고 바른, 부러뜨리면 부러지되 절대 흔들리지는 않을 남자. 그것은 그의 사랑에도 똑같이 적용됐다. 그가 반란을 일으킨 큰 이유 중에는 2황녀도 있었다. 황궁에서 2황녀의 목을 옥죄어 오는 상황을 그는 견딜 수가 없었다. 그의 사랑 역시 단단하고 한 곳만 바라보는 것이었다.

그뿐만이 아니었다. 그는 그가 사랑하는 사람에게 지나치게 맹목적이었다. 제가 인정하고 받아들인 사람에게는 제 심장이라도 쥐여줄 그런 남자였다. 나는 이를 이용하기로 했다. 공작의 숲과 같은 초록의 눈을 마주했다. 그의 기억에 닿았다. 그리고 간절히 바랐다.

너, 디르케온 세그다드는 나, 벤지안스 D. 마블라 소르트를 사랑했다. 잊지 못할 정도로 지독히도.

공작의 눈에 잠시의 혼란이 자리 잡는다. 기억이 편집됐다. 그의 눈에서 구명줄을 보았다. 나는 구명줄을 잡았다. 그가 눈을 마주치며 말했다. 청아한 숲에 불꽃이 일었다.

"계속 찾았습니다. 황녀 전하."

그의 대답에 온몸에 힘이 빠졌다. 드디어 아군을 한 명 만들었다. 인간 같지 않은 마을 사람들의 손길을 피하고 유모에게서 드디어 벗어났다. 급격히 밀려오는 피로감에 몸이 휘청거렸지만 참아냈다. 책의 서술에 의존한 채 공작의 뒤를 따랐다. 그는 나를 배신하지는 않을 것이라는 믿음 하나였다.

여관까지 달하는 짧은 시간 동안 우리는 침묵했다. 그가 처음 질문을 하나 던졌지만 대답하지 않았다. 대답할 기분도 아니었지만 대답할 기력조차 없었다. 내가 침묵하자 공작은 입을 다물었다. 그렇게 걸어 좀 전 내가 들렀던 여관에 도착했다. 아까보다 훨씬 정돈되어 보이는 실내였다. 공작은 주인장에게 지체 없이 말했다.

"제일 크고 아늑한 방으로."

주인장은 '방이 없는데'라 대답하며 고개를 들었다가 공작의 얼굴을 확인하고는 '잠시만 기다려 주십쇼' 하고는 부리나케 어딘가로 향했다. 몇 분 지나지 않아 다시 도착한 주인장의 손에는 각종 생필품과 열쇠가 들려 있었다.

"청소를 급하게 하느라 조금 지저분할 수도 있습니다. 이해해 주십쇼, 헤헤. 하오면 원래 있던 방은 빼드릴까요?"

주인은 굽신굽신 머리가 바닥에라도 닿을 듯 말했다. 공작의 신분 때문인지 공작의 실력 때문인지 뭔지는 모르겠지만 어쨌든 내게는 편했다.

"아니, 내가 쓸 게 아니라 옆의 화, 아니, 이 친구가 쓸 거네."

그 말에 고개를 돌려 나를 바라보던 주인의 눈이 크게 떠졌다.

"당신은 아……."

'그래, 아까 우리 봤지. 하지만 조용히 해줘'라는 의미에서 검지를 입술에 갖다 대자 그는 입을 다물었다.

"아닙니다. 흠, 그러면 방은 두 개인가요? 지금 방은 특실이라 가격이 조금 나갑니다요."

"상관없다. 준비해 줘."

"네, 20골드입니다. 더 필요한 건 없으십니까?"

그 질문에 공작이 나를 보며 물었다.

"더 필요한 건 없으십니까?"

"없어요."

아무래도 존댓말은 넣어두라 말해야겠다. 공작이 존댓말을 쓰는 정체 모를 로브를 쓴 여인이라니. 의심 가는 모양새일 것이 분명했다. 공작은 방 앞에 다다르자 열쇠를 쥐어주었다. 우선은 혼자 있고 싶은 마음에 지체 없이 문고리를 돌렸다. 하지만 공작의 목소리가 나를 붙잡았다.

"많이 피곤하신 겁니까? 아니면 저를 믿지 못하시는 겁니까?"

공작은 살짝 흔들리는 눈으로 어렵사리 입을 뗐다. 그 순간 깨달았다. 나 오면서 한 번도 공작이랑 대화를 안 했구나. 우선 다음을 위해서는 공작과 얘기도 해야 하니 대화를 하긴 해야지. 하지만 지금은 아니야. 한 시간이라도 쉬고 싶었다. 머리도 정리하고 몸도 좀 씻은 후에 그와 대화를 나누고 싶었다.

"물론 전적으로 믿지 못하는 것도 있지만 우선은 쉬고 싶네요. 한 시간 정도면 충분해요. 씻고 싶거든요. 조금 있다가 방문을 두드려 주겠어요?"

"예, 그럼 곧 찾아뵙도록 하겠습니다."

무미건조한 내 말에 조금은 아쉬운 듯 공작이 대답했다. 믿지 못한다 말할 때는 그 눈빛에 안타까움이 가득 담겼다 사라졌다. 무뚝뚝함이 한가득인 얼굴에 설핏 보이는 감정이, 내 이능이 제대로 적용됐음을 보여주었다. 다행이었다.

"아, 그리고."

"예?"

나는 손가락을 내 눈과 머리를 가리켰다.

"이거, 해결할 물건도 부탁드려요. 아무래도 그 점이 우리에게 편할 것 같거든요."

이 세계에는 염색약이라는 것이 있었다. 참 쉽게도 알약 하나면 눈과 머리 색을 바꿀 수 있다는 설명이 있었다. 임무 성공을 위한 작가의 설정 추가가 느껴졌지만 막상 내가 이렇게 되고 보니 참으로 편리한 설정이라 생각됐다.

염색약은 평민 기준으로는 상상을 초월하는 가격이었지만 어차피 공작을 아군으로 만든 것, 조금만 더 써먹어도 괜찮지 않을까? 돈도 많은 귀족이니 알아서 해주겠지. 내 말에 공작은 고개를 살짝 숙이고는 '예'라 대답했다. 아, 그리고 한 가지가 더 남았다.

"그리고 존칭은 넣어두세요."

"예?"

"제가 지금 공작한테 존칭을 받는 게 더 이상하잖아요. 무슨 말인 줄 알겠죠?"

"그…… 예, 알겠습, 아니, 알겠다."

공작이 잠시간 자신과 싸우다가 결국은 말을 낮췄다. 내 말을 꼬박꼬박 잘 듣는 그의 모습이 마음에 들었다.

"그럼 이따가 봐요."

나는 그렇게 말해주고는 문고리를 돌려 방으로 들어왔다.

방 하나가 내가 지내던 시골의 오두막집보다 두세 배는 컸다. 안도의 한숨을 길게 내쉬고는 침대에 누웠다. 침대는 특실답게 양옆으로 굴러도 떨어지지 않을 정도의 크기였다. 천장에는 샹들리에가 달려 있었고 칸막이 옆의 테이블에는 벨벳 천이 깔려 고급스러운 느낌을 더했다. 침대에서 꽤 떨어진 곳에 자리한 테이블에는 몇 가지 과일과 과도가 자리 잡고 있었다.

아직은 낮인지라 넓게 뚫린 창으로 햇살이 들어왔다. 창밖에는 행복해 보이는 사람들이 삼삼오오 모여 축제를 즐기고 있었다. 눈이 부셨다. 보기 싫었다. 나는 커튼을 닫아 방을 외부와 차단시켰다. 쓰고 있던 로브를 벗었다. 로브의 안주머니에서 아까 나올 때 슬쩍했던 돈주머니가 짤랑 소리를 냈다.

"이건 필요도 없었잖아."

사실 공작과 마주치면 시선을 끌기 위해 돈주머니로 주변인에게 시비를 걸 예정이었다. 가령 험상궂은 사람과 괜히 부딪쳐 놓고 괜히 '꺄악, 저 사람이 제 돈주머니를 보고!' 하는 류의 시나리오 말이다. 하지만 유모가 그 역할을 대신 해주었다. 그때 당시에는 그리도 찢어버리고 싶었지만 지금 생각해 보니 그건 그것 나름대로 다행이었다.

나는 침대에서 한 바퀴 굴렀다. 허리 밑까지 오는 머리가 몸을 휘감았다. 오두막에서의 좁은 침대는 구를 면적도 없었기에 일어날 수 없는 일이었다. 푸석푸석한 백금발. 나는 내 백금발을 다시 한 번 매만지다가 그대로 일어나 욕실로 향했다.

벽에는 커다란 거울이 붙어 있었다. 시골 오두막에는 거울이 없었다. 거울에 내 모습을 비춰 보았다. 여기에 와서 처음으로 제대로 보는 내 모습이었다. 거울에 비친 나는 중학생쯤으로 앳돼 보였다. 곱슬거리지 않은 긴 백금발은 관리가 되지 않아 푸석푸석했다. 밝은 머리 색이 튀어 보이지 않는 이유는 피부 또한 엄청

하얗기 때문이었다.

하얀 피부에 오밀조밀 자리 잡은 이목구비. 적당히 높은 코에 관리하지 않았는데도 잡티 하나 없는 피부는 타고났다고 봐도 무방할 정도였다. 원작에 의하면 바다를 닮은 깊고 푸른 눈에는 독기가 담겨 있었다. 지금 내 표정은 누가 봐도 날이 서 있었다.

먹은 게 없어 비쩍 마른 몸을 응시했다. 예전이라면 이런 몸이 갖고 싶어 부러웠겠지만 이제는 안쓰럽기만 했다. 그 이유를 낱낱이 알고 있기 때문이리라.

씻고 나와 침대에 누워 눈을 감았다. 피곤했지만 잠은 오지 않았다. 천장을 향해 뻗은 손을 다시 쥐었다 폈다. 정말 여기가 현실인 걸까? 현실이겠지. 이렇게도 생생한데. 그럼 복수를 계속 진행해야겠지.

우선 공작의 나이와 지금 전반적인 정세를 알아야 했다. 황녀가 언급될 때의 정세는 알았지만 세세하게 하나하나 기억하고 있지는 못했다. 최소한 지금의 공작이 제 형을 잃은 상태인지 아닌지 알아야 했다. 그것이 핵심이었다.

그 후에는 황녀의 누명을 벗겨야 한다. 아무리 내가 죽었다고 알려졌다 하더라도 죄를 짓고 죽어 있는 것과 죄가 없이 죽어 있는 것 둘 중에는 후자가 뭘 해도 행동하기 편할 터였다.

황녀는 지금 죽었다고 알려져 있었다. 죄목은 황제 암살. 황후는 그 죄를 1황녀에게 덮어씌웠다. 그에 분노한 황제는 1황녀가 머물던 궁의 퇴로를 전부 차단하고 불태우라 명했다. 그 불구덩이 속에서 1황녀는 달아났다. 하지만 공작을 제외하고 아무도 1황녀가 달아난 사실을 몰랐다. 1황녀로 추정되는 시체가 발견됐기 때문이었다.

그로부터 육 년이 지났고, 소꿉친구 수준의 친우가 아니라면 그 육 년 동안 바뀐 황녀를 알아볼 사람은 드물 것이다. 그리고 참 감사하게도 황녀는 열 살 때까지 사람들의 관심에서 벗어나 살았다. 아니, 정확히 말하자면 관심은 가졌지만 의도적으로 그녀를 피했다. 그녀에게 말을 걸어주던 사람은 유모와 그녀의 시녀 몇 명, 그리고 공작밖에 없었다. 그러니 머리 색이 바뀌고 눈 색이 바뀌면 알아볼 사람은 그리 많지 않을 것이다.

우선은 공작에게 붙어서 어떻게든 내 누명을 벗길 방법을 차근차근 생각해야겠다. 제도로 가 정보를 섭렵해야 하고 묵을 곳도 장만해야 한다. 황녀의 몸에 들어오기 전에는 쓰지도 않았던 머리를 쓰려니 머리가 아파왔다. 어쨌든 지금 해야 할 일은 공작과 함께 제도로 가야 한다는 사실이었다.

침대맡의 시계를 보니 아까 말한 한 시간이 거의 다 되어간다. 곧 공작이 올 것이다. 나는 일어나 창문을 가렸던 커튼을 다시 열었다. 조금은, 하루 정도는 쉬어도 되지 않을까? 너무 힘들었잖아. 하루만 저들처럼 축제를 즐겨도 되지 않을까?

변방의 작은 시내만큼 권력가들의 시선을 피할 수 있는 곳은 없을 것이다. 어쩌면 마지막 여유일 수도 있었다. 푹신한 침대에 깊이 누워 계속하던 생각을 잠시 멈췄다. 그래, 하루만. 나는 곧 들릴 노크 소리를 기다렸다. 마치 언제 울려야 할지를 아는 것처럼 때마침 노크 소리가 들려왔다.

"누구세요?"

"접니다, 디르케온."

또 존댓말이네. 문을 열자 붉은 머리의 미남자가 서 있었다. 아까보다는 조금 여유로워지니 새삼 그의 외모가 눈에 들어왔다.

뒤로 깔끔하게 넘긴 짧고 붉은 머리. 높은 코에 적당히 자리 잡은 깊은 초록 눈. 굳게 닫힌 입매, 날카로운 턱선. 적당히 넓은 어깨에 호리호리한 체형은 책에서 서술했던 모습 그대로였다. '제국 제일의 미남 중 하나'라 서술된 남자를 눈앞에서 보니 감회가 새로웠다.

"잘생겼네."

"예?"

"아니에요, 들어와요."

마음에 있는 한마디를 내뱉었다. 혼잣말이랍시고 내뱉었지만 사실 들어도 상관은 없었다. 그저 그의 성정대로라면 내가 뭐라 하든, 별로 반감을 가지지는 않을 것이라는 믿음 때문이었다. 게다가 살면서 무던히도 많이 듣던 말이니 상관없지 않을까? 그리 생각하며 방으로 들어왔다. 공작이 따라온 줄 알고 뒤를 돌았지만 없었다. 시선을 옮기자 문 앞에 가만히 서 있는 공작이 보였다.

"왜 거기 그렇게 서 있어요?"

"하지만 제가 감히 이곳에 들어가기가……."

"저한테 무슨 짓 할 거예요?"

"아니요, 제가 감히 어찌."

내뱉는 말과 정확히 같은 표정이 얼굴에 떠올랐다. 이게 그렇게 당황할 일인가? 어쨌든 내가 책에서 읽은 공작은 그럴 인물이 아니었다. 나는 고개를 짧게 끄덕이고는 말을 이었다.

"그럼 들어와요. 밖에서 얘기할 순 없잖아요."

내 말에 그는 조금 더 망설이다가 방으로 들어왔다. 저게 저렇게 어려운 일인가? 옛날 궁에 왔을 땐 방에 자주 들어왔던 것 같은데. 그때는 안에 시녀들도 있어서 그랬나? 겨우겨우 공작을 방으로 불러들이는 데 성공했다.

나는 자연스럽게 테이블 앞으로 향했다. 내가 자리에 앉기 전 공작은 빠르게 앞서가 의자를 빼주었다. 흠, 계속 이런 식이면 곤란한데. 앞으로 하지 말라고 해야 하나, 생각하며 자리에 앉아 테이블의 사과와 과도를 들었다. 긴장이 풀리니 배고픈 게 사과 한 쪽이라도 먹으면서 얘기하고 싶었다. 사과를 깎으려는데 갑자기 사과와 과도가 내 손에서 사라졌다. 그것들이 있는 곳은 공작의 손 위였다. 도대체 뭘 하려는지 멀뚱멀뚱 바라보는데 그런 내 귀로 공작의 목소리가 들려왔다.

"이건 제가 깎겠습니다."

비장한 한마디 뒤에 사과를 깎아내는 공작의 손길이 불안불안 했다. 예상대로 사과의 살을 다 깎아내고 있었다. 하긴, 공작의 신분에 과도를 들고 사과를 깎아봤을 리가.

"사과 깎아본 적 있어요?"

"아니요."

"그럼 주세요."

"하지만 이런 일을 감히 황녀님께……."

공작이 이런 사람이었나? 소설에서 그에 대한 주된 묘사는 올곧고 바르고 맹목적이다, 라는 것이었다. 게다가 무뚝뚝하고 냉정해서 농담이 통하지 않아 주변 사람들이 그를 상대하는 데 애먹기도 했다. 제 사람들에겐 부드럽고 잘 웃어 보이기는 했지만 저가 나서서 남의 일을 처리해 주거나 남의 일을 모두 도맡아 하진 않았다. 아, 혹시 철저한 계급의식이 낳은 폐해인 건가. 어쨌든 저 행동은 고쳐야 할 필요가 있었다.

"이봐요, 공작님."

"공작이 아닙니다."

"예?"

"지금 세그다드가의 가주는 제 형님이십니다. 저는 공작이 아닙니다."

아, 공작이 아니었구나. 아직 형이 살아 있을 때인가 보네. 어쩐지 원작에 비해 날 선 듯한 느낌이 없는 것 같았다.

"그럼……."

"디르케온이라 불러주세요."

"그래요, 디르케온. 이대로면 곤란해요. 저는 지금 황녀로 있으면 안 돼요. 알고 있지 않나요? 디르케온은 멍청하지 않으니까요."

"무슨 의미신지……."

"우선 말투요. 아까 존칭은 그만해 달라고 부탁했잖아요. 공작가의 자제분이 말을 높일 사람이 많지 않을 텐데 그 사람이 수상한 로브를 입은 여자라면 그림이 이상해지지 않나요?"

내 말에 잠시 입을 달싹이던 그가 대답했다.

"남들이 있는 곳에선 존칭은 빼겠습니다. 하지만 둘이 있는 자리에서는 허락해 주십시오. 제가 견디기가 힘듭니다."

뭐가 견디기 힘들다는 건지 도통 알 수가 없었다. 지금 상태로는 밖에서도 힘들 것 같지만 이 정도로 말했으면 밖에서는 고치려고 애쓰지 않을까? 아까 그와 대화해 봤을 때 말이 통하지 않는 남자는 아니었으니까. 말투와 더불어 디르케온이 고쳐야 할 것이 또 있었다.

"그 윗사람 대하는 태도부터 버려주세요. 지금 공작, 아니, 디르케온이 저를 대하는 태도로 보면 내가 그쪽보다 지위가 높다는 건 애가 봐도 알 정도거든요. 말이야 밖에서 조심한다고 쳐도 이건 둘이 있을 때도 안 돼요. 내가 불편하거든요. 알아들었죠? 그럼, 사과랑 과도 주세요."

내 말에도 공작은 사과와 과도를 손에 꼭 쥐고 있었다.

"어서요."

"황녀님께서도 말을 낮춰주셨으면 좋겠습니다."

"왜죠?"

"그야 당연히……."

"저는 지금 황녀가 아니에요. 그리고 안에서 새는 바가지 밖에서도 샌다고 아, 이 말은 모르려나. 어쨌든 습관이 되지 않으면 밖에서도 실수할까 봐 그건 못 하겠어요."

그가 무어라 말을 하려는 듯 입을 열었다가 이내 다시 닫았다. 뭐라 반박할 말을 찾지 못한 모양이었다. 하지만 사과와 과도를 가져가려는 내 손짓에도 그대로 쥐고 있다. 아무래도 무언의 시위인 것 같았다. 너 이렇게 고집 있는 캐릭터였니? 한숨이 나왔다.

"하…… 노력해 볼게요. 됐죠? 빨리 주세요. 손 떨어지겠어요."

그제야 그는 순순히 사과와 과도를 돌려주었다. 이게 뭐라고 이렇게까지 실랑이를 해야 하나. 이해가 가지 않는 상황이었다. 사실 말을 놓아도 상관은 없었다. 그저 말을 놓으면 단계 없이 친밀한 느낌이 들어 싫었다. 나중에 편해지면 말을 놔야지. 여전히 남아 있는 한국인의 습성인가 보다 생각하며 사과를 깎아 먹기 좋게 접시에 담았다. 빤히 바라보는 공작의 시선이 느껴졌다.

"많이 변하셨습니다."

무슨 소리를 하려나 빤히 쳐다보니 하는 말이었다. 아까는 일처리도 깔끔하고 똑똑해 보였는데 생각보다 허당이었나? 너무 당연한 말을 건네는 디르케온에게 덤덤하게 대답해 줬다.

"당연하죠. 육 년이 지났는걸요."

"그렇다 해도 많이 변하셨습니다."

남은 사과를 집어 다시 깎기 시작했다. 아, 사과를 깎는 모습에 충격받은 건가?

"어떻게요? 평민처럼요?"

"아니요, 전에 없던 위엄이 생기셨습니다. 마치……."

그러고는 말을 고르는 듯 잠시 멈추었다.

"마치 폐하같이."

"안목이 없으시네요."

한마디로 일축했다. 콩깍지가 껴도 단단히 낀 모양이었다. 이 사과 공방으로 내게 위엄을 봤다고? 문득 디르케온의 능력에 의심이 생겼지만 이내 지워 버렸다. 아까 보여줬던 눈치와 원작에서 서술했던 유능함이 갑자기 사라질 리는 없을 것이라 생각하면서.

"아까 부탁했던 것, 구했나요?"

"예."

그가 대답하며 품에서 조그마한 상자를 하나 꺼냈다. 작은 뚜껑을 여니 알약이 하나 들어 있다.

"그냥 삼키면 되는 건가요?"

"예, 혹시 목에 걸릴 수도 있으니 물이랑 함께 드십시오."

말하며 내게 물을 내밀었다. 나는 그를 빤히 바라보다가 물을 받았다. 이렇게 머리끝부터 발끝까지 챙겨준다는 서술은 책에도 적혀 있지 않았다. 심지어 그의 연인이었던 2황녀에게도 이렇게 충성하며 전부 챙겨주지는 않았던 걸로 기억하는데. 내 시선을 가만히 바라보다가 그가 의아한 표정을 지어 보인다.

"무슨 하실 말씀이라도 있으십니까?"

"아니에요. 고마워요."

나는 말을 줄이고는 알약을 삼켰다. 목으로 약이 넘어가고 얼마 지나지 않아 두피가 살짝 따끔했다.

"염색됐나요?"

"예."

"이상하진 않고요?"

"황녀님은 어느 모습이나 잘 어울리십니다."

아무래도 신뢰가 가지 않는다. 나를 사랑하도록 기억은 바꿨지만 그것이 콩깍지를 가져올 줄은 몰랐다. 확인을 위해 일어나 욕실의 거울로 향했다. 욕실에는 짙은 갈색 머리에 검은색에 가까운 남색 눈을 한 소녀가 서 있었다. 원래의 내 얼굴을 알지 못한다면 아무도 황녀라 인식하지 못할 색이었다. 그 모습이 퍽 마음에 들었다. 시선을 돌려 테이블 위의 접시를 확인했다. 마침 접시에 있던 사과는 전부 사라진 상태였다. 나는 자리에서 일어났다.

"나가죠."

"예?"

"축제, 얼마 안 남았잖아요. 이 축제 즐겨야겠거든요."

억지로라도. 굳이 다음 말을 덧붙이지는 않았다.

이미 점심시간이 지난 거리는 정말 많은 인파로 꽉 차 있었다. 그래, 마치 크리스마스 날의 명동 같았다. 이 축제는 '여신의 축복', 말 그대로 여신의 축복에 감사하면서 그 축복을 기도하는 축제였다. 가게 및 부스들에는 각종 과일뿐만 아니라 먹음직스러워 보이는 음식이 즐비했다.

"저건 뭐죠?"

"키엔입니다."

"말투, 다시 말하지 않게 해줘요. 키엔이 뭐죠?"

"죄송합, 아니, 미안하다. 닭을 작게 잘라 꼬치에 끼워 구워낸 요리다. 양념은 직접 고를 수 있지."

"아, 닭꼬치."

"직관적으로 부르자면 닭꼬치라고 할 수 있지."

"저거, 먹죠."

그 말에 디르케온은 그 인파를 뚫고 나가 닭꼬치 두 개를 사왔다. 잘생긴 그의 외모와 무시할 수 없는 고급진 분위기가 자연스레 길을 만들어주었다. 생각보다 빨리 돌아온 그에게서 닭꼬치를 받아내 한입 입에 물었다.

"입에는 맞나?"

"네, 익숙한 맛이네요."

정확히 한국에서 먹던 닭꼬치의 맛이었다. 특별할 것 없는 맛인데 이상하게 맛있었다. 한입 두입 먹으며 길을 걸었다. 옆에는 디르케온이 필사적으로 나를 따라왔다. 이제는 놓치지 않겠다는 다짐이 내게도 느껴질 정도였다. 축제에 들뜬 거리를 우리는 말없이 걸었다. 행운의 팔찌라고 팔고 있는, 실로 만든 팔찌가 갖고 싶다는 말에 그는 사주었다. 솜사탕도 사주었다.

야바위는 어딜 가나 있었다. 기억을 읽는 이능은 이런 데서도 유용했다. 판 앞에 주저앉아 이능을 몇 번 발휘하자 걸린 돈을 모두 손에 넣을 수 있었다. 연이은 승리에 디르케온이 놀란 눈으로 날 바라봤다. 그의 눈앞에서 돈주머니를 흔들며 말했다.

"이건 제가 딴 돈이니 제가 갖을게요."

"내 돈도 네 돈이다."

이건 또 뭔 소리래. 물론 여태껏 제 돈으로 이것저것 사주긴 했지만 이건 거의 연인 사이의 내 건 네 거야, 수준의 한마디였다. 나는 고개를 들어 그의 눈을 마주쳤다. 그의 눈은 무슨 일이냐는 듯 고요했다. 생각 없이 내뱉은 모양이었다.

"디르케온. 굉장히 낯간지러운 말을 잘하네요."

"그런 말은 처음이다."

"그래야죠."

다른 사람한테 똑같이 했다가는 그들이 닭이 되어 날아갔을 테니. 왜 책에서는 이런 걸 서술하지 않은 거지? 대비 없이 정통으로 맞으니 상당히 얼얼했다.

"원래 그런 성격인 거죠? 내숭이라거나 뭐 잘 보여야겠다거나 그런 건 아니죠?"

"무슨 의미인지 모르겠다."

"흠, 아니에요."

내 구명줄이니 이 정도는 각오해야지 어쩌겠어. 이제 대강 파악했으니 무방비 상태에서 낯간지러운 말을 듣진 않겠지.

그렇게 적당히 축제를 즐기며 길을 걸을 때였다. 멀지 않은 곳에 익숙한 소녀가 보였다. 아니, 정확히 말하자면 익숙한 머리 색의 소녀였다. 소녀의 머리는 백금발이었다.

"어?"

나도 모르게 목소리가 올라갔다. 내 목소리에 디르케온이 나를 돌아봤다가 내 시선을 따라 백금발의 소녀를 발견했다. 소녀는 주위를 둘러보며 누군가를 찾는 것처럼 보였다.

"엄마를 잃어버렸나?"

"그건 아닐 거다."

"어떻게 알죠?"

"넥토즈 왕국의 공주니까."

"넥토즈?"

"기억이 나지 않는 건가?"

디르케온의 얼굴에 미미한 의문의 빛이 서렸다. 왜 그런 얼굴로 이런 질문을 던지는지 알 수가 없었다. 내가 그걸 기억해야 하는 이유라도 있는 건가?

"내가 알아야 하는 건가요?"

그 말에 잠시간의 침묵 후 디르케온이 말을 이었다.

"은에 가까운 금발은 넥토즈 왕가의 혈통만이 가질 수 있는 머리 색이다."

"아."

그 말은 즉 눈앞의 저 소녀가 기억도 나지 않는 왕녀, 즉 나의 친어머니가 살던 나라에서 온 공주라는 말이었다.

나도 모르게 소녀를 좇았다. 사랑받고 자란 소녀. 자연스럽게 생긴 볼의 홍조. 그 말을 듣고 보니 소녀가 입고 있는 옷 역시 평민들의 옷과는 비교도 되지 않아 보였다. 분명 제가 갖고 있는 것 중 제일 수수한 옷을 가져왔을 텐데, 때 묻지 않은 순백의 드레스는 이 변방에서는 누구의 눈에도 평민으로 보이지는 않을 외양이었다.

지금은 괜찮을지 모르겠지만 계속 저렇게 두면 돈을 목적으로 행패를 부리는 패거리들의 목표가 될 것이었다. 돈이 많아 보이는 소녀가 혼자라니. 내가 계속 소녀를 바라보고 있자 공작이 물었다.

"도와주고 싶은가?"

"도와주자고 하면 도와줄 건가요?"

"뜻하는 대로."

"그럼 도와주죠."

사실 남을 도와줄 만큼 마음의 여유는 없었다. 평소였다면 뒤도 돌아보지 않고 그냥 지나쳤겠지만 공주님이라면 말이 달랐다. 그것도 기억도 나지 않는 내 어머니 나라의 공주. 얻을 것은 있으리라, 혹 없다 하더라도 손해 볼 것은 없었다. 나는 그저 축제를 즐기고 있을 뿐이니. 나는 그녀에게 성큼성큼 다가갔다. 디르케온이 뒤에서 나를 따라왔다. 나는 소녀가 놀라지 않도록 조심스럽게 다가가 옆에서 속도를 맞췄다.

"길을 잃었니?"

말을 걸 타이밍을 찾다가 내가 낼 수 있는 최대한 상냥한 목소리로 물었다. 소녀가 나를 빤히 바라봤다가 흠칫 한 걸음 뒤로 물러섰다. 내가 이상한가? 아, 로브를 쓰고 있구나. 염색에도 혹시 몰라 로브까지 덮어쓰고 나온 상태였다. 수상해 보이는 사람이 갑자기 말을 거니 애가 놀랄 만도 하지. 내 뒤를 따라온 디르케온이 내 뒤에 서서 한마디 덧붙였다.

"그 차림새로 여기서 혼자 다니면 위험합니다."

정확히 내가 하고 싶은 말이었다. 그런데 말투가 너무 딱딱하잖아. 왠지 겁먹을 것 같은데.

"이, 일행이 있는데 놓쳤어요. 사람이 너무 많아서 그를 찾을 수가 없어요."

갑작스러울 수도 있는 질문에 소녀는 생각보다 술술 대답했다. 소녀의 시선이 디르케온에게 꽂혀 있었다. 깨달았다. 그렇구나, 잘생기면 되는 거였구나. 왠지 모를 씁쓸함에 턱을 긁적이고는 말을 이었다.

"이렇게 계속 돌아다니면 오히려 일행이 못 찾을 거야. 여긴 미아 방송도 없을 텐데."

"미아 방송이요?"

"모르는 걸 보니 없는 게 맞구나. 우선 앉아서 가만히 있는 게 누가 널 찾기 편할 텐데."

새삼 미아 찾기 방송의 용이점을 깨달았다. 아무래도 이렇게까지 말한 이상 일행을 찾을 때까지는 도와줘야 할 것 같은데. 사람 없는 곳에서 일행이 오기까지 기다리길 권하자 소녀는 수상한 사람 보듯 우리를 쳐다봤다. 하긴, 공주님이니 낯선 사람은 신용이 가지 않을 만도 했다. 내가 신분을 밝히라는 의미로 공작을 빤히 바라보자 공작이 제 소개를 했다.

"수상한 사람이 아닙니다. 소르트 제국 세그다드 공작가의 차남 디르케온 세그다드입니다. 아무래도 쉴 만한 곳에서 일행을 기다리는 편이 낫겠습니다. 마지막으로 어디서 헤어졌는지 기억하십니까?"

견장을 보여주며 하는 말에 소녀는 아, 하고 탄성을 내뱉더니 이내 고개를 끄덕였다.

"아, 실례했습니다. 미엔 리 넥토즈입니다. 넥토즈의 삼녀입니다. 만나서 반가워요. 마지막으로 일행을 봤던 곳이 이 골목의 끝이었는데 정신 차리니 사라졌어요. 맛있어 보이는 게 많아서……."

치마를 살짝 들어 올려 예를 갖추며 제 신분을 밝혔다. 교육받은 공주님이라는 티가 물씬 느껴졌다. 그러고는 눈동자를 또록 굴려 작은 변명을 하는 게 딱 그 나이대의 소녀로 보였다.

"우선 그곳으로 가죠."

부모님을 잃어버렸을 때는 원래 있던 자리에 있어야 한다는 말을 몇 번이나 들었다. 그것을 상기하며 우리는 인파를 뚫고 먹거리 골목의 끝으로 향했다. 수많은 인파였지만 이제는 고급스러워 보이는 사람이 두 명으로 늘어 그 위세가 더해지자 길을 뚫는 것은 수월했다. 우리는 골목 끝의 분수 대리석에 조르륵 앉았다.

우리 사이에는 침묵만 감돌았다. 나도, 공작도 그리 수다스러운 성격이 아니었다. 그 침묵을 견디지 못했는지 미엔이 입을 열었다.

"저어, 언니는 이름이 뭐예요?"

갑작스레 질문이 내게 향했다. 무슨 이름을 말해줘야 할까 잠시 고민하다가 평민의 이름을 말했다.

"마리."

"성은요?"

"평민이야. 아니, 음, 평민이에요. 아까 공주님인 줄 몰라뵙고 말을 낮췄습니다. 죄송합니다."

알긴 알았지만 역시나 한국인의 특성이 적용한 탓이었다. 하지만 굳이 밝힐 필요는 없었다. 내 말에 공작의 시선이 잠시 나를 향했지만 다시 거두어졌다.

"아니, 괜찮아요. 그냥 편하게 말해도 돼요. 딱히 성에서 높은 사람도 아닌걸요. 무엇보다 언니는 이상하게 평민 느낌이 안 들어서요. 아, 미엔이라고 불러주세요."

그 한마디에 이유 모를 쓸쓸함이 스쳤다 사라진다. 삼녀라더니, 과거의 황녀가 생각났다.

"그래. 미엔도 편하게 말해줄래?"

"응! 언니라고 부를게! 언니 맞지?"

"몇 살이니?"

"열네 살!"

"응, 맞아."

미엔은 단답이 불편했을 텐데 이어 조잘조잘 잘도 말했다. 이런 평민들의 축제에 한 번쯤 참가하고 싶었다느니, 궁은 놀아주는 사람이 없어 심심하다느니, 사실 잃어버린 일행이 호위기사와 시녀인데 너무 엄격해서 벗어나고 싶었다느니, 평민 친구가 사귀고 싶었다느니.

그 모습이 소녀의 나이가 가진 사랑스러움과 겹쳤다. 문득 벤지안스가 조금 더 사랑받고 컸으면 이런 모습이었을까 싶은 생각이 들었다.

"그런데 언니는 평민인데 어떻게 디르케온님이랑 같이 다녀?"

이것저것 말하다가 갑자기 주제가 바뀐 질문을 던졌다. 정곡을 찌르는 질문이었다.

"언니가 큰 범죄를 저질러서 연행되는 거야."

"아닌 것 같은데?"

미엔이 디르케온을 흘끗 바라봤다 그래, 그럴 리가 없지. 인파를 뚫고 나오는 내내 디르케온은 호위기사처럼 행동했다. 나를 잡아가는 사람을 막으면 막았지, 나를 연행하는 모습은 절대 아니었다.

"우리는 사랑의 도피 중이란다."

내 대답에 미엔의 눈이 동그랗게 커졌다. 디르케온의 눈도. 둘이 동시에 같은 표정으로 나를 바라보고 있었다. 잠시간의 침묵 속에서 먼저 입을 연 것은 미엔이었다.

"정말?"

"아닙니다."

디르케온이 단호하게 답했다. 내가 할 말을 뺏긴 기분에 그저 말없이 턱을 긁적였다. 그의 대답 이후 잠시간의 침묵이 우리 사이에 맴돌았다. 그 침묵을 견딜 수 없는 모양이었는지 미엔이 다시 입을 열었다.

"그럼 언니는 왜 로브를 쓰고 있어?"

미엔은 대답하기 애매한 질문을 계속해서 던져 대고 있었다. 나는 잠시 적당한 변명거리를 생각했다.

"언니 얼굴이 너무 흉측해서 다른 사람이 보면 깜짝 놀라거든."

"아닙니다."

또 한 번의 즉각적인 부정은 디르케온의 입에서 나왔다. 거의 절박한 수준의 부정이었다. 디르케온의 대답에 미엔의 눈이 반짝거리기 시작했다.

"아니야? 그럼요?"

"아름답습니다."

나는 한숨이 나오려는 것을 집어삼켰다. 그렇게 말하면 로브를 쓴 이유에 대한 핑계가 먹히지가 않을 텐데. 만약 로브 안을 보여 달라 하면 어찌하려나. 하지만 쓸데없는 고민이었다. 미엔의 눈이 일순 반짝였다. 마치 새로운 장난감을 찾기라도 한 듯 흥미로 가득했다.

"디르케온님, 마리 언니 좋아하죠?"

뜬금없는 질문이었다. 갑자기 자리에서 일어나 디르케온의 앞에서 눈을 맞추며 묻는 모습에 그가 음료수를 마시다가 목에 걸렸는지 낮게 콜록거렸다. 그 모습을 바라보는 소녀의 얼굴에는 재밌어 죽겠다는 웃음이 가득했다. 디르케온은 침묵했다. 무언의 긍정이라는 표현을 그가 알긴 하는 걸까? 대답 없는 그를 뒤로하고 미엔이 몸을 나에게로 향했다.

"언니는요?"

이미 그가 내게 마음이 있다는 것을 확신한 태도였다. 문득 생각했다. 아이들의 촉이 좋다는 것이 사실이었구나. 고작 열네 살의 분탕질 아닌 분탕질에 어찌 대답해야 하나 고민하고 있던 찰나였다. 낯선 목소리가 우리 사이로 끼어들었다. 나는 속으로 안도의 한숨을 내쉬었다.

"찾았다! 아가씨, 여기서 뭐 하고 계시는 거예요!"

"에이, 재밌었는데."

"다친 데는 없어요? 꼭 붙잡고 따라다니라고 했잖아요. 평민의 축제를 보고 싶다 하셔서 겨우 허락을 받아냈는데, 또 사고 치시면 제가 위험해진다구요!"

그 사이에 끼어든 것은 미엔만큼은 아니었지만 역시나 고급스러운 느낌이 물씬 풍기는 한 부인이었다. 아마 미엔이 말한 시녀인 것 같았다. 그녀는 미엔의 어깨를 붙잡고는 끝나지 않을 잔소리를 시작했다. 삐죽이며 '알았어, 알았다고'라며 대충대충 대답하는 소녀의 모습이 그녀의 성격을 대변해 주었다.

그들의 뒤로 말하지 않아도 누군지 알 것 같은 남성이 뛰어왔다. 호위기사겠지. 드디어 잔소리가 끝난 모양인지 미엔이 부인의 손을 잡고는 아쉬움이 가득 담긴 얼굴로 우리를 마주 보았다. 말은 없었다. 뒤늦게 도착한 호위기사가 둘의 옆에 선 채 입을 열었다.

"아가씨를 돌봐주셔서 감사합니다. 덕분에 아가씨를 찾을 수 있었습니다. 보답할 수 있는 만큼 해드리겠습니다."

"딱히 보답을 바라고 한 일은……."

"보답을 바라고 한 일입니다."

이 기회를 놓칠 수는 없었다. 정말 교과서에 나올 법한 모범적인 디르케온의 대답을 중간에서 가로챘다. 그들의 시선이 나에게 향했다.

"무슨 보답을 원하십니까? 금전적인 보상이라면 후하게 해드리겠습니다."

"아니요, 공주님을 도운 이유는 그런 하찮은 보상 때문이 아닙니다."

'공주님'이라는 말에 그들의 눈빛이 살짝 흔들렸다. 처음에 아가씨라 칭한 것을 보아하니 소녀가 공주인 것을 크게 들키고 싶어 하진 않는 모양이었다. 부인이 소녀를 책망하는 듯한 눈빛으로 한 번 쳐다봐 준다. 공주임을 안 것이 그녀의 탓이라 생각하는 모양이었다. 아닌 말은 아니기에 묵인했다.

미엔은 그 시선을 애써 피해냈다. 디르케온의 눈이 나를 향하는 것이 느껴졌다. 선의에 의한 도움이라고만 생각한 모양이었다. 물론 선의가 없던 것은 아니었지만 굴러 들어오는 이익을 뻥 차버릴 만큼의 선인은 아니었다. 이런 기회를 놓칠 수는 없었다. 타국 왕가와의 연이었다. 어떤 모양새든 연이 이어지면 좋을 게 분명했다. '공주님과의 지속적인 연'을 제시하려는 나보다 호위기사의 대답이 훨씬 빨리 치고 들어왔다.

"무슨 말씀을 하시는지 알았습니다. 하면, 이것을 드리겠습니다. 후에 마주칠 일이 있다면 좋겠지요. 혹 필요하시다면 이것을 보여주시면 됩니다. 공주님이라 하시는 걸 보아하니 누구에게 보여야 하는지도 알고 계실 것이라 생각합니다."

그는 의뭉스러운 웃음을 지으며 말을 마무리했다. 나는 그 물건을 받아 이리저리 살폈다. 인장이 새겨진 금속이었다. 나는 말 없이 받아 품에 넣었다. 내 모습을 바라보며 호위기사가 미소 지었다.

"저희는 이만 가봐야 할 것 같습니다. 곧 본국으로 돌아가야 하니까요."

"만나서 반가웠습니다."

"만나서 반가웠어요."

형식적인 인사가 우리 사이에 오갔다. 미엔만이 아쉬움이 가득한 얼굴로 우리에게 손을 흔들었다. '또 봤으면 좋겠어요'라는 미엔의 그 말을 마지막으로 셋은 인파 속으로 사라졌다. 나는 그들이 시야에서 사라질 때까지 손을 흔들어주었다.

그들이 사라졌음에도 머릿속을 맴도는 한 가지가 있었다.

"아무래도 그냥 호위기사는 아닌 모양인데."

그의 행동으로 보건대 단순히 공주의 호위기사일 리는 없었다. 그가 고작 호위기사의 신분으로 나라의 인장을 내 손에 쥐여줄 리가 없었다. 대귀족 아니면 그 이상, 무엇이든 간에 한 나라에서 영향력 있는 목소리를 낼 수 있는 사람일 것이었다. 내 혼잣말과도 같은 한마디를 디르케온이 받았다.

"맞습, 맞다."

"아는 사이예요?"

"가끔 넥토즈의 사신으로 왔을 때 본 적이 있지."

"그런데 왜 아는 척 안 했어요?"

"국가 간의 불문율이다."

공주가 호위기사라고만 칭한 것을 보아하니 공식 석상이 아닌 곳에서 그는 그저 '호위기사'인 모양이었다. 여러모로 운이 좋았다. 정말 호위기사라면 별다른 보상 없이 넘어갔을 일이었다. 이 정도의 보답은 그만한 지위가 뒷받침될 때나 얻을 수 있는 것이었다. 나는 품 안의 금속을 만지작거렸다.

그런 내 모습을 디르케온이 빤히 바라봤다. 어떤 생각을 하고 있는지는 알 수가 없었다. 무언가 골똘히 생각하던 그가 어렵사리 입을 열었다.

"역시나 많이 변했다."

"다시 한 번 말할게요. 역시나 안목이 없군요."

위엄 어쩌고를 또다시 말하게 하고 싶진 않았다. 콩깍지가 가져다주는 위엄은 한 번으로 족했으니까. 그가 더 할 말이라도 있는 듯 입을 열었지만 나는 듣지 않고 걸음을 옮겼다. 콩깍지에서 생성된 말을 필터 없이 족족 들어주면 습관이 된다. 붙박이처럼 서있는 그에게 따라오라는 듯 손을 한 번 흔들어주자 걸음을 옮기는 그가 보였다. 잠시 한숨을 쉰 듯 보였지만 신경 쓰지 않기로 했다.

서서히 해가 지기 시작했고, 축제는 절정으로 치닫고 있었다. 가판대의 상인들은 장사의 끝물을 알리는 듯 손님 몰이를 위해 소리를 지르고 있었다. 묶음 단위로 할인하는 각종 음식들은 불티나게 팔렸다. 인기 있는 가판대에는 축제를 즐기는 사람들이 긴 줄을 만들었다. 눈에 들어오는 그 모습이 내가 살던 곳과 다르지 않아 잠시 기분이 이상해졌다.

익숙한 광경에 익숙지 않은 옷을 입고 익숙지 않은 사람과 익숙지 않은 기억을 가진 내가 걷고 있었다. 즐기고 싶어서 축제에 뛰어들었으면서도 나는 여전히 나중을 생각하고 있었다. 나는 시야를 차단하기 위해 로브를 깊게 눌러썼다. 그러면 쓸데없는 잡생각이 사라지기라도 할 것처럼. 하지만 바뀌는 것은 없었다. 묵묵히 내 옆을 따르던 그가 문득 질문했다.

"축제를 즐기고 있는가?"

귀신같은 타이밍이었다. 생각할 겨를도 없이 내 입에서는 거짓말이 튀어나왔다.

"네. 즐겁네요."

"거짓말."

"전부터 생각한 건데 눈치가 꽤 빨라요."

"그 말 역시 처음 듣는군. 게다가 눈치가 빠르지 않아도 누구나 알 수 있을 거다."

"왜죠?

"한 번도 웃은 적이 없거든."

예상치 못한 대답에 입가를 매만졌다. 나름 즐기고 있다고 생각했다. 걱정이 아예 사라진 것은 아니었지만 마을을 돌아다니며 갖고 싶은 것도 사고, 먹고 싶은 것도 먹으며 즐겼다고 생각했다. 즐겁다고 확언하긴 힘들었지만 나름 즐겼다고 생각했는데? 나는 입꼬리를 올려 웃음을 만들어 보였다.

"즐거워요."

"억지로 웃지 않아도 된다. 그 편이 더 견디기 힘들거든."

아까부터 자꾸 견디기 힘들다고 말하는데 도대체 무얼 견디기 힘들다는 얘기일까? 괜한 짓을 했다는 생각에 머쓱해져 턱을 긁적이자 그가 또다시 물어왔다.

"무엇이 그대를 즐겁게 해줄 수 있을까?"

"글쎄요, 이 축제에서는 뭘 하는 것이 제일 즐거울까요?"

"춤을 추겠는가?"

그는 잠시 생각하다 되물었다. 때에 맞춰 광장에서는 악단이 흥겨운 음악을 연주하고 있었다. 무도회장에서나 보던 우아한 음악에 날개 같은 춤은 아니었지만 즐거운 가락이었다. 사람들은 그 리듬에 맞춰 짝을 지어 즐겁게 몸을 움직이고 있었다.

디르케온이 손을 내밀었다. 그 위에 손을 얹고 싶었다. 손을 들어 그의 손 위에 겹치고 싶었다. 하지만 그의 손 지척에 달한 내 손이 내려갈 생각이 없어 보였다. 몇 번이나 손을 쥐었다 폈다 결국에는 다시 내렸다.

서러웠다. 그리도 벗어나고자 했던 혐오증이 다시 기어오르고 있었다. 나아졌던 남자에 대한 혐오감이 몸을 휘감았다. 타인의 손길을 또다시 받아들이기가 힘들어졌다. 아니, 더욱 심해졌다. 입술을 짓씹었다.

디르케온은 아무런 질문도 하지 않았다. 알 수 없는 눈빛으로 빤히 바라보던 그가 말없이 손을 내렸다. 상처받은 눈은 아니었다. 나는 아무런 변명도 하지 않았다. 그가 다시 입을 열었다.

"아까 눈여겨봤던 곳이 있는데."

"가요."

묵묵히 앞장서는 디르케온의 뒤를 따랐다. 얼마 걷지 않아 도착한 곳은 시내에 들어올 때 멀리서 보았던 커다란 나무 아래였다. 지척에서 본 나무는 웅장하기 그지없었다. 장정 셋이서 감싸야 겨우 감싸질 만한 크기를 뽐내고 있었다. 겉으로 나온 잔가지에는 아까 봤던 오색찬란한 띠가 엮여 있었고 은사, 금사에는 아까 보지 못했던 각종 종이가 매달려 있었다.

"이게 뭐죠?"

"축복의 나무다. 여신의 축복이 담겨 있는 나무지. 저 종이들은 마을 사람들의 소망을 담은 종이고. 사람들이 종이에 소망을 적어 저렇게 매달아놓으면 다른 사람들이 와서 하나씩 떼어 읽어낸다. 그러고는 저 화로에 넣어 태운다. 그러고 나면 그들의 소망이 축복에 닿아 이루어진다고 믿거든."

"아름답네요."

"그 모습만으로도 유명하지. 이 축복의 나무는 제도 사람들도 알 정도로 명물이거든."

커다란 나무는 그 모습 자체로도 아름다웠다. 자연만이 만들어낸 고동색의 목체에 빨갛게 물든 잎으로도 충분히 아름다운데 거기에 의도된 듯 종이에 붙은 작은 마법구들이 빛을 내고 있었다. 그 모습이 나무에 스며들어 정말로 여신의 축복이라도 깃들었다는 착각마저 불러일으켰다. 소원이 담긴 종이를 태우는 불길마저 아름다웠다. 타국의 공주가 굳이 이 변방의 축제를 즐기려 한 이유를 알 것 같았다.

이 변방의 사람들은 귀족의 굴레에서 조금 벗어나 있었다. 그들의 영주가 그렇게 자주 시찰을 나오는 사람도 아니었고 제도에서 한참 벗어나 있었기에 대귀족을 볼 수 있는 기회도 거의 없었다. 그들에게 디르케온은 그저 조금 조심해야 하는 돈 많은 상인의 자제 정도로 생각될 것이었다. 왜 유모가 이곳을 고른지도 알 것 같았다.

"이곳에 종이를 매달면 소망이 이루어지나요?"

"그렇게들 생각하지. 쓸 것을 구해줄까?"

고개를 끄덕이려다가 멈췄다. 소망? 내가 적을 소망이 무엇이 있을까? 유모가 끔찍한 죽음을 맞이했으면 좋겠다. 나를 이렇게 만든 모든 사람들이 고통 속에 사라졌으면 좋겠다. 내 복수가 무사히 그들을 파멸시켰으면 좋겠다. 모두 좋게 말해도 저주에 가까운 것들이었다. 내가 가진 지독한 염원이 그들의 소망 속에 엮이는 것이 이상하게 거부감이 들었다. 나는 고개를 가로저었다.

"아니요. 나는 그들의 소망이 이루어지길 빌어줄래요."

나는 손을 뻗어 매달려 있는 종이를 하나 뜯어냈다. 그들의 소망이 궁금했다. 누군가는 나와 같은 꿈을 꾸지 않을까도 생각했다.

—모리안과 영원히 사랑하고 싶습니다.

"상투적인 사랑 희망이네요."

—가족이 모두 건강하고 행복하길.

"이쪽도 상투적인 희망이군."

—벨이 나를 사랑했으면 좋겠다.
—부모님이 하늘나라에서 행복했으면 좋겠습니다. 그리고 어제 태어난 제 아들이 건강하게 자라는 것도요. 우리 가족이 모두 행복했으면 좋겠습니다.

"상당히 구체적이네요."

그 뒤로도 소원들은 전부 소소했다. 우리는 간단한 평을 하며 종이를 읽어 내리고는 화로에 태웠다. 그들은 서로의 기쁨을 기원했고 각자의 행복을 소망했다. 나는 다시 한 번 소원을 달지 않아

다행이라 생각했다.

"다 비슷하네요. 마지막으로 하나만 읽고 들어가죠."

아무 생각 없이 은사에 달려 있는 종이를 떼어냈다. 그 안에 적혀 있는 내용을 눈으로 읽다가 나도 모르게 멈칫했다. 잠시간 종이를 손에 들고 멈춰 있었다. 선뜻 입을 뗄 수가 없었다. 떨어지지 않는 입을 겨우 떼어 종이에 적힌 글귀를 천천히 읽어 내렸다.

"마리, 나는 네가 억지로 웃지 않았으면 좋겠어. 후회하지 않았으면 좋겠어. 즐거웠으면 좋겠어. 네가 원하는 모든 것이 이루어졌으면 좋겠어. 언제나 네가 행복했으면 좋겠어. 그리고 네 곁에 언제나 너를 사랑하는 친구들이 있다는 것을 기억해 줬으면 좋겠어. H.R."

마리, 분명 흔한 이름이었다. 귀족들처럼 이름을 공들여 짓지 않는 평민들 사이에 너무나 많은 이름이었다. 저 말은 나에게 하는 말이 아니다. 그래, 아니야. 하지만 H.R이라 꼭꼭 눌러 적힌 이니셜이 너무 내 친구와 같아서, 그래서 자꾸 하염없이 종이를 쳐다봤다.

혜림이. 내 사정을 모두 듣고도 말없이 안아주었던 친구. 정신과 치료를 먼저 권해주었던 친구. 내 일에 나보다 먼저 화를 내주었던 친구. 정처 없이 거닐다 네 집에 묵어도 되느냐 연락 없이 왔음에도 선뜻 자리를 내어주었던 친구. 네가 행복하길 바란다며 언제나 다독여 주던 친구.

이제야 한국에 두고 온 사람이 생각났다. 아니, 알고 있었음에도 마음속에서 내보내고 있었다. 알고 있었음에도 사실 외면했다. 나는 복수를 해야 한다고 계속 되뇌며 스스로 선택한 죽음을 후회하지 않겠다고 그렇게 다짐했다. 한국에 두고 온 인연을 생각하면 내 선택을 후회할 것 같아서, 그래서 계속 꾹꾹 싸고 담아 마음 한켠에 넣어두고 있었다. 너 때문에, 아니, 너뿐만 아니라 내 주변에서 같이 웃고 울어주던 너희 때문에 내가 마음이 약해지고 후회할까 봐.

그런 내 마음을 알기라도 한 듯 글귀가 적혀 있었다. '후회하지 않았으면 좋겠어' 손에서 놓을 수가 없었다. 나에게 하는 말이 아닌데. 정말 분명한데. 그런데도 두 번이고 세 번이고 읽어 내렸다. '네가 행복했으면 좋겠어' 내가 원하는 것이 무엇인지 알아도 너는 그런 말을 할 수 있을까? 하지만 그래도 너는 그렇게 말해줄 것 같았다.

감정이 북받쳤다. 손에 들고 있던 종이가 젖어들었다. 이러면 잘 타지 않을 텐데. 태워야 하는데. 그래야 이루어지는데. 꾹꾹 숨겨뒀던 감정이 올라오고 있었다. 어깨가 떨려왔다.

어깨에 무언가 걸쳐졌다. 검은색의, 그와 만났을 때부터 그가 입고 있던 재킷이었다. 그 재킷이 너무 무거워서 나는 주저앉았다. 토하듯 감정이 흘러나왔다. 막지 못한 눈물이 자꾸만 흘러나와 꺽꺽대며 울었다. 축제에 시끄러운 주변 사람들은 그 소리를 듣지 못했다. 디르케온이 걸쳐 준 재킷으로 몸을 감싸고 계속 울었다.

"날씨가 춥습니다."

그가 말했다. 어느새 다시 존댓말로 돌아와 있었다. 하지만 이번만큼은 신경 쓰지 않기로 했다.

날씨가 추웠다. 어깨에 걸쳐진 검은 옷이 추위를 조금이나마 막아줬다. 나는 H.R의 소원을 간절히 빌어주기로 했다. 화로에서 종이는 젖은 것은 괘념치 않다는 듯 타들어갔다. 축제는 끝나가고 있었다.

축제가 끝난 시내는 그전의 모습은 상상도 할 수 없을 정도로 한산했다. 축제가 끝난 후에는 전날의 피로를 풀기 위해 모두가 하루 쉰다고 한다. 그래서인지 가판대도, 잡상인도, 어제의 축제 분위기를 만들어냈던 것들도 없었다. 눈에 보이는 것은 길거리를 거니는 몇몇의 젊은이들뿐이었다.

나는 창밖을 흘끔 보고는 어제 산 옷들로 꽤나 묵직해진 가방을 툭툭 쳤다. 유모와 묵었던 여관에서 짐을 다시 가져올까 생각도 했지만 이미 중요한 물건은 빼왔고 그 외의 것들은 더 이상 갖고 있고 싶지는 않았다. 게다가 옷장에 몇 없던 낡아 빠진 치마들은 이제 필요하지도 않았다.

축제에서 몇몇의 도박꾼들에게 딴 돈은 꽤나 두둑했다. 새로 산 옷들은 몇 되지 않지만 깔끔한 것이 나름 마음에 드는 것들이었다. 로브는 더 이상 쓰지 않았다. 굳이 쓸 필요가 없었다. 굽이 높은 워커를 신고 가방을 들었다. 이제 이곳을 떠날 준비는 끝마쳤다.

"가죠, 디르케온."

"굳이 그렇게까지 하셔야 했습니까?"

"뭘요?"

"알고 계실 거라 생각합니다."

"모든 걸 사는 데 내 돈을 쓴 거요? 머리를 짧게 자른 거요? 아니면 남장한 거요?"

"전부 다입니다. 그중에서도 첫 번째가 제일 너무하십니다."

그가 제 손을 거부할 때도, 제 말을 무시했을 때도 짓지 않던 상처받았다는 표정을 하고는 말했다. 축제 때도 이상하리만큼 내가 돈 쓰는 것을 필사적으로 막았다.

"저 돈 많이 벌었거든요? 비록 깨끗한 루트는 아니었지만."

"하지만 그리 많은 것은 아니지요."

"지금 돈 많다고 자랑하는 건가요?"

"아니라는 것 아실 거라 생각합니다."

사실 처음부터 그가 이런 건 아니었다. 유모의 짐을 가지러 갈 거냐는 그의 질문에 돈은 전부 들고 와 굳이 가지러 갈 것이 없다고 대답했던 순간부터 저 모양이었다. 아무리 그래도 수중에 있던 돈이 100골드 정도는 됐다. 그리 많지는 않지만 대략 환산해 보면 백만 원은 넘는단 말이지. 새삼스레 대귀족가의 재력을 엿볼 수 있는 순간이었다.

"제도에 가서는 공작가에서 쫓아낼 때까지 빌붙을 거니까 지금은 좀 봐줄래요?"

"예, 부디 뼛속까지 빼드셨으면 좋겠습니다."

나는 침묵했다. 저 비꼬는 듯한 말이 진심이라는 것은 고작 이틀 동안 지내면서 알게 된 사실이었다. 그리 말하고도 그는 내 짧아진 머리를 슬쩍 바라봤다. 그 눈빛이 마치 먹이를 뺏긴 개와 같아 이상하게 변명을 하게 된다.

"머리나 남장은 디르케온도 동의한 거잖아요."

"그건 그렇지만……."

"왜요? 들킬 것 같나요?"

"누가 봐도 소년이십니다."

"칭찬 같진 않지만 칭찬이겠죠? 염색약이나 구해주세요. 나 걸리면 공범으로 그쪽까지 걸고넘어질 거니까."

"바라던 바입니다."

"……말을 말죠."

머리는 잘라냈다. 나는 지금 누군가에게 1황녀, 벤지안스인 것을 들키면 안 된다. 염색을 했지만 그마저도 불안했다. 내가 육 년간 시골구석에 머무르는 동안, 백금발의 소녀를 목격한 사람들이 한두 명이 아니었다. 최대한 그들의 감시를 벗어나기 위해서 제일 먼저 들었던 생각은 머리카락을 자르는 것이었다.

흔들리는 디르케온의 눈을 무시한 채 머리를 자르고 거울을 보니 생각보다 여성스러운 얼굴은 아니었다. 아직 다 자라지 않아서인지 머리가 길면 여자, 짧으면 남자라 우길 수도 있을 외양이었다. 나는 디르케온의 손에서 겨우 가위를 뺏어 남은 머리카락까지 잘라냈다. 삐죽거리던 머리끝을 그가 조금 다듬어주니 중성적인 매력이 물씬 풍기는 소년이 되어 있었다.

목소리는 원래 얇은 편이 아니었던지라 살짝 낮추니 변성기가 지나지 않은 소년의 목소리처럼 들렸다. 디르케온은 '아직 옷을 사지 않아 다행입니다'라 힘없이 말했고, 우리는 소년들이 입을 법한 옷과 신발 등을 샀다.

우리는 소년의 이름을 내 중간 이름을 따 '마벨'이라고 짓고 열다섯 살로 만들었다. 아무래도 열여섯 살의 남자라고 하기엔 키와 목소리가 살짝 걸렸기에 한 살 낮춘 것이다. 상관은 없었다. 백치 행세도 잘 했는데 열다섯 살 행세를 못할 리가.

입던 로브는 버렸고 혹시 몰라 새로 구매한 로브는 접어 가방에 넣었다. 로브를 계속 쓰면 오히려 디르케온 옆에 있던 소녀와 겹칠 것 같다는 것이 그의 의견이었고 나는 거기에 동의했다. 그역시 짐을 많이 들고 오진 않았던 모양인지 크지 않은 가방 하나를 들고 있었다. 그렇게 우리는 이 변방을 나설 준비를 끝냈다.

공작가는 황궁과 가까운 제도에 자리 잡고 있었다. 귀족들은 황궁을 중심으로 공작부터 남작까지 제게 주어진 토지를 관리하고 있었다. 그리고 이 변방은 변방 중의 변방으로 남작령이었다.

귀족들은 회의나 황령 아래의 연회 혹은 나라의 위급 시에 각 영지마다 보급되어 있는 '이동진'을 이용해 이동했다. 신성력으로 가동되는 이 진은 평소에는 각 영지의 자금을 위해 돈을 받고 운영하기도 했다. 하지만 그 가격이 어마어마해 웬만한 사람들은 사용할 생각도 하지 못했다.

우리는 그 이동진을 이용하기로 했다. 디르케온은 올 때도 그 이동진을 이용했다며 진을 이용하는 것이 당연하다는 듯 말했다. 그 이용료를 정확히 알지는 못했지만 아마 내 수중의 돈을 탈탈 털어도 이용할 수 있을까 싶을 금액이 분명했다. 다시 한 번 제도에 도착한 후부터는 공작가의 등에 빨대를 꽂아야겠다고 생각했다.

이동진으로 가기 전 잠시 한 곳에 들르기로 했다. 유모가 갇혀 있는 곳. 디르케온의 말에 따르면 유모는 귀족 모독죄로 잡혀 들어갔기에 그 당사자인 디르케온의 명에 따라 형이 주어진다고 한다. 나는 유모의 처벌에 관한 일을 모두 디르케온에게 일임했다. 그는 내 말을 듣고는 알 수 없는 표정으로 '알았습니다'라 대답할 뿐이었다. 가끔은 그의 아무것도 묻지 않는 점이 마음에 들었다.

"정말로 가죠."

정말로 떠나야 할 시간이었다. 갑자기 밖에서 소란이 일더니 여관 문이 벌컥 열렸다. 디르케온을 만났던 날과 같은 제복을 입은 남자 셋이 방 안에 들이닥쳤다.

"반역자의 공범……?"

"무슨 일이지?"

그날 봤던 사람이 한 명 끼어 있었다. 박력 있게 들어오던 그들이 멈칫했다. 디르케온을 알고 있는 기사가 한 명 있었기에 나타난 현상이었다.

"세그다드가의 고귀한 분을 뵙습니다! 실례합니다, 제국법에 따라 반역자의 공범을 체포하러 왔습니다. 그 소녀는……?"

"소녀? 아아, 그 소녀는 너무 힘들어 보이길래 달래서 내가 보냈다만?"

"하지만 여관 주인이 이곳에 그 소녀가…….."

"여기서 묵으라고 달랬지만 급하게 도망가더군. 마치 무언가에 쫓기듯이. 방값이 아까워 내 시종을 묵게 했는데 무슨 문제라도?"

나는 공작의 거짓말에 박수라도 쳐 주고 싶었다. 역시 내 안목은 틀리지 않았다. 잘못 생각하면 의심이 갈 수도 있는 상황이었지만 대귀족을 마주한 순간 모든 것을 잊었겠지. 덜덜 떨며 대답하는 모습이 내 생각을 뒷받침해 주었다.

잠시 멈칫했던 그들은 이내 정신을 차리곤 고개를 빳빳이 들고는 다시 박력 있게 말했다. 하지만 여전히 떨리는 목소리를 보니 여전히 긴장하고 있는 모양이었다.

"디, 디르케온님께서도 참고인으로 잠시 저희를 따라와 주셔야겠습니다! 본 명은 귀족명보다 상위인 황명이오니 무례를 용서해 주십시오!"

유모가 잡혀갔을 때 대충 예상하긴 했지만 이렇게 빨리 들이닥칠 줄은 몰랐다. 한국에서는 축제 때 공무원들이 다 같이 놀아

일이 좀 연장될 줄 알았는데 여기 일은 빠릿빠릿하구나.

공작은 어떡하냐는 눈빛으로 나를 바라봤다. 나는 가볍게 고개를 끄덕였다. 안 그래도 그곳에 갈 예정이었다. 우리는 그 기사들의 뒤를 쫓았다. 나가는 우리들에게 주인장이 허리 숙여 인사했다.

"감사합니다. 이건 팁이에요."

"예, 예? 감사합니다. 근데 영식께선 누구……?"

혹시 모를 위험은 대비해 두는 것이 좋다. 굳이 주지 않아도 되는 팁을 그에게 준 것은 허리를 깊이 숙여 인사하는 그와 눈을 마주치기 위함이었다. 나는 갑자기 이곳에 들어온 소년이 되어서는 안 된다. 하나라도 알리바이를 비틀어놓는 것이 좋았다. 나는 디르케온과 여관을 잡는 날부터 함께 온 전속 시종이다. 눈을 마주치고는 또박또박 말했다.

"벌써 잊은 겁니까? 디르케온님의 전속 시종이잖습니까? 약소하지만 받아주세요. 도련님이 제게 맡기신 일입니다."

"예, 예? 아, 그렇군요. 제가 잠시 깜빡했습니다요. 허허. 이렇게까지 신경 써주지 않으셔도 되는데. 감사합니다."

그렇게 여관에서 나와 도착한 곳은 썩 좋아 보이지 않는 감옥이었다. 감옥에 들어가기에 앞서 간수들이 우리를 막고는 신분 증명을 요구했다. 간단히 증명하자 소스라치게 놀라며 우리를 응접실로 안내했다. 감옥에도 응접을 위한 공간이 있구나, 생각하며 안내하는 간수의 뒤를 따랐다.

도착한 응접실에는 첫인상이 딱히 좋아 보이지 않는 젊은 사내가 앉아 있었다. 오렌지빛 머리카락을 가진, 살짝 웃는 상의 남자였다. 그리 못생긴 얼굴이 아니었음에도 디르케온을 보다가 이쪽을 보니 그리도 많이 듣던 상대성 오징어 이론을 알 것 같았다. 우리를 보자 남자는 자리에서 일어나 예를 갖추었다.

"디르케온 세그다드를 뵙습니다. 제원 아라온입니다."

"오랜만입니다. 남작가에서 죄인 관리까지 도맡아 할 줄은 몰랐습니다."

"아니요, 특별한 죄인이라 잠시 제가 불려왔습니다. 평화로운 변방에 혼란이 더 퍼지는 걸 원치 않아서 말입니다. 사실 디르케온님께 따로 서신을 보냈어야 하는데 기사들이 대귀족을 상대한 적이 없어 무례를 저지른 모양입니다. 대신해 깊게 사과드립니다."

"어쩔 수 없지 않습니까. 하지만 이렇게 된 것 최대한 빨리 끝냈으면 하는 바람입니다."

"오래 걸리지는 않을 겁니다. 우선 앉아서 얘기하죠."

그들은 앉았고 나는 디르케온의 뒤에 섰다. 시종이라 소개한 이상 그의 옆에 앉을 수는 없는 노릇이었다. 다행히도 디르케온은 아무 말 없이 자리에 앉았다. 눈앞의 젊은 남자는 아무래도 이 영지를 관리하는 남작의 아들인 모양이었다. 대귀족 공작가의 자제라는 권력에 서슴없이 오긴 했지만 남작의 아들이라는 저자의 위세가 생각보다 강했다.

공작과 남작이라면 아무래도 꽤 차이가 날 것이었다. 게다가 디르케온이 차남이긴 했지만 지금 그의 형이 공작이기에 디르케온은 공작가의 후계자나 마찬가지였다. 남작가의 후계자와 공작가의 후계자라면 그 차이가 꽤나 날 텐데 이상하게 내 눈에 저 제원이란 사람이 존칭은 쓰지만 윗사람을 대하는 태도는 아니었다. 나중에 물어봐야지. 썩 좋지 않은 분위기에서 먼저 입을 연 것은 제원이었다.

"혹 그 부인이 수배된 죄인 세니아라는 것을 알고 계셨습니까?"

분명 공작을 데려올 때는 참고인이라고 했는데 이상하게도 취조 분위기였다. 내가 모르는 부분인가? 날카로운 질문에 디르케온이 점잖이 대답했다.

"어느 시점을 물어보는 것인지 정확히 모르겠습니다. 세니아는 로브를 쓰고 있었고 그 생김새를 알 수가 없었습니다. 옆에 있던 소녀와 약간의 소동 후 우연히 벗겨진 로브 덕에 얼굴을 보고 죄인이라는 것을 알게 되었습니다."

"하지만 알게 된 후에도 그녀를 바로 포위하지 않았다고 들었습니다."

"무슨 말씀이신지 모르겠습니다. 다짜고짜 그녀가 내게 달려들었고 그 소동을 보고 달려온 경비병에게 바로 그녀를 넘겼습니다."

내가 예민한 것일까? 제원이라는 작자는 이상하게도 디르케온에게 썩 좋은 감정을 갖고 있는 느낌이 아니었다. 누가 봐도 그 상황에서 그는 잘못이 없었는데 교묘하게 몰아가려는 느낌이 강했다. 흠잡을 데 없는 깔끔한 대답에 응접실에는 잠시간의 침묵이 맴돌았다. 역시나 제원이 먼저 입을 열었다.

"그럼 그 소녀는 왜 도왔습니까?"

"그 소녀는 세니아의 품에서 벗어나려고 안간힘을 쓰고 있었습니다. 소리치고 울고 있었습니다. 그 모습을 보고 누가 공범이라 생각하겠습니까? 그리고, 제가 묻고 싶은 것이 있습니다만."

"말씀해 보시지요."

"도대체 그 소녀가 공범이라는 것은 어떤 경위로 알게 된 것입니까?"

디르케온의 반격이 시작됐다. 이제 그만 여기서 벗어나고 싶었다. 별 소득 없는 공방전이 될 것이 뻔히 보였다.

"그것은 죄인이 묵었던 여관 주인이 알려주었습니다. 그들은 모녀지간처럼 보인다 하더군요."

"그것만으로 공범이라 확신하는 겁니까?"

"그리고 죄인이 지내던 마을에 경비대를 보냈습니다. 곧 결과를 가져올 것입니다. 그 모녀가 사이가 좋아 보였다는 것은 여관 주인뿐만 아니라 다른 목격자들도 증언한 부분입니다. 조금만 기다리면 소녀와 그 반역 죄인이 공범이라는 증서가 도착할 것입니다. 혹 소녀에게 죄가 없다 생각하시는 겁니까? 아니면 죄가 있음을 알고 있음에도 감싸고 계신 겁니까?"

제원이 날카로운 눈빛으로 디르케온을 쏘아봤다. 제 딴에는 회심의 일격이랍시고 내뱉은 한마디 같은데 내 시선에서는 하수였다. 얼마 지나지 않아 이 이득 없는 공방도 끝나리라. 지금 그것보다 내 귀를 파고든 것은 유모가 지내던 마을에 사람을 보냈다는 내용이었다. 최대한 빨리 처리하고 공작가로 향해야 할 이유가 생겼다.

그의 질문 아닌 질문에 디르케온의 입가가 올라갔다. 명백한 비웃음이었다. 저런 표정은 처음이었다. 충견 같은 미소만 보다가 마주한 그의 비웃음이 흥미로웠다. 그리고 확신했다. 곧 끝나겠구나.

"그것 알고 계십니까? 내가 지금 말을 높이고 있는 이유는 귀족 영식 간의 고리타분한 예 때문이라는 것을요."

디르케온은 그간 보여주지 않았던 모습을 보여주고 있었다. 지금 이 상황이 영 마음에 들지 않았던 모양이었다. 그가 내뱉은 말을 해석하자면 하나였다. 난 너보다 계급이 높은데 어디서 까부느냐. 디르케온이 계속해서 말을 이었다.

"지금 이 자리에서 내가 화를 내며 박차고 나가도 영식은 아무 할 말 없는 상황이지만 친절히 해명해 드리지요. 첫째, 나는 세니아를 바로 경비대에 넘겼습니다. 둘째, 소녀는 그 자리에서는 부인의 손을 벗어나려 울부짖고 있었습니다. 대역 죄인의 손에서 고통받았다고밖에 보이지 않는 모습에 도우려 했습니다. 셋째, 그 소녀는 내 도움을 거부하고 떠났고 나는 그 이후의 행보에 아는 것이 없습니다. 자, 이제 다시 묻지요. 저 중에 내가 지금 영식 앞에서 무시당하며 죄인 취급을 당해야 하는 이유가 하나라도 있습니까?"

"하나 그 소녀는……!"

"예, 그 소녀와 마을에서 왔다고 했습니다. 내가 내 시간을 할애해 가며 이 자리에서 갇혀 그 조사 결과를 기다려야 하는 이유가 있습니까? 더군다나 적절한 소환장도 없이 끌려온 상태인데 말입니다. 나는 지금 그대와 대화하며 한 가지 생각밖에 들지 않습니다. 나를 반역 죄인과 공범으로 만들려는 계략, 아닙니까?"

침착하게 말하는 그였지만 그 안에는 눌러 담은 화가 느껴졌다. 제원의 표정이 창백해졌다.

"오해입니다. 제가 감히 어찌."

"그리고 제국법에 따르면 도망친 반역자는 즉결 처분이라 알고 있습니다. 그래서 그 부인을 즉결 처분하였습니까?"

"하, 하나 동행자가 있다는 말에 공범까지 잡아내고자."

"제국법을 그리도 사랑하시고 황명을 그리도 사랑하시는 영식께서 제국법에 적혀 있는 반역 죄인 즉결 처분을 하지 않았다 실토한 겁니까?"

말려들었다. 디르케온의 어조는 오히려 점점 차분해지고 있었지만 그 안에 담긴 날카로움은 점점 예기를 더해갔다. 그에 제원의 얼굴은 점점 창백해져 갔다. 디르케온의 압승이었다. 문득 생각했다. 아, 저 정도로 멍청했기에 책에서 서술이 되지 않았구나. 누가 봐도 승패가 기울어진 싸움에 디르케온이 말뚝을 박았다.

"나는 그대를 믿을 수가 없습니다. 세그다드가의 처분권을 사용해 죄인 처분은 내 손으로 하지요. 너, 앞장서라."

나 박수라도 쳐 주고 싶었다. 쓸데없이 지루하기만 했던 공방을 끝내는 걸로도 모자라 처분권까지 손에 넣었다. 애초에 귀족 모독죄로 처분하려 했던 것이 반역죄로 가버리자 공작가 선에서 처분할 수 없는 것은 아닐까 걱정했던 것이 무색해졌다.

디르케온은 얼이 빠져 있는 제원을 지나쳐 그가 지목한 간수와 함께 응접실을 나왔다. 나는 마치 진짜 시종이라도 된 듯 그의 뒤를 따랐다.

그렇게 도착한 곳에는 다 해진 옷을 입은 채 양팔이 묶여 있는 유모가 있었다. 지나왔던 다른 감옥들과는 다른 처참한 모습이었다. 묘한 쾌감이 심장을 간질였다. 정말로 마음에 들었다. 고개를 숙이고 있어 정신을 잃은 줄 알았던 그녀가 발소리에 고개를 쳐들었다. 그러고는 나와 디르케온을 번갈아 보더니 사납게 일어나 우리에게 달려들었다.

하지만 그 사나움은 철창에 막혔다. 역시나 이성을 잃은 모습이었다. 옥 안에서 유모를 지키던 무장한 기사들이 달려와 그녀를 제압했다. 기사들의 발에 밟혀 바닥에 얼굴이 뭉개진 유모가 크게 악을 질러댔다.

"내 아들의 원수! 여기가 어디라고 기어와!"

그 모습에 디르케온은 미간을 찌푸렸다. 아무래도 그러겠지.

그는 아무것도 한 짓이 없는걸. 조금은 미안해졌다. 이유 없는 증오만큼 답답한 것도 없을 테니. 유모는 고개를 돌려 그의 뒤에 말없이 서 있는 내 모습에 눈을 크게 뜨더니 반갑다는 듯 다정하게 말했다.

"마리, 마리. 네가 나를 구해주러 왔구나. 저 악마를 갈가리 찢어주러 왔구나!"

혹시나 싶었지만 그녀는 나를 알아봤다. 못 알아볼 리가 없었다. 그녀의 얼굴에는 일말의 미안함도 없었다. 그녀의 모습에서 여전히 나를 소모품으로만 여기고 있다는 것을 알 수 있었다. 그녀를 마주하고 있자니 끝을 모를 혐오감에 토악질이 밀려올 것 같았다. 유모의 뜻 모를 외침에 그녀를 감시하던 기사들의 시선이 나에게 향했다. 나는 태연한 표정으로 디르케온에게 물었다.

"무슨 말인지 아시겠습니까?"

"오늘도 헛소리를 지껄이는 모양이군."

내 대답에 유모의 표정이 다시 일그러졌다. 쇠가 긁히는 듯한 목소리로 악을 토해냈다. 그 위세가 대단해 그녀를 잡고 구속하고 있던 기사들이 주춤할 정도였다.

"마리, 네가 어떻게! 너를 키워준 것이 누군데!"

감옥이 긁힐 듯한 괴성이었다. 그 괴성이 담은 내용은 극히 위험했다. 지금 이 자리에서 그녀를 구속하고 있는 저들은 문제가 되지 않는다. 하나 이들이 여기서 들었던 것을 누군가에게 보고한다면 분명 문제가 될 것이었다. 예를 들자면 아까의 제원 같은. 그의 근거 없는 자신감이 괜히 신경 쓰였다. 우선은 그녀가 말을 하지 않도록 해야 했다.

"시끄럽지 않으십니까?"

"재갈을 물려라."

그 역시 약간의 위험성을 감지한 모양이었다. 그의 명에 기사들은 일사불란하게 움직여 그녀를 제압하고 입에 재갈을 물렸다. 필사적으로 몸부림쳤지만 아녀자의 몸으로 장정 셋의 힘을 이길 수는 없는 노릇이었다.

기사들과 눈을 마주칠 때마다 기억을 하나씩 바꿨다. 반역 죄인이 '황제 암살을 사주한 이는 황후였다'라고 외친 기억으로. 이것으로 황후에게 죄가 생기는 것은 아니지만 조금의 틈이 필요했다. 그 틈들이 모여 큰 구멍을 만들어낼 것이다.

독기를 가득 품은 그녀가 이제는 디르케온에게서 내게 시선을 옮겨 으르렁거리고 있었다. 속수무책으로 당하는 유모의 모습에 나는 애써 웃음을 감췄다. 그리도 원하던 순간이었다. 한순간의 웃음을 참지 못해 일을 그르칠 수는 없는 노릇이었다.

"제윈 아라온에게서 처분을 넘겨받았다. 이 반역 죄인의 처분에 관한 책임은 전부 내게 있으니 그대들은 내 명대로 죄인에게 형을 집행하면 된다."

그리고 이어 그의 입에서 나온 형벌의 내용에 기사들은 잠시 멈칫했다. 그 내용은 내가 그에게 부탁한 내용과 정확히 일치했다.

"죄인의 사지를 잘라 지혈한 후 남자 죄수 셋과 함께 옥에 가둔다. 그대로 죄인을 매질하고 고문한 후 그녀가 정신을 잃으면 지혈을 푼다. 다시 넘쳐 나는 피가 서서히 그녀를 죽음에 이르게 할 것이다."

원래는 귀족 모독죄에 대한 형벌로써 부탁한 내용이었지만 기사들의 반응을 보아하니 반역 죄인인 것이 밝혀져서 오히려 다행인가 싶기도 했다. 기사들은 잠시 주춤하다 그의 명대로 행했다.

공작가의 명령은, 그것도 반역죄를 벌하는 형벌은 절대 항거할 수 없는 것이리라.

날이 잘 벼려진 칼이 그녀의 사지를 잘라냈다. 깔끔히 잘려 나간 절단면에 기사 한 명이 헛구역질을 했다. 흉측한 남자 죄인 셋이 들어왔다. 그들은 잘린 사지는 상관없다는 듯 잔인하게 움직였다. 끔찍한 일은 그녀가 정신을 잃을 때까지 계속됐다. 옆에서 지켜보던 다른 기사가 결국 토악질을 해댔다.

나는 그녀의 몰락을 단 한 장면도 놓지 않고 눈에 담았다. 디르케온의 시선이 줄곧 내게 향했지만 괘념치 않았다. 의술에 능한 자가 그녀의 죽음을 확인하기 위해 발을 들였다가 토악질을 했다. 오물 냄새가 진동했지만 참아냈다. 기사들은 그녀의 죽음을 확인하고 나서야 시체를 끌어냈다. 그 자리를 지키던 기사들이 뒤도 돌아보지 않고 달려 나갔다.

나는 바깥의 공지를 깊이 들이마셨다. 어떻게 밖으로 나왔는지는 잘 기억이 나지 않았다. 해방감 그리고 쾌감만이 가득이었다. 점점 생기를 잃어가던 유모의 눈을 똑바로 보았다. 네가 당하고 있는 것은 네가 나한테 했던 짓과 별반 다르지 않은 것이라고 눈으로 말해주었다. 알아먹었을지는 모르겠지만.

내가 원했던 일의 시작점을 성공적으로 달성했다. 보는 사람조차 견디기 힘든 고통을, 나를 지독히도 괴롭힌 사람에게 돌려줬다. 혹시라도 허무함이 있을까 싶었지만 쓸데없는 걱정이었다. 심장부터 올라오는 쾌감이었다.

나는 더 이상 감옥이 보이지 않는 곳에서 헛구역질을 하며 웃었다. 그 쾌감이 몸을 휘감아 웃음이 나왔고 생전 처음 접한 지옥과도 같은 모습에 구역질이 치밀어 올랐다. 조금 심했을까? 아니, 그 모습은 내가 당한 모습과 같았다. 역겨운 그들의 모습과 내가 같아지는 것은 아닐까? 웃음이 잠시 멈췄다. 하지만 이내 다시 웃었다.

아무렴 어때.

더 이상 웃을 힘도, 뱉을 구역질도 없어졌을 때 몸을 돌려 디르케온을 쳐다봤다. 그는 알 수 없는 눈으로 나를 바라보고 있었다. 나는 웃으며 그에게 말했다.

"가죠, 공작가로."

아마 그의 앞에서 처음 짓는 웃음일 것이었다.

감옥에서 이동진으로 향하는 동안 디르케온과는 아무런 대화도 나누지 않았다. 내게 실망을 한 것일까? 나의 이상함을 눈치를 챈 건가? 생각도 해보았지만 그가 풍기는 분위기는 거부감은 아니었다. 아까 응접실에서의 일을 몇 개 물어보고 싶었지만 왠지 장소와 분위기가 아닌 것 같아 참았다.

우리는 이동진까지 말없이 걸었다. 이동진은 신성력으로 가동되기 때문인지 신전 안에 위치하고 있었다. 그는 신전 앞에서 잠시 멈추었다. 주변에 아무도 없는 것을 확인하려는 듯 주변을 잠시 살피고는 말했다.

"저는 황녀님의 행복을 바랍니다."

정말 뜬금없는 한마디였다. 그가 주변을 살핀 이유를 알 것 같았다. 저 한 문장을 말하고 싶어 사람이 없는지 확인한 것이리라.

"뜬금없이 무슨 소리예요?"

"그냥 이 말을 하고 싶었습니다."

"싱거운 면도 있네요."

아까부터 하고 싶은 말이라도 있는 것처럼 이쪽을 보던 것이 저 말을 하고 싶던 모양이었다. 아무래도 아까 내 모습을 보고 무언가 느낀 듯싶었다. 모두에게 복수하는 것이 내 행복이라고 말하고 싶었지만 괜히 말이 길어질 것 같아 그 말은 접었다.

별다른 대답을 바라고 한 말은 아니었는지 디르케온은 입을 다물었고 우리는 신전으로 들어갔다. 신전은 겉과 다를 바 없이 딱히 넓지는 않았다. 신전의 신녀는 인자하게 우리를 맞아주었다.

디르케온은 육안으로 봐도 어마어마한 돈을 신녀에게 건네주었다. 그녀는 알겠다는 듯 우리를 이동진 앞으로 안내했고, 신녀의 안내에 따라 위에 올라서자 눈앞을 가리는 빛무리가 터져 나왔다. 뒤틀리는 공간을 계속 보고 있자니 속이 울렁거려 눈을 감았다. '이제 그만 걷고 싶어'라는 생각이 들 무렵 울렁거림은 끝이 났다.

'도착했습니다'라는 말에 나는 눈을 떴다. 어림잡아 일 분도 지나지 않은 것 같은데 시야에 보이는 것들이 바뀌어 있었다. 우리가 출발한 곳은 조금 초라하기까지 한 변방의 신전이었는데 지금 눈에 들어오는 풍경은 장엄하기 이를 데 없었다.

전체적으로 하얗게 장식된 내부는 누가 봐도 신전 그 자체였다. 천장은 그 끝을 알 수 없을 정도로 높이 솟아 있었고 천장을 받쳐 주는 기둥은 세다가 포기할 정도로 많았다. 높은 벽의 유리창은 화려한 창틀로 장식되어 있었고 그곳으로 들어오는 빛이 비추는 곳마다 성스러운 조각상들이 하나씩 세워져 있었다.

"소르트의 제도 엘드임에 오신 것을 환영합니다."

눈앞에서는 성스러워 보이는 신녀가 웃으며 우리를 맞아주었다. 신전은 귀족의 아래에 있지만 그렇다고 완전히 저자세를 취하지는 않았다. 성녀들은 귀족을 대할 때도 평민을 대할 때도 똑같이 행동했다. 말 그대로 신의 딸이라는 느낌이었다. 그래서 그런 지 디르케온을 보고도 그저 상투적인 환영 인사를 건넬 뿐이었 다. 디르케온에게서 내게 시선을 옮긴 그녀는 '어머' 하고는 놀란 듯 감탄사를 내뱉는다.

"반가워요. 여신님의 축복이 함께하시는 분이시네요."

그 인사가 왠지 아는 사람에게 건네는 것만 같아 나도 모르게 물었다.

"저를 아시나요?"

"아니요. 하지만 자주 볼 것 같은 예감이 들어서요. 다시 한 번 엘드임에 오신 것을 환영합니다."

제도의 신녀는 신력이 조금 더 높은 사람들이다. 왠지 내가 모 르는 무언가를 알고 있는 것만 같아 빤히 쳐다봤지만 그녀는 생 글생글 웃을 뿐이었다. 더 이상 할 말이 없다는 듯한 태도에 나도 상투적인 인사를 던지고는 그녀에게서 등을 돌렸다.

"신기하군."

"뭐가요?"

"지금까지 여럿과 이동진을 이용해 봤지만 환영 인사를 제외한 다른 말을 들은 사람은 처음 본다."

"그런가요? 저도 신기하네요."

"짚이는 것이라도 있나?"

"아니요. 이동진은 나서 처음 이용해 보는걸요. 신전 역시 궁 안의 신전을 제외하고는 가본 적도 없고요."

그의 말을 들으니 의아함이 조금 더 불어난다. 신전은 출입에 제한이 없다 하니 나중에 내키면 다시 들러야겠다고 생각하면서 발을 옮겼다. 이동진에서 신전 밖으로 향하는 길도 꽤나 길었다.

다시 한 번 변방과는 다른 곳이라는 것을 깨달았다. 그렇게 신전의 문을 열고 나오자 눈앞에 펼쳐지는 광경에 절로 감탄이 나왔다.

"정말로 도시군요."

말 그대로였다. 황녀로 살아도 궁 밖에 자주 나오지 못했던 과거, 그리고 나와서도 변방에서 살았던 나는 기억 속의 도시가 까마득했다. 이상한 느낌이었다. 기억은 있지만 생생한 체험은 처음인 느낌. 세련된 포장도로는 아니었지만 걷기 편한 길을 중심으로 적어도 4, 5층은 되는 건물들이 세워져 있었다. 변방과는 비교도 되지 않을 정도로 많은 사람들이 길을 다니고 있었고 곳곳마다 셀 수도 없을 정도로 많은 상점들이 물건을 내놓고 팔고 있었다.

"가지."

"말은요?"

"갖고 올 필요가 없었다. 눈앞에 보이는 저곳이 공작저거든."

그가 손으로 가리킨 곳에는 주변의 어느 건물들보다도 화려해 보이는 저택이 있었다. 이 거리의 화려함은 웅장한 저 건물 때문이라 해도 과언이 아닐 정도였다. 새삼 그의 재력이 이해되는 부분이었다.

사실 귀족가의 영식들은 짧은 거리도 말을 끌고 다니곤 했다. 척 보기에도 좋고 비싼 말을. 그들의 재력과 지위를 과시하기 위함이었다. 하지만 디르케온의 성격을 대변해 주기라도 하듯 그는 제 발로 이 거리를 걸어온 듯했다.

"주세요."

나는 그에게 손을 내밀었다. 무슨 말인지 모르겠다는 표정으로 나를 쳐다보는 그에게 답해줬다.

"가방요. 나 지금 시종으로 보여야 되는 것 아닌가요?"

"제도에서까지?"

"조심해서 나쁠 건 없으니까요."

잠시 망설이는 그에게서 뺏듯이 가방을 받았다. 말 그대로였다. 조심해서 나쁠 건 없으니까. 우리는 그렇게 공작저로 향했다.

세그다드가의 저택은 신전에서 코앞이라 말하기는 뭐했지만 걸어도 힘들지 않을 정도의 가까운 거리였다. 걸어오는 동안 둘러본 거리의 건물들도 초라하진 않았지만 눈앞의 저택을 보니 그 건물들에 화려함을 붙이는 건 죄인 것만 같았다. 나는 내 생각을 조금 바꾸기로 했다.

"돈 많다고 자랑해도 용서해 줄게요."

"자랑한 적 없다."

"그러니까 미래형이에요."

높은 벽 사이의 철문에서 저택을 지키던 두 명의 기사가 우리를 보고는 예를 올리며 문을 열어줬다. 들어가자 길게 뻗은 길과 길 한가운데의 대리석 분수대, 그 양옆으로는 개가 몇 십 마리라도 뛰어놀 수 있을 것 같은 정원이 보였다. 다시 한 번 다짐했다. 쪽쪽 뽑아먹어야겠다.

그 화려하기 짝이 없는 길을 지나 저택 안으로 들어서자 사용인들이 우리를 맞이했다. 사용인들의 수는 저택의 크기에 비해 많지 않았다. 족히 백 명은 돼야 관리가 가능할 것 같은데 보이는 사람들은 그에 비해 턱없이 모자랐다. 디르케온은 그중의 한 명을 불러 물었다.

"형님께서는 어디 계시지?"

"아, 공작님께서는……."

"디온, 왔구나!"

중간에 끼어든 목소리가 사용인의 대답을 잘랐다. 시선을 돌리자 계단에서 거의 뛰어내려 오다시피 다가오는 남자가 보였다. 멀리서도 보이는 선명한 적발은 누가 봐도 디르케온과 그가 형제라는 것을 보여주었다. 그는 빠르게 다가와 디르케온을 와락 안았다.

"디온, 왜 이리 늦게 온 거야? 보고 싶어 죽는 줄 알았다고. 축제가 그리도 즐거웠던 게냐!"

"체통을 지키십시오, 형님."

"그리도 보고 싶던 동생이 눈앞에 있는데 어떻게 체통을 지키겠어, 안 그래?"

"오늘도 서류가 많았습니까?"

"그냥 말 그대로 해석해 주면 숨을 쉬지 못하는 병에라도 걸린 걸까?"

"형님께서 제게 보고 싶다는 말을 하는 경우가 한정되어 있으니 하는 말입니다."

갑작스레 나타난 그는 가벼운 농담을 던졌다. 얼굴에서 웃음이 떠나지 않는 유쾌한 인상의 남자였다. 웃음기가 거의 없는 디르케온과 내내 웃기만 하는 그의 형은 정말 상반된 성격이었다. 누가 봐도 닮은 둘이었지만 형제여도 풍기는 분위기가 이 정도로 다를 수 있구나 느낀 순간이었다.

거의 디르케온을 끌고 갈 태세로 그의 어깨를 잡고 싱글싱글 웃으며 말하던 남자가 내게 시선을 돌렸다. 나는 짧게 그에게 묵례했다.

"너무하네, 나 그렇게 매정한 형님은 아니야. 그나저나 저 소년은 누구? 새로 데려온 시종인가? 소년치고는 너무 여리한걸."

"말을 조심하십시오."

디르케온의 나직한 충고에 남자가 나에게 시선을 고정시켰다. 그 한마디를 알아들은 모양인지 그가 잠시 침묵했다. 그의 얼굴에서 예의 가벼워 보이는 웃음이 사라졌다. 그러고는 이내 입매를 올려 부드러운 웃음을 지어 보였다.

"우선 응접실로 가시죠."

응접실로 향하는 내내 복도에서 마주치게 되는 사용인의 수는 극히 적었다. 응접실에 도착해 의자를 빼주려는 디르케온을 막았다. 하지 말라는 무언의 시선을 보내자 먹이 뺏긴 개처럼 제자리로 찾아가 앉는다.

나는 자리에 앉아 응접실을 한번 둘러봤다. 이 방 하나가 내가 살던 집보다 컸다. 우리가 묵었던 여관의 특실과도 비슷한 크기에 비슷한 화려함이었다.

"로즈마를 드시겠습니까, 블레를 드시겠습니까?"

한눈팔고 있는 내게 디르케온이 물어왔다. 차 종류 같은데 애석하게도 열 살 이후로 이곳의 차를 마신 기억이 없었다. 나는 그저 내 취향을 말해주었다.

"향이 강하지 않은 것이면 뭐든 좋아요."

"로즈마 한 잔과 블레 두 잔, 그리고 가볍게 요기할 수 있는 과자를 준비해 주게."

그의 간단한 명에 사용인들은 먹기 편한 다과를 가져왔다. 그의 형은 사용인들에게 부를 때까지 이 응접실은 물론 집에 아무도 들이지 않을 것을 명령했다. 응접실에 셋만 남게 되었을 때야 비로소 그의 형, 공작의 시선에 내게 향했다. 가까이서 본 그는 디르케온과 참 닮아 있었다. 디르케온과 다른 것은 그의 눈이 금안이라는 것과 표정이 자아내는 인상이었다.

"디온, 찾은 거냐?"

"예, 앞에 계십니다."

아무래도 변방까지 나를 찾아온 것은 디르케온의 단독 행동이 아닌 모양이었다. 하긴, 원작에서도 이 둘은 뜻을 같이했으니. 나에게서 시선을 거두지 못하던 그가 자리에서 일어났다.

그와 마주한 눈에서는 뚜렷한 무언가가 자리 잡은 느낌이었다. 그의 얼굴에서 가벼움이 사라졌다. 내게 다가온 그가 한쪽 무릎을 꿇고 머리를 숙였다. 크지 않음에도 힘이 묻어 나오는 움직임이었다. 그가 작지만 강한 어조로 내게 고했다.

"소르트 제국에 충성하는 공작가의 오르도 세그다드, 영광스러운 제국의 1황녀 벤지안스 D. 마블라 소르트님을 뵙습니다."

사실 살짝 당황스러웠다. 예상치 못한 인사였다. 이런 대우를 바라고 공작저로 온 것도 아니었다. 달갑지 않았다. 이건 마치 나를 왕으로 만들겠다는 행동처럼 보여 꺼려졌다. 내가 생각하기에 나는 왕의 재목이 아니었다. 왕에 걸맞은 재목은 디르케온이다.

"일어나세요, 공작."

사실 이 정도의 충성을 바친 인사에는 '여신의 축복이 공작과 함께하길'이라는 황가의 축복 인사가 으레 따라붙기 마련이다. 하지만 나는 이제 황족이 아니다. 뿐더러 제국의 군주 자리는 내가 사양이었다. 내 말에 그가 자리에서 일어났다. 그리곤 마치 명을 기다리는 신하처럼 내 앞에서 떠나지 않고 서 있었다. 나는 작게 한숨을 내쉬었다. 이 형제가 쌍으로 나를 피곤하게 만드는구나.

"나는 편하게 대화하고 싶어요. 자리에 앉아주겠어요?"

그는 명을 받들기라도 하듯 자리에 가서 앉았다. 그제야 우리는 테이블을 가운데에 놓고 대화할 수 있게 되었다. 내 말을 기다리기라도 하듯 잠시 침묵하는 그들을 향해 입을 열었다. 우선 할 말은 꼭 해야겠다 싶어서.

"다시는 내게 황가에 바치는 예를 갖추지 말아주세요. 저는 이제 황녀가 아닙니다."

"하나."

동시에 반박하려는 형제들에게 나는 미간을 모았다. 그들이 반박하기 전에 말을 이었다.

"부정해도 그것이 사실입니다. 말을 낮추고 높이는 것은 내가 정하는 것이 아니니 좋을 대로 하세요. 하지만 디르케온에게도 말한 적 있는데 황족 대하듯 하는 행동은 삼가주세요. 저는 공작저에 그러려고 온 것이 아니거든요."

내 말에 또 한 번 잠시간의 침묵이 자리했다. 관찰이라도 하듯 나를 빤히 쳐다보던 그의 형, 오르도 공작의 얼굴에 장난스러운 미소가 걸렸다.

"그렇단 말이지요, 그럼 말을 낮추도록 하지."

"형님!"

예상과 다른 반응이었다. 물론 진심으로 내게 말을 낮추길 원해서 한 말이긴 했지만 바로 수용할 줄은 몰랐다. 갑자기 높아진 디르케온의 목소리에 오르도가 깜짝 놀란 것처럼 몸을 움찔했다. 과장된 몸짓이었다.

"깜짝이야, 갑자기 소리를 지르면 어떡하느냐, 아우야. 왜 좋은 기회잖아. 언제 황족에게 말을 낮춰보겠어, 안 그래?"

"그것이 형님의 진심은 아닐 것이라 생각합니다."

"진심이라면?"

"아니길 빌겠습니다."

"알겠다, 알겠어. 그래, 어릴 때부터 그리도 찾아다니던 황녀님을 찾아왔으니 그 부분은 너를 따르도록 하지."

진심이라면 어떻게 할 생각인지 나조차도 궁금해지는 반응이었다. 오르도는 그의 고집이 무서운 모양인지 두 손을 올려 항복 표시를 했다.

"말 놔도 괜찮은데요."

"황녀님께서는 괜찮으실지 모르겠지만 제가 괜찮지 않아서 말이죠. 이 녀석에게 시달리느니 황녀님께 눈총을 받겠습니다. 아, 그럼 뭐라고 불러야 할까요? 황녀님 말마따나 이제 황녀도 아니고 말이죠."

"이 모습으로는 마벨입니다."

"여러 가지 모습을 갖고 계신 모양입니다."

"아무래도 그 편이 좋으니까요."

나는 차를 한 모금 마셨다. 앞선 약간의 소동으로 차는 조금 식었지만 향은 훌륭했다. 적당히 은은하면서도 달콤한 향이 내 취향이었다.

"차가 맛있네요."

"벤에서 나는 차는 맛도 향도 훌륭하지요. 그들이 공작가에 주기적으로 보내오는 선물 중 하나입니다."

"자주 마실 수 있겠네요."

내 말에 오르도가 가볍게 찻잔을 내려놓고는 내 눈을 바라보았다. 불쾌감은 없었다. 여상한 어조로 그가 내게 물었다.

"공작저에서 지내실 생각입니까?"

"예, 허락만 해주신다면요."

역시 귀족이었다. 돌려 말하기에 능한 그의 질문에 짧게 긍정했다. 저택의 전반적인 사용권은 그에게 있어 그의 허락을 받아내야 했다. 하지만 그가 허락하지 않는다 하더라도 디르케온이 있었다. 그는 제 형과 싸우는 한이 있더라도 내게 방을 내줄 것이다.

"하나만 물어도 되겠습니까?"

"열 개라도 상관없습니다."

"제가 마벨님의 말을 제대로 해석한 것이 맞다면 지금 마벨님은 군주의 자리에 욕심이 없으십니다. 맞습니까?"

"예, 정확해요."

"하면 왜 공작저에 몸을 의탁하려 하십니까?"

"갈 곳이 없으니까요."

"제 질문을 알아들으셨을 거라 생각합니다."

역시 대강 넘어가려는 속셈은 통하지 않았다. 내가 굳이 제도에까지 기어들어 온 의도를 묻는 질문이었다. 어느새 다시 돌아온 가벼운 웃음이었지만 그 눈빛에는 가벼움이 없었다. 적으로 둔다면 만만한 상대는 아닐 것이라는 느낌이 강하게 들었다. 다시 한 번 그가 죽기 전인 것이 다행이라 생각했다. 나는 차를 홀짝이고는 대답했다.

"황가에 제일 닿아 있는 곳이 공작저이기 때문이죠. 그리고 제 기억에서 제일 믿을 만한 가문이기도 하고요."

"황가와 닿아 무엇을 하고 싶으신 겁니까?"

"황가의 멸문입니다."

짧은 대답에 무거운 침묵이 가라앉았다. 사실 도박이었다. 그들이 나를 지지해 줄까? 확신할 수는 없었다. 하지만 그들은 후계자인 1황자의 위험을 감지하고 있었다. 그것을 저지하고 가능하다면 제거하고 싶어 했다. 절대 같은 지향점은 아니었지만 교집합은 분명 존재했다. 그 침묵 속에서 먼저 입을 연 것은 오르도였다.

"방금 전 군주는 원치 않는다 하셨습니다."

"제 뜻은 권력을 위한 것이 아닙니다. 복수를 위한 것이죠."

내 대답에 생각이라도 하듯 탁탁, 잠시 테이블을 치던 그가 디르케온에게 시선을 돌렸다.

"알고 있었느냐?"

"짐작은 하고 있었지만 방금 확신으로 바뀌었습니다."

"디온이 이리 말하는 것을 보아하니 진심인 것 같습니다."

"거짓을 말할 이유가 없으니까요."

내 대답에 그는 여전히 손가락을 까딱이며 생각에 잠겼다. 사실 그들은 1황자를 후계 자리에서 밀어내고 나를 그 자리로 올릴 생각이었을 것이다. 그들의 기억 속 벤지안스는 영민하고 자애로 웠을 것이었다. 나와는 달리.

오르도는 내가 이곳에 찾아온 이유가 황위 찬탈이라 생각했던 모양이었다. 하지만 내 대답은 그와 다르니 그들이 1황자와 그를 따르는 세력들을 어찌어찌 잘 제거한다 하더라도 그 뒤를 이을 자리가 비게 된다. 그는 그 비어버린 틈을 생각하는 중일 것이다.

"세그다드 공작가에서 돕지 않으면 어찌하려고 그런 무거운 말을 꺼내신 겁니까? 지금 공작가의 상황이 썩 좋지 않습니다. 제가 공작이 된 지도 얼마 되지 않았고요. 지금 우리는 몸을 사려야 하는 상황입니다. 혹 마벨님의 뜻을 따르다가 발각될 시 우리에게 오게 될 피해가 너무 큽니다."

어찌 보면 완곡한 거절이었다. 하지만 나는 알 수 있었다. 저건 나를 떠보는 것이다. 제가 도움을 줘도 되는 인물인지 아닌지 떠보는 것이었다. '공작이 된 지 얼마 되지 않았다'는 말에서 확신할 수 있었다. 이제야 이 큰 집에 집사뿐만 아니라 사용인들이 몇 없는 것이 이해가 갔다. 그리고 디르케온이 황녀를 찾으러 변방까지 내려간 이유도 알 것 같았다.

전대 공작, 즉 디르케온과 오르도의 아버지, 카르바 세그다드는 집사에 의해 독살당한다. 그뿐 아니라 공작저에서 지내던 그의 측근들도 전부. 집사는 잡히기 전 죽은 채로 발견됐고 그 배후는 밝히지도 못한 채 수사는 종결된다.

책에서는 그 배후가 1황자의 세력으로 나온다. 그들의 불충을 감지한 1황자의 세력이 야금야금 공작가를 좀먹어가는 것이다. 아직 황제의 총애 덕에 대놓고 그들을 배척하지는 못하지만 훗날을 대비해 사전에 그들을 없애려고 수를 쓰는 것이었다.

사실 이때까지 이들은 1황자를 전적으로 인정하지는 못했지만 완전히 배척하지는 않은 상태였다. 하지만 자신의 권력에 작은 위험 요소라도 무조건 배제하려고 하는 1황자 세력의 욕심이 나라의 미래에도 위험하다 생각한 그들은 그를 후계에서 끌어내리려고 계획하게 된다.

그리고 그 계획의 중심에는 내가 있었다. 1황녀를 다음 대 황제로 추대하려는 목적도 있었지만 그들의 악행들을 낱낱이 파헤치기 위해서는 황성에 있던 그녀가 필요하기도 했던 것이다. 궁의 내부 분위기를 겪어본 적 있는, 그리고 황성을 무사히 빠져나간 전적이 있는 1황녀가 필요한 것이다. 그에 더해 그들은 자신들이 모르는 황가의 비밀이 있다고 생각하고 있었다. 그래서 나는 확신에 찬 한마디를 그들에게 건넬 수 있었다.

"도울 거잖아요."

"예?"

"도울 수밖에 없다고 생각합니다."

내 대답에 조금 어이없다는 웃음이 오르도의 얼굴 위로 떠올랐다. 그 옆에서 디르케온은 알 수 없는 표정으로 우리 둘을 바라볼 뿐이었다.

"어째서입니까?"

"세그다드 공작가는 지금 다음 대의 황제가 필요한 것이 아니라 얼마 전 있던 사건의 배후를 찾아내는 것이 더욱 시급할 테니까요."

내 말을 들은 오르도의 얼굴에서 웃음기가 사라졌다. 그뿐만 아니라 디르케온 역시 보기 드문 경악 서린 얼굴로 나를 바라보고 있었다.

"무슨…… 사건을 말씀하시는 겁니까?"

"공작가에 집사가 없더군요. 말이 안 되는 일이죠. 더군다나 저택의 크기에 비해 사용인의 수가 현저히 적어요. 그나마 있는 사용인들은 오래 일한 사람들이 아닌 것처럼 보였고요. 그리고 방금 전 공작님은 스스로 세그다드가의 가주가 된 지 얼마 되지 않는다 말했죠."

말을 하다 목이 말라 물을 한 모금 마셨다. 디르케온과 오르도의 시선이 나를 향하는 것이 느껴졌다. 나는 그 시선을 담담하게 받으며 말을 이었다.

"그냥 추측일 뿐이에요. 집사 혹은 사용인들 중 누군가에 의해 전대 공작이 목숨을 잃었을 것이라는 추측. 그 일로 모든 사용인들이 일을 잃고 쫓겨났겠죠. 지금 있는 사용인들은 들어온 지 얼마 안 되는 사람들이고요. 범인은 집사가 유력하지만 확신은 못 하겠네요. 그리고 공작가는 그 배후를 황가의 누군가로 짐작하고 있는 것, 아닌가요?"

모든 것을 상황만 보고 유추한 건 아니었다. 사실 모든 사건을 알고 있기 때문에 중간 과정이 쉽게 떠오른 것이다. 하지만 저들에게, 특히 오르도에게 내 유용함을 알려야 했다. 상황만 보고 무슨 일이 일어났는지 판단할 수 있는 황녀라면 그 유용성은 상상을 초월할 것이었다. 내가 유능하다 판단하면 할수록 내가 그들의 적의 손에 들어가지 않게 하기 위해서라도 더욱 필사적으로 나올 것이다.

새삼 세세하지는 않지만 전반적인 내용을 알고 있어서 다행이라는 생각이 들었다. 그들은 경악 서린 표정으로 나를 쳐다보고 있었다. 아니, 그 경악의 농도가 짙어진 느낌이었다. 특히 오르도는 제가 무얼 하고 있는지도 까먹은 모양이었다. 손에 들고 있던 차를 살짝 흘리고 나서야 정신을 차린 그가 찻잔을 테이블에 내려놓았다. 그리곤 떨리는 목소리로 내게 다시 물었다.

"그, 황녀님, 아니, 마벨님. 실례인 줄은 알지만 정말로 황제가 될 생각이 없으십니까?"

"없어요."

"지금처럼 그 말이 아쉬울 때도 없을 것 같습니다. 하나 마벨님의 뜻이 그렇다면 어쩔 수 없죠."

"형님."

"제 동생이 워낙 눈치가 없으니 이해해 주셨으면 합니다."

설마 또다시 황제의 자리에 나를 올리려는 생각인가 싶어 단호하게 거절했다. 그는 말귀를 알아들은 모양인지 더 이상 권하지 않았다. 하지만 디르케온이 한마디 하려는 것도 오르도가 눈치 좋게 그를 막았다. 그의 얼굴에는 다시 웃음이 돌아와 있었다. 생각을 끝낸 모양이었다. 그는 내가 듣고 싶던 말을 꺼냈다.

"제가 마벨님을 너무 어리게 본 모양입니다. 마벨님의 뜻을 지지하지요. 공작가에서 마벨님을 돕겠습니다. 하지만 조건이 있습니다."

빙그레 웃으면서 하는 말이 이상하게 불안했다. 잠깐의 만남이었지만 썩 만만한 상대는 아니라는 확신이 있었기에.

"황제가 되라는 조건이라면 거절하겠습니다."

"아닙니다. 이제 마벨님께 군주의 자리를 권하지는 않겠습니다. 억지로 오른 황제만큼 위험한 것도 없으니까요."

"그럼 뭐죠?"

"아무래도 여기까지 오시면서 디온의 시종인 척 연기를 하신 것 같습니다. 맞습니까?"

그가 디르케온의 어깨를 툭툭 치며 묻는 말이었다. 나는 고개를 끄덕였다.

"예, 맞아요."

"그럼 계속 그 역할을 해주셨으면 좋겠습니다. 뿐만 아니라 세그다드가의 집사 역할도 겸임해 주셨으면 합니다."

시종까지는 내 스스로도 그렇게 하려 했으니 그리 갑작스러운 제안은 아니었다. 하지만 집사는 생각지도 못했다.

"열여섯 살에게 공작가의 전반적인 관리를 맡길 생각인가요?"

"나이가 무슨 상관입니까? 능력 없는 어른보다는 유능한 소년이 나은 법이죠. 무기한은 아닙니다. 적절한 집사를 데려오는 데 아무래도 시간이 필요할 것 같아서 말이죠. 디온이 아카데미로 돌아가기 전까지만 도와주시면 됩니다."

"하나 형님, 제가 어떻게 황녀님을 부릴 수 있겠습니까? 게다가 집사라뇨. 그런 힘든 일은……."

진심으로 어떻게 이런 일이 가능하냐며 말문을 여는 디르케온을 오르도가 기가 막힌다는 표정으로 바라봤다. 아무래도 디르케온은 내가 이곳에 오고 나면 금이야 옥이야 대접해 주려던 모양이었다. 아까부터 극진히 대접하려는 제 동생의 모습에 오르도가 고개를 절레절레 저으며 내게 물었다.

"이 녀석, 마벨님과 있는 내내 이 모양이었습니까?"

나는 말없이 고개를 끄덕여 줬다. 내 대답에 오르도가 짧게 한숨을 쉬며 디르케온을 바라봤다. 그 표정이 마치 '얘를 어쩌면 좋지'라는 느낌이라 마음속으로 깊은 공감을 던져 줬다.

"짐작은 했지만 그 정도로 심각한 수준인 줄은 몰랐네요."

"그 정도로 심각한 수준이에요."

우리의 대화에 디르케온만 무슨 소리냐는 듯 입을 닫고 있다. 우리는 고개를 끄덕이며 서로에게 동의했다. 그나저나 한 가지 의문점이 생겨난다. 아카데미라, 아직 디르케온이 아카데미에서 나온 시점이 아니었구나.

소르트 제국 아카데미. 원작에서 디르케온이 잠시 다니다 나온 아카데미였다. 귀족이지만 가문의 후계자는 아닌 이들이 다니는 곳으로, 경제, 정치, 검술, 마법 등 전반적인 것을 좀 더 심도 있게 가르치는 곳이다.

귀족 학교이지만 일 년에 한 번씩 평민 몇 명을 장학생으로 뽑기도 한다. 물론 귀족의 추천을 받아야 하여 귀족의 눈에 먼저 들어야 한다는 높은 허들이 있지만 평민 신분으로 아카데미를 졸업하면 거의 탄탄대로이기에 아카데미 입학은 평민들의 꿈이기도 했다. 가끔 황족들도 아카데미에 다니곤 했는데 귀족들과 달리 아카데미에 입학하는 황족은 끈 떨어진 연 신세이기도 했다.

소설 내에서 아카데미에 관해 세세하게 서술되지는 않았다. 디르케온은 아카데미에 오래 있지도 않았고, 아카데미는 중요한 사건 몇 개만 서술하기 위한 장치였을 뿐이었다. 디르케온이 아카데미에 입학한 시기는 그의 아버지가 살아 있을 때였다. 아버지가 죽고 형마저 죽었을 때 디르케온이 아카데미를 중도에 나와 공작이 되니 아직 그가 아카데미에 있을 시기가 맞긴 했다. 문득 궁금한 점이 하나 생겼다.

"그럼 지금 디르케온이 몇 살이죠?"

"열여덟입니다."

풍기는 분위기 때문인지, 아니면 머릿속에 그가 공작이라는 생각이 있어서 그랬는지 어른스럽게 보았었는데 생각보다 어린 나이였다. 그럼 그가 원작 내에서 공작이 되는 나이는 열아홉이었던가? 생각보다 어린 나이에 유능함을 뽐냈구나 싶었다.

"그럼 디르케온이 아카데미로 돌아가고 공작가에 새로운 집사가 오고 난 후에 저는 자유인가요?"

마치 이 질문을 기다리고 있었던 것처럼 오르도의 웃음이 더욱 짙어졌다.

"아닙니다. 사실 지금 디온은 조금 특이 케이스죠. 보통 후계자가 아닌 귀족들이 아카데미에 가지만 디온은 예상치 못하게 현재 세그다드의 후계가 됐습니다. 저는 이렇게 생각합니다. 후계에게, 특히 지금처럼 불안한 상태인 공작가의 사정상 세그다드가의 후계를 항상 챙기는 전속 시종이 정말 중요할 것이라 생각합니다.

디르케온을 우리가 얼마나 중히 여기는지도 그걸 통해 보여줄 수 있다고 생각하고요."

말이 길어진다. 명분을 만들려고 하고 있다. 썩 좋은 징조는 아니었다. 나는 살짝 미간을 찌푸렸다.

"짧게 말해주면 좋겠어요."

"디온과 함께 아카데미로 가주세요. 추천장은 세그다드가에서 써드리겠습니다. 신분 보증은 이 정도면 충분하지요."

아카데미 이야기를 꺼낼 때 대충 짐작은 하고 있었지만 정말 이걸 제안할 줄은 몰랐다. 아카데미라니. 이유를 알 수 없는 제안이었다.

"시종으로서 아카데미에 가는 건가요?"

"그곳에서는 그런 개념이 없습니다. 아카데미에 입학하면서부턴 모두 평등한 학생이라는 게 아카데미의 이념이죠. 그저 우리는 전속 시종에게 고등교육을 시킬 만큼 후계에 큰 힘을 쓰는 가문이다, 라는 것만 보여주고 싶을 뿐입니다."

"만약 싫다면요?"

"도움은 없던 걸로 하겠습니다."

그는 여전히 웃는 낯이었다. 마치 아쉬울 것 없다는 반응에 잠시 할 말을 잃었다.

강적이었다. 원작에서 1황자가 급히 디르케온의 형을 제거한 이유가 그가 너무나 유능해서라는 이유가 쉽게 이해될 정도였다. 나는 잠시 생각에 잠겼다. 아카데미에서 얻을 수 있는 게 있을까? 내가 복수를 위해 황가에 접촉할 수단이 있을까? 기억을 헤집었다.

생각났다. 보통 황족은 아카데미에 오지 않는다. 하지만 2황녀가 아카데미에 입학한다. 그녀는 막내라 권력과 가장 멀리 떨어져 있기도 하지만 나로 인해 1황자 측에 황녀에 대한 약간의 불신이 생겼기 때문이었다.

디르케온과 2황녀의 접점도 아카데미였다. 디르케온이 1황녀를 찾지 못하고 다시 아카데미로 돌아갔을 때, 2황녀가 입학을 했다. 조금씩 기억이 떠오르고 있었다.

2황녀, 내 정체를 숨기고 닿을 수 있는 큰 황가의 줄. 정말 큰 도박이었지만 한 가지 믿을 구석도 있었다. 이능을 타고나지 않은 2황녀의 기억을 조작할 수도 있다는 것.

"받아들이도록 하죠."

"좋습니다. 그럼 앞으로 마벨님이 묵을 방을 안내해 드리죠. 저는 잠시 동생과 회포를 풀고 싶은데 괜찮겠습니까?"

"아무렴요."

굳이 형제의 대화를 방해할 생각은 없었다. 디르케온이 잠시 나를 쳐다봤지만 오르도가 부른 사용인이 오자 다시 제 형에게로 시선을 돌렸다. 그 모습이 마음에 들었다. 이제 전속 시종으로 지내게 될 텐데 내게 연연하는 모습을 보여서 좋을 것도 없었다. 나는 내 방을 안내하라 명을 받은 사용인의 뒤를 조용히 따랐다. 제도에서의 첫 걸음이었다.

⚜

벤지안스가 떠나간 응접실에는 잠시간의 고요가 맴돌았다. 제 버릇인 양 테이블을 탁탁 손가락으로 치던 오르도가 먼저 입을 열었다.

"무서운 사람을 데려왔구나."

"영민하신 분입니다."

"그래, 지나치게 영민하기에 무서운 거지. 기세에서 몰린 건 오 랜만이야."

사실 오르도는 1황녀가 살아 있는지조차 알지 못했다. 육 년 전 벤지안스를 도운 것은 디르케온의 단독 행동이었다. 그 사실을 아는 것은 지금은 세상에 없는 그의 아버지와 디르케온 둘뿐이었다. 그 사실을 아는 사람이 적으면 적을수록 좋을 것이라는 아버지의 말에 디르케온은 그 사실을 제 형에게도 숨겨왔다. 하지만 아버지가 돌아가시고 그 배후가 황가인 것만 같았기에 그 사실을 누군가에게 말해야 했다. 그것이 제 형이었다.

오르도 역시 1황자를 어떻게 해서든지 황태자의 자리에서 끌어내려야 한다고 생각했다. 영리하고 아랫사람을 다스리는 위엄은 충분했지만 그보다 더욱 큰 것이 욕심이었다. 백성도 아닌 저만을 위해 남을 희생시키는 것에 한 치의 망설임도 없는 자였다. 그런 자에게 군주의 자리를 손에 쥐여줄 수는 없었다. 그것이 오르도의 생각이었다.

하지만 현재 1황자를 제외하고 계승권을 가진 자는 없었다. 그 와중에 1황녀가 살아 있다는 얘기를 아우에게 들었다. 1황녀는 분명 계승권을 지닌 황족이었다. 설령 황제의 재목이 아니라 할지라도 그녀는 계승권의 비밀을 알 수 있는 좋은 수단이기도 했다.

제 동생이 열렬한 추종자처럼 1황녀에 대해 줄줄이 호평을 늘어놨지만 그것을 전적으로 믿을 수는 없었다. 디르케온은 황녀를 보러 자주 궁에 찾아갔던 만큼, 그녀의 추종자였으니 주관성을 배제하고 싶었다.

테이블 위에 올려둔 차는 어느새 식어 있었다. 오르도로서는 사실 짧은 대화만을 원했다. 아직 앳된 소년으로 보였고 실제로 나이도 어렸다. 열여섯이라 들었다. 영민하긴 했지만 살아가며 겪은 경험이란 것을 무시할 수는 없었다. 그렇기에 살짝 얕본 것도 있었다. 그저 가볍게 생각했다.

황족이 다시 제 발로 제도에 들어온 이유는 황위 찬탈밖에 없다고 생각했다. 그래서 호감을 높이기 위해 충성의 예를 갖추었던 것도 있었다. 그리하면 어느 정도 쉽게 이야기가 흘러갈 것이라 생각했으니까.

잠깐의 대화였지만 그녀는 황제가 되기에 충분한 위엄과 통찰력을 지니고 있었다. 어디 가서 기세로 밀리지 않는 자신이 그녀와의 기 싸움에서 밀렸다. 열여섯이 뿜을 수 있는 기세가 아니었다. 이대로 황제의 자리에 뜻이 있다면 어떤 수를 써서라도 그 자리에 앉히고 싶을 정도였다.

하지만 그녀는 복수만을 원했다. 그 외의 것에는 한 톨의 욕심도 없었다. 처음 본 그녀의 눈빛에는 열망이 없었다. 하지만 그 열망은 복수라는 단어를 언급할 때 피어올랐다. 그것도 극심할 정도로 뜨겁게. 그것이 큰 문제였다. 디르케온의 질문이 오르도의 상념을 깼다.

"아카데미에는 왜 같이 보내시는 겁니까?"

사실 디르케온으로서는 이해가 안 되는 일이었다. 굳이 아카데미까지 보낼 필요는 없었다. 말은 가문의 위엄이라 했지만 사실 그런 것에 신경 쓰는 형이 아니었다. 그랬기에 더욱 궁금했다.

"디온, 육 년 동안 그녀가 어디에 있었을까?"

"어딘지 알 수는 없지만 평민으로서 숨어 계셨던 것은 알고 있습니다."

"그래, 그럼에도 저렇게 뛰어난 분이다. 그런 분이 고등교육까지 받는다고 생각해 보지."

"상상조차 할 수 없을 겁니다."

"게다가 지금은 남자인 척을 하고 계시니 검술 수업까지 받게 될 거다. 여자는 배울 기회가 없는 지식까지 갖게 될 테지. 사실은 그곳에서 조금 생각이 바뀌시길 바란다. 그 머리를 복수에만 쓰기에는 너무 아까워."

"황녀님 스스로 군주의 길을 선택하시길 바라시는 겁니까?"

"나는 네가 똑똑해서 참 좋아."

오르도는 남은 차를 입에 털어 넣었다. 그래, 말 그대로 그녀가 스스로 황제가 되길 선택했으면 좋겠다. 어떤 경위로든 이 나라를 통치하고 싶다는 생각이 들었으면 좋겠다. 그러기 위해서 교육을 받게 하고 싶었다. 아카데미 입학을 위해서는 간단한 테스트가 필요하지만 그녀라면 문제없을 것이었다.

"그렇게 좋으면 귀찮은 일은 제게 시키지 말았으면 좋겠습니다."

"내가 언제 사랑하는 아우에게 귀찮은 일을 시켰다는 말이냐?"

"오늘도 제게 보고 싶었다 말씀하지 않았습니까?"

"그래, 얼마나 보고 싶었는지! 그럼 이만 서류를 처리하러 가볼까? 분명 네가 도와줄 것이라 믿는다."

오르도는 디르케온의 어깨를 두드리며 일어났다. 가볍게 웃으며 마치 도망이라도 가듯 응접실을 쏙 빠져나가는 오르도를 보며 디르케온이 흔치 않게 큰 소리를 냈다.

"도와드리지 않을 겁니다, 형님!"

꩜

사용인을 따라 도착한 방은 생각보다 컸다. 원래 집사의 방은 이렇게 큰 건지 아니면 내 정체를 알고 있어 배려해 주는 건지는 모르겠지만 어찌 됐건 예상보다는 정말 컸다. 갑작스레 내가 찾아와서인지 기본적인 가구인 침대, 장, 책상 정도만 있긴 했지만 그마저도 감사할 정도였다. 내 독립적인 공간이 생긴다는 것은 이것저것 생각할 시간도 많아진다는 얘기였으니까.

침구는 심플하게 흰색과 검은색으로만 꾸며져 있었다. 전반적으로 깔끔한 우드 톤의 방에 그보다 조금 더 밝은 톤의 원목 테이블과 책상들이 배치되어 있었다. 마음에 들었다. 아직 덜 꾸며진 상태일 테지만 딱히 꾸미고 싶은 생각도 들지 않았다.

커튼을 걷어 창밖을 내려다보았다. 공작가에 들어오면서 보았던 정원과 분수대가 눈에 들어왔다. 정원은 한동안 손질이 되지 않은 모양인지 조금은 들쑥날쑥했다. 아무래도 정원사부터 새로 뽑아야 할 것 같았다. 문득 그런 생각을 하다가 피식 웃음이 나왔다. 도와주는 척하더니 결국 일을 떠맡겼잖아. 새삼스레 오르도가 참 얄미워졌다.

방을 대충 둘러보고는 책상 앞에 앉았다. 오랜만에 앉아보는 책상이었다. 시골에서 유모와 지냈을 때는 작은 테이블을 다용도로 사용했을 뿐이었다. 밥을 먹거나 잊어버린 글을 배울 때, 세뇌처럼 유모가 해주는 얘기들을 머리에 넣을 때나 테이블을 사용했다.

참 줄기차게도 그녀는 내게 1황자가 나쁜 사람이라고 계속해서 말해왔다. 우리의 가족을 1황자가 전부 고문 후 죽이고 누명을 씌워서 집에서 쫓아낸 것이라고. 굳이 따지자면 거짓은 아니었지만 그렇다고 전부 진실도 아니었다. 그리도 지긋지긋하던 유모는 내 손으로 처리했다.

그리고 그 여파로 1황자 측은 1황녀의 죽음에 대해 반신반의하게 될 것이다. 유모가 잡혀갔을 때 귀족모독죄로 처벌해 나와 유모의 행방을 철저하게 숨기려 했다. 하지만 생각보다 빠른 그들의 일 처리가 내가 머물던 마을까지 정찰을 보내게 만들었다.

아마 그들에게서 백금발의 소녀 얘기가 나올 것이다. 그나마 그 육 년 동안 백치로 지냈던 것이 다행이라는 생각도 들었다. 백금발이지만 백치라는 점에서 그들의 의심을 풀 수도 있었다.

조금 더 남작저에서 지내다 제원의 기억을 바꾸고 와야 했던 게 아닐까 하다가 고개를 저었다. 최대한 빨리 떠나온 것이 그나마 다행일 것이다. 제원은 수상쩍은 느낌이긴 했지만 멍청한 머리를 보아하니 딱히 신경 쓸 위인은 아닌 것 같았다. 하지만 그가 이번 일을 처리하는 방향을 보아하니 1황자파일 가능성이 높았다. 1황자가 나를 찾아내는 것이 먼저일까, 내가 황가를 멸문시키는 것이 먼저일까?

나는 책상 옆 책꽂이에 꽂혀 있는 수첩을 빼냈다. 적으면서 정리할 필요를 느꼈다. 자, 생각해 보자. 책의 내용을 떠올려 봤다. 이럴 줄 알았으면 조금 더 꼼꼼히 읽을걸. 새삼 후회되었다. 대충 생각나는 몇 가지를 추려내어 적었다.

이곳은 여신과 마신이 있는 세계였다. 과거에 마신도 여신만큼 강력했다지만 근본적으로 악해 여신과 신관들에 의해 가까스로 봉인당했다고 한다. 소르트에는 여신을 기리는 신전이 각 영지마다 최소 하나씩 있었고 신성력이 강한 자들은 가끔 상처를 치유

하기도 했다.

그리고 마족. 다른 차원의 존재로 제물을 바치면 소환해서 마족의 힘을 빌려 쓸 수 있다. 그 마족의 힘은 제물을 얼마나 바치느냐에 따라 달라진다고 한다. 원작에서 1황자가 마족을 소환한 이유는 국가의 무력을 뛰어넘는 힘을 원해서였다. 황태자 자리를 넘어 황위까지 단숨에 손에 넣을 수 있는 막강한 힘을 위해서.

단순한 무력뿐만 아니라 소환한 마족의 힘이 얼마나 강한가에 따라 수명에도 영향을 준다고 한다. 물론 그만큼 마족 소환에 실패할 경우 받는 반동은 상상을 초월하는 것이었다. 소환자의 죽음이지만 그 죽음도 편치는 못하다고 하니, 나로서는 그 이후가 어떨지는 상상도 할 수 없었다. 물론 그 어마어마한 부작용을 알고 있더라도 황태자는 그 어마어마한 힘을 포기할 수 없던 모양이었다.

하지만 마족 소환은 쉬운 일이 아니었다. 마족 소환은 상당히 어려우며 특정 조건이 충족되어야만 성공할 수 있다고 한다.

이렇게 마족 소환이 아닌 경우에는 마술이라는 개념이 있었다. 이들이 국교로 지정한 여신, 다비네에 반하는 마족의 힘이기에 금지된 주술이지만 금지된 지역에서는 마술사들이 활동하고 있었다. 대가를 치르고 소원을 빈다. 하지만 주술이 실패하면 그 반동으로 저주를 받게 된다.

하지만 가끔 그 반동의 그릇을 옮겨놓는 경우도 있었다. 하지만 반동의 그릇을 옮기는 것은 아무나 할 수 있는 일이 아니었다. 힘을 빌린 마족의 눈을 피해야 하기에 마족에 대해 잘 알고, 그것을 효과적으로 눈속임 할 수 있는 마술사를 찾아야 했다. 그리고 그 마술사들의 능력이 높을수록 그들의 주술값은 상상을 초월하는 가격이었다. 어쩌면 귀족 이상의 사람들만 제대로 된 의식을 치르는 이유가 여기에 있을 수도 있겠다는 생각이 들었다.

마술사를 찾는 자들은 주로 타인의 목숨을 끊고 싶어 하는 이들이었다. 사소한 일에 반동과 같은 리스크를 굳이 가지고 오고 싶지 않은 이유도 있겠지. 그에 더해 마족들이 원하는 것은 영혼이기에 목숨이 걸린 의뢰일 때 성공률이 가장 높다는 얘기도 있었다. 아니더라도 누군가를 다치게 하거나 혼수상태에 이르게 할 때도 마찬가지였다. 생각해 보면 저주와 별다를 것 없는 개념이었다.

황후는 황제의 암살에 마술을 사용했다. 꽤나 강하다 소문이 난 마술사를 찾아가 그의 죽음을 의뢰했다. 그리고 실패했다. 이곳에서 이능이란 것은 여신의 축복이나 마찬가지였다. 이능을 가진 황제에게 단순한 마술은 먹히지 않았다. 그러자 그 반동의 그릇을 벤지안스에게로 몰았다. 하지만 나 역시 이능을 갖고 있기에 그 반동조차 먹히지 않았다.

1황녀가 살아 있는 것을 확인한 황후는 두려워했다. 그다음 타깃은 황후 자신이었기에. 반동이 오기 전에 그녀는 1황녀를 죽이려 했다. 반동이 튕겨 나갔다 하더라도 1황녀가 죽으면 그것으로 목숨이 하나 손에 들어온 것이기에 괜찮기 때문에.

참 우연히도, 거의 밖으로 나가지 않던 1황녀가 외출한 날과 황후가 밖으로 나간 날이 겹쳤다. 소설 내에서 일을 진행시키기 위한 장치였을 것이다. 그녀는 주변 사람들을 협박해 1황녀에게서 의뢰를 받았다는 거짓 실토를 하게 만들었다. 그 실토에 더 이상들을 것도 없다는 듯 황제는 1황녀에게 화형을 명한다.

기억을 더듬어보면 황제가 1황녀에게 주는 사랑은 인형이나 애완동물을 대하는 것과 비슷했다. 예뻐하지만 그것으로 끝인 그런 사랑. 그렇기에 그런 존재가 저를 해하려 했다는 실토를 듣자마자 바로 죽이라는 명을 내릴 수 있던 거겠지.

내가 우선할 것은 하나였다. 정보 길드를 찾아가 그들에게서 진짜 정보를 빼내는 것. 황후가 찾아간 마술사는 제국에서도 손에 꼽히는 강력한 마술사였는데 그런 존재를 증거를 없앤다는 이유로 황후가 제거할 리가 없었다. 그녀가 제거한 마술사는 별 볼일 없는 마술사였다.

진짜 마술사를 찾아내야 한다. 황제를 죽이는 것도, 1황녀를 죽이는 것도 실패했다면 황후에게 표식이 남았을 것이 분명했다. 비록 황후가 죽지는 않았지만 그녀만 아는 반동이 있었을 것이 분명했다. 그것을 알아야 했다. 그래야 후에 황후의 죄가 발각될 수 있다.

책에선 여러 번이나 정보 길드가 언급되었다. 그곳에 가야 하는데 그곳에 대해서는 디르케온이 알고 있다. 제국에는 두 개의 다른 정보 길드가 있는데 하나는 물 위의 정보를 취급하는 곳이고, 디르케온이 아는 곳은 물 아래, 즉 뒷세계에 관련된 정보를 취급하는 곳이다. 예를 들자면 마술, 마족과 같은.

소설 내에서는 황후가 황제의 암살을 시도한 것이 밝혀지지 않는다. 그저 막판에 마족을 소환해 그들이 악이 되어버린다. 하지만 나는 그 모든 것들을 밝혀내기로 결심했다. 그래야 내 누명이 벗겨질 것이기에. 디르케온에게서 그가 아는 정보 길드에 대해 알아내야겠다.

때에 맞춰 노크 소리가 들렸다.

"들어가도 되겠습니까?"

"들어오세요."

양반은 안 되는 모양이었다. 옷은 갈아입은 모양인지 하얀 셔츠에 깔끔한 적갈색 조끼가 그와 썩 잘 어울렸다. 나는 디르케온에게 의자를 권했다.

"방은 마음에 드십니까?"

"네, 아주 마음에 들어요."

"더 꾸미지 않을 생각입니까?"

"깔끔한 것이 좋거든요. 나머지 필요한 것들은 내가 채워 넣을게요. 아, 그나저나 디르케온에게 부탁할 것이 있어요."

"디온이라 불러주십시오."

"디온이요?"

"예, 그 편이 좋을 것 같습니다."

"고작 시종이 그렇게 불러도 되나요?"

"상관없습니다. 주인이 허락했다 하면 아무도 뭐라고 할 수 있는 자는 없습니다."

그의 형이 그를 디온이라 부르던 것이 떠올랐다. 디르케온은 아무래도 너무 길었다. 디온이 짧고 어감도 확실하니 나는 가볍게 고개를 끄덕였다.

"제게 부탁할 것이 무엇입니까?"

"정보 길드가 필요해요."

"제도에서 유명한 정보 길드는 비즈 길드와 라비스 길드가 있습니다. 비즈 길드는 귀족가의 전반적인 정보를 다루고 라비스 길드는 그 외의 정보를 다룹니다. 어디를 원하십니까?"

내 말에 디르케온은 그럴 줄 알았다는 듯 술술 정보 길드들에 대해 알려줬다. 하지만 그중에 내가 원하는 길드는 없었다. 나는 고개를 가로저었다.

"아니요, 블레로 길드로 안내해 주세요. 디온이라면 알 것 같아서요. 혹시 모르나요?"

내 말에 디온이 잠시 침묵했다. 표정은 아까 응접실에서의 경악 어린 표정과 흡사해 보였다. 잠시간 말이 없던 그가 조용히 입을 뗐다.

"황녀님, 아니, 마벨님은 언제나 저를 놀라게 하십니다. 그 길드는 어찌 아신 겁니까?"

"어쩌다 알게 됐어요. 시골구석엔 생각보다 물 아래 얘기가 돌거든요. 알려줄 수 있나요?"

"알려드리지 못할 것은 없지만 조금 위험할 수도 있습니다. 괜찮습니까?"

"죽어 있는 황녀가 살아서 제도를 걸어 다니는 것보다 위험할 것이 어디 있겠어요."

내 말에 디르케온이 가볍게 웃었다. 왠지 그 웃음에서 못 말리겠다는 말이 들리는 것 같아 잠시 쳐다봐 주니 표정을 고쳤다.

"그러실 줄 알았습니다. 예, 알려드리죠. 블레로 길드에 대해서는 어느 정도 알고 계십니까?"

"마족과 마술을 다룬다는 것 정도만 알고 있어요."

"예, 주로 다루는 정보는 마족에 관한 것들이지요."

"더 다루는 것들이 있나요?"

"마술사들과 계약하는 주 고객층을 알고 계십니까?"

갑작스러운 질문이었다. 곰곰이 생각해 봤다. 마술사들과 계약하기 위해서는 어마어마한 돈이 필요하다. 청부 살인이 그러하듯 사람의 목숨이 걸린 범죄 행위이기에 그 실력이 뛰어날수록 부르는 것이 값인 시장이었다.

그런 경제적 부담을 감당할 수 있는 사람들은 많지 않았다. 귀족, 아니더라도 최소한 귀족들의 재력을 따라갈 수 있는 대부호들이 그들과 계약할 것이다.

정보 길드는 그 존재 자체가 굉장히 위험한 곳이다. 타인의 정보를 다룬다는 것은 그만큼 그 대상에게 상당히 위협적인 존재기 때문에. 거기서 살아남기 위해서는 길드 스스로 무력을 갖추는 것은 당연할뿐더러 권력자들의 약점을 파고드는 정보 또한 필요할 것이었다. 물 아래의 정보를 취급하는 곳이라면 그것이 더더욱 필요하다. 뿐만 아니라 권력가들이 숨기고 싶은 정보를 손에 넣는 것 또한 쉬울 것이다.

"물 아래 세력들과 손닿은 권력가의 정보도 얻을 수 있다는 말인가요?"

"역시 영민하십니다."

어김없이 그의 칭찬이 뒤따랐다. 이제는 무시할 정도로 익숙해졌다. 아무 말도 못 들었다는 듯 궁금한 것을 물었다.

"그런데 권력가들의 치부는 고급 정보 아닌가요?"

"고급 정보라기보다는 상당히 위험한 정보로 취급됩니다."

"그걸 첫 고객인 저한테 알려줄까요?"

"설마 혼자 그곳에 가실 생각이셨습니까?"

부드러운 표정으로 말을 잇던 디온의 표정이 내 한마디에 갑자기 엄격하게 바뀌었다. 화가 난 건 아닌 것 같은데 왠지 표정에서 '절대 안 됩니다'라는 말이 들리는 것만 같았다. 디온은 다른 사람들과 얘기할 때는 잘도 포커페이스를 유지하면서 나에게는 묘하게 표정으로 말을 걸곤 했다.

"안 된다고 말할 생각이죠?"

"당연합니다."

"꼭 혼자 가고 싶다고 해도요?"

"예, 절대 안 됩니다. 마벨님 혼자 가시면 그들은 절대 문을 열어주지 않을 겁니다. 뿐만 아니라 혼자 들어갈 수 있는 방법 역시 알려드리지 않을 겁니다. 그곳은 뒷세계입니다. 제 몸도 지킬 줄 모르는 여자가 혼자 방문할 곳이 절대 아닙니다."

말은 극존칭을 사용하면서 참 강한 어조를 잘도 구사한다 싶었다. 블레로 길드에 들어가는 일엔 다 방법이 있지만 굳이 말해줄 필요는 없었다. 게다가 굳이 혼자 그곳에 들어가야 할 특별한 이유도 없었다. 혹시 모를 경우를 대비해 검술도 뛰어나다 서술된 디온을 데려가는 것도 나쁘지 않겠지.

"네, 그럴 줄 알았어요. 얼굴에 다 적혀 있거든요."

"예?"

"말 안 들으면 잡아먹을 것 같은 얼굴이라고요."

"저는 마벨님을 잡아먹지 않습니다."

"디온."

"예."

"농담 안 통한다는 얘기 많이 듣지 않아요?"

"형님께 많이 듣습니다."

그는 아무렇지 않게 대답했다. 아무래도 나와 오르도는 많은 공감대를 형성할 것 같았다. 잠깐 겪었지만 오르도의 성격상 디온에게 무던히도 장난을 걸었을 것이다. 딱히 농담을 던지지 않는 내가 농담이 안 통한다 생각하는데 그가 이 생각을 하지 않을 리가 없었다. 혹은 다른 부분에서 재미를 찾아 이미 놀리고 있을 수도 있겠지.

문득 생글거리며 내게 일을 떠맡긴 그가 생각나 머리를 저어 쫓아냈다. 괜히 그와 닮은 디온을 괴롭히고 싶은 욕구를 겨우 접었다. 왠지 내가 그를 놀리면 이상하게 깨갱거리며 방문을 나갈 것만 같았다. 아, 그 모습은 조금 보고 싶을지도. 애써 잡생각을 떨쳐 내고는 아까부터 궁금했던 것을 물었다.

"그럼 블레로 길드에는 언제 갈까요?"

"뒷세계는 보통 해가 진 후 활발해지기 시작합니다. 물 아래 정보는 주로 뒷세계에서 돌죠."

나는 벽에 걸린 시계를 확인했다. 점심시간이 지나 있었다. 창문 밖에도 역시 하늘 높이 떠오른 해가 방 안을 비추고 있었다. 해가 지기까지는 한참 먼 시간이었다. 어디서 올라오는지 모를 맛있는 냄새가 창문을 통해 올라오고 있었다.

"마벨님과 대화를 하면 저도 모르게 시간이 갑니다. 배는 고프지 않으십니까?"

"출출하네요."

"식사를 권하러 올라온 건데 저도 모르게 이렇게 됐네요. 형님께서 기다리고 계십니다. 내려가시죠."

그를 따라 내려간 곳은 오픈된 식탁이 아닌 밀폐된 만찬장이었다. 공작가의 만찬장답게 그 크기는 여전히 무시할 수 있는 것이 아니었지만 주방과 직접 연결된 곳을 버리고 굳이 이곳에서 식사를 하는 것이 조금은 의아했다.

사용인들이 가져온 접시를 식탁에 올려놓았다. 접시들이 식탁을 반 정도만 채웠지만 식탁의 크기와 의자의 개수로 봤을 때 못해도 열 명은 앉을 수 있는 자리라 그것만으로도 어마어마한 양이었다. 각종 샐러드와 스프, 그리고 메인인 스테이크 등이었다.

시골에서 먹던 음식들과 차원이 달랐다. 그리고 그 음식을 먹을 때마다 겪었던 일들이 있었다. 굳이 이 만찬을 눈앞에 두고 구역질 나는 과거를 떠올릴 필요는 없었다. 애써 떠오르는 기억을 꾹꾹 눌러 담았다. 이렇게 음식을 접할 때마다 밥맛을 떨어뜨려서는 안 된다. 무슨 수를 써서라도 그때와 같은 일은 절대 겪지 않을 것이다.

그 원흉 중의 하나인 유모를 보냈다. 그 뿌듯한 일을 처리한 후 첫 만찬이다. 충분히 즐길 가치가 있었다. 유모의 구역질나던 과거가 문득 떠오른다. 애써 다잡고 즐기려는 음식인데 밥맛이 떨어지려 하고 있다. 그때 한 목소리가 내 상념을 파고들었다. 디온이었다.

"안색이 좋지 않으십니다."

"아, 그냥 옛날 생각이 나서요. 먹죠."

그의 시선이 내게 잠시 머물렀다. 그의 시선을 보지 못한 척 아무렇지 않다는 듯 음식을 먹기 시작하자 그제야 내게서 시선을 돌렸다. 정말이지 오랜만에 먹어보는 제대로 된 음식이었다. 샐러드는 싱싱했고 그에 쓰인 드레싱은 상큼한 것이 적당히 입맛에 맞았다. 스프는 짜지도 싱겁지도 않은 간에 씹히는 감자가 일품이었다. 말없이 식사를 시작한 내게 오르도가 변명처럼 말했다.

"원래 식사 장소는 이곳이 아니지만 아무래도 마벨님께 '님'을 붙이는 마지막 날이 될 것 같아 만찬장으로 초대했습니다. 다른 사용인들이 우리의 대화를 들어서 좋을 것이 없으니까요. 식사 역시 나눠서 준비하는 것이 맞지만 양해해 주셨으면 합니다."

"흠, 아무래도 예전의 제 모습이 아직 머리에 남아 있는 모양인데 평민보다 못한 생활에 익숙하니 굳이 신경 쓰지 않아도 돼요."

내 대답에 역시나 디온의 시선이 내게 향했다. 아, 이번에는 오르도의 시선도 마찬가지였다. 디온이 먼저 입을 열었다.

"하나 물어도 되겠습니까?"

"전에도 말했지만 열 개라도 상관없어요. 물론 전부 대답한다고 확신은 못 드리지만요."

"육 년간 어떻게 지내셨는지 알고 싶습니다. 대답을 원치 않으시면 하지 않으셔도 좋습니다."

"생각보다 늦게 물어보네요. 사실 디온은 만나자마자 물어볼 줄 알았거든요."

사실 내 생각이 그랬다. 디온은 이제껏 황녀를 찾아다녔다. 그래서 그가 나를 찾았을 때 당연히 어떻게 지냈는지, 잘 지냈는지부터 물어볼 것이라 생각했다.

하지만 예상치 못한 사건들이 터져서 그런 모양인지 아니면 원래 무심한 성격 탓인지 딱히 내 과거에 대해 이것저것 묻지 않았다. 사실 만나고 보니 그리 무심한 성격도 아닌지라 조금 의아한 면도 있었지만. 어찌 됐건 예상했던 질문을 던지지 않기에 그저 궁금하지 않은 모양이다 하고 대수롭지 않게 넘겼는데 아닌 모양이었다.

"그때의 황녀님께서는."

디온은 말을 중간에 잠시 자르고는 생각을 골랐다. 그는 버릇처럼 또다시 황녀님이라 부르고 있었다. 하지만 그 뒷말이 궁금하기에 호칭은 잠시 무시해 주기로 했다. 오르도였다면 황녀님이라는 호칭에 불순한 뜻을 담았겠지만 디온은 저도 모르게 나온 말일 것이 뻔했으니까.

"온몸에 가시를 두르고 계셨습니다."

잠시간의 침묵 후에 나온 대답은 생각보다 추상적이었다. 그의 대답에 문득 학교에 친구가 데려왔던 고슴도치가 생각났다. 만지려다 가시에 찔려 애꿎은 고슴도치 주인에게 커피를 얻어 마셨었다. 그 따끔함이 생각나 대답해 줬다.

"하긴, 찔리면 아프죠."

"아니요, 가시가 향하는 것은 제가 아니었습니다."

그렇겠지. 애꿎은 공격성이 디온을 향할 리가 없었다. 얼마나 찾아다니던 도움의 손길이었는데. 그럼 누구? 문득 머리에 떠오른 인물이 있었다.

"그럼 유모였나요?"

"아니요, 그때 제가 그 질문을 던지면 찔리는 것은 황녀님이라고 생각했습니다. 주제넘었다면 죄송합니다. 하지만 제 눈에는 그렇게 보였습니다. 늦게 질문을 던져서 불편하셨다면 죄송합니다."

돌려 말하기는 했지만 무슨 말인지는 알 것 같았다. 내가 겪었던 남자들은 세세한 감정을 깊게 이해하고 적당히 판단해 행동하는 경우가 드물었다. 처음 만났을 때부터 생각한 건데 정말 섬세한 남자였다. 물론 이런 부분에서만.

나는 그의 말에 살짝 머쓱해져 가볍게 턱을 긁었다. 숨겨뒀던 공격성을, 그것도 나를 향해 날이 서 있던 감정을 들켰다는 것이 살짝 민망했다.

"아니요, 딱히 기분이 나쁘지는 않아요. 예상 밖이라는 얘기죠. 흠, 그럼 지금은 괜찮다는 말인가요?"

"제도에 들어서는 순간부터 조금은 둥글어지셨습니다. 정확히는 이동진을 이용하기 전부터. 그래서 육 년간 어떻게 지냈는지 묻고 싶었습니다."

이동진을 이용하기 전이라면, 유모의 죽음을 확인한 순간이었다. 하긴 그 날카로운 기운이 유모의 처참한 죽음 이후에 수그러들었으니 적잖이 궁금했을 것이다. 그의 기억 속에서 유모는 나의 어머니나 마찬가지였다. 어려서 어머니를 잃은 황녀가 의지할 곳은 유모밖에 없었다. 그런 유모를 내 손으로, 그것도 간수들이 토악질을 해댈 만큼 잔인하게 목숨을 끊었다. 이제야 이 질문을 던진 것이 어떻게 보면 대단하기까지 했다. 뭐, 딱히 숨길 것도 없었기에 대답해 줬다.

"짧지 않은 얘기지만 짧게 간추릴게요. 난 유모에게 그런 짓을 하고도 기뻐서 웃을 수 있는 육 년을 보냈어요. 기억을 잃고 백치가 된 내게, 유모는 제 아들의 원수에게 복수할 것을 강요했어요. 그녀에게 난 이용 가치 있는 말, 그 이상도 이하도 아니었어요. 이름을 말해도 알지 못할 마을에 숨어 마을 사람들이 가져다주는 음식으로 하루하루를 보냈죠. 음식은 글쎄요, 귀족 나리들이 먹으면 한 번 씹고 뱉을 만한 맛이에요."

내 한마디 한마디에 그들의 얼굴이 찌푸려지는 것이 보였다. 나는 그것을 노렸기에 별다른 반응 없이 계속해서 말을 이었다. 그들이 듣는 것은 고작 부분일 뿐인데 반응이 이렇게 온다는 것에 헛웃음이 나올 정도였다.

"아, 우리는 일을 하지 않았어요. 여자 둘이 정당한 노동을 하지 않고도 농가에서 음식을 받아올 수 있는 방법이 무얼까 잘 생각해 보셨으면 해요. 그 부분은 설명하고 싶지 않으니까요. 그리고 어느 날 모든 기억이 돌아왔어요. 그것이 디온을 만나기 삼 일 전이었어요. 딱 이 정도예요. 더 설명할 것도 뺄 것도 없는 그냥 이 정도."

길게 말하고 싶지는 않았다. 길게 말하면서 올라오는 쓸데없는 감정을 내비치고 싶지도 않았다. 최대한 짧게, 그리고 상상할 수 있는 여지를 주기로 했다. 그리고 그 상상이 끔찍하게 각인되길 원했다. 더 이상 내게 질문하지 않도록. 그리고 더욱더 나를 열렬히 돕도록.

디온과 오르도는 먹던 것도 멈추고 내 이야기를 들었다. 내가 한 말이 정확히 전달됐는지는 모르겠지만 식탁 위에 올려둔 디온의 주먹이 떨리는 것을 보니 그렇다고 여겨도 될 것 같았다.

나는 쏟아내듯이 말을 하고는 스테이크를 잘라냈다. 즐겨 먹던 미디움 레어의 굽기가 마음에 들었다. 만찬장 내에는 딸그락 식기가 부딪치는 소리만이 가득했다. 그중 음식을 먹는 사람은 나밖에 없었다.

"죄송합니다."

디온이 답했다. 생각보다 난감했다. 썩 유쾌한 기분은 아니었지만 그 원흉 중에 하나를 이미 없애 버린 상태라 그렇게 불쾌하지도 않았다. 내 얘기가 다소 충격이었는지 그들은 어찌할 줄을 몰랐다.

특히 오르도는 입을 뗐다 붙였다 안절부절못하고 있었다. 디온이야 내가 처절하게 소리치고 울고 웃고 하는 모습을 다 봤으니 어느 정도 예상이야 하고 있었을 테지만 오르도는 아닌 모양이었다. 내가 올라가고 회포를 푼다 하더니 그런 얘기는 아직 하지 않은 모양이었다.

"아니요, 상관없어요. 내가 말하고 싶어서 말한걸요."

"하지만……."

"식사들 하세요, 괜히 나까지 체할 것 같으니까. 죄송하다는 말

말고는 다 받아줄게요."

"이제는 안심하셔도 좋습니다."

마치 스스로 다짐이라도 하듯 디온은 내 눈을 똑바로 쳐다보며 말했다. 그 눈빛이 너는 안심하지 않으면 안 된다는 도전장처럼 보일 정도로 강렬해 나도 모르게 피식 웃음이 나왔다.

"기대할게요."

내 대답에 빤히 내 얼굴을 쳐다보던 디온이 입을 열었다.

"처음으로 웃으셨습니다."

"아닐걸요?"

"그때를 말씀하시는 거라면, ……거의 통곡에 가까웠습니다."

아까는 섬세하다 생각했는데 또 이렇게 보면 아닌 것 같기도 하다. 그때는 정말 기뻐서 웃은 거였는데. 아니면 여태까지 내 감정을 주관적으로 판단한 것일까. 무어라 반박해야 할지 말을 고르고 있을 때 끼어드는 목소리가 있었다.

"흠흠, 저, 분위기를 깨는 것 같아 죄송합니다만, 밖에서 벌써 디저트가 나온 것 같아서요. 디저트도 시간이 오래 지나면 맛이 사라집니다."

오르도는 멋쩍게 웃으며 식사를 계속할 것을 권했다. 시간은 지나 있는데 예상치 못한 분위기에 음식을 다 먹지 못한 모양이었다. 오르도는 사용인에게 잠시 디저트의 시간을 물렸다. 우리는 남은 스테이크를 털어 넣었다.

빈 접시가 빠져나가고 차와 디저트가 들어왔다. 내 앞에 놓인 차의 향을 맡아보니 아까 마셨던 그 차였다. 딸려오는 접시에는 오렌지가 올라간 타르트 한 조각이 있었다. 맛있었다. 그리고 왠지 오르도라면 이 맛있는 음식을 주고 일을 시킬 것도 같았다.

아까부터 궁금한 것이 있었다. 디온의 전속 시종뿐만 아니라 집사직도 내게 맡겼는데 사실 어느 정도까지의 일 처리를 바라는 건지 알 수 없었다. 내가 아는 집사의 일은 손님맞이, 사용인들 관리, 전반적인 집안 관리 정도였다. 어디서부터 질문을 해야 할까, 머리를 굴리고 있는데 그 생각을 알기라도 하듯 오르도의 목소리가 들려왔다.

"그냥 편하게 있으세요."

"예?"

"아무래도 제가 좀 짓궂었던 것 같습니다."

찻잔을 내려놓으며 오르도가 멋쩍게 웃어 보였다. 그의 얼굴에는 약간의 미안함과 같은 표정이 자리하고 있었다.

"무슨?"

"사실 아까 마벨님께 조금 쫄았거든요."

"어투가 너무 가볍습니다."

"하루 이틀도 아니고 이해하거라, 아우야. 아, 혹시 마벨님께서도 제 어투가 거슬리십니까?"

"아니요, 전혀요."

쫄았다라. 확실히 귀족이, 그것도 공작이 쓸 만한 어투는 아니었다. 하지만 이상하게 그것이 오르도에게 더욱 잘 어울렸다. 역시나 디온이 옆에서 깐깐하게 말렸다. 한두 번이 아니라는 듯 금세 무시당했지만.

"다행입니다. 아까 말하던 걸 이어서 말하자면 글쎄요, 사실 어디 가서 기 싸움에서 밀린 적이 별로 없습니다. 열여섯 소녀에게 밀린 것이 조금 억울했다는 것이 맞겠네요. 더불어 제 발로 저희 세그다드가에 찾아와서는 한껏 경계하는 모습에 조금 발끈했던 것도 있습니다."

처음 그가 나를 바라보며 짓던 표정과 사뭇 다른 표정이었다. 그때는 웃음 깊은 곳에 관찰하는 시선이 담겨 있었다. 하지만 지금은 관찰이 아닌 호의가 담겨 있었다. 이렇게 보고 있자니 새삼 디온과 닮았다는 생각이 들기도 했다.

"집사직은 큰 부담 없이 해주면 됩니다. 사실 근 며칠간 집사 없이도 잘 돌아갔던 공작가인데 임시 집사 한 명이 빠질댄다고 크게 무리가 갈 것도 없지요. 나가야 할 일이 있다면 집에 꼭 붙어 있지 않아도 된다는 말입니다. 아, 하지만 사용인 채용 부분은 신경을 좀 써주시기 바랍니다. 그런 문제까지 저희가 나서면 그건 정말로 체면이 추락하는 일이라서요."

오르도는 내가 물어보고 싶었던 걸 정확하게 집어서 말해주었다. 내게 집사직을 맡길 때의 얄미운 웃음이 사라지고 부드러운 미소가 입가에 자리하고 있었다. 마치 이것이 진심이라는 것처럼.

이제 와서 이런 이야기를 꺼내는 이유가 무얼까? 아무래도 내가 아까의 이야기를 꺼낸 것이 크게 작용한 것 같았다. 그래도 나름 호의를 이끌어낸 이야기인 모양이었다. 아니면 나도 모르게 내보였던 경계심의 이유를 이제야 알게 되어 안심한 걸 수도.

무엇이든 간에 저렇게 말한 이상 나는 빠질대도 된다는 말이다. 그런데 골려주기 위해 말한 것이라면 아카데미 건 역시 그런 이유일 수도 있겠다는 생각이 들었다.

"그럼, 아카데미 역시 지나가는 말로 언급한 건가요?"

"아니요. 아카데미는 가주세요. 제가 디온 녀석을 못 믿어서요. 집에 와서 친구 얘기라고는 한마디도 하지 않아요. 이 정도 잘난 외모면 연서가 쌓일 법도 한데 하나도 못 받는 것을 보아하니 아무래도 걱정이 됩니다. 따돌림이라는 것이 요즘 청소년들 사이에서 성행한다지요."

그래, 저 정도로 융통성 없는 성격이면 따돌림을 당할 수도 있겠다 싶었다. '그렇군요'라 말하며 고개를 끄덕이자 디온이 발끈한 목소리로 반박했다.

"무슨 소리입니까! 아카데미 축제에 와서 페른과 센을 들쑤시고 돌아가지 않으셨습니까! 아직도 형님 때문에 제게 수업 시간마다 노트를 보여달라 강요를 해댑니다. 그리고 연서라니요. 저인 척 오는 족족 답장을 보내기에 받을 때마다 소각장에서 태워 버립니다. 형님 때문에 아카데미에서 영애들 사이에 돌던 소문만 생각하면, 하…… . 집단 따돌림이라니요, 그런 것 본 적도 없고, 당하지도 않습니다!"

"호오, 연서를 받고도 내게 말을 안 했단 말이지? 그리고 감히 내 동생에게 노트 필기를 시킨다?"

미끼라도 물 듯 낚아채는 오르도의 말에 디온은 입을 닫아버렸다. 남작가의 자제를 말로 발라 버릴 때는 그렇게도 든든해 보이더니 제 형 앞에서는 영 이길 수가 없는 모양이다. 디온은 하아, 짧은 한숨을 내쉬고는 처연하게 눈앞의 차를 마셨다.

세그다드가에 서열이 완벽하게 존재하는구나. 최상위 존재 오르도. 내 예상대로 오르도는 디온을 놀리는 방법을 숙지하고 있었다. 오르도는 한숨을 푸욱 쉬며 고개를 좌우로 흔들었다. 그 모습조차 영락없이 디온을 놀려먹는 모습이라는 것이 문제였지만.

"이것 보십시오. 아카데미에서의 일을 이렇게 집에서 꽁꽁 숨기니 내가 어떻게 안심할까요?"

"형님은 지금 황녀님께 제 감시 역을 시키시겠다는 말입니까?"

"이런 부분에서는 또 눈치가 좋습니다. 그렇지 않나요?"

"형님!"

디온은 자리를 박차고 일어날 기세였다. 그 모습이 그리도 재밌는지 오르도는 크게 웃어댔다. 정말 못 말리는 형이었다. 크게 웃어대는 오르도를 보며 디온은 화가 난 표정으로 아무 말 없이 타르트를 한 입 베어 물었다. 그 모습이 영락없는 형제의 모습이었다. 원작에서 오르도의 죽음 후에 디온이 왜 그렇게 처절하리만큼 날카로워졌는지 알 것 같았다. 진심으로 저를 지지해 주던 피붙이를 잃었으니 당연한 반응이었다.

소설의 내용을 생각하다 문득 생각나는 한 가지가 있었다. 디온이 제가 마음을 준 주변 사람들에게 맹목적이고 스스로 저주받은 아이라 칭할 만한 무언가가 있었다. 가족에 관한 거였는데 그 부분을 대충 읽어서 그런지 정확히 기억이 나지 않았다.

그중 확실한 기억 하나가 머릿속에 떠올랐다. 디온은 세그다드가의 친아들이 아니라 양자였다. 하지만 누가 봐도 저 둘의 외양은 형제나 마찬가진데? 하지만 이 사실을 물어볼 수는 없는 노릇이었다. 누구도 내게 디온이 양자라고 말하지 않았는데 내가 물었다가는 오히려 의심받을 상황이 올 수도 있으니.

후에 언젠가는 들을 일이 있지 않을까? 나 역시 오렌지 타르트를 한 입 베어 물었다. 입양된 아이. 과거의 내가 겹쳐졌다. 하지만 디온은 진심으로 사랑받고 있었다. 그의 형은 저를 희생하더라도 동생을 지킬 그런 사람이었다.

그리고 지금도 그의 눈에는 제 동생을 생각하는 애정이 가득 차 있었다. 가족이구나. 내가 갖지 못했던 것. 투닥거리는 저 둘의 사이가 빛나 보였다. 부럽지 않다고 하면 거짓말이리라.

"가족이군요."

나도 모르게 중얼거린 한마디에 그들의 시선에 내게로 향했다. 의미를 알 수 없는 디온의 눈빛, 그리고 시선을 돌려 나와 눈이 마주치자 이내 부드럽게 호선을 그리는 오르도의 눈과 마주쳤다.

"마벨님, 지금 마벨님이 묵으시는 방이 어딘지 아십니까?"

"집사가 지내는 방 아닌가요?"

"아니요, 세그다드가의 핏줄들이 묵는 방입니다. 아버지가 딸을 위해 준비하셨지만 아들만 낳아 방치된 방이죠."

아, 어쩐지 방이 지나치게 크고 안락했다. 그리고 오랫동안 비어 있던 것처럼 보인 이유도 알 것 같았다. 고개를 끄덕이는 나를 보며 오르도가 말을 이었다.

"처음에는 마벨님을 조금 경계했습니다만 간접적인 경험이라는 것이 무섭더군요. 하도 디온에게 황녀님, 황녀님 얘기를 듣다 보니 이제는 여동생처럼 느껴지기도 합니다. 무엇보다 '디온'은 여태껏 가족들만 써온 애칭이기도 하구요. 저 녀석이 생각보다 벽이 높아서 그 벽을 열어준 사람이 아니면 그 이름을 허락하지도 않죠. 그래서 사실, 마벨님 입에서 그 이름이 나올 때 조금 놀랐습니다. 저 녀석이 그 이름을 허락했다면 나도 그 정도의 마음은 열어도 되지 않을까 싶기도 하고요."

디온이 그런 의미였나? 시선을 돌려 디온을 바라보자 그가 가볍게 웃어 보였다.

"그러니 그냥 원래 내 집이었다고 생각하고 지내세요. 오라비 한 명이 생겼다 편하게 대해주셔도 좋습니다. 어차피 내일부터는 제가 말을 낮출 테니 오히려 자연스러워 보이겠지요. 아, 지금은 오라비보다는 형이겠군요. 어찌 됐건 세그다드가에 오신 걸 환영합니다."

예상치 못한 환영 인사였다. 이렇게 환영 인사를 불쑥 받아도 되나 싶을 정도였다. 적잖이 당황해 눈을 도록 굴려 오르도를 쳐다보자 그는 별일 없었다는 듯 시선을 돌려 차를 한 모금 마셨다. 옆의 디온을 보자 예의 부드러운 웃음을 입에 걸고는 살짝 고개를 숙여 인사한다. 그 모습이 오르도의 '세그다드가에 오신 걸 환영합니다'에 겹쳐 보여 얼떨결에 나도 대답해 줬다.

"어, 자, 잘 부탁드릴게요."

이상하게 몰려오는 민망함에 애꿎은 오렌지 타르트를 베어 입에 넣었다. 유난히도 달큰한 맛이었다. 단맛이 입안 가득 퍼져 기분이 좋아졌다. 아무래도 이 식사는 꽤 오랫동안 머릿속에서 지워지지 않을 것 같았다.

식사가 끝나고 올라와서도 입안의 단맛이 가라앉지 않는 느낌이었다. 그 기분을 가라앉히기 위해 방 안을 괜히 서성거렸다. 오랜만에 제대로 된 식사였다. 그리고 편안한 식사였다. 환영 인사 후에도 둘은 줄곧 투닥거렸고 디온은 몇 번이나 주먹을 쥐고는 제 형을 칠 뻔한 것을 참아냈다. 새삼 디온의 인내심이 대단해 보였다.

아카데미에 대한 것도 몇 가지 물었다. 아카데미는 가을 학기에 시작한다고 한다. 지금으로부터 일주일 후에 시험이 있고 합격자는 이틀 후에 나온다. 그리고 입학은 합격자 발표 후 열흘 뒤에 이뤄진다고 한다.

아카데미는 일 년에 2학기이며 한 학기당 삼 개월씩이다. 학기가 시작되고 사 주 후에 중간고사, 칠 주 후에 기말고사, 마지막 남은 한 주는 실습 겸 친목의 기간을 가진다는데 내가 듣기에는 그저 마지막 일주일 동안 논다는 말로밖에 들리지 않았다.

열여덟 살 전에는 언제나 입학이 가능하기 때문에 아카데미에 다니는 학생들의 나이는 제각각이라고 한다. 아카데미는 전교생이 기숙사에서 지내는 것을 의무로 하며 이년제로, 성적이 우수한 장학생은 일 년 만에도 졸업이 가능하다.

이 대목에서 오르도가 부담 가득한 눈빛을 나에게 향한 채, 디온과 함께 졸업하기를 바란다며 의뭉스럽게 웃었다. 아무래도 나를 내 능력보다 훨씬 높게 평가한 듯싶었다. 그것을 노리긴 했지만 막상 그 눈빛을 마주하고 있자니 내가 저 기대를 충족시킬 수 있을까 싶은 생각도 들었다.

세그다드가의 딸이 쓸 예정이었다는 방. 나는 다시 한 번 내 방을 둘러봤다. 이상하게 처음 봤을 때보다 조금 더 안락해 보였다.

오르도는 내 몸에 맞는 적당한 옷이 올 때까지는 쉬기를 권했다. 지금 입고 있는 옷은 셔츠에 바지로, 소년들이 입는 차림이었다. 변방에서 출발하기 전에 샀던 옷들도 전부 편한 소년의 복장이었다. 디온과 같이 다녀야 하기에 그의 의복과 너무 차이 나지 않는 적당히 고급스러워 보이는 옷을 구입하긴 했지만 집사가 입기에는 썩 어울리지 않는 옷들이었다.

나는 가방을 열어 옷들을 꺼냈다. 이 옷들조차도 마리일 때 입고 다녔던 옷들과는 차원이 달랐다. 공작가에서 주는 옷들을 받으면 시골에서의 옷들은 기억도 나지 않을 것이다.

나는 옷을 바르게 펴 장에 넣었다. 장은 이 옷들이 들어가고도 절반 이상이 남았다. 딸을 낳으면 예쁜 옷을 참 많이도 사주려 했던 모양이었다.

얼마 되지 않는 짐 정리를 끝내고 시골집과는 달리 두세 번을 굴러도 떨어지지 않을 침대에 가 누워 좌우로 두어 번 굴렀다. 이렇게 편하게 누워보는 것은 정말 오랜만이었다. 며칠 지나지 않았지만 황녀의 몸에 빙의된 이후로 언제나 긴장하고 지내왔다.

내 몸을 지키고 유모를 주변에서 치워내고 디온을 따라서 제도에 오기까지가 지독히도 긴 여정 같았다. 변방의 여관에서조차 들키지는 않을까 걱정하며 하루를 보냈다. 세그다드에 온 것이 잘한 일일까? 적어도 못한 일은 아닐 것이다.

폭신한 침대에 몸을 맡기고 있자니 피곤이 몰려왔다. 긴장에 갇힌 채 돌아다녔던 것이 피로를 한가득 몰고 온 모양이었다. 오랜만에 찾아오는 편안함에 눈을 감았다. 아카데미 시험일도 며칠 후였고, 집사로서의 일도 미뤄졌다면 지금은 조금 쉬는 것도 좋을 것이리라.

똑똑, 노크 소리에 눈을 떴다. 나도 모르는 새에 잠이 든 모양이었다. 밖을 보니 해가 서서히 지고 있었다. 시간은 6시를 향해 가고 있었다.

"들어오세요."

문을 열고 디온이 들어왔다. 잠에서 깬 지 얼마 되지 않아 흐트러진 머리를 정리하고 있자니 그가 물어왔다.

"주무셨습니까?"

"네, 침대가 편해서요."

"편하다니 다행입니다. 쭉 피곤해 보이셨습니다."

"네, 이제 좀 풀린 것 같아요. 무슨 일이죠?"

"길드 때문에 말씀드릴 것이 있어서 왔습니다. 해가 지면 나가

봐야 해서 말이죠. 그리고 저녁을 드실 시간이기도 합니다."

하긴 곧 저녁 시간이긴 했다. 그럼 몇 시간을 잔 거지? 꽤나 오래 잔 모양이다. 먹고 바로 잠들어서 그런지 배는 별로 고프지 않았다.

"흠, 저녁은 간단히 먹을 수 있을까요? 배가 별로 고프지 않아서요. 그리고 길드는 몇 시쯤에 가야 할까요?"

"뒷세계가 활발해지는 시간은 8시부터입니다. 하지만 해가 지고 10시까지는 제도 전체가 활발합니다. 혹시 괜찮다면 거리 구경은 어떠십니까?"

"좋아요, 그럼 간단하게 먹고 나가요."

"예, 준비가 되면 식당으로 내려와 주세요. 아, 마벨님의 방 밖에서는 말을 낮추겠습니다."

"바라던 바예요. 알았어요, 금방 내려갈게요."

거리 구경이라, 딱히 할 것도 없었기에 나는 수락했다. 내 대답에 디온은 가볍게 목례를 하고는 방에서 나갔다. 나는 옷매무새를 가다듬고는 내려갈 준비를 했다. 블레로 정보 길드, 황가를 끌어내리는 첫 발걸음이었다.

⚜

저녁 식사를 끝내고 우리는 거리로 향했다. 나는 이제 내 수중에 돈이 없다는 것을 그에게 알렸다. 그는 무슨 당연한 것을 말하냐는 듯한 얼굴로 신경 쓰지 말라고 대답했다.

거리를 구경한 후 우리는 블레로 길드로 갈 것이었기에 로브를 챙겼다. 공작가의 후계자와 이제 그의 전속 시종으로 같이 지낼 사람이 뒷세계에서 얼쩡거리는 것을 들켜서 좋을 것은 하나도 없었다. 역시나 그는 말을 끌지 않았다. 말을 타지 못하는 나로서는 다행이었다.

"말은 안 타나요?"

"걸어서 갈 만한 거리입니다."

"말은 낮추는 편이 좋을 텐데요."

"벨님도 저도 로브를 쓰고 있는데 굳이 신경 쓸 필요가 있을까요? 얼굴을 드러내게 되면 그때는 낮추겠습니다."

딱히 틀린 말은 아니었기에 그냥 그의 뜻대로 끄덕여 줬다. 내이름은 우선 숨겨서 벨이라고 부르기로 했고 디온은 온이라고 부르기로 했다. 가는 곳이 썩 밝은 곳이 아닌 만큼 조심해서 나쁠것 없다는 의미였다.

나는 걸어가며 주변을 둘러봤다. 해가 진 후의 엘드임은 낮과는 다른 아름다움이 있었다. 일정한 간격으로 서 있는 가로등은 한국과는 다른 느낌을 풍겼고 바닥의 돌길은 가로등 불빛을 반사해 반짝였다.

저녁에도 활발하다는 말이 사실인 모양인지 적지 않은 사람들이 길거리를 오가고 있었다. 처음 온 것을 티내듯 두리번거리며 길거리를 구경하고 있자니 디온이 말을 걸어왔다.

"말을 탈 줄 아십니까?"

뜬금없는 질문이었다. 하지만 길 한복판으로 사람들이 말을 타고 다니는 것을 보아하니 영 뜬금없지도 않았다.

"아니요. 접할 일이 없었죠."

"아카데미에 들어가기 전에 배워두는 것이 좋을 겁니다. 평민을 제외하고는 전부 귀족입니다. 그 평민들조차 귀족들의 눈에 든

자들이기에 말을 탈 줄 압니다. 여학생들 중에는 간혹 말을 타지 못하는 경우도 있지만 남자들의 경우는 드뭅니다. 벨님은 남자로 입학을 하는 것이기 때문에 승마는 익히는 편이 좋을 겁니다."

"오르도와 디온을 보면서 궁금한 게 있는데요."

"말씀하십시오."

"아카데미에 들어가려면 시험에 합격해야 한다고 들었거든요. 그런데 너무 내 입학이 당연하다는 듯 말하는 것 같아서요."

"떨어질 일이 없을 것이라 생각합니다."

"디온만의 생각이에요? 아니면 오르도도?"

"형님도 같은 생각이십니다."

"왠지 실망시킬까 봐 겁나는데요."

"떨어지셔도 실망하지 않습니다."

"꼭 입학하겠다는 이야기였어요."

사실 아카데미에 들어가야 할 이유를 찾지 못했다면 일부러라도 떨어질 생각이었다. 하지만 그곳에 가서 2황녀를 만나야 하기에 떨어질 생각은 없었다. 실없는 이야기를 몇 번 주고받다 보니 어느새 시가지에 도착했다.

사람들이 점점 많아진다 싶더니 눈에 보이는 거리에는 낮과 비교해도 전혀 적지 않은 사람들이 돌아다니고 있었다. 해가 지면 전부 집으로 들어가는 농가와는 전혀 다른 모습이었다.

활기찬 사람들 사이로 로브를 눌러쓴 사람도 여럿 보였다. 해가 진 후의 거리에는 저렇게 로브를 눌러쓴 사람도 드물지 않다고 디온이 말해줬다.

멀리 보이는 분수대를 중심으로 갈라진 거리에는 각종 식당들부터 잡화점들까지 다양했다. 잡화점들 사이로 애완동물을 파는 것인지 용도 모를 동물들을 파는 가게도 몇 군데 눈에 띄었다.

"저곳들은 뭐죠?"

"기를 수 있는 동물을 파는 곳입니다. 사람이 길들일 수 있는 종류의 동물만 팝니다. 흔하게는 개부터, 사람들의 손길에 익숙한 종들을 파는 곳이죠."

내 짐작이 어느 정도는 맞았다. 간단히 줄이자면 말 그대로 애완동물 가게였다. 그의 말에 그리앙이라 간판을 내걸은 가게를 유심히 살펴봤다. 살짝 보이는 내부는 그 크기가 겉보기보다는 넓어 보였다. 한 종류뿐만 아니라 여러 가지 동물이 많을 테니 어찌 보면 당연한 규모였다. 그렇게 가게를 보고 있자니 내게 필요한 것이 생각났다.

"그 종류 중에 아무도 모르게 전서를 주고받을 수 있는 것도 있을까요? 먼 거리를 오갈 수 있고 사람들의 눈에 딱히 안 띄었으면 좋겠는데."

"적당한 종류가 있지만 크거나 무거운 것은 옮기지 못합니다. 괜찮습니까?"

"편지만 전할 수 있으면 충분해요."

"드라가 적합하겠군요. 애완용이 아니라 야생으로도 자주 보이는 종이기에 큰 의심을 사지 않고 전서를 전달할 수 있습니다. 굉장히 영리해 주인이 지정한 사람이 아니면 전서를 삼켜 버리기도 하지요."

"한번 보고 싶네요. 이 근처에서 볼 수 있나요?"

"예, 안내해 드리죠."

디온을 따라 도착한 곳은 아까 지나쳤던 가게는 비교도 안 되는 규모로, 나무 간판부터 애완동물을 판다는 것을 광고라도 하듯 개가 그려져 있었다. 가게 안은 생각보다 깔끔했다. 각종 동물들로 가득 차 있을 것이라는 내 생각과는 달리 깔끔한 손님 응대용 테이블과 소파가 놓여 있었다.

가게에 들어서자 후덕해 보이는 주인이 우리를 맞이했다. 눌러 쓴 로브 덕에 처음에는 우리를 경계하는 눈치였지만 '제일 비싸고 그만한 가치 있는 드라를 보여달라'는 디온의 말에 절로 표정에 화색이 돌았다.

그는 우리를 새들이 모여 있는 방으로 안내했다. 그 구석에는 조그마하고 귀엽지만 자세히 뜯어보면 날렵한 새들이 한데 모여 있었다. 주인은 그중에서 제일 활발하게 날아다니는 두 마리의 드라 앞으로 우리를 데려갔다.

"우리 가게에서 제일 좋은 품종의 드라입니다."

자세히 살펴보라는 듯 주인이 커다란 새장 앞에서 한 발자국 물러났다. 새장에 갇힌 새들은 마치 저를 데려가라고 소리라도 치듯 삑삑 울어대고 있었다. 처음 접한 드라는 생각보다 작았다. 전서를 옮기는 새라는 말에 매나 부엉이 등을 생각했는데 의외로 정말 귀여운 크기였다.

성인 남성의 손바닥 정도 되는 크기의 드라는 새장 안에서 삑삑 울어대고 있었다. 새삼 큰 것은 옮길 수 없다는 디온의 말이 이해됐다. 이만한 크기라면 정말 전서밖에 옮기지 못할 것이다. 그리고 전서용으로 제일 용이하다는 말도 알 것 같았다. 온몸이 수북한 털로 덮여 있어 편지를 묶으면 보이지 않게 숨길 수도 있을 것 같았다.

드라를 보고 있자니 뱁새가 떠올랐다. 뱁새가 조금 더 크고 날렵하게 생기면 이런 모습이지 않을까. 나는 두 마리의 드라를 번갈아 살폈다.

"좋은 품종이라는 것이 사실일까요?"

"아이고, 손님. 저희는 거짓말을 하지 않습니다. 드라 자체가 구하기 힘들다는 것 알고 계실 겁니다. 그중에서도 이렇게 털이 완벽하고 윤기가 나는 녀석은 최상급에 속합니다. 그리고 훈련을 시켜보시면 알겠지만 이 녀석들은 정말 영리합니다! 저희 가게의 명성은 아는 분은 다 압니다요. 그런 집에서 어찌 귀빈께 사기를 치겠습니까!"

그의 말에 나는 사실이냐는 의문을 담아 디온을 쳐다봤다.

"사실일 겁니다. 몇 번 드라를 봤지만 이 정도는 찾기 힘든 것도 맞습니다."

"그렇다면 사실이겠죠."

그렇다면 두 마리 중 어떤 것을 구매할까, 하며 시선을 돌리는 와중에 구석에 있던 조금 작은 새가 눈에 들어왔다. 생김새로 보아하니 드라인 것은 분명한데, 확실히 두 마리에 비해 상태가 안 좋아 보이긴 했다. 하지만 이상하게도 자꾸 시선이 갔다.

내 눈빛을 받은 작은 새가 '삑' 하고 울었다. 나를 보자마자 계속 울어대던 다른 드라들에 비해 이상하게 나를 알아보는 것만 같아 계속 쳐다보자 스스로 날아 내 앞으로 왔다. 주인이 자랑하던 새에 비해 살짝 작은 크기였다. 하지만 동물도 눈으로 얼마나 영리한지 알 수 있다면 이 새는 이 중에서 제일 영리해 보였다.

"이 녀석은요?"

내 말에 그가 적잖이 당황하며 말을 이었다.

"이, 이 드라는 상태가 좋지 않습니다. 이것보다는 제가 보여준 것들을 사는 것이 훨씬 좋을 겁니다."

"꺼내서 볼 수는 없나요? 저는 저 드라가 마음에 드는걸요."

"아, 안 됩니다!"

별생각 없이 던진 말에 갑자기 주인이 크게 소리쳤다. 그 목소리에 디온의 시선도 그에게 향했다. 이상하게도 주인의 표정에서 무언가를 숨기는 것을 느꼈다고 한다면 착각일까? 이제 그 드라는 저를 데려가라는 듯 날개까지 파닥이며 삑삑대고 있었다.

나는 로브를 살짝 올려 주인장을 쳐다봤다. 시선을 마주쳐 이 드라에 대한 주인의 기억을 읽었다. 그럼 그렇지.

"이 드라로 하겠어요."

"하, 하지만 이 드라는 예약 손님이."

"베일라와 함께하기를."

내 한마디에 주인의 눈동자가 동그래졌다. 그는 부랴부랴 새장을 열고는 내게 드라를 넘겼다. 디온은 나를 의아하게 바라봤지만 나는 애써 태연하게 주인이 넘겨주는 드라를 받았다.

나는 다시 한 번 가게 주인과 눈을 마주쳤다. 제도에서의 정보 조작이 필요한 시점이었다. 그의 눈을 마주쳐 기억을 바꿨다. 너는 사 년 전부터 이 제도에서 살고 있는 마벨을 본 적이 있다. 이것 하나면 충분하다. 누군가 그에게 마벨에 대해 묻는다면 그는 마벨을 본 적이 있다 말할 것이다.

나는 그의 기억을 바꾸고는 내 얼굴을 알아보지 못하도록 바로 로브를 내렸다. 주인의 얼굴에는 잠시의 혼란이 자리 잡았다가 이내 사라졌다. 그는 처음 우리를 맞이했을 때와는 사뭇 다른 태도로 우리를 배웅했다. 거의 쫓아내듯 서둘러 우리를 가게 밖으로 내보냈다.

가게를 나온 후에도 디온의 의구심 어린 표정이 여전히 나를 따라오고 있었다. 나는 손에 든 새장 속 드라와 눈을 마주쳤다. 눈을 마주친 드라가 반갑다는 듯 '삑' 하고 울었다. 파닥거리는 날갯짓이 마치 내가 제 주인인 줄 알아보는 모양새였다.

"새장을 열어주면 날아갈 거니?"

삐빅!

내 질문에 마치 아니라는 듯 드라는 파닥거리던 날갯짓을 멈추고는 짧게 울었다.

"믿을게."

나는 새장 문을 열고 그 안으로 손을 넣었다. 내 손목 위로 드라가 얌전히 앉았다. 생각보다 무게가 나갔다. 나는 조심스럽게 새를 새장에서 꺼냈다.

"잠시만 들고 있어줄래요?"

나는 새장을 디온에게 넘겼다. 디온은 물을 것이 한가득인 얼굴로 나를 쳐다보고 있었다. 나는 내 손목에 얌전히 앉아 있는 드라의 털을 살짝 들었다. 감춰진 다리에 전서 하나가 묶여 있었다. 그것을 풀자 디온이 커다래진 눈으로 바라봤다.

"무슨."

"쉿."

나는 검지를 손에 갖다 대고는 잠시 조용히 해줄 것을 요구했다. 그리고 전서를 펴서 제일 아래에 찍혀 있는 인장을 디온에게 보여줬다.

"이거, 블레로 길드의 인장 아닌가요?"

"마, 맞습니다."

길드의 인장을 확인한 디온의 얼굴에 더욱 큰 혼란이 자리했다.

"일이 생각보다 잘 풀릴 것 같은데요?"

전서에는 날리듯 휘갈겨진 서체로 글이 적혀 있었다.

–시작하는 정보임을 명심. 백금발의 백치 소녀가 카르디안에서 육년간 지낸 것을 확인, 그녀의 정체는 불확실. 그녀와 함께 살던 어머니는 반역자인 전 세니아 백작부인으로 추정. 마을 사람들의 상반된 진술로 확실하지 않은 것임을 명심. 이 전서는 확인 후 바로 소각할 것.

"읽어볼래요?"

나는 종이를 디온에게 넘겼다. 디온은 내게서 종이를 받아 읽어 내렸다. 그의 표정이 점점 딱딱하게 굳어갔다.

이 내용은 우리가 변방에 있을 때부터 시작된 의혹일 것이다. 그들이 이제 황녀가 살아 있다는 것을 눈치챘을지도 모른다. 하지만 확신할 수는 없을 것이다. 잡혔을 때의 유모는 제정신이 아니었다. 마을 사람들의 진술이 상반된다고 한 이유는 알 수 없지만, 어쩌면 그들은 괜한 일에 연루되기 싫어 거짓말을 한 것일 수도 있었다.

어찌 됐건 이 의혹은 점차 커질 것이다. 황실에서는 쉬쉬하겠지만 물 아래에서는 이것이 꽤나 비싼 정보가 될 것이다. 시작하는 정보라고 적혀 있는 것을 보아하니 변방의 길드원이 길드장에게 보내는 전서인 게 분명했다. 제도의 길드원들은 아직 이 내용을 모를 것이다. 소각하라는 것은 이 내용이 절대로 다른 곳에 새어 나가서는 안 된다는 말이겠지.

나는 전서를 품에 넣었다. 이제 벤지안스가 마벨임을 들켜서는 안 된다. 최대한 많은 제도의 사람들에게 마벨에 관한 기억을 주입시킬 필요가 있었다.

드라는 어느새 내 손목에서 어깨로 날아와 폭신한 털을 내 볼에 비비고 있었다. 처음 봤을 때도 느꼈지만 이상하게 이 새에게 선택된 기분이었다. 디온이 의구심이 가득한 눈으로 내게 물었다.

"어떻게 아셨습니까?"

"감이에요."

"아닌 것 같습니다."

"믿지 못하네요. 그냥 이 드라가 눈에 띄었을 뿐이에요."

"하지만 벨님은 이미 전서를 알고 있는 것처럼 보였습니다."

"그런가요? 그렇다면 그럴 수도 있겠네요."

내가 말했지만 정말 터무니없는 답변이었다. 내 대답에 그가 잠시 복잡한 표정을 지었다. 나는 내 어깨에서 애교를 부리는 드라의 부리를 쓰다듬어 줬다. 그것이 마음에 드는지 드라가 '삑' 하고 울었다. 그 모습을 쳐다보던 디온이 얼굴에서 혼란을 지우고는 말했다.

"언젠가는 대답해 주실 것이라 믿습니다."

"저도 그랬으면 좋겠네요."

진심이었다. 그에게는 약간의 미안함도 있었다. 그의 기억을 수정함으로 인해, 어쩌면 그의 미래를 바꾼 것이나 마찬가지였다. 기회가 된다면 이능을 밝혀 약간이라도 속죄를 하고 싶었다. 물론 그때는 모든 일이 끝난 후겠지만.

기약 없는 미래를 생각하며 드라를 손으로 옮겼다. 이제야 이 새의 생김새를 제대로 볼 수 있었다. 새하얀 깃털 중간중간 섞인 군청색의 털이 줄무늬처럼 보였다. 새까만 눈은 고작 동물인데도 총명해 보였다. 드라는 날개를 파닥였다.

"이름을 지어야겠죠?"

"이제 벨님의 것이니 이름이 필요할 테죠."

그래, 계속 드라라고 부를 수는 없으니. 하지만 나는 작명에는 영 소질이 없었다. 파랑이? 아니야. 얼룩이? 어딘가에 있을 법한 느낌의 이름이었다. 내게 정말 중요한 정보를 손에 넣어준, 이제는 내 것이 된 드라에게 조금 특별한 이름을 지어주고 싶었다. 문득 적절한 이름이 떠올랐다. 사실 떠오르는 이름이 이것밖에 없었다.

"큐라, 큐라라고 짓죠."

"특이한 어감이네요. 무슨 뜻입니까?"

"그냥, 향수를 불러일으키는 이름이에요."

큐라는 그것이 제 이름인 것을 알아챈 모양인지 '삐빅' 하고 울었다. 저녁의 어스름이 있던 거리는 어느새 새까만 밤이 되었다. 그 어둠을 나만 반가워하는 것이 아닌지 거리에는 로브를 눌러쓴 사람들이 아까보다 더 많이 보였다. 나는 손 위의 큐라를 다시 한번 쓰다듬어 주고는 디온에게로 시선을 돌렸다. 내 손에서 비적거리는 큐라를 잠시 빤히 쳐다보던 그가 나와 시선을 마주했다.

"이제 어디로 갈까요?"

"이제는 그곳도 활발해져 있을 겁니다."

그곳이라 함은 뒷세계일 것이다. 우리는 로브를 더욱 깊게 눌러썼다.

디온을 따라 걸어가며 별 시답지 않은 이야기를 나눴다. 우리가 향하는 곳이 썩 안전한 장소는 아니라는 것을 알려주기라도 하듯 가는 길에 로브를 눌러쓴 사람들이 점점 늘어나고 있었다. 작은 펍들이 모여 있는 곳에서 서서히 걷는 속도를 늦추던 디온이 말했다.

"여기서부터는 저와 절대로 떨어지시면 안 됩니다."

"여기요?"

"펍 안에 들어서면서부터입니다. 최대한 저를 잡고 있는 것이 안전합니다."

그가 멈춘 곳은 작은 펍 앞이었다. 다른 펍에 비해 작은 그곳은 창문이 없을 뿐만 아니라 간판조차 달려 있지 않았다. 그 때문인지, 아니면 다른 무언가가 숨겨져 있는 탓인지 분위기도 흉흉한 것 같았다. 디온이 잠시 나를 바라보다 입을 열었다.

"묻고 싶은 것이 있습니다."

"물어보세요. 하지만 역시나 답해준다고 확신할 수는 없어요."

참 궁금한 것도 많다 싶었다. 그리고 이쯤 되면 그냥 물어볼 수도 있는데 참 조심성이 많은 사람이라는 생각도 들었다. 나는 그의 질문에 아까와 같은 대답을 던져 줬다.

"저와 닿는 것을 꺼리시는 겁니까, 아니면 모두와 닿는 것을 꺼리시는 겁니까?"

"아마 모두일 거예요. 굳이 덧붙이자면 남자와."

어찌 보면 그다운 질문이었다. 첫 만남에 그의 손길을 피했던 순간부터 어쩌면 그의 머릿속에 맴돌던 질문일 수도 있었다. 로브에 가려져 표정은 보이지 않았지만 이상하게도 안심한 것처럼 보인다고 하면 과한 추측일까. 내 대답을 들은 디온은 작게 고개를 끄덕였다.

"그렇다면 옷이라도 잡아주십시오."

"굳이 그렇게까지 해야 하나요?"

디온은 아까부터 어딘가를 잡기를 권했다. 그냥 걸었다가는 떨어질 위험이 있다는 것이 그의 설명이었다.

뒷세계라고는 하지만 내 상상 속의 뒷세계는 그저 암거래 및 기타 물 아래 것을 공유하는 조금 어두운 거리였다. 디온의 권유는 살짝 과보호처럼 보이기도 했다.

"조심해서 나쁠 것은 없습니다. 제가 차고 있는 이 검은 이곳에 올 때만 차고 오는 검입니다. 제가 이 검을 갖고 있는 것을 본 이상 아무도 저를 공격하지는 않을 겁니다. 그리고 벨님이 저와 일행이라는 것을 확실히 보여주면 벨님 역시 그들에게서 안전해질 수 있습니다. 무슨 일을 당한 후 후회하는 것보다는 먼저 조심하는 것이 낫다고 생각합니다. 그리고."

"그리고?"

"만에 하나라도 눈앞에서 벨님이 사라진다면 견딜 수가 없을 겁니다. 제 시야에서 사라지는 것은 이제는 두 번 다시 보고 싶지 않습니다."

나는 잠시 디온을 빤히 쳐다봤다. 이상하게도 앞의 장황하고 그나마 설득력 있는 설명들보다는 뒤의 한마디가 진심인 것처럼 느껴졌다. 아니, 진심이었겠지. 아마 저 로브를 벗겨 눈을 마주치면 그 눈 안에 갈망이 한가득일 그런 어조였다. 다시 한 번 그의 기억을 조작한 것에 대해 속으로 사과했다.

"그렇게까지 말하지 않아도 돼요. 음, 그럼 로브 자락이라도 잡고 가죠, 뭐. 그리고 걱정하지 말아요, 아직은 디온의 시야에서 사라질 수가 없거든요."

진심이었다. 아직까지는 그의 시야에 있어야 그의 도움을 적극적으로 이용할 수 있다. 나는 가볍게 고개를 끄덕이며 그의 로브 자락을 잡았다. 내가 로브를 잡았음에도 그는 들어가지 않고는 잠시간 서 있었다.

"아직까지라 함은."

"음?"

"아닙니다, 펍 안에서는 조심해야 합니다. 이곳 주인이 성가시 겠지만 평소 하던 대로 하시면 별다른 귀찮은 일은 없을 겁니다."

디온은 드물게 말을 안으로 삼켰다. 마치 무언가라도 떨쳐 내 듯 몸을 돌려 문을 열고 들어갔다. 그가 하지 않은 뒷말을 알 것 도 같았지만 나는 침묵했다. 그의 마음은 알았지만 나는 그 마음 에 답해줄 생각이 없었으니.

나는 그의 로브 자락을 잡은 채로 따라 들어갔다. 종이 울리는 소리와 함께 사람들의 시선이 우리에게 집중됐다. 잠시간 머물던 시선이 디온을 확인하고는 이내 흩어졌다. 술을 파는 펍치고는 내부 분위기가 흉흉했다. 기대와 너무나도 부합되는 내부였다. 주 인이 우리를 확인하고는 반갑게 손을 흔들었다.

"어이, 온, 오랜만이야!"

반가운 듯 던지는 그의 인사에 디온이 가볍게 고개를 까딱였 다. 이 안의 사람들 반응도 그렇고 주인도 그렇고 디온은 이미 이 곳에서 유명 인사인 모양이었다. 공작가의 자제임을 알고 있는지 는 모르겠지만. 반갑게 인사한 주인이 주방에서 나와 디온의 어 깨를 툭툭 치며 허허 호기롭게 웃었다.

"그래, 오늘도 거길 가는 건가?"

"말할 의무는 없습니다."

"허허, 오늘도 꽤나 까칠하구만. 그런데 옆에 친구는 처음 보는 데 누구?"

주인은 자연스럽게 다가와 내 로브에 손을 뻗었다. 장난인 척 로브를 벗기려는 모양새였다. 나는 반사적으로 한 걸음 물러섰다.

하지만 디온의 손이 나보다 더욱 빨랐다. 검집째이긴 하지만 허리춤의 검을 들어 주인의 손을 쳐냈다.

"탈, 다음번에는 검을 뽑겠습니다."

"오늘따라 유난히 까다롭구먼그래. 드디어 온이 사랑에라도 빠진 건가? 설마 소녀?"

탈이라 불린 사내가 양손을 들어 포기라는 제스처를 취하며 한 걸음 물러난다. 그는 그 후로 더 이상 내게 손을 뻗지 않았다. 하지만 적잖이 궁금한 모양인지 내게서 시선이 떠나지를 않았다. 디온은 그런 그를 한 번 흘겨보고는 걸음을 뗐다. 그의 행동은 개무시 그 자체였지만 이것이 일상이라는 듯 주인은 고개를 양옆으로 흔들 뿐이었다.

"잠시만요, 온."

내 부름에 디온이 걸음을 멈췄다. 나는 아까부터 내 어깨에서 얌전히 앉아 있던 큐라를 가리켰다. 신기하게도 큐라는 이 펍에 들어온 순간부터 조용히 있었다. 큐라는 데려가지 않는 편이 좋을 것 같았다. 내가 그들의 전서를 중간에서 가로챘다는 사실을 들켜서 좋을 것은 하나도 없었다. 나는 큐라를 새장에 다시 넣어 주인에게 내밀며 말했다.

"얘를 잠시만 좀 맡아주시죠."

내 행동에 잠시간 말없이 새장을 바라보던 탈이 우습다는 듯 크게 웃음을 터뜨리며 답했다.

"이곳에서 물건을 맡기겠다는 말이야? 여기가 어딘지는 알고 따라온 거냐, 요 꼬맹아! 허허, 아무래도 온이 시원찮은 소년 하나를 데려온 모양인데. 아서라, 이런 꼬맹이 데리고 들어갔다가는 큰일 난다. 거기는 멍청한 꼬⋯⋯."

마치 귀여운 꼬맹이라도 보는 듯하던 그가 내 머리를 쓰다듬으려는 순간이었다. 그의 말이 중간에 잘렸다. 디온의 칼이 그의 목에 닿아 있었다. 힘을 주지는 않았지만, 날카로운 칼의 감촉이 전해져 온 모양인지 탈은 입놀림을 멈추었다.

"글쎄요, 그의 칼에 썰리고 싶지 않은 이상 누가 그 새장에 손을 대겠어요."

당연한 말이었다. 우리가 이 펍에 들어오는 순간부터 어느 정도 느끼고 있었다. 이 안에 앉아 있는 사람들의 시선은 우리보다는 디온의 검에 닿았을 때 못 볼 것을 봤다는 양 흩어졌으니. 나는 마치 이 펍 안의 사람들이 전부 들으라는 듯 목소리를 한 톤 올렸다.

"온, 그 새가 혹시라도 사라진다면 어떡하죠?"

"똑같이 사라지게 될 겁니다."

마음에 드는 대답이었다. 적당히 내 연극에 합을 맞춰주는 모양이었다. 나는 다시 주인에게 몸을 돌려 말해줬다.

"들으셨죠? 잘 부탁해요."

나는 유유히 손을 흔들고는 몸을 돌려 디온을 따랐다. 뒤에서는 '삑' 하는 큐라의 마지막 인사가 들렸다. 테이블이 네다섯 개만 자리한 펍에는 들어온 문과는 다른 문이 있었다. 디온은 그곳으로 가 문고리를 돌렸다. 그러고는 다시 한 번 내게 충고했다.

"절대 옷깃을 놓으시면 안 됩니다."

나는 고개를 끄덕이며 그의 옷을 꽈악 잡았다. 문을 닫고 빠져나간 곳은 아까와는 사뭇 다른 느낌의 거리였다. 제도의 주 거리와 같은 밝기의 가로등이 가득이었지만, 그 불빛이 자아내는 분위기는 정반대의 것이었다.

어디에나 분위기라는 것이 있다. 흉흉하고. 끈적하고, 위험하고, 한 발짝 물러서고 싶은. 이 거리가 풍기는 분위기는 이 모든 것을 합치고도 더욱 벗어나고 싶은 것이었다.

그를 따라 걸어가는 거리는 익숙한 듯 익숙지 않았다. 거리에는 제 얼굴을 내놓고 돌아다니는 사람들보다는 로브든 모자든 무엇이든 간에 제 얼굴을 가린 사람들이 더 많았다.

길에 늘어선 가게들은 대부분 간판을 달고 있지 않았고 중간중간 가게라고 하기도 힘든 천막에서 알 수 없는 것들을 팔기도 했다. 대부분의 건물이 창문이 없어 가로등만으로 비추어진 거리는 제도의 거리에 비해 한층 어두웠다. 그리고 구석구석에서 알 수 없는 소리들과 비명들이 들려왔다.

갑작스레 눈앞에서 이런 곳에 있어도 되나 싶은 어린아이가 뛰어갔다. 그리고 이내 누군가에게 붙잡혔다. 그것이 썩 좋은 의도는 아닌 모양인지 아이가 자지러지게 소리를 질러댔다. 하지만 일상이라는 듯 사람들은 아무도 그쪽으로 시선을 돌리지 않았다. 자연스럽게 고개를 돌리는 내게 디온이 낮게 속삭였다.

"시선을 돌리지 마십시오."

그의 말이 내게 닿기 전에 아이를 데려가는 자와 눈이 마주쳤다. 멈칫하며 이쪽으로 다가오려는 자가 디온에게로 시선을 돌렸다. 그자는 잠시 주춤하더니 이내 사라졌다.

디온의 말대로였다. 그의 칼이 이곳에서는 그의 상징인 듯싶었다. 혼자 다닐 때 무던히도 공격을 많이 받고 적잖은 반격을 가한 모양이었다. 디온은 다시 아이를 데리고 제 갈 길을 떠나는 사내를 슬쩍 쳐다보고는 내게 말했다.

"위험한 곳입니다."

"그래 보여요."

"무섭지 않으십니까?"

"그렇지 않다면 거짓이겠죠."

"태연해 보이십니다."

무섭다는 것은 사실이었다. 하지만 태연해 보인다는 것 역시 솔직한 느낌이겠지. 여기에 들어선 이후로는 무서움보다는 긴장감과 조금의 기대감이 몰려오고 있었다. 내 목표에 조금이나마 한 발자국 더 다가갈 수 있다는 그런 기대감. 하지만 이런 감정을 굳이 말할 필요는 없다고 생각해 그의 말에 대충 대답할 뿐이었다.

"무섭지 않았으면 이 손 놓지 않았을까요?"

"잡아야 한다는 것을 의식할 정도로 겁먹지 않았다는 반증이죠."

"그렇게까지 확대해석 할 필요는 없지 않을까요?"

나는 그의 옷깃을 괜히 흔들며 답해줬다. 그 별거 아닌 행동에 디온의 어깨가 흠칫하는 것이 느껴졌다. 새로운 반응이었다. 그 반응이 재미있어 말없이 옷깃을 한 번 더 흔들어줬다. 갑자기 말이 없어진 그는 조금 느려진 걸음으로 앞장섰다. 나는 뒤에서 옷깃을 흔들며 쫓아갔다. 로브 안에서 큼큼, 헛기침 소리가 들리더니 그가 멈춰 섰다.

"여기입니다."

뭐라 한마디라도 할 줄 알았더니 나오는 내용은 간단했다. 나는 그의 옷깃을 흔들던 것을 멈췄다. 고개를 들어 올려다본 건물은 간판도, 창문도, 불빛도 없었다. 주변에 파묻히기를 선택한 듯 자연스럽게 밤에 녹아 있는 건물이었다. 마치 폐가인 듯 출입문은 뒤틀려 닫혀 있었다.

모르는 사람이 이곳에 오면 존재조차 모르고 지나갈 그런 외양이었다. 물 아래의, 일반인은 제대로 알지도 못하는 정보를 다루는 길드에 걸맞은 건물이었다. 문으로 걸어가는 그의 옷을 잡아끌었다. 길드가 갖고 있는 무력 수준을 파악할 필요가 있었다.

"온, 이 안에는 무력에 능한 자가 많나요?"

"예, 심지어 다른 정보 길드들보다 높은 무력을 갖고 있습니다."

"온을 이길 만큼?"

"그것은 잘 모르겠습니다."

"혹시 직접 싸우지 않더라도 상대의 기량을 알아볼 수 있을까요?"

"예, 가능합니다. 체격과 움직임을 보고 어느 정도는 파악 가능합니다."

"길드 안으로 들어가면 온이 그들보다 강한지 아닌지 내게 알려줄 수 있나요?"

"보통 제일 강한 자들이 전면에 위협용으로 나오기에 충분히 파악 가능합니다."

다행이었다. 그들의 무력에 따라 내가 할 말과 삼켜야 할 말이 달라질 것이기에. 나는 그에게 한 가지 부탁했다.

"그럼, 온이 이길 것 같다면 엄지와 검지로 동그라미 표시를 해 주세요. 아니라면 그냥 주먹을 쥐고요."

내 말에 그는 대답 대신 내게 물었다.

"물어본다 하여도 계획을 알려주시지 않을 생각이시겠지요?"

"위험한 짓은 안 할 거예요. 걱정 말아요. 그래서 무력의 차이도 물어본 거잖아요."

내 변명 같은 대답에 디온은 힘겹게 고개를 끄덕였다. 우리는 비틀어 닫혀 있는 문을 열었다. 문을 열자 바로 앞에 이곳을 지키는 남자가 서 있었다.

"가정집입니다. 나가주시죠."

우리가 들어가자 기다렸다는 듯이 남자가 말했다. 이곳이 가정집이라니 말이 안 되는 일이었다. 당연히 무언가 고객과 길드 사이의 암호가 있을 것이었다.

"저번 주에 먹었던 농어구이는 아직 우리 집 접시에 있소."

뜻을 알 수 없는 디온의 대답에 남자가 한 발 비켜섰다.

"들어오시죠."

남자를 따라 들어선 내부는 어두웠다. 시야가 완전히 차단될 정도는 아니었지만 건물 밖의 가로등이 밝다 느껴질 정도의 어둠이었다. 바로 앞사람의 윤곽, 표정, 건물 내부는 보이지만 혹시 먼 곳이나 시선이 닿지 않는 곳에서 누군가가 공격한다면 숙련된 무인이 아닌 이상 막아내지 못할 것 같았다.

우리는 앞장서는 남자를 따라 긴 복도를 걸었다. 복도 양옆으로 몇 개의 방이 보였지만 그 용도는 알 수 없었다. 그렇게 걷던 남자는 문을 열어 우리를 안내했다.

남자를 따라 들어간 방 안에는 몇 개의 촛불이 어둠을 밝히고 있었다. 이곳의 주인인 듯, 혹은 직원 중 한 명인 듯 날렵한 인상의 남자가 자리에서 일어났다. 우리를 안내한 남자는 방에서 나갔다.

남자의 뒤에는 윤곽만 보이지만 칼을 찬 남자 둘이 그를 지키듯 서 있었다. 그 둘을 빤히 바라보던 디온이 작게 손가락으로 동그라미를 만들었다. 디온이 그들보다 강하다는 표시였다. 일이 수월하게 진행될 것 같았다.

"어서 오세요, 빅티. 오랜만이에요. 오늘은 친구를 데려왔군요."

이곳에 들어오기 전 말했던 이름과 다른 이름이었다. 디온에게 의아한 눈빛을 보였지만 그는 고개를 끄덕일 뿐이었다. 아무래도 뒷골목이나 펍에서 쓰는 이름과 블레로 길드에서 쓰는 이름이 다른 모양이었다. 공간마다 다른 이름을 두는 것이 마음이 편할 수도 있겠다 싶었다.

인상 좋은 미소를 지으며 그가 우리를 맞이했다. 손수 의자를 뽑아주며 과한 손님 접대를 몸소 보여줬다. 그는 과장되게 몸을 굽혀 인사를 했다. 얼굴에서는 여전히 미소를 지우지 않은 채.

멀리서는 인상이 좋은 듯 보였으나 가까이서 보니 그것이 약간의 불편함을 불러왔다. 속에 무언가를 한가득 담고 있는 웃음. 오르도도 웃는 상이었지만 이자는 그런 느낌의 웃음이 아니었다. 일부러 웃음으로 스스로를 가둔 장사치. 정보를 팔아먹기 위해 웃음으로 제 페이스를 유지하는 자로 보였다.

"반갑습니다, 초행자군요. 세넨시아입니다. 편하게 세넨이라고 불러주세요. 참고로 이곳에서는 로브를 입을 수 없습니다. 규칙이에요."

처음 접하는 사실이었다. 사실이냐는 듯 디온에게 시선을 주자 그가 긍정의 의미인 듯 살짝 고개를 까딱했다. 이들이 그를 빅티라고 부르지만 아마 디르케온의 정체는 이미 알고 있을 것이었다. 이들이 취급하는 정보가 고급 정보일 수밖에 없는 이유도 알 것 같았다. 나는 그에게 시선을 돌려 속에 있던 질문을 던졌다.

"로브를 벗지 않으면 어떻게 되죠?"

"아무런 정보도 알려드릴 수 없죠. 내 목이 날아간다 해도요. 물론 내 목이 날아가면 정보도 날아가지만! 내 목이 날아가면 길드도 날아가지만! 하하하! 이런, 재미없는 농담이었나요?"

"길드가 날아간다니요?"

"길드가 내 아래에 있는데 내가 죽으면 여기도 끝, 이겠죠? 아아, 아무것도 모르고 오셨군요. 과묵한 친구와 친하게 지내는 것이 가끔은 죽기보다 재미없죠. 그렇지 않나요? 그, 이런. 이름도 모르고 있었네! 이름이 뭐죠?"

그는 혼자 웃고 혼자 주변을 살피고 혼자 손뼉을 치며 대화를 이었다. 정신없는 사람이었다. 그리고 더불어 미친 사람처럼 보였다. 표정이 계속 바뀌어 진짜 속내를 알 수가 없었다. 그가 길드장일 거라곤 생각지도 못했다. 책에서는 몇 번 디온이 블레로 길드에서 정보를 가져오는 장면만 나왔기에 그가 만나는 사람이 길드장인 것은 알 수 없었다.

아까 펍과 다른 이름을 사용했던 디온이 떠올랐다. 나도 그를 따라 정한 이름과는 다른 이름을 만들어냈다.

"미카."

"미카. 이런 곳에서 쓰기에 흔하고도 좋은 이름이죠. 자자, 어서 로브를 벗고 여기 앉아요. 나는 고객에게는 항상 친절하답니다! 오늘도 친절한 하루. 좋잖아요?"

더불어 말이 많았다. 쓸데없는 얘기를 주절대는 그의 말에 디온이 로브를 벗었다. 나도 쓰고 있던 로브를 벗었다.

"호오, 이거 보기 드문 미남인데요? 미소년? 빅티의 옆에서 얼굴이 죽지 않는 사람은 또 처음인걸! 자, 오늘은 무엇이 궁금해서 오셨나요? 앉아요, 앉아."

그는 우리가 앉는 것을 보고서야 제자리로 가 착석했다. 그는 양손으로 턱을 괴고는 초롱초롱한 눈빛으로 우리를 쳐다봤다. 아니, 정확히 나를 바라봤다.

"아무래도 새로운 손님이 오셨으니 용건은 미카에게 있을 것 같은데, 맞나요?"

나는 가볍게 고개를 끄덕였다. 신속한 판단력이었다.

"자, 무엇이든 물어보세요. 대답은 확신할 수 없지만, 대가도, 보상도 확신할 수 없지만 우선 질문은 들어드리죠."

손뼉을 짝짝 치고는 환영한다는 듯 그가 팔을 벌려 말했다. 나는 우선 그를 떠보기로 했다. 그가 내게 진실만을 고하는지 확인해야 했다. 내가 원하는 정보는 고위 귀족 수준이 아닌 황가와 물 아래의 정보였다. 그것이 필요했다. 이들이 처음 온 고객에게 위험한 정보에 대해 어느 정도의 신뢰를 갖고 말하는지 확인할 필요가 있었다.

"대륙에서 제일 실력 있는 마술사가 누군가요?"

"이런 첫 고객님이 찾으시는 게 마술사라니. 하지만 이런 정보는 우리가 적격이죠. 잘 찾아오셨답니다. 대륙 제일의 마술사라, 음음음~ 잠시만 기다려 주겠어요? 머리가 워낙 좋지 않아 굴려야 하거든요."

이상한 콧노래를 부르던 그가 마침 생각났다는 듯 손뼉을 마주쳤다.

"하르테키 란. 넥토즈에 살고 있는 마술사랍니다. 우선 이 정보만으로도 꽤 가격이 된다는 것 알아주세요."

그는 싱글싱글 웃으며 말했다. 나는 이곳에서만큼은 쉬지 않고 내 이능을 발현하기로 했다. 그와 대화하는 순간부터 그의 눈을 마주쳤다. 아니, 그의 머릿속에 있는 마술사는 하르테키 란이 아니었다.

"처음부터 거짓 정보를 흘리면 도대체 정보 길드는 어떻게 유지하겠다는 겁니까?"

내 대답에 그는 과장되게 놀란 표정을 지었다. 그도 나를 시험해 본 모양새였다. 사실 그가 언급한 술사도 대륙에서 세 손가락 안에 드는 이였다. 그리고 대중적이라 하기는 어폐가 있지만 물 아래 정보에 관심 있는 자라면 한 번쯤은 들어본 유명한, 그렇기에 소르트에서 쫓기는 마술사이기도 했다. 그는 마치 이 반응을 예상이라도 했다는 듯 빙글 웃으며 말을 이었다.

"장난이었습니다~ 나를 찾아오는 자라면 이 정도 장난에도 웃어넘길 줄 아는 대인배여야 하거든요! 자, 이번에는 진짜 제일가는 술사를 알려주죠. 그 이름은 사이먼! 이번엔 진짜예요."

사이먼, 그들이 말하는 '진짜'에 부합되는 정보였다. 고급 정보, 그들과 어느 정도 일면식이 있고 서로 간에 신뢰가 쌓였을 때 즉, VIP 정도 되는 고객이 왔을 때 흘리는 그들의 '진짜' 정보였다. 내가 혼자 왔으면 말하지 않겠지만 그들에게 VIP인 디온과 함께 왔기에 들을 수 있는 정보일 것이다. 하지만 내가 듣고 싶은 이름은 그것이 아니었다.

"아니요, 나는 당신들이 고객에게 말하는 '진짜' 정보를 원하는 것이 아니에요."

내 대답에 그의 얼굴에 웃음이 사라졌다. 하지만 그것은 찰나였다. 계속 그의 얼굴을 주시했기에 잡아낼 수 있는 변화였다. 금세 얄미운 웃음으로 제 페이스를 찾은 그가 더욱 입꼬리를 올려 대답했다.

"고객님이 무슨 소리를 하시는지 모르겠군요. 우리는 언제나 진짜 정보만을 다룹니다. 그것이 원하던 정보가 아니라면 이곳에서는 얻을 것이 없어요."

"네르아테안. 그의 마술은 언제나 섬세하면서도 견고하죠. 그렇기에 의뢰를 많이 받지는 않지만 받는 족족 백 퍼센트에 달하는 성공률을 보이죠. 당신들이 그의 정보를 팔지 못하는 이유는 그 견고한 마술의 범위에 당신 목숨까지 걸려 있기 때문에. 여기서 하나라도 틀린 것이 있습니까?"

내 말이 끝남과 동시에 그의 얼굴에서 웃음이 사라졌다. 차분하게 가라앉은 그의 입매. 호선을 그리던 그의 눈이 제자리를 찾아 내려갔다. 마주하는 것만으로도 속내가 까발려지는 듯한 날카로운 눈빛. 이것이 그의 본모습일 것이다.

그는 오른손을 들어 뒤의 호위에게 손짓했다. 그들은 기다리기라도 했다는 듯 내게 달려왔다. 눈으로 잡을 수도 없는 빠른 움직임이었다. 책상이 그들과 내 사이에 있었음에도 무시무시한 도약으로 그것을 넘은 호위들의 칼이 눈앞에 쇄도했다.

카앙!

그리고 날카로운 금속음과 함께 디온의 칼이 그의 칼을 쳐 냈다. 그와 동시에 디온이 책상을 박차고 올라 이번에는 오른쪽에서 달려드는 나머지 칼을 쳐 냈다. 날아간 두 개의 칼은 바닥과 마찰음을 내며 챙그랑 소리를 냈다. 순식간이었다.

디온의 칼은 어느새 세넨의 목에 닿아 있었다. 이 정도의 움직임일 줄은 생각지도 못했다. 원작에서 '천재라 불릴 정도로 검술에 뛰어난 실력'이라 몇 번이나 서술된 것을 눈으로 직접 보니 글이 실력을 따라가지 못한 듯했다.

목에 칼이 들어와 있음에도 세넨의 시선은 가라앉지 않았다. 마치 눈싸움이라도 하듯 그와 나는 서로를 경계했다. 세넨이 먼저 입을 열었다.

"무엇을 바라고 온 거지?"

이곳에 들어서고 처음 듣는 반말이었다. 그는 평정심을 잃었다. 더 이상 얼굴에 나타나지 않는 실성한 웃음이 그것을 대변해 주고 있었다. 그의 눈을 마주한 채 또박또박 내 목적을 이야기했다.

"정보 교환을 원해요. 예를 들어 죽었던 1황녀가 살아 있다, 는 정보와 비견될 만한 수준으로."

"하, 얼마나 대단한 정보인가 했더니 장작거리보다도 못할 정보를 던지고는 교환하자고?"

입술을 비틀어 내뱉는 한마디였다. 하, 한심하다는 듯 비웃음의 그의 입가에 걸렸다. 내 대답에 대한 그의 평가는 신랄했다. 그럴 수밖에 없겠지. 1황녀의 죽음은 공공연한 사실이었다. 이미 시체까지 확인되어 사건이 완결된 지 장장 육 년이 지난 상태였다. 이미 사람들의 머릿속에서 지워지고도 남은 사건을 끌어 올렸다. 게다가 말도 안 되는 사실을 들먹이며. 나는 계속해서 그의 눈을 마주치며 이능을 사용했다.

"예닌이 보낸 정보가 시작하는 정보였던 것이 맞는 모양이군요."

이어진 내 말에 그의 눈이 크게 떠졌다. 당장에라도 자리를 박차고 일어나려는 듯 움찔거렸지만 이내 목에 드밀어진 칼의 존재를 다시 깨달은 그는 작게 한숨을 내쉬었다.

"하아, 네가 블레로를 빠삭하게 꿰고 있다는 것은 알겠으니 이 칼 좀 치워주지? 걱정 마. 나머지들은 더 이상 공격하지는 않을 거야."

그의 말에 디온이 칼을 치워도 되겠냔 눈빛으로 나를 보았다. 나는 가볍게 고개를 끄덕여 줬다. 디온은 그의 목에 닿았던 칼을 제 칼집에 넣었다. 스릉, 마찰음과 함께 칼이 칼집에 들어가는 소리가 들려왔다. 그제야 살 것 같다는 듯 세넨이 목을 좌우로 기울여 몸을 풀어댔다

"그건 알겠어. 네가 어떤 빌어먹을 방법을 사용하는지는 모르겠지만 우리랑 비견되는 수준의 정보통을 갖고 있다는 것. 하지만, 아니, 그래. 설마 네가 우리에게 준다는 정보가 1황녀가 살아 있다는 건 아니겠지?"

"그 정보 맞아요."

내 대답에 그는 다시 한 번 하, 가볍게 비웃고는 입매를 일그러뜨렸다.

"사기 칠 목적으로 왔다면 상대를 잘못 골랐어, 꼬맹아. 아까도 말했지만 터무니없는 정보로 우리랑 거래를 하겠다니."

아까 내 입으로 블레로 길드만 알고 있는 정보를 술술 읊어줬음에도 이 정도까지 믿지 못하는 것을 보아하니 이 대륙의 사람들에게 1황녀의 죽음은 그만치 확실한 것인 모양이다. 믿지 못하겠다는 그의 말에 나는 품 안에 넣어뒀던 종이를 그에게 던져 줬다. 몇 번 접혀 있어서인지 가볍지만 종이는 정확하게 그 앞으로 날아갔다.

날아간 종이를 세넨이 잡아채 쥐었다. 종이를 펼쳐 읽어 내리는 세넨의 표정이 다시 한 번 굳었다. 그는 품 안에서 뭔가를 꺼내 그 인장을 확인이라도 하듯 이리저리 비교했다. 이내 확인을 끝낸 그는 신경질적으로 고개를 들어 내 눈을 마주했다. 나는 말 없이 그의 눈을 바라봤다.

"우리가 정보를 주고받는 경로는 도대체 어떻게 안 거지? 내부 고발자인가?"

"블레로는 영업 비밀을 여기저기 떠들고 다닙니까?"

그가 던지는 질문에 담담하게 답해줬다. 그는 품 안에서 무언가를 꺼내 손에 든 종이에 불을 붙였다. 순식간에 불이 오른 종이는 순식간에 재가 되어 흩어졌다. 방 안에는 다 타버린 재 냄새만이 진동했다.

"보기 좋게 당했군. 난 너 같은 녀석에 대한 얘기는 듣도 보도 못했어. 넌 도대체 누구지? 아니, 어느 단체지? 이건 개인이 알아낼 수 있는 범위의 것이 아니다. 어둠을 파고드는 길드라도 생긴 건가?"

"제도에 살았던 남자아이, 그 이상도 이하도 아니에요. 어때요, 이제 거래할 생각이 생겼나요?"

내 한마디에 그의 얼굴이 왈칵 구겨지는 것이 보였다. 그 스스로 이 상황 자체가 믿을 수가 없는 모양이었다.

"이쪽 정보통을 우습게 보지 말아. 이 정도로 이쪽을 들쑤시고 다니면 우리가 모를 리가 없거든. 문제는 그렇게 들쑤시고 다녔는데도 내가 이제야 알았다는 거지만. 어쨌든, 그래. 그건 우리 몫이겠지. 거래할 생각이 생겼냐고? 먼저 교환할 정보를 네 입으로 던져 놓고? 공작가의 후계자를 데려와 놓고는 용케도 그런 것을 묻는군. 내게 처음부터 선택권이 있었나?"

"선택권이야 누구에게나 있죠. 그저 그 결과를 책임질 뿐."

신경질적으로 말하는 그에게 여전히 담담하게 답해줬다. 거의 다 넘어왔다. 그는 내 대답에 팔짱을 끼고는 잠시간 침묵했다. 아무래도 손익을 생각하는 모양이었다. 정보상이라 해도 상인은 상인. 곧 결정을 내린 모양인지 그는 고개를 들곤 가볍게 짝짝, 박수를 쳤다.

"대단해. 고작 열대여섯 살로 보이는 꼬맹이한테 블레로가 처참하게 당하다니. 예, 고객님, 거래를 하도록 하죠. 그래서 빌어먹을 고객님이 원하는 정보는 뭐죠?"

드디어 그의 입에서 수락이 떨어졌다. 그의 얼굴에서 사라졌던 미소도 다시 입가에 자리 잡았고, 말투 역시 예의 존댓말로 돌아와 있었다.

"네르아테안과 계약하고 마술에 실패한 황후가 받게 된 반동."

"반동은 없어요."

"다시 한 번 말할게요. 1황녀는 살아 있어요."

내 대답에 세넨의 눈썹이 찌푸려졌다. 하지만 다시 제 페이스를 찾았다. 지금 1황녀가 살아 있는지 죽었는지에 대해 언쟁해 봤자 얻을 것이 없다 생각한 모양이었다. 더불어 아까는 절대 믿을 수 없다더니 지금은 반신반의하는 중이었다. 내가 그들의 정보를 어느 정도 낚아챈 것이 꽤 효과적인 모양이었다.

네르아테안의 정보는 아무에게도 팔지 않는 그들인데 네르아테안과 황후의 거래에 대해 알고 있는 내가 이상하게 보일 수도 있었다. 게다가 그 반동의 대상을 1황녀로 돌렸다는 세세한 정보까지 알고 있었다. 그의 얼굴에 의아함이 얼굴에 스쳤지만 이미 제안에서 알 수 없는 결론을 내린 모양인지 다시 평정심을 찾은 상태였다.

"무엇 때문에 그것이 궁금한지 물어봐도 가르쳐 주지 않겠죠?"

"당연한 것을."

"바라지는 않았지만 기대했던 대답이군요. 하지만 정말 죄송하게도 우리는 그것까지는 알지 못합니다. 그런 눈빛으로 쳐다봐도 이건 진짜예요. 반동의 영역에 대해서는 술사와 계약자 사이의 비밀입니다. 그것이 룰이죠."

세넨은 단호하게 갖고 있는 정보는 없다고 말했다. 아까부터 보여준 그의 작태에 이것을 믿어도 되나 싶었지만 그의 눈을 마주친 순간 인정할 수밖에 없었다. 그는 이 정보에 대해서는 알고 있지 않았다.

젠장. 완전히 예상치 못했던 결과는 아니었지만 그래도 이렇게 직접 그 결과를 확인하고 나니 김이 샜다. 다른 부차적인 정보를 얻으려 입을 떼려는데 그의 이어지는 말이 귀를 파고들었다.

"하지만, 알아봐 드릴 수는 있습니다."

예상치 못한 대답이었다. 더불어 그의 표정을 확인하는 순간 조금의 불안감이 다가왔다. 아까보다 더욱 짙은 웃음이 그의 얼굴에 걸려 있었기에.

내가 이곳에서 많은 사람들을 만난 것은 아니었지만 제 페이스를 웃음으로 가리는 사람들의 공통점이 하나 있었다. 그들은 머릿속에 한 가지 계산이 끝나면 보통 저런 웃음을 짓는다는 것. 그리고 그때 나오는 말은 대부분 상대가 거절하기 힘든 것이리라.

"대신, 저희 부탁을 하나만 들어주실 수 있습니까?"

"아니요, 저는 이미 제 정보를 제공했고, 돌아오는 것 역시 정보일 텐데 어째서 그 이상인 부탁을 들어줘야 하는 거죠?"

"이런, 고객님은 모르셨나 봅니다. 우리는 선불제가 아니에요. 선불로 정보를 지불한 것은 고객님이고 우리는 그에 요구하는 정보만 말씀드리면 되는 겁니다. 하지만 고객님이 요구한 정보는 저희가 갖고 있는 것이 아니니 이제 그 거래는 무효죠. 고객님이 원하는 정보는 지금 뒤의 빅티가 여기의 모두를 죽인다 해도 절대 나올 수 없는 거예요. 우리도 목숨이 아까운 인간들인데, 목숨을 바쳐도 말할 수 없는 정보를 말하기 위해서는 커다란 희생이 필요하지요."

"그럼 다른 것을 물어보도록 하죠. 다른 것도 필요하거든요."

아까와 어조가 다르지 않은 내 대답에 그는 인상을 콱 구겼다. 그의 마음대로 되지 않아 꽤나 짜증이 나는 모양이었다.

"하아, 조금 봐달라고, 꼬맹아. 우리도 먹고살아야 하거든. 이건 진짜 부탁이야. 게다가 너한테 그렇게까지 나쁘지 않은 부탁이라고. 한 번이라도 들어보고 정하는 건 어때?"

어느새 다시 반말로 돌아와 있었다. 생각보다 제 페이스를 유지하지 못하는 자였나? 아니면 저도 모르게 내 앞에서 평정심을 잃는 것인가? 무엇이든 간에 나쁘지 않은 이유였다.

"들어는 보지요."

"빅티보다 더 재수 없는 녀석은 처음이군. 나는 미카와 단발로 끝나는 정보 교환이 아닌 지속적인 정보 교환을 원한다. 정보의 사실 여부에 대해서는 걱정하지 않아도 돼. 우리는 장기 고객에게, 그것도 쓸모 있는 고객에게는 최선을 다한다고. 어때, 생각 없나? 사실 아깐 새로운 길드가 생긴 건가 생각했는데 말이야. 그건 아니야, 절대 아닌 것 같아. 우리가 몰랐을 리가 없거든. 게다가 세그다드가 물 아래 길드를 후원한다? 지나가던 개미 새끼도 비웃을 말이지. 아까부터 계속 생각해 봤는데 이건 개인이야. 하지만 손에 꼽히는 길드에 준하는 정보를 섭렵하는 개인이라니, 너무 탐이 나서 말이야."

그는 말을 하다가 내 표정을 잠시 살피고는 미간을 찌푸렸다. 내 반응이 썩 마음에 들지 않는 모양이었다.

"아, 그런 눈으로 쳐다보지는 말아줄래? 길드로 들어오라는 말은 아니야. 그저 주기적으로 정보를 교환하는 장기 고객이 되어 달라는 얘기지. 그래, 말로 하자면 특급 고객! 우리가 제공할 수 있는 것은 목숨이라도 다 바쳐 갖다 드리는 특급 고객! 어때? 이 정도면 구미가 당기지 않아?"

"그 말을 듣자 하니 왠지 나도 목숨을 다 바쳐 정보를 갖다 드려야 할 것 같은데요."

"아니, 고객님은 선택이야. 우리가 원하는 정보를 줘도 되고, 주지 않아도 돼. 그저 우리는 더 많은 정보를 얻고 싶은 것뿐이거든. 하지만 고객님의 태도에 따라 우리가 제공할 정보의 질도 약간 바뀔 수는 있어. 만약 정보를 우리에게 넘기고 싶지 않다면 블레로의 룰대로 그에 준하는 금전을 전해줘도 상관없지. 아, 그리고 한 가지 덧붙이자면 절대 고객님의 정보는 팔지 않겠어. 아니, 다른 곳에서 고객님의 정보를 얻지 못하게 차단해 줄 수도 있지. 어때? 정말 파격적이지 않아?"

그의 말에 나는 고개를 갸웃했다. 그들에게 좋을 점이 하나도 없어 보이는 제안이었다.

"그렇게 하면 블레로 입장에선 더 손해 아닌가요? 내게 그런 파격적인 제안을 하는 것이 더 이해가 안 되는데요."

"그건 한마디로 대답해 줄 수 있지. 그만한 가치가 있으니까! 최소한 그쪽과 손을 잡는 순간 우리의 정보가 차단되는 것은 막을 수 있잖아? 하, 내가 초면인 사람 앞에서 이런 말까지 할 줄은 몰랐는데 말이야. 몇 십 년 동안 아무도 모르던 정보로가 차단되고 그 정보가 타인의 손으로 굴러들어 오는 기분이 말로 할 수 없을 만큼 더럽더군. 마지막 질문이야. 우리랑 장기 거래를 하는 것은 어때?"

그는 마지막에 가서는 거의 흥분해서 말을 토해냈다. 그의 말을 정리하자면 '네가 적이 되는 것보다는 고객의 형태로 아군이 되는 것이 좋다'라는 것이었다. 아까의 모습으로는 신뢰가 가지 않았지만 디온이 이곳을 자주 찾는 것을 보아하니, 그리고 원작에서 읽은 것처럼 이곳은 신뢰하는 고객에게는 그 신뢰를 받을 수 있는 행동을 한다는 설명을 떠올리면, 믿지 못할 것도 아니었다. 다른 것은 다 떠나서 그들이 내 정보에 대해 차단해 준다는 것은 정말 마음에 들었다.

"그럼 앞으로 우리는 어떻게 정보를 주고받을 수 있죠? 이제 곧 제도를 떠나거든요."

"안전한 등급은 드라, 위험한 정보는 때가 되면 네 손안에 들어올 거야. 너는 무조건 우리의 정보를 받게 될 거야."

"좋아요. 수락하죠."

내 대답에 그가 이제야 바라던 것을 얻었다는 모양새로 다시 한 번 박수를 쳤다. 나른한 웃음이 그의 얼굴에 다시 걸렸다.

"좋아. 탁월한 선택이야, 아아아주 마음에 들어. 조금만 기다리면 황후가 돌려받은 반동이 무엇인지 고객님이 알게 될 거야. 걱정하지 마. 고객님한테는 발렸지만 설립 이래로 무탈하게 이어져 온 이유가 있으니까."

"그 말, 믿어보죠."

"역시나 재수가 없군요. 끼리끼리 논다는 말이 있다니까. 그래도 빅터보다는 미카가 더욱 이쪽이랑은 어울리는군요. 빅터는 도대체 왜 여기까지 찾아오는지 모를 정도니까요."

"쓸데없는 소리는 닥쳐 줬으면 좋겠군."

세넨이 나를 바라보며 하는 소리에 답한 것은 디온이었다. 세넨의 말 중 무언가가 그의 심기를 건드린 모양이었다. 닥치라니, 내가 아는 디온치고는 거친 표현이었다. 자주 오는 고객과 정보상이기는 하지만 디온에게 썩 좋은 이미지는 아닌 모양이었다.

어찌 생각하면 당연했다. 물 아래 정보를 취급하고 마술과 마족에 대한 것을 취급하는 이곳이 올곧은 디온의 마음에 들 리가 없었다.

세넨은 책상 서랍을 열어 그 안을 뒤적거렸다. 종이 한 장을 꺼내 무언가를 쓱쓱 적더니 내 앞에 내밀었다. 눈앞에 들이밀어진 종이를 대충 읽어보니 계약서였다. 아까 우리가 말한 것과 별 다르지 않는 내용에 서명을 했다. 이런 것은 한국과 썩 다르지 않은 모양이었다. 그는 내가 서명한 종이를 다시 받아 들더니 돌돌 말아 품에 넣고 다른 한 장을 내게 건넸다. 계약의 끝이었다.

"좋은 거래였습니다. 부디 앞날에 좋은 일만 있기를. 고객님들의 건강이 저희의 건강이지요."

진심이라고는 한 톨도 묻어 나오지 않는 어조였다. 그는 자리에서 일어나 과장되게 허리를 숙였다. 역시나 물 아래 정보를 다루는 만큼 있는 내내 정신없는 길드였다.

거래는 끝났다. 예상과는 조금 다르지만 바라던 것은 손에 넣었다. 바라던 정보 이상의 것을 그와 계약했다. 이것이 탁월한 선택인지 아닌지는 아직은 알 수가 없었다. 우선은 원하는 정보는 내 손에 보내준다는 확답을 들었다. 나쁠 것은 없겠지.

'1황녀가 살아 있다'는 정보를 최대한 황가에 닿게 해달라 부탁하려다 그만두기로 했다. 이 말까지 흘렸다가는 받지 않아도 될 의심을 받을 것 같았기에. 오늘은 내가 이겼지만 그의 말대로 그가 이 뒷세계의 정보 길드를 허투루 유지하지는 않을 것이었다.

그는 우리가 마치 특급 고객이라도 되는 양 직접 문 앞까지 배웅해 줬다.

"건강하시길."

밉살맞은 말로 인사하곤 가볍게 손을 흔든 세넨은 문을 닫았다. 마지막 모습까지 참 일관성 있다는 생각이 들었다.

문을 열고 나온 거리는 조금 전까지 머물던 건물 내부보다 밝았다. 새삼 다시 한 번 블레로 길드도 스스로 어두운 일 한다고 광고하는구나, 라는 생각이 들었다. 디온은 당연하다는 듯 제 로브를 내게 쥐여줬고 나는 말없이 그 옷을 잡았다.

우리는 온 길로 다시 돌아갔다. 여전히 딱히 눈에 담고 싶지 않은 광경이 보이고 듣고 싶지 않은 잡다한 소리들이 들려왔다. 우리 사이에는 침묵만이 맴돌았다. 이 침묵이 익숙하지 않았다. 나와 디온은 본래 그다지 말이 많은 편이 아니다. 아니, 오히려 없다는 편이 맞으리라. 그렇기에 우리는 침묵에 익숙했다. 하지만 지금 그와 나 사이에 유지되는 침묵은 이상하게 편하지가 않았다.

갑작스러운 어색한 침묵. 그리고 느껴지는 미묘한 불편함. 확실하진 않았지만 둘 중 누군가의 기분이 썩 좋지 않을 때 흐르는 기류였다. 하지만 나는 지금 기분이 꽤나 좋은 상태다. 그렇다면 기분이 나쁜 쪽은 디온일 텐데.

펍 앞에 도착한 그가 걸음을 멈췄다. 그가 가게의 문을 잡아 돌렸다. 시간이 꽤나 지났는데도 여전히 사람이 가득 차 있었다. 그리고 여전히 흉흉하고 음산한 분위기를 풍겨댔다. 뒷세계로 통하는 펍이 풍기는 전형적인 분위기였다. 우리를 알아본 주인장이 반갑다는 듯 손을 흔들었다.

"야아, 무사히 왔구만. 어때, 옆의 꼬맹이는 오줌이라도 싸지 않았나? 로브에 숨긴 거 아니야?"

"조용히 하고 내놓지."

평소에도 타인에게 말할 때는 무뚝뚝하고 냉정함이 뚝뚝 떨어지는 그였지만 이상하게 오늘은 그것이 심했다. 그가 기분 나쁜 이유를 생각해 봤지만 썩 생각나는 것은 없었다.

그가 평소와 다름을 주인 역시 느낀 모양인지 더 이상 장난을 걸지 않고 얌전히 큐라를 내주었다. 큐라는 마치 나를 알아보기라도 하는 듯 '뀨규굽' 울며 새장 안에서 한 바퀴 돌았다. 나는 새장을 받아 들고는 가볍게 인사하고 펍을 나섰다.

뒷세계에서 빠져나와 다시 마주한 제도의 거리는 가로등으로 여전히 밝았다. 하지만 아까의 밝음과는 조금의 거리가 있었다. 몇 개의 펍 혹은 바를 제외한 가게들은 거의 다 문을 닫았다. 거리를 돌아다니는 사람들도 현저히 줄어 있었다. 이따금 야간 순찰대로 보이는 제복을 입은 자들이 말을 타고 옆을 지나갈 뿐이었다.

우리는 왔던 길로 돌아섰다. 여전히 디온은 어색한 침묵을 흘리고 있었다. 그리고 순전히 느낌이지만 이상하게도 화가 난 대상이 나인 것 같기도 했다. 하지만 영 짚이는 구석이 없었다. 이쯤 되면 왜 그리도 저기압인지 물어봐야 하나. 물어봐야 하겠지. 그래도 계속 데리고 다닐 사람인데. 다른 문제로도 머리 굴릴 데가 많은데 이상한 부분에서까지 머리를 굴리고 싶지는 않았다.

"온, 나한테 화난 거 있어요?"

"아닙니다."

"그러면 질문을 바꿀게요. 온, 화난 거 있어요?"

내 질문에 그가 침묵했다. 긍정의 침묵 같았다. 화가 난 건 맞는 모양이었다. 하지만 그 대상이 나는 아닌 모양이었다. 짧은 침묵 후 그가 대답했다.

"화가 난 것이 아닙니다."

"그럼요?"

"한심할 뿐입니다."

그의 말에 나는 잠시 할 말을 잃었다. 도대체 누가 한심하다는 이야기인지. 적어도 디온은 아니었다. 그렇다면 한 명밖에 없는데.

"제가요?"

"아니요, 무슨 말도 안 되는 소리를!"

"그렇지 않다면 한심한 사람이 없는걸요."

"아니요, 벨님은 전혀 한심하지 않습니다. 오히려 너무 대단해서 닿을 수 없는 분입니다."

그는 괜히 물어봤다 싶을 정도로 비행기를 태웠다. 나는 머쓱해졌다. 하지만 물을 건 계속 물어야 했다.

"그 정도까진 아닌데, 그럼요?"

"제가 한심합니다."

예상외의 답변이었다. 도대체 왜? 어떤 경위에서? 그의 사고가 이해되지 않았다. 그는 길드 안의 호위들보다 훨씬 높은 무력을 갖고 있었고, 내게 날아오는 위험을 모두 막아냈다. 잠시나마 눈앞에서 목격한 그 신위는 절로 박수가 나올 정도로 대단했다. 게다가 공작가의 차남, 이제는 공작의 후계자이고 똑똑한 데다 능력 있는 사람인데, 도대체 뭐가 한심하다는 거지?

의아한 듯 쳐다보자 그는 내 눈길을 피했다. 로브를 벗어서 드러낸 얼굴 위 그의 표정이 훤히 보였다. 마주친 눈에는 자괴감 비슷한 것이 자리하고 있었다. 그리고 그것을 입 밖으로 낼까 말까 고민하는 모습이었다. 뚫어지게 바라보는 내 눈빛을 이겨내지 못한 모양인지 그가 겨우 입을 열었다.

"벨님의 옆에서 아무것도 하지 못하는 것이 한심스럽습니다. 위험한 상황이었는데도 옆에서 할 수 있는 것이라고는 걱정뿐이라는 것도 한심스럽습니다."

"가만히 있지 않았잖아요. 오늘은 어떻게 보면 온 덕분에 이렇게 성공한걸요."

"제가 말하는 것은 그런 당연한 것이 아닙니다. 전부 다는 아니지만 벨님이 어떤 생활을 해왔는지도 알겠습니다. 그렇기에 벨님이 나아가고자 하는 방향도 알겠습니다. 처음에 벨님이 하시고자 하는 바를 들었을 때는 송구스럽습니다만 포기하셨으면 좋겠다고 생각했습니다. 그만큼 쉽지 않고 무엇보다 위험한 길이니까요. 물론 지금도 쉽다 생각하는 것은 아니지만, 벨님이라면 충분히 달성하시고도 남을 겁니다. 분명 벨님만의 계획이 있을 겁니다."

디온이 말을 멈췄다. 잠시간의 침묵에 디온의 망설임이 보였다. 말을 계속 이어도 될지 아닐지를 가늠하고 있는 모양이었다. 그리고 이내 결정한 모양인지 다시 입을 열었다.

"그리고 그 계획을 옆에서 본의 아니게 계속 보고 있습니다. 제가 보는 모든 상황이 아슬아슬합니다. 그림을 크게 그리기 위해 닿을 수 없는 곳까지 종이를 펼치는 것은 벨님이십니다. 그리고 혼자서 꾸역꾸역 그림을 그리십니다. 제가 하는 것이라고는 종이 한쪽 끝만 잡고 있는, 그런 하찮은 도움뿐입니다. 나머지가 어떻게 되는지는 알 수가 없습니다. 제가 볼 수 있는 부분은 한쪽 구석뿐이니까요. 그런 주제에 그림이 완성될 수 있나, 중간에 종이가 찢어지지는 않을까 가슴에 걱정만 안고 있습니다."

평소의 말이 없던 디온답지 않게 정말 장황한 설명이었다. 거기까지 말한 디온은 하아, 깊게 한숨을 내쉬더니 오른손으로 제 얼굴을 쓸어내렸다. 그 모습이, 저 장황한 설명이 그의 모든 진심이라는 것을 보여주었다.

"방금 전 말은 잊어주십시오."

"네? 아니 저렇게 장황하고 직설적인 말을 잊어달라고 하면……아니, 노력해 볼게요."

내 말에 다시 그가 깊은 한숨을 쉬는 것만 같아 중간에 말을 멈췄다. 생각지도 못한 부분이었다. 아니, 생각할 필요도 없는 부분이었다. 사실 정확히 그가 바라는 게 뭔지 모르겠다. 계획을 먼저 알려달라는 걸까? 걱정 끼치지 말라는 얘기일까?

따져 들자니 디온을 거의 울기 직전까지 몰아버리는 것 같았다. 나는 달래주는 방법을 모른다. 잠시 생각하다가 맞는지는 모르겠지만 그저 내가 내린 결론을 그에게 말해줬다.

"음, 다음번에는 다는 아니어도 어느 정도 계획을 말해줄게요. 최대한 걱정시키지 않으면 되는 걸까요?"

내 대답에 그가 나를 빤히 쳐다봤다. 그러고는 바람 빠지는 웃음소리를 냈다. 비웃음인가 쳐다봤지만 예의 부드러운 웃음이 걸려 있었다.

"가끔은 모르시는 건지 모르는 척하시는 건지 모르겠습니다. 사실 무엇을 바라고 말한 것은 아닙니다만 감사합니다."

"감사한 일인 걸까요?"

"저한테는 충분히 감사한 일입니다. 밤의 거리는 뒷세계보다는 안전하지만 위험한 편입니다. 얼른 가시죠."

무엇이 감사하다는 것인지는 모르겠지만 이걸로 해결됐다면 그저 됐다고 생각했다. 잠시 시선을 돌려 그의 표정을 다시 한 번 살폈다.

기분은 나아졌는지 그의 표정은 부드럽게 풀려 있었다. 정말 이것만으로 기분이 풀릴 수 있는 것일까? 기분이 풀리긴 한 걸까? 조금은 차가워진 밤공기를 맞으며 걸음을 재촉했다. 달이 밝지 않음에도 제도의 밤거리는 어둡지 않았다.

✛

디온과 블레로 길드를 다녀온 지도 삼 일이 지났다. 그들에게서는 아직 어떠한 정보도 오지 않았다. 먼저 거래를 요구하고 입을 닦으려는 것인가 생각도 해봤지만, 그들에게 호의적이지 않지만 신뢰하기는 하는 디온을 믿어보기로 했다. 황후가 물 아래 세력과 손잡은 것에 대한 정보다. 아무래도 하루 이틀로 알아낼 수 있는 건 아니겠지. 그렇게 언제 올지 모르는 정보를 기다리며 나는 내가 할 일을 하나씩 진행해 나갔다.

공작저에서 일할 사람들의 면접을 보고 그들을 추려내 뽑았다. 혹시 모를 사태를 대비해 그들의 기억을 읽어가며 일을 진행시켰다. 언제 어디서 1황자의 첩자가 들어올지 모르는 일이기에.

기억을 읽어 그들이 제도에 오래 살던 사람이라면 마벨의 존재도 조금씩 새겨 넣었다. 가능하면 많은 사람들에게 마벨이 제도의 사람임을 인지시키는 것이 좋았다.

마벨로서 디온의 전속 시종이 된 것은 디온이 1황녀를 찾으러 가기 직전으로 할 것을 디온과 오르도와 입을 맞췄다.

이곳저곳 돌아다니며 제도의 사람들에게 마벨의 존재를 각인

시켰다. 누군가에게는 칠 년 전의 어린 마벨, 누군가에게는 오 년 전의 마벨, 누군가에게는 이 년 전의 마벨. 누군가에게는 공작저와 유난히도 가깝게 지냈던 마벨. 적지 않은 자들에게 마벨이 이 제도에서 몇 번 물건도 구매하고 주민들과 교류도 있었던 진짜 존재하는 사람으로 기억되도록 만들었다.

블레로뿐만 아니라 후에 내게 의심을 품은 누군가가 내 뒤를 캔다면 얻을 것은 조금 특이한 소년, 그 이상도 이하도 아니도록, 그렇게 거짓된 정보를 조금씩 제도에 뿌렸다.

적절하게도 제도의 중심에서 벗어나긴 했지만 제도권에 속한 곳에 몇 년 동안 아무도 살지 않는 집이 있었다. 귀신이 나온다는 흉흉한 소문에 거의 버려지다시피 해 이제는 철거 직전의 집이라 했다.

마벨을 그 흉가와 같은 집에서 칠 년 동안 살아온 평민 소년으로 만들었다. 부모님을 여의고 병이 깊은 여동생이 있었지만 최근에 명을 달리해 공작가에서 전속 시종으로 거두었다는 설정이었다.

일 년 전 디온과 처음 만났고 그는 마벨을 가엾지만 영특하게 여겨 눈여겨보았다. 나를 놓치기 싫었던 그는 몇 번이나 나를 찾아왔고 이제 나를 공작가에 정식으로 소개하려 했다. 아카데미 입학을 위해 마벨을 공작가로 데려오려 했지만 때마침 있었던 공작가의 비극으로 그것은 보류되었다. 그리고 시간이 흐른 지금에야 디온은 마벨을 오르도에게 소개했고, 아카데미에 보내주는 대신 세그다드가에 충성할 것을 요구한 상태다. 이것이 우리가 만들어낸 마벨이라는 인물이었다.

"그 집에 대한 서류는 이 정도면 적절하겠지?"

그리고 우리는 우리가 설정한 가상 인물을 위한 서류를 만들기 위해 정원이 보이는 테라스에 모여 있었다. 날씨가 서늘하긴 했지만 햇빛이 도는 낮이라 그런지 따뜻한 차와 다과를 먹기에 썩 적절했다. 공작가의 일원 두 명과 이 집 전체를 임시로나마 관리하는 집사의 회의 아닌 회의였다. 사용인들이 오지 못하게 명을 내리자 그들은 우리 주위에는 얼씬도 하지 않았다.

오르도는 집문서를 내게 보여주며 물었다. 공문서 위조라는 것이 이렇게 쉽게 해도 되는 건가 싶었지만 공문서 위조의 주체가 그 공무원이라니 이렇게 믿음직스러울 수도 없었다. 나는 그것을 받아 읽고는 가볍게 고개를 끄덕였다.

"우리 관할 내의 문서 위조야 우리 선에서 가능하지만 혹시라도 정보상들이 네 뒤를 캐면 서류와 그들이 캐내는 정보 사이의 차이점은 내가 어떻게 해줄 수가 없어."

"그 점은 걱정하지 않아도 됩니다."

"뭐, 마벨이 그렇게 말한다면야. 하지만 블레로 길드에 무턱대고 찾아간 건 썩 좋은 선택은 아니었던 것 같아."

"왜죠?"

"마벨이라면 분명 거기서 존재감을 거대하게 드러냈을 테니까."

오르도는 마치 동의라도 구하듯 옆의 디온에게 시선을 돌렸다. 그의 시선을 받은 디온이 고개를 끄덕였다.

"그것은 저도 형님의 말씀에 동의합니다. 마벨은 제 존재감을 드러내다 못해 그들에게 있어 놓치면 안 되는 동업자가 되었습니다."

디온의 말에 오르도가 인상을 찌푸렸다.

"동업자? 설마 길드에 들어간 거야?"

"동업자가 아닙니다. 그저 신경 쓰이는 장기 고객일 뿐이죠."

표정을 굳히는 오르도를 보며 디온의 말을 정정해 줬다. 그 자리에 있었음에도 디온의 머릿속에서 나와 블레로는 상인과 고객보다는 동업자의 모습으로 보인 모양이었다.

오르도는 마음에 들지 않는다는 듯 팔짱을 끼고는 고개를 좌우로 흔들었다. 작게 내쉬는 한숨은 서비스였다. 언제나 장난스럽게 웃어 보이는 그였지만 꼭 이런 식으로 심기가 불편할 땐 그 웃음이 사라지곤 한다.

하지만 그 표정이 제 동생을 걱정할 때의 표정과 같아 나는 그때마다 입을 다물곤 했다. 여기서 한마디라도 덧붙였다가는 끊이지 않는 잔소리가 나오기에. 그 잔소리는, 음, 다시 생각해도 썩 달가운 것은 아니었다. 나는 그들의 대화를 듣지 못한 척 다시 차를 한 모금 마셨다.

"내가 듣기에는 장기 고객이라는 형태로 다른 곳에 가지 못하게 묶어둔 것 같은데."

"저도 그렇게 생각합니다."

저 둘이 드디어 짝이 맞는다. 언제나 디온을 놀리기에 급급한 오르도였지만 가끔 공동의 목표를 눈앞에 두면 저렇게도 쿵짝이 잘 맞았다. 그리고 그 공격의 대상이 내가 되니 썩 달갑지는 않았다. 오르도의 느물거림과 디온의 쇠고집이 만나면 당하는 사람은 정말 괴롭기 짝이 없었다.

그들의 말이 틀린 말은 아니기에 그저 침묵하며 테이블 위 케이크를 내 쪽으로 끌어왔다. 딸기가 올라간 생크림 케이크를 한 입, 두 입 파먹고 있을 때였다.

포크에 이상한 것이 걸렸다. 케이크 안에서 파낸 것은 과일이 아니라 조그마한 캡슐이었다. 나는 그것을 집어 들어 요리조리 살펴보았다. 캡슐은 손에 힘을 주니 그대로 깨졌다.

케이크를 파먹다가 갑자기 다른 행동을 보이는 내게 시선이 모아졌다. 나는 그들의 시선을 무시한 채 깨진 캡슐 안에서 나온 종이를 집어 들었다. 이게 뭐지? 하다가 문득 드는 생각이 있었다.

블레로 길드의 짓이 확실했다. 하지만 어떻게? 오늘 주방장은 케이크를 만들지 못했다며 밖에서 사온 간식을 내놓았다. 그때 길드의 누군가와 접촉을 한 것일까? 그는 분명 내가 면접을 보고 며칠 전에 뽑은 사람으로 그 이전에는 정보 길드나 황가, 어느 쪽과도 아무런 연이 없는 사람이었다. 문득 그들이 내게 했던 말이 떠올랐다.

"안전한 등급은 드라, 위험한 정보는 때가 되면 네 손안에 들어올 거야."

내가 드라를 얻었던 경로처럼 그들에게도 정보를 주는 경로가 있는 모양이었다. 눈앞에 없는 자의 기억은 읽어낼 수가 없는 것이 이렇게도 아쉬울 수가 없었다. 검지 손톱만 한 크기로 돌돌 말려 있던 종이를 펼쳤다.

ㅡ매년마다 기능을 잃어가는 사지. 사타구니에 네르아테안 표식.

황후가 받은 반동이 바로 그것이었다. 글과 함께 표식이 그려져 있었다. 사타구니면 보통 알아차리지 못할 곳이기는 했다. 신체적 피해가 아닌 술사의 표식 역시 남는 모양이었다.

종이를 작게 접어 품에 넣었다. 나는 나를 빤히 바라보던 디온과 오르도의 눈을 마주쳐 줬다.

"아, 정정하겠습니다. 장기 고객이 아닙니다. 특급 고객이죠. 그것도 제 목숨을 바쳐 가며 정보를 물어다 주는."

더 긴 설명을 요하는 그들의 시선에 나는 잠시 입을 다물었다. 말해줄까 말까, 아까 나를 놀리던 것을 보면 말해주고 싶지 않은데. 계속 따라오는 시선을 부러 외면하며 케이크를 한 입 더 베어 물었다. 맛있는 베이커리라고 주방장이 장담할 만했다. 아주 만족스러운 거래였다.

⚜

며칠 지나지 않았음에도 나는 공작저에서의 생활에 적응해 가고 있었다. 이곳에 왔던 첫날 오르도가 했던 말처럼 그는 정말 내가 편하게 지낼 수 있도록 배려해 주었다. 괜찮다 극구 사양해도 내 방에는 언제나 꽃 한 송이가 장식되었고, 옷장은 하루가 다르게 점점 채워지고 있었다.

여동생에게 해주고 싶었던 일을 내게 하는 건가 싶기도 했다. 여동생이라기에는 온통 소년이 입을 만한 옷들이었지만 옷장은 지금도 여전히 차곡차곡 채워지고 있었다. 오르도는 강요하는 것 없으면서 적당히 걱정해 주는, 그가 말한 대로 오라비, 아니, 형의 모습으로 나를 대했다.

열다섯의 집사는 생각보다 많은 사용인들의 무시를 받았다. 적절히 대처하고 적절히 내 능력을 보여줘 이제는 그럭저럭 마찰 없이 잘 지내지만, 두 형제는 그 사실 자체가 썩 마음에 들지 않는 모양이었다. 이제는 꼭 필요한 손님 방문이나 서신을 받는 일이 끝나면 나를 오후의 티타임에 부르고는 했다.

처음에는 집사와 티타임을 같이하는 게 말이나 되냐며 반박했지만 오히려 그 모습이 윗사람과의 거리감을 줄여주는 것처럼 보이는 모양인지 사용인들도 불만을 갖지는 않았다. 무엇보다 내가 공작가의 후원을 받는 아카데미 예비 입학생이라는 것을 듣고는 오히려 더욱 자연스럽게 받아들이는 것 같았다.

그리고 오늘도 어김없이 우리는 티타임을 가졌다. 이상한 데서 공작의 권위를 내세우는 오르도의 주장에 따라 우리는 매일같이 티타임을 가져야 했다. 나중에 안 사실이지만 어마무시한 서류 처리에 질릴 때면 티타임을 핑계로 머리를 식힌다고 한다.

따뜻한 햇살이 내리쬐고 시원한 바람이 부는 날씨는 티타임을 갖기에도 굉장히 적절했다. 요 며칠간 집사로 일하며 뽑아놓은 사용인들은 어느새 저택을 조금씩 채워가고 있었다. 새로 뽑은 정원사가 깔끔하게 정리해 놓은 정원은 차를 마시며 구경하기에도 꽤나 조화로웠다.

로즈마 차를 한 모금 마셨다. 첫날 내가 그 차를 마음에 들어 하자 티타임 때마다 준비되는 차는 그것이었다.

오늘 티타임의 주제는 자연스럽게 아카데미 입학시험이었다. 어느덧 아카데미 입학시험이 코앞으로 다가왔다. 분명 시험을 잘 보지 못하면 탈락일 텐데 내일 시험 보러 가는 나를 대하는 그들의 태도는 너무 느긋하기 짝이 없었다. 심지어 오르도는 제 서류 작업을 도와달라며 징징거릴 정도였다. 결국 나는 입학시험의 난이도에 대해 생각할 수밖에 없었다.

"흠, 입학시험은 쉬운 편인가 봐요?"

"쉽지는 않습니다."

디온이 대답했다. 그는 사용인이 주변에 없을 때는 적당히 말을 높였다. 이제는 그것마저 또 하나의 고집 같아 오르도도 나도 두 손 두 발 다 든 상태였다.

어쨌든, 작년에 시험을 본 경험자가 쉽지 않다고 했다. 그러면 정말 난이도가 낮지는 않을 테니 떨어질 가능성이 높은 것 아닌가?

"그런데 왜 내가 아카데미에 입학한다고 확신하죠?"

"확신하지는 않아. 그저 들어갈 확률이 높다고 생각할 뿐이지."

"왜죠?"

오르도는 오늘도 서류 감옥에 파묻혀 있다 나온 모양인지 제 어깨를 연신 주물러 댔다. 그는 디온에게 제 어깨를 한 번 맡겼다가 손길이 너무나도 우악스러워 외마디 비명을 지르고는 아까부터 스스로 어깨를 팡팡 치고 있었다. 그 모습이 조금은 안쓰러워 보였다.

어깨를 조금 풀고 팔을 앞으로 쭉 뻗어 기지개를 켠다. 그가 끄응, 하고 신음인지 모를 한숨을 내뱉고는 대답했다.

"뭐, 매년마다 운에 따라 다르긴 한데, 아카데미 정원은 일 년에 육십 명이고 지원자는 백 명 전후. 입학 자격이 귀족 자제들이니 지원자가 그렇게 많지는 않아. 18세 이전의 십대는 언제나 지원 가능하기에 재수, 삼수생까지 전부 합쳐서 저 정도니 정말 적은 편이지."

"올해는 지원자가 많은가요?"

"보통 지원자 수나 경쟁률 같은 것은 비밀로 부치는 것이 맞긴 한데, 귀족들 사이에선 공공연한 비밀 정도라서 귀담아 들었지.

우리 집안에 또 지원자가 있으니까 말이야. 글쎄, 올해는 대략 백 이십 명 정도?"

거의 2대 1의 경쟁률인데 낮다면 낮은 편이었다. 대학 들어갈 때만 해도 높은 경우는 몇 십 명과 경쟁을 하기도 하는데 이 정도는 학교 입학이라는 선에 놓고 봤을 때 사실 낮아 보이기도 했다. 내가 고개를 끄덕이자 그가 말을 이었다.

"뭐, 그해의 지원자 수준에 따라 멍청하지 않은 사람이 떨어지기도 하는데. 내가 보기엔 말이야."

그러고는 누가 있나 없나 주위를 괜스레 한 번 두리번거렸다. 그 모습이 긴박감은커녕 과장처럼 느껴져 또 터무니없는 말을 하려나 보다 나도 모르게 생각하게 된다. 그는 아무도 없음을 확인하자 장난스럽게 웃으며 말을 덧붙였다.

"귀족 자제분들이 생각보다 멍청하거든. 사실 아카데미에 붙은 사람들도 멍청한 사람이 태반인걸."

오르도는 마치 진심이라는 듯 표정을 엄숙하게 바꿔 고개를 끄덕거렸다. 왜 주변을 두리번거리는 시늉을 했는지 알 만했다. 엄숙한 표정도 잠시, 또다시 자리한 장난스러운 웃음이 이상하게 신뢰를 사라지게 한다. 게다가 그 기준이 오르도인 것이 더욱 신뢰를 없애 버린다. 며칠 보지는 않았지만 이 사람이라면 저보다 못한 사람은 전부 멍청하다 칭하고도 남을 인간이었기에.

디온이 고개를 끄덕이며 오르도의 말을 받았다.

"틀리지는 않은 말입니다. 멍청하기보다는 그들은 스스로를 너무 높게 평가합니다. 별것도 아닌 일에 자부심을 느끼고 별것도 아닌 일에 스스로를 높여, 본디 머리가 나쁘지 않은 데도 머리를 써야 할 곳에 쓰지 않은 자들이 많죠. 아카데미는 그런 자들은 뽑지 않습니다. 그리고 신기하게도 그런 자들이 보통 지원자의 반을 차지합니다. 적절한 비율이죠. 형님의 말씀을 빌리자면 멍청하다는 말도 틀린 말은 아니라고 생각합니다."

"그러니까 우리 마벨은 당연히 합격할 것이다, 이 말씀이지. 뭐야, 그 못 믿겠다는 표정은? 이 오르도님의 사람 보는 눈은 틀린 적이 없습니다."

"이번에 뽑은 마부가 뺀질거릴 것이라 말한 사람은 누구였죠?"

"어허, 그거랑은 다른 거란다. 어린애들은 모르는 그런 것이 있어요."

"어련하시겠어요."

오르도는 꼭 저 불리할 때만 어른 아이를 나누었다. 어쨌든 사람 평가에 박한 오르도뿐만 아니라 디온도 그리 말하는 것을 보니 정말 걱정할 필요가 없는 문제인가 싶기도 하다.

"작년은 시험이 뭐였나요?"

시험 내용은 매년마다 바뀐다 했다. 아카데미의 교육 과정은 문과와 무과로 나뉘어 있어서 입학 때 문과는 머리를 쓰는 시험, 무과는 몸을 쓰는 시험으로 치르긴 하지만 일단 입학 후에는 문, 무과 사이에 전과도 가능하다고 한다. 작년에 입학한 디온이 기출문제를 알고 있을 것 같아서 그를 쳐다보았다.

"작년에는 종이를 나눠주고 필요한 색깔을 전부 모으는 팀이 우승하는 시험이었습니다."

"종이를 모아요?"

"예. 각 팀 당 여덟 명씩이었고, 붉은색을 모아야 하는 팀은 붉은색 종이를 여덟 장, 푸른색을 모아야 하는 팀은 푸른색 종이를 여덟 장 모아야 했습니다. 종이를 교환하는 방법은 시험장의 드라를 통해서만 가능했는데, 횟수 제한이 있었습니다. 서신 및 종이 교환은 최대 스물다섯 번만 사용할 수 있었고, 한 번에 교환할 수 있는 종이 수는 고작 한 장이었습니다. 그 제한된 횟수 안에서 종이를 전부 모아야 했기 때문에 서신을 이용해서 상대가 어떤 색 종이를 갖고 있는지도 알아내야 했고, 협상도 해야 했고, 상대 팀을 교란시키기 위해 거짓말을 해야 하기도 했습니다. 그렇게 제일 먼저 종이를 모은 팀이 최상위, 제일 마지막에 모은 팀이 최하위인 시험이었습니다."

"그럼 최하위 팀 안에 똑똑한 사람이 있어도 전원 불합격인가요?"

"사실 그렇지만도 않더군요. 시험관들의 눈은 예리합니다. 최하위 팀에서 혼자서라도 고군분투한 사람이면 합격시켰습니다. 참고로 그 사람은 현재 아카데미에서 성적이 상위권에 드는 학우이기도 합니다."

디온의 말을 듣다 보니 시험관들은 그래도 융통성이 있는 모양이었다. 시험관이라고 하긴 하지만 아마 교수들일 것이다.

"시험은 항상 팀으로 나눠서 치르나요?"

"그건 매년마다 다릅니다. 이 년 전에는 개인전이었습니다. 그렇기에 운이라고 말하는 것이죠. 팀원들과 맞지 않으면 붙을 사람도 가끔 떨어지긴 합니다. 극히 드문 경우이지만요."

"제가 떨어질 수도 있지 않을까요?"

"그때는 우리가 공작가의 권위를 앞세워 합격시켜 줄게."

아카데미 안에서는 모두가 평등하다면서 그것이 가능한가? 그 생각을 읽기라도 하듯 오르도가 뒷말을 이었다.

"라고 말하고 싶지만 그곳에서 절대 용납되지 않는 것이 뒷공작이거든. 걱정하지 마. 떨어지면 집사로 취직시켜 줄게."

"사양합니다."

"그럼 여기서 먹고 놀게?"

"예."

당연한 듯 내게 일을 시키려는 모습에 괜히 삐딱하게 대답해 줬다. 그 모습에 오르도가 크게 웃었다.

"하하하. 뭐야, 마벨. 이제는 농담도 곧잘 하잖아. 아카데미 생활은 걱정하지 않아도 되겠어."

"왜 농담이라고 생각하는 거죠? 그리고 정말…… 입학을 확신하는군요."

"당연합니다. 마벨이 합격하지 못하면 저도 아카데미를 나오겠습니다. 사실 이제 제게 그곳은 별로 필요하지 않으니까요."

"어, 아니요. 굳이 그럴 필요까지는 없는데요."

이 사람은 가끔가다 한 발씩 멀리 나아가곤 한다. 디온은 그럴 의도가 아니겠지만 저 말은 아무래도 합격하지 못하면 절대 안 된다고 시위하는 것도 같았다. 오르도는 그 모습을 지켜보며 고개를 절레절레 저을 뿐이었다.

아무래도 꼭 합격을 해야겠다. 굳이 나 때문에 디온이 아카데미에서 나올 필요는 없었다. 아마 오르도가 말려도 디온이라면 몰래 자퇴를 하고도 남을 인간이었다. 나는 제 말을 뒷받침이라도 하듯 결연하게 고개를 끄덕이는 디온을 바라보며 오르도를 따라 좌우로 고개를 저었다.

"합격할 수밖에 없겠네요."

✤

입학시험을 보러 가는 길은 생각보다 힘들었다. 육체적으로가 아닌 정신적으로. 디온은 시험장까지 나를 데려다준다며 성화였고 오르도는 디온을 말리면서도 제가 데려다주려는 모양새로 공작저 밖으로 나갈 채비를 하고 있었다. 디온이야 그렇다 쳐도 오르도는 정말 이해하지 못할 행태였다. 대충 짐작하자면 역시나 잠시나마 서류의 늪에서 빠져나오고 싶었던 것은 아닐까?

아카데미는 제도에서 말을 타고도 하루는 걸리는 곳에 위치하고 있지만 귀족 자제들이 다니는 학교답게 아카데미와 가까운 곳에 이동진이 설치되어 있다고 한다. 거의 모든 지원자들이 이동진을 사용한다 하니 귀족들의 재력이 새삼스레 피부에 와 닿는 순간이었다. 우리는 당연히 이동진을 이용하기로 했다.

집을 나서는 순간까지도 오르도와 디온은 서로 옥신각신했다. 분명 다른 사람 앞에서는 어른스럽기만 한 디온인데 형 앞에서는 십대 청소년처럼 보이는 것이 참으로 신기했다. 공작보다는 후계와 함께 가는 게 한층 시선에서 자유로울 것 같아 나는 디온을 선택했다. 디온의 얼굴에 떠오르는 승리감을 보고 있자니 이 일이 그렇게도 중요한 일일까 싶은 생각마저 들었다.

오르도는 평민이라고 무시당하면 안 된다며 고급스러운 옷까지 맞춰 입혀주고선 만족한 듯 고개를 끄덕였다. 그것도 모자라 공작저를 나설 때는 아카데미 근처의 제일 비싼 가게에서 점심을 사 먹으라며 주머니에 돈을 넣어주고 제 행동에 제가 만족해 다시 한 번 고개를 끄덕였다.

그런 그를 뒤로하고 디온과 공작저를 나섰다. 제도에 올 때 들렀던 신전의 이동진을 이용하기로 했다. 시험장까지 데려다주지 못해 아쉬워하는 디온을 애써 손을 흔들어 돌려보내 줬다. 이동진 위에서 터져 나오는 빛무리 사이로 디온에게서 축 처진 귀와 꼬리가 보인 것 같다면 착각이겠지.

익숙한 울렁거림이 끝나자 또 다른 신전 안이었다. 제도보다 화려하진 않지만 작다고 할 수 없는 신전을 나서자 눈앞에는 새로운 광경이 펼쳐졌다.

걸어서 오 분도 안 되는 거리에 성과도 같은 건물이 자리하고 있었다. 그 건물을 향해 삼삼오오 모여 가는 십대 아이들을 보아하니 그곳이 아카데미인 모양이었다. 이동진이 아카데미와 가까운 곳이라고는 했지만 이 정도면 거의 아카데미 바로 옆이라고 해도 될 정도의 거리였다.

역사를 말해주듯 아카데미 건물은 조금 색이 바랬지만 여전히 하얗고 웅장했다. 하얀 건물 위로 검은 지붕과 창틀이 꽤나 조화가 잘 되어 고급스러우면서도 학구적인 분위기를 만들어냈다.

아카데미를 둘러싼 높은 담벼락 바깥으로는 각종 잡화상들과 식당들로 보이는 가게들이 자리 잡고 있었다. 이곳이 대학가인 모양이었다. 아니, 대학가라기보단 학원가라 해야 할까. 나 역시 내 앞의 아이들이 향하는 방향을 따라 아카데미로 걸어갔다.

활짝 열린 교문을 지나 안내된 표지판을 따라가자 두 무리가 보였다. 한쪽은 무과, 한쪽은 문과임이 분명했다. 무과 응시생으로 보이는 아이들의 허리춤에는 하나같이 무기가 매달려 있었기에. 나는 반대쪽인 문과 무리에 합류했다. 아이들은 무언가를 기다리며 초조하게 비어 있는 게시판을 바라보고 있었다.

문과의 초조함에 비해 무과는 태평해 보였다. 군데군데 몸을 풀고 있는 이가 몇 보였는데, 그도 그럴 것이 무과는 타고난 힘,

체력, 순발력 시험 등 3차에 걸쳐 이뤄지는 시험이라 한다.

하지만 문과는 한 번의 시험으로 모든 것을 끝낸다. 단순한 필기시험이 아닌 무언가를 수행하는 류의 시험으로, 보통 아침에 문제를 던져 주고 점심 식사가 끝난 오후에 시험을 시작한다고 한다.

시험 내용은 해마다 바뀌지만 언제나 시험 중간에 조기 합격되는 경우가 있다고 했다. 물론 조기 합격자가 아닌 사람은 시험을 끝까지 봐야 하고 말이다. 오르도가 조기 합격자가 되는 게 나을 거라고 가볍게 말했는데, 그게 내 아카데미 생활에 훨씬 유리할 거라고 했다.

"올해는 시험문제가 뭐래?"

"몰라, 내가 어떻게 알아. 조용히 해봐. 떨려 죽겠으니까."

"왜 이리 늦어지는 거지? 설마 난이도가 높은 시험은 아니겠지? 이봐, 아그레, 들은 것 있어?"

아이들은 긴장한 기색이 역력해서는 발까지 동동 구르며 게시판 앞에 모여 있었다. 게시판이 비어 있는 것을 보니 시험문제는 아직 나오지 않은 모양이었다. 묵묵히 기다리고 있자니 한 남학생이 걸어와 게시판에 종이를 펼쳐 붙였다.

"이번 시험입니다! 시험 문제를 확인한 지원자들은 옆의 접수처에서 접수 번호와 가방을 받으세요."

그 말이 끝남과 동시에 아이들이 우르르 앞으로 몰려 나갔다. 내 또래부터 십대 후반으로 보이는 아이들까지 너 나 할 것 없이 서로 밀어대며 시험 문제를 확인하러 달려들었다. 디온이 게시판 앞의 학생들에 끼어 다치지 말라고 주의를 준 이유를 알 것도 같았다.

나는 아이들과 반대 방향으로 몸을 틀었다. 접수 번호를 먼저 받고 시험 문제를 확인해도 될 터였다. 뿐만 아니라 시험 문제를 확인한 아이들은 분명히 동시에 접수처에 몰려들 것이다. 그 긴 줄을 기다릴 생각은 없었다.

나는 주위를 둘러봤다. 멀지 않는 곳에 접수처라 적힌 테이블이 보였다. 별다른 고민 없이 그곳으로 향했다.

"어머, 벌써 시험 문제 확인한 거예요?"

접수처 앞에 서자 그곳에 앉아 있던 여학생이 물어왔다. 살짝 놀란 표정을 지은 그녀는 나와 게시판 앞의 무리를 번갈아 보았다.

"아니요. 접수 먼저 하는 게 나을 것 같아서요."

"맞는 말이에요. 하지만 보통은 시험 문제가 더 궁금할 텐데?"

"시험 문제보다는 곧 생길 긴 줄이 더 성가시지 않을까요?"

시험 문제야 지금 보나 나중에 보나 내가 어찌할 수 없는 것이고, 곧 마주할 긴 줄은 한 번의 걸음으로 없앨 수 있는 것이다. 여학생은 내 말을 잘못 이해한 모양인지 다시 한 번 놀란 표정을 짓고는 이내 가볍게 웃었다.

"호호, 이렇게 자신감 넘치는 지원자는 처음인데? 뭐, 접수처를 맡는 것도 이제 두 번째지만 말이야. 좋아요. 이름이 뭐죠?"

"마벨 세그다드입니다."

그 말에 그녀가 나를 관심이 가득한 눈으로 쳐다봤다. 마벨 세그다드, 귀족가의 후원을 받는 평민은 제 이름 뒤에 후원 귀족가의 성을 붙여서 얘기한다. 평민일지라도 이곳에서만은 귀족가의 일원이라는 것을 공공연하게 보여주는 것이었다.

"세그다드가의 후원을 받는다는 평민이 너였구나? 아, 나는 열일곱 살이니 말 편히 할게. 여기 보니까 열다섯 살로 나와 있거든. 괜찮지?"

상당히 친화적인 성격인 것 같았다. 그녀의 질문에 나는 가볍게 고개를 끄덕였다.

"보통은 한꺼번에 접수처로 몰려와서 지원자랑 대화를 나눌 겨를이 없거든. 그래서 좀 흥미로웠어. 세그다드가의 후원이라니, 너 벌써부터 학술원에서는 유명인사야, 알아? 하긴 학술원 사람들을 만날 일도 없겠지."

"학술원이요?"

"아카데미 졸업 후에도 학문에 뜻이 있는 사람들이 가는 곳이야. 어때, 관심 있어?"

"우선 아카데미에 합격하고 나서 생각할 일 아닐까요?"

"하긴 그렇지. 내가 너무 앞서 나갔네. 세그다드가에서 후원하는 평민이라 기대가 커서 그래. 그만큼 세그다드의 후원은 드문 일이란 말이지. 학술원이 술렁일 만큼."

그녀의 말에 딱히 할 말이 없어 그냥 가볍게 고개를 끄덕였다. 그저 접수를 빨리 끝내고 싶을 뿐이었다. 내 생각이 눈에 보였던 모양인지 살포시 웃으며 옆의 작은 가방들을 뒤적이더니 하나를 꺼내주었다.

"세그다드가 사람들은 원래 다 말이 없어? 지금 공작님은 그렇지 않다고 들은 것 같은데. 자, 여기 있어. 빨리 끝내고 싶다고 너무 대놓고 티내는 것 같아서 빨리 끝내줄게. 나도 수험생 데리고 길게 수다 떠는 취미는 없다고."

이미 떨 만큼 떤 것 같은데요, 라는 말이 목구멍까지 넘어왔지만 꾹꾹 눌러 담았다. 괜히 하지 않아도 될 말을 더 할 필요도 없을뿐더러 이제 시험 문제 확인을 끝낸 아이들이 이쪽으로 몰려오고 있었다. 그녀는 내게 주머니를 건네주며 싱긋 웃었다.

"그 안에 이번 시험에 필요한 것들과 네 수험 번호가 있을 거야. 그리고 웃으세요. 예쁜 남자는 웃는 게 매력적이거든."

가볍게 내뱉고 그녀는 '다음 지원자!' 하고 호탕하게 소리쳤다. 작은 가죽 가방을 받아 들고 뒤를 돌아보니 어느새 줄이 길게 늘어나 있었다. 그리고 그들의 얼굴에는 근심이 가득이었다. 이번 시험은 어렵다느니 간단하다느니 정반대의 의견들이 들려왔다.

이제는 여유롭게 확인이 가능한 게시판으로 가 시험 문제를 읽었다.

-적국의 왕을 처단하라.
나라는 총 여덟 개입니다.
나라의 구성원은 총 여덟 명입니다.
각 나라에 왕은 한 명, 귀족은 두 명, 기사는 다섯 명입니다.
전쟁은 두 개의 나라씩 진행됩니다. 승리한 나라는 다른 승리한 나라와 싸우게 됩니다.
왕을 공격하기 위해서는 그 외의 구성원을 모두 죽여야 합니다.
왕이 죽으면 그 나라는 패배하게 됩니다.
모든 구성원에게 한 번의 공격권이 있습니다.
공격은 한 번씩 번갈아 가며 가능합니다.
지원자 중 총 세 명의 반역자가 있습니다.
반역자는 자국의 왕을 처단할 수 있습니다.
*반역자가 자신이 속한 나라의 왕을 처단할 시, 처단한 학생은 바로 합격입니다.

*반역자를 발견 후 처단할 시, 처단한 학생은 바로 합격입니다.

*적국의 왕을 처단할 시, 처단한 학생은 바로 합격입니다.

*학생들이 속한 나라와 지위는 접수처에서 받은 가방 안에 있습니다.

꽤나 긴 글을 몇 번이나 읽어 내렸다. 접수처에서 여학생과 꽤나 길게 대화를 나눴음에도 아이들이 늦게 온 이유를 알 것 같았다. 그리고 이번 시험에 대한 평가가 극단적으로 나뉘는 이유도 알 것 같았다.

간단히 말하면 왕을 처단하거나 반역자를 잡아내면 합격이다. 하지만 그 과정이 상당히 복잡하고 골치 아팠다. 특히, 저 반역자의 존재가. 누군지 모를 반역자의 존재에 학생들은 서로를 의심하며 시험을 치를 것이 분명했다.

아무리 생각해도 반역자는 되지 않는 것이 좋았다. 제 나라를 망가뜨리고 왕의 등에 칼을 꽂기 위해서는 그 안에서 뒷공작을 벌여야 한다. 그 와중에 다른 사람들의 의심을 살 것이 분명했다. 게다가 팀을 와해시키는 시도 중 발각되어 처단당하면 합격에서 한층 더 멀어질 것이다. 반역에 성공하면 곧바로 합격이라지만 그에 못지않게 패널티가 컸다.

나는 가죽 가방을 뒤졌다. 노란색의 네모난 종이에 27이라 적힌 것이 접수 번호인 모양이었다. 그것을 제외하고도 종이가 두 개 더 있었다. 주변을 살폈다. 학생들은 전부 접수처에 가 있어 내 주위에는 아무도 없었다. 종이 중 하나를 꺼냈다. 공들인 듯 하얀 종이에 얇은 금박이 박혀 있었다. 마치 왕이 하사한 임명장처럼 보였다. 그 종이에 적힌 것을 찬찬히 읽었다.

－당신은 '귀족'입니다.

'귀족'은 적국의 왕이 살아남았을 때에 한해 그 왕위를 빼앗을 수 있습니다.

단, 적국에 왕 외에 살아 있는 자가 없어야 합니다.

좋은 듯 좋지 않은 조건이었다. 왕위를 가져오는 것은 좋아 보였지만 왕이 홀로 살아남았을 때에만 가능하다면 꼭 좋다고 말할 수도 없었다. 나는 또 다른 종이를 꺼내 들었다. 옅은 회색 종이에는 또 다른 글귀가 적혀 있었다.

－당신은 '반역자'입니다.

당신은 당신의 나라를 배신한 자입니다. 왕의 등에 칼을 꽂으십시오. 공격권은 한 번입니다.

나는 종이를 쥐고 최대한 태연한 척 주변을 살펴보았다. 아무도 이쪽을 보고 있지 않았다. 이미 접수가 끝난 아이들은 이곳까지 오지 않고 접수처 근처에서 제 가방을 열어보고 있었다.

가방을 확인한 아이들은 손에 카드를 들고 주변을 살폈다. 여기에선 그들의 카드 색도, 내용도 보이지 않았다. 나와 눈이 마주친 한 명은 당황해서는 휙 고개를 돌렸다. 나는 애써 태연히 카드와 번호표를 가방에 넣었다.

하아, 나도 모르게 한숨이 흘러나왔다. '반역자'라니, 굳이 맡고 싶지 않은 역할이었다. 한국에서 했던 게임을 생각해 보면 그렇다. 긴박하지 않은 상황에서는 연기력이 뛰어나지 않은 이상 누구나 거짓말이 티가 나게 되어 있다.

게다가 이미 '반역자'의 존재를 알고 시작하는 게임이었다. 내가 속한 나라의 왕을 처단하기 위해 술수를 쓴다면 누군가는 그 미묘한 기류를 눈치챌 수밖에 없다. 철저하게 움직여 들키지 않으면서도 한 번에 모두의 뒤통수를 칠 묘수를 생각해 내야 했다.

"하하……."

문득 헛웃음이 나왔다. 나는 어느새 한 번에, 빠르게 합격할 생각을 하고 있었다. 굳이 '반역자'의 역할을 수행하지 않더라도 합격할 가능성이 없지는 않을 것이다. 하지만 이상하게 이 '반역자'의 역할을 잘 수행해 내고 싶은 욕심이 스멀스멀 올라왔다. 확실한 합격을 기원하고 싶은 마음도 분명 있었다.

토너먼트 형식으로 진행되는 이 게임은 완전한 종료까지 일곱 번의 전쟁을 해야 한다. 모두가 끝날 때까지 죽치고 기다리고 싶지도 않았다. 무엇보다 내게 주어진 이 역할이 희한하게도 내 목표와 부합한다는 게 마음에 걸렸다.

고작 시험, 가상의 역할이지만 '반역자'의 역할은 내가 황녀의 몸으로 하려는 행동과 어느 정도 일치했다. 자국 왕의 등에 칼을 꽂는다. 내 최후의 목표에 다다르는 첫 걸음에 내게 주어진 '반역자'라는 역할. 이 역할을 제대로 수행하기 위해 조금 더 철저하고 정교하게 머리를 굴릴 필요가 있었다.

나는 카드를 넣은 가방 안을 살폈다. 수험 번호, '귀족'이 적힌 하얀 카드, '반역자'가 적힌 회색 카드 말고 종이 하나가 더 있었다. 이제는 가방 안의 물건을 함부로 꺼내 들지 않았다. 가방 안에서 살짝 펼쳐 확인한 종이는 시험 일정을 세세히 알리는 내용이었다. 이거라면 꺼내도 되겠지. 그것을 꺼내어 읽었다.

지금부터 2시까지 학생들은 자유롭게 돌아다닐 수 있다. 무엇을 하든지 자유다. 2시에는 게시판이 있던 자리에 모여 시험 진행에 관해 자세한 설명을 듣게 된다. 시험은 2시 30분에 시작해서 6시에 끝난다.

나는 탑에 걸려 있는 시계를 확인했다. 11시였다. 자유 시간이 세 시간이나 남아 있는 게 왜일까, 곰곰이 생각했다. 자유 시간이 너무 많았다. 단체전이니만큼 혼자서 머리를 굴려도 마땅한 해결책을 찾기는 힘들 것이다. 종이에는 충분한 휴식을 취하고 오라는 글이 적혀 있었지만 세 시간은 휴식을 취하기엔 충분하고도 남는 시간이었다.

나는 접수처로 시선을 돌렸다. 이제 몇 명을 제외하고는 전부 가방을 손에 들고 있었다. 그리고 그 가방은 각기 다른 색이었다. 시험 룰에는 분명 나라가 정해져 있다고 했는데 가방 안에는 나라에 대한 설명은 없었다. 스스로 정하는 것이 아니라 이미 정해져 있다면 무엇인가 표시가 있을 것이 분명했다.

혹시나 싶은 마음에 가방의 색들을 유심히 살펴봤다. 아이들이 섞여 있어 굉장히 다양한 색처럼 보였지만 가방의 색은 총 여덟 개였다. 여덟 개의 나라, 여덟 개의 색깔. 가방의 색이 같은 아이들이 같은 팀일 가능성이 높았다.

세 시간, 긴 시간이다. 이 시간에 무언가 우리가 할 수 있는 것을 하라는 얘기처럼 들렸다면 과한 생각일까?

접수를 끝낸 아이들은 저마다 가방 안의 물건을 확인하고는 주변을 두리번거리고 있었다. 우선 처리해야 할 일이 있었다. 나는 언제 왔는지 게시판 옆에 서 있는 남학생에게 다가갔다. 교복을 입고 있는 것을 보아하니 이곳의 학생인 듯 보였다.

"화장실에 가고 싶은데 어디로 가야 하죠?"

"바로 뒤에 있는 건물로 들어가서 오른쪽으로 돌면 나올 거예요."

"감사합니다."

그의 말대로 향하자 화장실이 나왔다. 건물 안에는 아이들이 없었다. '반역자'라고 적힌 종이를 찢어 물을 묻히고는 둘둘 말았다. 아무도 이것이 무엇인지 알아볼 수 없을 정도로 뭉치고 적시고 그 형태를 망가뜨렸다. 이제 둥그렇게 말려 종이의 형태를 잃어버린 그것을 휴지로 다시 감싸 쓰레기통 깊숙이 처박았다. 누군가가 쓰레기통을 뒤지지 않는 이상 발견할 수 없도록, 더 나아가 반역자 카드의 존재를 아는 사람일지라도 이것이 무엇인지 알아보지 못할 정도로 모양을 망가뜨려 버렸다. 내 가방 안에는 이제 시험 일정과 수험 번호, 그리고 '귀족' 카드만 남아 있었다.

목적을 이루고 나온 건물 밖에는 약간의 웅성거림은 있었지만 처음 시험 문제를 확인할 때만큼의 소란스러움은 없었다. 서로를 탐색하는 아이들 사이의 긴장감은 이 넓은 운동장을 꽉 채우고도 남았다.

나는 내가 받은 가방과 같은 색의 가방을 찾기 시작했다. 거의 백 명에 가까운 아이들이 모여 있어서 그런지 쉽게 색이 눈에 띄지 않았다. 그 아이들의 틈새에서 한 소년이 내게로 다가와 말을 걸었다.

"저기, 수험생 맞죠?"

"네."

나는 가볍게 고개를 끄덕여 긍정을 표했다. 가방이 분명히 보일 텐데, 모르고 하는 질문은 아닐 것 같았다. 내 대답에 그는 환하게 웃었다. 티 한 점 없이 순수해 보이는 모습이었다. 에메랄드 빛 눈동자와 뒤로 묶은 짧은 금발에 가까운 갈색 머리가 햇살을 받아 밝게 빛났다. 언제나 웃고 있는 오르도와는 달리 그의 미소는 소년답게 순수해 보였다.

"어, 반가워요. 저도 수험생이에요. 라이오네안 체이란, 열여섯이고 체이란 백작가의 막내입니다. 잘 부탁드려요."

제 손에 들린 가방을 살짝 흔들며 그가 말했다. 그의 가방은 내 가방과 같은 색이었다. 내 소개를 바라는 듯 빤히 쳐다보는 그에게 내 소개도 해주었다.

"마벨, 성은 없습니다. 지금은 세그다드의 성을 빌려 쓰고 있어요. 열다섯이에요. 반갑습니다."

소년은 초롱초롱한 눈으로 나를 바라봤다. 저렇게 눈을 뜨니 동글동글한 것이 잘생겼다기보다는 예쁘다는 느낌이 더 크게 들었다.

"아, 세그다드 공작가의 후원을 받는 평민이군요! 겉으로 봤을 때는 전혀 평민인 줄 몰랐어요. 평민이 풍기는 분위기가 아니었거든요. 그나저나 세그다드가의 후원이라니 정말 대단해요!"

"아직 합격도 안 했고 후원일 뿐인걸요?"

"하지만 세그다드가의 후원을 받기 힘들다는 건 아카데미 입학생들에게는 유명하거든요. 세그다드가의 평가는 박하기로 유명해요. 세그다드가의 후원을 받고 아카데미에 들어온 평민들은 전부수석 아니면 차석, 아니더라도 제 역량을 톡톡히 보여줬거든요. 물론 그렇게 자주 후원을 하지도 않아서 희귀성도 한몫하구요. 와, 처음으로 인사한 사람이 세그다드라니. 이번 시험은 운이 좋아요."

소년은 방싯방싯 웃으며 제 할 말은 다 했다. 아까 접수처에서도 비슷한 말을 들었다. 아카데미에서 세그다드 공작가에 대한 평가는 꽤나 좋은 듯했다. 왠지 이 말을 들으니 절대 불합격하면 안 될 것 같다는 생각이 들었다.

가볍게 고개를 끄덕이며 '그렇군요' 하고 적당히 대꾸해 주자 그는 계속 말을 이었다. 정말 활발하고도 친화력이 대단한 소년이었다.

"열다섯이면 정말 어리네요. 열여섯도 꽤 어린 축에 속하거든요. 아마 이 중에서 마벨이 제일 어릴 수도 있어요."

라이오네안은 아까부터 혼자만 열심히 떠들었다. 그가 내게 말을 건 것이 우연인지 의도된 것인지는 모르겠지만 다른 주제를 꺼낼 필요가 있었다.

"그렇군요. 근데 자유 시간이 생각보다 기네요. 세 시간 동안 뭘 해야 할까요?"

"그렇죠? 저도 자유 시간이 생각보다 길어서 놀랐어요. 식사를 끝내고도 남는 시간일 것 같은데. 흠, 사실 마벨한테 말을 건 이유는 따로 있어요."

소년은 말을 끝마치고는 마치 비밀 이야기라도 하듯 주변을 두리번거렸다. 그러고는 제 주변의 누구도 우리에게 신경을 쓰지 않는 것을 확인하고는 목소리를 낮춰 속삭이듯 말을 꺼냈다.

"이 가방 색이 아무래도 우리가 속한 나라인 것 같아서요. 가방 색은 총 여덟 종류이며 같은 색의 가방을 든 수험생들은 모두 여덟 명이에요. 여덟 명으로 구성된 여덟 개의 나라와 너무 맞아떨어지지 않아요?"

동의라도 구하듯 그가 나를 빤히 쳐다보았다. 정확히 내가 세운 가설과 일치했다. 나는 고개를 끄덕였다. 첫 시작부터 나쁘지 않은 출발이었다.

"그렇죠? 쉬는 시간도 너무 길었어요. 왠지 같이 모여서 작전 회의라도 하라는 것 같았거든요. 그럼 이제 같은 색 가방인 수험생들을 찾으면 되겠어요! 아까부터 가방 개수 세느라고 몇 명 눈여겨봤거든요."

소년은 제 말이 받아들여지자 더더욱 환한 얼굴을 했다. 그래도 아무 생각 없이 이 시험에 지원한 귀족 자제는 아닌 모양이었다. 나와 소년의 가설이 정답이라고 확신할 수는 없지만 그래도 주어진 상황을 아무 의심 하지 않는 건 멍청한 짓이었다.

같은 색의 가방을 가진 아이들이 같은 나라일 것이다, 나도 그렇게 생각했지만 만에 하나의 경우라는 것이 있다. 확실치 않은 상태에서 괜히 팀원들을 모았다가 우리의 가설이 틀렸다고 판명나면 오히려 불리해질 것이다.

"하지만 만약 같은 색의 가방이 같은 나라를 뜻하는 것이 아니라면 어떡합니까? 섣불리 팀원들을 모았다가는 오히려 나중에 불리해질 수도 있을 것 같은데요."

내 말에 소년은 생각지도 못했다는 듯 진지하게 고개를 끄덕였다. 아까부터 느낀 건데 제 감정이 얼굴에 그대로 나타나는 사람이었다. 무슨 감정을 갖고 그런 행동을 하는지가 눈에 전부 보였다.

"어, 마벨 말을 들으니까 또 그렇네요. 다행이에요, 꼼꼼한 사람을 만난 것 같아서! 제가 한번 생각하면 의심을 안 하는 성격이라서 그건 생각도 못 했거든요. 아까 동의까지 얻으니 신나서……. 음, 어떻게 확인할 방법이 없을까요?"

"글쎄요, 누구한테 물어볼 수도 없고."

내가 아무 생각 없이 던진 말에 무언가 깨닫기라도 했다는 그의 얼굴이 밝아졌다.

"물어보면 되죠! 저기 저렇게 시험 도우미들도 있는데."

별것 아니라는 듯 고개를 끄덕이는 소년을 빤히 바라봤다. 물어본다고 알려줄까? 내가 너무 의심이 많은 것일까, 진짜 시험은 지금부터 시작됐다는 생각이 자꾸만 들었다. 주어진 문제를 해석하고 풀어 나가는 능력 자체를 본다고 생각해 누군가에게 물어본다, 라는 발상 자체를 떠올린 적이 없었다.

"하지만 알려줄까요?"

"안 가르쳐 주면 어쩔 수 없죠. 하지만 질문하지도 말라는 규칙은 없었잖아요?"

하지만 왠지 안 가르쳐 줄 것 같은데. 소년은 벌써 게시판 옆의 학생을 향해 걸어가고 있었다. 친화력에 이어 행동력도 대단했다. 나는 말없이 소년의 뒤를 따랐다.

"선배님, 물어보고 싶은 것이 있습니다."

그는 저보다 한 뼘은 큰 남학생에게 깍듯하게 말했다. 합격 통보는 나지도 않았는데 벌써 선배님이라고 부르자 그 남학생이 가볍게 웃었다. 이런 맹랑함이 싫지는 않은 모양이었다.

"네, 무엇이 궁금합니까, 예비 후배님?"

"아까부터 수험생들을 둘러보고 든 생각인데 맞는지 확인받고 싶어서요. 가방 색은 여덟 종류, 같은 색의 가방을 들고 있는 학생 수도 여덟 명이던데, 같은 색의 가방을 갖고 있는 학생들이 같은 나라로 묶여 시험을 치를 수험생들이 맞나요?"

남학생은 또랑또랑하게 묻는 소년을 기특하다는 듯 바라보았다. 그 얼굴에 걸린 미소가 말로만 듣던 아빠 미소라는 것일까?
남학생은 가볍게 고개를 끄덕이며 답해줬다.

"네, 맞습니다. 같은 가방 색이 같은 나라를 상징해요. 더 궁금
한 것은 없습니까?"

라이오네안 역시 이렇게 쉽게 정답을 가르쳐 줄 것이라 생각하
지는 못했던 모양인지 끔뻑끔뻑 남학생을 쳐다봤다. 나도 아마
그리 다르지는 않은 표정으로 그를 바라봤을 것이다. 정말 이렇
게 대답해 주는 거였나?

이내 아까 라이오네안이 '하지만 질문하지도 말라는 규칙은 없
었잖아요?'라고 말했던 것이 생각났다. 그의 말대로였다. 질문하
지 말라는 규칙은 없었고 소년이 던진 질문은 남학생이 대답할
수 있는 범위였던 모양이다. 내가 너무 의심을 안고 시험에 임하
고 있었던 것일까? 살짝 민망해졌다.

라이오네안은 그의 대답에 잠시 나를 보고는 고개를 한 번 끄
덕였다. 그는 남학생에게 질문할 거리를 생각하는 모양인지 잠시
말을 고르더니 혹시나 싶은 표정으로 질문을 하나 더 던졌다.

"어어, 이 시험의 필승법은 무엇일까요?"

"미안합니다, 예비 후배님. 그건 대답할 수 없네요."

어디까지 대답해 주나 알아보기 위해 던진 질문에 남학생은 역
시나 아빠 미소를 얼굴에서 지우지 않은 채 대답했다. 라이오네
안은 그의 대답에 '그렇군요' 하고 시무룩한 표정을 잠시 지었다가
는 이내 활짝 웃는 표정으로 '감사합니다!' 하고 인사했다. 게시판
에서 멀어진 후 라이오네안은 다시 내게 말을 붙였다.

"이제 확실해졌네요. 우리, 같은 팀원을 찾아볼까요? 시험은 모
여서 바로 시작하는 것 같으니까 작전을 짤 시간도 없을 것 같은

데. 먼저 작전 짜지 말라는 규칙도 없었고, 같은 팀원들끼리 모이지 말라는 규칙도 없었고. 마벨은 어떻게 생각해요?"

확실히 '하지 말아라'라는 규칙은 단 하나도 없었다. 시험에 있어 가장 중요하다고 할 수 있는 팀원 구성에 대해 대답해 주는 것을 보아하니 오히려 세 시간이라는 긴 여유 시간 동안 작전 회의를 마치고 오라는 이야기로 들렸다.

"저도 동의해요. 하지만 다른 팀이 눈치채지 못하게 진행하고 싶어요. 불합격하고 싶지는 않거든요. 여덟 명이 너무 몰려다니면 눈에 띌 테니 제가 세 명, 라이오네안이 세 명을 모아서 정문 앞에서 만나는 건 어때요?"

"마벨은 정말 꼼꼼한 것 같아요. 좋아요, 세 명씩 모아서 조금 이따가 봐요!"

고개를 끄덕이고는 손을 흔들며 소년이 멀어졌다. 어떻게 보면 정말 해맑고 순수한, 하지만 그렇다고 아무 생각 없지는 않은, 같이 있으면 어쩐지 에너지가 느껴지는 소년이었다. 나는 그의 등을 잠시 바라보다가 발걸음을 옮겼다.

세 명을 모으는 일은 생각보다 귀찮았다. 원체 살가운 성격도 아니었고 필요하지 않을 때 누군가에게 먼저 말을 걸지도 않는 성격이었다. 별로 살갑지 않은 내 말투는 처음부터 살짝 삐걱거렸다.

말을 잇는 와중에도 그 말을 어떻게 믿냐며 따지고 드는 소년도 있었고 제 일행과 있어 몰래 이야기를 전하기 힘든 소녀도 있었다. 그때는 접수처에서 할 말이 있다 불러내 겨우겨우 설득하기도 했다. 그렇게 어찌어찌 세 명을 모아 교문 앞에 다다랐다. 그 앞에는 이미 세 명을 전부 모아서 데려온 라이오네안이 있었다.

남자 넷, 여자 넷으로 총 여덟이었다. 나를 남자로 치자면 남자 다섯, 여자 셋. 내 또래로 보이는 소녀부터 많게는 디온 또래로 보이는 소년까지 나이대도 각양각색이었다. 모아놓고 보니 여덟 명은 어디 있어도 눈에 띌 무리라, 교문 앞에서 대화를 하기보단 주변의 적당한 식당으로 향했다.

귀족가의 자제들이라 그런지 식당 안에서 확인한 가격은 꽤나 높은 편이었다. 새삼스레 오르도가 건네준 돈주머니에 감사했다. 저마다 여러 가지를 시키고 제일 먼저 입을 연 것은 라이오네안이었다.

"안녕하세요, 반가워요. 우리가 이렇게 모인 건 아까 말씀드렸다시피 이번에 같이 시험을 보게 될 같은 팀이기 때문이에요. 이 부분에 대해서는 도우미분께 확답도 들었구요. 우선 저부터 소개할게요. 저는 라이오네안 체이란, 체이란가의 사남이에요. 열여섯입니다. 아, 이름 부르기가 힘들면 라이라고 불러주세요."

라이오네안은 아까의 해맑은 모습은 잠깐 뒤로하고 제법 의젓하게 저를 소개했다. 아까는 딱 제 나이대의 활발한 소년 같았다면 지금은 제법 교육을 받은 귀족가의 자제 같았다.

주어진 단서를 적절하게 조합해 남들보다 먼저 움직이는 행동력과 상황에 맞게 모습을 가다듬을 수 있는 능력. 결과를 정확하게 알 수는 없지만 적어도 이 소년은 오르도가 말한 '멍청한 귀족 자제'는 아닐 것 같았다. 그의 소개에 이어 다른 지원자들도 하나둘 제 소개를 시작했다.

"에밀란 케리야트, 케리야트 자작가의 차녀예요. 열여섯이에요."

"시안 아라온, 아라온 남작가의 삼남입니다. 열일곱입니다."

"루베이스 마제니, 마제니 후작가의 장녀입니다. 열여덟이에요."

"마레 코트니베르, 코트니베르 후작가의 삼녀입니다. 열일곱이에요."

"플라체 메즈, 메즈 백작가의 차남입니다. 열여섯입니다."

"베른 루치스, 루치스 후작가의 사남입니다. 열일곱입니다."

마치 형식에 맞추기라도 하듯 자기소개는 다들 똑같이 했다. 역시나 팀 전원 전부 귀족 자제들이었다. 라이오네안의 말이 맞았다. 열다섯은 굉장히 어린 나이였다. 모두 나보다는 나이가 많았다. 앞서 일곱의 소개가 끝나고 마지막으로 내 소개만이 남아 있었다. 나는 가볍게 고개를 까딱이고는 입을 열었다.

"마벨, 지금은 세그다드 공작가의 성을 빌려 쓰고 있습니다. 나이는 열다섯이에요."

내 소개에 모두의 시선이 내게 향했다.

저마다의 시선에 서로 다른 감정을 담고 있었다. 아까와 같이 친근한 표정으로 쳐다보는 것은 라이오네안밖에 없었다. 그들 중 한 소년과 눈이 마주쳤다. 시안 아라온이라 소개한 소년이었다. 그의 눈에 스쳐 나간 것은 명백한 무시였다. 입꼬리에 걸리는 것은 비웃음 그 이상도 그 이하도 아니었다. 시안의 날카로운 한마디가 귀에 박혀왔다.

"뭐야, 팀에 평민이 있어? 이번 시험은 시작부터 재수가 없잖아."

어떻게 보면 당연한 반응이었다. 오히려 접수대의 여학생이나 라이의 경우가 특이한 반응이겠지. 귀족가의 자제들이 모여 있는 아카데미라는 이야기를 들었을 때 이미 평민 신분으로 입학하는 내게 쏠릴 시선 정도는 어느 정도 예상하고 있었다.

오히려 운이 좋게도 그 예상에서 벗어난 태도를 보여주는 사람들을 먼저 만났을 뿐이다. 그들에게 평민은 평민 그 이상도 이하도 아닐 것이다. 사실, 접수대 여학생이나 라이의 호의조차도 내가 '세그다드'라는 성을 빌려 사용하고 있기에 보일 수 있던 태도일 가능성이 월등히 높았다.

디온의 말을 이제 알 것도 같았다. 귀족들은 저를 너무 높이 평가한다. 나는 내게 향하는 날카로운 시선을 그대로 흘려보냈다. 그의 명백한 도발에 몇몇은 흥미롭다는 표정으로 우리를 바라보았다. 나는 입을 열었다. 무시당할 각오는 되어 있었지만 무시당했다고 가만히 있을 의향은 전혀 없었다.

"운이 좋군요. 평민 응시자가 열다섯 명인 것으로 알고 있는데 같은 팀에 평민은 고작 한 명이니까요."

"뭐?"

"비율로만 따져도 한 팀에 한 명의 평민이면 적은 편인데. 재수가 좋은 편이네요."

"하, 고작 평민 주제에 아카데미 시험을 같이 본다고 우리랑 동급이라고 생각하는 모양인데, 시험에서 떨어지면 뒷감당은 어찌하려고 이렇게 기어오르지?"

웃기지도 않은 도발이었다. 너무나도 유치한 악의는 내게 자극제도 되지 않았다. 나는 담담히 받아쳐 줬다.

"그러게요. 제가 합격하면 마벨 세그다드로 지낼 텐데. 뒷감당은 어찌하시려는지."

"세그다드가 네게 공작가의 권위라도 준다고 생각하는 모양인데, 세그다드도 이제 끝물, 흡."

그는 발끈해서 소리를 높이다가 갑자기 제 입을 틀어막았다. 저에게 쏠린 시선을 흔들리는 눈으로 한 번 훑더니 손을 입에서

떼고 다시 짜증 서린 목소리로 날카롭게 말했다.

"어찌 됐건, 세그다드의 이름을 빌렸다고 기뻐 날뛰지 마. 평민과 귀족의 수준이 같은 줄 알아?"

"그러게요. 혹시라도 귀족분이 떨어지고 하찮은 평민이 합격이라도 한다면 그 수준이 같지는 않겠죠."

내 말에 시안이 분을 참지 못해 얼굴이 붉어지는 것이 보였다. 하지만 마땅히 할 말은 찾지 못했는지 입만 뻐끔거릴 뿐이었다. 그 모습에 몇몇의 입에서는 '풉' 가벼운 웃음이 터졌다. 그중에는 라이도 포함되어 있었다. 저 명백한 비웃음은 내가 아닌 시안을 향한 것임이 분명했다. 시안 아라온, 남작가의 삼남. 남작은 그렇게 높은 귀족도 아니었다. 지위를 중히 여기는 자에게는 그에 따른 비웃음도 감당할 배짱이 있어야겠지.

그가 내게 보이는 적개심이 생각할수록 우스웠다. 불합격할 생각은 없지만 만약 합격하지 못한다 하더라도 나는 세그다드를 등에 업을 것이다. 저야말로 내 뒤의 공작가가 보이지 않는 모양이었다. 아니, 오히려 세그다드에 대해 적대적인 느낌을 품은 것 같았다면 내 착각일까?

그러고 보니 아라온이라, 상당히 익숙한 이름이었다. 기억을 헤집다가 문득 제원 아라온이 떠올랐다. 디온에게 눌려 찍소리도 못했던 그가 아라온이었다. 그때 제원이 디온에게 보였던 미묘한 적대감과 시안이 세그다드의 이름을 빌린 내게 표하는 적대감이 비슷해 보였다. 타이밍을 놓쳐 디온에게 묻지 못했는데 시험이 끝나고 돌아가면 그에게 아라온 남작가에 대해 물어봐야겠다.

입만 뻥긋거리던 시안의 앞을 막은 것은 뜻밖의 인물이었다. 아까 베른이라 소개한 소년이었다.

"그만하시지요. 누가 봐도 밀리는 싸움에 아등바등 매달리는 것이야말로 귀족답지 않은 모습이라 보입니다. 그리고 마벨이라 했나. 자네도 그만하는 것이 좋을 것이야. 저자의 어투가 가시를 품은 것은 맞지만 내용은 그렇게 틀린 것도 없으니. 더 이상의 공방은 최소한 이 시험에서 합격하고 하는 것을 권장하지. 그때는 친히 네 편을 들어줄 수도 있으니까."

"군이 편들어주지 않아도 되지만, 말씀만은 감사히 받죠."

첫 만남의 불편함은 웃기게도 우리의 공방으로 조금 완화된 듯 보였다. 그의 말에 동의라도 하듯 다른 팀원들이 고개를 끄덕였다. 평민과 귀족을 같은 선에 놓는 것은 아니지만 그래도 같은 수험생으로서 존중은 하겠다는 뜻이었다.

후작 자제 베른의 말에 시안은 그대로 입을 다물었다. 그는 지위를 참 중요하게 여기는 모양이었다. 내 눈에는 그 모습마저 줏대 없어 보여 그에 대한 평가는 더더욱 내려갔다. 끝나가는 상황을 깔끔히 정리하는 것은 라이였다.

"자, 이제 그만들 합시다. 어찌 됐건 아카데미에 들어가면 우리는 다 같은 학생이잖아요? 남은 시간 동안 이길 방법이나 연구해 봅시다. 자, 그럼 우선 지위부터 공개할까요?"

짝짝, 박수를 치며 라이가 상황을 정리했다. 시안은 여전히 언짢은 표정으로 나를 노려보고 있었고 나머지는 그를 신경도 쓰지 않았다. 새삼 아라온 남작가의 자식 농사에 심심한 애도를 보냈다. 형도 동생도 썩 써먹을 사람이 없어 보였다.

직위를 공개하자는 그의 말에 팀원들은 서로 눈치만 보았다. 아무래도 시험이다 보니 그렇게 큰 믿음이 가지 않는 모양이었다. 그 마음을 눈치라도 챈 듯 라이가 먼저 제 지위를 밝히고 나섰다.

"아무래도 선뜻 말하기가 조금 그렇겠죠. 저 먼저 밝히겠습니다. 저는 왕입니다."

모두의 시선이 그에게 향했다. 이 시험의 핵심 키워드. 우리 팀에서 죽어서는 안 되는 존재였다. 서로의 시선이 허공에서 얽혔다. 내게로 향하는 라이의 시선에 뒤이어 내가 지위를 밝혔다.

"저는 귀족입니다."

그 뒤로 에밀란, 루베이스, 마레, 플라체, 베른 전부 기사였다. 마지막 남은 시안이 여전히 호의적이지 않은 눈빛으로 나를 바라보며 제 지위를 말했다.

"제가 귀족입니다."

어투가 노골적이었다. 그 눈빛에 오만함이 가득해 마치 '너 따위가 귀족이라니' 하고 말이라도 거는 듯한 어투였다. 가공되지 않은 적의에 헛웃음만 나왔다. 그리고 생각했다. 저자가 왕이었으면 좋았을 것을.

그의 시위 아닌 시위를 들어주는 이는 없었다. 저 소심한 시위를 들어주기에 이곳에 모여 있는 자들은 말 그대로 귀족이었다. 심지어 몇몇은 무시가 담긴 눈빛으로 그를 잠시 스쳤을 뿐이었다. 그의 말에 동의하는 것처럼 보이는 몇도 있었지만 그것을 밖으로 표출하지는 않았다.

귀족이라는 지위보다는 나와의 언쟁에서 한 번 패배한 수험생이라는 인식이 더욱 강하게 잡힌 느낌이었다. 그의 치기 어린 투정은 철저히 무시한 채 우리는 회의에 몰입하기 시작했다.

"솔직히 여기 계신 분 전부 지위에 따른 능력을 하나씩 받았을 것이라 생각합니다."

마제니 후작가의 장녀, 루베이스의 말에 다들 고개를 끄덕였다.

"하지만 우리 팀에 반역자가 있을 수도 있는데 그 능력을 전부 보였다가는 불리해질 것 같은데요."

머리를 굴렸다는 것을 자랑이라도 하듯 묘하게 으쓱대며 시안이 말했다. 그의 말에 베른이 냉정하게 반박했다.

"아니, 능력 정도는 말해야 될 것 같습니다. 분명 우리와 대적하는 팀들은 그 능력을 공유했을 텐데 우리가 서로 능력을 모른다면 훨씬 불리한 게임이 될 테니까요."

확실히 맞는 말이었다. 고개를 끄덕거리는 우리 사이로 라이가 자연스럽게 끼어들었다.

"방금 전 나왔던 반역자라는 이야기 때문에 하는 말입니다만, 저는 지금 살짝 불안합니다. 우리 팀에 반역자가 있다면 상당히 골치 아픈 시험이 될 듯싶어서요. 그래서 말인데, 다들 가방 안을 보여주실 수 있습니까? 제 생각입니다만 우리의 지위가 카드로 주어졌듯, 반역자 역시 카드로 주어졌을 것 같아서요."

정확한 추측이었다. 그의 말에 다들 동의한다는 듯 '예, 그러죠' 하고 고개를 끄덕이며 가방을 공개했다. 아까 증거를 인멸한 것은 탁월한 선택이었다. 나 역시 고개를 끄덕이며 가방을 공개했다. 역시나 아무도 반역자 카드를 갖고 있지 않았다.

이능을 발휘해 읽어낸 기억에서도 역시 아무도 반역자가 아니었다. 아무래도 반역자가 총 세 명인데 한 팀에 한 명 이상의 반역자는 형평성에 문제가 있을 테니. 수험생들은 안심하곤 표정을 풀며 가방을 넣었다.

"다행이네요. 우리 팀에는 반역자가 없나 봐요."

플라체였다. 안심한 얼굴로 밝게 끄덕이는 그녀의 말에 반박하는 것은 역시나 베른이었다.

"아니면 그 누구도 모르게 반역자 카드를 없앴을 수도 있죠."

그는 적당한 의심과 적절한 판단력을 갖고 있었다. 아까부터 상황을 이끌어가는 것은 라이, 보조 역할을 하는 자는 베른이었다. 새삼 시선이 그에게 향했다. 눈이 마주쳤다. 차가운 눈동자였다. 무뚝뚝하면서도 냉정한 인상.

그의 회색 눈과 잿빛 머리가 그 인상을 더욱 강렬하게 만들어 주었다. 디온 역시 첫인상은 무뚝뚝하고 냉정하나 그 안에는 분명 따뜻함이 서려 있었다. 하지만 이 남자는 따뜻함은커녕 미온조차 찾아볼 수 없는 인상이었다. 그와 마주친 시선을 돌렸다. 고개를 끄덕이며 한마디 거들었다.

"아니면 반역자는 카드로 알리지 않았을 수도 있겠지요."

"일리 있는 말이군."

"그 말을 들으니 더더욱 공유하기 싫어지는군요."

루베이스를 시작으로 팀원들은 저마다 제 의견을 피력하며 회의에 참여하기 시작했다. 회의는 생각보다 오랫동안 지속됐다. 모두가 제 의견을 내세웠지만 제일 타당성 있는 의견으로 신뢰도를 높인 것은 베른과 라이였다. 그리고 간간이 루베이스 역시 적절한 설득으로 제 의견을 관철시켰다.

묵묵히 있는 자는 넷, 아니, 셋. 시안은 가끔 말을 꺼냈지만 하나도 받아들여지지 않자 아예 입을 다물었다. 나는 묵묵히 있는 쪽이었다. 이 팀이 이기기 위해서는 그들이 하는 말이 전반적으로 옳았기에 딱히 끼어들 타이밍은 없었다.

무엇보다 나는 내 역할상 가만히 있는 것이 내게 더욱 유리할 것이라 판단했다. 수학여행, MT 등 한국에서 아이들과 했던 게임을 생각해 보면 그랬다. 언제나 눈에 띄거나 행동이 부자연스러운 자가 초반에 지목되기 마련이다.

이건 마피아게임과는 다르지만 시험이 시작되지도 않은 상태에서 괜히 나서느니, 가만히 그들의 의견에 동조하는 것이 나았다. 결국 몇 가지 갑론을박을 거쳐 왕을 제외하고 지위에 따른 능력을 공개하기로 했다.

"귀족은 적국의 왕위를 찬탈할 수 있습니다. 하지만 왕을 제외한 다른 가신들이 전부 죽고 난 후에야 가능합니다."

"기사는 제 턴에서 저보다 높은 지위의 적을 죽일 경우 한 번의 공격권이 더 생깁니다."

"기사의 공격이 이 시험의 핵심이겠네요."

라이의 말에 나는 고개를 끄덕였다. 이 시험은 턴제다. 턴마다 공격권이 하나씩 주어지고, 상대 중에 한 명을 공격할 수 있다는 말이다. 상대 나라가 공격하면 그다음은 우리나라가, 이렇게 번갈아가면서 공격하기에 자칫 의미 없는 공격 끝에 승부가 판가름이 날 수도 있는 것을 기사의 규칙으로 변칙성을 만든 것이다.

기사가 귀족을 죽이면 그 기사는 다른 사람을 한 번 더 공격할 수 있다. 최소한 한 번이라도 첫 턴에 기사가 저보다 높은 지위의 상대를 죽이는 데 성공한다면 그것이 팀을 승리로 이끌 가능성이 높았다.

"하지만 아무리 우리가 앞서 나간다 하더라도 왕의 능력에 따라 결과가 뒤집어질 수도 있겠지요."

"그 얘기를 듣다 보니 아무래도 왕의 능력을 공개해야 할 것 같은데요."

베른의 말에 라이는 뒷머리를 긁적였다. 나는 그가 입을 열기 전 먼저 말을 꺼냈다.

"아니요, 팀에 반역자가 있을지도 모르는데 섣불리 왕의 능력을 발설하는 것도 아니라 생각합니다. 흠, 혹시 나중에 시험이 진행되며 누군가가 왕의 능력을 추론한다면 그때 맞는지 아닌지만 알려주는 것을 어떨까요?"

왕의 능력이 발설되면 어쩌면 불리해지는 것은 내가 될 수도 있다. 이미 수험생들의 머릿속에 '반역자'의 존재가 자리하고 있고, 짧은 시간 지켜본 바에 의하면 베른과 라이는 꽤나 머리가 출중한 자들이었다. 그 능력에 따라 대비책을 마련해 놓을 수도 있을 것이다. 뭐, 나중에 때가 되면 다들 알게 되겠지만, 심지어 라이는 그 사실을 이미 알고 있겠지만 그래도 공개적으로 알리는 것과 그의 머릿속에만 있는 것과는 엄연한 차이가 날 것이다.

내 말에 동의하는 듯 모두가 고개를 끄덕였다. 아무래도 '반역자'의 존재가 상당히 신경 쓰이는 모양이었다. 우리 팀이 이겨도 반역자가 왕의 등에 칼을 꽂으면 모든 것이 무용지물이기에. 왕의 능력은 잠시간 드러내지 않기로 했다. 하지만 나는 그 능력을 알아야 했다.

말을 하며 라이와 눈을 마주치곤 그의 기억을 읽었다. 왕의 능력은 두 번의 공격권과 두 개의 목숨, 그리고 명령권으로 세 가지나 됐다. 변수가 큰 능력이었다. 멍청한 자가 왕이라면 그 팀은 최악으로 치달을 것이고 유능한 자가 왕이라면 묘수를 뽑아낼 수 있는 능력이었다.

라이오네안, 우리의 왕은 절대 멍청한 자가 아니었다. 나는 그에게 시선을 던졌다. 지금 정해야 했다. 그에게 정면으로 승부수를 던져 그의 등에 칼을 꽂아 반역자의 역할을 수행할 것인가, 아니면 우회해 반역자의 역할을 수행할 것인가.

내 시선을 느낀 라이가 나를 보았다. 시안을 볼 때와 달리 나를 보는 그의 눈빛은 어느새 호의를 담고 있었다. 그가 내게 물었다.

"무슨 할 말이라도 있나요, 마벨?"

무언가를 기대하는 눈빛이었다. 그리고 역시나 순수함에 덧씌워진 총명함이 깃들어 있었다. 문득 긴장감이 밀려왔다. 정확한 이유는 설명할 수 없지만 감, 일종의 감이었다. 이자와 정면으로 승부한다면 합격은 힘들 것 같았다. 나는 우회하기로 마음먹었다. 좋은 의견을 기대한다는 마음을 담아 그의 물음에 답해줬다.

"반역자를 지정하는 방법이 지위를 알려준 것처럼 카드가 아니라면, 반역자를 제외하곤 아무도 그 방법을 모르는 거나 마찬가지입니다. 그렇다면 그 방법을 우리가 만들어낼 수도 있지 않을까요?"

"무슨 말씀이신지?"

"적국에 반역자가 있음을 암시해 교란시키자는 이야기입니다."

말 그대로였다. 나는 반역자이기에 알지만 이들 중 아무도 반역자가 어떻게 제 역할을 알게 되었는지 알지 못한다. 카드로 줄 것이라는 의견이 지배적이었지만 그것 역시 확실한 것은 아니었다. 이것을 역으로 이용하면 수험생 중의 누구를 반역자로 몰거나, 아니더라도 그를 반역자라 의심받도록 만들 수는 있겠지. 즉, 수험생들 사이에 혼란을 초래할 수 있을 것이다.

계획은 이러했다.

첫째, 첫 공격은 왕이 시도한다. 우리는 방심하지 않기로 했다. 수험생 중 누군가는 기사가 그보다 더 높은 지위를 공격해 성공했을 때 승부의 승패가 갈리는 것을 파악했을 것이라 결론 내렸다. 그렇기에 보통 처음 공격자를 기사로 할 것이다. 이에 우리 팀의 지위를 상대가 파악할 수 없게 하기 위해 왕을 앞세워 허를 찌르기로 했다.

둘째, 적 팀에 거짓 정보를 흘려 그 팀 안에 반역자가 있음을 암시한다. 그들이 서로를 의심하고 종래에는 서로를 반역자로 지목해 죽일 수 있도록.

이 두 가지 방법으로 상대 팀의 팀원 수를 줄여 적국 왕을 처단한다. 이것이 우리의 계획이었다.

하지만.

"젠장."

나만 들을 정도로 낮은 욕지거리를 입 밖으로 내뱉는 자는 베른이었다. 다른 팀원들 역시 입 밖으로 내뱉지는 않았지만 서로 같은 심정일 게 분명했다. 나 역시 입 밖으로 튀어나오려는 욕을 목 뒤로 꾹꾹 눌러 담았다. 그나마 칭찬해 줄 것은 한두 명을 제외하고는 표정을 일정하게 유지하고 있다는 것. 우리의 시선은 앞에 나서서 당황한 표정으로 입을 털고 있는 시안에게 향했다.

사건의 발단은 이러했다.

회의를 끝마치고 식사도 풍족하게 끝내고 나니 시각은 어느새 2시를 향해가고 있었고 우리는 곧장 시험장으로 향했다. 수험생을 모아두고 몇 가지 추가 설명을 들은 후 시험이 바로 시작됐다.

두 팀씩 준비된 시험장의 가운데에 나서서 시험을 치르기 시작했다. 시험장 가운데에 그려진 선을 중심으로 양옆으로 의자에 앉아 서로를 지목하며 공격하는 식이었다.

의자는 한 줄에 한 개, 두 개, 다섯 개씩 놓여 왕, 귀족, 기사의 수를 나타내는 듯했다. 어떤 의자에 앉는지부터 역시 심리전에 영향을 줄 것이었다. 그리고 실제로도 그랬다. 수험생들은 바로 시작된 시험에 정신을 차리지 못했다. 몇몇 팀들은 예상했다는 듯 여유로웠지만 그런 팀은 우리 팀을 포함해 세 팀뿐, 나머지는 우왕좌왕하며 그제야 모여 작전을 짜기에 급급했다.

처음으로 맞붙는 팀은 우리가 아니었다. 파란 가방과 하얀 가방을 갖고 있는 팀의 승부는 한마디로 표현하자면 싱거움 그 이상도 이하도 아니었다. 한 팀은 사전에 제 팀을 알아보고 작전을 짰고, 다른 한 팀은 아무 계획 없이 무작정 끌려 나온 것이나 마찬가지였으니 어찌 보면 당연한 결과였다.

심리전을 위한 자리 배치였음에도 한 팀은 제 지위에 맞게 의자에 앉았고, 그것을 눈치챈 상대 팀이 귀족을 공격해 추가 공격권을 연속으로 획득하며 빠르게 적국의 왕을 처단해 승리를 가져갔다. 팀 내에서 이야기가 된 것인지 아무 반발 없이 한 수험생이 적국의 왕을 처단했고, 그 수험생은 바로 합격자 타이틀을 얻을 수 있었다.

그리고 그다음 팀이 우리 팀. 상대 팀은 역시나 그제야 서로 머리를 맞대고 회의를 시작한 팀이었다. 여유로운 우리를 보고 상대 팀은 형평성의 문제를 제시했다. 하지만 그것은 주어진 조건이 같음을 논리적으로 설명하는 시험관에 의해 철저히 묵살됐다. 그렇게 시험이 시작됐다.

왕의 자리에는 내가 앉았고, 귀족의 자리에 왕이, 기사의 자리에 시안이 앉았다. 경기 시작 전 확인한 토너먼트 표를 보고는 상대 팀에 아는 자가 있다며 교란자 역할을 자처한 것은 시안이었다. 심지어 그 아는 자는 우리 팀에 합류하기 전에 저와 같이 붙어 다니던 자라고 열변을 토했다.

연기에 일가견이 있다며 자신 있어 하기에, 그에 더해 적국에 그가 아는 자가 둘이라는 말에 우리는 썩 내키지는 않았지만 그 자리를 그에게 맡겼다. 그를 믿었다기보다는 중요한 자리에 적합자도, 지원자도 없기에 별수 없이 시안에게 돌아간 것이었다.

작전은 이러했다. '반역자' 역할을 어떻게 받게 되는지는 모르지만 우리는 '반역자의 역할은 카드를 통해 받는다'라고 우리 나름대로 결론지었다. 그리고 상대 팀의 누군가가 그 카드를 들키지 않기 위해 처리하는 것을 보았다. 정확히 어디서, 어떻게 처리하는지는 세세하게 설명하지 않더라도 상대 팀 안에 약간의 의심의 싹이라도 심자, 라는 의도였다.

하지만 그 시도의 결과가 이리도 참혹할 줄이야. 시안을 믿은 것이 잘못이었을까, 나라도 지원해 이 중요한 자리를 그에게서 뺏어야 했던 것일까?

그리도 자신만만하던 시안은 첫 번째 공격이 끝난 후 자연스럽게 상대 팀의 제 지인을 지목했다. 짙은 갈색 머리카락의 열예닐곱쯤 되어 보이는 소녀였다. '근데, 너 그때 가방에 들어 있던 또 한 장의 카드는 뭐야?'로 시작한 시안의 질문은 상대 소녀의 대답에 계속 반박당했다. '무슨 카드를 말하는 거야?'부터 '너는 계속 나와 붙어 있었으면서 갑자기 무슨 소리를 하는 거야?' 등등의 반박을 듣자 흐트러지는 것은 시안이었다.

"설마 너희 팀에서 사전에 짜온 계획이 이거니? 적국을 교란시켜라?"

결국 이런 질문까지 소녀의 입에서 튀어나왔다.

결정타를 맞은 시안의 얼굴이 당황으로 물들었고, '아, 아니' 하고 말을 더듬으며 더 이상 제 말을 잇지 못하는 상태가 바로 지금

이었다.

젠장. 쓸모없는 새끼. 육두문자를 입 밖에 꺼내어 그에게 날리고 싶었다. 같이 붙어 다녔으면 최대한 실제 행적을 기반으로 상대를 몰고 가야 할 것 아닌가? 아무것도 하지 않고 그저 몰아붙이기만 하는데 상대가 구석에 몰릴 리가.

나는 아랫입술을 짓씹었다. 이대로면 라이와 정면으로 승부해야 할 수밖에 없다. 이상하게도 그것만은 피하고 싶었다. 게다가 라이와 더불어 베른이라는 자 역시 만만한 자가 아니었다. 그 둘과 동시에 붙는 것보다는 이 상황을 타개하는 것이 차라리 손쉬울 것 같았다.

결국 나는 이능을 사용해야겠다는 결론을 내렸다. 상대 팀이 시험을 보기 전까지의 행동반경을 파악해 조금 더 거짓말을 체계적으로 만들 수 있지 않을까?

적국 팀원의 눈을 하나씩 마주쳤다. 그들의 동선을 파악함과 동시에 그들의 지위 역시 파악했다. 왕의 자리에 앉은 기사, 기사의 자리에 섞여 있는 왕과 귀족 등 위치와 자리를 머릿속에 새겨 넣었다. 그리고 기사 자리의 마지막 자와 눈을 마주쳤다.

"흐음?"

뜻밖의 수확에 미소가 지어지려는 것을 애써 막았다. 이 정도면 행운의 여신이 내게 손을 흔들고 있다 생각해도 될 정도였다. 갈색 머리의 소년. 평온해 보이던 그의 표정 위로 묘한 긴장이 서린 것이 이제야 읽혔다. 적 팀에 실제로 반역자가 있을 줄이야. 나는 시안을 돕기로 했다. 내 합격을 위해서는 그것이 최선이었다.

"시안."

"뭐야, 어디서 끼어들어?"

여전히 재수가 없는 자였다. 하지만 그대로 내 뜻을 밀고 나가기로 했다. 어쩌면 이것은 도움이 아니라 그의 무능함을 더욱 제대로 보여줄 수 있는 자리가 될 수도 있음에.

"아까 갈색 머리라 하셨는데 혹시 그분이 아니라 저분, 아니셨습니까?"

기사 자리에 앉아 있는 자를 가리켰다. 사람들의 시선이 내 손가락 끝으로 향했다. 그곳에 앉아 있던 자의 얼굴에 당황이 떠올랐다. 그리고 이내 그 당황은 황당함으로 물들었다.

"아니, 무슨 소리야? 저쪽이 제대로 안 풀리니까 저를 지목하시는 겁니까? 불쾌하군요. 제가 그리도 만만해 보인 모양입니다."

갑작스러운 내 참견에 시안의 얼굴이 일그러졌다. 그가 뭔가 말하기 위해 입을 떼려 했지만 그렇게 둘 수는 없었다. 그의 한마디 한마디가 지금 상황에서 도움이 될 리가 없으니.

"하지만 아까 분명히 시안에게 들었습니다. 갈색 머리의 누군가가 저기 분홍 머리 소녀의 가방에 반역자 카드를 숨기는 것을 보았다구요."

나는 그를 가리키고 있던 손을 그대로 옮겨 관중석에 앉아 있는 분홍 머리 소녀에게 향했다. 그에 갈색 머리 소년뿐만 아니라 불시에 지목을 당한 소녀까지 덩달아 당황스러움으로 얼굴이 물들었다.

저 소녀는 이 사실을 알고 있을 리가 없었다. 아무도 못 본 새에 바꿔치기 한 것은 시험 거의 직전이었다. 아마 저 소년은 증거 인멸과 동시에 다른 팀에게 혼란을 야기해 경쟁률을 낮출 심산이었을 수도 있다. 혹은 단순히 증거 인멸을 위한 것이었을 수도 있겠지만 어찌 됐건, 그것은 내게 중요한 것이 아니다. 그가 '반역자'

의 증거인 카드를 그 소녀의 가방에 몰래 넣은 사실, 그것만이 내게 중요했다.

"아, 아니. 도대체 무슨 말을 하는지 모르겠는데. 나는 반역자 카드가 뭔지도 모르고 그런 행위 자체를 한 적도……."

갈색 머리 소년은 끝까지 발뺌할 생각인지 곧 평정을 되찾고는 내게 반박했다. 하지만 그런 소년의 말은 관중석 누군가의 외침으로 끊겨 버렸다.

"뭐야, 진짜 있잖아!"

분홍 머리 소녀의 입에서 나온 말은 아니었다. 같은 팀원인지 그녀의 가방을 함께 뒤적이던 어떤 소년의 한마디였다. 그 말에 관중석은 소란스러워지기 시작했다. 저 소녀가 진짜 반역자일 수도 있지 않느냐, 아니다, 저들이 본 것이 맞을 것이다, 등등 여러 가지 추측이 난무했다.

우리와 대치하는 팀 안에는 혼란이 일었다. 그들의 눈빛이 일제히 갈색 머리 소년에게 향했다. 나는 속으로 회심의 미소를 지었다. 지켜보는 자가 어떤 판단을 내리든 상관없었다. 이미 적국의 신뢰를 흔들어놓는 데에 성공했다.

그들은 저들끼리 머리를 모아 소곤거리며 급박한 회의를 하기 시작했다. 라이는 고개를 돌려 나를 바라봤다. 신뢰와 불신이 한데 섞인 미묘한 표정이었다. 나는 말없이 고개를 까딱였다. 이 이상의 일 역시 내가 처리하겠다는 신호였다. 얼굴에 여전히 의아함이 남아 있지만 그것이 우리 팀에게 해가 되지는 않을 것이라 판단한 모양인지 라이는 마찬가지로 가볍게 고개를 까딱이고는 시선을 다시 앞으로 돌렸다.

앞의 팀은 여전히 회의를 진행하고 있었다. 그 조용함 사이로 간간이 갈색 머리 소년의 흥분한 목소리가 들려왔다. 저는 아니라는, 우리의 술수에 정확히 걸려든 거라는 이야기였다. 혼란의 씨앗을 뿌렸으니 이제 꽃을 피워야 한다. 나는 갈색 머리의 소년과 소녀를 번갈아 보았다. 일타쌍피란 이럴 때 쓰는 말일까? 나는 시안에게 시선을 돌렸다. 마무리 한 방을 던질 차례였다.

"시안, 그런데 시안이 봤다는 자는 갈색 머리 소녀 아니었나요?"

시안의 표정은 봐줄 만했다. 내 말에 반발하는 순간 이미 우리에게 흘러온 승기를 놓치게 될 것이라는 것을 용케 알아챘는지, 그는 겨우 고개를 끄덕였다. 그런 그의 얼굴에는 여전히 나에 대한 적대감이 서려 있었고, 거기에 열등감까지 뒤섞인 채였다.

"그래, 내가 본 건 쎄시, 너였어."

"아니야! 무슨 소리야, 너 합격하고 싶어서 친구를 이렇게 팔아먹는 거야?"

"하지만 시험 전에 분명 저 영애의 가방에 반역자 카드를 넣는 널 보았는걸."

"하, 시험이 끝나면 어떻게 하려고 이러는지는 모르겠는데, 잘 생각해 봐."

그 말에 시안의 얼굴이 삽시간에 창백해진다. 시안은 갈등이 한가득인 얼굴로 눈을 굴려 그녀와 우리 팀을 번갈아 봤다. 아무래도 저들 사이에 내가 모르는 서열 관계가 있는 모양이었다. 시안이 입을 달싹이며 무슨 말을 던질지 고민하는 틈새로 시험관의 목소리가 들려왔다.

"시간 관계상 더 이상의 회의는 불허하겠습니다. 검은 나라는 공격권을 사용하세요."

시간을 확인했다. 시험은 방금 전의 소동으로 어느새 십 분가

량이 지나 있었다. 삼십분의 제한 시간 중 십분이나 쓴 것이다. 우리를 바라보는 적국 팀원의 눈에는 여전히 혼란이 가득했다.

내가 기억을 읽었을 때 귀족이었던 소년이 시선을 돌렸다. 그가 공격할 차례였다. 그는 우리와 제 팀원들을 몇 번이나 번갈아 보았다. 고민하는 빛이 역력했다. 그런 그에게 갈색 머리 소녀는 간절한 눈빛을 담아 고개를 좌우로 도리질했다. 소녀와 눈이 마주친 소년이 눈을 꽉 감았다 떴다. 무엇이라도 다짐한 모양새였다. 천천히, 하지만 뚜렷한 목소리로 그가 입을 열었다.

"저는, 우리나라의 쎄시를 반역자로 지목, 그녀에게 공격권을 사용하겠습니다."

됐다. 우리 팀 사이에서 풀어지는 긴장감이 생생하게 전해졌다. 곁눈질로 바라본 그들의 표정은 안도, 그리고 미미한 승리감이었다. 정확히 계산대로 움직이고 있었다. 팀이 이기는 것보다는 반역자를 죽이는 것이 훨씬 확실한 합격 방법임을 상대 팀 역시 알고 있었다. 그들 팀 안에서의 신뢰는 이미 흔들렸다. 그 안에서 지금 공격한 소년이 선택한 선택지는 불분명한 제 팀의 승리보다 더 큰 확률의 합격이었다.

쎄시의 얼굴이 경악으로 물들었다. 적국 팀원들의 시선이 그 소년에게 향했다. 그들의 표정에서 뚜렷하게 읽을 수 있었다. 그들 사이에 얇게나마 존재했던 신뢰는 그 소년의 한마디로 인해 산산이 깨졌다.

"하, 아닙니다. 아니라고! 빨리 번복해. 저들의 술수에 놀아나지 마세요. 빨리 다른 자를 지목하세요!"

하지만 이 시험에서 번복은 있을 수 없었다. 시험관이 둘을 번갈아 보고는 입을 열었다. 단호한 어조였다.

"검은 나라의 공격권을 사용해 검은 나라의 기사를 사살하였습니다. 붉은 나라는 공격권을 사용해 주세요."

사살당한 자의 지위까지 알려주는 규칙은 우리에게 더없이 유리했다. 다음 공격권을 가진 자는 루베이스였다. 지금 남은 자는 귀족 둘, 기사 셋, 왕 하나로 총 여섯이었다. 귀족은 아직 둘이나 남았고, 반역자는 기사였다. 반역자의 처리는 적 팀에서 그들의 공격권을 사용해 가며 시도할 것이다. 우리는 반역자를 제외한 자를 공격하기만 하면 된다.

남은 선택지는 다섯이었다. 루베이스가 귀족을 지목하는 것이 우리에게 훨씬 유리해질 것이라 내가 알고 있는 사실을 그녀에게 알려주고 싶었지만 더 이상의 정보를 흘리는 것은 내게 치명적이었다. 그들의 지위를 어떻게 알고 있느냐고 반박당하면, 이능의 존재를 들킬 수도 있었다. 제발, 그녀가 귀족을 택하기를. 그렇게 빌었다. 그때, 갑자기 누군가의 목소리가 귀를 파고들었다.

"검은 머리의 소년. 저자가 귀족일 것입니다."

베른이었다. 그는 우리 팀원들에게만 들릴 만한 목소리로 정확히 정답을 내뱉었다. 그가 지목한 자는 정말로 귀족이 맞았다. 나는 의구심을 가득 담아 그를 쳐다봤다. 다른 팀원 역시 나와 다르지 않은 표정으로 그를 바라보았다.

"제가 귀가 많이 밝습니다. 아까의 회의 때 들은 바에 의하면 그자가 귀족입니다."

정말? 정말 귀가 좋은 것인가? 아니면 혹시 또 다른 무언가가 있는 것은 아닌가? 지워지지 않는 의심을 품은 채 시선을 검은 머리의 소년에게 향했다. 부디 루베이스가 그를 지목하기를.

"귀족석에 앉아 있는 검은 머리 소년에게 공격권을 사용하겠습니다.”

“붉은 나라의 공격권을 사용해 검은 나라의 귀족을 사살하였습니다. 루베이스 마제니에게 추가 공격권이 부여됩니다. 한 번 더 공격하십시오.”

루베이스의 지위가 밝혀졌지만 그 대가로 얻어낸 천금 같은 추가 공격권이었다. 이제 남은 자는 다섯, 한 번 더 도움을 구하는 눈빛으로 베른을 바라봤지만 베른은 고개를 가로저었다.

“저들이 귀족이라 입 밖으로 꺼낸 자는 저자뿐이었습니다. 다른 자는 알 수가 없습니다.”

그의 말을 믿어야 할지는 모르겠지만 믿을 수밖에 없었다. 우선은 그의 말대로 귀가 밝은 것이라 생각하기로 했다. 아무도 도움을 줄 수 없는 상태에, 이제는 운에 달려 있었다. 하지만 그런다 하더라도 승기는 우리에게 있었다. 저들은 다섯, 우리는 여덟. 루베이스가 잠시 고민하는 듯하더니 입을 열었다.

“기사석에 제일 왼쪽에 앉아 있는 군청색 머리의 소녀에게 공격권을 사용합니다.”

“붉은 나라의 공격권을 사용해 검은 나라의 기사를 사살하였습니다. 검은 나라는 공격권을 사용해 주세요.”

아쉽게도 루베이스가 죽인 자는 기사였다. 사살당한 자는 자리에서 일어나 관중석으로 향했다. 검은 나라에는 넷, 우리 쪽에는 여덟이 남았다. 누가 봐도 붉은 나라의 승리였다. 그것은 상대도 분명히 알 것이다.

공격권을 잡은 소년이 입을 달싹였다.

“저, 저는 공격권을 하렌에게 사용하겠습니다.”

그의 한 마디에 ‘반역자’로 지목되었던 갈색 머리 소년이 자리에서 벌떡 일어났다.

"제발! 아까도 아니었잖아. 나는 아니야. 저들의 술수에 놀아난 거라니까! 너까지 팀 인원을 줄이면 우리는 정말 승리에서 벗어난 다고!"

"미안, 우리 팀은 이제 틀렸어. 나라도 합격해야겠어."

정확한 판단이었다. 누가 봐도 저들은 패배했고 우리는 승리했다. 그렇다면 합격하기 위해서 할 일은 반역자를 처단하는 것이다.

시험관이 대답했다.

"검은 나라의 공격권을 사용해 검은 나라의 기사를 사살하였습니다. 검은 나라의 공격권을 사용해 검은 나라의 반역자를 사살하였습니다. 축하합니다, 테리안. 당신은 합격입니다. 붉은 나라는 공격권을 사용해 주세요."

이제 적국에 남은 자는 셋이었다. 이번 시험에 긴장감은 사라진 지 오래였다. 모두가 우리의 승리를 확신했고 수치상으로도 명백했다. 의미 없는 공방이 계속되었다.

적국은 시안과 베른, 루베이스에게 공격권을 사용했다. 아무래도 앞에 나서서 활동을 한 것이 눈에 띈 모양이었다. 이제 적국에 남은 자는 단 한 명, 그들의 왕이었다. 왕이 갖고 있던 두 개의 목숨 역시 우리 팀의 공격으로 소멸된 상태였다. 즉 우리 측에서 단 한 번의 공격만 하면 왕을 처단하고 우리가 승리하게 되는 순간이었다.

적국의 왕을 처단하는 자는 합격이다. 모두가 저자를 처단하고 싶어 할 것이다. 하지만 다음 공격자는 따로 있었고 그것은 불행히도 내가 아니었다. 하지만 나에게는 적국의 왕위를 찬탈할 수 있는 권위가 있다. 그것을 사용하겠다고 말하려는 순간이었다.

익숙한 목소리가 내 시도를 가로막았다.

"왕의 권리로 명령하겠습니다. 이번 공격 기회는 마벨에게 넘깁니다."

라이가 왕의 능력 중 하나를 사용했다. 모두의 시선이 그에게 향했다가 나에게 돌아왔다. 시안은 아예 나를 쳐다보지도 않았고, 나머지는 받아들인다는 듯 딱히 반발하지 않는 표정이었다. 라이는 호의를 가득 담아 나를 바라보았다. 아무래도 아까 시안의 잘못을 수습한 내 공헌이 크다 판단하고 큰 기회를 주는 모양이었다.

불시에 닥친 기회가 당황스러웠다. 나는 이대로 상대편 왕을 사살해도 합격이고, 적국의 왕위를 찬탈해 자살을 시도해도 합격이었다. 사실, 계획대로라면 내 나라의 왕위를 찬탈해 내 스스로에게 공격권을 사용하여 반역자로서 합격할 생각이었다. 하지만 갑작스러운 기회가 손에 들어왔다. 고민했다. 무엇을 해도 나는 당장 합격하여 집으로 돌아갈 수 있다. 사실, 적국의 왕이 되는 것은 두세 번의 과정이 필요한 조금 더 귀찮은 합격이다. 하지만 이상하게도 '반역자'의 역할을 손에서 놓을 수가 없었다.

"저는 귀족의 권리를 사용해 적국의 왕위를 찬탈하겠습니다."

"적합한 권리임을 확인. 마벨은 검은 나라의 왕이 되었습니다. 전 왕은 폐위되었습니다. 자리에서 내려오세요."

적 팀의 폐위된 왕은 영문을 모르겠다는 표정으로 나를 바라보았다. 그뿐만 아니라 우리 팀, 적 팀, 관중석 모두의 시선이 내게 향했다. '하필이면 왜?'라는 시선이 모두 내게 향해 있었다.

그래, 하필이면 왜? 스스로 던지고 싶은 질문이었다. 너는 왜 굳이 '반역자'의 역할을 수행하고 싶은 건데? 막상 던지고 나니 생각보다 어렵지 않은 질문에 답은 금방 나왔다. 나는 황가를 멸망시키고 이 제국, 소르트를 통치하는 황제의 등에 칼을 꽂는 '반역자'가 되고 싶으니까. 만족스러운 미소가 입에 걸렸다.

"검은 나라의 왕은 공격권을 사용해 주세요."

"저는 제 공격권을 검은 나라의 왕에게 사용하겠습니다."

장내가 술렁이기 시작했다. 심지어 누군가는 자리에서 일어났다. 소란스러운 군중 사이로 제일 많이 들려오는 말은 '왜?'였다. 나는 시험관의 대답을 기다렸다. 그는 잠시간 상황을 파악하지 못한 모양인지 말없이 나와 제 손에 들린 명단을 번갈아 보았다. 이윽고 내가 노린 것을 알아챈 모양인지 그는 닫혀 있던 입을 열어 내가 그리도 기다렸던 말을 내뱉었다.

"검은 나라의 공격권을 사용해 검은 나라의 왕을 사살하였습니다. 검은 나라의 반역자는 검은 나라의 왕을 시해하는 데 성공했습니다. 축하합니다, 마벨. 당신은 합격입니다. 이번 전쟁은 붉은 나라의 승리입니다."

만족스러운 시험이었다. 그저 입학시험에 합격했을 뿐인데도 묘한 성취감이 있었다.

시험은 끝이 났다. 우리는 시험장에서 내려왔고 다음 차례인 수험생들이 의자에 가서 앉았다. 그들의 표정 위로 긴장이 자리했다.

다음 시험이 시작하기까지 쉬는 시간은 십 분. 시험이 끝난 우리 팀은 당연한 듯 한곳으로 모였다. 팀원들의 시선이 내게 향했다. 설명을 바라는 듯한 그들의 눈빛들을 외면하고 라이와 눈을 마주쳤다. 라이의 표정엔 호의와 의심, 경탄과 불신 등 여러 가지 감정이 한데 섞여 있었다. 그것은 비단 라이뿐만이 아니었다.

내게 제일 먼저 말을 건 것은 라이였다. 그의 표정은 여전히 복
잡 미묘했지만 내게 보여주고 싶은 것은 긍정적인 감정인 모양인
지 얼굴에 예의 호의적인 웃음이 자리하고 있었다.

"와, 대단해요. 마벨이 반역자일 줄은 꿈에도 생각 못 했어요!
축하해요. 우리 중 제일 먼저 합격했네요!"

"감사합니다."

그의 축하에 짧게 대답해 줬다. 길게 답할 필요성은 느끼지 못
했다. 라이는 입을 달싹이며 말을 고르는 듯했다. 시안의 일에 끼
어들 때부터, 나는 팀원들의 질문을 받을 것을 각오했다. 시험 중
에는 시간이 한정되어 있기에 가만히 있었겠지만 의구심을 묻어
둘 사람은 아니었다.

"어떻게 안 거야?"

질문이 들렸다.

하지만 물어본 사람은 라이가 아니었다. 씩씩 소리가 들릴 것
같은, 시뻘게진 표정으로 물어온 것은 시안이었다. 하긴, 그도 그
럴 것이 그의 입장에서는 내가 그의 역할을 뺏은 것이나 마찬가
지일 테니 말이다. 나는 괜한 심술을 부리고 싶었다. 내게 시종일
관 적대적인 자에게 호의를 베풀 필요는 없었다.

"뭐를요?"

"알잖아!"

"사람의 생각을 읽는 능력은 없어서요. 뭘 말씀하시는지 모르
겠습니다."

"아마 그 갈색 머리 소년이 반역자인 것과 그가 다른 소녀의 가
방에 카드를 넣은 것을 말하는 것 같아요. 그리고 그건 저도 궁
금했고요."

여전히 웃는 얼굴이었지만 이면에 미세한 경계심을 담아 묻는 것은 라이였다. 시안의 말을 중간에 받아 내게 질문하는 것을 보아하니 그도 어지간히 궁금했던 모양이다.

"떠봤습니다."

"예?"

"저곳."

나는 손가락을 들어 벽 뒤를 가리켰다. 화장실 앞에 가로막힌 벽. 내가 본 기억은 그 뒤에 가방을 잠시 두고 온 분홍 머리 소녀와 때마침 적절하게도 그것을 발견하고 재빠르게 카드를 그 가방에 넣는 소년이었다. 내가 본 기억은 그 부분이지만 우리는 그곳에 간 적이 없다. 하지만 그 벽 앞을 지난 적은 있다.

"저곳에서 그 소녀가 나왔습니다. 그때 그녀의 손에는 가방이 없었어요. 그 후에 반역자였던 소년이 따라 나오더군요. 그리고 바로 그 소녀가 급하게 돌아가더니 다시 가방을 들고 나왔습니다. 그 모습을 그 소년이 초조한 듯, 하지만 안심한 표정으로 바라보고 있었고요. 촉이 오더군요. 시험이 진행되는 내내 그 둘을 살폈습니다. 그 소녀가 가방을 어떻게 하려는 행동을 할 때마다 그는 초조한 표정을 지었었습니다. 그렇기에 혹시나 싶었을 뿐이에요."

거짓과 진실을 절묘하게 섞었다. 모든 것을 설명할 필요는 없다. 그저 본 기억과 우리가 접한 경험을 조금만 섞어서 말해주면 된다.

"정말 그것만으로 전부 추측했나요? 대단한데요. 저도 관찰력 좋다는 말을 꽤나 많이 듣는데 전혀 눈치채지 못했거든요."

그제야 라이가 잔뜩 굳혔던 표정을 풀었다. 하지만 아직 의심을 완전히 버리진 않은 것 같은 건 과한 생각일까? 다른 팀원들은 이유를 알겠다는 듯 고개를 끄덕였지만 라이와 베른만은 여전히 미묘한 의심이 담긴 눈빛을 하고 있었다. 그 의심의 빛이 크지는 않았지만 과감하게 일을 저지르고 나니 이제는 좀 조심해야 할 것 같았다.

"그건 제가 받은 역할과 팀원들의 역할의 차이 아닐까 싶습니다. '반역자'라는 역할이 생각보다 사람을 상당히 예민하게 만들고 의심하게 만들거든요. 누가 내 정체를 눈치채지는 않을까, 다른 사람보다 몇 배는 더 관찰하게 됩니다. 다시는 하고 싶지 않을 정도로 신경 쓰이죠. 그에 오는 차이 아닐까 싶어요. 더 궁금한 것 있나요?"

이 정도면 모두가 납득할 선에서 설명은 끝냈다. 이 이상 의심할 수 없게 만드는 깔끔한 대답이었다. 계속 내게 의구심을 품고 있는지는 알 수 없었지만 라이의 표정을 보아하니 그가 납득할 정도의 대답이라는 것은 알 수 있었다. 라이는 그제야 표정을 풀고 조금은 얄궂다는 듯 말을 이었다.

"그럼 왜 우리에게 말을 안 해줬습니까? 아까 얼마나 놀랐는지 알아요?"

"맞아요, 겨우겨우 표정 유지하고 있던 것 전부 무용지물이 될 뻔했네요."

팀원들도 그제야 가볍게 웃으며 말했다.

"적을 속이려면 아군부터 속이라는 말이 있죠."

"그런 말이 있나요?"

아, 여긴 없는 말이었나? 그래도 이 이론은 어디서나 통하지 않을까 싶었다.

"네, 어디선가 본 적이 있습니다. 팀원 모두가 의기양양하게 표정을 가장해 계획임을 드러내는 것보다 저 하나 표정 관리하는 게 더 쉽다고 생각해서요. 게다가 아까 말했듯이 확신 없이 던진 말이었으니까요. 아니었다가 팀이 전원 쪽박 찰…… 아니, 의심받는 것보다는 혼자 안고 가는 게 낫다고 생각했어요."

최대한 담담한 표정으로 말을 끝냈다. 이 정도면 충분히 나를 변호하지 않았을까? 누군가는 믿지 못하더라도 최소한 내게 꼬치꼬치 물을 건더기는 사라졌을 것이다. 시험보다 그들에게 해명하는 게 더 진이 빠졌다.

"그나저나 고맙다. 반역자의 능력을 우리 팀에 사용하지 않아서."

베른이었다. 그의 표정은 진심으로 내게 감사하고 있는 듯했다. 하긴, 이들의 입장에선 '반역자'인 내가 반역을 저지르지 않고 의리를 지킨 것으로 보일 수도 있었다. 새삼스레 시험 전보다 훨씬 호의적인 이들의 태도가 이해가 갔다.

"하지만 이자는 우리를 속였습니다!"

시안이었다. 그의 표정에 가득한 것은 열등감이었다. 하긴, 제가 그리도 깔봤던 평민이 팀원 중 그 누구보다 빨리 합격했으니 그 꼴을 눈 뜨고 제정신으로 보고 있을 리가 없었다. 어딘가에서 작은 한숨 소리가 들렸다. 이미 나는 그들의 영웅까지는 아니어도 호의를 산 팀원 중 하나이고 시안은 팀의 걸림돌 그 이상도 이하도 아니었다. 여론 몰이도 참으로 못하는 자였다.

"하지만 그가 우리를 살렸지. 그 누가 수포로 돌아갈 뻔한 위기에서 다시 기회를 살릴 수 있었을까? 그리고 무엇보다 나는 시험의 마지막 순간을 봤을 때, 마벨과 적대했을 때 과연 우리가 그를 이길 수 있을까 싶은 생각이 들었는데. 시안은 이길 자신이 있었나 봅니다?"

누가 봐도 명백한 비웃음을 입에 건 채 베른이 시안의 말에 반박했다. 일그러지는 시안의 표정이 퍽 봐줄 만했다. 베른은 다시 시선을 내게 돌렸다.

"어쨌든 다시 한 번 고맙다. 그저 시험을 위한 팀일 뿐인데 의리를 지켜줘서. 나 역시 평민을 다시 봤다."

"음, 이렇게까지 몇 번이나 인사를 들을 만한 건 아니었어요. 저도 그냥 좀 더 손쉬운 방법을 택한 것뿐입니다."

사실이었다. 그리고 무엇보다 의리를 지키겠다거나, 그들과 우정을 쌓겠다든가 하는 그런 감상적인 이유로 그런 행동을 한 것은 아니었다. 그저 '반역자' 역할을 충실히 이행하겠다는 목표 하나만을 보고 달렸을 뿐이다. 굳이 그 사실은 입에 올리지 않고서 나는 고개를 끄덕였다.

"사실 내가 왕임을 밝히면서까지 준 공격권이 그렇게 무시당해서 조금 실망스러웠지만요."

라이는 익살스레 웃으며 베른과 내 사이로 끼어들었다. 그는 내게 합격권을 주기 위해 제 명령권을 사용했다. 그런데 그것이 내 왕위 찬탈로 무효화된 것이다.

"미안해요."

"아, 사과받으려 한 말은 아니었어요. 장난이에요, 장난. 마벨은 웃지를 않아서 도무지 속내를 모르겠다니까. 그리고 어차피 승리한 팀은 지위를 다시 섞을 수 있으니 상관없어요. 우리가 손해 볼 것은 없으니까요. 훌륭한 팀원 하나 먼저 보내는 것 말고는."

"그것이 좀 아쉽군."

"맞아요."

밝은 표정으로 다른 팀원들이 긍정했다. 왠지 웃을 타이밍인 것 같아 하하, 가볍게 웃어줬다. 예상치 못한 호의가, 겪어보지 못한 호감이 부담스러웠다. 아까보다 조금 더 빨리 집으로 돌아가고 싶었다. 시간을 확인하니 쉬는 시간 십 분이 거의 다 되어가고 있었다. 내 시선을 따라 그들의 시선 역시 시계로 향했다.

"아, 시간이 벌써 이렇게 됐네. 어쨌든 다시 한 번 축하해요. 우리 팀에 반역자가 있을 줄이야. 아직도 뒤통수가 얼얼한 기분이에요."

"저는 이만 가보겠습니다. 아카데미에서 봤으면 좋겠습니다."

그들은 '꼭 봐요', '저도요' 등 화답했다. 똥 씹은 얼굴로 나를 노려보다가 휙 고개를 돌리고는 거친 걸음걸이로 멀어지는 시안의 뒷모습을 잠시 바라봤다. 픽, 김새는 웃음이 나왔다. 제 가치가 높은 줄 아는 멍청한 자. 새삼스레 오르도의 말과 디온의 말이 떠올랐다.

"시안도 아카데미에서 봤으면 좋겠네요. 가능하다면 말이죠."

비웃음이 분명할 표정을 얼굴에 담은 채 등을 돌렸다. 그가 불합격이든 운 좋게 합격이든 상관할 바가 아니었다. 이제 곧 다시 오게 될 아카데미 건물을 눈에 담으며 나는 공작저로 향했다.

⚜

익숙한 울렁거림이 멈췄다. 눈앞의 빛무리가 사라진 후 나는 이동진에서 내려왔다. 제도 안에 위치한 신전은 여느 때처럼 화려했다.

"소르트의 제도 엘드임에 오신 것을 환영합니다."

신녀의 인사가 들렸다. 이동진을 사용하다 보면 어디서나 들을 수 있는 상투적인 인사였다. 나는 고개를 까딱이고 그녀를 지나치려 했다. 그런 내 뒤로 들려온 예상치 못한 목소리가 내 걸음을 붙잡았다.

"한 발 다가선 것을 축하드려요."

뜻밖의 축하 인사였다. 나도 모르게 고개를 돌려 신녀를 보았다. 아카데미의 합격 여부가 신전 사이에서는 이렇게 신속하게 통보되는 건가? 그게 그렇게 중요한 사실이었어?

아니다. 그럴 리가 없다. 더불어 일전의 디온 말에 따르면 신녀들은 정해진 환영 인사를 제외하고는 다른 말은 하지 않는다 했다. 하지만 내게 개인적으로 말을 건넨 것이 벌써 두 번째였다.

그저 감일 뿐이지만 이것이 단순한 그들의 변덕은 아닐 거란 생각이 들었다. 무엇보다 저 말이 그저 아카데미 입학을 축하한다는 말로 들리지 않았다. 나는 신전 밖으로 향하려던 걸음을 돌렸다. 시선을 옮겨 마주친 그녀는 여전히 웃는 낮이었다.

"무언가 알고 있나요?"

질문을 던졌다. 뭔가 알고 있는 게 분명했다. 한국에서 나는 신을 믿지 않았다. 내 인생을 생각하면 신이 있다는 사실을 믿고 싶지도 않았다. 그렇기에 신이 존재할 것이라는 생각은 단 한 번도 하지 않았다. 하지만 이곳에는 신이 있다. 그러나 그것이 내가 생각하는 진정한 신이냐고 한다면 그것은 확답할 수 없었다. 그렇다면 내가, 벤지안스가, 우리가 이렇게 됐을 리가 없으니.

그렇기에 당연히 신녀에게 존경심이라거나 경외심 따위는 느끼지 않았다. 내게 신과 신녀들은 그저 이곳에 존재하는 사람들, 그 이상도 이하도 아니었다. 그렇기에 그다지 신경을 쓰지도 않았고 그들에게 무게를 두지도 않았다. 하지만 그들은 내게 두 번이나 말을 걸었다. 그것은 단순한 말이 아니었다. 내 질문에 그녀는 여전히 웃기만 했다.

"저희는 그저 여신님의 음성을 전할 뿐이랍니다."

"제가 무언가를 묻는다 한들 대답하지 않을 모양이군요."

"아직은 때가 아니라고 하십니다. 하지만 가고자 하시는 길을 걸어가다 보시면 다시 만나게 될 겁니다."

"다시?"

"예, 다시."

그녀의 표정은 내게 처음 말을 걸 때와 하나도 달라지는 것이 없었다. 나는 미간을 찌푸렸다. 내 할 말은 하지 못한 채 상대의 말만 들은 셈이라 가슴이 답답했다. 나는 신녀의 기억을 읽기 위해 그녀와 눈을 마주했다. 무언가 알고 있거나, 정말로 신의 전언을 들었거나 둘 중 하나일 것이다.

"무슨……."

나도 모르게 얼빠진 목소리로 중얼거렸다. 신녀의 다른 기억들은 전부 읽을 수 있었다. 하지만 그가 여신의 전언을 받았다는 기억만큼은 백지였다. 허공에 시선을 마주치는 느낌이었다. 기분이 상당히 더러웠다. 신이 관여한 기억들만 읽을 수가 없다니. 신은 신이라는 건가. 그녀의 표정은 여전히 변화 없이 평온함이 가득했다. 그것이 더욱 마음에 들지 않았다.

"저는 모든 것을 알지 못합니다. 그저 그분이 전하고자 하는 것을 전할 뿐이에요. 그렇기에 그 외에는 아무것도 말할 수가 없답니다. 하지만 이것만은 말씀해 드릴 수 있어요. 당신은 그 누구보다 여신의 축복이 함께하시는 분입니다."

"그것이 좋은 일일까요?"

정말 궁금했다. 여신의 축복이 함께한다고 해서 내게 좋은 일일까? 그렇다면 나는, 우리는 왜 이 지경이 된 것일까? 여신의 축복이 그렇게나 나와 함께한다면 나는 왜 여기까지 와서 그녀의 복수를 이리도 처절하게 하고 있단 말인가? 역시나 마음에 들지 않았다.

내 질문의 의도를 파악한 건지 파악하지 못한 건지 알 수 없는 표정으로 신녀는 알 수 없는 웃음만을 얼굴에 가득 담았다. 어찌 보면 처연한 듯한 그 미소 뒤에는 온갖 감정들이 한데 담겨 있었다. 미안함, 사죄. 스스로를 갉아 먹을 정도의 속죄였다. 그것이 과연 그 신녀만의 감정일까?

나는 그 눈이 보기가 싫어 거칠게 몸을 돌렸다. 시험장에서의 그 상쾌함이 이곳에서 상쇄되는 느낌이었다. 빨리 이곳에서 벗어나고 싶었다. 힘주어 신전 문을 열었다.

묘한 압박감이 느껴지던 신전에서 나와 바깥 공기를 맡으니 그나마 기분이 조금 나아졌다. 이제는 익숙해진 길을 걸어 공작저로 향했다.

새삼 고개를 들어 올려다본 공작저는 화려하기 그지없었다. 문 앞의 기사는 나를 보고는 가볍게 묵례하고 문을 열어주었다. 온갖 색으로 물든 아름다운 정원 한쪽의 테이블에는 날씨에 맞게 재킷을 차려입은 붉은 머리의 남자 두 명이 앉아 있었다.

지금이 티타임을 가질 시간인가? 평소보다 조금 늦게 가졌다면 가능할 수도 있겠다 싶었다. 두런두런 대화를 나누던 그들과 눈이 마주쳤다. 제법 먼 거리임에도 그들의 표정이 보이는 듯했다.

나를 발견한 디온과 오르도가 자리에서 일어났다. 버선발로 달

려 나온다는 표현을 여기에 쓰면 상당히 적절할 것 같았다. 오르
도는 제 의자까지 넘어뜨리며 달려왔고 디온은 그 뒤에서 빠른 걸
음으로 걸어왔다. 거기에서조차 그들의 성격이 묻어 나왔다.

"거봐, 내가 합격할 거라고 했잖아!"

오르도가 기뻐하며 환호하듯 내뱉었다. 왜인지 모를 의기양양
한 표정까지 지은 채. 그 모습이 마치 정말로 제 동생이 큰 시험
을 치르고 돌아와 자랑스러워하는 모양새라 가벼운 웃음이 났다.
그의 뒤를 따라온 디온 역시 고개를 끄덕였다.

"저도 합격할 것이라 말했습니다. 그것도 누구보다 빨리요."

나를 바라보는 그의 얼굴에서 '역시 합격할 줄 알았습니다'라는
표정이 읽혔다. 둘의 당연하다는 듯한 반응에 괜스레 그 둘을 골
려주고 싶어졌다.

"왜 합격이라 확신하는 거죠?"

"그야 보통 아카데미 시험은 6시에 끝나는데 마벨은 그보다 훨
씬 일찍 왔으니까."

"이번 시험은 불합격자도 빠르게 통보하던데요."

"하지만 마벨은 합격이지 않습니까?"

당연하다는 듯 의심조차 하지 않는 두 형제에게 나는 실망한
듯한 표정을 지어 보였다.

"디온 말대로 시험이 꽤나 어렵던데요. 그리고 오르도가 했던
말이랑은 달리 멍청한 자도 별로 없었고요."

그 순간 시안이 떠올랐다. 하지만 그 사실은 머릿속에 넣어두
기로 했다.

"장난치지 마. 그래도 마벨은 합격이잖아? 그리고 귀족 자제들
이 멍청하지 않다니 그건 말도 안 되는 일이라고."

"저랑 맞지 않는 시험이었나 봅니다. 아무래도 뽑아놓은 집사는 오지 말라고 해야 할 것 같네요. 아무것도 안 하고 여기서 지내기에는 제 양심이 조금 아파서요."

굳은 표정으로 저택으로 향하는 내 앞을 오르도가 막아섰다. 그의 표정은 어느새 믿을 수 없다는, 이게 말이 되냐는 표정으로 바뀌어 있었다.

"정말이야?"

"제가 무엇 하러 거짓말을 하겠어요?"

"말도 안 돼! 마벨이 떨어지면 누가 합격을 한다는 거야?"

"저는 자퇴 서류를 준비하러 가봐야겠습니다. 더 이상 그곳에 다닐 이유가 없으니까요."

디온은 그렇게 말하며 나보다 앞서 가기까지 했다. 그 모습에 웃음이 나왔다. 신전에서 느꼈던 불쾌감은 어느새 사라진 상태였다. 내 앞 두 형제가 유쾌해서, 이곳이 이상하게도 정말로 내 집인 것만 같아서 소리 내어 웃어버렸다.

나조차 오랜만에 듣는 웃음소리가 정원을 울렸다. 이곳이, 그리고 그들이 편했다. 앞서 가던 디온이 발걸음을 돌려 나를 돌아보았다. 옆에서 투덜대며 말도 안 된다고 중얼거렸던 오르도 역시 제 입을 닫고는 말없이 나를 쳐다봤다.

"하하, 자퇴보다는 제 교복을 맞추는 게 우선인 것 같은데요."

웃음을 멈추며 그제야 장난임을 시인했다. 하지만 그 둘의 표정은 풀릴 줄을 몰랐다. 정지 화면처럼 내게 시선을 고정시킨 채 움직일 생각이 없는 그들을 보자 약간 당황스러워졌다. 생각보다 장난이 먹히지 않는 사람들이었나? 아닌데. 내 기억 속의 그들은 이런 장난 하나에 금세 기분이 상할 사람들이 아니었다. 나는 조심스레 물었다.

"화난 건 아니죠?"

"나, 마벨이 소리 내서 웃는 거 처음 봐."

"저도입니다, 형님."

조심스러운 내 질문에 그들은 넋이 나간 표정으로 한마디씩 내뱉었다. 둘이 이리도 비슷한 표정을 짓는 것은 거의 처음이었다. 둘은 여전히 믿을 수 없다는 얼굴로 나를 빤히 바라보았다. 내가 웃은 것이 그리도 신기한 일이었나. 괜히 민망해져 턱을 긁적이며 말을 돌렸다.

"합격하고 왔는데, 아무것도 없는 건가요?"

살짝 장난기를 담아 묻자 그제야 각기 제 표정으로 돌아왔다.

"그래, 이래야 내 마벨이지!"

"어째서 형님의 마벨입니까!"

"그야 내가 공작이고, 여기는 내 집이니까. 어허, 너도 내 디온이니 걱정하지 말거라."

고개까지 끄덕이며 장난을 주거니 받거니 하는 그들을 보니 이제야 세그다드가 형제 같았다.

"휴, 깜빡 속아 넘어갈 뻔했네. 그럼 그렇지, 마벨이 떨어질 리가 없지. 그나저나 장난은 언제 그렇게 는 거야?"

오르도는 다시 여유로운 표정으로 돌아왔다. 하지만 정말 속을 뻔한 것은 맞는지 꽤나 안심한 표정이 그의 얼굴에 자리하고 있었다.

"오르도에게 배웠습니다."

"선생이 좋지 못한데 제자가 이리 훌륭하다니. 역시 마벨이야."

"합격, 축하드립니다."

"그러게요. 잘 부탁드려요, 선배님."

"아니요. 제가 훨씬 부족합니다. 잘 부탁드립니다."

"이것 참, 선후배 관계가 훈훈하구먼. 자, 오늘 저녁은 특식이다!"

오르도는 그리 말하고는 디온의 어깨를 팡팡 두드리며 앞서갔다. 콧노래까지 부르며 저택으로 향하는 오르도의 뒤를 디온과 따라 걸었다. 나 때문인지 티타임이 끝나 버린 테이블은 어느새 사용인들이 정리하고 있었다.

디온과 어깨를 나란히 하고 걸었다. 고개를 돌리자 문득 시선이 마주친 그가 고개를 까딱였다. 축하한다는 무언의 인사로 보였다. 나도 가볍게 끄덕였다. 그의 얼굴에는 여지까지 본 것 중 제일 부드러운 웃음이 자리하고 있었다.

2. 자라나는 줄기 (1)

시간은 생각보다 빨리 흘러 어느덧 입학이 다음 날로 다가왔다. 거의 열흘 남짓한 시간 동안 오르도는 매 점심, 저녁마다 특식이라며 각종 메뉴들을 주방장에게 주문했다. 심지어 최고급 와인이라며 술까지 꺼내왔는데, 그 황당한 작태는 내가 아직 열여섯이라는 디온의 주장에 의해 저지되었다.

나는 마실 수 있다 했고, 오르도는 내 의사를 존중한다며 부득불 우겼지만 결국 승자는 고집불통 디온이었다. 아무튼 최고급 술을 딴다던지, 특식을 차린다던지 하는 모습들이 마치 명문대에 합격한 자식을 보는 부모의 태도와 너무도 흡사해 당황스럽기까지 했다.

물론 모든 이유가 전부 나 때문인 것 같지는 않았다. 내 합격을 핑계로 특식, 파티 등 제 욕망을 충족시키는 것 같았지만 내게 나쁠 것은 없었으므로 그저 모른 척 그렇게 별 탈 없이 하루

하루를 보냈다.

오르도에게 합격자 발표가 났다는 말을 들었다. 합격자 명단이 공개적으로 발표되는 것인가 싶어 기다려도 봤지만 합격자는 개개인에게 서신으로 전달되어 공개적으로는 알 수 없다고 했다. 하지만 명단을 구할 수 있다며 오르도가 내게 필요하냐고 물었지만 고개를 가로저었다. 굳이 그렇게까지 알 필요가 없었기에. 궁금하긴 했지만 아카데미에서 만나면 어차피 알게 될 것, 굳이 그를 귀찮게 하면서까지 알고 싶지는 않았다.

옷장 안에 넣어두었던 교복을 꺼냈다. 귀족들이 다니는 아카데미답게 교복은 맞춤형이었다. 입혀보고는 역시나 잘 어울린다며 박수까지 치던 오르도와 옆에서 고개를 끄덕이며 진지하게 동의하던 디온이 생각났다. 어쩔 수 없는 형제였다.

옷을 접어 가방에 넣었다. 깔끔한 셔츠에 검은색 재킷과 바지. 단추와 소매 끝은 금색으로 장식되어 있었다. 딱 봐도 고급스러워 보이는 디자인에 만져 보면 누구나 비싼 옷이라는 것을 알아챌 정도의 고급 옷감이었다. 게다가 겨울이 되면 입을 수 있는 코트와 목도리까지 함께였다.

두툼한 검은색 코트에 베이지색 목도리는 평민이 입을 수 있는 재질도, 모양새도 아니었다. 어마어마한 돈이 들었을 것 같은 옷이 여벌용까지 두 벌이나 내 손에 들어왔다. 세 벌을 살까 고민하던 오르도와 디온을 말린 건 오히려 나였다.

새삼스레 어째서 평민들은 귀족들의 후원을 받아야 하는지 알 것도 같았다. 입학시험 때 이용하는 이동진부터 교복 준비까지 평민들은 상상도 못 할 돈이 들어간다. 뿐만 아니라 기숙사비와 학비까지 합치면 말도 안 되는 돈을 퍼부어야 할 것이다. 평민들은 평생 벌어도 만져 보지도 못할 돈. 다시 한 번 공작가의 등에 빨대를 꽂은 것이 탁월한 선택이었다는 생각이 든다.

짐은 얼추 다 챙겼다. 공작가의 서재에서 발견한 흥미로워 보이는 책 몇 권과 애용하는 수첩, 옷 몇 가지가 전부였다. 그리고,

"열어줄까?"

삐빅!

큐라까지. 물어보니 큐라 역시 이동진을 이용할 수 있다 한다. 한국에서의 기억으로는 보통 기숙사는 애완동물이 반입 금지였기에 두고 가야 하나 걱정했지만 이곳은 상관없다 한다. 다시 한 번 역시나 귀족 자제들의 아카데미라는 생각이 들었다. 참으로 편한 인생들이라 생각하며 새장 안에서 파닥이며 '삐익삐익' 울어대는 큐라를 꺼냈다. 그러자 큐라는 얌전히 내 어깨에 앉아 내 볼에 제 얼굴을 비볐다.

블레로 길드와의 거래는 순조로웠다. 아직까지 썩 중요한 정보의 요구는 없었지만 후를 대비해 정보를 교환할 곳을 정해뒀다. 내가 직접 가지 못함에 그 대비책으로 큐라를 보내기로 했고 그들은 그에 동의했다. 무언가 필요할 것이 있으면 그들이 큐라를 보낼 곳을 저들의 전서구로 알려줄 것이었다. 꽤나 번거로운 작업이었지만 그만큼 정보가 이중, 삼중으로 덮인다 생각하니 고개가 끄덕여졌다.

이것으로 제도에서의 일은 얼추 끝이 났다. 정보로도 확보했고, 내 뒤를 캐는 자들을 혼동시키기 위한 기억 조작도 끝났다. 제도의 신전이라는 조금 찝찝한 구석이 남아 있긴 하지만 그것은 지금의 나로서는 어찌할 수 없는 것이니 제쳐 두기로 했다. 필요한 것은 전부 챙긴 가방을 닫았다.

어느덧 창밖의 해는 지고 있었다. 시계를 보니 6시가 다 되어갔다. 나와 디온이 아카데미로 떠나기 전 마지막 만찬을 기약한 시간이었다. 내가 합격한 후 언제나 특식을 준비해 무엇이 특식인 줄은 모르겠지만 오르도는 오늘도 역시나 특식을 먹어야 한다며 주장했다. 열어둔 창을 통해 맛있는 냄새가 올라왔다. 나는 식당으로 향했다.

"아라온?"

잔에 와인을 따르며 묻는 오르도를 향해 고개를 끄덕였다. 그는 오늘도 와인을 꺼냈고, 그 옆에서 디온이 나를 핑계로 말렸지만 오늘의 승리자는 오르도였다. 우리 둘이 한 번에 공작저를 떠나고 나면 혼자 남은 자신은 어찌하냐며 처절하게 외치던 오르도를 이길 수 있는 상대는 없었다. 결국 우리는 특식에 와인을 곁들이게 됐다. 식사 분위기는 점차 무르익었고 아카데미에 관련된 얘기를 하다가 자연스레 아라온 남작가 얘기가 나왔다.

시안뿐만 아니라 디온에게 묘한 반감을 표하던 제원까지. 그들의 공통점은 아라온 가문의 자제들이라는 것이다.

"아, 거기. 내가 저번에 말했던 멍청한 귀족들 있잖아. 그 부류에 속하는 전형적인 자들이지."

"형님. 듣는 귀가 있습니다."

시중을 드는 사용인들에게 시선을 돌리며 디온이 오르도를 자제시켰다. 하지만 오르도는 개의치 않고 무슨 상관이냐는 표정으로 어깨까지 으쓱하며 말을 이었다.

"사실인 걸 어떡하느냐, 아우야. 너도 그렇게 생각하잖아."

"멍청하다 생각한 적은 없습니다."

"정말?"

"상대할 가치가 없다고 판단했을 뿐이죠."

"그게 더 잔인한데요?"

오르도가 직설적으로 상대를 비방한다면 디온은 가차 없이 상대를 깎아내리곤 한다. 여러 의미로 적으로 만들고 싶지 않은 형제였다. 와인을 오른손으로 빙글, 한 바퀴 돌리며 오르도가 말을 이어 나갔다.

"아라온, 멍청하긴 하지만 신경 쓰이는 가문이지."

"어떤 면에서 말하는 거죠?"

"그들은 전형적인 기생형이거든. 그들은 그들이 정한 주군을 따르는 것이 아니라 권력이 정한 주군을 따르는 인간들이야."

얼마 지내지 않았지만 근 한 달간 지내면서 판단한 세그다드가는 나라를 사랑하는 가문이었다. 그들에게 제일 중요한 것은 나라의 안위. 그렇기에 그들은 소르트 제국을 번영시키고 태평성대를 이끌어갈 수 있는 자에게 충성을 바친다.

하지만 아라온 남작가는 권력이 정한 주군을 따른다. 즉, 그저 그 시대에 권력을 가진 자를 따른다. 예를 들자면 지금의 황제와 차기 황제로 거의 확정된 1황자 같은. 그제야 제원이 어째서 디온에게 그토록 적대적이었는지 알 것도 같았다. 반역자를 체포했다는 공을 얻고 싶었겠지. 그에 더해 반역자의 조력자까지 체포한다면 그가 따르는 권력자에게 더욱 크게 인정받을 것이다.

"신경 쓰일 만하네요."

"역시. 이러니 마벨의 불합격을 내가 어찌 믿었겠어. 어찌 됐든, 그렇기에 그들이 보기에 우리는 그들에게 걸림돌이지. 그거 알아? 그런 자들이 바라보는 것은 권력의 꼭대기 층인 것?"

"권력욕이 지대하겠군요."

"맞아, 그렇기에 우리는 높이 올라가려고 발버둥 치는 그들에게 있어서 닿을 수는 있지만 넘지는 못하는 방해물인 격이야. 게다가 우리와 1황자 사이의 묘한 기류를 아라온 남작이 알아챈 모양이야. 가뜩이나 눈엣가시인데 1황자의 총애도 받지 못하는 가문으로 보이니 아예 등을 돌리겠단 거겠지."

"이제야 이해가 가네요."

"신경은 쓰이지만 무시해도 될 가문이야."

"왜죠?"

"멍청하니까."

오르도는 한마디로 일축하고는 와인을 한 모금 마셨다. 거침없는 오르도의 평가에 디온은 들릴 듯 말 듯 한숨을 작게 쉬고는 음식을 잘라 입에 넣었다. 나는 고개를 끄덕였다. 그들은 멍청했다. 아마 시안이 아카데미에 합격한다면 아카데미의 수준을 한 번쯤 의심해 볼 생각이었다. 가문의 가주는 만나보지 못했지만 오르도의 평을 들어보니 그 역시 별반 다르지 않을 듯싶었다.

"그러니 신경 쓰지 않아도 된다."

개방된 식당에서인지 디온은 내게 말을 낮췄다. 이제는 그의 정착되지 않은 말의 높낮이가 어느 정도 익숙했다.

"신경을 썼다기보다는 궁금했을 뿐이에요. 도대체 얼마나 대단하기에 공작가를 적대시하나 싶었거든요."

"원래 멍청한 자들이 제 위치를 모르는 경우가 태반이거든. 그나저나 아카데미에 입학하기 전날인데 두근대거나 떨리거나 잠을 못 자겠거나 그런 건 없어?"

"없어요."

"기숙사 룸메이트가 누구일지 궁금하거나 그렇지도 않아?"

"룸메이트요?"

룸메이트? 귀족들의 기숙사인데 당연히 1인 1실 아니었나? 귀족들이 다른 사람과 방을 함께 쓸 리 없다, 당연히 혼자서 방을 쓸 거다, 라고 머릿속에서 나 혼자 결론짓고 있었다.

"몰랐구나. 아카데미 기숙사는 2인 1실이야."

전혀, 들도 보도 못한 사실이었다. 나는 지금 남장 중이고 그것을 절대로 들키면 안 된다. 내가 여자인 것을 들키는 순간 나뿐 아니라 세그다드가 역시 큰 타격을 입을 것이다. 게다가 여러 가지 이유로 내가 여자인 것이 밝혀지는 것을 세그다드가는 원하지 않았다.

하지만 그 아찔한 사실을 말하는 오르도의 얼굴에는 여전히 웃음이 가득이었다. 그의 얼굴에는 일말의 걱정조차 찾아볼 수 없었다. 오히려 재미있다는 듯 싱글싱글 웃으며 내 다음 말을 기다리는 것처럼 보였다. 하지만 그의 기대와 달리 디온이 나 대신 무뚝뚝하게 한마디 쏘아붙였다.

"형님, 놀리지 마십시오. 마벨의 표정이 눈에 보이지 않으십니까? 걱정하지 않아도 된다. 나와 같은 방을 쓸 테니까."

오르도에게 꽂혀 있던 내 시선은 자연스레 디온에게 향했다. 그러니까 2인 1실인데 내 룸메이트는 디온이란 말이었다. 다행이라면 다행이었다. 누구와 한 방을 써야 하는 게 어찌할 수 없는 것이라면 그 누구보다 나에 대해 잘 알고 있는 디온이 제일 안전했다. 하지만 왜 나는 그것을 지금 처음 듣느냐는 말이지.

"그걸 왜 이제 말해줘요?"

"나도 오늘 처음 들었다."

"누구한테요?"

"형님께."

순간 오르도에게 와인을 부어버릴까 고민했다. 다분히 고의적이었다. 아마 내가 불합격이라 장난을 친 것 때문에 복수하기 위해 짠 계략일 수도 있다. 아니, 이제는 확신할 수 있다. 그때의 복수를 위해 디온과 내게 기숙사에 관련해 말을 해주지 않은 게 분명했다.

아니나 다를까, 오르도는 그제야 제 품에서 서신을 꺼내 우리 앞으로 내밀었다. 그의 얼굴에는 뿌듯함인지 승리감인지 아니면 그 모두일지 모를 웃음이 걸려 있었다.

"자, 일 년 동안 잘 지낼 룸메이트끼리 악수나 한번 해보라고."

✤

날이 밝았다. 옷장을 열어 교복을 꺼내 입었다. 맞춤옷답게 몸에 딱 맞았다. 바지에 셔츠, 재킷까지 걸치고 거울 앞에 섰다. 영락없는 소년의 모습이었다.

디온에게 들은 바에 의하면 귀족 자제들이 모여 있기에 웃통을 벗는다든지 공용 욕실을 사용한다든지, 기타 여러 가지 내가 들킬 법한 위험한 일은 하지 않는다 한다. 혹 다른 자와 같은 방이었으면 걱정이 태산이겠지만 내 룸메이트는 디온이었다. 정체 발각에 대한 걱정은 잠시 머릿속 한편에 넣어두기로 했다.

오르도는 아카데미에서도 즐기라며 내가 좋아하는 차를 포장해 가방 안에 넣어주었다. 그 모습까지도 자녀를 멀리 유학 보내는 어머니의 모습과 겹쳐 보여 가벼운 웃음이 흘러나왔다.

가방을 들고 방문을 열었다. 지금은 10월 초, 학기는 1월에 끝나니 근 삼 개월간은 이곳에 발을 들일 일은 없을 것이다. 조금은 그리워질 수도 있겠다는, 이전이었다면 상상하지도 못할 생각이 들었다. 고작 한 달 남짓 머물렀던 방을 바라보다 문을 닫았다. 곧, 다시 돌아오게 될 것이다. 우리 집으로.

가방을 들고 계단을 내려가자 아래에는 새로 뽑은 집사와 오르도, 그리고 교복을 입은 디온이 한데 모여 있었다. 자연스럽게 다가와 내가 들고 있는 가방을 받으려 하는 디온을 한 발 뒤로 물러서 피해냈다. '너무합니다'라 써 붙이기라도 한 듯한 그의 생각이 읽혔다. 이 사람은 한동안 안 그러다가 갑자기 또 황녀바라기 병이 도진 모양이었다.

"다시 한 번 말할게요. 제가 디온의 시종이에요."

"이제 같은 교복을 입고 있으니 마벨이 내 시종이라 생각하는 자는 아무도 없을 거다. 내가 드는 것이 그리도 싫다면 들지 않겠다."

그의 대답을 듣고 있자니 저도 생각하고 행동에 옮긴 모양이었다. 사실 그의 말이 맞기는 맞았다. 같은 교복을 입고 있으니 모르는 자가 본다면 서로 사이가 좋은 귀족 자제들로 보일 터였다.

나는 그를 쳐다봤다. 어조는 딱딱했지만 역시나, 오늘도 귀와 꼬리가 있다면 축 처졌을 그런 몰골을 하고 나를 바라보고 있었다.

"그냥 줘라. 지가 알아서 고생하겠다는데 말릴 일이 뭐가 있겠느냐?"

우리 둘의 티격태격하는 모습을 바라보며 숨죽여 웃던 오르도가 내게 다가와서는 말했다. 그리고는 고개를 숙여 내 귀에 디온이 듣지 못하게 속삭였다.

"이럴 때 뽑아먹어라. 디온 녀석, 나중에는 고집부리면서 잔소리 해댈 텐데 그것 이겨내려면 이런 배려는 다 뽑아먹어야지 억울하지라도 않거든."

작게 속삭이는 오르도를 디온이 살짝 잡아당기며 눈썹을 치켜뜨고는 따지듯이 물었다. 그 모습이 꽤나 심통이 난 것으로 보였다.

"무슨 말씀 하셨습니까?"

"사실만을 말했을 뿐이야. 아, 그리고 디온이 어제 내게 말했는데 말이지."

"또 무슨 쓸데없는 말씀을 하려고 하십니까?"

"쓸데없는 말이라니! 어허, 말이 심하구나, 아우야. 디온이 말이지, 제 친구들을 네게 소개시키지 않겠다던데?"

"왜죠?"

"저 녀석이 생각보다 소유욕이 꽤나······."

"형님! 아닙니다. 제 친구들이······."

"친구들이?"

"미친놈들입니다."

"네?"

상상도 못 한 말이 디온의 입에서 흘러나왔다. 게다가 적잖이 당황한 모양인지 어느새 존댓말로 돌아와 있었다. 욕이라고는 한마디도 하지 않을 것 같은 디온이 제 입으로 누군가를 미친놈이라고 칭했다. 그 정도면 조금 심각한 수준인 것 같은데.

"오르도보다요?"

"형님보다는 덜합니, 덜하다."

"음, 그럼 됐어요. 그래도 영 불편하면 소개시켜 주지 않아도 돼요."

"아니, 거기에 내 이름이 왜 나와? 아이고. 자식새끼들 키워봤자 하나도 소용없다더니 그게 다 사실이었어!"

"누가 자식새끼라는 겁니까? 누가 보면 결혼이라도 한 줄 알겠습니다?"

"아이고, 이제는 결혼하라고 닦달이라니. 서러워서 공작도 못 해먹겠구나."

"쓸데없는 소리 그만하시지요. 이만 출발할 시간입니다."

과장된 표정을 지으며 눈물이라도 찍어내듯 손으로 눈가를 꾹꾹 누르던 오르도가 디온의 한마디에 고개를 돌려 시간을 확인했다. 시계는 어느새 출발할 시각을 가리키고 있었다.

"자자, 얼른 아카데미로 가자고. 늦겠어. 이래서 어린애들은 챙겨줘야 한다니까?"

"이게 다 형님 때문이잖습니까!"

오르도는 디온의 등을 밀며 걸음을 옮겼고, 그런 형에게 밀려 앞으로 나가며 디온은 툴툴댔다. 나는 여전한 형제라고 생각하며 그들의 뒤를 따랐다. 그 모습을 바라보는 집사의 입에도 흐뭇한 웃음이 떠올랐다. 그런 그를 보자 나도 모르게 한마디가 입 밖으로 튀어나왔다.

"저 없는 동안 잘 부탁드려요."

"저 역시 도련님을 잘 부탁드립니다."

집사는 고개를 끄덕이며 디온을 내게 부탁했다. 그 모습에서 진심이 보여 나도 가볍게 인사해 줬다. 드디어 아카데미로 떠날 시간이었다.

작은 소동을 거친 후 우리는 이제는 익숙해진 신전의 이동진을 사용했다. 디온이 옆에 있기 때문인지 아니면 이제는 할 말이 없기 때문인지 모르겠지만 제도의 신녀는 내게 여상한 인사를 제외하고는 아무 말도 걸지 않았다. 익숙한 울렁거림을 거쳐 아카데미의 신전에 도착했다. 작은 신전의 문을 열고 나오며 디온이 내게 말했다.

"학교에서는 말을 높일 겁니다."

"디온이 생각 없이 말을 높일 것 같지는 않은데, 이유는 물어야겠죠?"

"그곳에서는 잠시나마 신분이 사라집니다. 게다가 평민이라고 하더라도 후원 가문과 후원을 받는 평민은 서로를 존중하는 의미에서 서로 존대를 사용하는 경우도 왕왕 있습니다."

"그러니까, 그것을 핑계로 존댓말을 하겠다는 말이네요."

"마벨이 말을 낮추면 저도 낮추겠습니다."

다시 한 번 느끼는 것이지만 디온도 참으로 한 고집 하는 자였다. 그의 말이 맞다면 굳이 그에게 말을 낮추라 할 필요는 없었다. 딱히 높임말, 낮춤말에 크게 신경을 쓰고 강요했던 것도 아니었다. 그저 주변에서 그의 태도를 보고 내 정체를 의심할까 했던 걱정이었다. 그 의심을 불러올 것이 아니라면 상관없었다.

"디온 편하게 하세요. 내가 뭐라 강요할 수는 없으니까요. 아, 그럼 저도 사전에 경고를 해야 할까요?"

"경고 말입니까?"

"저, 2황녀랑 친하게 지낼 거예요."

"그것이 경고입니까?"

"예전에 약속했잖아요?"

"아."

이전에 블레로 길드에서 나오며 그와 했던 약속 아닌 약속을 상기시켰다. 어떠한 계획이 있다면 미리 말해달라던 그의 부탁 아닌 부탁에 난 알겠다고 했었다. 2황녀와 친하게 지내는 것 역시 일종의 계획이니 알려야 할 것 같은 생각이 들었다. 그 와중에 물리적인 대치가 없다고 확신을 못 하니.

내가 어떤 것을 말하는지 알아챈 모양인지 디온은 짧게 긍정했다. 그는 얼굴에 만족스러운 웃음이 걸렸다. 요즘 들어 그 웃음이 더욱 빈번해 보이는 것은 착각일까?

"감사합니다."

"뭐가요? 전 약속한 걸 지켰을 뿐인걸요."

"그런 사소한 것에 신경 써주실 줄은 몰랐습니다."

"저 생각보다 기억력 좋아요."

어깨를 으쓱이며 한마디 덧붙이자 하하, 소리 내 웃는다.

가볍게 얘기하며 걷다 보니 어느새 아카데미에 도착했다. 웅장하지만 며칠 전 시험을 보러 온 날의 비어 있는 듯한 느낌은 없었다. 신입생뿐만 아니라 재학생들, 거기에 우리와 교복이 미묘하게 다른 학생들까지 전부 아카데미로 향하느라 거리가 북적거렸다. 교문 안으로 들어서자 몇몇 학생이 우리를 발견하고는 빠르게 다가왔다. 그 모습이 상당히 익숙했다.

"마벨, 오랜만이에요! 잘 지냈어요?"

"오랜만이다."

활짝 웃으며 반갑게 말을 거는 사람은 라이, 그리고 그 옆에서 다소 무뚝뚝하게 말을 낮추는 자는 베른이었다. 그 둘은 교복이 상당히 잘 어울렸다. 라이는 크지 않은 키였지만 밝은 갈색 머리가 검은색 교복과 어우러지자 없던 차분함마저 생긴 느낌이었다. 그 옆의 베른은 잿빛 머리와 잿빛 눈동자에 무뚝뚝한 인상이 교복과 어우러져 한눈에도 위엄이 뿜어져 나왔다.

내게 인사하는 그들을 보니 역시나, 라는 생각이 들었다. 다른 사람들은 몰라도 이 둘은 합격할 줄 알았다. 그들의 인사에 짧게 화답했다.

"역시나 합격했군요. 반가워요."

"하하, 여전히 마벨은 덤덤한 것 같아요. 그런데 옆에는……?"

라이는 내 인사에 붙임성 좋게 웃어 보이고는 내 옆의 디온에게 시선을 돌렸다.

"디르케온 세그다드, 제 후원자예요."

"반갑습니다. 디르케온 세그다드, 세그다드가의 차남입니다. 만나서 반갑습니다."

디온은 내 소개에 깔끔하고 차분하게 인사했다.

"와, 꼭 한번 뵙고 싶었어요. 형님이 디르케온만큼은 도무지 이길 수가 없다며 집에 올 때마다 이를 갈아서 궁금했거든요. 반가워요. 저는 라이오네안 체이란, 열여섯이고 체이란 백작가의 막내예요."

"아, 체이란. 혹시 형님이 벡스입니까?"

"맞아요. 기억하시네요? 하긴, 그 정도면 형님께서 얼마나 귀찮게 구셨을지 눈에 보입니다."

"아니요, 상당히 친절하신 분이셨습니다. 좋은 형님을 두셨군요."

예의가 가득이면서도 이상하게 겉도는 대화였다. 라이는 예의 친화력을 자랑했고, 디온은 그것을 침착하게 받아주었다. 하지만 그 사이에는 여전히 보이지 않는 벽이 존재했다. 그 벽은 디온이 세우는 것임이 틀림없었다. 내게는 보이지 않던 벽이라 상당히 낯설었다. 라이와의 대화가 얼추 끝나자 베른이 인사를 해왔다.

"오랜만입니다. 베른 루치스입니다. 기억하실지 모르겠습니다만."

"오랜만입니다, 베른. 황제 폐하의 탄신 연회 이후로 처음입니다."

"기억하시는군요. 영광입니다. 잘 부탁드립니다. 마벨이 좋은 후원자를 뒀군요. 디르케온 역시 훌륭한 인재를 찾아내셨고 말입니다."

그의 말에 디온의 시선이 나와 그들을 번갈아 바라봤다. 조금의 궁금함이 디온의 얼굴에 자리했다.

"시험 때 한 번 보셨을 텐데 상당히 친해진 모양입니다."

"예, 마벨의 첫인상이 너무 강렬해서 말이죠. 그때를 기록할 수 있다면 보여주고 싶을 정도입니다. 거의 모든 이의 뒤통수를 때렸을 정도로 충격적인 전략을 보여주며 합격했어요. 그 후유증으로 그 이후의 시험은 모두 시시해 보일 정도였거든요."

디온의 말을 받는 것은 라이였다. 양팔까지 벌리며 열정적으로 내 자랑을 하는 라이와 그 옆에서 고개를 끄덕이는 베른까지. 이상하게 내 칭찬으로 흘러가는 분위기에 괜스레 민망해졌다.

"그저 누구나 다 생각할 법한 전략이었습니다. 반역자 역할을 받은 것이 운이 좋았을 뿐이죠."

"그리고 이리도 겸손하고 말이죠."

라이가 웃으며 내 말을 받았다. 어쩐지 계속될 것만 같은 내 칭찬이 썩 내키지는 않아 대화의 주제를 돌리기로 했다.

"흠, 그래서 팀은 어디까지 올라갔나요?"

"아, 이것도 자랑해야 했는데. 저희 우승했답니다. 그 덕에 전원 합격이었죠."

"전원이요?"

전원? 전원이라 하자 떠오르는 인물이 딱 한 명 있었다. 시안 아라온. 내가 보기에 그는 절대 이곳에 합격할 재목이 아니었다. 할 줄 아는 것이라고는 귀족과 평민, 급을 나누는 것밖에 없는 자. 그자도 합격이라는 말인가?

"지금 무슨 생각을 하고 있는지 안다. 후반에 운이 좋았지. 그자가 네가 써먹은 방식을 사용했는데 하필이면 그 팀에 반역자가 있더군."

내가 쓴 방식이라 하면 아마 적당히 말을 던져 상대 팀에 혼란을 가하는 방법일 것이다. 그자가 절대로 사전에 무언가 알고 하지 않았을 것이니 아마 또다시 그 허영심이 빛을 발한 모양이었다. 베른이 '하필이면'이라는 말을 사용하는 것을 보아하니 그 역시 시안의 합격이 썩 내키지는 않는 모양이었다.

이전에 내가 쓴 방법이 정확히 반역자를 색출해 내었으니 그의 시도 역시 긍정적인 방향으로 흘러갔겠지. 그것마저 노렸을 머리는 아니었겠지만 어찌 됐건 그것이 시안을 합격으로 이끈 모양이었다. 왠지 아카데미 생활이 조금 귀찮아질 것 같았다.

그때였다. 누군가가 내 어깨를 세게 밀치고는 앞질러 갔다. 오렌지빛이 진하게 감도는 머리카락에 키는 나보다 한 뼘 정도 큰 소년이었다. 뒷모습이 상당히 익숙했다.

"뭐야, 평민.이라서 눈에 보이지도 않았네. 미안."

시안이었다. 그가 몇 살이라 했더라. 열여섯? 열일곱? 정말 유치하기 짝이 없는 행동이다. 그의 행태에 라이, 베른, 디온의 표정은 삽시간에 구겨졌다. 심지어 디온의 표정은 지옥에서 올라온 야차와도 같았다. 내게 한결같이 온화한 표정을 보여주던 그가 이런 표정을 지을 수도 있다는 것을 처음 알았다. 칼이 있었다면 당장 꺼내 그를 베어버렸을 것 같은 표정에 지금 그의 손에 칼이 없는 것이 다행이라는 생각마저 들었다.

"사과하시지요."

"아아, 세그다드가의 차남이시군요. 하지만 여기서 제가 그쪽의 말을 들을 필요는 없지 않습니까? 아카데미 안에서는 지위가 없어지니까요."

시안이 이죽거리며 디온의 말을 되받아쳤다. 그의 표정에는 승리감이 가득이었다. 양옆에는 친구라도 되는 듯 딱히 존재감 없게 생긴 소녀와 소년이 자리하고 있었다. 마치 벌써부터 파벌이라도 가르는 듯한 모습에 어이없는 비웃음만 나왔다.

"아니요, 괜찮습니다, 디온. 시안, 사과하지 말았으면 좋겠군. 딱히 그쪽이랑 친하게 지내고 싶은 생각도 없거든."

"뭐야, 평민 주제에 어디서 말을 낮춰?"

"방금 네 입으로 말하지 않았나? 아카데미 안에서는 지위가 없어진다고. 방금 전 내뱉은 말조차 기억 못 하는 얼간이랑은 별로 대화하고 싶지도 않은데."

"너, 아카데미 밖에서는 어쩌려고 이렇게 기어오르는 거지?"

"그러게, 아카데미 밖에서는 세그다드에게 어쩌려고 이리도 기어오르는지?"

"이익, 두, 두고 봐!"

시안은 할 말이 없었는지 뻔한 한마디를 내뱉고는 그대로 뒤돌아 시야에서 사라졌다. 각종 만화, 소설에서 나오는 악역의 전형적인 대사를 내뱉는 그가 이제는 귀여워 보이려 했다. 이로써 확실해졌다. 오르도와 디온의 말이 사실이었다. 귀찮기는 하겠지만 딱히 신경 쓸 인물은 아니었다. 아마 앞으로도 나를 깎아내리려 몇 가지 수를 쓰겠지만 신경 쓰지 않기로 했다.

"참 한결같은 자네요."

"그러게요."

"저 어깨를 잘라 버리고 싶습니다."

별일 아니라는 듯 말을 잇는 베른과 라이와는 달리 디온은 살기마저 느껴질 정도로 살벌하게 내뱉었다. 시안이 떠나간 자리를 거의 데일 듯한 시선으로 여전히 좇고 있는 것에 다시 한 번 그의 손에 칼이 없는 것에 감사했다.

"오르도의 말대로 신경 쓰지 않는 것이 정신 건강에 좋을 것 같은데요."

"하지만 한 번만 더 그와 같은 짓거리를 반복한다면 그때는 후회하게 만들어주겠습니다."

예상했던 반응이었다. 문득 디온의 검술 실력이 생각났다. 이쯤 되니 시안에게 더 이상 나를 공격했다가는 네 목숨이 위험하다 경고라도 해주고 싶은 수준이었다. 그래봤자 들어먹지도 않겠지만, 그 정도로 디온의 눈에 진심 어린 분노가 보였다. 그 모습을 라이와 베른이 신기하다는 눈빛으로 쳐다보고 있었다. 하긴, 후원을 받는 평민을 위해 진심으로 화를 내는 귀족이라니, 나였어도 신기하게 쳐다봤을 모습이긴 했다.

"디르케온은 냉정하고 감정에 변화가 없다고 형님께 들었는데,

이런 감정적인 모습을 보니 조금 인간다움이 느껴지는 것 같군요. 아, 오해하지 말아요. 칭찬이에요."

하지만 그들의 입에서 나온 감상은 내 예상과는 한참 떨어진 내용이었다. 아무래도 내게 항상 보이는 모습과 달리 무뚝뚝하다는 게 세간에 알려진 디온의 모습인 모양이었다. 조금 더 있다가는 이상할 정도로 감정적인 디온의 모습을 계속 보여주게 될 것만 같아 우선은 이 자리를 벗어나는 게 좋겠다는 생각이 들었다. 시간을 확인했다. 마침 입학식 시간이 다가오고 있었다.

"만나서 반가웠어요. 저희는 우선 짐을 정리해야 할 것 같아서요. 조금 이따가 입학식에서 봐요."

"벌써 시간이 이렇게 되었네요. 좀 이따가 봐요. 만나서 반가웠습니다, 디르케온 선배님! 자주 뵀으면 좋겠어요."

"저도 반가웠습니다. 잘 부탁드리겠습니다, 선배님."

라이는 방싯 웃으며 넉살 좋게 인사했고 베른은 무뚝뚝하게 고개를 숙였다. 디온은 살짝 고개를 끄덕여 화답하고는 기숙사로 향했다. 별다른 대답을 하지 않은 것을 보아하니 시안의 일이 여전히 마음에 걸리는 모양이었다. 디온은 뒤끝이 꽤 길 것 같다는 생각이 문득 들었다. 기숙사로 향하며 여전히 기분이 영 어두침침한 디온에게 말을 걸었다.

"디온."

"예."

"그렇게 신경이 쓰이면, 선배로서 나중에 충고나 한번 해주세요."

"괜찮으십니까?"

"저야, 뭐. 제가 누군지 알지만 못하면 상관없어요."

내 말에 그제야 기분이 풀린 듯 그가 가볍게 고개를 끄덕였다. 눈에는 나를 대할 때의 온화함이 다시 자리하고 있었다. 이리도 표정 변화가 극명한 사람인데 무뚝뚝하고 냉정하다 소문이 나 있다니. 새삼 소문은 믿을 만한 것이 못 된다는 생각이 들었다.

"검술 수업 시간이 기대되는군요."

"검술 수업 때 선후배가 같이하는 자리가 있나요?"

"예, 후배를 가르치기 위한 선후배 사이의 대련 시간이 있습니다."

디온은 어울리지 않게도 한쪽 입꼬리를 올리며 웃었다. 디온이 누군가와 검으로 대련하기를 원하고 있다니, 속으로 다시 한 번 시안의 미래를 위해 기도해 줬다.

도착한 기숙사는 상상 이상이었다. 본관만큼이나 화려한 기숙사는 거의 성이나 마찬가지였다. 일반 아카데미 학생들 백이십 명, 그리고 학술원의 팔십 명 정도, 많아봤자 이백 명 정도나 될까 싶은 학생이 사는 건물이라 기대도 하지 않았는데, 역시나 귀족들이라는 생각이 들었다.

하나만 해도 엄청나다 싶은 건물이 두 개로 나뉘어져 우뚝 서 있었다. 본관과 마찬가지로 몸체는 고풍스럽게 색이 바랜 백색이었고 창과, 문, 성의 꼭대기는 칠흑 같은 검은색으로 선명한 대비를 이루고 있었다. 한쪽에는 책 문양이 그려진 깃발, 다른 한쪽에는 검 문양이 그려진 깃발이 걸려 있어 그것이 무과, 문과 건물임을 알 수 있었다.

우리는 문과 건물로 향했다. 문득 처음 디온이 문과라는 이야기를 들었을 때가 기억났다. 검술에 천부적인 재능이 있다는 묘사와 블레로 길드에서 그의 믿을 수 없는 신위를 목격했을 때 당연히 그가 무과 학생이라 생각했다.

하지만 그는 문과였다. '무과에 가서 크게 배움을 얻을 것 같지는 않았습니다'가 그의 대답이었다. 납득이 가는 사실이라 고개를 끄덕이면서도 괜히 한 대 때려주고 싶은 얄미움은 세그다드 가문의 특징인 모양이었다. 어찌 됐건 납득은 가면서도 누군가는 재수 없다 욕할 만한 이유로 문과를 선택한 디온 덕에 나는 그와 같은 방을 사용할 수 있었다.

거대하고 무거운 문을 열고, 바닥에 깔린 카펫을 밟아 영화에서나 보던 원형 계단을 두 번 오르자 방이 나타났다. 문을 열고 들어간 방은 또다시 내 상상을 초월한 것이었다. 심각할 정도로 화려하거나 으리으리한 것은 아니었지만 내 한국식 사고에 자리하고 있는 2인 1실과 비교하려 했던 것을 사죄하고 싶을 정도로 엄청난 수준이었다.

"이건 그냥 집인데요?"

2인 1실이라던 오르도의 말과 룸메이트라던 그 익숙한 단어에 내가 상상한 것은, 두 개의 침대와 하나의 목욕탕이 있는 살짝 넓은 원룸, 그 이상도 이하도 아니었다. 하지만 이 기숙사는, 룸메이트가 아니라 하우스메이트와 같이 쓰는 '집'이라고 해야 될 것 같은 곳이었다.

작은 거실을 중간에 두고 양쪽으로 방이 하나씩 자리하고 있었다. 혼자 쓰게 될 방은 내가 공작저에서 지내던 방보다는 조금 작은 크기였지만 여느 여관의 특실과 맞먹는 수준이었다. 이 정도면 굳이 디온이 아니라 다른 사람과 룸메이트가 되더라도 조심만 하면 정체를 들키지 않을 수 있을 것 같았다. 거실, 두 개의 방, 커다란 욕실. 이 완벽한 구성의 투룸에 없는 것이 딱 하나 있었다.

"주방이 없네요?"

"주방이 필요합니까?"

현대식의 건축 구조는 아니었지만 이런 구성이라면 주방이 있는 것이 훨씬 더 자연스럽지 않을까, 라는 생각도 잠시. 문득 이들이 귀족이라는 사실이 다시금 머릿속에 떠올랐다. 그렇구나. 귀족이 스스로 요리를 할 리는 없었다. 그리고 디온은 귀족 중에서도 상위 귀족, 공작가의 차남이었다. 고개가 끄덕여졌다.

"그야…… 아, 그렇죠. 디온도 귀족이군요."

"칭찬은 아닌 것 같습니다."

"칭찬도, 욕도 아니에요. 그냥 느낀 바를 말할 뿐이었어요. 신경 쓰지 말아요."

정말이었다. 칭찬도, 욕도 아닌, 그저 느낀 대로 덤덤히 내뱉은 감상이었다. 나는 육 년 전의 황녀 생활보다는 근 육 년간의 평민 생활이 익숙했고 그보다도 더 한국에서의 신식 문화에 익숙한 사람이었다. 귀족이라는 존재 자체가 내게는 굉장히 생소한 것이었다. 내 말에 잠시간 말이 없던 디온이 입을 열었다.

"이제 마벨도 세그다드입니다. 혹은 그보다 더 높을 수도 있죠."

"더 높지는 않을걸요."

"……그럴 수도 있다는 그저 가능성일 뿐입니다. 그러니, 세그다드와 마벨을 멀리 떨어뜨리지는 않아주셨으면 합니다."

"그, 네. 그, 알았어요. 머릿속에 잘 새겨 넣을게요."

흠, 뭐라고 말을 해야 할지 몰라 말을 골랐다. 나는 그저 내 상식과 현실이 조금 다르게 다가왔을 뿐인데 내 말이 디온에게는 다른 의미로 들린 모양이었다. 디온과 눈을 마주쳤다. 그 눈에는 애절함이라 해야 할지, 간절함이라 해야 할지 모를 감정이 담겨 있었다. 아까 시안을 바라보던 눈빛과 너무나도 극명한 차이를 담은 눈빛에 픽, 가벼운 웃음이 새어 나왔다.

문득 다시 한 번 디온과 같은 방이라면 별로 상관없을 것 같다는 생각이 들었다. 남자와 한 공간을 공유한다는 건 이전에는 생각조차 할 수 없는 일이었는데, 나도 모르게 조금의 빈틈 정도는 허용해 줄 정도로 그를 믿게 된 모양이었다.

"음, 그리고 세그다드와 저를 떨어뜨려서 생각한 적은 없어요. 그냥, 그냥 뭐랄까, 제 생활과 여기서 느낀 것의 차이일 뿐이에요. 너무 신경 쓰지 마세요. 오히려 세그다드에서 저한테 거리 좀 둬달라고 애원할 때까지 붙어 있을 거니까 걱정하지 말아요."

내 말에 디온이 나를 빤히 바라보았다.

"그거 아십니까?"

입가에 미미한 웃음을 지으며 그가 말했다. 이리도 자주 볼 수 있는 부드러운 웃음이 타인의 앞에 서면 사라진다는 것이 새삼스레 신기했다.

"감정이 많아지셨습니다."

"저요?"

"예. 예전의 가시가 사라지지는 않았지만 그래도 그것을 둔하게 만드는 감정이 많이 생기셨습니다."

나도 모르는 사실을 내뱉는 디온의 눈을 빤히 쳐다봤다. 내가 감정이 없었나? 아니, 내가 생각하기에 나는 감정을 응축한 채 이곳에 떨어졌고 그 이후에도 여러 가지 감정을 다양하게 느꼈다고 생각했다. 울 만큼 울고, 웃을 만큼 웃었다.

하지만, 그래. 문득 생각났다. 나조차도 오랜만에 들었던 내 웃음소리가. 세그다드 공작저 정원에서의 웃음. 입가에 부드러운 호선을 그리는 그가 지금 무슨 말을 하고 싶은지 대충 파악할 수 있었다.

갑자기 얼굴이 홧홧해졌다. 나도 몰랐던 나를 관찰당한 느낌이 들었다. 내 최측근들은 파악한 내 변화를 이제야 내가 인지한 기분이었다. 그리고 그 이유를 알 것도 같았다. 오르도, 그리고 디온이라는 이름을 내게 허락한 디르케온.

나는 괜히 창밖을 확인하고는 빠르게 문으로 향했다. 한 가지 목표만을 바라보고 달리던 내 양옆에 무언가 끼어든 느낌이었다. 하지만 그것이 불쾌하지 않다는 것이 큰 문제였다. 그래, 정말로 큰 문제였다. 나는 문을 열고 문밖으로 빠르게 나가며 들리지 않아도 상관없을 말을 내뱉었다.

"언제나 고마워요."

문이 닫히는지 확인조차 하지 않고 입학식이 열리는 곳으로 향했다. 뒤로 디온의 커다란 웃음소리가 들렸다. 디온이 따라오는지 확인은 하지 않았지만 따라올 것이 확실한 길을 그와 함께 걸었다. 기숙사 밖에서는 기대에 찬 신입생들의 왁자지껄함이 전해져 오고 있었다.

입학식은 커다란 연회장에서 진행됐다. 백이십 명이 넘는 학생이 들어가고도 남을 정도로 커다란 연회장 앞에는 단상이 자리하고 있었고, 그곳에는 아카데미의 교수인 듯 보이는 사람들이 열을 맞춰 앉아 있었다. 교수들의 머리 위, 높은 벽에는 소르트를 상징하는 문양이 자리하고 있었고, 그 양옆으로 기숙사에서 보았던 책과 검이 그려진 깃발이 세워져 있었다.

단상 아래의 학생들은 깃발의 위치에 맞춰 두 가지 색으로 나뉘어 저들끼리 모여 있었다. 문과는 검은 상의, 무과는 짙은 갈색 상의. 한가운데 신입생들을 중심으로 2학년들은 양옆으로 서서 입학식이 끝나기만을 기다리고 있었다. 어차피 귀족 자제들, 가끔 들어오는 평민이나 옆 나라의 유학생들이 아닌 이상 그렇게 새로울 것도 없을 구성원이었다. 그래서 그런지 모두의 얼굴에는 공통적으로 지루함이 자리하고 있었다.

역시나 축사를 듣던 라이가 따분함을 떨치려는 듯 내게 말을 걸어왔다. 내 옆에는 당연하다는 듯 라이와 베른이 자리하고 있었다. 연회장에 들어서자 자연스레 내 옆을 차지하던 그들의 모습에 살짝 당황스럽기까지 했다.

"그거 알아요? 2황녀님이 이번에 입학했다던데요."

비밀 이야기라도 하듯 낮게 속삭이는 라이의 말에 나는 고개를 끄덕였다. 알고 있는 사실이었다. 내가 이곳에 들어온 이유가 그것이니.

"네, 알고 있어요. 합격했나 보네요."

"예, 그런데 조금 말이 많아요."

"왜요?"

"사실 황족이 아카데미에 입학하는 것은 내놓은 핏줄이라는 이야기거든요. 하지만 또 다른 이야기로는 이번에 마농국에서 유학생도 온다 하던데 그를 노린 입학이라는 이야기도 있구요."

"안 좋은 일인가요?"

"외교적으로 사용하거나 아니면 버리기 위한 패라는 이야기죠. 그리고 아마 사실일 거예요."

"혹 그렇다면 그녀와 가까이 지내는 데 문제가 있을까요?"

"황가에서 버린 패와 군이 가까이 지내려는 이유가 있는가?"

중간에 끼어든 것은 베른이었다. 냉정한 말과는 달리 그의 표정에는 순수한 궁금함만 자리하고 있었다. 이유야 있었지만 그들에게 밝힐 만한 것은 아니었다. 원래의 이유에 더해 약간의 호기심도 가미되었다.

처참하게 버림받은 1황녀와, 버림받을 예정인 2황녀. 어쩌면 같은 처지인 그녀는 제 핏줄에 대해 어떤 생각을 하려나, 하는 의미 없는 궁금함이었다. 무엇 하나 말해서 좋을 이유들은 아니었다. 누구나 할 법한 대답으로 본심을 가렸다.

"아니요, 군이 큰 이유는 없고. 그냥 라이의 말을 들으니 안쓰럽기도 해서요."

"의외로 상냥하군."

그건 아닌 것 같은데요, 라는 말은 단상 위에서 들려오는 말과 이어진 박수갈채에 의해 끊겼다.

"끝으로 제국 아카데미 200회 입학생들을 진심으로 환영합니다."

지루함을 이기지 못한 채 이런저런 얘기를 나누고 있는 새에 입학식은 끝이 났다. 감흥 없는 학생들의 박수로 입학식이 마무리되었다. 그 모습을 보고 있자니 여기나 저기나 별 차이 없구나, 라는 생각이 들었다. 교수들은 간단한 인사 후 연회장 밖으로 나갔다. 세세한 교칙들을 전달하는 것은 재학생들에게 맡긴 채 돌아가는 모습을 보아하니 교수들도 이 형식적인 식이 꽤나 귀찮은 모양이었다. 교수들이 내려간 단상에 남아 있는 것은 디온과 저를 무과 대표인 헤레스라 소개한 사내였다.

"역시 디르케온 세그다드네요."

라이는 대단한 사람 보듯 나를 바라보며 말했다. 교수들이 전부 내려간 단상 위에 서 있는 디온을 보며 나도 고개를 끄덕였다. 내게 일언반구도 없던 디온은 연회장에 들어와서야 제가 학생 대표로 축사를 하게 됐다며 잠시간 양해를 구하고는 단상 위로 올라갔다.

어떨 때 보면 나만큼이나 제 이야기를 하지 않는 자였다. 여태까지 그를 관찰한 바에 의하면 말하지 않는 이유는 한 가지일 것이다. 학생 대표라는 자리가 그에게 별로 중요한 것이 아니라 생각해 굳이 사전에 말할 필요성을 못 느낀 것. 그런 그의 반응과는 달리 그를 바라보는 신입생들의 눈빛에는 선망의 빛이 깃들어 있었다. 그 선망의 빛은 아무것도 아닌 자리에 나오는 눈빛은 아니었다.

"대단한 건가요?"

학생 대표가 어떤 경로로 정해지는지 몰랐기에 나온 질문이었다.

"당연하죠. 학생 대표는 성적뿐만 아니라 행실, 동급생들의 의견까지 반영돼서 정해지는 자리인걸요. 저희 형님이 집에 올 때마다 왜 그리도 심통이었는지 알 것 같아요."

"대단한 자리였군요."

"아마 마벨도 충분히 저곳에 설 수 있을 거예요! 물론 양보할 생각은 없지만요."

라이가 해맑게 웃으며 덧붙였다. 아무래도 저 학생 대표라는 자리가 꽤나 탐이 나는 모양이었다. 하지만 아쉽게도 나는 저런 자리에 설 생각이 없었다. 무엇보다 디온이 이곳을 수료할 때 자퇴서를 내고 나갈 생각이니까.

"그럼 제가 양보해 드릴게요."

"양보해 준다면 감사히 받겠지만, 아쉽게도 양보한다고 얻을 수 없는 자리이기도 해요. 아마 1학년들의 임시 학생 대표는 시험 결과에 따라 말 그대로 임시로 정해질 거예요. 그 자리 역시 이미 정해져 있기에 양보가 불가능할걸요?"

"상당히 많이 알고 있네요."

"이 년 동안 생활할 곳에서 이런 정보는 기본이죠. 그리고 저희 집안에 선배님이 계시니까요."

라이는 별로 큰일은 아니라는 듯 어깨를 으쓱이며 가볍게 대답했다. 그를 보고 있자면 호기심이 대단한 소년이라는 생각이 들 정도였다.

학생들은 단상 위의 두 학생 대표를 올려다보았다. 디온이 문과의 대표, 헤레스가 무과의 대표인 것은 교복만으로도 알아볼 수 있었다. 이제는 익숙해진, 무뚝뚝하고 어찌 보면 냉정하기까지 한 표정으로 디온이 입을 열었다. 마이크나 여타 다른 도구는 없었지만 그의 목소리는 꽤나 크게 퍼져 나갔다.

"운 좋게 올해 아카데미의 문과 학생 대표를 맡은 디르케온 세그다드입니다. 다시 한 번 입학을 축하드립니다. 제가 문과 여러분을 안내하겠지만 전교생을 관리하기에 제 능력이 부족하여 1학년 임시 학생 대표와 함께 여러분을 도와드릴 것입니다."

디온이 말을 끝내자 비슷한 내용으로 무과의 학생 대표가 말하고는 손에 들고 있던 봉투를 열었다. 그 모습을 바라보며 라이가 속삭이듯 목소리를 낮춰 말했다.

"형님께 들었는데 입학식에서 그나마 재미있는 부분이 지금이래요. 1학년 임시 대표는 교수들만 아는 비밀이라고 하더라구요."

"굳이 왜요?"

"글쎄요. 사전에 알렸다가 부정적인 여론이 형성됐던 사례가 있었나 봐요. 그때 대표가 평민이었거든요. 보통은 입학생 수석이 임시 대표직을 맡는다 해요. 그리고 아마 임시 대표는 마벨일걸요?"

"예?"

"예는 무슨 예예요. 마벨만큼 입학시험에서 모두의 뒤통수를 얼얼하게 만든 사람이 없는데. 게다가 2실버까지 걸려 있으니 꼭 임시 대표 해야 합니다."

라이는 당연한 사실을 말한다는 듯 의기양양함까지 얼굴에 담았다. 생전 처음 듣는 말이었다. 게다가…….

"내기까지 했다고요? 누구랑?"

그러자 라이는 씨익 웃으며 제 옆에 서 있는 베른을 가리켰다.

"나는 라이에게 걸었다."

"그리고 그건 전혀 말이 안 되는 일이죠."

"사실, 라이가 먼저 네게 걸어서 선수를 빼앗겼을 뿐이지만."

"또 그렇게 말하니까 미묘하게 속이 상합니다?"

"사실인 걸 어쩌겠습니까?"

친화력이 좋은 라이 덕인지 나 없이도 잘 노는 둘을 바라보다가 디온에게로 시선을 돌렸다. 손에 든 종이를 천천히 읽어 내리는 그 둘을 전교생이 바라보았다. 내게는 별것도 아닌 것이 이리도 긴장감을 끌고 갈 줄이야. 두구두구, 배경음이라도 넣어주고 싶은 심정이었다.

"무과 임시 대표는 베리프 시넨입니다. 단상으로 올라오세요."

무과의 임시 대표로 불린 남학생이 짝짝, 박수와 함께 신입생 무리에서 빠져나왔다. 그의 얼굴에는 자랑스러움이 한가득이었다. 그리고 바로 이어 디온이 입을 열었다. 그 얼굴에는 무뚝뚝한 표정이 사라지고는 잠시간의 부드러운 웃음이 자리했다.

"문과 임시 대표는 마벨 세그다드입니다. 단상으로 올라와 주세요."

"무슨……."

"고마워요, 마벨. 베른, 주세요."

라이는 잠시간 말이 없는 나는 눈에 보이지도 않는지 자연스럽게 베른에게서 2실버를 받아 챙겼다. 백작가의 자제분이 돈내기를 이리도 자연스럽게 하는 것이 오히려 적응하기 힘들었다. 게다가 옆에서 진심으로 아쉽다는 기색을 보이며 돈을 건네는 베른을 보고 있자니 이 둘이 생각보다 죽이 잘 맞을 것 같다는 생각마저 들었다.

하지만 그보다도 임시 대표라니. 내게 눈으로 재촉하는 디온을 바라보다가 이내 떨어지지 않는 발을 애써 떼어냈다. 부담감이라든지 부끄러움이라든지 딱히 그런 감정은 없었다. 그저 귀찮았다. 이곳에서 할 일은 많았다. 다른 곳에 시선을 돌릴 시간이 많지 않은데.

내가 단상으로 올라가는 내내 크지는 않지만 웅성거림이 있었다. 디온이 세그다드가의 막내인데 또 한 명의 세그다드라면 당연히 평민인 게 아니냐는 내용. 하지만 딱히 큰 반발은 없었다.

나와 함께 올라간 무과의 임시 대표가 잘 부탁드린다는 인사를 건넸다. 디온과 눈이 마주치자 나는 내 나름의 의사 표현을 표정으로 그에게 전했다. 이것은 임시였다. 길게 할 필요도 없었고 무엇보다 진심으로 당장에라도 이 자리에서 내려가고 싶었다.

꽤나 길었던 무과 대표 학생의 인사가 끝나고 가벼운 박수와 함께 학생들의 시선에 내게 향했다. 이곳에서 처음 겪는 군중들의 눈빛이었다. 이 자리에서 빨리 내려가고 싶은 이유가 귀찮음 말고도 더 생겼다. 역시나 이 많은 사람들과 딱히 연을 맺고 싶지 않았다. 내 차례였다. 입을 열었다.

"마벨 세그다드입니다. 임시직은 중간고사 성적이 나올 때까지라고 들었습니다. 딱 그동안만 잘 부탁드리겠습니다."

길게 말하고 싶지도 않았다. 이 정도로 했으면 내가 임시 대표를 원치 않는다는 것을 모두가 알아들었겠지. 딱 그때까지였다. 중간고사가 끝나면 성적으로 학생 대표를 선출할 테고, 나는 공부를 할 생각이 없으니 당연히 학생 대표는 내가 아닌 다른 사람에게 돌아갈 것이 뻔했다.

내 짧은 인사에 '끝이야?'라는 중얼거림이 군데군데에서 들려왔다. 인사가 끝났다는 것을 알려주듯 한 발 뒤로 물러서자 그제야 박수가 나왔다. 나를 향해 손뼉을 치는 학생들을 주욱 둘러보며 다시 한 번 생각했다. 이 자리는 내 자리가 아니다.

인사도 끝냈겠다, 디온의 옆으로 가 섰다. 더 이상 할 말도, 하고 싶은 말도 없었다. 단상 위에서 아래를 바라보자 생각보다 학생들의 얼굴이 자세히 보였다. 그리고 꽤나 앞에 있던 시안과 눈이 마주쳤다. 예상한 대로 그의 얼굴은 종잇장처럼 구겨져 있었다. 역시나 읽기 쉬운 모습이었다.

그렇게 별생각 없이 둘러보는 학생들 사이로 다른 학생과는 미묘하게 다른 시선이 느껴졌다. 소녀였다. 가슴께까지 닿는 짙은 푸른색의 결 좋은 머리를 가볍게 땋아 뒤로 넘긴 소녀의, 머리 색보다는 옅은, 바다를 연상시키는 푸른 눈동자와 마주쳤다. 눈이 마주치자 소녀는 민망한 모양인지 자연스럽게 옆쪽으로 시선을 돌렸다. 그 사소한 행동에서도 품위라는 것이 풍겨 나왔다. 방금 전 마주쳤던 눈동자, 익숙한 색이었다. 그래, 염색약을 먹기 전 거울에서 보던 색. 내 눈 색과 거의 흡사한 색이었다.

소설에서 2황녀에 대한 묘사는 그리 많지 않았다. 그렇기에 확신할 수는 없지만 직감이 말하고 있었다. 저 소녀가 2황녀다.

"문과 학생들은 단상 앞으로 모여주시기 바랍니다."

디온이 말한 후에 옆에서 무과의 대표도 모일 장소를 말했다. 단상에서 둘이 동시에 이야기할 수 없으니 내린 조치인 모양이었다. 문과 학생들이 우르르 앞으로 다가왔다. 푸른 소녀는 시야에서 사라졌다.

2학년을 제외하고 복작복작 앞으로 모인 신입생들에게 디온은 몇 가지 해야 할 일을 알려주었다. 수강 신청 방법, 수업 외 일정, 그리고 교칙들이었다.

"수강 신청은 내일부터 삼 일간 진행됩니다. 필수 과목 및 선택 과목에 대한 설명과 인원 등 전반적인 설명은 기숙사 안에 안내되어 있을 것입니다. 문과 학생이 글을 이해하지 못할 것이라 생각하지는 않습니다."

전달 사항은 이런 형식으로 짧게 압축되어 전달됐다. 디온도 빨리 끝내고 싶은 모양인지 조각 같은 얼굴에 일말의 웃음기도 없이 무뚝뚝하게 해야 할 말만 했다. 그의 모습은 자연스럽게 학생들이 어떤 질문도 할 수 없게, 입을 꾹 다물게 했다. 새삼 다시 한 번 디온의 이중성 아닌 이중성을 느끼는 순간이었다.

그 외에도 동아리 안내, 수강 신청 기간 동안 벌어지는 환영 축제에 대해서도 이야기했다. 혹시 궁금한 사항이 있다면 학생 대표를 찾아오라는 말도 전해졌다. 이 말을 들었을 때 나는 다시 한 번 다짐했다. 임시직이 끝난 이후로 학생 대표는 정말 끝이다.

"그리고 페른, 센. 위로."

디온의 부름에 두 사람이 단상 위로 올라왔다. 하늘색 머리를 가진 훤칠한 소년의 나이는 디온과 비슷해 보였고 키는 디온보다 한 뼘은 더 커 보였다. 그저 걸어올 뿐인 그 순간에도 그의 얼굴에는 장난기가 서려 있었다. 그리고 그 뒤를 화려한 금발의 사내가 어슬렁거리며 따라오고 있었는데 그의 얼굴에는 귀찮음이 한 가득이었다. 왠지 그들을 보고 디온이 한숨을 쉬는 것 같았다.

"앞으로 아카데미 생활에서 궁금한 것이 있으면 이 선배들에게 물어보면 됩니다. 저를 도와주기로 한 학생회입니다."

"안녕, 후배님들? 나는 세니엘 애리얼이야. 센이라고 불러줘. 올해 신입생들은 좀 운이 없는 편이네. 이렇게 재미대가리 하나 없는 디르케온 같은 학생 대표랑 지내다니 말이지. 뭐든지 나한 테 편하게 와서 물어봐!"

센은 쾌활하게 웃으며 제 소개를 하고는 목소리를 낮춰 한마디 덧붙였다. 디온의 눈치를 보는 듯 힐끔거리며 신입생들을 향해 소 곤대듯 말했지만 아무도 듣지 말라는 의도는 아닌 모양인지 그 소리가 내게도 들려왔다.

"그리고 조금 더 화려한 아카데미 생활을 원하면 저 겉만 번지 르르한 범생이보다는 나를 찾아오라구."

"센!"

"이것 봐, 이렇게 재미가 없어요. 어쨌든 잘 부탁해!"

왠지 아까 디온의 한숨이 내 착각은 아니었던 모양이었다. 센 이 유쾌하게 웃으며 디온의 뒤로 걸어 내 옆에 섰다. 그다음은 금 발 소년의 차례였다.

"페리넨 베긴입니다. 이거 디르케온이 제발 도와달라고 사정사정해서 올라온 자리입니다. 물어보면 답은 해주겠지만 저 둘에게 물어보는 게 더욱 친절한 대답을 얻을 것이라 확신합니다. 그리고 한마디 덧붙이자면 디온은 재미가 없으니 센한테 물어보는 것을 추천합니다."

페른의 인사가 끝남과 동시에 나는 알 수 있었다. 디온이 말한 미친놈들이 누구인지. 물어보라는 건지 말라는 건지 모를 소개가 끝남과 동시에 신입생들의 우레와 같은 박수가 터져 나왔다. 무뚝뚝하기만 한 나와 디온의 인사가 썩 마음에 들지 않았던 모양이었다. 뒷모습만 보이는 디온은 고개를 가로로 내젓고 있었다. 그 표정은 아마 제 형을 상대할 때와 별반 다르지 않으리라. 소개만 들었음에도 이상하게 디온의 어깨가 무거워 보였다.

하지만 나 역시 내 역할을 제대로 수행할 생각이 없는데. 조금의 미안한 마음이 들었지만 역시나 디온의 어깨에 이 짐을 올려 두기로 했다. 소리 없는 다짐을 하는 내게 센이 말을 걸었다.

"네가 마벨이야?"

센은 앞에서 무어라 마지막 말을 전달하는 디온은 신경도 쓰지 않은 나를 보았다.

"네, 마벨 세그다드입니다."

"와, 디르케온의 말이 맞았네. 제가 후원하는 소년이 그리도 잘나서 수석으로 입학할 것이라 했거든. 그 모습이 무진장 확고해서 내심 네가 아니길 빌었는데, 놀림거리가 사라졌네."

"그렇군요."

가볍게 고개를 끄덕였다. 팔짱을 끼고는 익살스러운 표정을 지으며 센이 말을 이었다.

"크, 그나저나 너 마음에 들었어."

"예?"

"대놓고 대표 하기 싫다고 말하다니 말이야. 뺀질대는 게 딱 내 스타일이야. 그런데 너 그게 더더욱 애들 마음속에 불을 지피는 것 모르지?"

"불이요?"

"내가 장담하는데 너, 성적이 나온 후에도 저 빨간 애랑 같이 대표하고 있을걸."

"절대 사양합니다."

"그게 네가 정할 문제가 아니라니까, 세그다드의 막내! 아, 끝난 모양이네."

센은 내 등을 두 번 세게 팡팡 치고는 디온 쪽으로 걸어갔다. 그의 말대로 전달 사항은 전부 전한 모양인지 아이들은 저들끼리 모여 뿔뿔이 흩어지고 있었다. 나는 얼얼한 등을 문질렀다.

"다음부터 손대지 말아라."

"뭐가?"

어느새 내 쪽으로 다가온 디온이 센에게 무뚝뚝한 한마디를 던졌다. 물론 그 뒤를 잇는 것은 영문을 모르겠다는 센의 반문이었다.

"마벨에게 방금 한 것."

"내가 뭘 했더라? 아, 등 좀 친 거? 이건 친목의 표…… 야야, 알겠습니다. 그런 눈으로 쳐다보지 마세요. 칼에 썰릴까 무섭다고."

알았다고는 하지만 영 못 미더운 대답에 디온은 그를 바라보며 한숨을 내쉬었다. 그 옆에서는 페리넨이 힘이라도 내라는 듯 가볍게 디온의 어깨를 토닥였다. 공작가에서는 오르도, 아카데미에서는 센. 왠지 디온에게 위로의 한마디라도 던져 줘야 할 것만 같았다. 디온이 주먹을 쥐어 보이고 나서야 센이 두어 걸음 물러섰고, 그제야 디온이 내게 와 말을 걸었다.

"괜찮습니까?"

"괜찮아요."

"잘생긴 동생이라고 이렇게 챙기는 거야? 하, 이거 서러워서 살겠나! 얼굴 못생긴 게 죄입니까! 그렇다면 저는 무기징역!"

"헛소리 그만하고 질문이나 받지? 참고로 이번에도 헛소리로 대답하면 검술 시간에 내 대련 상대는 네놈이다."

단상 아래에는 질문할 게 있는지 남아 있는 몇 명의 학생들이 기다리고 있었다. '히익' 센이 괴상한 소리를 내고는 항복한다는 듯 양손을 위로 올린 채 과장된 걸음으로 그들에게 다가갔다. 그들 사이에는 나를 기다리는지, 질문을 하려는지 모를 라이와 베른도 있었다.

열 명 남짓한 신입생이 남아 있는 단상 아래로 내려갔다. 몇 되지 않는 학생들 사이로 익숙한 머리 색이 보였다. 짙은 푸른색 머리를 가진 소녀. 2황녀였다. 삼삼오오 모여 있는 학생들과는 달리 그녀는 혼자 차례를 기다리고 있었다.

단상 아래로 내려가자 기다렸다는 듯이 라이와 베른이 내게 왔다. 아무래도 질문보다는 내가 목적이었던 모양이다. 그 모습을 보고 있자니 나도 알지 못한 사이에 삼총사가 결성된 것만 같았다. 내게 자연스레 다가온 그들을 제외하고 또 한 명이 내 앞에 섰다. 2황녀였다.

벤지안스의 혈육. 즉, 나의 혈육. 하지만 기억에 크게 자리하지 않은 혈육. 배다른 어머니 아래에서 태어나 십년 동안은 황녀라는 같은 신분으로 살았을 소녀. 오래된 벤지안스의 기억이 그녀의 이름을 아델라이네라고 알려준다.

이미 유명인사가 되어버린 모양인지 몇 명 남은 학생들의 시선이 종종 그녀를 흘끔거리고 있었다. 그런 시선에 개의치 않은 모양인지 소녀는 당당하게 우리 앞에 섰다.

"반가워요. 아델라이네 D. 마이라 소르트예요. 질문이 있어서 왔어요."

아델라이네는 교복 치마를 잡고는 예에 맞춰 인사를 건넸다. 입꼬리에 살짝 걸리는 웃음이 경박하지도, 가볍지도 않은 딱 적당한 품위를 지녔다. 속으로 고개를 끄덕일 수밖에 없었다. 이것이 교육받은 황녀의 모습이구나. 나와는 다른. 아델라이네의 당찬 인사에 사람들의 시선이 그녀에게 향했다가 다시금 뿔뿔이 흩어졌다.

"물어보세요."

아직은 내가 아는 것이 없기에 대답하는 것은 디온이었다.

"어떤 동아리들이 있는지는 어떻게 알 수 있죠?"

"삼 일간 동아리 박람회가 있을 겁니다. 그곳에서 마음에 드는 동아리에 가입하시면 됩니다."

"혹 마음에 드는 동아리가 없다면 만들 수 있나요?"

"물론입니다. 하지만 최소한 다섯 명의 부원이 있어야 합니다. 더불어 한 달 이상 아카데미에 다닌 학생이어야지만 가능합니다. 그리고 지도 교수님도 찾아야 하죠. 만들 수는 있지만 쉬운 절차는 아닙니다."

"감사해요. 그리고 마지막으로 질문이 있어요."

그녀의 입에는 가벼운 미소가 담겨 있었다. 마지막 질문이 있다고 말하며 그녀는 내게 몸을 돌렸다. 내 얼굴을 똑바로 보는 것이 내게 볼일이 있는 모양이었다. 하지만 나는 아는 것이 없었다.

"저는 아는 것이 없습니다. 질문은 디르케온에게 하는 것이 좋을 거예요."

"아니요. 마벨만이 대답할 수 있는 거예요."

"저만이 말입니까?"

입꼬리를 끌어 올려 더욱 당찬 미소를 만들어낸다. 하지만 내가 잘못 본 것이 아니라면, 그 눈빛에는 미묘한 설렘과 같은 감정이 자리하고 있었다. 아델라이네가 고개를 가볍게 끄덕이고는 질문을 던졌다.

"혹 만나는 영애가 있나요?"

"예?"

"있나요? 질문에 대답해 주세요."

"아니요. 그 질문은 어째서……."

예상치도 못한 질문이 당황스러웠다. 그녀는 내 답변이 마음에 든 모양인지 활짝 웃어 보이고는 다음 질문을 던졌다.

"그렇다면 마음에 둔 영애는 있나요?"

"예?"

"대답, 부탁드려요."

"아닙니다만, 그 질문은……."

"좋아요. 그럼 제가 곧 그 자리에 들어가도록 할게요."

"그게 무슨 말인지……?"

"둔하네요. 그쪽한테 한눈에 반했다는 말이에요."

폭풍과 같은 답변이었다. 아델라이네는 내게 생각할 여유도 주지 않고 질문을 퍼붓더니 생글 웃으며 내 눈을 똑바로 바라보았다. 과연 저 말이 사실일까? 정말로? 하지만 아니라고 단정 짓기엔 당찬 미소 안에 담긴 설렘과 마지막 말을 내뱉을 때 얼굴에 자리한 홍조는 거짓이 아니었다.

무슨 일이 일어난 거지? 2황녀에겐 내가 먼저 다가가 말을 걸 생각이었다. 그녀가 황가와 닿아 있는 유일한 줄이라고 생각했으니까. 하지만 이 상황은 도대체 뭐지? 게다가 원작에서 그녀는 디온과 이어지는 사이였다. 그래, 지금 생각났다. 입학식에서 이렇게 질문을 하며 처음 대화를 하고, 점차 친해지며 싹트는 호감. 그 상대는 내가 아니라 디온이었다.

나는 얼른 정신을 차리고 나를 똑바로 바라보는 그녀의 눈을 마주했다. 그녀의 기억이 흘러들어 왔다. 혹시 나에 대해 누군가에게 들은 것이 있는지. 나에게 접근한 것이 누구의 사주를 받고 한 행동은 아닌지 샅샅이 뒤졌다. 하지만 내가 의심할 만한 기억은 아무것도 없었다.

"그럼 앞으로 잘 부탁드려요."

예쁘게 웃어 보이고는 등을 돌려 사라지는 그녀를 하염없이 바라봤다. 그녀가 눈에서 사라질 때까지 태풍이 지나간 듯한 적막함만이 가득했다. 그 적막함을 휘익, 누군가의 휘파람 소리가 무참히 깨버렸다. 센이 저 멀리서 우레와 같은 박수를 치며 휘파람을 불고 있었다.

"크, 입학 첫날부터 고백이라니. 미소년 만세!"

이해할 수 없는 소란 사이로 한마디가 들려왔다.

"그, 축하드립니…… 다?"

디온은 정말로 복잡한 표정으로 입을 달싹이다 겨우겨우 축하

아닌 축하 인사를 내뱉었다.

정말로 축하한다는 의미는 아니겠지. 아무래도 정말로 아닌 것 같았다. 내 옆에 서 있는 내내 한 번도 나와 눈을 마주치지 않는 걸 보아하니. 눈을 마주치지 않았다기보다는 못 마주친다는 것에 가까웠지만 어찌 됐든 디온은 아까의 소란 이후 나는 알지 못하는 감정과 계속해서 싸우고 있었다.

아델라이네를 마지막으로 질문의 시간이 끝났다. 아이들은 이쪽을 흘끔거리다가 제 갈 길로 떠났다. 하지만 그들의 얼굴에는 재미있는 구경을 했다는 표정이 확연히 드러나 있었다. 이 사건은 한동안 신입생들, 아니, 더 나아가 이 아카데미 안에서 회자될 것이라는 쓸데없는 확신이 들었다.

나는 아무 말도 하지 않았다. 이게 무슨 상황인지 정리하는 것이 우선이었다. 그러니까, 나는 내 동생한테 고백을 받았다. 그것도 여동생에게. 그 여동생은 내 정체를 모른다.

정리를 할수록 수렁이었다. 애초에 남자의 모습으로 기숙학교에 들어올 때부터 몇 가지 애로 사항을 생각하기는 했다. 그중에는 여성에게 호감의 표시를 받을 수도 있다는 막연한 예상도 있기는 했다. 하지만 그 대상이 2황녀는 아니었다. 즉, 내 여동생은 아니었다는 말이지.

기숙사로 향하는 내내 어느새 결성된 무리가 놀리는 듯 저들끼리 대화를 나눴다. 베른은 옆에서 추임새만 넣을 뿐이었지만 라이, 센, 페른은 남을 놀리는 것으로 돈을 벌라 하면 번 돈으로 탑을 쌓아 하늘에 닿게 하고도 남을 인간들이었다. 그 놀림의 대상이 디온에서 나로 옮겨오니 고역도 그런 고역이 없었다.

기숙사로 향하는 내내 대화의 주제는 나와 아델라이네 간의 풋풋한 사랑 이야기였다. 황녀님의 고백으로 인한 나의 신분 상승부터 시작해 아카데미의 떠오르는 신예 미소년이라는 등 말이 안 되는 수식어까지 들렸지만 애써 흘려보냈다.

그 헛소리들을 상대하기에는 내 정신이 아직 그렇게 건강하지 않았다. 평소였다면 중간에서 차단했을 디온마저 가만히 있는 것을 보아하니 그 역시 머릿속이 어지러운 건 나와 별반 다르지 않은 모양이었다.

기숙사에 도착해서야 그 떠들썩한 무리에서 벗어날 수 있었다. 나와 디온은 그들에게 한마디 인사도 건네지 않고 방으로 들어왔다. 잠깐 사이에 온몸의 진이 다 빠져나간 느낌이었다. 거실 소파에 드러눕다시피 앉았다. 그것은 디온도 마찬가지였다.

폭신한 소파에 파묻혀 우리 둘은 한동안 말이 없었다. 나는 두 손으로 얼굴을 쓸어내렸다. 저절로 한숨이 나왔다.

"어쩌죠?"

"그, 우선은 축하……."

"축하하지 마세요."

"알겠습니다. 어찌하는 게 좋겠습니까?"

"그러게요."

디온 역시 당황스러운 모양이었다. 당연하지. 아카데미 안에서 내가 여자이고 아델라이네는 내 여동생인 것을 아는 유일한 사람이니. 그나마 그가 방금 전 헤어진 자들과 상반된 성격이라는 것이 다행이었다. 최소한 같이 한숨을 내쉴 수 있으니. 제멋대로 떠들어대던 네 명이 사라지자 그나마 생각이라는 것이 가능해진다. 당황은 우선 넣어두고 내 나름대로 상황을 정리하기 시작했다.

2황녀가 나를 알아볼 가능성이 있을까? 그건 확신할 수 없었다. 우리는 궁에서 몇 번 마주친 적은 있지만 말 그대로 몇 번뿐이었다. 나도 어릴 때 기억만으로는 아델라이네를 알아보지 못했을 게 분명했다. 그녀의 머리카락 색과 눈 색을 확실하게 기억하고 있으니 오늘 그녀를 알아본 것이지, 아니었다면 황녀인 줄은 꿈에도 몰랐을 것이다. 그리고 오늘 그녀의 행동을 보아하니 그녀 역시 나를 기억하지 못하는 것 같았다.

더불어 그녀에게는 이능이 없었다. 그것은 내가 원작을 통해 알고 있는 사실이었다. 혹시 몰라 아까 그녀와 눈을 마주했을 때도 그녀에게 이능이 없다는 것을 다시 확인했다. 이능을 가진 자들끼리는 이능을 사용할 수가 없다. 평소라면 영상처럼 머릿속에 들어오던 타인의 기억이 우리끼리는 검은 화면으로 보일 것이다. 즉, 만약 1황자가 내 기억을 읽으려고 하면 기억을 읽을 수 없을 것이고, 내가 이능을 가진 황족이라는 것을 알게 된다는 말이었다. 여기까지 생각하자 혹시 내가 황성에 돌아가기 전에 황제와 1황자를 만나게 된다면 어쩌지 하는 걱정이 문득 올라왔다. 하지만 지금은 그 걱정을 애써 묻기로 했다. 걱정할 것이 많은데 굳이 지금 그 부분까지 걱정하면 머리가 터져 버릴 것이니까.

어찌됐든 아델라이네는 내 정체를 알아채지 못했다. 내가 읽었던 기억에서는 그러했다. 원작에서처럼 그녀는 황족들 중 일부가 이어받는 이능이 무엇인지, 1황녀가 살아 있는지 죽었는지 아무것도 모르는 상태였다. 그래서 그녀가 도대체 왜 내게 접근했는지 알 수가 없었다.

나는 한눈에 반한다는 것을 믿지 않는다. 그렇기에 그녀가 한 말도 전적으로 믿을 수는 없었다. 하지만 그녀가 내게 호감을 갖고 고백한 것이 아니라고 확신할 수도 없었다. 또 다른 꿍꿍이가

있을 수도 있겠지만 우선은 황가의 일원으로서 내게 접근한 것은
아니라는 결론을 내렸다.

사실 여전히 당황스럽기는 했다. 나와 같은 핏줄이라는 것이
아직 와 닿지는 않았지만 어찌 됐건 내 여동생이 내게 고백을 한
것이다. 여동생이 말이지. 어디 가서 입 밖으로 꺼내기도 힘든 일
이었다.

하지만 이 예상에 없던 상황은 내 계획에 걸림돌이 될 일은 아
니었다. 이것은 어지러운 머릿속을 정리하고 맹렬히 생각하면서
내린 결론이었다. 황녀가 나를 좋아하는 것은 내게 나쁘지 않은
일이었다. 오히려 아무런 의심을 받지 않고 그녀와 가깝게 지낼
수 있는, 어찌 보면 굉장한 기회인 것이다.

아델라이네의 호의를 이용해 황가의 정보를 얻을 수 있을 것이
다. 처음 세웠던 계획대로, 그녀의 호의를 사는 귀찮고 성가신 과
정은 사라지는 것이다. 결론을 내리자 올라왔던 당황스러움이 가
라앉았다.

"디온."

"무슨 계획이십니까?"

"이제는 독심술도 익혔나요?"

"전부 다는 아니지만 방금 전 상황을 정리했다는 것은 알겠습
니다."

"너무 정확해서 당황스러울 정도인데요?"

너무도 정확한 판단에 잠시나마 놀라웠다. 내가 그렇게 얼굴에
감정을 내비친다고 생각한 적은 없는데, 디온은 그 미묘한 변화
를 파악하는 수준까지 도달한 모양이었다. 이 남자와 있다 보면
가끔 나도 모르는 새에 그에게 간파당하는 기분이 든다. 그것이

그다지 거슬리지는 않아서 가만히 놓아둔 채 다음 말을 이었다.

"2황녀와 가깝게 지낸다는 것을 가정할 때, 소르트 황가가 내게 관심을 쏟을 가능성이 얼마나 될까요?"

"그녀의 마음을 받아주실 생각입니까?"

"뿌리치지는 않을 생각인데요."

"혹 이성보다는 동성에……."

"아니요, 아니에요. 절대. 아니에요. 놀리는 것 아니죠?"

"그렇다면 다행입니다."

고개를 끄덕이는 그의 모습에서 왠지 막연한 안심보다 더욱 깊은 기쁨이 언뜻 스쳐 지나갔다. 그것을 애써 보지 못한 척 디온의 이어질 말을 기다렸다.

"하지만 위험할 것입니다. 언제나 말했듯 말입니다."

"그리고 언제나 말했듯 죽어 있던 황녀가 소르트 제국 아카데미에서 걸어 돌아다니는 것만큼 위험한 일도 없죠."

"아니요, 그것보다 훨씬 위험할 것입니다."

그렇게 말하는 디온의 눈에는 확고한 빛이 새겨져 있었다. 그와 더불어 같은 크기의 걱정까지 함께.

"마벨의 기억에 소르트 황가가 어떤 모습으로 남아 있는지는 모르겠습니다만 그들은 그렇게 만만히 볼 자들이 아닙니다. 소르트 제국이 이백여 년간 제국으로 그 위세를 떨친 것은 단순한 운이 아닙니다. 육 년 전, 마벨이 성에 있는 동안 그 안에서 접한 자가 많이 없다는 것은 잘 알고 있습니다."

"맞아요, 그동안 제일 많이 얼굴을 본 자가 디온이라 하면 더이상 설명이 필요 없겠죠."

내 대답에 그가 말을 멈추었다. 잠시 후 다시 말문을 열지만 순풍처럼 그의 입가에 다녀간 미소를 잡아채는 것은 어렵지 않은 일이었다.

"영광입니다. 어찌 됐든 그렇다 하더라도 마벨을 모셨던 시중인들이 적지는 않을 것입니다. 황녀라는 위치가 그러하듯 말이죠. 황가의 눈에 든다는 것은 성에 자주 출입할 가능성이 높아진다는 말입니다. 그만큼 마벨을 알아볼 가능성이 있는 자들도 많아지겠죠. 마벨이 대단한 것은 알겠습니다만, 그런 상황까지 아무 피해 없이 모면하기는 굉장히 힘든 일입니다. 하지만……."

"하지만?"

"제가 말려도 그렇게 하시겠죠."

"저를 너무 정확히 파악해서 이제는 뭐라 할 말이 없네요."

말 그대로였다. 정말 정확히 파악해서 반박하거나 따질 기회도 없었다.

"그렇다면 한 가지만 약속해 주십시오."

"들어보고 정할게요."

"성에 갈 때는 꼭 저와 함께 가겠다고 약조해 주셨으면 합니다."

"급하게 갈 일이 생겼는데 디온이 옆에 없다면요?"

"후에라도 제가 그곳에 갈 수 있도록 어떻게든 조치를 취해주셨으면 합니다."

"최대한 노력해 볼게요."

"확답을 바랍니다."

"하지만……, 그럴게요."

"감사합니다."

그제야 번지는 부드러운 웃음에 시선을 피했다. 이제야 알았다. 아무래도 이 남자는 내 약점 중 하나로 내 안에 자리한 모양이었다. 그의 걱정을 받는 것이, 그의 간섭을 받아들이는 것이 거부감을 일으키진 않았다. 오히려 걱정을 내세운 고집이 가끔은 마음에 들기까지 했다. 그 따뜻함을 뿌리치기에 나는 세그다드가에 너무 깊숙이 들어간 모양이었다.

애꿎은 민망함에 턱 아래를 긁적였다. 다시 마주친 시선은 여전히 나를 향하고 있었다. 올곧은 시선이었다. 하지만 내가 앞으로 할 일은 그의 올곧음이 따라올 수 없는 것들이리라.

"궁금한 것이 있어요."

"물어보십시오."

"앞서 들었으면 알고 있겠지만 나는 아델라이네를 이용할 생각이에요. 그녀가 내게 갖고 있는 호의를 쥔 채 말이죠. 어떻게 보면 나와 같은 처지가 될 그녀를 말이에요. 아무것도 모르는 자가 보기에 그저 평민을 향한 철없는 소녀의 구애, 그리고 그 구애를 확실하게 받아들이지는 않지만 뿌리치지도 않는 평민 소년, 그런 흥미로운 모양새가 될 거예요. 하지만 모든 것을 다 아는 자는 그것이 다르게 다가올 수도 있어요. 그러니까 디온은……."

나는 여기까지 말했다. 물어볼 것은 단순한 한마디였다. 하지만 그 짧은 한마디를 하기 위해 이토록 길고 긴 설명을 가져왔다. 짧게 말해도 될 걸 굳이 길게 풀어 설명하는 이유를 나조차도 알 수가 없었다. 내 말이 끝나기도 전에 그가 대답했다. 어쩌면 내가 듣고 싶던 한마디를.

"저는 언제까지나 벤지안스 D. 마블라 소르트, 당신을 따르겠습니다. 어떤 결정을 하시더라도."

마주친 녹안에 선명히 비친 내가 있었다. 그 모습이 마냥 행복해 보이지는 않았다. 문득 커다란 파도처럼 나를 덮치는 사실이

있었다. 그래, 눈앞의 이 남자 역시 내가 이용하는 말이었다. 이
토록 맹목적인 연정은 내가 만들어낸 것이었다.

감정이 밀려들었다. 눈앞이 아득해졌다. 미안함인지, 만족인지,
안심인지, 자기혐오인지 알 수 없는 감정들이 뒤섞였다. 처음 느
끼는 감정이었다. 그의 눈을 마주칠 수가 없어서 눈을 감았다. 그
감정을 압축해 저 안으로 밀어 넣었다. 아직은, 아직은 고개를 들
이밀 감정들이 아니었다. 눈을 떠서 다시 한 번 그를 바라봤다.
그제야 웃을 수 있었다.

"고마워요."

알 수 없는 눈빛으로 나를 바라보는 디온이었지만 더 이상의
말은 꺼내지 않았다. 무언가 하고 싶은 말이 있는지 시선이 내게
잠시간 머물렀지만 그 말은 기어코 그의 입 밖으로 나오지 않았
다. 기숙사 안에 붙어 있는 안내서를 꺼내 들었다. 우리는 할 일
이 많았다.

급작스럽게 휘몰아치던 감정은 다행스럽게도 아직까지는 내가
제어할 수 있는 범위 안이었다. 정리해 깊은 곳으로 밀어 넣은 후
에는 다시 그 감정이 고개를 들이미는 일은 없었다. 나는 별다른
변화 없이 자연스럽게 그와 생활할 수 있었다.

그가 내 감정을 파악하지 못할 것이라는 확신은 없었다. 생각
보다 디온은 감정에 예민했고 그건 내가 걸린 문제일 때 훨씬 두
드러졌다. 어쩌면 무언가 파악했을 수도 있겠지만 내게 그것을 드
러내지는 않았다.

내게 맹목적인 자와의 기숙사 생활은 생각보다 편했다. 그는
내 생활 방식에 대해서 생각보다 많이 파악하고 있었다. 무엇보다

내 공간에 함부로 들어오지 않는다는 게 상당히 마음에 들었다.

우리는 제일 먼저 수업 시간표를 짰다. 디온의 도움을 받아 시간표를 완성할 수 있었다.

수업은 필수 과목 다섯 개와 선택 과목 세 개로 구성됐다. 필수 과목은 춤, 역사, 정치, 경제였다. 그에 더해 남자는 검술이 필수였고, 여자는 선택적으로 검술을 배울 수 있었다. 필수에 춤이 있다는 것이 의외였지만, 연회에 참여하기 위해서는 그 정도 소양은 갖춰야 하는 건가 하는 생각도 들었다. 아카데미에서 남자로 살아가려면 춤을 알아두는 것도 좋겠다는 생각에 고개를 끄덕이며 선택 과목들이 적힌 종이를 꺼내 들었다.

선택 과목은 신학, 마법의 이해, 마술의 역사 이렇게 세 개를 택했다. 세 개 다 내가 이곳에서 알고 싶은 것들이었다. 내가 아는 이 세계에 관한 것이라고는 벤지안스의 육 년 전 기억과 이곳에 오기 전 읽고 머릿속에 넣은, 그것도 이제는 기억조차 가물가물한 것들이었다. 어차피 이곳의 역사, 정치 등은 필수 과목에 들어가 있으니 그 외의 것을 선택하는 것이 좋았다.

신학은 제일 먼저 시간표에 넣은 과목이었다. 수업 내용 중 신전 방문도 있다는 게 가장 큰 이유였다. 수업을 듣는 학생들은 신녀가 아닌 신관을 만날 수 있다 한다. 길게는 아니지만 신관과 대화도 나눌 수 있다 하니 그 기회를 놓치고 싶지가 않았다.

많지는 않았지만 이동진을 사용하면서 신녀들과 짧은 대화를 나눴었다. 그 대화들에는 석연찮은 점들이 많았다. 실마리를 조금이라도 풀어보고 싶어 선택한 과목이었다. 신학을 선택 과목에 추가하자 디온의 시선이 따라왔다.

"의외입니다."

"뭐가요?"

"다른 것은 몰라도 신학은 듣지 않을 것이라 생각했습니다."

"왜요?"

"신을 믿지 않을 것이라 생각했습니다."

무신론자로 보인 모양이었다. 사실 이곳에 신이 있다는 사실을 미리 알고 있지 않았더라면 나는 신을 믿지 않았을 것이다. 모두가 있다고 믿더라도 나만은 그 존재를 부정했겠지. 나는 그의 질문에 내 생각을 짧게 전했다.

"신은 믿어요. 좋아하지 않을 뿐이죠. 신앙심 때문이라든지 그런 이유는 아니에요. 그냥 알고 싶은 것이 있어서요. 신전에 방문한다더군요. 제도의 신녀라는 자들이 입이 워낙 무거워 신관에게서라도 들어야겠어요."

"무슨 일이 있었습니까?"

"무슨 일이라 할 것도 없었어요. 저들 할 말만 하고 입을 닫더군요. 얻을 수 있는 것은 하나도 없었어요."

"신기한 일입니다."

"불쾌한 일이죠."

내 대답에 그저 미미하게 웃어 보였다. 그 역시 펜을 들더니 신청란에 신학을 적어 넣었다.

"신학에 관심이 있었어요?"

"마벨이 들으니까요."

일 초의 망설임도 없이 나오는 대답에 멀뚱히 그를 쳐다보자 그는 당연한 것을 말한다는 듯 덤덤했다.

"선택 과목은 마벨과 같은 것을 들을 것입니다."

"선택 과목은 학년 구분이 없나요?"

"예, 듣고 싶은 자는 누구나 들을 수 있습니다. 가끔가다 학술원 학생들이 듣는 경우도 종종 있습니다."

"검술도 나눠서 듣나요?"

"검술은 예외입니다. 검술은 검술을 듣는 학생들을 한자리에 모아놓고 가르칩니다. 그때는 무과 역시 참여합니다. 무과에는 '검술의 기본'이라는 과목명이라고 하더군요."

그렇구나. 나는 가볍게 고개를 끄덕였다. 굳이 와서 듣겠다는데 나쁠 것은 없었다. 무엇보다 학생 대표 자리까지 얻어낼 정도로 성적이 좋다면 수업 태도도 좋겠지. 나는 수업을 제대로 들을 생각이 없었다. 가끔 교수의 설명을 놓치더라도 보험이 하나 생기는 셈이었다. 오히려 필수 과목을 같이 듣지 않는 것이 아쉬울 정도였다.

"이거 그냥 갖다 내면 되는 거죠?"

"예, 환영 축제를 즐길 생각은 없으십니까?"

"어차피 이거 내려면 나가야 하겠죠?"

"예."

"그냥 한번 둘러보죠."

아카데미 생활을 즐길 생각은 없었지만 그렇다고 방구석에만 처박혀 있을 생각도 없었다. 그리고 이곳의 환영 축제가 궁금하기도 했다. 수강 신청서를 손에 쥐고 디온의 뒤를 따랐다.

아카데미의 환영 축제는 생각보다 그 규모가 어마어마했다. 사실 구성들은 내가 고등학교, 대학교 때 몇 번 즐겼던 축제들과 별다를 것은 없었다. 하지만 이곳은 귀족들의 아카데미였다. 돈이라는 최고의 재료가 첨가되자 같은 구성으로도 규모는 어마어마하게 커졌다.

'입학을 축하합니다'라고 적힌 깃발이 하늘에 둥둥 떠다니며 신입생들을 환영하고 있었다. 우리가 시험 문제를 확인하고 접수를 진행했던, 잔디가 깔린 넓은 공터에는 온갖 부스들이 가득이었다. 가까이 다가가 적힌 문구를 확인하니 이것들이 디온이 말한 동아리 박람회인 모양이었다.

"마벨, 동아리에 가입하려고요?"

그리고 내 옆에는 라이와 베른, 센과 페른이 걷고 있었다. 수강신청서를 내고 오는 길에 우연히 마주쳤다. 라이와 베른이 같은 방, 센과 페른이 같은 방이라 한다. 아무래도 사전에 같은 방을 쓰고 싶은 학생들끼리 신청하는 시스템이었던 모양이다.

다시금 오르도의 계획적인 복수가 생각나 나도 모르게 주먹을 세게 쥐었다. 분명 합격 통지가 난 직후부터 알고 있었을 텐데 그것을 전날까지 말해주지 않았다는 뜻이었다. 룸메이트를 신청한다 해서 꼭 그 사람과 하게 되는 보장도 없었으니 중간에 서신을 받지 못한 디온은 당연히 그 사실을 몰랐고 말이지. 어떻게 되갚아줄까 생각하고 있는데 저기서 달려오는 누군가가 보였다.

"마벨! 여기서 보네요. 우선 우연이 한 번 쌓였어요."

아델라이네였다. 역시나 아직 친해진 친구는 없는 모양인지 혼자서 말을 걸어왔다. 숨을 고른 그녀는 당차게 한마디를 내게 건넸다.

"우연이 쌓였다니요?"

"우연이 세 번 쌓이면 운명이라 하잖아요."

"하지만."

'그렇게 달려와서 마주친 건 우연이랑은 조금 멀지 않을까요?'라는 말은 입 밖으로 내지 않았다. 호의를 이용하는 입장이다 보니 속으로 삼킨 것도 있었지만 더 큰 이유는 주변의 사람들 때문이었다. 마치 재미난 놀이거리라도 발견했다는 듯 너 나 할 것 없이 눈을 빛내다가 센이 제일 먼저 끼어들었다. 나보다 머리 두 개는 더 큰 그가 허리를 굽혀 우리를 번갈아 보더니 박수를 쳐 댔다.

"우연! 그렇지 우연이 쌓이면 운명이 되는 것이지! 그리고 그 우연은 만들어가는 것. 눈물 난다, 시리도록 파릇파릇한 청춘이라니! 청춘이 너무 시려서 눈물이 나!"

"와, 마벨은 제 우상이 됐어요. 형님이 왜 디르케온을 그리도 찬양했는지 이제야 이해가 가네요. 이제 나는 마벨을 찬양해야겠어요!"

"그건 나도 이해가 가는군."

각자 한마디를 입 밖으로 내뱉었다. 또다시 휘파람을 한 번 크게 불어 젖힌 센 덕에 사람들의 시선이 이곳에 머물렀다가 다시 흩어졌다.

"무슨 얘기 하고 있었어요?"

옷매무새를 다듬으며 아델라이네가 우리에게 물었다. 그들의 말이나 주변의 신경 따위 개의치 않는다는 듯 나와 시선을 마주친 채였다. 아까도 느꼈지만 당차고 밝다. 어찌 보면 저를 놀린다 생각할 수도 있는 짓궂은 말들도 별것 아니라는 듯 넘기는 모습이 그랬다.

"동아리에 대해 이야기하고 있었습니다."

디온이 대답했다. 그의 얼굴엔 미묘한 경계의 빛이 서렸다가 사라졌다. 착각이 아니라면 말이지. 아무래도 이 많은 인원과 있는 것의 유일한 장점은 이것이었다. 굳이 입 아프게 말하지 않아도 된다는 점.

"동아리에 가입하려 하나요?"

"저희도 그걸 물어보는 중이었습니다."

갑자기 시선이 내게로 몰렸다. 내게 어깨동무를 하려 손을 뻗은 센의 팔을 디온이 쳐 냈다. 그러자 센은 그대로 방향을 틀어 팔을 디온의 어깨에 걸치곤 헤드락이라도 걸 듯한 자세로 낄낄 웃었다.

"마벨은 학생회라서 동아리 못 들어."

"제가 언제요?"

센은 내가 학생회라는 말도 안 되는 소리를 했다. 내가 언제? 나는 동아리든 학생회든 어디에도 가입할 생각이 없었다. 디온을 보자 그 역시 무슨 헛소리냐는 눈빛으로 제 어깨에 팔을 올려놓은 센을 바라보고 있었다. 그럼에도 입을 열어 이 사실을 부정하지는 않았다. 묘한 불안감이 엄습했다.

"형님이 학생회면 동생도 학생회에 들어와야지."

"디온, 학생회예요?"

"예."

"왜 말 안 했어요?"

"말하려 했……."

"이렇게 우리가 널 깜짝 놀라게 할 기회를 주기 위해 말을 안 했지! 우리 디르케온이 이렇게 또 우정이 돈독해요."

디온의 말을 센이 중간에서 가로챘다. 디온은 결국 센의 팔을 풀어내고 말없이 그의 눈을 마주했다. 묘한 침묵이 둘 사이에 흘렀다. 아무 짓도 하지 않는 것 같았지만 점점 굳는 센의 표정으로 보아하니 그의 팔을 잡은 디온의 악력이 어마어마한 모양이었다.

"아아아, 말로 해. 말로!"

결국 센이 항복의 의사를 표했다. 디온이 그 모습을 싸늘하게 바라보다가 내게 시선을 옮겼다. 순식간에 데워지는 눈의 온기가 당황스러울 정도였다.

"들어오기 싫으시면 들어오지 않아도 됩니다."

"무슨 소리야? 학생 대표는 필수잖아. 설마 학생 대표의 의무를 저버리겠다는 말은 아니겠죠, 후배님?"

센이 포기했다 싶었더니 그의 뒤를 이어 페른이 학생회 가입의 정당성을 주장하기 시작했다. 확신했다. 저 둘은 한통속이다. 저 둘은 디온을 놀려먹는 재미로 아카데미를 다니는 게 분명했다. 그리고 그 놀림은 나에게까지 범위를 넓힌 상태였다. 미친놈들. 디온의 말이 정확했다.

"임시 대표는 다음 성적이 나오기 전까지라고 알고 있습니다."

"그러니까 그때까지 의무라니까?"

"아, 읍읍!"

센과 페른이 디온의 입을 막았다. 허리를 잡은 페른과 입을 막은 센의 손을 뿌리치기 위해 디온은 거의 폭력 수준의 무력을 그들에게 사용했다. 저렇게 과격하게 몸을 움직이는 디온은 그를 만난 이후로 처음이었다. 블레로 길드에서조차 그의 움직임은 정확하고 깔끔했다.

겨우겨우 그들의 압박에서 벗어난 디온이 겨우 입을 열려는 순간이었다.

"그럼 저도 들어가고 싶어요!"

소녀의 한마디가 그보다 빨랐다. 또랑또랑하고 맑은 어조로 나를 똑바로 보며 말해왔다. 그 눈에는 반짝거리는 기대감이 담겨 있었다.

"환영입니다, 아델라이네 후배님!"

누구보다 빠르게 센이 끼어들어 나와 그녀를 번갈아 보더니 박수를 치며 밝게 소리쳤다.

"그럼 저도 들어갈게요. 베른은요?"

"저도 들어가죠."

그 말을 베른과 라이가 이었다. 베른은 평소와 같은 어투였지만 라이는 상당히 격앙된 어조였다. 어찌 되었건, 무엇이든 간에 그 내용이 썩 유쾌한 것은 아니었다.

"나는……."

둘은 나를 빤히 바라보며 내 대답을 기다리고 있었다. 그 눈에는 어떻게 무슨 수를 써서라도 나를 학생회에 가입시키겠다는 의지가 투영돼 보였다. 문득 묻고 싶었다. 그곳이 얼마나 귀찮은 곳인지 아십니까? 아니, 그들의 목적은 학생회가 아닐 것이다. 확신할 수 있었다. 나와 아델라이네였다.

기대에 가득 찬 표정으로 나를 쳐다보는 넷과 다 포기했다는 듯, 하지만 역시나 미미한 기대감을 담고 나를 바라보는 디온과 눈이 마주쳤다. 이럴 줄 알았으면 방구석에나 처박혀 있을 것을. 깊은 한숨이 입 밖으로 나왔다. 양손으로 얼굴을 쓸어내렸다.

이들은 무슨 짓을 하더라도 나를 그들의 소굴로 데려갈 것이다. 그리고 나와 함께 학교생활을 하고 싶은 디온 역시 못 이기는 척 그 계략에 동조하겠지. 결론을 내렸다. 지금은 내 발로 들어간다. 하지만 저들이 제발 나가달라 싹싹 빌면서 애원하도록 해주겠다.

"딱 중간고사 때까지입니다."

"무르기 없다."

페른이 냉큼 대답했다. 귀찮음이 뚝뚝 떨어지던 그의 얼굴에 만족감이 서려 있었다. 마치 먹이를 눈앞에 둔 매와 같은, 제 일을 누군가에게 미룰 때의 오르도가 지었던 표정과 똑같았다. 다시 한 번 다짐했다. 무슨 일이 있어도 그들이 내게 나가달라고 싹싹 빌게 만들 것이다.

⚜

벤지안스로 살아가기 전에 나는 그렇게 주목받는 사람이 아니었다. 아니, 주목과는 거리가 먼 삶이었다. 굳이 참견할 필요가 없으면 물 흐르듯 섞여 살고 있는 듯 없는 듯 한 내게 별다른 악감정이나 호감을 보이는 사람도 없었다.

즉, 지금의 상황이 내게는 너무 생경한 경우라는 말이다.

나는 학생회실의 소파에 앉아 손으로 얼굴을 쓸어내렸다. 내게 이런 버릇이 있다는 사실조차도 최근에 알게 되었다. 평소였다면 내게 와서 비글 짓을 하며 주변을 맴돌 라이와 아델라이네는 서로 눈치만 보며 내 근처에 얼씬도 하지 않았다. 디온만이 모포를 덮어주며 조용히 물어볼 뿐이었다.

"괜찮습니까?"

"아니요, 자퇴할까요?"

"최소한 한 학기는 수료해야 합니다."

한 학기라니. 한 학기면 세 달인데, 상상만 해도 끔찍했다. 나는 질린 표정으로 되물었다.

"퇴학은요?"

"퇴학도 마찬가지입니다."

힘내라는 위안을 눈에 가득 담아 그가 내게 말했다. 욕이 나오려는 것을 눌러 삼켰다. 앞으로 아카데미 생활을 어떻게 버텨야 하나 걱정이 밀려오기 시작했다.

삼 일간은 아무 일 없이 지나갔다. 라이 그리고 베른은 그저 학기가 시작하는 것에 설레었던 모양이었다. 여전히 나와 내 옆에 가끔가다 찾아오는 아델라이네를 흥미로운 눈빛으로 쳐다보긴 했지만 그것으로 끝이었다. 라이가 얌전해지자 베른 역시 그에게 동조하기만 했을 뿐인지라 금세 조용해졌다.

아카데미에 적응한 라이와 베른이 점점 얌전해지는 동안, 문제는 센과 페른이었다. 하지만 내가 그들을 컨트롤할 필요는 없었다. 언제나 디온이 나보다 한발 먼저 나섰으니까.

디온은 그날의 투닥거림이 봐준 것이었음을 증명하기라도 하듯 센이 내게 손을 대려 할 때마다 빠르고 정확한 솜씨로 그를 막아냈다. 페른은 아예 이곳에 나타나는 경우가 드물었다. 전해 듣자니 이렇게도 학생회 인원이 많아졌는데 저가 굳이 나올 이유가 없다는 것이 그의 주장이었다. 다시 한 번 그가 우리를 학생회로 끌어들인 목적을 뚜렷이 알 수 있었다.

이 학생회에서 내가 내 정신을 유지하려면 센의 시끄러운 입을 다물게 만들면 된다. 그것이 요 삼 일간 내린 결론이었다. 그리고 센을 상대하는 방법은 그를 무시하는 것이었다.

그의 말을 무시하고 신경을 쓰지 않으면 흥미가 떨어져 다른 자에게 장난을 건다. 그가 나를 재미있는 사람이라 생각하게 만들지 않는 것. 그것은 얼추 계획대로 진행되고 있었다. 센은 다른 타깃을 물색 중이었고, 문제는 이제 학생회가 아니었다.

깊은 한숨이 다시 한 번 나왔다. 그래, 문제는 저기서 내 눈치를 보는 아델라이네, 묵묵히 제 할 일을 하고 있는 라이나 베른, 내 옆의 디온 따위가 아니었다. 나도 모르는 새에 나는 이 아카데미의 중심이 되어 있었다.

그 이유에 대해서는 라이와 베른이 친절하게 설명해 주었다. 라이가 말하길, 시험에서의 뛰어난 기량을 보인 것, 평민 신분으로 꿰찬 임시 학생 대표직, 그리고 아델라이네의 고백을 받은 주인공이라서란다. 즉, 입학 수석에 얼굴도 반반하고 여자에게 인기도 많은 소년, 그것이 바로 나라는 말이었다.

학생들의 중심. 그것은 수업 첫날부터 알 수 있었다. 생각 없이 책을 챙겨 복도를 걸어가는 내내 시선들이 따라왔다. 그 정도는 예상 안이었다. 의도된 것은 아니었지만 시험 날부터 내가 밟아온 길들은 소문이 날 수밖에 없는 것이니까.

황녀에게 고백받은 평민 소년. 얼마나 로맨틱하고도 흥미로운 사건이란 말인가. 애초에 그것을 이용하기로 마음먹었기에 그 소문이 오히려 아카데미를 벗어나 대륙으로 널리 널리 퍼져 나가기를 바라고 있었다. 문제는 그것이 아니었다.

"디온."

"예."

"여기 교수들은 원래 그런가요?"

문제는 교수들이었다. 그들은 먹잇감을 발견한 매라도 되는 듯 수업 내내 나를 종일 괴롭혔다. 다른 학생들이야 무시가 가능하다 하지만 교수들은 그조차도 할 수 없는 것이다.

"오늘 무슨 수업을 들었습니까?"

"정치, 과학."

"질문을 유난히 많이 던지는 걸 말하는 겁니까? 아니면 이름을 유독 크게 부르는 걸 말하는 겁니까? 아니면 실험 대상자로 지목되는 걸 말하는 겁니까?"

"전부 다요."

"두 교수님 모두가 마벨에게 거는 기대가 큰 모양입니다."

"그러니까······."

"디르케온의 말이 맞아."

"이야, 벌써 교수님들의 기대가 마벨에게 쏠린 거야?"

어느새 학생회실에 들어온 센과 페른이 자연스럽게 우리의 대화에 동참했다.

"안녕하세요."

센은 들어오자마자 디온에게로 다가가 장난을 걸기 시작했고 페른은 내게로 다가왔다. 페른은 내 인사에 귀찮다는 듯 손을 휘휘 저어 대충 인사를 받아주고는 찢어지게 하품을 했다.

"흐암, 그거 디르케온이 처음 아카데미에 들어왔을 때 다 당한 거야."

"디온이요?"

나는 디온을 돌아봤다. 디온은 센의 부산함에 잠시 저쪽으로 끌려간 상태였다. 페른은 그들을 흘끗 바라보더니 내게 몸을 기울였다.

"네가 디르케온의 뒤를 그대로 밟고 있는 것 같은데. 교수들이 매년 마음에 드는 신입생에게 하는 행동이야. 우리 선배 때는 세 명한테 골고루 그 영광이 돌아갔다던데, 우리 때부터는 그게 한 사람한테 집중되고 있네. 축하해. 미래의 장학생이여."

나름 친절하게 설명해 주지만 그 어조에서는 귀찮음이 뚝뚝 떨어졌다. 나는 시선을 디온에게 돌렸다가 다시 간절함을 담아 페른을 쳐다봤다. 이 상황을 헤쳐 나갈 방법을 알려달라는 마음을 담은 눈빛으로.

나는 수업을 열심히 들을 생각도, 장학생이 될 생각도 없었다. 적당히 공부하고 적당히 점수를 받고 적당히 다니다가 디온이 아카데미를 나갈 때 같이 나갈 생각이었다. 있는 듯 없는 듯 조용하고 평범한 학생이 내가 꿈꾸는 것이었다.

기대가 커지면 실망도 커지는 법이다. 나는 그들의 기대에 부응할 마음이 전혀 없었다. 그리고 어차피 깨질 기대라면 철저히 깨버리는 것이 좋지 않을까? 그런 내 눈빛에 페른이 팔짱을 낀 채 흥미로운 표정으로 나를 바라봤다.

"처음에는 디르케온 쪽인가 싶었는데 이제 보니 또 아니네. 이런 면에서 보면 또 내 쪽인가 싶기도 하고."

"무슨 뜻이죠?"

"지금 네가 하고 있는 생각 정확히 맞춰볼까?"

그는 의자에 늘어지듯 앉아서는 흐암, 다시 길게 하품을 했다.

"땡땡이치기에 적합한 장소, 찾고 있는 거 아니야?"

센이 없는 페른은 편리했다. 디온은 이 둘을 미친놈들이라 칭했지만 나는 센만 미친놈이라 칭하기로 했다. 페른은 보석 같은 정보를 내게 넘겨줬다. 연무장을 끼고 돌아가면 보이는 숲. 그곳에는 덤불로 감춰진 공터가 하나 있다고 한다. 두 명 정도가 누우면 적당한 크기에 눈에도 띄지 않으니 심심하면 그곳에 가서 쉬라고 작게 말했다. 저는 이제 더 이상 낙제점을 받을 수가 없다며 크게 낙심한 듯한 그의 모습에서 미래의 내 모습이 얼핏 보이기도 했지만 무시하기로 했다.

다음 수업은 역사였다. 말만 들어도 하품이 절로 나왔다. 그나마 다행인 것은, 디온에게 작년 강의의 필기가 있는 것을 확인했다는 것이다. 라이와 베른, 아델라이네가 같은 수업을 들으니 정안 되면 그들의 기억을 읽으면 해결될 일이었다. 이능은 이럴 때편리한 것이다.

베른이 알려준 길을 따라 도착한 숲의 공터는 생각보다 아늑하고 포근했다. 잔디가 깔려 푹신했고 연무장 옆이긴 하지만 나무와 덤불로 소리도 차단돼서 안락했다. 바닥에 드러눕자 그제야 살 것 같았다.

높게 자란 나무들은 띄엄띄엄 햇빛을 막아주었다. 눈을 감자 바람에 나뭇잎이 바스락거리는 소리가 들린다. 이제야 살 것 같았다.

황가에 다가가기 위해 아카데미에 가겠다고 했지만 이렇게까지 정신없을 줄은 꿈에도 몰랐다. 더더욱 이렇게 주목받을 줄은 상상도 못 했다. 아카데미에는 낙제 제도가 있었다. 낙제라도 하게 되면 방학이나 축제 때 꼼짝없이 수업을 들어야 한다고 한다.

만약 낙제라도 한다면 더 귀찮은 짓을 해야 할 수도 있으니 낙제만 면하자. 낙제점을 면할 만한 간당간당한 점수를 받으면 교수들도 더 이상 내게 아무런 기대를 하지 않을 것이다. 아무 쓸모없는 평민에게 주목할 자는 아무도 없을 것이다.

한 학기만 버티면 이 지긋지긋한 아카데미는 안녕이다. 한 학기만 버티면. 그 생각에 문득 걸리는 사실이 있었다. 지금까지 어째서 이 중요한 사실을 놓치고 있었나 싶었던 사실.

머릿속을 관통하는 기억에 나도 모르게 몸을 일으켰다. 원작에서 디온이 한 학기 만에 공작저로 돌아간다는 말은 곧, 한 학기

안에 오르도가 죽는다는 것을 의미했다. 이번 학기가 끝나기 전에 오르도가 죽는다.

머리가 띵해졌다. 왜 이 사실을 이제야 인지한 것일까? 눈앞에서 웃고 떠들던 그에게서 아무런 위기도 느껴지지 않았기 때문일까? 책에서 단 몇 줄의 설명으로 죽은 공작과 내게 친절히 대해주는 오르도가 같은 사람이라는 등호가 성립하지 않았던 것이다.

아니, 아니다. 등호는 성립했다. 하지만 그가 죽는 시기와 내가 겪고 있는 시간을 다르게 인지하고 있던 것이다. 한기가 온몸을 치고 올라왔다. 따스했던 바람이 일순간 서늘하게 느껴졌다.

기억해야 한다. 오르도가 죽은 시기. 디온에게 반역의 이유를 더해주기 위해 오르도의 죽음은 더욱 극적으로 그려졌었다. 소설에서, 공작은 디온을 찾아 학교에 온다. 때는 외부인도 참석이 가능한 학교 축제였다. 11월에 이틀간 열리는 학술제. 그 축제에서 동생과 즐거운 시간을 보내고 집으로 돌아가던 날, 오르도는 죽음을 맞이한다. 1황자의 뒤를 추적하던 그가 알아낸 한 가지의 사실 때문에.

그 사실은 무엇이었지? 어떻게 그가 죽음을 맞이하지? 공작저에서 아카데미까지 이동진을 이용하는데 어떻게 그가 집에 가는 길에 죽임을 당한 거지?

젠장. 책을 정독하지 않은 것이 이제 와서 후회되기 시작했다. 머리를 헤집어 기억을 뒤적이는 와중에도 절대 머릿속을 떠나지 않는 한 문장이 있었다.

"오르도를 죽게 해서는 안 돼."

나도 모르는 새에 내 마음에 들어온 자였다. 오라비라 생각해달라 먼저 말해주었고, 그 말에 책임이라도 지겠다는 듯 나를 가족처럼 대했다. 그래, 가족이 무엇인지 모르는 나조차도 가족이 누구냐 물어보면 세그다드가의 사람들을 떠올리게 할 정도의 호의를 보여주었다.

오르도의 죽음으로 디온은 스스로를 저주받은 아이라고 생각하게 된다. 제 주변을 떠나간 마지막 남은 가족, 오르도 세그다드. 디온이 스스로를 갉아가며 황위 찬탈에 집착하게 되는 계기가 되는 사건이 바로 그의 죽음이다.

나는 그가 스스로 저주받은 자라 되뇌는 것이 내키지 않았다. 내키지 않는 정도가 아니었다. 싫었다. 내가 이곳에 왔으니 저주받은 아이는 나 하나로 족하다. 생각하면 할수록 내 안에 우선순위가 바뀌어 있었다. 오르도를 살려야 한다.

순간이었다. 상념을 깨는 인기척이 느껴졌다. 바스락, 덤불을 헤치는 소리가 들리고 당연하게도 그 사이로 누군가 불쑥 고개를 내밀었다.

"뭐야, 사람이 있었어?"

검은 재킷을 어깨에 걸친 소년이었다.

"잠깐 안으로 들어가 볼래?"

소년은 안으로 들어가라며 손짓했다.

"그런 눈으로 쳐다보지 말고. 어, 너 학생 대표잖아?"

"임시 대표입니다."

"어쨌든 학생 대표. 좀만 들어가 줄래? 학생 대표님? 내가 지금 좀 힘들거든."

상체는 덤불에 걸치고 다리는 어정쩡하게 뒤로 뺀 자세로 소년이 말했다. 옆으로 비키자 그는 안으로 들어와 여유 공간에 편하게 누웠다.

억양이 왠지 묘했다. 소르트어를 사용했지만 억양 곳곳에서 이질감이 느껴졌다. 더불어 소르트인에 비하면 조금 까무잡잡한 피부와 함께 흑안에 흑발이 눈에 띄었다. 이곳에서는 처음 접하는 색이었다. 내가 머리와 눈에 시선을 두는 것을 느낀 모양인지 그가 제 머리를 만지작댔다.

"아, 처음 보는 색인가? 하긴 소르트에서 흔한 색은 아니지."

"소르트 국민이 아닌 듯한 말이네요."

"바로 맞췄어."

"아아. 혹시 마농국의?"

"벌써 소문이 자자한가 보네. 바로 맞추는 거 보니까."

"그냥 이것저것 관심 많은 소년에게 들은 게 다입니다."

게다가 나한테 고백한 황녀가 그쪽과 정치적으로 엮일 예정이었고요, 라는 말은 굳이 입 밖으로 내뱉지 않았다.

"그렇게 불편하게 있지 말고 눕지 그래?"

"자리 다 차지하고 할 말은 아닌 것 같은데요."

"아, 미안. 자, 됐지?"

내 말에 그는 제가 누운 자리를 보더니 일어나 덤불에 등을 기대고 앉았다. 그제야 자리에도 여유가 생겼다. 나도 편하게 자세를 잡았다. 의도치 않는 손님이고 딱히 반갑지는 않았지만 그렇다고 이제 와서 밖으로 나갈 수도 없는 노릇이었다. 땡땡이라는 것이 신입생이 당당히 할 만한 행동이 아니기에.

그가 흥미롭다는 듯 나를 빤히 바라보았다. 그 눈빛을 마주하고 있자니 문득 이자가 그리 낮은 지위는 아닐 것이라는 느낌이 들었다. 그저 감이었다. 낮지 않은 정도가 아니다. 누군가를 제 위에 두지 않은 자의 눈빛이었다. 그것이 제 위치에 맞는 것이라면 자신감이요, 맞지 않다면 오만함일 것이다.

뚫어져라 나를 바라보던 그가 이내 씨익 웃었다. 무엇인지는 몰라도 제 나름의 결론을 내린 모양이었다. 그 웃음에는 호감도, 비호감도 담겨 있지 않았다. 그저 제 인상을 좋게 보이기 위한 그 것이었다.

"땡땡이, 맞지?"

"그것 외에 이곳에 있을 다른 이유가 있을까요?"

"의외네."

무슨 말이냐는 눈빛으로 쳐다봤다.

"수석은 보통 모범생인 경우가 대부분이거든."

"기대를 저버렸군요."

"노력파도 아닌데 수석 입학이라니, 재수 없다는 얘기 많이 듣지 않아?"

"자주는 아닙니다."

"없지는 않다는 얘기네. 대표 인사 상당히 인상 깊었어. 이름이⋯⋯."

"마벨입니다."

"아아, 마벨. 꽤 어려 보이는데 몇 살?"

그와 말을 하면서 점점 확신이 들었다. 처음 마주친 순간부터 그는 말을 낮췄다. 내가 평민인 것을 알기에 그럴 수도 있겠지만 그는 타국의 유학생이다. 게다가 내가 알기로 마농은 소르트보다 그 위세가 높지 않았다. 다른 나라에 비하면 강대국에 속했지만 제국인 소르트에 비하면 세력을 비교하는 게 우스운 나라였다.

그곳의 그저 그런 귀족이라면 소르트의 귀족들이 한데 섞인 곳에서 무작정 말을 낮출 리는 없을 것이다. 뿐만 아니라 어투와 표정까지 누군가를 아래에 두는 것에 익숙한 자의 것이었다. 그것이 몇 년 전, 황녀일 때의 기억으로 내린 판단이었다.

그의 눈을 빤히 바라보곤 기억을 읽었다. 그는 아까부터 줄곧 내 눈을 바라보고 있었기에 어렵지 않은 일이었다.

그는 마농의 왕자. 그것도 왕좌를 받을 가능성이 농후한 왕의 그릇이었다. 빤히 바라보는 내 시선을 잘못 이해한 모양인지 그가 말했다.

"아, 내 소개를 안 했네. 난 쉬얌 아브히세크. 열여덟 살이고 마농 지방 귀족의 차남이야. 말해도 모를 거라 이 정도만 설명해도 되겠지?"

그리고 제 신분은 숨겨야 되는 상황인 모양이었다. 그에 대한 소문이 점차 사그라지는 이유를 알 것 같았다. 마농에서 유학생이 온다고 했을 때는 이것저것 말이 많았지만 별 볼 일 없는 가문의 자제라는 것을 알고는 다들 별다른 관심을 두지 않는 것이었다.

나는 그의 소개에 가볍게 답변했다.

"열다섯, 마벨 세그다드입니다."

"게다가 최연소야?"

"그것까지는 모르겠네요."

"그럼 내가 알려줄게. 너 최연소야."

"좋은 정보 감사합니다."

별로 중요하지 않은 사실이었다. 그리고 이제는 혼자 조용히 있고 싶었다. 내게 쏟아지는 관심을 피하기 위해 선택한 땡땡인데 시작부터 어그러졌다. 이제 내게 말을 걸지 말아줬으면. 그것을 내포한 내 대답에 그가 짧게 웃었다.

"하하하, 역시 너 재수 없다는 소리 많이 듣지?"

"누구처럼 면전에 대고 재수 없다는 소리를 하는 자가 흔치는 않더군요."

"오, 지금 나한테 예의 없다고 돌려 면박 준 거야?"

"그렇게 들렸다면 제대로 들으셨네요."

"그게 칭찬이라고 하더라도?"

"언제부터 재수 없단 말이 칭찬이 되는지 모르겠지만 그것이 칭찬이라면 그 말 그대로 쉬얌에게 돌려 드리죠. 재수 없는 쉬얌."

딱히 면전에서 욕을 한다고 흥분하는 성격은 아니었지만 몇 번이고 좋지 않은 말을 들으면 기분이 나쁠 수밖에 없다. 게다가 중요한 것을 생각하던 중에 그의 등장으로 방해받았다. 첫인상이 좋을 수 없는 타이밍인 것이다. 내 말에 쉬얌은 뭐가 그리 재밌는지 크게 웃어댔다. 여기에 사람이 있다 홍보하는 꼴이었다.

"땡땡이친다고 동네방네 알릴 생각인가요?"

"하지만 웃기잖아."

"웃음 포인트가 상당히 독특하네요."

"그건 아닐걸. 그나저나 아쉽네."

세상에는 신기한 사람이 참 많다. 뭐가 그리 우스운지 모르겠지만 그는 눈 끝에 맺힌 눈물까지 닦아냈다.

"내가 디르케온보다 더 빨리 너를 발견했으면 싶어서 말이야."

"마농의 별 볼 일 없는 지방 귀족보다 소르트의 공작가의 도움이 훨씬 이득인데요."

"게다가 이렇게 신랄하고 말이지."

"그것이 마음에 드는 건 아니겠죠?"

"그렇다면?"

지금 그의 얼굴에는 흥미가 뚝뚝 떨어지는 웃음이 가득했다.

특이한 성향이었다. 나는 그저 나만의 시간을 방해받은 것에 대한 불쾌함을 짧게 표현한 것뿐이었다. 그것에 저리도 흥미를 보일 줄이야.

"혹시 피학적 변태 성향이라고 알고 계시나요?"

"그거 열다섯이 입에 담을 만한 단어는 아닌 것 같은데?"

"재수 없는 열다섯은 그런 단어를 입에 담는가 봅니다."

내 대답에 그는 이제 땅까지 쳐 가며 웃어댔다. 내 주변에 미친 사람은 오르도와 센으로 충분했다. 또 한 명의 미친놈은 사양이다. 혼자서 웃어대는 그를 말없이 빤히 바라봤다.

"너, 혹시 마농으로 건너올 생각은 없어?"

"없습니다."

"왜?"

"국력의 차이도 차이지만."

"차이지만?"

"시도 때도 없이 웃어대는 피학적 변태 성향의 누군가를 만날까 봐 겁이 나서요."

내 말에 그는 역시나 웃어댔다. 이 정도면 여기서 개그맨이라도 해야 하나 진지하게 고민해 봐야 할 시점인 것 같았다. 왕자 자리에 있으면 머리도 혹시 반쯤 미치는 것일까? 그렇다면 조금은 납득이 갔다. 이 나라의 황자님도 어떤 의미에서는 반쯤 미쳐 있으니.

쉬얌의 웃음소리를 가리기라도 하듯 수업의 끝을 알리는 종소리가 이곳까지 들려왔다. 나는 짧게 한숨을 내쉬었다. 아무래도 땡땡이 장소를 새로 찾아봐야겠다. 그가 어떻게 알아냈는지는 모르겠지만 다른 사람과 공유해야 하는 장소라면 내가 피하는 게 나았다. 무엇보다 이렇게 무슨 말만 하면 빵빵 터지는 사람이랑 있다 보니 정신이 혼미해지는 느낌이었다.

쉬얌은 겨우겨우 웃음을 멈추더니 기지개를 켜며 자리에서 일어났다. 중요한 것을 끝내지 못한 기분에 내가 찜찜한 것과는 달리 그의 표정에는 개운함이 걸려 있었다. 들어올 때도 잠깐 느낀 바였지만 똑바로 선 그는 꽤나 큰 키에 다부진 체격이었다. 덤불을 헤치고 나가며 그가 내게 인사를 건넸다. 웃음이 떠나지 않는 표정이었다.

"앞으로 잘 부탁해. 어차피 보기 싫어도 자주 보게 되겠지만."

저는 사양입니다. 입 밖에 내뱉기도 전에 쉬얌은 성큼성큼 이곳에서 멀어졌다. 후우, 한숨이 절로 나왔다. 타국의 왕자와 또다른 긴밀한 인연을 만들 수 있겠다는 기대감은 잠시였다. 이미 내 주변의 미친놈은 포화상태였다. 그저 수업 시간에 보는 인연으로 끝내고 싶다는 생각뿐이었다.

그리고 그 생각은 검술 수업 시간에 철저히 박살났다. 입학 후 처음 있는 검술 수업 시간. 필수 수업에다가 2학년도 같이 듣는 모양인지 문과의 남학생들이 한곳에 모였다.

2학년과 함께 듣는 수업이라는 말에 나는 정신없음을 각오했다. 아델라이네를 제외한 학생회가 전부 모인 야외 수업이라면 설명하지 않아도 누구나 상상할 수 있을 테니.

하지만 예상치 못한 복병이 숨어 있었다.

"검술 수업은 용케도 나왔네."

쉬얌이었다. 검술 수업을 신청한 소수의 여학생을 제외하고 전 남학생들이 다 모인 곳에서 그 사이에 학생회가 모여 있으니 멀리서도 알아보기에 용이했을 것이다. 반갑다는 듯 굳이 이쪽까지 행차하시고 내뱉는 인사에 퉁명스럽게 답해줬다.

"그쪽이 나온 것과 같은 이유일 겁니다."

"역시 까칠한 것이 매력적이야."

"피학적 변태 성향에 이어 동성애로 몰리고 싶지 않으면 입조심하는 게 좋을 텐데요."

"아, 상관없어. 마농은 동성애에 관대하거든."

주변의 시선이 내게 몰리는 것이 느껴졌다. 양손으로 얼굴을 쓸어내렸다. 깊은 한숨이 나오는 것은 거의 자동이었다. 오, 신이시여. 이제는 좋아하지도 않던 신을 찾는 경지에까지 이르렀다.

무엇보다 가장 큰 불행은 센이 바로 옆에 있다는 것이었다. 흘끗 바라본 그의 표정은 아델라이네 때와는 비교도 안 될 정도로 흥미로워하는 기색이 역력했다. 내가 입을 열기도 전에 성큼 그에게 다가가 어깨동무를 하며 입을 여는 것은 당연히 센이었다.

"자네, 학생회에 들어올 생각 없나?"

"지금 학생회는 인원이 충분합니다."

디온이 센의 말을 가로막았다. 내 옆에 바짝 붙어 선 그의 표정이 썩 좋아 보이지는 않았다. 어조에서도 묘한 다급함이 묻어 나왔다. 아델라이네가 고백했을 때와는 사뭇 다른 반응이었다. 디온과 쉬얌의 시선이 얽혔다. 둘 사이에 스파크가 이는 것 같은 건 내 착각이겠지.

"오, 그거 아무나 들어갈 수 있는 건가?"

"학생회에서 승인만 하면 가능하거든. 어때? 생각 있어?"

센은 디온은 안중에도 없는지 쉬얌의 말에 대꾸했다. 디온은 내 옆에서 앞으로 한 걸음 나가 나를 등 뒤로 세웠고, 그 덕에 내가 무리의 제일 뒤편에 서 있는 모양새가 됐다.

역시나 센이 있으면 일이 일사천리로 꼬인다. 그 탁월한 재능에 이제는 포기하는 게 마음이 편할 지경이었다. 그저 내 감일 뿐이었지만, 이제 내 주변의 미친놈은 포화되다 못해 넘쳐흐를 것이다. 쉬얌은 학생회에 들어오든 말든 나를 괴롭힐 것이 당연하고, 아델라이네가 나를 따라다닐 것은 당연하고, 그것을 센이 들쑤실 것은 당연했다. 다시 한 번 내 룸메이트가 디온인 것에 감사했다.

나는 소란스러워진 그곳에서 조용히 등을 돌렸다. 내가 없어도 저들끼리 알아서 정할 것이다. 쉬얌이 학생회에 들어온다 하더라도 나는 최대한 빨리 학생회를 나가면 그만이니까. 어차피 내 의사 따위 상관없는 소란에 끼어 있어봤자 정신없을 뿐인 것을.

다시 한 번 길게 한숨을 내쉬며 걸음을 옮겼다. 다행히도 아직 내가 멀어지고 있는 것을 알아챈 자는 없었다. 그렇게 몇 걸음 걸었을 때 누군가 내 앞을 가로막았다.

"귀족들과 몰려다닌다고 네가 귀족이라도 되는 줄 아나 보지?"

시안이었다.

이쯤 되니 어이가 없다 못해 땅을 파고 들어갈 지경이었다. 내가 여신의 축복을 타고났다고 하던 신녀의 멱살을 잡고 흔들어대고 싶었다. 이게 축복받은 자의 인생이란 말인가. 시안의 얼굴 곳곳에 열등감이 덕지덕지 배어 있고, 입가에는 그린 듯한 비웃음이 걸려 있었다. 이자도 참으로 끈질기다. 얻는 것 없는 싸움을 왜 이리도 걸어대는지.

"내가 지금 기분이 별로 안 좋거든."

"내가 평민의 기분까지 생각해야 될 필요는 없지."

"나는 사람에게 학습 능력이라는 것이 있다고 생각합니다."

"무슨 소리야?"

"몇 번이나 말로 도전장을 내밀어서 발렸으면 이렇게 시비를 거는 건 자제해야 되는 게 아닐까 싶어서요."

"내, 내가 언제 말로 평민한테 졌다고!"

"그래, 오늘은 이겼어. 그러니까 비켜줄래요? 지금 머리가 울려서 너한테 도무지 이길 수가 없을 것 같거든요."

골이 울리다 못해 아파올 지경이었다. 나는 고개를 좌우로 내저었다. 그가 이기든 지든 상관없으니 조용한 곳에서 쉬고 싶었다. 그의 옆을 지나쳤다. 아니, 지나치려 했다.

"이, 이런 무례한! 네가 나를 무시하고도 무사할 것 같아? 말로 못 이기면 결투를 신청한다! 검술 수업 시간이니 더할 나위 없이 좋겠지."

시안이 내 어깨를 확 낚아챘다. 동시에 지독한 불쾌함이 밀려왔다. 말로 무시하고 타박 주는 것이야 아무렇지 않게 받아낼 수 있지만 아무 방비 없이 닿은 타인의, 그것도 남자의 손길은 참을 수 있는 것이 아니었다. 게다가 지금 내 기분은 이루 말할 데 없이 하락세였다.

나는 그의 손을 떼어내려 손을 올렸다. 하지만 내가 행동을 개시하기도 전에 내 어깨에서 그의 손이 사라져 있었다.

"그 결투는 내가 신청하고 싶은데."

디온이었다. 시안의 손목은 디온의 손에 잡혀 있었다. 시안은 디온에게 잡힌 팔을 빼내려 안달이었지만 그의 힘을 뿌리치지는 못했다. 디온이 손을 놓은 건지 시안이 성공한 것인지는 모르겠지만 겨우 디온의 손아귀에서 벗어난 시안이 손을 거세게 한 번 털어냈다.

그는 잔뜩 골이 난 표정으로 나와 디온을 번갈아 노려보았다. 디온의 뒤로는 어느새 따라왔는지 학생회 무리가 흥미롭다는 표정으로 우리를 구경하고 있었다.

"나는 저 평민에게 결투를 신청했습니다!"

신경질적인 말투로 내뱉는 시안이었다.

"마벨, 결투 신청을 승낙할 겁니까?"

"아니요, 귀찮아요."

"그럼 후원자로서 그 결투 신청을 양도받겠다."

그 말에 모두의 시선이 디온에게 향하는 것이 느껴졌다. 그게 가능해? 최소한 내 상식으로는 결투권을 양도받는 것은 불가능했다. 어느새 내 곁으로 다가온 무리 중 라이에게 물었다.

"가능해요?"

"아니요. 지금 디르케온, 억지 부리는 것 같은데요?"

"통할까요?"

"그라면 통할지도."

작게 거드는 것은 베른이었다. 그리고 그에 동의한다는 듯 라이가 고개를 끄덕였다. 우리뿐만 아니라 주변의 그 누구도 이 상황에 이의를 제기하지 않았다. 나는 주위를 둘러보았다. 우리를 둘러싼 학생의 표정에는 한 가지 표정만이 자리하고 있었다. 흥미로움. 그리고 그중에는 쉬얌도 섞여 있었다.

쉬얌의 얼굴에는 다른 자와는 느낌이 묘하게 다른 흥미로움이 걸려 있었다. 그는 주머니에 손을 넣은 채 시안과 디온이 하는 꼴을 구경하고 있었다. 하지만 그 시선은 나와 디온을 교차하고 있었다. 무언가를 알아내려 애를 쓰는 모습이었다. 나와 시선을 마주치자 그는 눈을 휘어 웃어 보였다. 그 웃음을 무시했다. 다시 돌아본 갈등의 중심에서는 시안의 목소리가 날카롭게 울렸다.

"무슨, 그런 법이 어디 있어!"

"아카데미에 왔으면 아카데미의 법을 따라야지. 이곳에서는 후원자가 권리를 양도받을 수 있다는 것을 몰랐던가?"

디온이 비릿하게 웃으며 낮은 어조로 대답했다. 그 모습이 제원 아라온을 상대했을 때와 겹쳐 보였다. 나는 다시 한 번 시안의 안위를 빌어주었다. 나와 가까이 서 있던 센이 의아한 표정으로 내게 몸을 숙이고는 속삭였다.

"뭐야, 디르케온이 저러는 것 오랜만인데. 저 녀석 왜 빨간 놈한테 찍힌 거야?"

"그러게요."

"쟤 신입생 맞지? 누군지는 몰라도 미리 명복을 빌어줘야지. 어떻게 건드려도 디르케온을 건드렸대?"

"안 말려요?"

"이렇게 재미있는데 내가 왜?"

혹시나 싶은 내 질문에 무슨 소리냐는 표정으로 센이 답했다. 그럼 그렇지. 그가 이 흥미로운 일을 말릴 리가 없었다. 디온은 학생 대표이고, 구경하는 학생들은 이 상황에 굳이 참견할 의사가 없어 보였다. 예상치 못한 사태에 눈을 굴리던 시안이 쿵, 바닥을 구르며 크게 소리쳤다.

"그래, 결투합시다! 대신, 결투에서 내가 이기면 너네는 끝이야! 세그다드가의 두 사람은 내게 고개를 조아려라."

"좋아, 내가 이기면 시안 아라온은 마벨 세그다드에게 머리를 조아린다."

"좋아. 받아들이지."

아아, 멍청하고도 멍청했다. 나는 도무지 상황 파악이라는 것을 하지 못하는 시안을 위해 기도라도 올릴 것을 진지하게 생각했다. 디온의 실력을 모르는 것일까? 아니면 많은 귀족가 자제들의 시선이 한데 몰려 있음에 부리는 자존심인가?

그것이 무엇이든 간에 그에게 좋은 선택지는 아니었다. 디온의 입가에 미소가 더욱 진득해졌다. 비웃음과 만족감이 뒤섞인, 그답지 않은 웃음이었다. 셴이 뒤에서 속삭였다.

"나 쟤 불쌍해도 되는 거지?"

"상관없어요. 이쯤 되면 저도 시안이 불쌍하거든요."

이후로 이어진 검술 수업에서 내가 느낀 것은 한 가지였다. 나는 검술에 소질이 없다. 검에만 소질이 없는 것인지, 다른 체술에도 소질이 없는 것인지는 모르겠지만 어찌 됐건 나는 소질이 없었다.

디온의 말을 빌리자면 소질이 없는 것이 아니라 처음 접했기에 당연히 낯설고 어색한 거라고 했다. 하지만 어찌 됐건 내가 다른 학생들에 비해 많이 구르고 맞고 넘어진 것은 사실이었다. 그리고 시안은 그런 내 모습을 보며 한쪽 입꼬리를 올려 비웃음을 짓기 바빴다.

그의 검술은 사실 그렇게 나쁜 편은 아니었다. 아니, 아무것도 모르는 내 눈으로 보기에도 그의 검술은 꽤나 훌륭한 편이었다. 대련 상대가 문과 학생들밖에 없어서인지는 모르겠지만, 대부분의 동급생들은 그의 검에 패배를 선언했다.

나는 디온과의 시범 대련도 조금이나마 기대했다. 언젠가 선후배 사이의 대련에서 그를 혼내주겠다던 말과는 달리 디온은 수업 중에 시안을 지목하는 일은 없었다. 아마 수업이 끝나고 있을 정식 대결을 기다리고 있는 모양이었다.

후배들을 봐주는 디온의 신위는 정말 입이 다물어지지 않았다. 블레로 길드에 갔을 때에도 본 바이긴 했지만 밝은 곳에서 보니 대단하다는 말이 절로 나왔다. 귀족가의 영식들은 아카데미 입학 전부터 기본적인 검술은 배운다고 했다. 그런 그들을 단 1합, 혹은 2합 만에 무릎 꿇게 만드는 것이 디온이었다.

다음으로 디온의 대련 상대가 된 것은 쉬얌이었다. 마주 선 둘이 짧게 고개를 숙여 예를 갖추었다. 선공은 쉬얌이었다. 짧고 빠르게, 그리고 정확하게 내지른 그의 검을 디온이 반보 차이로 피해냈다. 쉬얌의 목검이 아슬아슬하게 디온의 가슴을 스쳤다.

모르는 자가 보기에는 아슬아슬한 검합이었지만 그것이 의도된 바라도 되는 듯 디온이 그대로 좌로 돌아 쉬얌의 어깨를 노렸다. 쉬얌은 그것을 한 발자국 빠르게 물러서 막아냈다. 처음으로 대련다운 대련을 보는 듯했다. 깡, 깡, 목검이 여러 합 부딪치는 소리에 자연스레 그곳으로 시선이 모였다. 주고받는 공방이 몇 분이나 계속되었다.

같이 앉아 그 대련을 구경하던 센이 의아한 듯 한마디 꺼냈다.

"저 친구는 또 디르케온한테 무슨 잘못을 한 거야?"

"예?"

"지금 빨강이가 거의 죽일 듯이 달려들잖아."

나는 그의 말을 이해할 수가 없어 의아했다. 센은 몸을 앞으로 쭉 내밀고 둘의 공방을 구경했다. 그리고 그 옆에서 센의 말이 사실이라도 된다는 듯 페른이 가볍게 고개를 끄덕거렸다.

"글쎄요, 그쪽은 잘 모르겠네요."

아니, 사실 대충은 알 것 같았다. 하지만 굳이 입 밖으로 꺼내고 싶지는 않았다. 아무래도 기숙사로 돌아가면 디온을 안심시켜야겠다. 아델라이네는 여자지만 내 여동생이고, 쉬얌은 남자지만 나를 남자로 알고 있다. 별로 디온이 신경 쓸 일은 아닌 것이다.

잠시 딴생각을 하는 동안에도 대련은 지속되었다. 그리고 그 연결을 끊은 것은 디온이었다. 몸을 숙여 아래에서 치고 올라오는 쉬얌의 검을 그대로 받아넘겼다. 검에서 검으로 넘어가는 힘이 꽤나 무거운 모양인지 쉬얌이 목검을 놓쳤다. 그 틈을 비집고 디온의 검이 쉬얌의 목에 닿은 채 멈췄다.

쉬얌은 양손을 들어 패배했음을 시인했다. 아슬아슬한 공방을 말없이 바라보던 교수가 '디르케온 승!' 하고는 짧고 우렁차게 디온의 승리를 알렸다.

'와아!' 하고 신입생들 사이에서 함성이 터져 나왔다. 심지어 몇몇 신입생들은 박수까지 쳐 댔다. 시선을 돌려 시안의 안색을 살폈다. 그의 표정은 이미 사색이었다. 자존심과의 싸움에 제 최후의 보루까지 건넨 소년에게 심심한 위로를 보냈다.

"듣던 대로네, 디르케온 세그다드."

대련이 끝나고 쉬얌이 이쪽으로 다가오더니 자연스럽게 우리들 사이에 자리를 잡으며 앉았다. 방금 전의 대련이 꽤나 힘들었음을 온몸으로 표현하기라도 하듯 꽤나 서늘한 날씨임에도 그의 얼굴은 땀범벅이었다.

"이래 봬도 검에는 자신 있었는데 말이지."

"저놈이랑 그 정도로 길게 붙은 거면 대단한 거야! 그나저나 신입생, 나 네 이름도 모르는데 이름이 뭐야?"

"쉬얌 아브히세크. 마농 지방 귀족의 차남이야. 나이는 열여덟. 아, 선배님이니까 말을 높여야 하나?"

"상관없어. 편하게 해. 뭐, 선배라고 거드름 피우는 놈들도 있는데 어차피 이 년밖에 안 있을 곳에서 그런 거 따져서 뭐해. 졸업하면 다 소용없는 건데."

센의 대답에 그를 쳐다봤다. 맞는 말이었다. 너무 맞는 말이라서 의아할 정도였다. 내 안에서 미친놈이라고 규정된 자의 입에서 정상적인 말을 듣자 위화감이 느껴졌다. 내 시선을 제대로 이해한 모양인지 센이 미간을 찌푸리며 나를 타박했다.

"뭐야, 그 오랜만의 정상인 바라보는 듯한 눈빛은? 나 정상인이야."

"오늘 들었던 말 중에 제일 정신 나간 말 같네요."

"크하하, 역시 농담도 잘하는 후배님이야. 그나저나 쉬얌, 너는 디르케온에게 뭘 밉보인 거야?"

"내가?"

"검에 무게가 실리던데."

"원래 저렇지 않다는 말인가?"

"수업 중 대련에서 저렇게 기합 넣고 임한 적은 없어. 게다가 후배를 상대로 한 대련인데."

"흐응? 그런데 나와의 대련에서 기합이 바짝 들어갔다는 말이지?"

센의 말에 쉬얌은 의문형으로 대답했다. 그러고는 그 시선을 내게 돌렸다. 흑색 눈동자 안에는 역시나 없는 것이라도 파헤치려는 치밀함이 담겨 있었다.

굳이 답해주고 싶지 않아 나는 시선을 돌렸다. 제 신분을 숨기고 들어온 타국의 왕자라면 노리는 바가 있을 것이 분명했다. 그리고 그가 지금 상대한 자는 세그다드 공작가의 후계였다. 그 흥미는 내게까지 연결되겠지. 이자와 엮여서 좋을 것은 없을 것 같았다.

쉬얌 이후로 두어 명과 더 대련한 후에야 디온의 역할은 끝났다. 그 후 진행된 훈련에서 역시 나는 몇 번이나 바닥을 굴렀고 다시 한 번 검술에 재능이 없다는 것을 체감했다.

뼈저린 깨달음만 남긴 채 수업은 끝이 났다. 체력적으로 진이 빠지는 수업이었기에 쉬고 싶다는 생각이 간절했지만, 다른 학생들은 전혀 쉬고 싶은 생각이 없어 보였다. 그들의 시선은 디온과 시안에게 향해 있었다. 그들의 결투. 그것이 학생들의 최대 관심사였다.

"어때요? 5실버?"

라이가 베른의 옆구리를 찌르며 물었고, 그는 고개를 가로저었다.

"아니요, 이건 누가 봐도 디르케온의 승리가 확실합니다."

"누가 이기냐가 아니에요, 몇 합 만에 이기냐는 겁니다. 어때요, 내기 갈까요?"

시안의 패배를 전제한 내기였다. 실로 잔인한 답변이었다.

"나는 4합 만에 빨강이가 이긴다에 건다!"

"나는 5합."

"나는 3합."

셴을 시작으로 너도나도 돈을 걸었다. 위대한 도박의 시작이었다. 서로 5실버씩 돈을 건 그들의 시선이 내게 향했다. 마지막으로 남은 이가 나인 모양이었다. 딱히 내기를 할 생각이 없었지만 왠지 장단을 맞춰줘야 할 분위기였다.

"지금 안 나온 게 뭐죠?"

"2부터 6까지 다 나왔어."

"그럼 저는 1합이요."

딱히 돈을 딸 생각은 없었다. 나는 품에서 5실버를 꺼내 센의 손바닥에 올렸다.

어느새 연무장 가운데에 시안과 디온이 자리하고 이를 중심으로 학생들이 그들을 둘러쌌다. 마주 선 둘이 고개를 까딱 숙이는 것으로 결투는 시작됐다.

"먼저 들어오지."

디온이 도발하듯 고개를 까딱이며 내뱉은 한마디에 시안의 얼굴의 와락 구겨졌다. 가뜩이나 실력도 차이가 날 텐데 감정적 도발에까지 걸려들었다.

"으아아아아아!"

시안은 막무가내로 달려들었고, 그 모습을 보던 베른이 고개를 절레절레 저었다. 베른 역시 꽤나 훌륭한 검술 실력을 보유한 자였다. 그가 보기에 평정을 잃은 공격이 가져올 결과가 뻔한가 싶었다. 아무것도 모르는 내가 봐도 몇 분 후를 알 수 있을 것 같았다.

사실 시안의 움직임은 깔끔한 편이었다. 하루였지만 내게 기초를 가르쳐 준 검술 교수가 잡아주었던 정석에 기인한 자세였다. 하지만 문제는 정석, 딱 그뿐이었다는 것이었다. 양손으로 목검을 잡고 달려들던 시안의 검이 디온에게 저지당해 우뚝 멈췄다. 디온은 몸을 왼쪽으로 회전, 그 반동으로 들고 있던 검이 그대로 시안의 어깨로 향했다.

퍼억, 소리만 들어도 내 어깨가 얼얼할 정도의 타격이었다. 연무장을 울리는 커다란 한 방에 시안이 주저앉았다. 무릎 꿇은 자세로. 굴욕적인 패배였다. 단 한 번에 결정 난 승부. 아무 일도 없었다는 듯 숨소리 하나 흐트러지지 않은 디온이 그대로 목검을 거두었다.

어깨를 감싼 시안이 얼이 나간 표정으로 디온을 올려다보았다. 믿을 수 없다는 표정이었다. 무릎 꿇은 시안을 내려다보는 디온의 얼굴에 더 이상의 비웃음은 없었다.

"결투에 걸렸던 조건은 잊지 않았으면 좋겠습니다. 시안 아라온."

디온의 말투는 언제나처럼 존댓말이었지만 그 냉랭함이 내게까지 닿는 기분이었다. 새삼 내가 디온의 적이 아닌 것에 다행이라는 생각이 들었다. 디온은 정신을 차리지 못하는 시안을 그대로 둔 채 연무장에서 나와 우리에게 합류했다.

"목격자가 한둘이 아니니 아무리 저자라도 다른 말은 못 할 겁니다."

"대단하네요. 고마워요."

나 때문에 일어난 일이었다. 디온에게 식후 운동거리도 안 되는 느낌이었지만 최소한 시안이 이제 내게 시비 걸 일은 없다는 말에 감사하기는 했다. 아, 그리고.

"주세요. 이거 1합 맞죠?"

"쳇, 세그다드가에서 다 해드시죠."

아무리 그래도 1합 만에 끝날 것이라고는 전혀 예상치 못했다. 5실버를 버린다는 생각이었는데 운이 좋게도 다섯 배나 불려서 손에 넣었다. 학생회 일행은 투덜거리며 돈을 모아주었다. 소액이었지만 내기에 졌다는 나름의 투정인 듯싶었다. 나는 손안의 동전을 흔들며 디온에게 다시 한 번 인사했다.

"이것도 고마워요."

"내기입니까?"

"네, 저는 1합에 디온이 이긴다에 걸었고요."

그의 얼굴에 봄과 같은 웃음이 걸렸다. 시안을 바라보던 웃음과 대조되는 표정이었다. 새삼 낯간지러운 기분에 시선을 돌렸다. 저 웃음에 담긴 호의가 나를 향한다는 것에 갑작스럽게 안도가 되었다.

"우선, 가죠."

디온이 비스듬히 세워둔 목검을 다시 들고는 말했다. 당분간 시안 때문에 시끄러울 일은 없을 것이다. 사실 애초에 그의 존재는 내 안에서 그리 큰 것도 아니었다. 그저 오늘 정신없던 와중에 유난히 눈에 거슬렸을 뿐.

나와 디온이 몇 걸음 걸었을 때였다. 등 뒤로 갑자기 급변한 분위기가 느껴졌다. 학생들의 술렁거리는 소리에 나는 뒤를 돌았다. 그리고 내 의미 없는 행동이 가져온 결과는 상당히 당황스러웠다.

목검을 든 왼손에 둔탁한 느낌이 들었다. '억' 하는 짧은 단말마가 들렸다. 나는 당황스러워서 눈을 깜박거렸다. 시안이 제 옆구리를 움켜쥔 채 짧은 신음을 내쉬고 있었다.

"어…… 미안합……."

내 사과는 그 끝을 맺을 수가 없었다. 시안이 내 앞에서 후다닥 사라졌기 때문에.

잠시간의 사고 후 내가 내린 결론은 하나였다. 그는 나와 디온을 뒤에서 급습하려 했다. 그리고 갑자기 뒤를 돌아본 내 목검에 제 옆구리를 내어줬다. 너무 어이가 없고 하찮은 결론이었다.

하지만 우리에게 집중된 시선에 서려 있는 웃음이 내 가정이 맞다고 말해주었다. 고개조차 들지 못하고 저 멀리 사라지는 시안을 안쓰러운 마음을 담아 바라봤다. 그는 정말 자존심이 하늘에 닿아 있는 듯한 귀족이고 검술 실력도 그럭저럭 괜찮았다. 그리고 나는 평민인 데다 이 검술 수업에서만큼은 하위권의 학생이었다. 그렇기에 디온이 아닌 내 등을 노렸겠지.

그런데 그 급습을 실패했다. 그것도, 누가 봐도 저보다 아래라고 생각한 평민 학생에 의해서. 그의 자존심은 철저히 박살 났을 것이다. 이렇게까지 깔아뭉갤 생각은 없었는데, 이 정도면 그의 운명이라는 생각이 들 정도였다. 그것은 나만의 생각이 아닌 모양인지 디온 역시 당황스러운 표정을 지었다.

"알고 한 겁니까?"

"그럴 리가요."

"이쯤 되면 안쓰러울 정도입니다."

나는 얼얼한 왼손의 목검을 오른손으로 옮기며 앞으로 있을 시안의 아카데미 생활에 심심한 애도를 보냈다.

앞서가는 학생회 무리 사이로 이쪽을 바라보고 있는 쉬얌과 눈이 마주쳤다. 그는 나와 눈이 마주치자 바로 등을 돌렸다.

잘못 본 것이 아니라면 스쳐 지나간 그의 눈빛에 담긴 것은 흥미로움을 넘어선 명백한 의심이었다. 무엇을? 아까의 디온이 내게 보이는 호감에 비치던 흥미가 아니었다. 지금 이 순간 심어진 의심이었다. 설마 방금의 일격이 의도된 것이라 생각하지는 않겠지. 하지만 그것을 확신할 수는 없었다.

드디어 기숙사로 돌아왔다. 하루는 생각보다 길었고, 생각보다 힘들었다. 시안의 일도 당황스러웠고, 쉬얌의 일도 마찬가지였다.

아델라이네가 없다고 안심할 것이 아니었다.

새삼스레 이곳이 귀족을 위한 아카데미인 것이 다행이라는 생각이 들었다. 그들을 위해 제공된 편하고 안락한 방에서 몸이라도 편히 쉴 수 있어서. 공작가만큼은 아니지만 상당히 편한 침대에 누웠다. 사실 이 정도 피곤하면 잠이 올 법도 했지만 내게 있어 그보다 더 시급한 일이 있었다.

오르도를 어떻게 살려야 할까.

이번 축제 때 오르도가 죽는다는 사실을 인지한 순간부터 그를 살려야 한다는 게 내 안에서 복수만큼 중요해졌다. 이곳으로 온 지 벌써 여러 날이 지났고, 예전에 읽은 책의 내용은 점점 희미해지고 있었다. 나는 소설 내용을 적어두었던 수첩을 꺼내 들었다. 그 내용을 확인하자 자연스레 욕지거리가 튀어나왔다.

"제장."

그 안에도 오르도의 죽음에 대한 내용은 없었다. 나는 별로 얻을 것이 없는 수첩을 덮었다. 정말이지, 그 책을 제대로 읽지 않은 과거의 나에게 소리라도 지르고 싶은 심정이었다.

그리고 문득 생각했다. 내가 1황녀, 즉 나의 죽음을 확인하고 덮어버린, 얼마 남지 않은 뒷부분의 이야기가 혹시 중요한 것은 아니었을까? 지금의 내게 영향을 미치는 것은 아니었을까? 하지만 이제 와서 어찌할 수 없는 문제를 후회해 봤자 소용없는 짓이었다.

나는 그의 죽음에 대해 기억하고 있는 것들을 서둘러 정리했다.

오르도가 황가의 비밀을 알게 되었고 그 비밀은 황가에 치명적인 내용이었다. 오르도를 죽인 자는 1황자와 밀접한 그의 호위 중 한 명이다. 그는 축제가 끝나고 공작저로 돌아가던 길에 죽임을 당했다. 내가 아는 것은 이것뿐이었다.

오르도가 황가의 비밀을 어떻게 알게 되었는지, 그가 축제에 올 것을 황가가 어떻게 알았는가 하는 것은 나 역시 알 수가 없었다. 내가 기억을 못 하는 것이거나, 어쩌면 그것이 원작에 서술되지 않은 것일 수도 있겠지.

오르도의 죽음을 막기 위해선 우선 그가 아카데미에 오지 못하게 해야 한다. 공작저는 아직까지 안전했다. 기사가 지키고 있고, 그에 더해 오르도의 무예가 그리 낮은 편도 아니었다. 무력으로 인한 암살에서는 안전했다. 그에 더해 역시 내가 뽑은 사용인들 덕에 독살에서도 안전했다.

혹 원작의 흐름이 그대로 진행되어 오르도가 죽을 수밖에 없다면 그가 공작저에 남아 있어도 위험할 것이다. 하지만 그 가능성은 머릿속에서 빨리 지워 버렸다. 나의 행보 자체가 원작의 흐름을 위배하고 있었다. 그렇다면 우선 그를 죽게 하지 않기 위해서는 그가 공작저에 있어야 한다.

나는 먹이를 먹고 있는 큐라에게 시선을 돌렸다. 큐라를 이용해 서신을 보낼까? 제일 처음 드는 생각이었지만 이내 고개를 저었다. 오르도가 내 말을 들을 리가 없었다. 얼마 되지는 않았지만 그와 지내면서 파악한 그의 성격으로 예상하건대, 내가 오지 말라고 한들 얌전히 말을 들을 사람이 아니었다. 그를 묶어둘 방법. 그것을 제일 잘 알 사람, 디온에게 가야 했다.

"없을 겁니다."

"확신해요?"

오르도가 축제 때 오지 못하게 할 방법이 있느냐고 묻자 디온은 더 생각하지도 않고 바로 대답했다. 그 단호한 대답에 나는 한숨을 내쉬었다. 쉬고 있는 디온을 굳이 거실로 불러내면서까지 기대한 건 이런 희망 없는 대답은 아니었다.

"형님은 제 아카데미 생활에 굉장히 관심이 많습니다. 게다가 만약 저뿐이었다면 만에 하나의 확률로 제 말을 듣고 아카데미에 오지 않으실 수도 있습니다. 물론 희박한 확률이지만 말입니다. 하지만 이번에는."

"제가 이곳에 있죠."

"예, 바로 맞췄습니다. 형님은 마벨을 가족으로 받아들이신 것 같습니다. 그리고 형님께 가족은 굉장히 큰 의미죠."

디온의 말에 기뻤어야 하건만 지금 이 순간만큼은 내가 오르도와 디온의 가족으로 받아들여졌다는 사실조차 큰 걸림돌처럼 느껴질 뿐이었다.

"내가 중간에 공작저로 몰래 빠져나간다면요?"

"잡아서 같이 올 겁니다."

"이번에 축제가 없다고 거짓말을 한다면요?"

"통하지 않을 겁니다. 형님은 정보를 수집하는 데에 굉장히 능합니다."

"축제에 올 경우 오르도의 목숨이 위험하다 한다면요?"

즉답하던 디온이 잠시간 말을 멈추었다. 그 눈빛에 약간의 긴장이 어렸다. 내 말뜻을 제대로 잡아챈 모양이었다.

사실, 이 말까지는 하고 싶지 않았다. 오르도는 그에게 남은 유일한 가족이었다. 디온에게 오르도와 관련된 질문을 던지는 순간부터 알 수 있었다. 그는 내가 오르도를 아카데미에 오지 못하게하는 이유에 대한 거짓된 변명을 단 하나도 믿지 않을 것이다.

급한 마음에 나도 모르게 저지른 실수에 아랫입술을 깨물었다. 그는 이제 이 문제에 대해 축제 날까지 신경 쓸 것이다. 몇 주간 타들어가는 속으로 하루하루를 보내겠지. 내가 미처 사과의 말을 꺼내기도 전에 그의 질문이 먼저 내게 닿았다.

"형님이 위험합니까?"

"예, 아마도요."

"확실한 것은 아닙니까?"

"추측일 뿐이에요."

"사실대로 말해주십시오."

"가능성이 높은 추측일 뿐이에요."

가끔 그는 너무 예리해서 문제였다. 나는 아무것도 아닌 것처럼 대답했다. 하지만 그럼에도 디온의 얼굴이 굳는 것은 내가 어떻게 할 수 없는 문제였다.

내게 있어서는 확신이었지만, 그에게 확신한다고 말할 수는 없었다. 오르도의 죽음을 확신하는 이유를 댈 수 없었다. 그가 마음에 품은 것은 1황녀, 그런데 내가 그녀의 몸에 빙의되었다는 것과 내가 완전한 벤지안스가 아니라는 것을 그가 알았을 때의 반응을 나는 아직 받아들일 수가 없었다.

"이유를 물어도 되겠습니까?"

애매하게 넘어가려던 것을 다시 한 번 걸고넘어진다. 근거 없는 말에 의문을 품을 수도 있건만 내 말에 대한 그의 신뢰는 지독했다.

"그가 황가의 비밀 중 하나에 닿은 모양이에요."

"그럼 목숨을 위협하는 자는 황가 사람이라는 말입니까?"

"네, 1황자가 노릴 거예요. 스스로 움직일 수는 없으니 제 사람을 보내겠죠."

"형님이 입수한 정보는 무엇입니까?"

"사실 저도 그걸 모르겠어요. 그걸 알면 조금 더 위험을 예방할 수 있을 텐데, 그걸 모르니 갑갑하네요."

"형님이 위험하다는 것은 어찌 아셨습니까?"

"블레로 길드와 괜히 거래하는 것이 아니니까요."

아카데미에 입학한 이후로 블레로 길드와 연락한 적은 없었다. 하지만 그에게 댈 수 있는 핑계로 이보다 더 적절한 것은 없을 것이다. 그가 가볍게 고개를 끄덕였다. 하지만 그 작은 행동에도 평소와는 다른 초조함이 묻어 있었다.

다시 한 번 내 경솔함에 혀를 찼다. 그에게 이미 말해 버린 만큼, 그에게 초조함과 불안함을 덧씌운 만큼, 오르도의 죽음을 꼭 막아야 한다.

"나는 오르도를 죽게 하고 싶지 않아요. 혹시 오르도와 주고받은 서신은 없나요?"

"가끔 형님께서 서신을 보내시기는 하지만, 일상적인 이야기일 뿐 별다른 이야기는 없었습니다. 아무래도 보안 문제라는 것이 있으니까요."

"그럼 1황자의 군사력을 묶어둘 방법은 없을까요?"

"1황자가 황제의 후계이기는 하지만, 황태자의 신분이기에 따로 통솔할 수 있는 군대는 없습니다. 군사를 사용하기 위해서는 황제 폐하의 허가를 받아야 하는데 오히려 지금 1황자의 황위에 대한 욕심이 너무 커 황제 폐하도 그를 주시하고 있으니 섣불리 나서지는 않을 겁니다. 아마 그가 움직일 수 있는 무력은 그의 호위기사거나 숨은 측근 정도일 것입니다. 그들을 묶기 위해서는 그들이 1황자를 지키느라 움직이지 못하도록 해야 합니다."

"즉, 지금 진행되고 있는 위험이 아니라 그를 노리는 새로운 위험이 필요하다는 얘기죠?"

"예."

"예를 들자면 타국의 왕자가 소르트를 노려 신분을 숨기고 소르트에 입국해 있다거나 하는 위협이요?"

"그리고 그만큼의 군사력을 갖고 있는 곳이라면 좋겠죠."

"예를 들자면 마농 같은?"

"예, 적절합니다."

그의 말이 사실이라면 최소한 1황자의 사람들을 잠깐 묶어둘 수 있을 것 같았다. 오르도의 안전을 지킬 수 있는 방법 중의 하나는 될 수 있겠지.

이 타이밍에 마농의 왕자가 소르트에 들어와 있다는 건 정말로 운이 좋았다. 한 나라의 왕자가 타국, 그것도 강대국으로 신분을 숨기고 왔는데 과연 혼자의 몸으로 왔을까? 절대 아닐 것이다. 어딘지 몰라도 마농의 군사 중 일부가 소르트에 주둔하고 있을 것이다.

내가 지금 해야 할 것은 그들이 어디 있는지 알아내 1황자에게 거짓된 정보를 흘리는 것이었다. 이것으로 오르도의 위험을 조금이나마 예방할 수 있기를 바랄 뿐이었다. 디온이 내 얼굴을 빤히 바라보다 질문을 던졌다.

"묻고 싶은 것이 있습니다."

"물어보세요."

"쉬얌입니까?"

어찌 보면 뜬금없지만 지금 상황에서는 굉장히 적절한 질문이었다. 나는 대답 없이 그를 바라봤다. 내 침묵을 다르게 해석한 모양인지 그가 말을 이었다.

"마농의 왕자 말입니다."

"어떻게 알았어요?"

너무 정확한 추측에 물을 수밖에 없었다. 이미 고위 귀족 및 황족들 사이에선 공공연히 알려진 사실이라도 되는 것일까? 아카데미에서만 비밀로 하는 것일까? 아니, 그럴 리가 없었다. 아카데미에도 고위급 귀족의 자제들이 있는데 학생 중 그 누구도 쉬얌의 정체를 알지 못했다. 아직까지 쉬얌의 정체에 대해 아는 사람은 나 말고 없을 확률이 높았다.

"분위기라는 것이 있습니다. 확신할 수는 없지만 그가 풍기는 분위기는 고작 지방 귀족 자제의 것은 아니었습니다. 그렇기에 그에게 숨겨진 무언가가 있을 거라고 생각했을 뿐입니다. 게다가 그의 검술 역시 조금 의아했습니다."

"검술이요?"

"마농 지방 귀족의 자제가 그 정도의 검술 실력을 갖고 있다면 제가 모를 가능성이 적습니다. 저와 대적할 정도라면 소르트에서도 눈독 들였을 것이고 아마 형님이나 주변 사람들을 통해 제 귀에 들어왔을 것입니다. 제가 듣기론, 마농의 왕자가 검술에 탁월한 재능이 있다고 하더군요. 그리고……."

"그리고?"

"방금 마벨의 반응을 보고 확신했습니다."

"제 반응이요?"

"마치 마농의 왕자를 알고 있는 듯한 반응이었습니다."

"언제나 느끼는 거지만 예리해요."

원래 섬세한 성격인지 아니면 그만큼 나를 관찰하는 것인지는 모르겠지만 역시나 예리했다.

"우선은 정보를 흘려야겠어요."

"블레로 길드를 이용하실 생각입니까?"

"그러라고 맺은 계약이니까요. 그리고 그들에게도 썩 나쁘지 않은 정보일 거예요."

"하지만 그들도 이미 알고 있을 수도 있습니다. 어쩌면 황가에서도 이미 알고 있을 가능성도 무시할 수 없습니다."

나는 고개를 끄덕였다. 맞는 말이었다. 이미 국경을 넘어서 들어온 그였다. 게다가 약소국도 아닌, 어찌 보면 강대국에 비견되는 나라의 왕자였다. 지금은 어찌어찌 넘어갔다 하더라도 그의 정체가 계속 발각되지 않으리라는 보장도 없었다. 그렇다면 조금 더 긴밀하고 세밀한 정보가 필요했다. 1황자가 제 목숨을 걱정해야 할 정도로 새로운 정보.

우리가 할 수 있는 일은 과장되거나 거짓된 정보를 흘려 1황자 쪽을 교란시키는 것이었다. 그 정보를 사용해 1황자의 시선을 다른 곳으로 돌리고, 오르도에겐 적절한 이유를 들어 아카데미에 오지 못하게 해야 한다. 대화가 길어졌음에도 이 이상의 별다른 해결책을 찾을 수는 없었다.

문득 스치는 의문점이 있었다. 근본적인 질문이었다.

"디온."

"예."

"쉬얌은 왜 굳이 제 신분을 숨기면서까지 이곳에 있는 걸까요?"

한 나라의 왕자가 저를 지방 귀족의 자제라고 숨기면서까지, 타국에 들어온 이유가 도대체 무엇일까?

왕좌에 앉을 가능성이 제일 높은, 마농의 왕자가 이곳에 온 이유를 알아야 했다. 어쩌면 그것이 1황자를 묶어놓을 수 있는 좋은 핑계가 될 수도 있었다.

그것뿐이 아니었다. 내 예감이 맞다면 쉬얌은 지금 나를 의심스럽게 생각하고 있다. 처음에는 흥미였지만 눈빛에는 그와 더불어 미묘한 빛이 깃들어 있었다. 검술 수업 때 잘못 본 것이 아니라면 그는 나에 대한 알 수 없는 의문점을 품고 있음이 분명했다.

그가 내게 의심을 갖고 나에 대해 깊게 파고들면 언젠가 내 약점을 그에게 잡힐 수도 있을 것이다. 그에 대한 방비 정도는 준비해 놓는 것이 좋겠지. 나는 쉬얌이 제 신분을 감추고 소르트에 온 이유를 알아내는 것이 그에 대한 대책이라 결론 내렸다.

쉬얌의 정보를 가져갈 기회는 생각보다 빨리 찾아왔다.

"어라, 학생 대표들 아니야?"

살짝 곱슬거리는 흑발과 흑안, 소르트인 같지 않은 어두운 색의 피부에 훤칠한 키를 가진 쉬얌은 어디에서도 눈에 띄었다. 딱딱하지 않은 그의 성격을 보여주기라도 하듯 그의 걸음걸이는 자유분방했다.

그를 마주친 곳은 신학 수업을 들으러 가는 복도였다. 검술 수업 이후 처음 만나는 그를 디온이 묘한 시선으로 바라보았다. 마농의 왕자임을 알게 된 후 처음 그를 보았을 때와는 다른 눈빛이었다.

"임시입니다."

"어찌 됐건, 대표는 맞잖아. 1학년 대표랑 2학년 대표가 항상 붙어 다니다니 보기가 좋아."

쉬얌은 친근하게 이쪽으로 다가서며 말했다. 친화력만으로 따지자면 라이와 견주어도 뒤지지 않을 것이다. 마치 처음부터 이쪽과 일행이었던 듯 그는 자연스럽게 합류했다. 그는 싱글싱글 웃는 얼굴이었지만 그 미소 뒤에 나를 관찰하려는 의도가 뚜렷하게 보였다.

"무슨 수업?"

"신학이요."

"상당히 어울리지 않는데."

신학 수업을 듣는다고 할 때마다 돌아오는 반응들이 비슷했다. 이제는 익숙해진 반응을 그저 가볍게 흘려 넘겼다.

"쉬얌도 신학?"

"이쪽도 신학."

"역시나 상당히 어울리지 않네요."

"기왕 소르트에 왔는데 소르트의 신앙 정도는 배워야지 않겠어? 그나저나 정말 신을 믿어? 네가?"

그 어조에서 그가 나를 어떻게 생각하는 건지 느껴졌다. 아무래도 그의 안에 나는 무신론의 염세주의자에 가까운 모양이었다. 그나저나 소르트의 신앙이라니, 마농에서는 다른 신을 섬기는 것일까? 굳이 물어볼 만큼 궁금한 것은 아니기에 나는 고개를 끄덕이며 대답해 줬다.

"믿기는 합니다."

"뒤에 붙을 말이 들리는 것 같으니 굳이 물어보지는 않을게. 디르케온도 신학 수업입니까?"

"예."

"이상하게 디르케온 학생 대표님께는 말을 편하게 하기가 어렵

단 말이지."

"편하게 해도 상관없습니다."

"그럼 편하게 말을 높이죠."

쉬얌은 디온의 말을 가볍게 받아쳤다. 남에게 하대를 하는 것이 몸에 배여 있는 쉬얌조차 디르케온에게는 말을 낮추지 않는다. 몇몇을 빼고는 조그마한 틈조차 내주지 않는 디온의 성격 탓인지 혹은 또 다른 무엇 때문인지는 모르겠으나 그를 대하는 쉬얌의 태도가 조금 신기하기도 했다.

2학년이면서도 친한 몇몇을 제외하고는 후배에게도 말을 낮추지 않는 디온과 이제 갓 입학했음에도 몇몇을 빼고는 말을 높이지 않는 쉬얌은 교복을 입는 스타일부터 달랐다. 셔츠에 재킷까지, 단추를 모두 잠그고 바르게 갖춰 입은 디온과 셔츠 단추를 몇 개 풀고 재킷을 어깨에 걸치기만 한 쉬얌. 같은 교복이 이리도 다르게 보인다는 게 놀라울 정도였다. 새삼 이 둘이 가까이 지내기는 힘들겠다는 생각이 들었다.

우리는 어깨를 나란히 하고 걸었다. 센에게 들은 바에 의하면 쉬얌은 학생회에 가입 신청서를 냈고, 과반수의 찬성으로 그도 학생회에 들어왔다고 한다.

하지만 그가 나서서 학생회에 가입했다는 게 의심스러웠다. 같이 땡땡이를 치다가 만난 것처럼, 그는 제가 흥미 없는 곳에는 절대 발을 담그지 않을 사람이었다. 몇 번 만나진 않았지만 지금까지 보면서 내가 내린 그에 대한 판단이었다.

문득 그가 내게 흥미를 보이던 것이 생각났다. 단순히 나 때문에 학생회에 가입했을까? 이내 고개를 저었다. 그러기엔 그도 나도, 서로를 알고 지낸 기간이 너무 짧았다.

"손에 들고 있는 책을 보아하니 마술의 역사도 듣는 모양인데."

"네, 맞아요."

"생각보다 그런 류에 관심이 많은가 봐?"

"그건 쉬얌도 마찬가지인 모양이고요."

"사람은 언제나 새로운 것에 목마른 법이야."

"땡땡이치던 사람이 할 소리는 아닌 것 같네요."

"쓸데없는 데서 예리하단 말이지. 그렇지 않습니까?"

쉬얌은 시선을 돌려 디온에게 말을 건넸다. 제 말에 공감해 달라는 듯한 어투였다.

"둔한 것보다는 낫지 않습니까."

별다른 표정 변화 없이 디온이 대꾸했다. 언제나 느끼는 바지만 나를 제외한 타인을 대할 때의 그의 표정은 너무나도 무뚝뚝해서 신기할 정도였다. 아니, 지금 쉬얌을 보는 그의 표정에는 다른 자를 대할 때와는 달리 미세한 경계심이 담겨 있었다.

쉬얌이 시선을 내려 디온의 손에 들린 책을 쳐다보았다. 같은 수업을 들으니 셋이 같은 책을 들고 있었다.

"디온도 같은 수업을 듣는 모양입니다?"

"예."

"마벨과 선택 과목 강의를 전부 맞춘 겁니까?"

"우연히 흥미로운 과목이 겹쳤을 뿐입니다."

대충 넘기려는 의도가 분명한 대답이었지만 쉬얌은 쉽게 흘리지 않았다. 타국의 왕자님은 그 흥미 영역을 타국의 공작가로까지 넓힌 모양이었다. 아니면 나와 디온의 관계라든가.

"글쎄요, 누가 봐도 신학은 그리 흥미로운 과목이 아닌데요."

"흥미란 것은 주관적인 것 아닙니까."

"그렇기는 하죠. 하지만 흥미가 참으로 많이도 겹치지 않습니까? 세그다드는 마벨을 각별히 챙기는 모양입니다. 다른 평민 신입생은 혼자 다니던데요."

"그 역시 주관적인 것 아니겠습니까."

"둘은 항상 붙어 다니고 말이죠."

"세그다드가는 쉽게 후원하지 않는 만큼 그 후원자를 최선을 다해 챙깁니다."

땡땡이치던 날, 내게 말을 걸던 때와는 조금 다른 집요함이었다. 쉬얌의 대답에 꼬박꼬박 대답을 하던 디온의 미간에 살짝 홈이 생겼다. 아, 불쾌해하고 있었다. 평소와 크게 다르지는 않지만 살짝 날이 선 어조로 디온이 입을 열었다.

"제게 하고 싶은 말이 있는 것 같은데, 착각입니까?"

"궁금한 것이 생겼습니다."

디온이 대놓고 드러내며 불쾌해하고 있는데도 쉬얌은 전혀 개의치 않았다. 심지어 얼굴에 웃음을 건 채 하는 말에 디온은 무슨 질문인지 들어나 보겠다는 듯 고개를 까딱였다.

"소르트도 동성애에 관대한 편입니까? 제가 듣기로는 아니라고 알고 있었는데요."

"뭘 말하고 싶은 건지 잘 모르겠군요."

"아시잖습니까? 디르케온은 머리가 좋으니까요."

"지금, 저와 마벨의 사이가 후견인과 피후견인 이상이라고 말하고 싶은 겁니까?"

점점 대화의 흐름이 옆으로 새고 있었다. 조용히, 잔잔하게 이어지는 대화였지만 그 내용은 썩 좋지 않았다. 나라도 나서야 하는 건가? 여기서 싸움이라도 벌어지면 나는 아무것도 하지 않았음에도 또 그 한복판에 있게 되는 것이다. 그것은 절대 사양이었다. 고민하고 있는데 쉬얌이 크게 웃으며 말을 받았다. 호탕한 웃음이었지만 그 역시 묘하게 작위적인 느낌이었다.

"하하, 장난이었습니다, 장난. 둘 사이가 굉장히 가까워 보이기에 피어오른 타국 유학생의 자그마한 질투였습니다. 어쩌다 보니 운 좋게 재밌는 친구를 알게 됐는데 세그다드에서 끼고 돌면서 틈을 안 내주니 질투가 나서 말이죠."

쉬얌이 싱글싱글 웃었다. 말에 가시가 있는 것 같았지만 그가 짓고 있는 웃음이 그것을 무마하고 있었다. 그러고는 디온을 향하던 시선을 내게로 돌렸다. 관찰의 빛이 감도는, 흥미가 섞인 눈빛이었다.

"아, 그리고 다시 한 번 말하지만 마농은 동성애에 관대해."

무슨 말을 하려나 빤히 바라보니 그는 또 다시 정신 나간 소리를 했다. 후, 짧은 한숨을 내쉬었다.

"제가 소르트 사람인 것이 이렇게 다행인 경우는 처음이네요."

다시 한 번 느끼는 것이지만 미친놈이었다. 괜히 그와 대화를 나누느라 뺏긴 시간이 아까웠다. 그냥 기억이나 읽어버리자.

나는 쉬얌과 눈을 마주쳤다. 소르트에 오기 전, 그가 보고 들은 상황을 읽어야 한다. 그에 더해 지금 소르트에 들어와 있는 마농의 군사는 몇인지. 그렇게 생각하자 쉬얌의 기억이 물 흐르듯 들어왔고, 나는 순간적으로 무너뜨릴 뻔했던 표정을 다시 바로잡아야 했다.

마농의 왕자가 몰래 소르트에 온 이유는 소르트의 정복, 혹은 소르트와의 전쟁 선포 등 세력 다툼이라 생각했다. 하지만, 어째서 마농의 왕자가 네르아테안과 황가의 연관성을 찾고 있다는 말인가?

네르아테안, 비공식적인 대륙 최고의 마술사.

마농은 소르트 황가와 네르아테안의 연관성에 대해 파헤치고 있었다. 멀리 떨어진 마농에서 얻을 수 있는 정보는 제한적이라 왕자가 직접 소르트로 들어온 것이었다. 쉬얌이 아카데미로 유학을 온 이유는 그것 때문이었다. 마농 사람이 소르트에서 장기간 머물 수 있는 방법은 사신으로 오거나 유학뿐이었다. 하지만 사신의 신분으로는 제약이 많다. 그렇기에 이름 없는 지방 귀족의 신분으로 소르트에 유학을 온 것이다.

그가 왜 선택 과목으로 마술의 역사와 신학을 듣는지 이해가 갔다. 그가 조사하고 있는 자와 관련 있는 과목들이니까. 그렇다면 황가와 대륙 제일의 마술사의 관계를 조사하는 이유는 무엇인가.

그 기억을 파헤치려는 찰나, 쉬얌이 시선을 돌려 버렸다. 그 바람에 흘러 들어오던 기억은 거기서 끝나 버렸다.

어느새 교실 근처였다. 익숙한 목소리가 들려왔다. 아델라이네였다.

"어라? 다들 같이 오시는 건가요? 묘한 조합이네요. 오랜만이에요. 어제도 봤지만 오늘도 반가워요, 마벨."

"이야, 아델라이네 눈에는 마벨밖에 안 보이는 건가?"

"소녀의 열병은 지극히 지독한 것이거든요. 수업 들으러 가는 길인가요?"

"예."

"무슨 수업이에요?"

"신학."

"어머, 우연이네요! 이걸로 우연이 두 번 쌓였어요."

참 귀신같은 타이밍이었다. 깔끔하게 묶어 올린 결 좋은, 푸른 빛 머리가 빛을 받아 반짝였다. 바다색 눈동자를 휘며 소녀가 당차게 말했다.

"반가워요."

"이제 한 번 남았어요."

"뭐가 말입니까?"

"운명까지요."

그녀는 가볍게 웃으며 덧붙였다. 세 번의 우연이 겹치면 운명이라는 것이 그녀의 지론이었다. 그리고 그녀는 나와의 운명을 향해 차곡차곡 다가가고 있는 중이었다. 문제는 저 혼자서만 다가가고 있다는 점이었지만. 아델라이네는 자연스럽게 우리 사이에 들어왔다.

나는 다시 쉬암을 보았다가 이내 고개를 돌렸다. 지금은 좋은 때가 아니었다.

지금이 아니더라도 언젠가 그의 기억을 다시 읽을 수 있을 것이다. 그전까지는 블레로에 마농 왕자의 정체와 소르트에 주둔 중인 마농의 군사에 대해 알려주고 그 정보를 1황자 쪽에 흘리도록 손을 써야 한다.

1황자가 오르도를 노리고 있다. 오르도의 목숨까지 노릴 정도의 정보라면 그가 알아낸 것은 황후와 네르아테안의 거래에 대한 것일 가능성이 컸다. 그것이라면 1황자가 오르도를 죽여서라도 감추고 싶어 할 약점이 되기에 충분했다. 어쩌면 오르도는 황후가 마술사와 계약했다는 증거를 손에 넣은 것일 수도 있었다.

그것이 아니라면 공작을 독살한 전 집사가 1황자의 명을 받은 것이라는 증거를 잡아냈다든가. 어느 쪽이 맞을지, 혹 전혀 다른 이유일지는 직접 그를 만나서 확인하는 수밖에 없었다.

이럴 줄 알았으면 아카데미에 오지 말걸. 처음으로 후회가 밀려왔다. 2황녀에게 접근해 황가에 닿으려는 계획을 세우고 결정한 내 행동에 처음으로 후회가 들었다.

황가의 멸문이라는 목표와 오르도와 디온의 안위, 내 안에서 이 두 개의 중요도가 비슷해지고 있었다. 오르도가 나를 가족으로 생각하는 것처럼 어느새 내 안에서도 그들이 '가족'이라고 불릴 수 있게 되었다는 것을 깨달았다. 그리고 동시에 두려웠다.

나에게 가족이란 것이 그렇게 좋은 결과를 가져온 적은 없었다. 첫 번째 가족, 그들과 가족이 되는 데 내게 선택권은 없었다. 그들이 나를 떠난 것 역시 내 선택이 아니었다. 내가 처음으로 가졌던 가족은 그랬다.

두 번째 가족의 끝은 더 좋지 않았다. 형식적인 사랑 끝에 나락까지 끌어내리는 저주뿐이었다. 진절머리 나는 가족이라는 굴레 안에서 내가 얻은 것은 없었다.

이곳에서의 가족 역시 그러하지 않았던가. 내 어머니가 되는 넥토즈의 왕녀는 이미 눈을 감았고, 내 아비라는 자는 권력을 위해 제 딸이자 후계자 중 하나를 제 손으로 치워 버리지 않았던가. 그것이 내가 가족이라는 단어에 내린 정의였다.

생각이 어지러웠다. 오르도와 디온. 그 둘은 이미 내게 중요한 자들이 되었다. 그들은 내가 이곳에서 맺은 유일한 가족이 될 수도 있었다. 하지만 그로 인해 내가 후회를 하게 될 것이라고는 생각지도 못했다. 번져 가는 생각의 고리를 끊는 목소리가 들렸다.

"마벨, 무슨 생각을 그렇게 하고 있습니까? 교실 앞입니다."

나는 퍼뜩 고개를 들었다. 생각의 늪에서 기어 나오자마자 디온과 눈이 마주쳤다. 그의 눈빛에 서린 걱정의 빛이 진심으로 보였다. 지금 디온이 보이는 감정이 가짜라고 생각하고 싶지 않았다. 이곳에서만큼은 그들 안에 진짜의 나를 넣고 싶다고 하는 건 과한 욕심일까?

문득, 저 따스한 눈빛이 차가워지는 것을 상상하니 몸서리가 쳐졌다. 저 따스한 눈빛이 사시사철 봄을 담고 있기를 간절히 소망하는 스스로가 역겨워졌다. 다시 끓어오르는 감정을 접어 넣으며 그에게 대답해 줬다.

"아, 잠시 다른 생각하고 있었어요. 생각할 거리가 많네요."

디온은 이해한다는 낯빛으로 고개를 끄덕였다. 바로 전날 오르도에 관해 의논했던 일을 상기한 모양이었다. 정신을 차리고 주위를 둘러보니 디온을 포함해 쉬얌과 아델라이네까지 문 앞에 서 있었다. 먼저 들어가지 않고 나를 기다리고 있던 셋을 보고 있자니 조금 황당했다. 복잡한 생각을 머릿속에서 잠시 날려 보내고는 교실로 들어갔다.

"흐암."

옆에서 쉬얌의 하품소리가 들렸다. 작은 소리였지만 바로 옆인지라 무시할 수가 없었다. 그나마 다행인 것은 꾸벅꾸벅 졸지는 않는다는 것일까.

선택 과목인 신학은 인기 과목이 아닌지 교실은 작았고, 책상 수도 적었다. 열다섯 명 정도를 수용할 수 있는 규모의 교실이었는데, 문제는 책상들이 두 개씩 붙어 있다는 점이었다. 그에 더불어 자리는 자유롭게 앉을 수 있다는 것 역시 돌연 그들의 경쟁심을 부추겼다.

교실에 들어서서 구조를 확인하자마자 디온을 포함한 셋은 모두가 내 옆자리에 앉겠다고 선언했다. 예상치도 못한 사태에 디온의 얼굴에는 당황스러움이 가득했고, 아델라이네와 쉬얌은 항상 옆에 있으니 이번만큼은 양보하라고 그를 공격했다.

교실에 들어오자마자 자리에 앉지도 않고 자리싸움을 하는 모습은 다른 학생들의 시선을 끌기에 충분했다. 이대로 있다가는 교수님이 들어올 때까지 서로 대치하고 있을 것 같았다. 결국 나는 그들에게 가위바위보를 가르쳐 줬고, 겨우 그 쓸데없는 경쟁을 마무리 지을 수 있었다.

가위바위보에서 이긴 순서대로 신학 수업마다 돌아가며 내 옆에 앉을 것이라는 쓸데없는 규칙까지 정하는 그들의 모습에 나는 더 이상 관여하지 않기로 다짐했다. 저 난리통에 디온까지 껴 있다는 게 믿을 수 없었지만 더 이상 신경 썼다간 내 머리만 아플게 분명했다.

그들이 기품 있게 가위바위보를 하는 사이, 나는 말없이 그들에게 등을 돌려 햇살 좋은 창가에 앉았다. 그리고 행운이라 말하기 민망하지만 어쨌든, 행운의 승자는 입이 찢어져라 하품을 내쉬는 쉬얌이었다.

그가 내 옆에 앉은 것은 다행이었다. 그는 내게 흥미 어린 표정으로 싱글거리며 말을 걸어댔다. 상당히 귀찮았지만 그와 별개로 그 덕에 나는 그의 기억을 쉽게 읽을 수 있었다. 문제는 찾아야 할 키워드가 정확하지 않아서인지 기억들이 중구난방이라는 것.

마농의 변방, 소르트와 밀접한 지역에서 학살이 일어났다. 조사 결과, 마술사와 엮여 있을 가능성이 제기되었다. 그곳은 네르아테안이 거주하던 곳이었고, 그가 그곳에 거주하고 있을 때 소르트 황가 사람이 방문했던 기록이 있다.

쉬얌이 황가와 네르아테안의 연관성을 찾는 이유도 알 것 같았다. 마술사와 소르트 황가에서 벌인 일로 마농이 피해를 입었다. 그러니 제 나라의 안위를 위해서 정체를 숨기고 소르트에 들어온 것이겠지. 그가 위험을 무릅쓰고 아카데미에 숨어든 이유가 이것이 전부일지, 아니면 또 다른 이유가 있을지는 모르겠지만 우선 그가 움직인 이유는 알았다.

이 정보를 조금만 꼬아도 충분히 1황자의 시선을 다른 곳으로 돌릴 수 있을 게 분명했다.

이것들을 합쳐 나는 블레로 길드로 보낼 정보를 완성했다. 네르아테안이 마농 변방의 주민들을 학살했다. 마농 왕가의 사람들은 최근 소르트의 황후가 네르아테안과 거래했다는 사실을 익명의 제보로 알게 되었다. 마농의 왕족들은 그것을 1황자가 마농의 세력을 깎기 위해 저지른 계략이라고 생각한다. 사실을 확인하기 위해 마농의 왕자가 소르트에 들어와 있다. 소르트에 마농의 군사들을 남몰래 주둔시킨 채. 그들은 확실한 증거가 잡히는 즉시 1황자를 노릴 생각도 서슴지 않고 있다.

이 정보는 1황자의 측근들에게만 흘릴 것이다. 도둑이 제 발 저리다고, 몇 가지의 사실과 거짓을 교묘하게 섞으면 거짓을 모르는 자들은 사실에만 집중하게 될 것이다. 1황자는 마농 왕족의 의심을 풀 때까지 다른 곳에 신경 쓰지 못할 것이다. 그사이 오르도에게 위험을 알리면 되겠지.

연필을 돌려가며 딴생각에 열중하는 나를 흘끗 돌아본 쉬얌이 다시 한 번 찢어지게 하품을 했다.

"안 졸려?"

"수업에 집중을 안 하면 졸리지 않습니다."

"이러고 성적 잘 나오면 진짜 재수 없을 거 같은데."

"나중에 필기 좀 보여주시죠."

내 말에 그는 자신의 책을 가리켰다. 새하얗다. 그의 이미지와 걸맞은 수업 태도였다. 그는 키득거리며 작게 속삭였다.

"학생 대표님께 필기 좀 얻어줄래?"

"조건은요?"

"쪼잔하게 친구끼리."

"조건은요?"

"뭘 원하는데?"

"친구 사이에 큰 건 바라지 않아요. 방학 때 쉬얌의 집에나 초대해 주세요."

"우리 집?"

"마농에 돌아가지 않을 생각인가요?"

"돌아갈 거긴 한데, 마농의 우리 집?"

쉬얌은 몇 번이나 되물었다. 잠시 그의 눈에 고민의 흔적이 스쳤다. 짧은 고민 끝에 그가 경쾌하게 말을 덧붙였다.

"좋아. 초대할게, 우리 집에. 대신 중간고사까지 우리 아카데미 최고 수재의 필기 좀 갖다 줄래?"

"그러죠."

쉬얌이 과연 나를 어디로 초대할지는 알 수 없었다. 내 계획은 방학 전까지 쉬얌이 스스로 마농의 왕자임을 시인하게 하는 것이었다. 그렇게 되면 마농의 왕성에 초대받을 수 있겠지.

쉬얌에게서 다 얻지 못한 정보는 마농에서 얻을 수 있을 것이다. 혹 가지 못하게 된다 하더라도 나쁘지는 않은 약속이었다. 먼 훗날을 위한 기약 없는 약속일 뿐이니. 그저 내 필기도 아닌 디온의 필기를 건 터라 그에게 약간 미안할 뿐이었다.

모종의 거래에 만족하고 있을 때였다. 누군가가 내 등을 톡톡 건드리는 것이 느껴졌다. 고개를 돌리니 아델라이네가 고개를 까딱이며 내 손에 쪽지를 쥐어주었다. 그녀 역시 수업에는 관심이 없어 보였다. 이 중 수업을 열심히 듣는 학생이 디온뿐이라니. 디온의 미래가 그려져 갑자기 그가 안쓰러워지는 순간이었다.

그나저나 종이 쪽지라니. 새삼스레 내가 십대라는 것이 실감되는 순간이었다. 작게 접힌 종이를 펼쳤다.

-마벨, 오후에 하는 것 없으면 티타임에 올래요? 좋은 차가 있어서요.

뜬금없는 티타임 초대였다. 이제 슬슬 아델라이네를 통해 황가의 상황을 살필 때인지라 나는 그 아래에 답장을 눌러 적었다.

-향은 진하지 않은 것으로 부탁합니다.

반쯤 닫힌 귀로 대충 수업을 듣다 보니 어느새 끝나 있었다. 이 수업에서 다루는 것은 딱 신학 수업다운 정도의 지식이었다. 창조 신화, 여신의 존재, 앞으로 나올 것은 타 신과의 비교, 신녀에 관한 것 등이겠지. 나는 교실을 나서는 교수의 등에 따라붙었다. 물을 것이 있었다.

"질문할 것이 있습니다."

"아, 무엇인가요? 물어보세요."

하얀색 신복을 입은 교수가 몸을 돌려 나를 바라보았다. 입가에 인자하게 띠운 미소가 신녀의 것이라 말할 수 있을 정도로 부드러웠다. 나는 이동진을 사용할 때마다 쌓이던 의문을 던졌다.

"여신의 축복이라는 것이 무엇인가요?"

"우리 안에 깃든 것이 전부 여신의 축복이라고 합니다만, 학생이 물은 것은 그것이 아닌 모양이군요. 신녀들에게 무슨 말을 들은 모양이에요. 그렇죠?"

"예, 어떻게 알았죠?"

"제 눈에도 학생 주변의 축복이 보이거든요."

"제 주변의 축복이요? 이게 다른 사람들이랑 뭐가 다른 건가요?"

"여신의 시선이 닿아 있다는 의미예요. 선천적일 수도, 후천적일 수도 있지만, 축복의 빛을 알아보는 사람이라면 무조건 학생을 도우려고 할 거에요."

"그럼 저뿐 아니라 다른 사람에게도 여신의 축복이 깃들 수 있다는 말인가요?"

"흔치 않기는 하지만 아예 없는 것도 아니랍니다."

역시나 여신의 축복이라는 말은 굉장히 포괄적인 의미인 모양이었다. 그나마 조금 더 얻은 정보라면 아무에게나 여신의 축복이 깃들지 않는다는 것이겠지.

"그럼 한 가지만 더 물어볼게요. 과거에 신녀에게서 다시 만난다는 이야기를 들었는데, 그건 뭘 의미하죠?"

"그건 저도 말해드릴 수가 없네요. 하지만 대신관이라면 알려줄 수 있을 거예요."

역시 만족스러운 대답은 들을 수 없었다. 하지만 교수의 말에 따르면 곧 있을 신전 방문 때 무언가 하나 정도는 얻을 수 있을 것이다. 의문은 여전히 풀리지 않았지만 그래도 아주 조금의 실마리 정도는 손에 쥔 듯했다.

"결국 오늘은 아무것도 알지 못하네요. 어쨌든, 감사합니다."

"축복이 가득한 학생을 가르칠 수 있다니 저야말로. 다음 수업 때 봐요."

결국 별 소득 없는 질문의 시간이었다. 그래도 수업 시간에 별로 집중하지 않았던 것에 대해서 혼나지 않은 것이 다행이라면 다행이었다. 내가 질문하는 동안 기다리던 디온과 쉬얌, 아델라이네가 다가왔다.

디온이야 같은 기숙사니 그렇다 치고, 아델라이네 역시 티타임에 대해 잠시 이야기를 나누자고 했으니 그럴 수 있겠지만, 쉬얌은 참으로 이해할 수 없는 끈질김이었다. 설마 진짜로 내게 연심을 갖고 있는 것은 아니겠지.

"무엇을 물어봤습니까?"

"축복에 관한 거예요."

"원하는 답은 들었습니까?"

"아니요, 여전하네요."

이동진을 같이 이용한 적이 있어 내가 무엇을 물을 것인지 눈치챈 모양이었다. 내 대답에 그는 '아쉽군요' 하고 대답할 뿐이었다. 그의 옆에 있던 쉬얌은 수업이 끝난 것이 그리도 개운한 모양인지 쭈욱, 기지개를 켜고는 질문을 던졌다. 질문이라기보다는 이죽거림에 가까웠지만.

"뭐야, 수업 안 듣는 척하면서 다 듣고 있던 거였어?"

"옆에서 봤으면 알고 있을 텐데요."

"옆에서 봤으니까 하는 말이야. 그렇게 들었는데 수업 내용을 다 파악한 거면 나 좀 배신감 느껴지려고 하거든?"

"그건 제 알 바 아니죠."

"수업이 재미없었습니까?"

"그럼 디온은 수업이 재밌었나요?"

설마 재미있다고 말하는 건 아니겠지. 좋게 말해도 수업 내용에는 흥미로울 만한 구석이 전혀 없었다. 이 수업을 재미있게 들었다면 오히려 그 사람을 이상하게 봐야 할 정도랄까? 그리고 다행스럽게도 디온은 그 정도는 아니었다. 아니, 어쩌면 불행일지도 모르겠지만.

"아니요, 저도 집중을 잘 못했습니다."

"응? 디르케온, 그럼 필기는 안 했습니까?"

"필기는 할 필요가 없습니다."

"왜요?"

"원래 필기는 안 합니다."

"맙소사, 마벨보다 재수가 없을 수 있다니."

쉬얌의 말에는 나 역시 동감이었다. 그러니까 필기도 하지 않으면서 수석 자리를 놓치지 않았다는 말이지, 이거? 부디 아니기를 간절히 속으로 빌었다. 그렇게 되면 난 어쩌면 낙제할 수도 있으니까. 낙제만큼은 피하고 싶었다. 더 이상의 수업은 정말 사양이었다.

기숙사에 가면 디온에게 물어봐야지, 생각하는 내게 쉬얌이 물어왔다. 귓가에 낮게 속삭이는 것이 마치 비밀 이야기라도 꺼내는 느낌이었다. 하지만 속삭인다고는 해도 곁에 있는 모두가 들을 수 있을 정도의 크기였다.

"그나저나, 그거 혼자 갈 거야?"

"뭘 말하는 거죠?"

"뭐긴, 아델라이네의 티타임 초대지."

아델라이네가 보낸 쪽지 내용을 옆에서 읽은 모양이었다. 딱히 비밀 이야기도 아니기에 나는 아무렇지 않게 대답해 줬다.

"그럼 제게만 온 초대인데 또 누굴 데려가죠?"

"맙소사, 내가 아델라이네보다 못하다니!"

"어머, 제가 뭐가 어때서요? 자고로 원거리 연애보다는 근거리 연애가 이상적이라는 이야기가 있어요."

쉬얌의 말을 아델라이네가 맹랑하게 받아쳤다. 그 어조에서 미묘한 라이벌 의식이 느껴졌다. 아무래도 또다시 2차전이 벌어질 것 같은 느낌이 물씬 풍겼다. 딱히 끼고 싶지 않은 싸움이라 그들 모르게 살짝 한 발 뒤로 물러나 그들과 떨어져 걸었다.

하지만 한 발 물러선 것은 나 혼자일 뿐, 심지어 디온까지 끼어들어 삼파전이 되어가고 있었다. 팔짱을 끼고 그들이 하는 것을 지켜보기로 했다.

"아직 당사자는 아무 말도 안 한 것 같습니다만."

"게다가 그거라면 디르케온이 적격 아닐까? 같은 기숙사인데?"

"마농의 관점으로 생각하지 말아줄래요? 소르트는 그렇게 자유롭지 않거든요."

"그렇다 하더라도 사람의 마음은 어쩔 수 없는 거거든. 혹시 알아? 마벨이 제 나라의 문화조차 무시하고 나를 선택할지?"

그들의 대화는 항상 터무니없는 방향으로 빠지는 경향이 있었다. 나는 이제 이 대화를 끝내야겠다는 일종의 의무감마저 들었다. 더 듣고 있어봤자 피곤한 건 나뿐인 것 같았다.

"절대 있을 수 없는 일은 입 밖에 내는 것이 아니라고 들었습니다. 시끄러우니 먼저 가보겠습니다. 아, 그리고 아델라이네, 곧 큐라를 보내겠습니다."

"큐라요?"

"제 애완 드라예요."

"어머, 드라도 키우나 봐요! 좋아요, 서신 기다릴게요."

아델라이네는 생긋 웃으며 밝게 답했다. 같은 학생회 일원으로서 그녀의 방이 어디에 있는지는 알고 있으니 서신을 주고받는 데에는 별 문제가 없을 것이다. 그 사이로 쉬얌이 과장되게 시무룩한 얼굴로 끼어들었다.

"어디서 보는 건지는 비밀인 거야?"

"예, 비밀입니다."

"오, 이거 데이트야, 설마? 그럼 그다음 데이트는 내가 신청할래!"

"아니요, 거절합니다."

"그래, 이래야 정복하는 맛이 있거든. 그나저나 나한테 비밀이란 말이지? 내가 또 비밀이란 단어에 굉장히 예민하거든."

스트레칭이라도 하듯 팔을 위로 쭉쭉 뻗으며 말하는 그 모습에서 묘한 집요함이 느껴졌다. 티타임 장소가 어딘지 알게 된다면 무슨 엉뚱한 짓을 벌일 것이 분명했다.

"쓸데없는 짓 하면 책임 안 집니다."

"뭘?"

"전 생각보다 뒤끝이 길거든요."

"그래? 그거 기대하지."

"저한테도 말해주지 않을 생각입니까?"

"디온까지 왜 이래요?"

"디르케온에게는 미안하지만 차가 많이 없어요."

"그거 우회적인 거절로 들립니다."

"어머, 눈치가 빠르네요. 그럼 조금 이따 봐요, 마벨. 저는 가서 준비를 해야겠어요. 잘 보이고 싶거든요."

아델라이네는 낯간지러운 말을 당당히 날리고 멀어졌다. 뻔뻔한 쉬얌이야 익숙하다 쳐도 마치 버림받은 강아지처럼 나를 바라보는 디온은 영 적응이 되지 않았다. 분명 아델라이네의 호의를 이용하겠다고 했음에도 이런 반응이라니. 다 알고 있는데도 이런 반응인데 그에게 말을 해주지 않았었더라면 어떻게 나왔을지 조금 두려워졌다.

하자는 쉬얌의 끈질긴 구애 아닌 구애를 애써 무시한 채 기숙사로 다시 향했다. 오늘 수업은 신학이 마지막이었다. 얼른 큐라를 보내 아델라이네와 만날 장소를 잡아야 했다.

아델라이네가 정한 티타임 장소는 상당히 낯선 곳이었다. 어둡거나 구석진 곳은 아니었지만 내가 주로 다니는 기숙사, 본관, 식당과는 조금 벗어나 있는 곳이었다. 그리 크지는 않은 유리 온실 안에는 각종 꽃들과 나무가 화려하게 피어 있었고, 그 가운데에 몇 개의 테이블이 자리하고 있었다. 우리는 그중 하나의 테이블에 가서 앉았다.

"여기가 어디예요?"

"학술원 쪽 정원이에요."

"아, 굳이 왜 여기를?"

"아까 쉬얌의 반응으로 봐서는 눈에 띄는 곳에 있다가는 편히 이야기를 나눌 수 없을 것 같았거든요. 별론가요?"

"아니요. 좋네요. 시끄러운 곳은 별로거든요. 이런 곳이 있는 줄 몰랐어요."

"사실, 학술원 학생들만 쓸 수 있는 곳이긴 하지만요."

마치 비밀이라도 말한다는 듯 아델라이네는 목소리를 낮추었다. 그럼 우리가 들어와선 안 되는 곳 아닌가?

"그럼, 불법입니까?"

"이 아카데미 자체가 황가 건데 어쩌겠어요? 권력이라는 것은 이렇게 쓰라고 있는 거예요."

아델라이네는 피크닉 가방에서 간단한 다과를 꺼내놓고는 보기 좋게 차려냈다. 그 표정이 자못 도도해 보이기까지 했다. 그녀의 말이 맞았다. 아무리 아카데미 안에서는 평등한 교육을 위해 지위가 무용지물이라 해도 어차피 졸업하면 다시 돌아올 권력이었다. 이곳에서 큰 문제를 일으키지만 않는다면 그녀가 무엇을 해도 묵인될 것이다.

"혹시 카멜 차를 마셔본 적이 있나요?"

"아니요, 처음입니다."

"넥토즈에서만 나는 차예요. 넥토즈의 친구가 좋은 차라고 보내준 건데, 마셔보니 정말 좋더라구요. 마벨이랑 나누고 싶었어요."

아델라이네는 내 앞에 놓인 잔에 차를 따랐다. 아름다운 주전자에서 나오는 차는 아직 김이 오르는 상태였다.

"마법 처리된 주전자라서 식지는 않았을 거예요. 어때요?"

바닐라와 캐러멜이 섞인 단 향이 코끝에 감돌다 사라졌다. 그 향마저 가볍지 않고, 공작저에서 마셨던 차와 비해도 전혀 뒤지지 않을 정도의 훌륭함이었다.

"맛있네요. 향이 진하지 않아서 좋아요."

한 모금 마시고 내뱉은 감상에 아델라이네는 기쁘다는 표정을 지어 보였다.

"드디어 마벨이랑 둘이 있게 됐어요! 정말 기쁘네요."

뭔가 대꾸를 해야 할 것 같기는 한데, 디온을 제외하고는 아카데미에서 누군가와 단둘이 오래 있어본 적이 없어 뭐라 말을 해야 할지 고심했다. 그녀의 연심을 이용해야 하니 나는 그녀에게 친절해야만 했다. 하지만 타인에게 먼저 친절을 베푸는 것은 조금 힘들었다. 무슨 말을 해야 할까, 머리를 굴리다가 문득 묻고 싶은 것이 떠올랐다.

"뭐 하나 물어도 되겠습니까?"

"물어보세요."

"불편하면 말하지 않아도 됩니다만."

"그건 제가 정할 거예요. 물어보세요."

"어떤 점이……."

이걸 물어도 되는 걸까? 하지만 궁금하기는 했다. 이유를 알아야 나중에 내가 원하는 정보를 얻은 후 그녀를 거절하는 데에도 좋을 테니. 내가 뭐라고 물어볼 건지 예상한 듯 아델라이네는 생글 웃었다.

"어떤 점을 보고 한눈에 반했냐는 질문을 하려는 거죠?"

"눈치가 빠르시네요."

"눈치가 없으면 살아남기가 힘든 곳에서 살았으니까요."

"황성 말입니까?

일부러 앞의 말을 흘린 것인지 아닌지 모르겠지만 아델라이네는 잠시 스쳐 지나간 어두운 표정을 금세 갈무리했다. 그녀는 찻잔을 내려놓고는 내 눈을 바라보았다. 그 눈에는 여전히 당당함이 가득이었다.

"어머, 제가 분위기를 가라앉혔네요. 음, 마벨의 어디에 반했느냐고요? 글쎄요, 다?"

"다요?"

"잘생겼잖아요. 아닌가, 마벨한테는 예쁘다고 해야 하나?"

"역시 얼굴이군요."

"어머, 얼굴만은 아니에요. 사실 마벨, 굉장히 멋있게 입학했잖아요. 저 말고도 지금 마벨을 마음에 담고 있는 소녀들이 많을걸요."

"저를요?"

"마벨한테 괜히 시선이 집중된다고 생각하는 건 아니죠?"

"저한테 시선이 집중됐나요?"

"설마, 그 시선들을 알아채지 못한 거예요?"

시선을 받기는 했지만, 그 시선들은 학생회와 같이 있을 때 받았던 시선들이었다. 그저 그들이 소란스럽고 장난이 한가득이기에 쏠린 시선이라고 생각했다.

"아, 학생회와 함께 있을 때."

"그때뿐만이 아니에요. 같은 교실에 있으면 느낄 수 있어요. 사실, 뒤에서 몰래 속삭이는 것도 들었거든요."

"저에 대해서 말입니까?"

"세그다드 공작가의 후원만 아니었어도 납치하고 싶다는 말을 몇 번이나 들었던지."

"납치요?"

"그 정도로 매력 있다는 말이에요. 장난, 잘 안 통하는 편이죠?"

"흠, 그 말은 제가 디온에게 항상 하는 말인데."

내 대답에 아델라이네는 다시 싱긋 웃더니 잔을 들어 얼굴을 가렸다. 그 잔 뒤에 묘한 날카로움이 느껴진 것은 착각일까? 아델라이네는 차를 한 모금 마시고는 다시 잔을 내려놓았다.

"디르케온과 상당히 친한가 봐요."

"제게 가족이라고 하더군요."

"이름을 허락받으셨으니까요. 음…… 궁금한 것이 있어요."

"얼마든지요."

"세그다드 공작가는 마벨의 미래를 어떻게 보장해 주겠다고 하던가요?"

"글쎄요. 아직 저는 열다섯 살이라 제 미래에 대한 구체적인 말은 나오지 않았습니다."

내 대답에 아델라이네는 환하게 미소 지었다. 원하는 대답을 들은 자의 반응이었다.

"황성에 들어오는 것은 어떠세요?"

"글쎄요. 황성보다는 제 후원자의 밑에서 일하는 게 더 좋을 것 같은데요."

"아니요. 황족의 가족이 되는 게 어떻겠냐는 말이에요."

예상치도 못한 질문에 고개를 들어 아델라이네를 마주했다. 그녀가 눈꼬리를 휘며 웃었다. 당차고 순수한 그 웃음에 일순 익숙한 모습이 스쳐 지나갔다. 그것은 나였다. 거울이나 유리창, 혹은 상대의 눈에서 보았던 내 모습. 어째서 그녀에게서 내가 보이는지는 알 수 없는 노릇이었다.

아델라이네가 말하는 가족은 어떤 의미일까? 문득 불안감이 엄습했다. 내가 1황녀라는 것을 눈치챈 것일까? 아니, 아닐 것이다. 블레로 길드를 통해 1황녀의 생존 의혹을 알리기는 했지만 2황녀인 그녀에게까지 그 소식이 전해졌을지는 모를 일이고, 또 전해졌다고 하더라도 1황녀와 마벨을 연결 짓는 것은 무리였다.

그리고 무엇보다 아델라이네에게는 이능이 없었다. 황녀의 기억을 통해 뚜렷하게 알고 있는 것 하나가 있었다. 황성은 계승권이 없는, 정실 핏줄도 아닌 황족에게는 가혹하기 그지없는 곳이다. 나는 애써 태연을 가장한 채 그녀에게 질문했다.

"가족이라니요?"

"사실 조금 이르기는 하지만요."

아델라이네는 부끄럽다는 듯 살포시, 순수한 웃음을 지어 보였다. 방금 전에 보았던 날카로움은 온데간데없이 사라져 있었다. 마치 그것이 환상이었다는 것처럼.

"이르다니요?"

"마벨은 정말 돌려 말하는 것을 모르네요. 저와 결혼하면 황족의 가족이 되는 것 아니겠어요?"

포옥 한숨을 내쉬며 양손으로 두 볼을 감싸는 모습이 영락없이 사랑하는 사람을 앞에 둔 소녀의 행동이었다. 좀 전에 그녀에게서 내 모습을 비춰 본 것이 미안해질 정도로 그녀는 분홍빛 감정을 여지없이 보여주었다. 그 당황스러운 말에 나도 모르게 반문했다.

"예?"

"하긴 열여섯, 열다섯이 혼담을 입에 올리기는 너무 이른 걸까요?"

혼담? 지금 결혼을 입에 올린 것이 맞다는 말이었다. 아까부터 밀려오는 혼란을 애써 무시한 채 입을 열었다.

"아니, 이건 이른 수준이 아니라……."

그래, 이른 수준이 아니라 중간 과정을 한 20단계, 아니, 100단계 정도는 훌쩍 넘어선 파격적인 화법이었다. 내 말에 아델라이네는 걱정스럽다는 표정으로 물어왔다.

"신분 차 때문인가요?"

"그것도 그렇지만요, 그뿐만이 아니라……."

"신분 차는 걱정할 것 없어요. 아바마마의 딸 사랑은 지극하시거든요. 사랑하는 외동딸이 사랑하는 사람과 결혼하겠다고 하면 두 팔 벌려 반기실 분이세요."

내 걱정이 신분 차 때문이라고 생각한 모양인지 아델라이네는 나를 이해시키기 시작했다. 황제의 딸 사랑이 지극하다, 라. 나는 비집고 올라오려는 비웃음을 눌러 넣었다. 그래, 그의 사랑을 받았던 1황녀의 최후가 어땠던가. 하지만 나와 눈앞의 내 동생에게 준 사랑에 차이가 있을 수도 있겠지. 그래, 모든 사랑이 그런 바스라지는 유리 같지는 않을 테니.

아무튼, 황제가 아델라이네를 진심으로 위하고 사랑하는 것과 결혼은 굉장히 다른 문제였다. 계급사회에서 신분 차라는 것을 쉽게 무시할 수 있을 리 없었다.

"물론 그 때문만도 아니고, 무엇보다 폐하께서 두 팔 벌려 반기신단 말입니까? 평민과의 결혼을? 아닐 것 같습니다만."

"보통의 평민이라면 그렇겠죠. 하지만 마벨은 이제 세그다드의 사람이잖아요. 공작의 후원을 받는 유능한 평민이라면, 그리고 제가 사랑하는 사람이라면 폐하께서 작위를 하사해 주실 거예요.

아카데미 졸업생은 평민이라도 어마어마한 대우를 받는 게 당연해요.”

내 말에 마치 기다렸다는 듯 아델라이네가 술술 내뱉었다. 따지고 보면 또 틀린 말은 아니기에 말없이 소녀를 바라봤다.

세그다드가 지금 그 황가, 아니, 황태자 때문에 위험하다는 이야기는 하지 않기로 했다. 이미 알 사람은 다 아는 사실이었지만 군이 그 사실을 입 밖에 꺼낼 필요는 없었다. 나는 최대한 말을 돌리기로 했다.

“음, 이거 지금 프러포즈라고 생각해도 되는 걸까요?”

“네, 정확해요.”

“이거, 제가 결정할 수 있는 겁니까?”

“사실 가문의 허락이 있어야 하지만요, 무슨 걱정이겠어요. 세그다드가는 마벨을 사랑하잖아요.”

이쯤 되니 아델라이네가 나를 정말로 사랑해서 생각 없이 그러는 것인지, 아니면 무언가를 원하는 것인지 모를 노릇이었다. 대화 주제가 너무나 터무니없었다.

아델라이네의 눈빛이, 어조가, 표정이, 그녀가 보여주고 있는 것들 모두 연기일 수도 있다는 가정을 버릴 수가 없었다. 조심하라고 감이 마구 경고를 해댔다. 지금 할 일은 대화를 내가 원하는 방향으로 돌리는 것뿐이었다.

“황제 폐하께서는 허락하실 수도 있지만 다른 가족이 반대할 수도 있지 않을까요?”

“다른 가족이요?”

“예를 들자면 황자 저하들이나 황태자 전하 같은.”

소녀의 얼굴에 미묘한 표정의 변화가 있었다. 황제를 언급할 때는 보이지 않았던 표정이었다. 내 질문에 아델라이네는 다시 잔을 들어 한 모금 마셨다. 찻잔을 내려놓는 짧은 순간 사이에 다시 표정이 차분해져 있었다. 직감이 말해주었다. 그녀는 지금 황가 전체가 아닌 황태자 혹은 다른 형제들과 엮여 있는 것이다.

"오라버니께서는······, 아바마마만 허락하신다면 상관없어요. 혹시 마벨은 제가 싫은 건가요?"

그녀는 마치 상처받았다는 표정으로 나를 바라보았다. '내 마음을 받아주지 않으면 정말 상처받을 거예요'라고 온몸으로 소리치는 듯한 얼굴이었다.

"아니요, 싫고 좋고의 문제가 아니라, 저는 지금 열다섯 살이고 아델라이네는 열여섯 살인데 이런 이야기를 할 때가 아니지 않을까 싶어서요."

"사랑에 이른 것, 늦는 것이 어디 있겠어요? 그저 저는 마벨의 마음을 물어보고 싶었을 뿐이에요."

어떻게든 다른 쪽으로 돌리려던 주제를 다시 원점으로 가져온다. 아델라이네가 말을 참 잘한다는 것은 인정해야 할 것 같았다. 고집을 부리는 디온을 대할 때 느꼈던 감정이 스멀스멀 올라왔다. 그럴 때는 다른 핑계를 대야 했다.

"음, 그럼 우선 저는 디온에게 먼저 물어봐야겠습니다."

"사실 마음이 급했어요. 마벨이 너무 인기가 많아서요. 저 같은 별 볼 일 없는 소녀가 가질 수 없는 사람 같기도 해요."

당황스러웠다. 황가의 외동딸이 귀족의 후원을 받는 평민에게 던질 말이 아니었다.

"제가 지금 잘못 들은 걸까요?"

"아니요, 제대로 들었을 거예요. 사실, 계승권도 없는 황녀는 정치적 목적으로 사용될 수밖에 없어요. 화려한 건 겉모습뿐이죠. 사실, 그래서 제 언니가 부러웠어요. 언니라고 하기에는 같은 해에 태어났지만 말이죠."

문득 아델라이네의 입에서 내 이름이 튀어나왔다. 나는 살짝 긴장한 채 그녀를 바라봤다. 다행히 그녀는 내가 아닌, 어딘가 먼 곳에 시선을 두고 있었다. 무엇을 응시하는지 모를 표정이었다.

"언니라면⋯⋯."

"맞아요, 1황녀였던 벤지안스 D. 마블라 소르트를 말하는 거예요."

"하지만 그녀는 반역자로 화형당하지 않았습니까?"

나는 통상적으로 알려져 있는 정보를 흘렸다.

"맞아요. 사실, 그런 일이 일어날 거라고는 예상도 못 했어요. 그건 황가 사람들 전부가 마찬가지였죠. 제 유모가 제게 달려와 호들갑 떨면서 믿을 수 없다고 소리칠 정도였으니까요. 사건이 일어났을 때, 조사를 더욱 철저히 해야 한다는 의견도 많았어요. 누가 봐도 석연치 않은 일이었으니까요. 하지만 그 의견들은 전부 묵살됐죠."

타인의 입으로, 그것도 황가 사람의 입으로 처음 듣는 내 죽음 이후의 일에 귀를 기울였다.

"아델라이네는 어떻게 생각해요?"

"이미 지난 일인 데다가 사석에서 말한다고 할지라도 제게 아무런 책임이 없는 거겠죠?"

"귀족 잘 만나 신분 상승을 꾀하는 평민인 제가 말해봤자 들어줄 사람도 없겠죠."

나는 아델라이네를 안심시켰다. 글쎄, 그리고 사실, 왠지 그녀가 이 이야기를 꺼낸 것이 조금 의도적으로 보였다. 아델라이네는 앞에 놓인 찻잔을 손으로 한 번 훑은 후 내 눈을 바라보았다.

"저는 언니가 그랬을 리 없다고 생각해요."

"꽤나 확신하시는군요."

"그러게요, 이상하게 확신이 드네요. 혹 누명을 쓰지는 않았을까 하는, 해서는 안 되는 의심도 들고 말이죠."

최대한 표정 변화 없이 그녀를 바라봤다. 묘한 느낌을 불러일으키는 말이었다. 이 정도면 반역에 동조했다고 의심받아도 되지 않을까? 하지만 대화를 잘 헤집어보면 그녀가 반역을 지지한 것은 아니었다.

아무것도 모르는 누군가가 본다면, 같은 핏줄에 대한 아쉬움을 토로하는 소녀의 한탄으로 보일 수도 있었다. 이제 겨우 열여섯이 된 소녀가 하나밖에 없는 언니를 잃고 오는 상실감에 키워낸 희망적인 망상 정도로.

하지만 나는 그 한마디를 그저 흐르듯 보낼 수는 없었다. 근거 없는 추측일 수도 있겠지만, 잃어버린 가족에 대한 아쉬움과 연민일 수도 있겠지만, 나는 알고 있었다. 그녀와 나는 그리 절절하게 서로를 그리워할 만큼의 교류가 없었다는 것을.

어떤 접점도 없었던 언니를 절절하게 그리워하며 그녀의 무죄를 믿는다는 것은 나로서는 이해가 가지 않는 부분이었다. 그녀는 1황녀의 인성도, 능력도 아무것도 몰랐을 것이 분명했다. 더불어 그때 당시 황성에 돌던 1황녀의 평판은 썩 좋은 것이 아니었다. 1황자와 황후는 황녀가 황위에 적합한 인재가 아니라는 소문을 뿌렸다. 그럴진대 어째서 교류라고는 하나도 없던 2황녀가 나의 무죄를 확신한단 말인가?

나는 아델라이네의 눈을 바라봤다. 혹시, 혹시 모를 희망이었다. 벤지안스 D. 마블라 소르트의 죽음과 관련된 기억을 보여줘. 기억들이 소용돌이쳤다. 한두 가지가 아니었다. 그녀는 내 죽음 이후로 무언가를 조사하고 있었다.

도대체, 왜?

아델라이네가 내게 한 말은 혹시 모를 가능성뿐이었지만, 그녀의 기억은 그것뿐만이 아니었다. 그녀는 1황녀의 죽음이 누군가의 소행이었다는 것에 지극히 큰 의심을 갖고 있었다. 거의 확신에 가까운 의심. 도대체 어째서?

설마. 나는 또 하나의 키워드를 더했다.

마술사와 황후. 있을 수가 없는 기억을 찾아냈다. 기억을 읽었다.

감정이 드러날까 싶어 찻잔을 올렸다. 이제는 차의 달콤한 향을 느낄 수가 없었다. 혼란스러웠다. 아넬라이네의 기억에서, 시녀와 옷을 바꿔 입은 황후는 궁에 돌아오고 있었다. 성 안에서 한 번도 본 적 없던 사내와 저주에 대해 이야기하며.

황성의 넓고 복잡한 구조 덕에 작은 소녀가 숨을 공간은 충분했다. 그녀는 그곳에서 그 대화를 숨김없이 들었다. 소녀는 입을 틀어막고 두려움에 숨죽여 있었다. 마술의 희생자가 저가 될까 하는 두려움 가득한 얼굴로 그 장면을 눈에 담아냈다. 아홉 살 소녀가 잘못 들어선 황후궁에서 처음 목격한 광경이었다.

한 모금, 차를 마시고는 잔을 내려놨다. 딸깍, 사기가 부딪치는 소리가 울렸다. 뜻밖의 수확을 얻었다. 내가 그리도 찾아다니던, 황후가 진짜 범인이라는 증거가 눈앞에 앉아 있었다. 그것도 내게 연심을 표현한 채.

내 표정에서 아무런 파동이 없을 것을 확신했다. 여전히 얼굴을 발갛게 물들인 아델라이네를 바라봤다. 절대 이 소녀를 놓쳐서는 안 된다. 무슨 일이 있어도 이 소녀와 적대 관계가 되어서는 안 된다. 나는 최대한 집중하고 있다는 태도로 그녀의 말을 경청했다.

"그래서 사실 슬퍼요. 그냥 문득, 가끔가다가 그런 생각이 들거든요. 언니가 살아 있었더라면 적어도 나를 이해해 주지는 않았을까 하는 막연한 기대요."

다시 한 번 생각하지만, 우리는 그렇게 절절한 사이가 아니었다. 하지만 지금 그녀의 눈빛에서는 전에 없을 애절함이 흐르고 있었다. 내게 사랑을 말하던 순간보다 훨씬 진실이 담겨 있었다. 아델라이네의 말에 여상한 대꾸를 했다.

"언니를 많이 좋아했나 봅니다."

내 질문에 그녀가 무언가 생각하듯 허공을 바라봤다. 과거를 회상하듯 잠시 다른 곳을 보던 시선을 내게 돌리고는 대답했다. 그녀의 입술에는 작은 미소가 걸려 있었다.

"글쎄요, 그저 동경일 뿐이에요. 나와 비슷한 시기에, 어쩌면 나보다 더 열악한 상황에서 태어나서 후계자 반열에 올라간 것에 대한. 사실 말조차 나눈 적이 별로 없어요. 어릴 때는 아버지나 오라버니의 명령이 절대적이었거든요. 지금도 마찬가지이긴 하지만 어릴 때는 더더욱 그랬죠. 그래서 지금 후회 중이에요. 복도에서 마주쳤을 때, 언니의 성 앞을 지날 때, 한 번쯤 인사를 건네봤다면 조금은 결과가 달라지지는 않았을까 하는 막연한 후회죠."

그녀의 눈빛에 스쳐 지나간 것은 후회, 그리고 그에 덧붙여진 작은 죄책감이었다. 기억을 읽고 나니 정확히 알 수 있었다. 아델라이네는 제 언니, 1황녀에게 숨기지 못할 죄책감을 느끼고 있었다. 그것이 지금 그녀가 하는 행동과 무엇이 연결될지는 알 수가 없지만 적어도 1황녀에게 적대적인 감정은 아닐 것이라는 생각이 들었다.

과거를 회상하듯 담담했던 어조는 다시 당차고 활발한 소녀의 어조로 돌아왔다.

"어머, 제가 너무 어두운 얘기만 가득 늘어놨네요. 저도 모르게 속마음이 튀어나온 모양이에요. 미안해요."

지금의 밝은 모습보다 조금 전 차분함이 그녀와 더 어울린다는 생각이 들었다. 문득, 책 속에서 2황녀는 그리 활발한 성격이 아니었다는 게 떠올랐다. 당당하기는 했지만 오히려 차분한 쪽에 속했다. 하지만 지금은 차분하기보다는 발랄한 쪽에 속했다. 내가 모르는 무언가가 있는 것일까? 그녀를 조금 더 지켜볼 필요가 있었다.

"아니요, 상관없습니다. 오히려 솔직한 아델라이네의 이야기를 들은 것 같아서 좋네요."

"저도 이렇게 터놓고 이야기할 수 있어서 참 좋았어요. 이렇게 내 이야기가 술술 나올 줄 몰랐거든요."

"조금이라도 속이 풀렸다면 다행입니다. 차도 딱 제가 좋아하는 향이고 말이죠."

티타임은 슬슬 끝나가는 느낌이었다. 나는 차에 대한 평으로 대충 이 티타임에 대한 감상을 말했다. 차는 정말 훌륭했다. 제국의 황녀가 가져온 차인데 아무 데서나 먹을 수 있는 것은 아닐 것이다. 돌아가 카멜 차를 주문해야겠다고 생각할 정도로 내 취향이었다.

아델라이네가 내 눈을 빤히 바라보다가 고운 바다색 눈을 살짝 접어 보였다.

"그럼, 지금 대답해 줄 수는 없나요?"

"예?"

"프러포즈한 거 말이에요. 데릴사위로 데려갈래요. 역시 탐나요."

생각보다 집요한 구석이 있었다. 하지만 문득, 지금은 아무래도 진심인 것 같다는 생각이 들었다. 이전에도 거짓일 거라는 생각은 들지 않았지만 지금은 진심인 것만 같았다.

무슨 말로 변명해야 할까, 생각하던 중이었다. 여기저기 움직이던 내 시야에 자그마한 나무들 사이로 나무가 아닌 것 같은 것들이 보였다. 짙은 회색, 붉은색, 하늘색, 검은색 등 갖가지 색들이었다. 그리고 모두 익숙한 색들이었다.

"아무래도 그건……, 음, 잠시만요."

"무슨 일이죠?"

나는 부러 목소리를 낮췄다.

"불청객이 찾아온 모양이에요."

나는 자리에서 일어났다. 갖가지 색깔의 머리카락들이 이리저리 움직이고 있었다. 저들끼리 무어라도 하고 있는 모양이었다. 나는 그곳으로 향했다. 큰 화분들이 빽빽하게 놓인 곳이었다. 세세히 보지 않으면 티가 나지 않는 곳이라 참 직질한 곳을 골랐다 생각했다.

천천히 다가가자 여럿이 소곤대는 소리가 들렸다.

"온다, 온다."

"뭘 말하고 있어, 도망가야지."

하지만 그들이 도망가는 것보다 내가 먼저 그들의 앞에 도착했다.

"이미 늦었습니다."

"어? 하하하."

그들은 나를 보자마자 당황스러운 표정을 지어 보였다. 유리 온실 문 앞에서 무릎을 꿇고 앉아 안쪽에 귀를 대고 있던 이들이 자리에서 일어났다.

"미행을 제시한 건 쉬얌입니다!"

라이가 다급한 목소리로 먼저 둘러댔다. 내가 잡아먹는 것도 아닐 텐데 베른의 뒤로 몸을 숨기고는 멋쩍게 웃기까지 했다. 입학시험 때의 총명함은 그때뿐이었는지, 아니면 구제 불가능한 학생회 멤버들에게 물이라도 든 건지 라이는 어느새 장난의 축에 항상 껴 있었다. 그의 앞에서 베른은 말없이 고개를 끄덕였다. 쉬얌이 주동자라고 일러바치는 꼴이었다.

그들의 밀고 아닌 밀고에 쉬얌은 디온을 가리켰다. 저 역시 억울하다는 듯 과장된 울상을 짓고서.

"장소를 알려준 건 디르케온이야. 학생 대표님도 공범이라고!"

일부러 디온을 걸고넘어지는 것이 분명했다. 내 후원자를 걸고넘어지면 내가 무어라 하지 못할 테니. 디온을 바라보자 그는 시선을 내리깔아 내 눈을 피했다. 하지만 그 표정에 난처함이 가득인 것을 보아하니 쉬얌이 말이 사실인 모양이었다.

분명 내가 아델라이네의 감정을 이용하겠다 말했는데도 뭐가 저렇게 불안한 걸까? 어찌 됐건, 디온이 이 무리에 합류할 거라고는 생각지도 못했다. 뒤통수 맞은 기분이었다.

학생회의 다른 멤버들이 이렇게 몰려다니며 사고를 치는 것이

악에 피는 꽃

야 익숙했다. 하지만 디온만은 그런 것에서 초탈했었는데, 나에 대한 걱정인지, 아니면 질투인지 모를 이유겠지만, 지금은 그 역시 공범이었다.

아델라이네를 어디에서 만날 건지 디온에게 말하긴 했지만 굳이 그가 장소까지 알려가며 이곳에 온 이유는 나중에 묻기로 하고, 그전에 다른 것을 묻기로 했다.

"어디서부터 어디까지 들은 겁니까?"

"그, 글쎄, 우리 이제 와서."

센이 뒷머리를 긁적이며 내 말을 받았다. 그 눈에는 이 상황을 빠져나갈 궁리만 가득했다. 나는 타깃을 바꿔 디온에게 물었다.

"디온, 어디서부터 들었습니까?"

"세그다드가에서 마벨의 미래를 어떻게 보장해 줄 거냐고 하는 부분부터 들었습니다."

"디르케온, 그걸 말하면……."

옆에서 기겁하며 말리려 드는 쉬얌을 보니 디온의 말이 사실이라는 확신이 들었다.

"거의 다 들었네요."

"하지만, 중간에는 못 들었어!"

"맞아요. 여기서 그곳까지 거리가 멀어서 거의 못 들었어요."

"그렇다고 쳐 주죠."

조금 기분이 언짢은 척 말하기는 했지만 사실 다행이었다. 그들이 이렇게 미행을 해준 덕에 난감한 대화에서 빠져나올 수 있었다. 물론 앞의 대화를 그들이 들었다는 게 조금 찜찜하기는 했다.

하지만 다시 되새겨 보면 나는 듣기만 했고, 말한 사람은 아델라이네였다. 더불어 아델라이네 역시 그렇게 위험한 발언을 한 것도 아니었다. 그저 제 언니를 잃은 슬픔을 토로했을 뿐이었다.

잠시, 나를 흘끗 바라보던 디온이 입을 열었다. 그리고 그의 입에서는 끝내려 했던 주제가 다시 나왔다.

"세그다드가는 당연히 마벨의 미래까지 책임질 겁니다."

조금 다행이라면 그 역시 나름대로 이 일을 여기에서 마무리 지을 생각이었다는 것이다. 그의 시선은 내가 아닌 내 뒤로 향해 있었다. 뒤를 돌아보자 어느새 아델라이네가 다가와 있었다.

"무슨 일인가 했더니, 학생회분들이 이렇게 마중 나와 줬군요. 어쩐지, 조금 조용하다 했어요. 그리고 디르케온, 그 부분에 대해서 이렇게 즉답을 해주시다니 좋은데요? 그래서 세그다드의 대답은요?"

"마벨의 뜻에 따르는 것이 좋지만."

디온이라면 내게 곤란한 대답을 하진 않을 것이다. 그런 믿음이 있었다. 나는 한 발 떨어져 그들의 대화를 들었다.

"좋지만?"

"그의 신변에 조금이라도 위협이 되는 일이라면 절대 반대입니다. 이것이 세그다드가의 입장입니다."

나와 한 번 교차한 시선에서는 꺾을 수 없는 단호함이 담겨 있었다.

"위협은 없을 거예요. 황가는 계승권과 멀리 떨어져 있는 낮은 서열의 황녀에게는 별로 관심이 없거든요. 오히려 평민을 귀족과 비슷한 반열까지 끌어올려 준 세그다드가에게 제가 감사해야 할 일인걸요."

"황가 자체가 안전하지 않다는 생각은 해보지 않으셨습니까?"

"어머, 반대하는 입장이셨군요."

아델라이네는 아쉽다는 빛이 역력한 얼굴로 슬프게 대꾸했다. 하지만 디온에게 일말의 영향도 주지 않는 모양인지 그는 냉정하기까지 한 단호한 표정으로 말을 이었다.

"아니면 아델라이네가 황녀의 자리에서 내려온다면 생각해 볼 수도 있습니다."

"좋아요."

어쩌면 단호한 거절이기까지 한 디온의 말에 돌아온 대답은 예상외였다. 그녀는 너무도 순순히 제 지위를 포기하겠다고 말했다.

"예?"

"그래서 가능하다면 황녀의 자리에서 내려갈게요. 뭐 아쉬운 일이라고. 사랑을 위해서라면 당연한 거죠."

아델라이네는 해맑게 고개를 끄덕였다. 황녀 자리 따위는 제게 중요한 것이 아니라는 듯, 지위보다는 사랑을 선택한 것이다. 사랑에 빠진 열여섯의 여자아이가 할 수 있는 허황된 대답이었지만 내 직감은 다르게 말했다. 그녀는 생각 없는 철부지 열여섯의 소녀가 아니다.

밝고, 해맑고, 그에 더불어 뚜렷한 열망까지 있다. 문득 스쳐 지나가는 한 가지 사실이 있었다. 나는 힐끔 디온을 보았다. 그는 눈치가 빠른 남자니 내가 느낀 것을 그도 느꼈을 것이라는 확신이 있었다.

"맙소사, 신분을 뛰어넘는 사랑. 그렇다면 나는 마농이라도 버려야 하는 걸까?"

쉬얌이 예의 능글거리는 미소를 지으며 그들의 대화에 끼어들었다. 장난기 가득한 어투는 딱히 답을 바라는 것도 아니었다.

"마농이 너를 버릴 것 같은데."

쉬얌의 말에 센이 그의 어깨에 팔을 올리며 말했다. 두 미친놈이 만났군. 쉬얌은 어깨를 으쓱 올리며 반박했다.

"아니야, 나름 우리 지방민들에게는 인기인인걸."

디온은 옆에서 장난을 하고 있는 쉬얌과 센을 한 번 바라보고는 다시 아델라이네에게 말했다. 여전히 냉정한 낯빛을 유지한 채였다.

"황녀의 자리는 그리 쉽게 버릴 수 있는 것이 아니라고 생각합니다."

"제가 사랑하는 사람과 함께할 수 없다면, 그것 하나 이해해 주지 못하는 곳은 필요 없어요."

그 모습에서 진실로 황녀의 자리 따위 필요 없다는 의지가 보였다. 언뜻 보면 사랑을 향한 맹목이었지만 단순히 그렇다고 하기에는 미심쩍은 부분이 있었다.

"크, 청춘이다. 청춘이 너무 푸르러서 눈이 시려!"

쉬얌의 어깨에 팔을 올린 채로 센이 박수를 치며 말했다. 그뿐이 아니라 베른과 라이의 눈에도 흥미의 빛이 한가득이었다. 하긴, 제삼자의 입장에선 정말 재미있는 애정극일 것이다.

하지만 이젠 극을 끝낼 시간이었다. 나는 둘 사이로 끼어들었다.

"저, 지금 제 의사는 없는 겁니까?"

"마벨은 어떻게 생각하나요?"

"마벨은 어떻게 생각합니까?"

둘이 동시에 물어왔다. 그리고 내가 할 말도 이미 정해져 있었다. 내가 거절한다고 해도 더 이상 나와 아델라이네 사이의 공방은 없을 것이다. 만약 그녀가 더 이야기하려고 한다 해도 디온이 중간에서 막아줄 것이다.

"우선 졸업하고 생각하죠. 여자의 마음은 갈대라고 하지 않습니까?"

"하지만 제 마음은 소나무인걸요."

"예, 그러니까 그것도 아카데미 졸업 후 말하도록 하죠."

"우선, 거절은 아닌 거죠?"

"그렇다고 치겠습니다."

아델라이네와 친분을 유지해야 하기에 확실하게 거절할 수는 없었다. 애초에 내가 보이고자 했던 태도도 그런 것이었다. 그녀의 마음을 거절하지 않으면서도 내 감정을 내비치지 않는 것. 나는 계획대로 하기로 했다.

"나는?"

내 대답에 기다렸다는 듯 쉬얌이 끼어들었다. 여전히 가벼운 미소가 얼굴에 걸린 채였다.

"마농이라도 버리고 오면 생각해 볼게요."

"냉혈한."

"언제는 또 그런 면이 좋다고 하지 않았습니까."

"지금도 그렇긴 해."

싱글, 언제나 웃음을 걸고 있는 그의 말은 무엇이 진실인지 알 수가 없었다. 이자 역시 이렇게 내 옆에서 맴돌 것이다. 쉬얌과도 표면적으로는 이 관계를 유지하는 게 낫겠다는 결론을 내렸다.

아델라이네는 내 말에 더 이상 반박하지 않았다. 학생회를 쭉 둘러보며 아델라이네가 예의 당찬 미소를 지으며 말했다.

"어차피 이렇게 된 것 다들 들어오시죠. 설마 아카데미 측에서 황녀와 학생회와 1학년, 2학년 학생 대표를 동시에 내치겠어요."

인원은 많았지만 테이블 역시 넉넉했다. 학생회가 앉을 공간은 충분했다. 무엇보다 아델라이네의 말이 맞았다. 우리는 학생회였고, 나와 디온은 학생 대표였으며, 아델라이네는 이 소르트 제국의 황녀였다. 누가 우리를 내칠 수 있을까. 중고등학교 시절 선도부 아이들의 복장이 훨씬 불량했던 사실이 스쳐 지나가는 순간이었다.

"이래서 선도부가……."

"예?"

"아닙니다. 들어가죠."

이후의 티타임은 티 파티라 불러도 손색없을 만큼 활발하고 시끄러웠다. 디온을 제외한 멤버들은 나와 아델라이네를 놀리기에 급급했다. 나는 대꾸하지 않았고, 아델라이네는 그들의 놀림에도 아랑곳 않고 내게 어필하는 것을 멈추지 않았다. 티타임은 그렇게 와자지껄한 모임으로 끝이 났다.

⚜

늦은 저녁, 나와 디온은 거실의 소파에 마주 보고 앉았다. 오르도의 일을 상의한 이후로 거의 매 저녁마다 암묵적으로 정해진 일과였다.

오늘은 오르도의 일을 논하기 전에 티타임에서 얻은 정보를 정리하기로 했다. 아델라이네와 대화하는 동안 읽은 그녀의 기억은 앞으로의 일에 굉장히 중요한 역할을 할 것이다. 내 시작부터가 원작과 달라진 지금, 아델라이네 역시 원작과 다른 행보를 보였다.

원작에서 아델라이네는 차분한 소녀였고, 입학식 날 질문으로 디온에게 먼저 말을 건 것은 맞지만 이후 그녀에게 호감을 보이며 접근한 것은 디온이었다. 아델라이네는 초반에 디온을 이용하려 했다. 황가와 세그다드의 관계 때문이었다. 황가와 대립하고 있는 세그다드에게 무언가 얻을 것은 없을까, 한 생각이었다. 원작에서의 그녀는 아카데미에 들어올 때부터 황가에 호의적인 편이 아니었다.

만약 원작에서처럼 황가에 대한 반발심으로 세그다드가를 선택한 것이라면 내가 아니라 디온을 고르는 게 맞았다. 혹은 디온의 주변 인물이나. 겉으로 보기에 나는 디온과 붙어 다니지만, 세그다드가의 배경 없인 평범한 평민 소년일 뿐이니까. 그녀가 나를 무엇을 위한 장기말로 사용하기 위해 접근한 것인지 파악하는 것이 중요했다.

나는 디온에게 시선을 돌렸다.

"디온, 어떻게 생각해요?"

"아델라이네를 말하는 겁니까?"

"예."

"저는 반대입니다."

기다렸다는 듯 곧바로 나오는 대답하는 그의 눈에는 결연한 의지마저 엿보였다.

"……만 이 대답을 원하는 것이 아니겠지요."

"네."

"조심하십시오."

뜻밖의 반응이었다. 그리고 어쩌면 듣고 싶던 대답이었다. 내 감이 틀리지 않았다는 뜻이니.

"아델라이네를요?"

"예, 마벨을 좋아한다는 순수한 마음으로 접근한 것 같지는 않습니다."

"저도 같은 생각이에요."

"무엇보다······."

"무엇보다?"

"기분 나쁘게 듣지 않으셨으면 좋겠습니다."

"말해보세요."

"그녀는 마벨과 비슷한 면이 있었습니다."

디온이 잠시 고민하다가 내뱉은 대답은 정말 뜻밖이었다. 하지만 묘하게 납득이 가기도 했다. 나 역시 그녀에게서 잠시나마 내 모습을 비춰 보지 않았던가. 타인이 보기에 나와 그녀의 비슷한 면이 무엇인지 궁금했다.

"저랑요? 어느 면에서요?"

"마벨이 원하는 것을 손에 넣기 위해 무언가를 계산하고 행동할 때의 분위기가 있습니다. 저는 아까의 아델라이네에게서 그때의 마벨의 모습이 겹쳐 보였습니다."

즉, 무언가를 계산하고 목적을 달성하기 위해 누군가를 이용하는 사람의 분위기가 닮았다는 말이었다. 아델라이네는 내게 원하는 것이 있어서 접근했고, 그것을 지금 연심으로 포장해 숨기고 있다는 것을 느꼈다는 뜻이겠지. 나와 똑같이.

하지만 분위기라는 것은 외모에서도 나오는 법이다. 다른 것은 모르겠지만 그녀의 눈매는 확실히 나를 닮았다. 반쪽이라도 같은 핏줄이니 닮은 것이 이상하지는 않겠지.

"저와 외모가 닮은 건 아니고요?"

"마벨이 더 아름답습니다."

아무 생각 없이 던진 질문에 일 초의 고민도 없이 대답이 튀어나왔다. 표정 변화 하나 없었다. 한동안 많은 사람들과 몰려 다녔기에 이런 낯간지러운 말을 들은 것이 참으로 오랜만의 일이었다. 나는 또록 눈을 굴리며 턱을 긁적였다. 오랜만에 들으니 또 민망함이 몰려왔다.

"지금은 아름다운 거랑은 거리가 멀 텐데요. 디온, 궁금한 게 있어요."

"얼마든지 물어보십시오."

"아델라이네를 처음 봤을 때 어땠어요?"

문득 궁금해졌다. 그들은 원작에서 서로 사랑하는 사이였다. 〈저주받은 아이〉는 로맨스의 비중이 현저히 낮은 소설이었지만, 결론적으로는 디온과 아델라이네가 서로 맺어진다. 혹 운명이라는 것이 있다면 그들이 맺어지게 만들지는 않을까?

내가 이능으로 그의 연심을 내게 돌려놓기는 했지만, 사실 그 것은 기억을 바꾼 것일 뿐, 감정은 아니었다. 내가 원작을 읽고 파악한 그의 성격에 의존한 이능의 사용이었다.

그렇기에 그가 나를 사랑했다고 기억을 바꿈으로 그의 연심이 나를 향하게 만들어놓은 것이다.

디온은 스스로를 저주받은 아이라 생각했다. 그는 제 주변의 가까운 사람이 저 때문에 사라질까 걱정하며 스스로를 갉아먹었다. 하지만 지금은 그의 형이 아직 살아 있는 상태였고, 오르도가 목숨을 잃은 후에 보였던 날카로움도 없었다.

치명적인 날카로움이 없는 지금의 디온은 그저 조금 진지한 면모를 가진 상당히 매력적인 남자였다. 그렇기에 조금 걱정이 되었다. 원작의 흐름대로 그가 아델라이네에게 호감을 보일까 싶어서.

"어떤 의도로 물어보시는 겁니까?"

"그냥, 궁금해서요. 디온은 감이 좋은 편이니까요."

"그녀를 처음 본 날 말하는 겁니까?"

"네. 입학식 날."

"당황스럽고 피곤하고, 마벨이 걱정되었습니다."

철저히 나를 중심으로 한 감상이었다. 일말의 호감도 생기지 않았을까? 아니면 호감이 있었음에도 내게 숨기는 것일까?

"그게 다예요?"

"그게 다입니다."

"혹 운명의 상대 같다든가, 왠지 저 소녀와 무언가 마음의 교류가 생길 것 같다든가. 그런 생각은 들지 않았나요?"

디온이 나를 빤히 쳐다보았다. 그 얼굴에는 이제껏 한 번도 나를 향해 비추지 않았던 감정이 들어 있었다. 불쾌함이었다. 하지만 내게 화가 났다든가, 짜증이 났다든가 하는 극단적인 불쾌함은 아니었다. 그래, '야속합니다'라고 말하는 듯한 눈빛이 나를 향해 있었다.

"그……, 하아, 마벨은 혹 알고 물어보는 겁니까?"

"네?"

더불어 나를 향해 내쉬는 한숨 역시 처음이었다. 예상치 못한 그의 질문에 나도 모르게 반문했다. 이런 반응까지 바라고 물어본 것은 아니었다. 생각보다 격한 반응에 살짝 난감해졌다. 그의 기분을 상하게 하려는 의도는 아니었다. 그저, 그의 마음을 다시 확인하고 싶을 뿐이었다.

"아닙니다. 그런 생각 해본 적, 절대로 없습니다."

단호한 그의 말에 잠시 조여졌던 심장이 풀리는 기분이 들었다. 크게 안심이 되었다. 그의 마음에 여전히 내가 자리 잡고 있다는 사실이 그렇게 안심이 될 수가 없었다.

이 정도로 긴장할 일이 아니었는데. 도대체 무엇이 이리도 나를 조였다 풀었는지 알 수 없는 노릇이었다.

그래, 그가 나의 모든 것을 알고 있기에 그의 연심이 다른 곳을 향하면 위험해지는 것은 나다. 내 안위에 피해가 올까 싶어 생긴 긴장임이 분명했다.

한숨도 잠시, 다시 그의 눈에 따뜻함이 자리한다. 하지만 여전히 눈에 '너무합니다'라고 적혀 있는 기분이었다. 사과를 해야 하나 생각하는 와중에 그가 말을 이었다.

"예전 마벨의 모습과 비슷해 조금 놀랐을 뿐입니다."

"저랑 아델라이네가요?"

"외모보다는 풍기는 분위기가 닮았습니다."

"……분위기요?"

"예. 육 년 전의 마벨과 지금의 2황녀께서 순간순간 내비치는 분위기가 비슷합니다."

"흠, 어쨌든, 아델라이네를 보고 아무런 감정이 없었다는 말이죠?"

"예."

"무슨 감정이 생길 리도 없고요."

"예. 도대체……."

"……?"

"아닙니다. 그럴 리는 없습니다. 어떤 대답을 원하시는지는 모르겠지만 없습니다. 아델라이네뿐만 아니라 그 누구에게도 없을 겁니다."

디온의 눈에는 이제 단호함을 넘어선 애절함마저 깃들어 있었다. 나는 그와 눈을 마주치는 순간 확신했다. 그는 나를 제 안에서 꺼내지 않을 것이다. 다행이었다, 정말로. 나는 그의 말 한마디에 안심하는 한편, 저 안에서 기어오르는 자기혐오를 애써 부정했다. 우선은 그의 연정을 받아들이자.

"디온."

"예."

"아델라이네가 나를 어떠한 목적으로 쓰기 위해 선택했다고 가정했을 때, 공작가의 후계인 디온을 놔두고 나를 선택한 이유가 무엇일까요?"

아까부터 머릿속에 맴돌던 의문점을 던졌다. 대충 잡히는 이유는 있지만 확신할 수는 없었다.

"세그다드는 황가와 사이가 좋지 않습니다. 정확히, 황태자인 1황자와 사이가 좋지 않습니다. 황제 폐하는 거기에 딱히 끼어들지 않으시는 입장이고 말입니다. 그녀는 저와 손을 잡는 것은 황가가 보기에 좋지 않다는 것을 파악하지 않았을까 싶습니다."

"그렇다면 내가 아니라 라이, 베른 등 다른 사람도 많지 않나요? 페른도 공작가로 알고 있는데요."

"아델라이네가 목적을 갖고 접근했다고 확신하고 있군요."

"확신까지는 아니지만 확신에 가까운 추측이죠."

"그 가정 아래서, 이곳에서 마벨이 다른 자와 다른 점은 평민이라는 계급밖에 없습니다."

"아델라이네와 결혼한다고 하면 황제가 내게 귀족 작위를 내릴 거라 하던데요."

"하지만 평민 출신이라는 것은 변하지 않죠. 그것은 큰 차이를 가져옵니다. 귀족 사회라는 곳은 그런 곳입니다."

"시안 같다는 이야기죠?"

"그처럼 생각 없이 적대심을 보이지는 않을 겁니다. 하지만 권력으로 짓누를 겁니다. 넓게 퍼진 압박감이죠. 눈에 보이지 않는."

귀족이 된다고 하더라도 그 차별이 기저에 깔려 있을 것이라는 말이었다. 그리고 진짜 귀족들은 귀족이 된 평민을 깔아뭉개려 하겠지. 그것을 아델라이네가 모를 리가 없었다. 그녀는 황가, 귀족 사회의 권력이 얼마나 크게 작용하는지에 대해 철저히 알고 있는 황녀였다.

혹 그녀가 나를 진심으로 사랑한다고 가정한다면 내가 귀족 작위를 받고 겪을 모멸과 수치를 모를 리가 없을 것이다. 생각이 있고, 권력의 쓴맛을 알고 있는 소녀라면, 그리고 내게 보이는 연심이 진심이라면 나를 사랑한다고 따라다니지 않을 것이다. 티타임 때 대화한 그녀는 그리 어리고 철없는 소녀가 아니었다.

"디온 말은, 제가 귀족 작위를 받는다 하더라도 황가에서 허락할 일이 없다는 말인가요?"

"그녀의 말대로 황제 폐하께서 따님을 극진히 사랑하신다면 가능할 수도 있지만 희박한 확률입니다. 허락한다 하더라도 정말로 황녀의 부군 대하듯 할지는 미지수인 거죠. 사실, 허락하지 않을 가능성이 제일 큽니다. 혹여나 마벨과 아델라이네가 정말로 혼인하겠다고 한다면 마벨을 괴롭혀서라도 그것을 방해할 것입니다. 정치적으로 사용하기 좋은 황녀가 평민과 결혼하겠다는데 반길 황가가 어디에 있겠습니까."

"그렇기에 황녀라는 지위를 버리라고 말한 거고요."

"그렇습니다."

"그리고 그녀는 그것을 수락했고요."

"기다렸다는 듯이 말이죠."

"제가 생각한 것과 같은 생각을 했을지는 모르겠네요. 아마 그녀는."

"마벨을 명분으로 황가에서 나올 생각인 모양입니다."

정확히 나와 같은 생각이었다. 그와 말하면 말할수록, 그에게서 귀족들의 편협함을 들으면 들을수록 치닫는 결론이었다.

"같은 생각이네요. 저야 그녀와 대화해 보고 내린 결론이지만 디온도 그렇게 생각하는 것이 신기한데요?"

"저 역시 그 대화를 조금이나마 들었으니 그로 추측할 뿐입니다."

"그런데 아무리 황가에서 나오기 위해서라도, 굳이 평민을 선택한 이유가 무엇일까요?"

"황가에서 추방되려면 죄를 짓는 수밖에 없습니다. 하지만 그렇게 되면 죄인의 신분으로 모든 연이 전부 끊긴 채 추방됩니다."

"즉, 평민과의 사랑이라는 지극히 로맨틱하고 고전적인 방법으로 추방당한다면, 황가의 눈에서 직접적으로는 벗어나지만 여전히 황가와 얇은 끈이라도 갖고 있을 수 있다고 말하는 거죠?"

"예, 지금 황제 폐하의 딸 사랑은 지극하십니다."

"이제 남은 건 우리가 생각한 이유가 진짜인지 알아보는 거겠네요."

결론은 나왔다. 사실 이 역시 추측일 뿐이라 확신할 수는 없다. 하지만 상황을 따져서 유추했을 때, 그에 더해 그녀의 기억에서 본 것을 더했을 때, 제일 가능성 높은 결론이었다. 이제 남은 것은 이 추측이 진짜인지 확신하는 것이다. 우선은 그녀의 연심이 가짜라는 사실부터 증거를 잡아야 했다.

✢

그 이후로 며칠 동안 그렇다 할 소득은 없었다. 아델라이네와 겹치는 수업 시간에 이야기를 나누어도 그녀는 평소와 같았다.

아델라이네는 절대 만만한 상대가 아니었다. 내가, 그리고 디온까지도 그녀가 순수한 의도가 아닐 것이라는 느낌만 받았을 뿐, 어떤 물적 증거를 찾지는 못했다. 심지어 혹 우리가 잘못 판단한 것은 아닐까, 고민하게 될 만큼 그녀는 저돌적으로, 그리고 풋풋하고 순수하게 나에게 다가왔다.

오늘의 마지막 수업은 마법의 이해였다. 다행인지 불행인지 학생회 중에서 이 수업을 듣는 사람은 페른과 나, 디온 셋이었다. 센과 쉬얌, 아델라이네가 없는 것이 그나마 다행이었다.

쉬얌과 아델라이네가 붙어 있으면 이상하게 디온까지 차분함을 잃는다. 그 사이에 끼어 정신이 날아가는 건 사양이었다.

페른은 햇빛이 잘 드는 창가에 앉아서 조용히 잠을 청하는 것으로 수업을 채웠다.

마법의 이해는 마술과 밀접한 관련이 있지 않을까 싶어서 신청한 과목이었다. 하지만 기대와 달리 마술과 전혀 관련이 없었다. 마법사가 있는 세계는 아니었기에 마법을 가르치는 수업은 아니었다. 이곳에선 에너지를 증폭시키는 미세한 힘을 '마나'라고 칭하는데, 그것을 세밀하게 다루고, 어떻게 이용하는지를 가르치는 것이 이 수업이었다.

즉, 신학보다 더더욱 재미없는 과목이라는 말이었다. 고등학교

때 들었던 물리 과목을 언뜻 떠올랐다.

옆을 보니 디온이 필기를 하고 있었다. 분명 저번에 필기를 하지 않는다고 했던 것이 떠올랐다.

"디온, 필기는 안 한다고 하지 않았나요?"

"아."

내 질문에 디온이 예상치 못한 질문을 들은 것처럼 잠시 말을 골랐다.

"필기를 할 때도 있고 하지 않을 때도 있습니다. 사실 할 때가 더 많죠."

"그럼 그때 왜 안 한다고 했어요?"

"그건……."

"그건?"

드물게 디온이 말끝을 늘렸다.

"쉬얌에게 필기를 한다고 말하면 그가 보여달라고 할 것 같았습니다."

쉬얌에게 어지간히도 보여주기 싫은 모양이었다. 별로 어려운 이야기도 아닌데 왜 이렇게 대답하기 꺼려했는지는 알 수 없었다. 그저 그러려니 하며 디온을 안심시켰다.

"그건 맞는 것 같은데요. 그럼 쉬얌에게는 말하지 않을게요."

그래야지 디온이 필기를 계속 할 테고 나 역시 디온의 필기를 보고 낙제를 면할 수 있을 테니까. 안심하며 나는 페른의 뒤에서 잠을 청했다. 아니, 청하려고 할 때였다. 갑자기 손등이 따끔거렸다.

삐빅!

내 것이 아닌 드라가 내 손등을 쪼고 있었다. 다행히도 소리는 내지 않아 아무도 이쪽을 신경 쓰지 않고 있었다. 창틀에 앉은 새를 확인하니 학생회에서 자주 쓰는 드라였다. 내 손 위에 올라온 드라가 날개를 퍼덕였다.

몸집이 작은 것이 정말 다행이었다. 몸집이 컸다면 그 퍼덕이는 소리에 시선이 집중됐을 것이 분명했다.

무슨 일이냐는 뜻을 담아 빤히 바라보자 드라는 다리 쪽으로 고개를 숙이고는 털 사이를 고르는 척했다. 털을 들추고 다리를 보자 얇은 다리에는 하얀색 서신이 묶여 있었다.

학생회에서 사용하는 드라가 왜 나한테 온 거지? 디온이 잠시 내게 시선을 주었지만 이내 다시 수업에 집중했다. 나는 서신을 펼쳤다. 그 안의 내용은 참으로 허탈했다.

-절대 디르케온이 보지 못하게 해.

정확히 누가 보냈는지는 적혀 있지 않았다. 지금 수업을 듣는 사람을 제외한 누군가가 분명했다. 디르케온에게 비밀로 하라는 그 아래에는 여전히 휘갈겨진 서체로 한마디가 적혀 있었다.

-빨간 놈 몰래 학생회실로. 절대 들켜서는 안 돼. 절대로!

센이 분명했다. 서체에서마저 그의 정신없음이 느껴졌다. 종이를 접어 품에 넣었다. 도대체 뭘 꾸미려는지.

수업이 끝난 후 나는 적당히 디온을 따돌리고 학생회로 향했다. 학생회실에 두고 온 것이 있으니 먼저 방에 가 있으라는 허술한 핑계에도 디온은 얌전히 수긍했다. 아카데미 안에서 내게 위협이 될 것이 없다는 것은 디온도 알고 있는 사실이었고, 가끔 따로 학생회실에 가는 일도 있어 별로 이상하게 생각하지는 않은 것 같았다.

학생회실 안으로 들어가자 먼저 모여 있던 이들의 시선이 내게 쏠렸다. 서로 얼굴을 맞대고 있다가 화들짝 놀라 돌아보는 것을 보아하니 썩 좋은 것을 꾸미고 있는 것 같지는 않았다.

급 피곤해질 것 같다는 느낌이 들었다. 하긴, 센이 서신을 보낼 때부터 예상했던 바였지만, 디온을 따돌리면서 벌이려는 일이라니, 이상하게 느낌이 좋지 않았다.

"디온은 따돌리고 온 것 맞지?"

마치 대의라도 도모하듯 센이 사뭇 진지한 어조로 내게 물어왔다. 목소리 역시 한껏 낮춘 상태로, 평소의 방방 뜬 어조가 아닌 것이 더더욱 불안했다.

"따돌렸다기보다는 음, 잠시간 시간을 벌고 왔습니다."

디온이라면 분명, 내가 기숙사로 오랫동안 돌아오지 않으면 찾으러 나올 것이었다. 내 대답에 잠시 미간을 찌푸리고는 페른이 말을 받았다.

"마벨, 아카데미 들어오기 전에 무슨 사고 치고 다닌 건 아니지?"

"예?"

"아니, 너무 붙어 다니는 것 같아서. 디르케온은 원래 혼자 다니는 걸 좋아하는 녀석이거든. 내가 보기엔 마벨이 디르케온을 따라다니는 것이 아니라 디르케온이 마벨을 따라다니는 것 같고. 떨어지지 않으려고 하는 걸 보니 뭔가 걱정되는 것이 있나 싶기도 하고."

걱정되는 것은 수도 없이 많을 것이다. 사실, 그가 날 따라다니는 이유가 그뿐만은 아니지만 나는 말을 삼켰다.

"아니면 금지된 사랑일 수도 있고?"

"모두가 쉬얌과 같을 것이라 생각하지 마시죠."

"하지만 그렇잖아. 원래 이런 건 생각이 유연한 쪽의 가정이 잘 들어맞는 법이라고. 그리고 나는 생각이 유연한 편이지, 소르트 사람들에 비해. 그나저나 디르케온이 없으니 이런 점이 좋네. 마벨 옆을 차지할 수도 있고 말이야."

쉬얌은 냉큼 내 옆으로 다가와 섰다. 나는 고개를 들어 그를 올려다보았다. 새삼 디온만큼이나 키가 크구나, 싶었다. 그의 얼굴에는 진지하지 않은 능글맞음이 잡혀 있었다. 상대해 봤자 피곤한.

"헛소리를 들으려고 온 건 아니니 빨리 말해줬으면 좋겠는데요. 디온 없이 하고 싶은 말이 뭡니까?"

"뭐야, 너 몰랐어?"

"다짜고짜 그렇게 물으시면 알 사람이 어디 있을까요."

"디르케온, 곧 생일이잖아."

생일? 디온이?

"생일이요?"

"진짜 몰랐던 거야?"

"하지만, 생일은……."

지금이 아닐 텐데. 세그다드가에 있을 때 분명 들었다. 내가 조금 더 일찍 세그다드가에 왔다면 생일을 같이 보낼 수 있었을 텐데 아쉽다고 지나가는 말로 디온이 말했다. 그에 오르도도 동의했고.

그 당시 디온의 생일이 지난 지가 그리 오래되지 않았다는 말인데. 그때가 이미 8월 말이었으니 디온의 생일은 그보다 조금 이른 날짜였을 것이다. 그런데 이제 와서 생일이라니?

생일은 이미 지나지 않았습니까, 라는 말이 목 끝까지 차오른 상태에서 센이 과장스럽게 눈을 동그랗게 떴다. 마치 그 표정에서 '정말로 몰라?'라는 말이 들리는 느낌이었다.

"디르케온이 얼마나 널 끔찍이 챙기는데. 알면 엄청 섭섭해하겠어."

"확실한 겁니까?"

"작년에도 이맘때 챙겼는데 당연히 확실하지."

그는 생일은 지금이라며 확신했다. 옆에서 페른마저 고개를 끄덕였다. 이것에 대해서는 디온에게 물어봐야 할 것 같았다. 나는 '그렇군요'라 덧붙였다.

"아, 마벨은 생일이 언제야?"

"저는, 어……, 8월 13일입니다."

8월 13일은 벤지안스의 생일이었다.

센은 내 대답에 굉장히 실망한 낯을 했다.

"뭐야, 지났잖아."

"그러게요, 아쉽네요."

하지만 그 아쉬움이 순전히 내 생일을 챙기지 못했기 때문은 아닌 것 같았다. 디온의 생일이라고 이렇게 모여서 작당을 꾸미는데 내 생일이라고 가만히 있었을까? 왠지 재미보다는 피곤하기만 한 일들일 것 같았다.

"다행이네요."

"뭐가?"

"학생회에서 파티 같은 거 해주려고 물어본 것 아닙니까?"

"그거 안 받아서 다행이라는 거야? 우리 파티가 어때서!"

"센이 있는 한 제정신이 아닐 거라는 건 확실하니까요. 이제는 쉬얌까지 들어왔죠. 전 제정신인 사람들의 축하를 받고 싶습니다."

"왜 우리 둘만인데."

억울하다는 눈을 한 쉬얌이 끼어들었다. 나는 그를 무시했다. 저도 알고 하는 말일 텐데 상대할 필요가 없으니까.

"어머, 그럼요. 저희는 제정신이죠."

"제가 학생회라는 말을 분명 앞에 붙인 것 같은데요."

"이런, 네가 잊고 있는 게 하나가 있는 것 같은데. 마벨도 학생회예요. 그것도 1학년 학생 대표."

라이가 끼어들었다. '당신은 학생 대표예요!'라고 입학식 날 나를 바라보던 눈빛은 하나도 변하지 않았다. 조금 변한 것이라고는 레벨업이 된 장난기 정도랄까.

"임시입니다. 조만간 때려칠."

"그래, 그때 가서 보자구. 과연 때려칠 수 있을지."

학기 초만 해도 학생 대표와 학생회 따위 금방 때려칠 생각이 었는데 아델라이네에 쉬얌까지, 내 계획에 중요한 역할을 할 사람들이 여기 다 모여 있었다. 따로 그들을 찾아가도 상관없고, 학생회를 탈퇴한다 해도 그들이 나를 찾아오겠지만, 굳이 내 방에 그들을 들이고 싶지는 않았다. 그렇기에 정말로 귀찮은 학생 대표는 때려치고 학생회는 계속하는 쪽으로 마음을 기울인 후였다.

하지만 오늘 조금 다시 생각해 봐야 할 것 같은데. 어차피 여기까지 온 것, 그들의 생일 축하 이벤트가 뭔지 들어나 보기로 했다. 나는 그들을 재촉했다. 이 이상 늦으면 디온이 나를 찾으러

올 것이다. 나는 그 주도자로 보이는 센에게 물었다.

"어찌 됐건, 지금 디온의 생일에 깜짝 파티라도 하자고 부른 것 맞죠?"

"응, 맞아."

"디온이 눈치가 빠르다는 건 알고 있을 텐데요."

"그래서 마벨까지 부른 거잖아. 공범이 되자고. 마벨의 말이라면 믿을 것 같아서."

"그래서, 뭘 준비하고 있습니까?"

"불꽃놀이."

"그거랑요?"

"그거."

"그것뿐?"

이렇게 거창하게 디온 몰래 오라고 서신까지 보낸 것치고는 상당히 조촐한 준비이지 않는가. 게다가 굳이 나까지 필요할 것 같지는 않은데.

"케이크나 선물 같은 건 당연히 줄 테니 말하지 않은 거고 불꽃놀이가 우리의 특별 계획이야. 그리고 이미 화약을 공수할 곳도 구했다고. 게다가 특별히 마법 처리도 해준다고 약속했고 말이지."

"마법 처리요? 어디서?"

"불꽃을 터뜨리면 문구가 나오게 만들 거야. 우리 아카데미 마법부, 생각보다 유능하다고. 게다가 우리에겐 든든한 아군도 있어."

"누구?"

"페른이 마법 수업 때 조교인 것 몰라?"

"조교요?"

"응, 마법 쪽에 관심이 있는데 이미 학생회에 들어왔으니 조교라도 시켜달라 그랬나 봐. 마법의 이해 수업 때 선보이는 물건들 중 몇 개는 페른 작품이야. 그리고 이번에 글씨를 띄운 불꽃을 개발한 것도 페른이고."

"페른이 마법부였단 말이에요?"

라이마저 놀라는 것을 보아하니 내가 잊어버린 건 아닌 모양이었다. 매사 귀찮아하던 페른에겐 생각보다 성실한 면도 있던 모양이다. 그리고 생각보다 멀쩡한 계획에 조금 놀랐다.

"문구는 뭐로 할 생각입니까?"

"그건 아직 생각 안 했는데. 이건 마벨한테 물어보려고 기다리고 있었어."

그렇게 말하고는 또다시 비밀 이야기라도 하듯 목소리를 낮추었다.

"디온이 들었을 때 제일 치욕스러운 것이 뭘까?"

내게 향하던 센의 몸이 갑자기 뒤로 젖혀졌다. '어엇!' 당황스러운 단말마를 내지른 센이 뒤를 돌아보았다. 붉은 머리카락을 깔끔하게 뒤로 넘긴 디온이 불쾌함 가득한 얼굴을 하고선 서 있었다.

"듣자 듣자 하니 쓸데없는 걸 준비 중인 모양이군."

갑작스러운 그의 등장에 센이 버벅댔다. 아무래도 나를 기다리는 그의 인내심은 그리 길지 않았던 모양이었다. 어쩌면 살짝 예상하기도 했던 일이라 무덤덤하게 디온을 올려다봤다. 그의 시선은 내가 아니라 내게 이상한 계획을 묻고 있던 센에게 향하고 있었다.

"어, 뭐, 뭐야? 마벨. 가르쳐 준 거야?"

"제가 말하지 않았습니까. 디온은 눈치가 좋은 편이라고요."

"거짓말! 후원자라고 잡혀 사는 거야?"

"잡혀 살긴 뭘 잡혀 산다는 건지. 그런 소득 없는 계획에 마벨을 끼워 넣으려 한다면 내가 사양하지."

'너무해!' 하고 외치는 센의 말을 받은 것은 디온이었다. 역시, 디온이 오면 편하다. 중간에서 잘라주는 자가 있다는 것은 참 편했다.

"소득이 없긴 왜 없어! 디온의 생일을 축하해 주려고 모인 자린데. 너무한 것 아니야?"

"내 생일을 축하한다기보다는 내 생일을 핑계로 놀고 싶었겠지."

아까부터 내가 생각했던 바였다. 디온의 말에 센은 마치 정곡을 찔린 양 잠시 움찔했다. 그러나 그가 당황스러워한 것은 잠시뿐, 결연한 의지가 곧 그의 얼굴에 자리했다. 불안했다. 센이 진지해지면 항상 그 결과가 좋지 않았다.

"하지만 이미 늦었어. 불꽃놀이는 계획대로 진행된다."

역시나. 불꽃놀이를 어지간히 밀고 싶은 모양이었다.

"문구는 아직 안 정했으니 무효다."

"아니, 문구도 주관식이 아니라 객관식이라고."

옆에서 페른이 말을 이었다. 아무래도 센과 페른이 주거니 받거니 이 파티 아닌 파티를 진행하는 것을 보니 주도자는 그 둘이 분명했다.

"다섯 개 중 하나로 할 테니 기다리라고 했어. 마벨, 기대해. 곧 선택지가 갈 거야."

"들켰으면 저는 빼주시죠."

"학생회는 한 몸이니까!"

센은 씨익 웃고는 결연하게 주먹까지 쥐어 보였다. '해산!' 크게 소리치자 아이들이 우르르 학생회실을 나갔다. 그 모습이 마치 도망가는 자들의 뒷모습과 같았다.

들켰으니 조용하고 깔끔한 파티가 진행되리라는 내 생각은 여전히 희망적인 기대에 불과했다. 되레 어차피 들킨 거 더욱 거대하고 성대하게 파티가 진행될 것이다.

나는 디온을 흘긋 쳐다봤다. 그는 깊은 한숨을 내쉬었다.

"이래서 저들을 소개시켜 주고 싶지 않았던 겁니다."

세상이 떠나갈 듯한 표정으로 디온이 한마디 덧붙였다. 왠지 디온을 보고 있자니 그들과 함께 그의 생일 파티를 성대하게 치러주고 싶다는 욕심이 솟아났다. 이제 곧 내게 도착할 불꽃놀이 문구를 최대한 공들여서 선택해야겠다는 생각마저 들 정도로. 이상하게 디온이 곤란해하는 얼굴에 내게 있는지도 몰랐던 장난기가 고개를 드는 기분이었다.

재미있는 일에 대한 센의 추진력은 정말 대단했다. 그렇게 해산하고 그날 저녁 바로 서신이 날아왔다. 낯선 드라의 다리에는 역시나 '디온에게 절대 보여주지 마!'라고 적힌 종이가 묶여 있었다. 종이를 펼쳤다.

-사실 정해진 문구는 없었어. 그러니까 알려줘. 뭐가 제일 디온에게 치욕스러운 말일까?

그의 필체에서 다급함이 느껴졌다. 아무래도 언제나 완벽한 디온을 놀려먹고 싶은 모양이었다. 그리고 나 역시 그의 생각에 어느 정도 공감이 갔다.

디온에게 치욕스러운 말이라⋯⋯. 머리를 굴려봤지만 생각나는 것이 별로 없었다. 생각해 보니 그는 내 앞에서조차 망가진 모습을 보인 적이 없었다. 간혹 생각나는 것들이라고는 '원래 오르도는 죽을 운명이었어'라든가, '마벨은 네가 마벨을 좋아하는 걸 알고 있어' 정도인데 내가 생각해도 이건 써서는 안 될 말이었다. 치욕이 아니라 다른 감정을 불러일으킬 거 같아서 머릿속에서 얼른 지워냈다. 다시 한 번 나는 누군가를 놀려먹기에 썩 좋은 성격이 아니라는 것을 깨달았다.

그때 문득 남을 적당히 놀리기 좋아하고 거기에 탁월한 재능까지 가진 사람이 떠올랐다. 왠지 오르도라면 최고의 답을 줄 것 같았다. 디온에 대해 가장 많이 알고 있는 자가 오르도였으니까. 그리고 무엇보다 이것을 시작으로 계속 그와 서신을 주고받을 수 있게 될 수도 있다. 나는 펜을 집어 들고는 오르도에게 보낼 문장을 꾹꾹 눌러썼다.

―오르도, 디온이 제일 치욕스러워할 말을 알려줘요. 그의 생일 축하에 써먹을 거예요.

"큐라."

삐빅.

내 부름에 큐라가 날아왔다. 이제는 큐라를 새장에 넣어두지 않았다. 밖에 풀어놔도 저 스스로 다시 돌아온다는 것을 깨달은 이후로는 자유롭게 놔두고 있었다.

디온의 말대로 드라는 정말 영리했다. 인간의 말도 곧잘 알아듣고 귀엽기까지 하니 전서구로 인기가 많을 만했다.

나는 큐라의 털을 쓰다듬고는 그 다리에 종이를 묶었다.

"조심히 다녀와."

삑!

알았다는 듯 날개를 파닥이며 내 손만 한 크기의 새가 날아올랐다. 오르도에게 편지를 쓰면서 문득 떠오른 것이 있다. 왜 아카데미의 친구들은 디온의 생일을 지금으로 알고 있는가. 나는 방문을 열고 나갔다. 마침 디온도 방에서 나오고 있었다.

"오르도에게 서신을 보내봤나요?"

나는 오르도의 일에 대해 먼저 물었다. 그와 오르도의 일에 대해 대화를 나누는 건 이제 거의 일상이 되어 있었다. 디온은 작은 한숨을 내쉬었다. 그의 표정을 보아하니 우리가 원하는 대답을 받지는 못한 모양이었다.

"역시나 온다고 하더군요."

"위험하다고 말해도요?"

"그러면 세그다드의 성을 쓰는 사람들 모두가 위험한 것이니 더더욱 오겠다고 했습니다."

그다운 대답이었다. 오르도는 자신이 세그다드 공작가의 가주라는 사실과 우리의 보호자라는 사실에 큰 책임감을 갖고 있었다. 오르도가 축제 때 아카데미에 올 것은 확실하니 그에 대한 대비책을 세워야겠다.

"그렇군요. 그리고 디온, 궁금한 게 있어요."

"물어보십시오."

"디온, 생일은 이미 지났다고 하지 않았어요?"

"아아, 제 생일은 지난 것이 맞습니다."

"하지만, 센은 곧 디온 생일이라고⋯⋯."

"글쎄요, 어디서부터 설명해야 할까요."

디온이 공작가에 입양되었다는 사실은 책을 통해 알고 있었지만 보다 세세한 이야기를 듣고 싶었다. 그의 표정이 미묘해졌다. 웃고는 있지만 그 끝에 조금 쓸쓸함이 감돌았다.

'잠시만 기다리십시오'라고 말하더니 방으로 들어갔다가 다시 나온 그의 손에는 처음 보는 목걸이가 들려 있었다.

디온은 그것을 내 손에 쥐여주었다. 자세히 보니 목걸이의 펜던트가 로켓이었다. 이음새를 비틀어 열자 두 남자의 모습이 보였다.

디온, 오르도 형제와 굉장히 닮은 두 중년 남자가 인자하게 웃고 있었다. 양쪽에 있는 그 둘이 너무나 비슷해 보였다.

"제 친아버지와, 오르도 형님의 친아버지이신 전 공작 각하십니다."

너무나 닮은 두 남자. 둘은 분명 형제 내지는 사촌 등의 가까운 혈육일 것이다. 한 명이 오르도를 낳았고, 또 한 명이 디온을 낳은 것. 호적상으로 오르도와 디온은 친척인 것이다.

"제 아버님과 오르도 형님의 아버님, 즉 백부님은 쌍둥이셨습니다."

"그럼……."

"저는 백부님께 입양이 되었습니다. 공작저에서 말씀드린 적 있는 생일이 제가 진짜 태어난 날짜고, 세간에 알려진 생일은 입양된 날짜입니다."

"입양이라니, 왜요?"

"어릴 때 부모님이 돌아가셨습니다. 어머니는 저를 낳던 중 세상을 뜨셨고, 저는 의학의 힘을 빌려 겨우 태어날 수 있었죠. 아버지의 말을 빌리자면 그렇게 우렁찬 울음소리는 여태껏 봤던 아이 중 처음이라며 자랑스러워하셨습니다. 제가 첫 아기일 텐데 허세가 대단하셨죠."

디온이 착게 웃었다. 부드럽게 풀리는 입매가, 어디인지 먼 곳을 바라보는 그의 눈빛이 그가 얼마나 그 순간을 그리워하고 있는지 알려주었다.

"어머니는 안 계셨지만 그래도 행복했죠. 하지만 아버지도 곧 돌아가셨습니다. 그것도 저를 지키다가 말이죠. 혼자 남은 제게 손을 내밀어준 분이 돌아가신 전 공작 각하시죠. 그분이 저를 거둬서 공작가에 입양시켰습니다. 두 아버님이 쌍둥이셨고, 저는 아버지를 꼭 닮아서 그런지 쉽게 공작가에 녹아들 수 있었습니다. 세간에는 제가 몸이 좋지 않아 저희 아버지께 맡겨졌다가 다시 공작가로 돌아온 것으로 알려져 있습니다. 체스터 후작가가 공기 좋은 곳에 있던 것이 좋은 변명거리가 된 모양입니다. 아, 체스터 후작가는 저의 원래 가문입니다."

과거를 회상하던 그가 다시 나를 바로 쳐다보았다. 그리웠던 과거를 말하는 그의 눈에는 그리움과 함께 무언가에 대한 속죄 역시 담겨 있었다. 그는 담담하게 말했지만 표정까지 담담하지는 않았다. 제 안으로 한 꺼풀의 슬픔을 뭉쳐 숨기고 있는 느낌이었다. 괜한 것을 물어봤다는 느낌이 들었다.

"저……, 괜찮아요?"

"이제는 오래전 일이라 희미한 기억입니다. 신경 쓰지 않으셔도 좋습니다."

부드럽게 말하지만, 그의 눈은 상처를 갈무리한 상태였다. 하지만 그 안 깊숙이 버리지 못하는 슬픔이 보였다.

"하지만, 음, 미안해요."

"아니요, 죄송한 건 접니다."

뜬금없는 사과였다. 그가 내게 사과할 일은 하나도 없는데.

"뭐가요?"

"이 사실을 미리 말씀드리지 못한 것 말입니다."

"하지만 저, 다른 사람의 아픈 과거 들추는 취미는 없는걸요."

내가 그리 냉혈한으로 보였나. 아니면 매사에 디온을 몰아붙이기라도 한 것일까? 사과하는 디온을 보니 오히려 내가 미안할 지경이었다. 내가 물어본 것 때문에 그가 저 스스로를 갉아먹는 감정을 감수하고 대답했을 텐데, 그것을 미처 신경 쓰지 못했으니.

디온은 가볍게 고개를 저었다. 그 얼굴에는 미묘한 속죄의 빛이 떠올라 있었다. 슬픔과 함께. 그 속죄의 빛이 너무 진실돼서 도무지 무엇에 관한 사과인지 모를 지경이었다.

"아니, 그것이 아닙니다."

"그거 말고 지금 사과할 일이 있나요?"

"마벨을 제 주변 인물로 만든 것에 대한 사과입니다."

"그것이 사과할 이유가 되나요?"

"제 주변은……."

그가 말을 고르듯 한 템포를 쉬었다. 그 짧은 숨 안에 여러 가지 생각이 나왔다 들어가는 것이 보였다. 그리고 그가 끝내 내뱉을 말은 내가 듣고 싶은 말은 아닐 것이라는 느낌이 들었다. 그가 나를 보며 입을 열었다. 그 표정은 여전히 차갑고 냉정하고, 따뜻했으며 죄스러웠다.

"제 주변은 언제나 깨끗합니다."

"알아들을 수 있게 설명해 줘요."

"제 주변은, 제가 마음을 허락한 자들은 항상 제 옆에서 사라집니다. 인간이 아니라, 한낱 동물조차 그래왔습니다. 어릴 때부터 제 손을 거친 것들은 전부 떠났습니다. 죽음이라 하죠. 마치 세상이 정해놓은 순리처럼 제 주변에서 사라졌습니다. 그것을 깨달은 이후로는 아무도 옆에 둘 생각을 하지 않았습니다."

그래, 그것이 순리일 것이다. 이 세계에서는 그것이 순리였다. 그 주변의, 그의 울타리 내의 것들을 그의 곁에서 없애는 것이 세계의 순리였다. 그것이 원작의 스토리였고 기반이었다.

그래서 나는 이 책이 저주스러웠다. 처음으로 타인 때문에 내뱉는 저주였다. 무어라 말해야 할까. 나는 속으로 말을 골랐다.

"오르도도 있잖아요."

그래, 오르도가 있잖아. 그를 위로하기 위해 고르고 고른 것은 정말이지, 위로 같지도 않았다. 다시 한 번 단단히 다짐했다. 오르도를 그의 옆에서 사라지게 해서는 안 된다.

"지금 남아 있는 사람은 형님뿐입니다. 하지만 그거 아십니까? 이상하게도 그마저 사라질 것 같다는 커다랗고 구멍 뚫린 예감이 드는 것을."

나는 아무 말도 하지 못했다. 그것이 순리가 맞으니. 디온은 내 대답을 원한 것은 아닌 모양이었다.

"이것이 마벨에게 사과하는 이유입니다. 정신을 차리고 보니 마벨을 제 옆에 두었습니다."

쥐어 짜내듯 말하는 그의 얼굴에는 속죄에 더 큰 속죄가 덧씌워져 있었다. 저는 그것을 숨기려 하는 모양이었지만 그것은 너무 거대해 숨길 수가 없었다.

그가 제 안으로 되뇌는 말이 귀에 들리는 것 같았다. '나는 저주받은 사람이다' 그 한마디가.

"디온은 저주받은 아이가 아니에요."

"무슨……."

"디온은 저주받은 아이가 아니에요. 이 세계의 주인공이에요."

그리고 나는 그의 저주를 부정했다. 그는 저주받은 아이가 아니다. 그는 저주받은 아이가 아니고, 이 세계의, 이 이야기의 주인공이었다.

주인공이 아닌 자, 이제 와서 과거를 거부하며 복수하려는 부정한 존재. 외부에서 침입한 불순분자. 저주받은 아이는 나였다.

그는 일순 놀란 표정을 지었다.

빤히 그의 눈을 마주쳐 주자 곧 그가 미소 지었다. 그 미소는 완벽하지는 않았지만, 거슬리던 울 것 같은 표정이 아닌 걸로 만족할 만했다.

"감사합니다."

과하지 않은 담백한 인사가 마음에 들었다. 내 한마디로 그가 자신의 생각을 바꾸지는 않겠지만 그 안에서 조금의 자유는 찾았으면 좋겠다는 생각을 했다. 그가 미소를 유지한 채 나와 눈을 마주했다. 푸른 녹빛의, 따스한 미소였다.

"그리고 그건 마벨, 아니, 벤지안스 역시 마찬가지입니다."

그가 내게도 구원의 한마디를 던졌다. 하지만 나는 그 구원을 받아들일 수가 없었다. 내가 이 소설 안에서 진짜 저주받은 아이라는 것은 그 책을 읽은 내가 제일 잘 알고 있었다.

"단번에 부정해서 미안하지만, 그건 아닐 거예요."

그는 나를 빤히 바라봤다. 그 표정은 아까와 또 다른 감정들을 담고 있었다. 얼핏 지나가는 감정은 부정이었다. 내 말에 대한 부정. 하지만 그것이 내가 바라는 말은 아니라는 것을 깨달은 모양인지 제 안으로 밀어 넣는다. 그가 입을 열었다.

"그렇다면, 그것이 힘든 것이라면, 제 세계에서만큼은 주인공이라고 해주셨으면 좋겠습니다."

디온과 눈을 마주했다. 내가 긍정하지 않으면 어떻게 될까? 울 것 같았다. 그래, 그만큼 간절한 눈빛이었다.

"네, 그곳에서만큼은 제가 주인공이 되어볼게요."

그것이 싫어 긍정의 말을 내비쳤다. 그 한마디로 미소 짓는 디온을 보며 깨달았다. 나는 그가 슬픈 것만은 절대로 바라지 않는다는 것을. 대화는 그것으로 끝이었다. 그는 할 필요 없는 속죄를 고했고, 나는 그의 마음을 표면적으로나마 받아들였다.

다시 들어온 방 안에서 생각에 잠겼다. 저주받은 아이, 저주받은 아이. 계속 입안에서 맴도는 굴레를 끊고 싶었다. 누군가가 보면 별것 아닌 그것, 하지만 그럼에도 계속 속에서 받쳐 오르는 그것을 끊어내 버리고 싶었다.

오랜만에 꿈을 꾸었다.

오르도, 디온과 함께 세그다드가의 정원에서 티타임을 가졌다. 오르도와 디온은 평소와 같이 투닥거렸다. 어느새 봄이 왔는지 날은 따스했고 불어오는 바람은 적당히 따뜻하고 시원했다. 그가 죽기로 정해져 있는 11월이 아니라 그다음 해였다.

아, 나는 오르도를 살렸구나.

'오르도.'

나는 오르도를 불렀다. 오르도와 눈이 마주쳤다. 오르도가 얼굴 가득 환한 웃음을 짓는 것과 동시에 그의 사지가 녹아내렸다. 내 눈앞에서 울부짖던 유모처럼 변해 있었다. 오르도가 웃었다. 울면서 웃었다.

'너만 오지 않았더라도.'

언제나 따스한 미소를 보내던 디온이 섬광처럼 내게 달려들어

목을 졸랐다.

'저주받은 존재. 당신 때문에 모두가 불행합니다.'

나는 그의 손에서 벗어나기 위해 몸부림쳤다. 그의 눈에는 나를 향한 새파랗게 벼려진 분노가 담겨 있었다. 처음 보는 선연한 감정에 심장이 내려앉는 기분이었다. 그의 벼려진 웃음이 내 기대를 도려냈다.

정신을 차리고 보니 기숙사의 내 방이었다. 온몸이 땀투성이였고, 심장 뛰는 소리가 밖으로 들릴 정도로 가슴이 두근거렸다.

벤지안스가 된 후로 처음 꾸는 악몽이었다. 이곳에 오기 전에는 하루가 다르게 꾸던 악몽이 다시 시작되었다.

문득, 불안한 느낌이 들었다. 하지만 이내 고개를 저었다. 아니겠지. 내 옆에서 큐라가 걱정된다는 듯 날개를 파닥이며 주변을 돌아다니고 있었다.

"이리 와."

큐라가 잠시 멈칫하고는 여전히 멀리 떨어진 곳에서 내 주변을 맴돌았다. 말하지 못하는 동물임에도 그 움직임에서 저를 걱정하는 마음이 읽힌다는 것이 신기했다.

"괜찮아, 이리 와."

삐이.

천천히 내게 다가오는 자그마한 새를 품에 품었다. 조그맣고 보들보들한 것을 손에 쥐니 겨우 안정이 되는 기분이었다. 손에서 느껴지는 감촉에 그제야 그것이 모두 꿈이라는 사실이 인지되며 안심이 되었다.

밖에서 불어오는 바람이 흥건했던 땀을 식혀주었다. 큐라가 지금 방 안에 있다는 것은 오르도에게 답장이 왔다는 말이었다. 큐라의 다리에 묶여 있는 종이를 풀어냈다.

그의 답장은 정말 길었다. 몇 번이고 돌돌 말린 쪽지를 겨우겨우 펴냈다. 이런 저런 쓸데없는 말로 편지가 길어졌다. 그리고 끝에 가서야 겨우 내가 물어봤던 것에 대한 답이 있었다.

─네가 처음 술에 취해서 한 말을 나는 알고 있다.

무슨 말인지는 모르겠지만 오르도가 알려준 것이니 디온에게 틀림없이 효과가 있을 터였다.

─확신. 마벨이 꼭 디온 옆에 있어야 한다.

나에 관한 이야기였던 모양일까? 그걸 제외한 오르도의 편지는 줄줄이 내 안부를 묻는 내용이었다.

잘 지내고 있는지, 어떻게 연락 한 번 하지 않을 수 있냐 부터 시작해 먼저 서신을 보내면 내가 귀찮아할까 봐 보내지도 못했다는 말까지.

여태껏 어떻게 참고 있었는지 모를 정도였다. 그리고 확인 사살이라도 하듯 걱정하지 말라는 한마디까지.

─네 걱정보다 나는 훨씬 유능한 사람이야.

당신이 유능한 것은 알고 있습니다. 문제는 그것이 과연 원작의 흐름을 깰 수 있는지 의문일 뿐.

그는 무슨 일이 있어도 축제 때 올 것이다. 시계를 보니 아직 새벽 5시였다. 어차피 더 이상 잠도 오지 않을 것 같아서 나는 일어나 채상 앞에 앉아 펜을 들었다. 오르도와 블레로 길드에게.

오르도에게는 절대 혼자 축제에 오지 말 것을 당부하는 글을 썼다. 그리고 그가 알아낸 것이 무엇이든 간에 절대 입 밖으로 꺼내지 말기를 부탁했다. 그리고 블레로 길드에는 정보와 함께 네르아테안의 또 다른 계약이 있는지 물었다. 이렇게 두 개의 서신을 작성했다.

⚜

역시나 악몽을 꾸고 수업을 듣는 건 고역이었다. 신학 수업은 졸지 않고는 도저히 버틸 수 없었다. 어차피 성적을 높게 받을 생각이 없던 터라 조는 것을 선택했다.

오늘도 가위바위보에서 이겨 내 옆자리에 앉은 쉬얌이 재수 없다는 듯 나를 바라보았지만 무시했다. 성적을 잘 받을 생각도 없고 잘 받을 자신도 없었다. 시험을 보고 성적이 나오면 나를 우등생이라고 생각하는 저 눈빛도 사라질 게 분명했다.

수업이 끝난 후 학생회실로 향했다. 이렇게 모이는 목적은 디온에게 최고의 생일을 선사해 주는 것이었다. 어찌 보면 디온에게 최후의 아군이어야 될 나마저 그 무리에 가담한 후로 더욱 빠르고 자연스럽게 계획을 세울 수 있었다.

디온이 내 일정을 전부 꿰고 있는 것과 마찬가지로, 나 역시 그의 일정을 전부 꿰고 있었다. 디온이 도저히 뺄 수 없는 시간에 모임을 열기 시작하자, 그에게 들키지 않고 일을 진행시키는 것이 가능했다.

그것은 지금도 마찬가지였다. 1학년의 임시 대표와 달리 2학년의 학생 대표는 학생부에 서류를 제출해야 하는 일이 하나 더 있었다. 일일이 서류를 확인해야 하는 절차가 있었고, 그것은 시간이 꽤나 걸리는 작업이었다. 즉, 디온 없이 대사를 모의할 시간은 바로 지금이라는 말이었다.

디온 없이 모인 학생회들끼리 회의 아닌 회의가 시작됐다. 시작은 언제나 그러하듯 별 의미 없는 잡담부터였다.

"마벨, 궁금한 게 있는데."

"뭡니까?"

"혹시, 오르도 형님께 서신을 보냈어?"

"예, 어떻게 알았습니까?"

"갑자기 우리 방으로 술이 배달됐어."

술이라니. 내 입학을 축하한다며 매일 만찬을 열고, 와인을 꺼내오던 그의 모습이 떠올랐다. 굉장히 그다운 생일 선물이었다. 아니, 선물이 맞는지는 모르겠지만, 어쨌든 그다운 선택이었다.

오르도는 내게 디온이 술을 마시고 뭔가를 했다는 점을 암시했다. 그가 무엇을 기대하고 있는지 의중이 보이는 것 같았다.

"오르도가 센의 방을 알고 있습니까?"

"그러게, 알고 있었나 봐."

"대단한 사람이네요."

아무래도 오르도가 정보를 모으는 데에 능하다는 디온의 말이 사실인 모양이었다. 아니면 센이 저도 모르게 제 방의 위치를 알렸을 수도 있겠지만 별 상관은 없었다.

"연서인 줄 알고 기뻐했는데, 남자가 보낸 술이더라. 뭐, 상관없어. 디온만 거하게 축하해 줄 수 있으면 말이지. 그런데 이걸 내게 보냈다는 건, 아무래도 디온에게 먹이라는 뜻 아닐까?"

"글쎄요, 얼마나 보냈죠?"

"많지는 않은데, 하나같이 도수가 좀 세."

적은 양으로 최고의 효율을 볼 수 있는 술을 보낸 모양이었다. 이들의 주량이 어느 정도인지는 모르겠지만 상관없었다. 오르도와 우리의 목표는 디온에게 술을 먹이는 것이고, 기왕 술을 먹이는 것 도수가 센 편이 좋으니까. 나는 대수롭지 않게 대답했다.

"뭘 아는 분이네요."

"응?"

"아니에요, 뭐, 상관없잖습니까. 누구 말마따나 우리를 쫓아낼 것도 아니고, 들키지만 않으면 되죠, 뭐."

"그리고 재료도 벌써 도착했어. 문구만 정하면 돼."

"벌써 재료가 도착했다고요?"

"이제부터 페른이 만들 거야. 정말 그 문구가 영향이 있을까?"

"오르도가 디온을 놀리는 일을 허투루 처리할 리가 없으니 믿어도 좋을 겁니다. 그런데 작업이라니, 페른 혼자서 말입니까?"

"완벽한 놈을 무릎 꿇리는 쾌감이라나 뭐라나, 가끔 변태 같은 놈이야."

옆에 있는 페른의 옆구리를 쿡 찌르며 센이 덧붙였다. 아마 오르도가 없었다면 센이 디온 놀리기의 일등 공신이 되지 않았을까 싶을 정도로 그는 생일 파티 준비에 정말 열정적으로 참여했다. 아마 공부를 저렇게 했다면 디온이 아닌 그가 1등을 차지하지 않았을까. 옆구리를 찔린 페른이 나를 보며 말했다.

"고맙다 마벨, 덕분에 문구 작업에도 차질이 없겠어."

뿌듯한 얼굴로 하는 말에 살짝 고개를 끄덕여 줬다. 불꽃 만드는 게 힘든 작업인지 눈 밑에는 어두운 빛이 자리하고 있었지만, 표정에는 만족감이 한가득이라 별말을 덧붙이지는 않았다.

"뭘 보냈습니까?"

갑작스레 불청객이 나타났다. 디온이었다. 그는 불신을 가득 담은 눈빛으로 나를 쳐다보며 물었다. 지난번에도 그러더니, 이제는 제 기척을 숨기고 우리 사이에 끼어드는 법을 터득한 모양이었다.

아마 그날, 디온을 따돌리고 학생회실에 온 이후로 나를 향한 신뢰가 조금 하락한 모양이었다. 아마 내가 저를 놀리지 않을 거라는 그 확신이 사라진 모양이겠지.

하지만, 다른 사람이라면 모를까 디온은 내게 있어서 조금 예외였다. 항상 완벽한 모습만 보이는 그의 허점을 보고 싶다는 작은 욕망이라고 해야 하나. 나는 눈을 또록 돌리며 그의 시선을 피해냈다.

"어, 아닙니다."

"보낸 것 같습니다만."

"의심은 언제나 작은 데서 시작된다고 하죠. 아닙니다. 괜한 의심은 금물이에요."

"마벨, 재료 잘 있나 확인하러 다녀올래?"

페른은 역시나 눈치가 좋았다. 내가 디온의 날카로운 질문에 괜찮은 답을 하지 못하자 페른이 나를 도와주었다. 그렇지, 우리는 공범이었다. 공범의 도움을 뿌리칠 생각은 전혀 없기에 나는 그것을 받아들였다.

"재료? 불꽃 만드는 재료 말이죠?"

"마법 작업은 생각보다 시간이 오래 걸리거든."

"네가 다녀오지, 왜 마벨에게."

"제가 다녀오겠습니다."

디온이 그의 말을 중간에 가로챘지만 나는 냉큼 자리에서 일어났다. 고맙지만 그러면 내가 곤란해질 게 뻔했다. 이곳에 있으면 디온의 질문 공세를 받을 것만 같았다.

디온의 의심을 뒤로하고 창고로 향했다. 페른의 말에 의하면 마법부에서 쓰는 재료들을 모아두는 창고라고 했다. 하지만 마법 재료라는 것이 그리 쉽게 구할 수 있는 게 아니라 비어 있는 때가 많다고 한다. 운이 좋게도 지금 빈 창고를 차지할 수 있었다고 했다.

창고 안은 조금 침침했다. 마법구를 사용해 불을 밝히자 내부가 눈에 들어왔다.

창고는 텅 비어 있었다. 한가운데에 처음 보는 물건이 덩그러니 있었다. 동그란 몸체 아래로 심지 같은 게 달려 있는데 거기에 불을 붙이면 되는 모양이었다. 그리고 그 옆에 가루가 담긴 통과 얇은 종이가 든 상자를 보아하니 그것을 이용해 만드는 중이든가 아니면 만들고 남은 재료들인 모양이었다.

그것들을 살펴보다가 등을 돌렸다. 지금 내가 하고 있는 행동이 썩 의미 있는 행동은 아니었다. 디온의 질문 공세를 피해 도망 나온 것이나 마찬가지인 상태라 더 할 일도 없었다. 가서 모든 재료가 다 있다고 말하면 되겠지.

문으로 향하던 순간이었다. 갑자기 뒤쪽이 비정상적으로 밝아지는 것이 느껴졌다. 왠지 모를 불안감에 반사적으로 등을 돌렸다.

불꽃을 만들기 위해 쌓아놓은, 발화성 물질이 분명한 것들에 불이 붙어 있었다. 예상치 못한 사태에 머릿속에 경종이 울렸다.

이곳에서 벗어나야 한다.

깨달음이 전신을 강타했다.

한 걸음 뒤로 물러섰을 때였다. 타닥타닥 탁탁, 무언가가 터지는 소리가 들렸다. 굉음이었다. 그것을 시작으로 불길이 크게 번졌다.

들어왔던 곳으로 나가야 한다. 불길이 점점 번지고 있었다. 불길이 더욱더 그 몸집을 불리기 전에 이곳에서 벗어나야 한다. 그렇게 서둘러 발걸음을 내디딘 내 바로 앞으로 거대한, 그리고 활활 타오르는 붉은 기둥이 무너져 내렸다.

위압적인 광경에 다른 광경이 덧씌워졌다. 오랫동안 잊고 있던, 아니, 알고 있음에도 크게 신경 쓰지 않았던 장면이었다.

육 년 전의 광경이었다. 황제가 내게 화형을 선고한 후 내 성에서 벌어졌던 화재, 아니, 화형.

내 눈앞에 오래된 영화처럼 완벽하지 않은 영상이 덧씌워졌다. 시녀들이 사방으로 뛰어다녔다. 유모가 울부짖으며 내 이름을 불렀다.

'벤지안스. 어디에 있어요!'

환영이 내 앞으로 다가왔다. 내게 손을 내밀었다. 아니야, 나는 너의 손을 잡지 않을 거야.

나는 그녀의 손을 잡지 않았다. 그녀는 계속 내 이름을 울부짖으며 뛰어다녔다. 그것이 너무나도 생생해 도대체 무엇이 현실인지 분간할 수 없을 정도였다.

아니, 확실히 환상이라는 것을 알고 있음에도 무시할 수가 없었다. 사방에서 들리는 비명이, 그들의 표정이 마치 현실처럼 너무나도 생생했다.

그 환영 너머로 불과는 확실히 다른 붉은색이 보였다. 익숙한 얼굴이었다. 앳되고 어린, 하지만 그 차가운 분위기는 여전한, 적발의 소년이었다.

그가 내게 다가왔다. 아니, 소년인지 아니면 내 머릿속에 자리하고 있는 그인지 모르겠다. 확실한 것은 사방은 불길에 휩싸여 있었고, 나는 제대로 된 사고를 하고 있지 못하다는 사실뿐이었다.

소년이 내게 다가왔다. 그에게서 소년의 모습과, 다 자라지 못한 청년의 모습이 계속 반복적으로 비쳤다. 그가, 디온이 내게 다급하게 소리쳤다.

"이 손을 잡으십시오!"

갈구하는 표정, 그 와중에도 따스한 눈빛에 홀리듯 그 손을 잡았다. 그것이 내 의지인지, 본능인지 모르겠다. 그저 내가 지금 확신할 수 있는 것은 그의 붉음이 이 끔찍한 붉음과는 차원이 다른 아름다움을 간직하고 있다는 사실이었다.

그가 내민 손에 내 손이 닿았다. 뜨거움과는 다른 온기를 느꼈다. 그 따스함이 내 손에 닿자 절로 안심이 되고, 눈이 감겨왔다. 의미 모를 그의 외침을 뒤로한 채 나는 눈을 감았다.

어둠이었다. 사방 가득한 어둠 끝에 붉은 빛이 있었다. 빛으로 존재하던 붉음은 점점 그 기세를 키워 거대한 불꽃이 되려 했다.

또다시 환영이 보일까 한 발 물러섰다. 하지만 빛은 금세 그 기세를 줄이고는 익숙한 인영이 되었다. 따스한 느낌에 한 발 앞으로 다가섰다.

붉음이 크기를 키웠다. 거대한 크기에도 두려움이나 압도되는

악에 피는 꽃

공포는 느껴지지 않았다. 따스함, 언제나 나를 감싸 안아주는 온기였다. 그래, 마치 디온 같은. 그 생각과 동시에 눈이 떠졌다.

안개가 낀 듯 뿌연 시야는 몇 번 눈을 깜빡이자 깔끔해졌다. 그리고 익숙한 풍경이 눈에 들어왔다. 하얀 천장에 화려한 샹들리에, 깔끔한 우드 톤의 가구들까지, 내 기숙사 방이었다.

그리고 그 시야 안에 익숙지 않은 것도 있었다. 디온이었다. 따스한 녹안이 걱정을 가득 담아 나를 바라보고 있었다. 기숙사가 맞는 거겠지? 몇 번 눈을 깜빡이자 디온이 내게 말을 걸어왔다. 안도와 걱정이 한데 섞인 표정이었다.

"일어나셨습니까?"

"어, 여긴……."

"기숙사입니다. 일어났을 때 편한 곳이 좋다는 말에 병실에서 기숙사로 데려왔습니다. 괜찮으십니까?"

"어, 조금 어지럽긴 하지만 괜찮은 것 같아요."

"아픈 데는 없습니까?"

"음, 네. 없네요."

역시나, 기숙사가 분명했다. 눈을 떴을 때 호들갑이라도 떨려나 싶었지만, 담담해 보였다. 하지만 그 안에 보이는 안도와 걱정의 감정이 너무 격정적이어서 무시할 수 없을 정도였다.

"어떻게 된 거죠?"

"발화성 물질 때문에 창고에 불이 붙었습니다."

"왜 폭발한 건가요?"

"인화물질이 폭발해 화재가 생긴 걸로 알고 있습니다. 지금 조금 더 세세하게 조사 중입니다."

깔끔하고 군더더기 없는 설명이었지만 그 끝에 묘한 여운이 있었다. 세세하게 조사 중이라는 것이 무언가 더 있을 수도 있다는 느낌이었다.

"뭔가가 더 있나요?"

"하필 그 시간대에 그 근처를 시안 아라온이 지나간 게 목격되었습니다. 아무래도 그는 이전부터 마벨에게 여러 번 악감정을 내비친 적이 있어 그를 위주로 조사가 진행될 것 같습니다."

뜻밖의 이름이었다. 하필이면 불이 났을 때 내게 악의를 갖고 있던 시안이 지나가다니. 하지만 아무리 생각해도 그가 범인인 것 같지는 않았다. 내게 몇 번이나 시비를 걸고 무시하는 발언을 하고, 심지어 얼마 전엔 결투를 청했다가 비참하게 패배한 전적까지 있지만 그는 아니라는 확신이 들었다.

방화라는 것은 생각보다 그 책임이 크게 다가온다. 하지만 시안에게는 그것을 감당할 만큼의 배짱이 있을 리가 없었다.

"음, 하지만 시안은 아닐 거예요."

"확신하시는 것 같습니다."

"그냥 느낌이기는 하지만, 그가 그럴 배짱까지는 없다고 생각하거든요."

"사실, 조사 자체도 그렇게 흘러가고 있습니다. 단순 사고가 제일 유력합니다."

아무래도 그럴 가능성이 컸다. 발화성 물질을 보관 중인 창고였다. 옮겨 붙을 불 같은 것은 없었지만 화재라는 것이 언제나 예상할 수 있는 것은 아니었다.

그리고 무엇보다 불이 날 때 창고 문은 닫혀 있었다. 문은 하나였고, 창문은 있었지만 너무 작아 사람이 들어올 만한 크기가 아니었다.

불이 날 당시 인기척은 느끼지 못했었다. 자연적으로 아주 우연히 일어난 발화일 가능성이 농후했다.

조사는 아카데미의 전문가들이 진행하고 있을 것이다. 나 역시 혹시 모를 것에 대비해 조사해 볼 터지만 우선은 그들에게 맡겨야겠지.

그보다 내게 중요한 것은 따로 있었다. 창고에 불이 붙었다. 그곳은 본래 마법부에서 쓰는 곳이지만 지금은 비어 있었고, 학생회에서 잠깐 사용하고 있는 중이었다. 그 와중에 일어난 화재이니 분명 화재에 대한 책임을 져야 했다. 그것은 학생회 전체가 될 수도 있었고, 나 혼자가 될 수도 있었다.

나는 책임의 대상이 내가 될 것이라 예상했다. 학생회 전체에 화살을 돌리기엔, 황제의 딸인 아델라이네가 껴 있었다. 평민 한 명에게 책임을 돌리는 것이 가장 손쉬운 방법일 터였다.

나는 고개를 돌려 디온을 바라봤다. 아마 그것에 대해서는 디온이 제일 잘 알고 있겠지.

"책임은요?"

"마벨에게 책임을 물을 일은 없을 겁니다."

의외였다. 그들의 입장에서는 내게 책임을 돌리는 것이 편할 텐데. 세그다드가 엮여 있으니 퇴학까지는 아니더라도 그에 준하는 징계를 받을 줄 알았는데.

"하지만 그 사건에 엮여 버린 건 저 하나인데요?"

"하지만 없을 겁니다."

그의 대답이 너무나 단호했다. 나는 디온의 담담한 표정을 세세하게 살폈다. 그는 격정적인 감정을 누르는 표정이었지만, 그 안에서 내 처우에 대한 걱정은 보이지 않았다. 그 나름의 처리를 끝낸 것이 분명했다.

이 일을 학생회가 덮어쓴다면 그것은 나까지 포함되는 것이고, 학생회가 덮어쓰지 않는다면 나 혼자만 책임이 될 것이다. 둘 중 어디든 내가 책임을 지는 것이 맞는데 디온은 내가 책임을 질 일은 절대 없다고 했다. 확신하는 걸 보아하니 이미 무언가 처리가 끝난 모양이었다.

"혹시 디온이 덮어쓴 건 아니죠?"

그는 내 질문에 답이 없었다. 뭔가를 숨기는 듯 잠시의 불편함이 스쳐 가는 그의 눈빛을 잡아냈다. 내 예상이 맞는 모양이었다. 조금 길게 이어지는 그의 침묵을 긍정이라고 해석했다.

"내 잘못인데 디온이 왜요?"

"이곳은 평등을 표방하지만 계급이 남아 있는 곳입니다."

내 생각과 비슷한 이유로 그가 움직인 모양이었다. 나는 작게 한숨을 내쉬었다.

"그러니까 나로 인해 번진 화제라면 내가 평민인 것 때문에 일이 커질 수 있지만, 디온이라면 그 일이 조금 덜 중요하게 다뤄질 수도 있다는 말이죠?"

"맞습니다."

사실, 그것이 제일 깔끔하고 빠른 해결책이기는 했다. 문제는 내가 그에게 너무 미안하다는 것이었지만. 하지만 내 감정을 호소해 봤자 그에게 먹히지 않을 것이 분명했다.

"그래서 디온에게 아무런 피해가 없나요, 정말로?"

나는 이미 벌어진 일을 따지기보다는 그 후에 대한 것을 물었다. 정말 그에게 아무런 징계도 내려지지 않은 것일까? 아카데미 안에서 불이 났다는 것은 아무리 생각해도 쉽게 넘어갈 수는 없을 것 같았다.

내 질문에 그는 잠시간 망설이는 모습을 보였다. 하지만 곧 평정을 잡고는 대답했다.

"예, 그리고 불꽃놀이 역시 일정대로 진행될 겁니다."

이것 역시 의외였다. 아무도 책임을 지지 않고, 계획했던 일도 그대로 할 수 있다니. 나는 집요하게 그에게 질문을 던졌다.

"어떻게요?"

"공작가에서 아예 전문 관리인을 두기로 했습니다. 안전하게 관리되어 문제없게 처리되도록 했습니다."

공작가에서 관리인이 온다고 한다. 공작가에서 사람이 나선다는 것은 아카데미 선에서 처리되지 않았다는 것을 뜻했다. 아카데미 측이 그냥 넘어갔다는 것은 아무리 생각해도 말이 되지 않았다. 나는 그의 눈을 똑바로 쳐다보며 물었다.

"다 말해줘요. 어떻게 처리했나요?"

"역시, 마벨은 당할 수가 없군요."

잠시간 흔들리는 눈빛으로 나를 마주하던 디온이 작게 웃음을 흘렸다. 역시나 내게 말하지 않는 무언가를 뒤에서 처리한 모양이었다.

"원인이 저인데 아, 그렇구나 하고 넘어가고 싶지는 않아서요. 그러니까 말해줘요."

"아카데미 측에 모든 일의 원인은 제 생일이었고, 제 생일 때 꼭 불꽃놀이를 하고 싶다고 제가 강하게 말했기 때문에 일어난 일이라 말했을 뿐입니다. 그리고 암묵적인 수직 관계 역시 조금 내비쳤을 뿐이고 말입니다. 형님과 몇 번의 서신을 왔다 갔다 하더니 나온 결정입니다."

"아무리 생각해도 디온에게 처벌이 없을 것 같지는 않은데요."

"당분간 마법부의 조교로 도와주기로 했을 뿐입니다. 신경 쓰실 필요 없습니다."

이곳에서의 마법은 과학과 밀접한 관계가 있다. 마법 수업 시간 때 교수가 나를 귀찮게 하던 것을 생각해 보면 그가 당할 일이 썩 편한 일은 아닐 게 분명했다.

생각보다 작은 처벌이었지만 그래도 미안했다. 학생회 전체가 도모한 일이었고, 그는 이 사건에 하등 책임이 없는데 그가 모든 책임을 지게 된 것이다.

"그거, 좀 고역일 것 같은데요. 미안해요, 괜히 저 때문에."

"아닙니다. 마벨이 무사해서 다행입니다. 다행히도 간발의 차이로 아무런 상처 없이 현장에서 벗어날 수 있었습니다."

나를 바라보는 녹안에 스며든 따스함은 여전했다. 디온의 말이 사실인지 몸이 살짝 욱신거리는 것을 제외하고는 아픈 곳은 없다. 이 뻐근함 역시 긴장 후 오는 과한 안도 때문이겠지. 굉음까지 들리던 화재 현장에 있던 것에 비하면 상당히 무사한 상태였다.

화재가 머릿속에서 재생됐다. 굉음과 함께 빠르게 번져 나가던 불길. 그리고 그에 덧씌워진 과거의 기억.

내 것이 아닌, 벤지안스의 기억이라고 생각했던 장면이 눈앞에서 생생하게 재생했다. 절대 떨어뜨리고 생각할 타인의 기억이 아니라는 것을 내게 각인시켜 주기라도 하듯.

육 년 전의 지옥과 같았던 풍경. 그것이 누군가가 이끌어낸 환영인지 트라우마의 재생인지는 모르겠지만 그 과거가 내게 지나치게 크게 자리하고 있다는 것을 알려주기라도 하듯 과거의 지옥이 눈앞에 뚜렷이 보였었다. 그리고 내게 내밀어진 손. 그 아비규환 속에서 유일하게, 잡아야 한다고 내게 외치기라도 하듯 내밀어진 손.

환영 속에서 그 손의 주인은 분명 디온이었다. 지금 디온의 모습과 어릴 적 디온의 모습이 교차되어 내 정신을 흔들어놓았지만, 그것이 무엇이든 간에 내게 내밀어진 손의 주인은 디온이었다. 나는 이것을 본인에게 확인하고 싶었다.

"궁금한 것이 있어요. 그때 손을 내민 사람이 디온인가요?"

"……예."

한 템포 쉬고 디온이 말을 이었다. 단조로운 한마디였다. 타인의 목숨을 구해놓고도 보이는 그 담담한 모습이 오히려 큰 신뢰를 불러왔다.

"고마워요."

진심이었다. 내게 있어서 창고에서의 화재는 단순한 사고가 아니었다. 과거가 눈앞에서 끔찍하게 재생되었고, 잊고 싶던, 알고 싶지 않던 과거가 재생되는, 살아 겪는 지옥이었다. 그 견딜 수 없는 화기에서 내밀어진 온기가 내게는 구원이나 마찬가지였다.

"다시는."

디온의 눈에는 가끔 내게 보이는 간절함, 그리고 애절함이 담겨 있었다. 마치 저가 지금 하고 있는 한마디가 진심이라고 온몸으로 외치는 듯한 간절함과 함께.

"다시는 눈앞에서 보내고 싶지 않았습니다."

힘을 담아 확고히 말하는 그 한마디에 스스로 다지는 각오가 느껴졌다.

그와 동시에 내 손에도 따스한 자극이 느껴졌다. 나는 내 손을 내려다보았다. 아까부터 손이 좀 따뜻하다고 생각했는데, 디온의 손이었어?

"어……."

"아, 죄송합니다."

눈에 띄게 당황한 디온이 잡고 있던 손을 풀어내고 일어나려 했다. 그 모습에 나도 모르게 멀어지는 손을 잡아끌었다. 충동적인 내 행동이 스스로도 당황스러웠다.

분명 닿는 것만으로도 싫었어야 할 타인의 손길인데 이상하게도 이 온기는 아니었다. 본능적으로 그의 손을 잡고 내 옆에 앉히고 나니 왠지 모르는 열기가 얼굴로 오르는 것 같았다. 아무래도 나, 얼굴 빨개졌을 것 같은데.

"아니요, 그, 음, 이 정도는 괜찮은 것 같아요."

이거, 횡설수설하고 있는 거 맞지? 갑자기 그의 눈을 마주하기가 민망해 눈을 또록또록 굴렸다. 곁눈질로 본 그의 얼굴에는 따스한 미소가 얼핏 보였다. 큼큼, 괜히 목을 가다듬었다.

아무렇지 않은 척 고개를 들었지만 여전히 그의 눈을 똑바로 볼 수가 없었다. 뭐가 됐든 다른 말을 꺼내야 할 것 같아 입을 열었다.

"밥은 먹고 여기 앉아 있는 거죠? 배고프다면서요? 밥 먹으러 가요. 배고픈데요."

아, 도대체 뭐라고 말을 하는 건지. 용기를 내 올려다보니 놀라움과 그 놀라움을 넘어선 부드러움이 가득 담긴 눈동자가 나를 향해 있었다. 그의 눈을 마주하니 다시 얼굴이 홧홧해지는 것이 느껴졌다.

나를 바라보며 그가 입꼬리를 올려 부드러운 미소를 지어 보였다. 그 웃음은 너무나도 몽글몽글해서 내가 지금 헛소리를 한 것도, 말 같지도 않은 행동을 한 것도 전부 까먹을 정도로 나를 기분 좋게 만들고 있었다.

"내내 누워 계셨으니 당연할 것입니다. 무리하지 마십시오. 걱정된다며 학생회들이 이것저것 두고 갔습니다."

"아아, 밤이군요."

그제야 창밖을 확인하니 깜깜한 밤이었다.

"잠시 계시면 가지고 오겠습니다."

디온이 부드럽게 웃으며 자리에서 일어났다. 자연스럽게 그의 손도 내게서 떨어졌다. 온기가 떠난 손이 왠지 아쉬워 그 온기가 달아나지 않도록 왼손으로 오른손을 쥐었다. 하지만 내 왼손은 그의 손만큼 따스하지 않았다.

잠시간 사라진 그의 뒷모습을 한참 눈으로 좇았다. 손에 미세하게 남은 그의 온기와 함께 문득 깨달았다. 하지만 나는 고개를 저었다. 그럼에도 그 부정을 허락하지 않겠다는 듯, 내 안에서는 계속 같은 말을 하고 있었다.

아무래도, 나는 그에게 조력자, 가족 이상의 감정을 품게 된 모양이었다.

✤

디온이 이 사태를 수습하기 위해 공작저의 도움을 빌리는 것과 동시에 내 건강에 대해서도 아카데미 측에 강력하게 피력한 모양인지, 내게 며칠간 수업을 듣지 않고 기숙사에 있어도 좋다는 공지가 내려왔다.

그래봤자 이틀 정도였지만 땡땡이를 밥 먹듯이 하던 나에게 합법적으로 땡땡이를 칠 수 있다는 건 굉장히 솔깃한 것이었다. 나는 별다른 반박 없이 그러겠노라 대답했다.

어지러움과 욱신거림은 디온의 극진한 간호 아래 괜찮아졌다. 그럼에도 걱정이 되었던 모양인지 그는 몇 번 아카데미의 의원에게 진찰을 받게 하고는, 괜찮다는 답변을 받았음에도 나를 자리에서 일어나지 못하게 했다.

그렇게 누워 있는 동안 가끔 학생회 친구들이 찾아오기도 했다. 아무래도 이틀 동안 수업을 나가지 않으니 걱정되는 모양이었다. 하지만 의원이 절대 안정을 취하라고 말했다며, 디온은 그들을 방 안으로 들여보내지 않았다. 나 역시 그 편이 좋았다. 디온이기에 내 개인 공간에 들어와도 괜찮은 것이지, 다른 학생들까지 받아들이고 싶지는 않았다.

이번 사태에서 조금의 수확이라고 할 만한 것은 아델라이네에 관한 것이었다. 단체로든 개인으로든 최소 한 번씩은 찾아온 학생회의 다른 멤버들과 달리 아델라이네만은 단 한 번도 찾아오지 않았다.

나를 좋아한다면, 그녀의 말대로 열병과도 같은 연모라면 무던히도 나를 찾아와야 했건만, 혹은 아니더라도 안부의 서신이라도 보냈어야 했지만 그녀는 그러지 않았다. 내가 그녀를 조금 파고들 빌미를 마련해 준 셈이었다.

디온은 찾아오던 학생회들을 모두 막아내곤 계속 내 곁을 지키겠다고 몇 번이나 말했지만 나는 그보다 더 단호하게 필요 없다 대답했다. 매사 모든 일에 최선을 다하고 완벽한 그가 수업을 빼먹겠다는 말이 가볍게 들리지 않았기에.

무엇보다, 아무래도 그가 있으면 마음 정리가 쉽지는 않을 것 같았기에 나는 그에게 괜찮으니 수업에 들어갈 것을 권했다. 그리고 여느 때처럼 그는 내 말에 따랐다. 그렇게 나는 혼자 기숙사에 남아 있을 수 있었다.

온갖 생각이 머릿속에 휘몰아쳤다. 해결해야 할 것이 한가득이었다. 게다가 불쑥 끼어든 사소하지만 무시할 수 없는 감정까지 나를 혼란스럽게 했다. 내가 그에게 갖고 있는 감정이 이성적인 호감이라는 것을 인정하면 인정할수록 내 안에서 그에 준하게 올라오는 감정이 있었다.

스스로에게 향하는 역겨움.

나는 그가 내게 연심이 있다는 것을 알고 있다. 그리고 그 연심이 내가 만들어낸 감정이라는 것 역시 잘 알고 있다.

내가 그에게 호감을 내비치면 그 역시 내게 기쁨을 표할 것이다. 내가 만들어낸 가짜 감정으로. 그가 내게 가진 감정은 진짜가 아니었다. 생각에 생각을 물고 몇 번이나 생각해도 결론은 하나였다.

나는 그와 연인으로 행복할 자격이 없다는 것.

진리와도 같은 현실을 깨닫자 내가 할 일은 이 감정을 저 기저로 밀어 넣는 것이었다. 죄책감, 자기혐오와 함께 그에게 향하는 호감 역시 꾹꾹 눌러 담아 밀어 넣는 것. 다른 감정으로 가장하더라도 누구에게도 내비치지 않는 것이 내가 지금 해야 할 일이었다.

그럼에도 계속 고개를 들이미는 그를 향한 욕심에 이제 나는 어떻게 해야 할지 모를 지경이었다. 생각은, 그리고 감정은 내가 수업을 쉬는 이틀 안에 마무리 지을 수 있는 것이 아니었다. 괜찮겠지 싶다가도 그가 안부를 물으러 문을 두드릴 때마다 진정되지 않고 휘몰아치는 감정을 가진 채로 나는 다시 일상에 돌아가야 했다.

그나마 다행인 것은 일련의 사고 이후 처음 듣는 수업이 그가 듣지 않는 1학년 수업이라는 점 정도였다. 오랜만에 향한 교실에서는 때아닌 소란이 있었다. 교실 밖에서도 들리는 커다란 목소리는 상당히 익숙한 것이었다.

문을 열고 교실에 들어가자 소란의 근원이 한눈에 들어왔다.

교실 안의 학생들은 귀족이라는 자각은 있는지 보지 않는 척 시선을 돌리고는 있었다. 하지만 아예 무시하기는 힘든지 곁눈질로 그쪽을 힐끔거리는 게 눈에 훤했다. 아무리 귀족이라 한들 싸움 구경이 제일 재밌는 것은 여기나 저기나 마찬가지인가 보다.

나는 빈자리에 책을 올려두고 까치발을 올려 언성을 높이는 자들을 살폈다. 역시나, 시안이 있고 그 앞에 너무나 익숙한 얼굴들이 모여 있었다. 다수 대 한 명의 대치 상태였는데, 시안의 편에 서 있는 자는 아무도 없어 보였다.

예상외의 대치 상대에 조금 의아해졌다. 저들과 시안은 큰 접점이 없었다. 둘 사이에는 나라는 교집합이 있을 뿐이었지, 시안과 쉬얌, 라이, 베른, 아델라이네가 그를 적대할 이유는 아무 데도 없었다. 아무래도 저들의 갈등 이유는 나인 것 같아 우선은 그들의 싸움 내용을 들어보기로 했다.

"아닙니다! 나도 그 옆을 지나가다가 놀랐을 뿐이란 말입니다!"

"하지만 우연 치고는 너무 놀랍지 않습니까?"

"내가 그 안에 그 평민이 들어가 있는지 아닌지 어떻게 안다는 말입니까? 지금 평민 하나 때문에 아라온가와 척을 지겠다는 겁니까!"

그들은 나 때문에, 정확히 말하자면 내가 현장에 있던 화재 사건 때문에 싸우고 있었다.

시안이 화재 현장 옆을 지나갔던 게 목격되었다. 디온이 말한 것을 떠올렸다. 아무래도 그것 때문에 이 사달이 벌어진 모양이었다. 어쨌든 싸움을 말리는 건 내 몫인 것 같아 대치하고 있는 그들 사이로 들어갔다.

"아닐 거예요."

단호한 내 한마디에 모두의 시선에 내게 몰렸다. 더불어 아닌 척 구경하고 있던 구경꾼들의 시선 역시 집중되는 것이 느껴졌다.

"어, 마벨? 몸은 괜찮아요?"

갑작스러운 내 등장에 싸움은 잠시 소강상태가 되었다. 화재 이후 처음 보는 내 모습에 그들이 앞다퉈 안부를 물어왔다. 나는 가볍게 대답했다.

"네, 괜찮습니다."

"아닐 거라니?"

제일 열을 내며 싸우던 사람 중 한 명인 베른이 물었다. 나는 그를 한 번 쳐다보고는 시안에게로 시선을 돌렸다.

"지금, 그 불이 우연이 아니라 시안이 부러 지른 것이라 말하고 있는 것 아닙니까?"

"맞아요."

역시나 베른의 옆에서 표정을 굳히고 있던 라이였다. 그 역시 상당히 화가 난 얼굴로 시안에게 다시 따지려 했다. 이 정도까지 나를 생각해 주다니 조금 의외였다.

"그는 아닐 거예요."

"하지만 우연이라기엔."

"절묘하죠. 물론 누군가가 불을 냈을 수도 있어요. 하지만 그게 시안은 아닐 겁니다."

나는 내 생각을 말했다. 그들의 말대로 누군가가 불을 냈을 수도 있지만 괜한 사람을 잡아서 일을 키우고 싶은 마음은 없었다. 무엇보다 그가 아무리 멍청하다고 한들 누가 언제 어디서 어떻게 볼지 모르는 공간에서 사고를 쳤을 리가 없었다.

뿐만 아니라 내가 그 창고에 들어갔을 때를 틈타 절묘하게 나를 노리고 불을 질러야 하는데 시안은 그런 계획을 세울 수 있는 사람이 아니었다. 무엇보다, 시안에게는 그럴 깜냥이 없었다.

"왜, 왜?"

예상치 못한 내 두둔에 놀란 모양인지 시안은 큰 눈으로 나를 빤히 바라보았다. 그 짧은 말 한마디가 떨리는 것을 보아하니 시안마저도 내가 저 편을 드는 것이 믿기지 않는 모양이었다.

"누군가의 목숨을 해하는 것도 배짱이 필요한 법이거든요. 시안에게 그런 배짱은 없습니다. 고작 해봤자 교과서를 찢어놓는다거나 필기구 몇 개를 버리는 정도뿐이죠."

이는 내가 주변에 말하지 않았을 뿐, 가끔가다 시안이 내게 해 왔던 짓이었다. 내가 크게 반응하지 않자 재미가 없어진 건지 그 유치한 짓은 길게 이어지지는 않았다.

"그, 그건."

내 말에 찔리는 모양인지 시안이 잠시 말을 더듬었다. 나는 그의 말을 끝까지 듣지 않았다. 딱히 그런 별 볼 일 없는 일에 대해서 따지고자 말을 꺼낸 것은 아니었으니까.

"게다가 서열에서 오는 압박을 누구보다 잘 아는 시안이 공작가를 뒤에 두고 있는 저를 해한다? 누군가의 목숨을 노리는 것역시 그만큼의 배짱과 용기가 있거나, 그만큼의 각오가 있는 사람이 할 수 있는 짓입니다. 기껏 해봤자 어깨나 치고 지나가며 시비만 걸어대는 자가 할 수 있는 짓이 아니란 말이죠."

"저거, 두둔하는 걸까, 몰아가는 걸까?"

"그건 나도 통 모르겠는데."

학생회 멤버들이 두런두런 속삭이는 소리가 들렸다. 내가 너무가차 없이 말했나? 하지만 그것이 사실인걸.

내게 줄곧 악감정을 표출해 온 바람에 괜한 일에 의심까지 받는 자에게 더한 자비를 베풀 생각은 없었다. 시안이 억울하게 누명을 쓰는 것만을 막아주는 게 내가 베풀 수 있는 최대한의 자비였다.

"무엇보다 시안은 지금 잃을 것이 없는 상태가 아니잖습니까? 잘못될 경우 스스로에게 극단적인 해가 올 수 있는 짓은 보통 잃을 것이 없는 자가 하는 짓이거든요."

개인적인 생각이기는 했지만 내 지론으로는 그러했다. 단순히누군가를 미워하고 깔아뭉개는 것이 아니라 누군가의 목숨을 직접적으로 해하기 위해서는 그만한 각오가 필요하다. 그리고 시안은 그 각오를 다지기에는 스스로 귀족임에 자부심이 컸고 절대그 위치를 잃으려 하지 않을 게 분명했다.

"아마, 조사대로 우연일 가능성이 높을 겁니다. 사실, 지금 제가 수업을 나오기는 했지만 썩 완쾌된 상태는 아니라서요. 시끄러워지는 걸 원치는 않아, 아닌 일은 확실히 하고 싶었습니다."

내 건강은 아무 문제가 없었지만 이쯤에서 건강 상태를 걸고넘어지는 것이 이 시끄러운 상황을 빨리 잠재울 수 있을 거라는 판단이 들었다.

"뭐, 당사자가 그리 말하는데 몰아붙일 수도 없는 노릇이고 말입니다."

내 생각대로 다행스럽게 분란은 빠르게 소강되었다. 아이들이 하나둘 자리로 돌아갔다. 이 싸움을 보지 않은 척 구경하던 학생들 역시 이제 그 관심이 다한 모양인지 저들끼리 떠들기 시작했다.

학생회들 역시 흩어져 제자리로 돌아갔다. 하나둘 떠나고 내 앞에 남은 마지막 사람은 쉬얌이었다. 마주친 눈에는 이전의 나를 향한 관찰에 더한 짙은 의심이 덧씌워져 있었다. 이전에는 흥미로 인한 관찰이었다면 지금 그의 눈빛에 덧씌워진 것은 명백한 의심이었다. 내가 말하는 것과는 다른 내 안의 미지의 것에 대한 의심.

입꼬리를 올려 잠시간 나를 바라본 그가 입을 열었다.

"가끔 보면 너무 통찰력이 뛰어나단 말이지."

쉬얌은 그렇게 중얼거리곤 내 옆을 스쳐 지나갔다. 아무에게도 들리지 않을, 하지만 명확하게 꽂히는 한마디가 내 귀를 파고들었다.

"평민답지 않게."

찰나였다. 고개를 돌려 바라보자 그는 아무 말도 하지 않았다는 듯 태연히 제자리에 앉았다. 그가 나에 대해 무언가 알아낸 것일까? 그럴 수도 있었다. 하지만 아닐 수도 있었다. 그 무엇도 확신할 수 없었다.

다시 쉬얌과 눈이 마주쳤다. 그가 웃었다. 승자의 웃음이었다. 허세인지, 아니면 진심인지 모를 것이었다. 뜻 모를 대치는 교수가 들어옴으로써 끊겼다.

내 감이 말해주고 있었다. 곧 그는 내게 말을 걸어올 것이다. 그만의 방식으로.

생활은 다시 원래대로 돌아왔다. 수업을 듣고, 교수들이 내준 과제를 하고, 가끔 학생회실을 들러 몇 가지 일을 처리하는 일상.

나는 학생회실로 향했다. 그 안은 평소와는 달리 조금 가라앉아 있었다. 아무래도 이유를 알 것 같았다. 몸이 좋지 않은 날 생각해 조용히 있으려는 모양이었다. 몇 번이나 내 방을 찾아왔었다 하니 그들 나름대로 내 걱정을 무던히도 했는가 보다. 여느 때와 같이 문을 열고 들어서자 그들이 잠시 망설이다 내게 다가왔다.

"음, 저, 미안."

"미안해요."

"미안합니다."

마치 기다리고 있기라도 한 듯 그들은 내게 사과의 말을 건넸다. 나 때문에 분위기가 가라앉았다고 예상은 했지만, 사과까지 받을 것이라고는 생각하지 않았는데.

그들이 내게 창고에 가라고 강요한 것도 아니었고, 생일 파티 준비 역시 그들이 내게 강요한 것이 아니었다. 디온을 조금이나마 놀려주고 싶은 마음에 자발적으로 참여한 것이었다. 누구의 탓도 아닌 사고이고, 난 그 사고에 우연히 휘말린 것뿐이다.

"딱히 사과받을 일은 아니지 않습니까? 이게 여러분 잘못도 아니고, 아무리 조사하고 파헤쳐도 우연히 일어난 사고라는 결론밖에 나오지 않고요."

"하지만 우리가 마벨을 창고로 보내지만 않았어도 이런 일은 없었지 않을까 싶어서."

대표로 사과하며 나선 사람은 센이었다. 항상 쾌활한 얼굴에 그림자가 드리워지니 그가 정말로 내게 미안해하고 있다는 것이 절절히 느껴졌다. 나는 디온보다도 키가 커서 고개를 올려야만 마주할 수 있는 그의 얼굴을 바라보며 고개를 저었다.

"내가 제일 미안해."

그의 옆에서 페른은 마치 죄인인 것처럼 몹시도 미안한 표정으로 사과했다. 이 중 제일 큰 죄책감을 안고 있는 모양이었다.

그가 내게 창고에 가볼 것을 권하기는 했지만, 그것이 그때 제일 적절한 판단이었다는 것을 알고 있었다. 나는 고개를 가로로 저었다.

"아니요, 페른은 그때 디온의 질문 공세에서 저를 구해주려고 그런 거잖습니까? 이제 끝났고, 저는 아무 상처도 없고, 사건 또한 잘 마무리 지어졌으니 이 일은 그만 잊는 것이 어떨까요?"

더 이상의 사과는 내가 사양이었다. 이 일 때문에 계속 분위기가 가라앉는 것도 마음에 들지 않았다. 뿐만 아니라 그 일이 계속 입에 오르내릴 때마다 그때 보았던 환영과 그로 인한 복잡한 감정 때문에 태연한 낯을 하기가 힘들었다.

나는 도움을 청하는 눈빛을 디온에게 보냈다. 내 눈빛을 받은 그가 가볍게 고개를 끄덕이고는 내 말을 받았다.

"나도 거기에 동의합니다."

"디르케온에게도 미안."

"죄송합니다."

이제는 디온에게도 사과가 시작되었다. 디온이 창고에서 날 구했고, 또 그가 내 후원자이니 그에게도 많이 미안한 모양이었다.

"알고 있다면 다시는 같은 일이 반복되지 않을 것이라 믿습니다. 당사자인 마벨도 이만 넘어가기를 원하는 것 같으니 이 이야기는 여기서 끝내도록 하죠."

"그래! 너무 분위기가 처져 있잖아."

디온이 평소의 무뚝뚝한 모습 그대로 사건을 일단락 짓자 애써 밝은 척을 하며 분위기를 전환시키는 자는 센이었다. 다시 분위기를 회복시키려는 그의 노력에 학생회는 금세 예전의 분위기로 돌아왔다. 그래, 이게 내가 보기에도 편했다.

각자 일을 끝마치고는 하나둘 기숙사로 돌아갔다. 디온은 마법부의 조교를 빙자한 실험체 노릇을 하러 자리를 뜬 상태였다. 그는 이제는 내 안전을 믿지 못하겠다는 듯 자신이 올 때까지 여기에서 기다릴 것을 부탁했다. 부드러운 어조였지만 그 안에 담긴 간절함에 나도 모르게 고개를 끄덕이고 말았다. 그리고 그 결과 여기에 이렇게 페른과 둘만 남아 학생회실을 지키고 있었다.

페른은 불꽃놀이는 그대로 진행한다는 소식에 기쁜 건지 힘든 건지 애매한 표정을 지은 채 고개를 끄덕였다. 그리고 지금 이곳에 남아서 알아볼 수도 없는 수식을 종이에 휘갈겨 쓰고 있었다.

나는 맹렬히 집중하고 있는 페른을 불렀지만 그는 들리지 않는 모양인지 여전히 고개를 종이에 박은 채였다. 나는 그 옆으로 가 책상을 똑똑 두드렸다. 그제야 페른이 고개를 들어 나를 바라봤다.

"어, 무슨 일?"

고개를 올리는 페른의 눈 밑이 유난히 검은 것이 굉장히 피곤해 보였다. 괜히 불렀나 싶다가도 꼭 해야 할 말이기에 그에게 답했다.

"부탁하고 싶은 것이 있는데요."

"들어보고 내가 할 수 있는 거면 할게."

평소라면 단번에 귀찮아, 하고 거절을 할 페른이 바로 수락했다. 아무래도 아까 내게 건넸던 사과가 진심이었던 모양이다.

"혹시 불꽃놀이에 들어갈 문구 작업이 끝난 겁니까?"

"아니, 딱 이제 시작하려 했는데."

"다행이네요."

"혹시 문구를 바꿔달라고?"

페른은 은근히 눈치가 빨랐다. 심드렁해 보이는 표정이었지만 그것이 귀찮음만을 담고 있지는 않다는 것을 이젠 알게 되었다.

"예."

"내 눈에 제일 신나 보였던 건 마벨이었는데."

"부정은 못 하겠습니다만, 아무래도 이 상황에서 디온을 놀려 먹기에는 제게도 염치라는 것이 있으니까 말이죠."

"사실, 나도 조금 찜찜하긴 했어. 마음 같아서는 불꽃놀이 역시 안 하고 싶지만, 이미 디르케온이 강력하게 하고 싶다고 말하고 사건을 무마시켰으니, 우리 마음대로 접을 수 있는 것도 아니고 말이지. 그래서 무슨 말을 넣고 싶은데?"

입을 떼었지만 아무래도 내 입으로 말하기엔 조금 민망했다. 나는 문구 하나를 종이에 적어 그에게 건넸다. 그것을 흘끗 바라본 페른이 픽, 작게 바람 빠지는 웃음소리를 내었다.

"뻔뻔해 보이면서도 은근히 부끄러움이 많은 것 같다니까."

"그거, 제게 하는 말은 아닐 것이라 믿겠습니다."

"마음대로 생각하라고. 뭐, 작업하는 나로서도 이게 속이 편하고 말이야. 센은 펄쩍 뛰겠지만."

페른은 쭈욱, 기지개를 켜며 이 자리에 없는 센을 끌고 왔다.

하긴, 센이 있었으면 '왜!'라고 뜯어말릴 것 같았다.

그렇기에 아무도 없을 때 불꽃놀이 작업을 도맡아 하는 페른에게 문구 교체를 부탁한 것이기도 했다. 나는 센에 대해 적당한 대답을 하고 머릿속에 떠다니는 물음을 던졌다.

"그래도 별말은 못 할 겁니다. 아, 그리고 묻고 싶은 것이 있습니다."

"물어봐."

"창고에 발화 물질이 있다는 것을 알고 있던 사람이 많았습니까?"

사실, 이미 단순 사고로 끝난 문제였지만 그래도 혹시 몰라 물었다. 아무리 생각해도 페른은 아니었고, 더불어 학생들도 아니었다. 그들은 전부 같이 학생회실에 있었다. 오히려 의심을 하자면 그 옆을 지나갔던 시안이었지만 그 역시 아니었다.

"아니, 학생회 말고는 없었어. 게다가 그때 마벨이 그곳에 간 것 역시 우연이었고 말이지."

"네, 저도 그렇게 생각합니다."

나 역시 이 사건에 아카데미 학생이 얽혀 있을 것이라는 생각은 하지 않았다. 그럼에도 이렇게 깔끔하지 않고 무언가 찌꺼기가 남은 느낌이 드는 이유는 화재의 열기 안에서 재생된 환영 때문일 것이었다.

화재뿐 아니라 계속해서 꾸고 있는 악몽도 찝찝하긴 마찬가지였다.

페른과 잠깐 이야기를 나누는 사이 볼일을 마친 디온이 돌아왔다.

"오래 기다렸습니까?"

"아니요. 생각보다 일찍 왔네요."

돌아가자는 그의 말에 자리에서 일어났다. '조심이 들어가' 하며 페른이 짧게 인사를 건넸고 우리는 가볍게 끄덕이고는 학생회실을 나왔다.

나는 디온과 어두워진 길을 걸으며 생각했다. 악몽이 다시 시작된 이후로 단 한 번 끊겼던 때가 있었다.

그가 내 방에서 내 손을 잡고 옆에서 간호해 줬던 날. 그 순간을 제외하고는 거의 매일 밤마다 악몽을 꾸곤 했다.

설마, 그의 온기에 나도 모르게 안정이 되었다던가⋯⋯. 나는 고개를 저었다. 그를 내 안에 편입시키겠다는 과한 욕심을 더 이상 부릴 수가 없었다. 내가 그에게 요구할 구명줄은 딱 이 정도가 적당했다. 더 이상은 아니야.

11월에 가까워지면서 날씨도 서늘해졌다. 불어오는 가을바람은 예전에 비해 차가웠다. 시린 손을 몇 번 접었다 폈다. 이때만큼 주머니가 없는 교복이 이리도 야속할 수가 없었다.

"싫으면 말씀하십시오."

갑작스러운 말에 '뭘를요?'라 물으려던 질문을 삼켰다. 좀 전까지 춥다고 생각했는데 한순간에 그 추위 따위 느껴지지 않았다. 손에 익숙한 온기가 느껴졌다. 불 속에서 내게 내밀었던 손, 내가 쓰러져 있을 때 내내 잡고 있었을 그 손이었다.

고개를 들어 그를 올려다봤다가 다시 시선을 돌렸다. 이대로 그와 마주하고 있으면 숨기려 한 감정을 들킬 것 같아서.

이미 해가 진 아카데미 안에는 아무도 돌아다니지 않았다. 우리는 말없이 걸었다. 이 침묵이 어색하면서도 편했다. 왼손에서 서서히 올라오는 온기가 너무 따스해서 그를 뿌리칠 수가 없었다.

입술을 꽉 깨물었다.

나는 앞으로도 그를 뿌리칠 수가 없을 것 같았다.

기숙사에 도착하자마자 방에 들어와 침대에 누웠다. 푹신한 매트리스에 파묻히는 몸을 내버려 둔 채 한숨을 쉬었다. 그러다가 한기가 느껴져 고개를 드니 창문이 열려 있었다. 이제는 밤공기가 차가워 문을 열어놓기엔 너무 추웠다. 나는 왼손을 쥐었다가 폈다. 아직도 온기가 손안에 남아 있는 느낌이었다. 이 온기가 계속 지속되었으면. 이제는 무시할 수도, 넣어둘 수도 없을 그런 바람이었다.

깊게 한숨을 내쉬었다. 내가 내 감정을 무시하기 위해 발버둥 치면 칠수록 그 감정은 계속해서 튀어나오기 위해 안간힘을 쓸 것이다. 이제는 어떻게 해야 할지 정말 모르겠다.

삐익!

내 심정을 알기라도 하는 모양인지 큐라가 다가왔다. 꼬리를 흔들고 털에 감춰진 다리를 내보이는 것은 서신이 있을 때 하는 행동이었다. 오르도와 블레로 길드에서 온 답장이었다.

오르도의 서신은 간단했다. 화재 소식을 듣고 내 안부를 묻는 것과 함께 디온의 생일을 제 몫까지 축하해 줄 것을 부탁하는 말. 그리고 대략 이 주 후에 있을 축제를 고대하고 있다는 말까지. 다시 한 번 속으로 간절히 되뇌었다. 부디 혼자 오지 않기를.

블레로의 서신에는 다른 사람은 알아볼 수 없는 말이 적혀 있었다.

―테오와의 식사는 훌륭했소. 하지만 그답지 않게 식사를 하나 더시키더군. 커다란 매 요리였는데, 신기하게도 처음 보는 요리법이었다

네. 아, 그리고 그가 자네 형님을 걱정하더군. 형님은 그 요리에 알레
르기가 있다던데, 사실인가? 꼭 답을 줬으면 좋겠네.

"무슨."

삐이?

당황한 내 옆에서 파닥거리는 큐라를 한 번 쓰다듬어 주고는
다시 서신으로 시선을 옮겼다.

내가 해석한 것이 맞다면, 원작과 달라졌다.

네르아테안과 계약한 자가 황후 외에 한 명이 더 있다. 누구인
지는 아직 모르지만 황가의 사람인 것은 확실하다는 것. 그리고,
그것이 지금 오르도가 알고 있는 비밀과 밀접한 연관이 있었다.

대체 어떻게인지는 모르지만 오르도가 그 비밀에 접근했고, 그
로 인해 지금 오르도가 위협을 당할 수 있다는 것을 블레로가 파
악한 것이다.

1황자가 제 사람을 시켜 오르도를 해하려 하는 것을 보아하니
네르아테안과의 계약자는 또다시 1황자 측일 가능성이 높았다.

우선은 오르도가 알고 있는 게 황후와 관련된 것인지, 아니면
정체를 알 수 없는 또 다른 사람에 관한 것인지를 알아야 했다.
하지만 지금은 아카데미 밖으로 나가는 것도 위험하고, 그를 이
곳으로 부를 수도 없었으며, 서신을 주고받는 것도 위험했다.

그렇다면 내가 황가에 접촉하는 것이 빠를 것이다. 아델라이네
에게 접근하기로 결정했다.

⚜

아델라이네는 수업도 듣지 않았고 학생회에도 나오지 않았다. 몸이 좋지 않다고 했다. 그게 이틀째였다. 몸이 크게 아프고 쉬는 기간이 길었다면 병문안을 갔겠지만 고작 이틀로 유난을 떨기는 애매했다.

아델라이네가 보이지 않은 이틀이 지나고, 어느새 디온의 생일이 되었다. 바람은 서늘했지만 하늘은 높았고 햇살은 따뜻했다. 누군가의 생일을 축하해 주기에 적당한 날씨였다.

"생일 축하해요."

수업 준비를 끝내고 방을 나가자 여느 때처럼 나를 기다리고 있던 디온에게 인사했다.

"감사합니다. 첫 축하군요."

내 축하에 디온은 살짝 웃어 보였다.

"아무래도 만난 사람이 없으니까요."

"조금만 더 빨리 마벨을 데려왔으면 싶은 마음이 들었습니다."

공작저에서 했던 대화를 또 반복하려는 모양이었다.

"내년에 또 하면 되죠. 매년마다 오는 날이니까요."

"저 말고 마벨의 생일 말입니다."

"어……, 그것도 내년에 축하하면 되죠."

나는 대수롭지 않은 척 대답했다. 내년, 기약 없는 내년을 말하며 약속을 잡았다. 부디 내년에는 그의 진짜 생일을 오르도와 함께 축하해 줄 수 있기를 바라며.

디온의 생일을 아는 자들은 우리밖에 없는 모양인지, 그와 함께 듣는 수업은 조용했다. 문제는 수업이 끝난 후였다. 마지막 수업까지 끝나고 교실을 벗어나려는 때였다.

문을 열고 밖으로 나가자마자 앞에 모여 있던 이들이 환호성을 질러댔다. 복도 한복판을 점령하고 일어난 그 소란에는 관련 없는 학생들도 몇 끼어 있는 것 같았다. 그 환호 중심에 선 디온의 표정은 상당히 봐줄 만했다. 제 생일을 축하해 주러 온 것임이 분명함에도 이 틈바구니에서 벗어나고 싶다는 표정이었다.

디온이 썩 좋지 않은 표정을 지은 채 한 걸음 뒤로 물러섰다.

"굳이 오지 않아도 알아서 갈 텐데."

"지금 그 표정을 짓고 기숙사로 갈까 봐 걱정이 돼서 말이지."

저보다 키가 한 뼘은 더 큰 센에게 어깨동무를 당한 채 거의 끌려가는 디온을 보니 센의 걱정이 어느 정도는 이해가 갔다. 내가 디온이었어도 할 수만 있다면 당장 기숙사로 가 문을 잠갔을 테니. 물론 센이라면 벽을 타고 창문을 넘어오기까지 했을 것 같지만 말이다.

센이 디온을 끌고 앞장서고, 그 뒤를 다른 학생회 멤버들이 따랐다. 저 소란의 한가운데에 끼고 싶지 않아 나는 한 발 떨어져 걸었다. 오늘의 타깃은 디온이기에 아무도 내게 신경을 쓰지 않았다. 몇 번 디온이 걱정인지 도움 요청인지 모를 표정으로 뒤를 돌아보았지만 나는 고개를 끄덕이기만 하며 말없는 애도의 표시를 건넸다.

저들 사이에는 이틀 만에 보는 아델라이네도 있었다. 몸이 별로 좋지 않다던 말이 사실인지 아델라이네는 표정이 약간 어두웠다. 평소라면 앞서가는 학생회들 옆에서 함께 걸을 그녀였지만 오늘만큼은 일부러 뒤처져 걷는 나와 보폭이 맞았다.

일부러 나와 속도를 맞추는 것은 아닌 것 같고, 표정을 보아하니 무언가 걱정거리가 한가득이라 자연스레 걸음이 느려진 모양이었다. 나는 그녀에게 말을 걸었다.

"무슨 걱정 있습니까?"

"아, 아니요. 그냥 몸이 안 좋아서요. 걱정해 줘서 고마워요, 마벨."

아델라이네는 이내 밝게 웃어 보였다.

"그래도 디르케온의 생일에 맞춰 몸이 나아서 다행이에요. 마벨의 가족이니까, 축하해 주고 싶었거든요."

아무 일도 없다는 듯 아델라이네는 내 옆에 바짝 붙어 조잘거렸다. 마치, 방금 전 얼굴의 그늘은 없었다는 듯.

소란스러운 그들의 뒤를 따라 도착한 곳은 연무장 근처의 넓은 공터였다. 어둠을 밝히는 불빛이 보였다. 그곳에 다가서자 그 불빛이 그들이 준비한 디온의 생일 이벤트라는 것을 알 수 있었다.

촛불로 만든 하트 한가운데에 디온의 얼굴이 그려져 있었는데 누가 봐도 그임을 알아볼 수 있을 정도로 섬세한 그림이었다. 디온의 얼굴 옆으로 장미가 수놓아져 있었고 바깥쪽으로는 촛불들이 하트 모양을 따라 일렬로 놓여져 있었다.

그 밑에는 '디르케온 세그다드, 생일을 축하합니다'라는 문구가 크게 적혀 있어 모르는 사람이 봐도 이것이 누구를 위한 어떤 이벤트인지 알 수 있을 광경이었다.

문제는 누가 봐도 연인을 위한 이벤트라는 것. 생일을 빙자해 디온을 골리려는 의도가 빤히 보였다. 아니나 다를까, 그 하트 모양의 촛불 앞, 조금 떨어진 곳에서 디온이 주춤거리는 모습이 보였다. 점점 좁아지는 보폭과 함께 그의 표정에는 경멸 비슷한 감정이 떠올랐다.

"자자, 들어오시라!"

완강하게 버티고 선 디온을 끌고 최고인지 최악인지 모를 하트 앞에 겨우겨우 데려다놓은 센이 소리쳤다. 이제는 경멸에 가까운 디온의 표정을 보고서도 무시하고 있는 것이 분명했다. 디온이 무어라 말을 이으려 했지만 들리지 않는지, 아니면 들리지 않는 척하는 건지 센이 더욱 목소리를 높였다.

센의 신호에 라이와 베른이 불타는 초를 꽂은 케이크를 들고 왔다. 초를 얼마나 꽂았는지 마치 케이크가 불타고 있는 것처럼 보였다.

그 모습마저 너무나도 그들다워 나도 모르게 픽, 웃음이 나왔다. 케이크를 들고 있는 라이의 얼굴이 촛불의 열기에 벌겋게 익어갔다.

"얼른 초 꺼주세요! 뜨겁습니다, 선배님!"

그 모습에 절레절레 고개를 한 번 젓고는 디온이 초를 훅 불었다. 하지만 한 번에 꺼질 리는 절대 없었고 연거푸 몇 번이나 불고 나서야 겨우 케이크가 보였다.

"생일 축하해!"

"생일 축하합니다!"

"생일 축하해요."

박수를 치며 축하 인사를 건네는 그들에게 디온은 고맙다며 짧게 인사했다. 평소와 같은 무뚝뚝한 단답이었지만 그래도 입가에 띤 미소 덕분에 지금의 축하가 꽤 마음에 들었다는 걸 알 수 있었다.

"감동이야? 이걸로 감동하면 안 되지. 더 큰 게 있는데!"

센은 쾌활하게 한마디 덧붙였다. 더 큰 거라면 불꽃놀이밖에 없는 것 같은데. 디온 역시 나와 같은 생각을 한 건지 미소를 지우고는 불안한 눈빛을 했다.

"나, 기숙사로 돌아가면 안 되는 건가?"

"아니, 절대 안 되지. 자, 드디어 우리의 역작이야. 불꽃놀이! 좋지 않은 일들은 이걸로 전부 잊자고!"

페른이 크게 박수를 쳤다. 그게 신호인 듯 사방에서 무언가가 터지는 소리가 들려왔다. '퍼엉' 불꽃이 쏘아져 올라가는 소리와 함께 오색 가지 불빛이 하늘에서 원을 그렸다.

분수를 거꾸로 뒤집으면 저 모양이 될까? 색을 입고 하늘로 올라간 불꽃들이 어느 지점에 다다르자 그 빛을 퍼뜨렸다. 그 모습이 마치 밤하늘에 퍼져 가는 수채화와 같아 넋을 놓고 바라볼 수밖에 없었다.

물감처럼 제 빛을 뿜어 퍼뜨리던 불꽃이 문장을 하나 만들어냈다.

-생 *오늘의 주인공, 세상의 주인공! 디르케온 세그다드* 축

내가 준 문구는 '이 세계의 주인공, 고마워요. 축하해요, 디르케온 세그다드'였는데. 아마 센과 페른이 조금 수정한 모양이었다. 아무래도 상관없었다. 내가 전하고 싶은 뜻은 들어가 있으니.

그리고 저렇게 조금 가볍게 적은 문장이 오히려 더욱 담백하게 다가왔다.

"이건……."

빛이 퍼지며 만들어낸 문구를 확인한 디온이 내게 시선을 돌렸다. 누가 봐도 내가 쓴 게 티가 나나? 괜히 민망해져 그 시선을 피했다. 어두우니 내 표정이 자세히 보이지는 않겠지. 그리 생각하며 최대한 담담히 대답했다.

"아무래도 여기서까지 디온을 놀리면 제 양심이라는 것이 아플 것 같았거든요."

"감사합니다."

따스한 미소가 나를 향했다. 아, 어두운 저녁에도 저 미소가 다 보이는 걸 보아하니 내 표정도 숨겨지지 않았겠구나. 나는 괜스레 하늘을 수놓은 불꽃으로 시선을 옮겼다.

"어, 이거 누가 쓴 문구인지는 알고 말하는 거야?"

"최소한 네가 아니라는 건 알고 있다."

"뭐야! 재수 없어!"

장난인지 진심인지 버럭, 소리를 높이는 센의 옆에서 페른이 한마디 했다.

"이거, 마벨이 이 문장으로 하지 않으면 죽여 버린다고 협박해서 넣은 거야."

누가 센의 친구 아니랄까 봐, 페른은 눈 하나 깜짝하지 않고 거짓말을 했다. 내가 민망해하는 걸 알고선 나와 디온 둘 다를 놀리려는 게 분명했다.

"죽여 버린다고 하지는 않았습니다. 협박도 하지 않았고요."

"죽여 버릴 것 같은 눈빛이던걸. 무서웠다고."

"네, 그렇다 칩시다. 어찌 됐건, 부탁을 들어줘서 고맙습니다."

"그래, 오늘이 지나면 이틀간 잠만 잘 거야."

길게 하품하는 그가 너무나도 진심 같아 괜히 안쓰러워졌다. 그 뒤로 센이 상자 하나를 낑낑대며 갖고 오는 모습이 보였다.

안에서 짤그락 소리가 나는 걸로 보아 뭐가 들어 있을지 대충 짐작이 갔다. 꽤나 무거워 보이는 상자를 겨우 옮겨온 센이 탁 소리가 나게 바닥에 상자를 내려놓았다.

"아, 이거 깜짝 선물!"

상자 안을 들여다본 디온이 낮게 읊조리듯 한마디 내뱉었다.

"이 술, 익숙한데."

디온이 쏘아보는 듯한 눈으로 쳐다보자 그 시선을 받은 모두가 얼른 화제를 돌리려고 했다. 그리고 거기엔 나도 포함되어 있었다.

"어어, 아델라이네, 케이크 맛은."

센은 그의 눈을 피하며 괜히 옆에 있는 아델라이네에게 말을 걸었다. 그러나 디온은 그냥 넘기지 않고 집요하게 붙잡고 늘어졌다.

"형님께서 보내신 것 맞나?"

"맞아. 참 애정이 넘치는 형님을 두었어, 디르케온!"

일부러 하하하, 웃으며 센이 상자에서 술을 꺼냈다.

"술 조금 마신다고 죽지는 않을 겁니다."

"역시 마벨! 이럴 땐 마벨이 어떻게 디르케온과 친하게 지내나 신기하단 말이지."

상자 안에 있던 모든 술이 꺼내졌다. 총 다섯 병. 그중 하나의 뚜껑을 열자 확 풍기는 향이 굉장히 향기로웠다. 오르도가 보낸 술이니 싸구려는 아닐 게 분명했다. 그리고 그에 더해 알코올 향이 상당히 강했다. 술 특유의 향과 섞여 역하지 않을 뿐이었지, 조금만 맡아봐도 상당히 도수가 높다는 걸 알 수 있었다.

이거, 괜찮은 걸까? 여기 말술이라도 있지 않은 한 저거 다 마셨다가는 전부 다 바닥에서 자다가 다음 날 아침에 일어날 수도 있을 노릇이었다.

하지만 이 정도 걱정은 다들 한 모양인지 어느새 장소는 학생회실로 바뀌어 있었다. 적어도 공개된 장소에서 술을 마시면 안 된다는 생각은 있는 모양이었다. 가끔가다 상당히 정상적인 사고를 하는 그가 참 신기하다는 생각을 하며 우리는 자리를 치우고, 상자를 들고 학생회실로 향했다.

이거, 이래도 되는 건가?

전교 1등을 옆에 끼고 비행을 저지르는 기분이 이런 것일까? 불안하면서도 한편으론 든든한 마음으로 한 잔, 두 잔 술잔을 기울였다. 이곳은 열여덟부터 성인이라 몇 문제가 없겠지만, 문제가 있는 자들도 반이었다.

센이 자신이 보호자가 될 거라며 부어라 마셔라 들이붓기 시작했고, 학생회들 역시 마찬가지였다. 나도 그 옆에서 술을 한 모금 입에 가져다 댔다. 분명 도수가 높음에도 불구하고 짙어지는 꽃향과 함께 부드럽게 목을 넘어가는 것이 고급 술임이 분명했다.

값비싼 술을 조금씩 홀짝였다. 마시기 편한 술일수록 금방 취하기 마련이었다. 몇을 빼고는 전부 그 부드러움에 속아 입안에 들이붓는 모양이었다.

내 옆에는 언제나처럼 디온이 앉아 있었다. 그는 조금씩 음미하듯 술을 마시고 있었다.

"술, 별로 안 좋아하는 것 같아요."

"안 좋아하기보다는, 이전에 형님과 마신 적이 있습니다. 그때 한 번 당해서."

당했다고 표현하는 것을 보니 과거에 오르도와 이 술을 마시다 크게 취한 적이 있는 모양이었다. 이래서 경험이 무섭다는 거구나. 겁 없이 마시며 점점 얼굴이 빨개지는 아이들을 보다 보니 문득 오르도가 서신에 적어 보낸 말이 떠올랐다.

"아, 디온."

"예."

"처음 술에 취해서 했던 말이 뭐예요?"

네가 처음 술에 취해서 한 말을 나는 알고 있다. 내가 있는 곳에서 디온에게 보이라고 했으니 나와 관련이 있는 건 확실할 텐데, 사실, 그 내용이 정말로 궁금했다기보다는 생일 이벤트의 연장선으로 그냥 물어보고 싶은 마음이 더 컸다. 내 질문에 디온의 눈이 커다래졌다. 당황한 빛이 확연했다.

"무슨……, 마벨, 형님이 무슨 말을 한 겁니까?"

"아니요, 꼭 그런 건 아니고요."

맞지만 우선은 잡아떼야지.

"이건, 아니, 확실한 것 아닙니까! 형님이 아니라면 마벨이 그걸 알 리가……!"

"그, 음, 어어, 센. 그거 도와줄까요?"

왠지 집요해지는 그의 눈빛이 줄줄이 이것저것 물어볼 것이 분명했다. 저렇게 당황한 걸 보아하니 뭔가 숨기는 것은 분명한데, 나에 대한 신뢰가 하락하는 것이 왠지 눈에 보이는 듯했다. 나는 미안한 마음에 괜스레 빈병을 옮기는 센을 불렀다.

"아니, 거기 앉아 있어. 괜히 또 사고 치면 나 저 녀석한테 죽어."

하지만 그 시도는 처참히 무너졌다. 나는 다시 자리에 앉았고, 디온의 시선은 여전히 나를 향해 있었다.

"정말 아닙니까?"

"아니, 음, 자, 마셔요. 오늘은 마셔도 되는 날이래요."

괜히 그의 잔에 술을 따라주며 한마디 덧붙였다. 취하게 만들면 뭔가 캐낼 수 있지 않을까? 기억을 읽으면 될 일이었지만, 이 상하게 이런 부분까지 이능을 사용하고 싶지는 않았다.

"그래도 감사합니다."

뜬금없는 감사 인사가 따라붙었다.

"뭐가요?"

"이것저것 전부 다."

"다 감사하다니, 그런 게 어디 있어요?"

"진짜 생일은 아니지만, 제 생일을 축하하는 자리에 마벨이 함께여서 감사합니다."

오늘도 생각하는 바지만, 디온은 여전히 낯 뜨거운 말을 잘도 했다. 그 말을 어떻게 받아야 할까 고민하는데 누군가가 와락 디온에게 달려들었다. 디온의 목에 팔을 감은 센이 그를 끌고 갔다.

"어이, 너희 왜 세그다드끼리만 놀고 있어! 이리 와! 주인공이 한잔해야지!"

"후, 형님께."

"시끄러, 한잔해!"

취기가 어느 정도 오른 센은 평소보다 더욱 막무가내였다. 기어코 디온을 끌고 가는 데에 성공한 센은 저들끼리 마시고 있는 아델라이네와 라이, 페른의 무리에 합류했다. 목적은 디온뿐이었는지, 아니면 취해서인지 나는 그 마수에서 무사할 수 있었다. 얼굴이 붉게 달아오른 저들이 한데 모여 노래를 부르고 있었다.

강제로 어깨동무를 당한 디온이 머리를 짚는 것이 보였다. 어딜 봐도 골치 아파하고 있는 게 분명한데 안쓰러워 보이기는 해도 그가 지금 불행한 것 같지는 않았다.

점점 흥을 더하는 그들을 보다가 자리에서 일어났다. 아무래도 이 몸은 술에 그리 강한 편이 아닌 모양이었다. 따뜻하다 못해 이제는 덥다 느껴질 정도라 나는 열을 식히기 위해 학생회실을 나섰다. 문밖에까지 그들의 떠들썩한 소리가 들려왔다.

쌀쌀한 밤공기는 취기를 가라앉히기에 적합했다. 멀지 않은 곳에 위치한 정원으로 향했다. 정원이라기보다는 공원에 가까운 그곳은 학생들이 쉴 수 있도록 의자와 테이블을 갖춘 휴식 공간이었다.

그곳에 앉아 학생회실을 바라봤다. 창밖으로 불빛이 흘러나오고 여기까지 웃음소리가 들렸다. 그들이 아직도 한창 디온의 생일을 축하해 주고 있다고 알려주고 있었다.

이쯤 되니 걱정을 하지 않을 수가 없었다. 설마 디온마저 취하지는 않겠지. 나보다 더 큰 체격의 그를 기숙사로 데려갈 자신이 없었다.

지금이라도 가서 말려야 할까 고민하고 있는 찰나, 익숙한 목소리에 고개를 돌렸다. 밤의 어둠에 파묻히는 흑발에 서글서글한, 소르트와는 조금 다른 느낌의 미남상인 쉬얌이었다. 그는 자연스럽게 내 옆에 앉았다. 술 냄새가 좀 나기는 하지만 낯빛이 멀쩡한 걸 보니 술에 취한 상태는 아닌 모양이었다.

"술이 굉장히 센 모양이야."

가볍게 지나쳐 가듯, 그러나 그 안에 무게를 담은 말투와 목소리는 평소와 같았다.

"생각보다 많이 마시지 않았습니다. 술이 별로 세지 않아 깨려고 나온 겁니다. 쉬얌은 왜 여기까지?"

"술 취한 사람들과 말 나누는 건 좀 힘들거든."

쉬얌은 어깨를 으쓱이며 말했다. 그 광란의 센, 라이 무리에 들어가 있던 것이 마지막 모습이었는데 아무래도 거기에 있던 것이 영 힘들었던 모양이었다.

"아, 그건 저도 공감합니다."

"무엇보다 이렇게 마벨이랑 단둘이 대화도 나눌 수 있고 말이지."

씨익, 능글맞게 걸리는 웃음이 평소와 비슷했다. 하지만 그 위에는 며칠 전부터 자리 잡은 의심, 아니, 이제는 의심을 넘어 묘한 확신의 빛이 걸려 있었다.

"다시 한 번 말하지만 소르트는 동성애에 관대하지 않습니다."

"그렇지, 그리고 귀족과 평민의 경계도 뚜렷하고 말이야. 마농보다."

입가에 걸린 웃음이 짙어졌다. 그가 가끔 관찰의 눈빛으로, 흥미의 눈빛으로, 의심의 눈빛으로 나를 바라볼 때마다 속내를 감추려 짓던 웃음이었다.

나는 아무것도 모른다는 듯, 평소와 별다를 바 없는 대답을 던졌다.

"그렇습니까? 몰랐던 사실이군요."

"가끔은 무엇이 진실인지 모르겠단 말이지. 그래서 관심이 가지만 말이야."

"저는 거짓을 말한 적이 없습니다."

"아니, 있어."

단호한 부정은 무언가 알고 있다는 것을 확신한 자의 것이었다. 그의 표정에서 일순 웃음이 사라졌다. 그 눈은 나를 똑바로 향하고 있었다. 그 날카로움을 가리기라도 하듯 다시 웃음이 돌아왔지만 나는 알 수 있었다. 그는 지금 내게 단순한 동급생의 위치에서 이야기하는 게 아니라는 것을.

"저에 대해 꽤나 잘 알고 있다고 생각하는 모양입니다만."

"사람에게는 위치가 있어. 평민은 평민다움, 귀족은 귀족다움, 왕족은 왕족다움. 그리고 마벨은 최소한 평민답지는 않지. 관찰이라는 건 재미있는 일이거든. 특히 관심이 가는 사람을 관찰한다는 것은."

쉬얌은 내게서 시선을 돌려 주위를 한 바퀴 둘러보았다. 그들의 위치를 되새기기라도 하듯, 그의 손가락이 제 다리 위를 톡톡, 두드렸다.

긴장이 밀려왔다. 그의 입에서 지위에 관한 말이 나온다. 마농의 귀족 체계는 소르트와 조금 다르긴 하지만 그의 나라 역시 귀족이 명백히 존재했다. 그는 계급에 따른 인간이 보이는 모습이라는 것을 아주 잘 알고 있는 자였다.

왠지 더 이상 그와 대화를 하면 안 된다는 생각이 들었다. 자리를 박차고 일어날까. 하지만, 그와 상반되게 더 대화를 해야 한다는 생각도 본능처럼 머릿속을 지배했다. 조금, 한마디만 더 들어보자. 나는 평소처럼 아무렇지 않은 듯 대꾸했다.

"무슨 말을 하고 싶은 건지 모르겠군요."

"디르케온은 소르트라는 대제국 공작가의 후계지. 현 공작에게 무슨 일이 생긴다면 바로 공작이 될, 황족 다음으로 상당히 높은 위치야. 그리고 마벨, 너는 평민이지. 권위란 것은 옷 위에 올라가는 것이라, 인간성에 충실한 자들이라면 평민과 귀족이 친구가 될 수도 있고 가족이 될 수도 있어. 바로 세그다드가의 후원을 받는 너와 디르케온처럼."

잠시 말을 멈춘 그는 불빛이 새어 나오는 학생회실을 바라보았다. 아마 그 안에 있을 디온을 생각하는 것임이 분명했다. 그리곤 곧바로 내게 시선을 돌렸다. 마주친 눈빛이 벼려진 칼날과 같았다. 서글서글하지만 조금의 예기를 띠던 그의 눈빛이 이제는 그 실체를 드러낸 날카로운 칼로 변해 있었다.

"하지만, 그렇다 한들 날 때부터 정해진 계급은 바뀌지 않는다. 특히, 이 소르트 안에서는. 즉, 공작가의 후계가 평민에게 예를 갖춘다는 일은 있을 수 없어."

"그는 예의 바른 자입니다. 평민이라 한들 그 성을 빌려 쓰고 있는 자에게 예를 갖추는 것이 뭐가 문제라는 말인지?"

이제는 자리를 박차고 일어날 수가 없었다. 쉬얌의 한마디 한마디가 그가 내린 모종의 결론을 향해 다가가고 있었다. 나는 그의 말을 즉각 받아쳤다. 혹시 이런 상황이 올까 싶어 준비해 놓은 변명이었다. 그리고 그는 내 변명조차 예상했던 것처럼 바로 치고 들어왔다.

"아니, 그런 예가 아니야 그가 네게 하는 건 고작 같은 이름을 쓰는 자에 대한 예우 정도가 아니야. 그것은 군신의 예지. 그런데 공작가의 후계가 고작 평민에게? 말도 안 되는 일이거든."

"무슨……."

다시 반박하려는 내 말은 그의 다음 말에 먹혀 버렸다. 그는 이제 제 손에 쥔 진실의 칼을 내게 들이밀고 있었다.

"다른 녀석들은 그의 착실하고 예의 바른 모습에 의심조차 하지 않는 모양이더군. 아니, 사실 너희는 철저했어. 그건 내가 인정해. 그저 겉으로 보기에는 제 집안의 후원을 받는 평민이 무시당하지 않게 하기 위해 저보다 낮은 자에게도 예를 갖출 줄 아는, 훌륭한 공작가 자제의 모습이었어."

"그것이 문제 될 것이 있습니까?"

최대한 담담한 척 되물었다. 지금이라도 그의 말허리를 잘라야 할까? 하지만 이내 깨달았다. 지금 이 자리에서 일어날 수도, 그의 말을 자를 수도 없는 상황이라는 것을.

"그것치고는 디르케온의 행동이 사실 조금 과하기는 했지만, 그것 역시 조금 시선을 비틀어 보면 다르게 보이기도 하거든. 나, 사실 처음엔 디르케온이 남색가인 줄 알았어. 그가 공작가의 후계만 아니었어도 마농으로 건너오라 추천할 뻔했으니."

눈을 감고 과거를 회상하듯 담담히, 하지만 오만한 자의 미소를 여전히 지우지 않은 채 말하던 그가 잠시 말을 멈추었다.

"하지만, 화재가 났을 때 모든 생각이 바뀌었다."

한쪽 다리를 꼬고 앉은 자세에, 살짝 기울어진 얼굴에 떠오른 지배자의 미소가 그의 한마디 한마디에 힘을 실어주었다. 쉬얌이 이 모든 것에 근접한 것은 그가 더할 나위 없이 타고난 지배자의 위치에 있음에 가능한 것이었다.

"제 목숨보다 중한 자, 저 자체보다 더 위에 있는 자에게 대하는 태도. 의식적으로 눌러오던 모든 행동이 그때 한 번에 변하더군. 목숨을 잃을 수도 있는 불길 속으로 스스로 몸을 던지는 모습. 그래, 물론 많이 아끼는 자를 위해서는 그럴 수도 있어. 하지만 내가 그를 말렸을 때, 그가 마벨을 어떻게 불렀는지 알아?"

"듣고 싶지 않⋯⋯,"

이 말을 들어버리면 나는 더 이상 변명할 수 없을 것 같았다. 하지만 그의 말을 중간에서 끊으려는 내 노력을 그는 받아들여 주지 않았다.

"그분."

"……디온이 실수를 했나 보군요. 더 이상의 헛소리는 그만 듣고 싶습니다만."

그는 차곡차곡 진실을 향해 가고 있었다. 내 목까지 들이밀어진 진실의 예기를 더 이상 견디기가 힘들었다. 담담하게 말을 받았다. 담담해 보이길 간절히 바라며 뱉은 한마디였다.

"그러고 나니 모든 것이 아귀가 맞기 시작했어."

하지만 그는 더 이상 내 말을 들어줄 용의가 없어 보였다. 그의 눈빛이 나를 옭아맸다.

"제 주군이 싫어하는 행동은 사전에 차단한다. 제 주군의 목숨은 내 목숨을 바쳐서라도 구하지. 제 주군이 보는 것이 그 충을 바친 자가 보는 모든 것이다. 그리고 마벨, 너는 디르케온 세그다드의 모든 것이야. 공작가의 후계가 머리를 숙여야 하는 사람? 단 하나뿐이지. 황족, 황가의 피를 이은 자. 하지만 지금 소르트 황가의 황족들의 행적은 모두 알려져 있어. 그렇다면 디르케온이 고개를 숙인 자는 도대체 누구일까? 그래서 조금 생각을 해봤어. 아니, 조사라고 해야 하나. 평민으로 십오 년간 지낸 마벨의 행적은 어딜 가도 찾을 수 있었어. 너무 구멍이 없어서 소름이 돋을 지경이었지. 그래서 나는 마벨을 없애고 생각하기로 했어. 너무나 완벽한 존재감인데, 그 완벽함이 거슬렸어. 왜 그런 생각을 했는지는 모르겠지만, 감, 그래, 난 감이 무척이나 좋은 편이거든."

내가 무어라 답할 새조차 없었다. 그는 내 반응 따위 기대하지도 않았다는 듯 계속해서 말을 이었다.

"마벨이 없던 사람이라 생각하고 조사하기 시작하자 하나의 결론이 나왔지. 디르케온 세그다드가 변방 시골에서 마주친 소녀와 그녀의 어머니라던 황녀의 유모. 그 유모에게서 벗어나려고 악을 쓰던 정체불명의 소녀. 그 소녀를 구해준 세그다드가의 후계. 갑자기 사라진 소녀. 자, 여기서 한 가지 재미있는 가정을 해보자. 그 소녀가 죽은 걸로 알려진 1황녀라면? 지금은 열여섯 살인 그녀가 나이를 속이고, 남장을 해 공작가 후계의 옆에 붙어 있다면? 그리고 그것이, 이렇게 내 눈앞에서 내 흥미를 가득 끄는, 행동과 말투에서 귀족의 냄새를 풀풀 풍기는 평민 소년이라면?"

마치 장황한 연설이라도 토해내듯 길게 이어지는 그의 말이었다. 하지만 그의 한마디 한마디를 도무지 무시할 수가 없었다. 그는 완벽하게 진실에 다가가 있었다. 쉬얌은 눈을 감았다 떴다. 그의 검은 눈은 또렷이 나를 향하고 있었고 입은 호선을 그리고 있었다.

그래, 승리자의 웃음이었다. 내게 일전에 보여줬던 승리자의 웃음. 그가 나를 마주한 채 물었다. 그가 다다른 최후의 진실을.

"어때, 내 추론이? 마벨, 아니, 벤지안스 D. 마블라 소르트."

진실에 다다른 자의 눈동자를 직시했다. 그는 내게 묻고 있었다. 나의 정체를 내 입으로 고하기를 바라고 있었다.

지금 이 상황이 이해가 가지 않았다. 왜? 어째서 그는 내 정체를 이용해 황가에 접근하지 않고 내게 직접 다가온 것이지? 그것도 황가와 직접적으로 닿아 있는 디온이 있는데. 나는 그 끝을 알 수 없는 그의 묵빛 눈동자를 마주하고 기억을 읽었다.

그가 아델라이네에게 원하는 것을 제시해 거래하려던 기억은? 아무리 그 기억을 뒤져도 존재하지 않았다. 소르트의 황가와 쉬얌이라는 존재로서의 접촉. 그 모든 것이 존재하지 않았다. 그가 쉬얌의 모습으로 소르트 황가에게 접근한 것은 내가 처음이었다. 네르아테안과 소르트 황가 사이의 거래에 대해 아는 것이 목적이라면, 내 정체를 알아냈을 때 내가 아니라 아델라이네나 디온에게 갔어야 하는 것이다.

그가 내게 제가 모두 알고 있다고 밝힌 것은 제 통찰력을 자랑하기 위한 것도 아니었고, 나를 괴롭히기 위한 것도 아니었다. 그는 내 약점을 손에 쥐어 자신이 필요한 것을 얻을 요양이었다.

그는 황가를 등을 돌린, 황가에서 동떨어진 황족에게 볼일이 있었다. 나는 그가 죽었다고 알려진 1황녀에게 원하는 것이 무엇인지 알아야 했다. 입을 열었다. 조금 더 그의 장단에 맞춰줄 필요가 있었다.

"아주 재미있는 헛소리였습니다. 그 이득 없는 연극에 잠시나마 동참해 주도록 하죠. 그래서 쉬얌, 증거는 있습니까?"

"증거는 마벨이 아니라고 잡아뗐을 때 만들겠지."

기다리던 질문이었다는 듯 곧바로 대답이 날아왔다. 이 정도의 추론이 가능한 자라면 그 증거에 대한 것 역시 생각해 놨을 것이 분명했다.

"증거가 쉬얌의 손에 있는 것도 아닌데 도대체 무엇을 믿고 이런 헛소리를 하고 있는지 도통 모르겠군요."

"마벨이 벤지안스 D. 마블라 소르트라는 사실을 부정한다면, 나는 황가에 마벨의 신상 조사를 의뢰할 거야."

"그들이 그것을 받아들일 것이라 생각하는 겁니까?"

"소르트 황가는 지금 반역자와 함께 있다가 도망간 소녀를 찾고 있어. 조그마한 실마리조차 놓치지 않겠지. 내가 도망간 소녀가 누구인지, 지금 어디에 어떤 모습으로 있는지 알린다면 마농과 소르트는 상당히 우호적인 관계를 맺게 될 테고 말이야."

일종의 협박이었다. 비공개적 거래를 위한 물리적 칼날 없는 협박. 쉬얌이 제 말대로 황가에 이 정보를 넘긴다면 내가 1황녀라는 것을 들키는 것은 시간 문제였다.

"그렇다면 내게 그 터무니없는 헛소리를 지껄이기 전에 먼저 황가에 알리지 않은 이유는 뭡니까?"

"고작 소르트 황가와의 단발적인 우호 관계보다는 무슨 이유인지 모르겠지만 제 정체를 숨기고 알 수 없는 것을 준비 중인 1황녀에게 얻을 것이 더 많다고 판단했거든."

쉬얌은 내 정체를 확신했지만 그가 하나 모르는 게 있었다. 내가 그의 정체를 알고 있다는 것. 나는 담담하게 그의 말을 받았다.

"상당히 납득 가지 않는 이유군요. 그런 겉치레적인 이유 말고 아마 또 다른 이유가 있을 텐데 말입니다."

"예를 들자면?"

그의 눈에는 흥미의 빛이 감돌았다. 제가 승기를 잡았음을 확신하는 빛이었다. 하지만 나는 알고 있었다. 내가 다음 말을 내뱉음으로써 우리는 서로의 약점을 겨냥한 동등한 위치에 서게 되리라는 것을.

"쉬얌이 마농의 지방 귀족이 아니라, 마농의 차기 왕좌의 주인인 라마난 옴카르인 것을 들키면 안 되기에."

그의 낯빛에 서려 있던 여유가 사라졌다. 끌어 올린 승리자의 웃음이 그 빛을 잃었다. 아카데미에서 처음 만나, 아카데미 밖을 나간 적이 없는 내가 그의 정체를 알고 있을 것이라고는 상상조차 하지 못했겠지. 그의 얼굴에 자리했던 승리자의 웃음은 내 얼굴에 전이되어 있을 것이 분명했다.

"황가에 내 뒷조사를 의뢰할 경우 당신은 소르트의 황제와 만나야 합니다. 그것이 표면뿐이지만 타국과의 우호적인 관계를 유지하기 위해 해야 하는 필수적 관문일 테니까요. 하지만, 지금 쉬얌은 황제를 만나서는 안 됩니다. 당신은 지금 이름조차 알려지지 않은 지방 귀족의 자제니까 말이죠. 지금 마농에 있어야 할 유력한 차기 왕위계승자가 신분을 바꾼 채 입국한 것을 황제가 안다면, 과연 어떻게 될까요? 표면적인 평화는 얇은 종이와도 같습니다. 두 나라의 신뢰에 조그마한 틈이라도 생기는 순간 그 평화는 찢어지기 마련입니다. 하지만 당신은 아직 소르트와 전쟁을 일으킬 생각이 없습니다. 즉, 당신이 라마난 옴카린 것을 소르트에 알릴 수는 없다는 말입니다. 제 말이 틀립니까?"

그의 얼굴에선 이젠 여유라곤 찾아볼 수 없었다. 잠시간 내 말을 곱씹는 듯 생각에 잠겨 있던 쉬얌은 이내 다시 미소를 지었다. 하지만 아까와 같은 승리자의 웃음은 아니었다. 이제 그는 나를 동등한 거래자로 취급하고 있었다. 그럼에도 특유의 능글맞음을 간직한 표정이, 그가 어쩔 수 없는 자라는 것을 보여주었다.

그가 후, 짧게 한숨을 내쉬고는 항복이라는 듯 양손을 들어 올렸다.

"사과할게. 마벨을 얕봤어. 하지만 말이야. 그들이 국경을 넘어온 내가 고작 지방 귀족의 자제가 아니라 민감할 정도로 서로 경계하는 타국, 마농의 왕자라는 사실을 과연 정말 모르고 있을까?"

"글쎄요, 그건 저도 모르겠네요. 하지만 최소한 당신의 군대가 정체를 숨기고 소르트 북부 변방, 샌디아에 주둔하고 있다는 사실은 모르고 있겠죠."

경악 서린 눈빛이 나를 향했다. 그의 미간에 주름이 진 것은 처음이었다. 그는 하하, 허탈하게 웃어 보이고는 말을 이었다. 항복과도 같은 한마디였다.

"이거, 한 방 먹었군 그래."

"자, 그럼 다시 한 번 묻겠습니다. 만약 당신의 헛소리 그대로 내가 마벨이 아니라 죽은 걸로 알려진 1황녀라고 가정해 봅시다. 그렇다 한들 서로의 손에 쥔 칼 중 무엇이 더 급소에 닿아 있을까요? 나의 칼? 아니면 쉬얌, 아니, 라마난의 칼?"

이제 이 대립을 끝내고 싶었다. 나 역시 그의 비밀을 손에 쥐고 있다는 사실을 꺼냈으니 이후 어떻게 나올지는 그의 선택이겠지.

"마벨이 벤지안스라면, 그녀가 그리도 원하는 것을 손에 넣을 수 있을 거야. 나와 손을 잡는다면 말이지."

"본 적도 없으면서 황녀와 친한 척 구는군요. 허세는 더 이상 통하지 않습니다. 이제 이 의미 없는 연극은 그만하고 싶군요. 당신이 그리도 찾아 헤매는 벤지안스 D. 마블라 소르트는 없습니다."

강하게 나가기로 했다. 더 이상 아쉬울 것은 없었다. 그도 깨달았을 것이 분명했다. 그는 내 조사를 황가에 의뢰하지도 못할 것이며, 황가에 다가갈 수도 없는 상태였다. 그가 나를 협박하기 위해 할 수 있는 것은 없었다.

나는 더 이상 들을 것이 없다는 듯 자리에서 일어났다. 아니, 일어나려 했다.

"네르아테안의 약점."

최후의 보루인 양 그가 내뱉었다. 나는 자리를 털고 일어나려다가 멈칫했다.

네르아테안의 약점. 블레로조차 그에게 약점을 잡혀 그의 정보를 취급하지 않기에 알 수 없던 것이었다.

"벤지안스 황녀는 우선 제 누명을 벗고 싶겠지. 황후의 죄를 입증할 방법을 찾고 있을 거야. 방법은 모르겠지만, 내 비밀까지 손에 쥔 것을 보아하니 육 년 전의 마술사가 네르아테안이라는 것은 알아냈겠지. 하지만 아직 황성에 돌아가지 않은 것을 보니 누명을 벗을 수 있는 증거를 손에 넣지 못한 것 같은데. 어때, 이 정도면 상당히 구미가 당기지 않아?"

그의 말대로 상당히 구미가 당겼다. 하지만 이것이 거짓일 가능성은? 나는 그와 눈을 마주치고 그의 기억을 읽었다. 사실이었다. 그가 직접 육안으로 확인한 것은 아니었지만 대륙 최고라는 마술사의 약점을 손에 넣었다는 서신을 받은 기억이 있었다.

대단했다. 박수라도 쳐 주고 싶을 지경이었다. 그는 내 정체를 파악했고, 거기에 최악의 상황에서 나를 회유할 수 있는 정보까지 손에 쥐고 있었다. 그가 갖고 있는 정보가 필요하기도 하지만, 그보다 더욱 큰 이유가 생겼다.

이 정도로 유능한 자와 적이 되고 싶지는 않았다. 형식적일지라도 그와 아군이 되는 것이 내게 이득일 것이 분명했다.

"그래서 당신이 원하는 것은?"

"이제야 마벨이 벤지안스임을 인정하는 건가?"

"그저 연극이 조금 더 연장되었을 뿐입니다."

나는 가볍게 어깨를 으쓱였다. 그것이 긍정의 표시임을 파악한 모양인지 그가 입을 열었다. 거래를 제시하는 진중함이 가득이었다. 그리고 그 진중한 눈빛에는 진심도 한데 담겨 있었다.

"진실을 알고 싶다."

"무엇을 위한 진실을 말하는 거죠?"

"마농 변방의 백성들이 학살당했다. 그 일에 과연 소르트의 황가가 얽혀 있는 것이 맞는지, 그 진실을 알아야 해."

이전에 읽었던 그의 기억과 일치하는 내용이었다. 그는 내게 거짓을 고하지 않고 있었다. 나는 그가 나와 거래하려던 이유가 바로 이것이었다는 것을.

그가 하려는 건 절대 소르트의 황가에 좋은 방향이 아니었다. 그는 황족인 아델라이네나, 황가에 충성을 다하고 있는 공작가에는 절대 손을 내밀 수 있는 상태가 아니었다. 그가 제 목적을 위해 접근할 수 있는 상대는 지금은 쫓기고 있지만, 살아 움직이고 있는 황가의 작은 연, 벤지안스뿐이었다.

그가 내게 접근한 목적을 파악했으니 이제 앞으로의 계획을 알아야 했다.

"진실을 밝히고 나면, 소르트를 정복할 셈입니까?"

"정복 같은 거창한 것이 아니야. 그저 그대로 복수하고 싶을 뿐이지."

복수, 익숙한 단어였다. 쉬얌의 목적은 나의 궁극적 목표와 완벽히 부합하고 있었다.

"그 주체가 황제라면?"

"그 복수의 칼이 황제를 향할 뿐이다."

"지금 나에게 타국 왕자의 손에 조국의 목숨을 맡기라는 이야기군요."

"음, 너무 솔직했나?"

"좋습니다."

그리고 나는 내 복수에 그의 복수를 얹어보기로 했다. 그 주체가 황제라면, 황제의 목을 치는 것은 그의 손에 맡기기로 하지.

나는 황제의 목이 날아가도록 방법을 만들어낼 것이다. 그리고 황제의 눈에서 생명의 빛이 사라지는 것을 내 눈으로 확인할 것이다.

"뭐?"

흔쾌한 내 대답에 쉬얌이 반문했다. 생각보다 너무 즉답이었나. 별 상관은 없었다.

"좋다는 말입니다. 그 복수, 물심양면으로 도와주도록 하죠. 대신."

"대신?"

"황좌는 내줄 수 없습니다."

황제의 자리에 욕심이 있는 것은 아니었다. 복수를 끝내고 황제의 자리에 앉을 생각은 추호도 없었다. 그것은 처음 이곳에 떨어졌을 때부터 단 한 번도 바뀌지 않은 다짐이었다. 하지만, 디온은 아니다. 디온은, 그리고 오르도는 소르트의 미래를 걱정하고 있었다.

그들이 그리도 지키려던 나라를 타국의 손에 넘긴다면, 그들 앞에서 고개를 들 수 없을 것 같았다. 아아, 나는 역시나 그들에게 미움받고 싶지 않았다.

내가 내건 조건이 의외인지 쉬얌은 조금 놀란 표정으로 나를 바라봤다.

"의외인데? 군주의 자리에 욕심이라도 있던 건가?"

"대답해 주시죠."

굳이 대답할 필요성을 못 느꼈다. 지금은 그에게 약속을 받아내는 것이 중요했다.

"좋아. 소르트 차기 황좌는 노리지 않는다 약속하지."

"상당히 단발적인 약조군요."

"그 이상은 후대의 문제니 어쩔 수 없잖아?"

별수 없다는 듯 그가 어깨를 으쓱했다. 타고난 지배자인 그로서 이 정도의 약조도 상당히 파격적일 터였다. 뭐, 나도 그 후의 일은 딱히 상관하고 싶지 않았다. 지금 내게 중요한 세그다드가의 안위만을 생각하는 것으로 족했다.

"좋습니다. 이 거래, 받아들이죠."

"좋아, 잘 생각했어. 잘 부탁드립니다, 공범자 씨."

그가 악수를 청하듯 손을 내밀었다. 내게 내밀어진 그 손을 잡을까, 고민하다 잡지 않았다. 꼭 필요하지 않는 한 타인과 손을 잡고 싶지는 않았다. 대신 그저 평소처럼 대답해 줬다.

"그렇게 한데 묶지는 말아줬으면 좋겠는데요."

내민 손이 머쓱한 모양인지 그는 어깨를 한 번 으쓱이고는 그 손을 도로 넣었다. 악수를 거절당했을 때의 민망함을 나도 아는 바지만 굳이 그를 배려할 필요는 없을 것 같았다.

"여전히 까칠하긴. 어찌 됐건, 쉿, 잠시만."

내 반응에 상처받지 않은 것처럼 능글맞게 웃던 그의 표정이 일순 정지했다. 그는 한껏 긴장한 표정으로 오른손을 뻗어 가만히 있으라는 제스처를 취하고는 조심스레 걸음을 옮겼다.

울창하게 올라온 잎과 줄기, 꽃이 서로 얽혀 벽처럼 시야를 차단한 곳이었다. 최대한 발걸음을 죽이고 그곳에 다가간 그가 수풀을 거칠게 헤쳤다. 갈라진 식물의 틈 사이로 빈 공간이 보였다.

그곳에 있는 것은 사람이었다. 그것도 굉장히 익숙한 사람이. 건물에서 새어 나오는 빛에 반사된 바다색 눈과 마주쳤다. 나만한 키, 이제는 밤빛을 받아 짙은 남색으로 보이는 높게 올려 묶은 머리.

"무슨."

여기 있어서는 안 될 사람이었다. 쉬얌과 대화를 시작한 순간부터, 나는 혹시 몰라 주위를 살피고 있었다. 학생회실이 있는 건물에서는 아무도 나오는 사람이 없었다. 적어도 내 시야에는 없었다.

언제 놓친 거지? 여전히 학생회실 쪽은 계속해서 노랫소리와 웃음소리가 흘러나오고 있었다. 그래, 지금도. 하지만 그 안에 있을 유일한 여자의 목소리는 들려오지 않았다.

나는 다시 시선을 돌렸다. 언제나 쾌활하던 표정에는 경악, 불신, 한편으로는 신뢰, 그리고 간절함까지. 온갖 감정이 한데 섞여 있었다. 흔들리는 눈으로 나를 바라보던 아델라이네는 욱여넣었던, 이제는 알게 된 한마디를 내뱉었다.

"언…… 니?"

나와 쉬얌, 아델라이네 사이에 정적이 흘렀다. 벼랑 끝에 서 있는 듯 아슬아슬한 침묵이었다. 무엇이 나올지, 무엇을 말할지 그 누구도 알 수 없는 침묵.

나와 마주한 눈이 연신 깜빡였다. 그리고 그사이에 한마디로 말할 수 없는 감정이 갈무리된다.

어느새 본연의 빛을 찾은 바다색 눈이 감겼다 떠졌다. 아델라이네가 금세 자세를 고쳐 잡았다. 제 감정을 다스리기까지는 찰나였다. 그늘에 가려 잘 보이지 않는 곳에 숨어 있던 그녀가 그곳에서 나와 우리의 앞에 섰다. 그 걸음이 당당하고 우아했다. 허리를 세우고, 고개를 들었다. 철저히 교육받은 황녀의 자태였다.

그녀의 눈과 쉬얌의 눈이 마주쳤다. 새파랗게 벼려진 경계심과 긴장감이 둘 사이에 감돌았다. 아델라이네를 향한 쉬얌의 눈빛에 문득 깨달았다. 그는 단 한 번도 나를 적으로 간주한 적이 없다는 것을.

날이 선 경계를 담아 초대되지 않은 불청객에게 물었다.

"어디서부터 들었지?"

"술사의 약점 부분부터. 당신은 누구죠?"

조금 전의 흔들림이라고는 찾아볼 수 없는 깔끔한 대답과 추궁이었다. 내가 제 언니라는 것을 알아버렸다고 생각조차 할 수 없는 평안함이었다. 하지만 잘게 떨리는 손을 보고 있자니 그 충격이 그리 작지는 않다는 것을 확신할 수 있었다.

"쉬얌 아브히세크, 마농 지방 귀족의 막내지."

쉬얌이 대답했다. 여전히 경계를 담았지만, 어조는 어느새 특유의 나른한 빛을 띤 채였다.

"처음 소개할 때는 차남이라 했어요."

"아, 그래? 그럼 차남."

"뭐, 상관없어요. 당신이 누구인지는 모르겠지만 황가를 노리고 있는 것은 알겠어요."

이곳에 오기 전에 몇 번이나 제 정체를 숨기기 위해 철저히 준비했을 그가 그런 기초적인 것조차 헷갈릴 리가 없었다. 무엇을 노린 건지는 모르겠지만 일부러 아델라이네의 의심을 사려고 한다는 건 알 것 같았다.

진실을 모르는 자가 보면 충분히 의심스러운, 아는 자가 보면 황당할 정도로 기초적인 실수에도 아델라이네는 그 사실을 가볍게 넘길 뿐이었다. 그 모습이 제 가족의 목을 노리는 자에게 취할 태도는 절대 아니었다.

무슨 속셈이지? 나와 같은 생각을 한 모양인지 쉬얌의 집요한 시선이 아델라이네를 향했다. 여전히 경계의 빛은 뚜렷했지만 그 안에는 묘한 기대감 역시 서려 있었다.

"자, 그럼 이제 우리를 막을 건가?"

여유를 되찾은 모양인지, 아니면 그저 성격일 뿐인지 쉬얌은 입꼬리를 올려 웃었다.

"한 가지 틀린 사실이 있다는 걸 알려줄게요."

"응?"

"황제가 아니라 1황자일 거예요."

아델라이네는 우리에게 유리한 정보를 흘렸다. 마치, 아군을 표방하기라도 하듯, 상당히 우호적인 태도였다. 우리가 나눈 대화와 그녀의 위치를 봤을 때 절대 나올 수 없는 반응이었다.

중요한 정보를 던지고 아델라이네는 생글 웃어 보였다. 티타임 때도 느꼈지만 절대 만만히 볼 상대는 아니었다. 그 파격적인 발언에 쉬얌의 미간이 살짝 찌푸려졌다. 불신이 분명했다.

"그걸 어떻게 믿지?"

"믿지 않아도 좋아요. 하지만 제일 최근까지 그와 서신을 주고받은 적이 있다는 점은 알려줄 수 있어요. 그리고 그 증거를 원한다면 지금 방에 들어가서 가지고 나올 수도 있고 말이죠."

"반응이 내 예상과 상당히 다른데."

이 순간만큼은 쉬얌의 말에 전적으로 동의하는 바였다. 아델라이네가 도망치고 싶어 할 정도로 황가를 좋지 않게 본다는 건 알고 있었다. 하지만 그것은 추측일 뿐이었다.

아까 흔들리던 표정과 그녀의 위치를 생각했을 때 아델라이네가 이렇게까지 침착하게 우리와 대화를 나눌 것이라고는 전혀 생각하지 못했다.

아델라이네는 자그마한 입을 열고 또박또박 제 의사를 전했다.

"저는 지금 쉬얌과……."

당황한 기색이라고는 조금도 보이지 않는 눈빛이 쉬얌을 향했다가 내게 돌아왔다. 그 눈에는 진중함이 가득했다. 거짓을 고하지 않는다고, 온몸으로 소리치고 있는 느낌이었다.

"그리고 언니에게 또 다른 거래를 요구하는 거예요."

"무슨?"

당황스러운 어조로 반문한 자는 쉬얌이었다.

"쉬얌이 1황자를 처리할 수 있도록 도와줄게요. 더불어 언니가 황제가 될 수 있도록 도와줄 수 있어요."

아무래도 아델라이네는 내가 황위를 노린다고 받아들인 모양이었다. 나는 그 말에 반박하지 않았다. 그녀가 원하는 것이 무엇이건 황가의 일원 앞에서 황가의 멸문을 바란다고 굳이 내 입으로 말할 필요는 없었기에.

"그렇게 함으로써 아델라이네가 원하는 것은?"

"나를 황가에서 나오게 해줘요."

"뭐?"

"벤지안스 D. 마블라 소르트가 소르트의 황제가 되어 나를 가문에서 제명시켜 줘요."

마주친 그녀의 눈에는 간절함이 담겨 있었다. 단 한 번도 그녀에게서 보지 못했던 감정이었다. 그녀가 바라는 것은 내가 추측했던 바와 정확히 맞아떨어졌다.

아델라이네가 평민의 신분으로 입학한 마벨에게 접근한 것은 절대 진심이 아니었다. 그녀는 황가에서 벗어나고 싶어 했다.

"좋습니다."

무어라 반박하려는 쉬얌의 대답을 끊어내고는 짧게 답했다. 아델라이네의 진심을 알고 싶었는데 이렇게 제 입으로 말해주었지 않은가.

"마치 알고 있었다는 듯한 반응이네요."

"그저 추측하고 있었을 뿐이었지만, 어찌 됐건 좋습니다. 수락하죠."

"잠깐, 혹시 아델라이네가 황가를 지키기 위해 수를 쓰는 거라면?"

쉬얌은 별다른 고민도 하지 않는 나를 막으려 했다. 아무래도 그로서는 꽤나 의심이 가는 모양이었다.

"그럴 리는 없어요. 하지만, 그렇다 한들 상관없잖습니까?"

"무슨 소리지?"

"우리의 거래가 신뢰를 바탕으로 한 것이 아니란 말입니다. 서로의 약점을 내어주고 원하는 것을 얻기 위한 거래 아닙니까? 그녀와의 거래 역시 마찬가지라는 말입니다."

"하지만, 그렇다면 아델라이네에겐 약점이 없잖아?"

나로서는 아델라이네가 황가에 등을 돌리려 한다는 것 자체가 그녀의 약점이었다. 더불어, 그녀가 갖고 있는 목격자로서의 기억까지. 하지만 그것은 뒷배경을 알고 있는 내게만 한정된 일 뿐. 쉬얌을 위해서라면 그에게도 납득 가능한 정보 하나를 주어야 했다.

그럼에 그녀의 약점을 요구하는 쉬얌을 가만히 놔뒀다. 더불어 아델라이네의 반응이 궁금한 것도 있었다. 과연 그녀가 제시할 저 스스로의 약점은 무엇일까.

"1황자와 네르아테안이 최근에 거래한 증거를 제시하죠."

"뭐?"

"1황자, 제 오라버니인 데비스 F. 마블라 소르트와 마술사 네르아테안이 거래했다는 증인이 되겠다 말했어요. 더 자세한 것은 이 거래가 성립되면 말하도록 하죠. 어때요, 저는 제가 할 수 있는 조건을 전부 제시했답니다."

뜻밖의 수확이었다. 블레로 길드에서 보내온 서신에 적혀 있는 사실과도 정확히 맞아떨어졌다. 그 서신에는 황가의 사람과 네르아테안 사이에 최근 또 다른 계약이 추가되었다고 적혀 있었다. 그리고 아델라이네는 그 계약이 무슨 내용인지 알고 있는 것이 확실했다.

잠시간 침묵이 흘렀다. 쉬얌은 마치 아델라이네를 파헤치기라도 하듯 빤히 그녀를 바라봤다. 두 사람은 눈빛만으로 날카로운 신경전을 주고받았다. 잠시 후, 후우, 짧은 한숨 소리와 함께 쉬얌이 어깨를 가볍게 으쓱였다.

"이거, 도무지 거절할 수 없도록 몰아가잖아."

얼굴에 돌아온 능글맞은 웃음이, 이제는 그 잔재만 남아 있는 그 눈 안의 경계심이 그가 그녀와의 거래를 받아들였다고 말해주고 있었다. 그의 수락에 아델라이네 역시 싱긋, 가볍게 웃었다.

"받아들이는 걸로 알게요."

"수락하지. 황녀 둘과 이런 위험한 거래를 하게 될 줄은 꿈에도 몰랐는걸. 앞으로 잘 부탁해."

이로써 계약은 성립이었다. 예상치 못한 수확이었다. 수확인지, 아니면 또 다른 수난일지는 지내봐야 알 테지만, 현재로선 상당한 조력자들을 옆에 둔 셈이었다.

마농의 왕자 쉬얌, 아니, 라마난. 제국의 유일한 황녀인 아델라이네, 그리고 이 세계에 떨어져 처음 잡은 구명줄인 공작위 후계자 디르케온.

"음, 계약 성립의 순간에 미안한데 거기에 한 명 더 추가될 거예요."

아무래도 디온을 언급하지 않을 수 없었다. 그와의 약속 때문인지, 아니면 내 안의 정의 내리기 힘든 감정 때문인지는 모르겠지만 그에게 무언가를 숨기고 싶지는 않았다. 특히 이렇게 커다란 사안들은.

"디르케온 세그다드?"

"예."

"그건 뭐, 알고 있었어."

"그 정도는 알고 있었어요."

거의 동시에 나온 대답에 나는 잠시간 할 말을 잃었다. 그렇게까지 공범자로 보였던 건가? 하긴, 공작가의 후원을 받아 아카데미에 들어왔고, 내내 그와 붙어 다녔으니 그가 나와 비밀을 공유한다 생각하는 것이 당연할 법도 했다.

"너무 즉답이라 뭐라 말하기도 힘드네요."

"그럼, 저는 이제 언니와 회포를 풀고 싶어요."

나와 쉬얌 사이에서 일정 거리를 두고 서 있던 그녀가 한 발 가까이 다가와 생글 웃었다. 그러니 너는 이만 사라져 달라는, 그 속에 숨은 뜻을 알아들은 모양인지 쉬얌이 픽, 바람 빠지는 웃음소리를 냈다.

"자리를 비켜달라는 이야기지?"

"어머, 눈치가 빠르시네요."

"오랜만에 만난 자매의 오붓한 재회를 방해할 수는 없지. 훼방꾼은 사라져 줄게."

"앞으로 잘 부탁드려요."

"나도. 이따 봅시다."

앞선 팽팽한 대치는 마치 과거의 일이었다는 듯 쉬얌은 쿨하게 돌아섰고, 아델라이네는 그를 향해 가볍게 손을 흔들어주었다.

쉬얌이 건물 안으로 들어가는 것까지 확인한 후에야 아델라이네가 내 쪽으로 몸을 돌렸다. 복잡해 보이는 눈이 똑바로 나를 향했다. 입술 끝을 올려 미소를 만들어낸 아델라이네가 가볍게, 하지만 조금 떨리는 목소리로 내게 말을 건넸다.

"오랜만이에요, 언니."

"반갑다는 말은 하지 않겠습니다."

나는 내 심정을 숨기지 않았다. 반갑다거나, 보고 싶었다거나, 옛 가족을 만난 감흥은 내 안에 전혀 존재하지 않았다. 우리는 과거에 아무런 교류도 없었고, 공유할 추억도 없었다. 그저 절반의 피를 나누었을 뿐인, 남이나 다름없는 가족이었다.

"말을 낮춰주세요."

"반갑다는 말은 하지 않을게."

"많이 변하셨네요."

"그런 말을 들을 정도로 가까운 사이도 아니었고 말이지."

"하지만 계속해서 봐왔던 모습이 있어요. 많이 변했다는 말밖에 할 말이 없을 정도로 많이 변하셨어요."

디온이 나를 다시 만났을 때 했던 말과 같았다. 책 안에서 원래 이어질 예정이었던 그들은 보는 시선도 비슷한 걸까. 그에게는 내 무엇이 바뀌었는지 물었지만 아델라이네에게는 별로 묻고 싶지 않았다. 그저 그런 느낌이었다.

이런 겉치레적인 안부 인사 말고 조금 더 실질적인 대화를 나누고 싶었다. 그녀가 쉬얌을 먼저 보낸 것에도 그 이유가 있음이 분명했다. 내게만 말하고 싶은 무언가가 있을 것이다.

"굳이 쉬얌을 들여보내고 나와 단둘이 있을 자리를 만든 이유를 알고 싶은데."

"1황자가 언니가 살아 있다는 것을 알아챘어요."

아아, 결국. 언젠가 그가, 아니, 황가 사람들이 내가 살아 있는 것을 눈치챌 것이라고는 예상하고 있었다. 쉬얌마저 시골 변방에서의 사건으로 죽었다 알려진 1황녀가 살아 있는 것을 추측했는데 그것을 황실이 모를 리가 없었다. 특히 내 죽음을 간절히 바랐던 1황자라면 모든 신경을 곤두세우고 있을 터이니 결국 내가 살아 있다는 진실에 다다랐을 것이다.

내가 궁금한 것은 그가 어떻게 내 생존 여부를 알았느냐가 아니었다. 1황자는 절대 제 정보를 아델라이네와 나누지 않았을 것이다. 아델라이네 역시 내 생존이 공공연히 황실에 떠도는 소문이었다면 1황자가 알고 있다고 정확히 그를 지칭하지 않았을 것이다.

아델라이네가 내게 말하고 싶은 것은 나를 죽음으로 본 1황자가 내 생존을 알고 있다는, 그 사실이었다. 그걸 어떻게 2황녀가 알고 있는지, 나는 그것이 궁금했다. 그리고, 어째서 그 사실을 말하는 그녀의 표정이 무너져 내리는지, 쉬얌을 상대할 때는 당당히 제 페이스를 유지하던 자가 어째서 나를 바라볼 땐 그러지 못한 건지, 그것이 궁금했다.

"그걸 네가 어떻게 알았지?"

"언니, 미안해요. 나는, 나는 정말 몰랐어요."

아델라이네의 목소리가 갑자기 흔들리기 시작했다. 떨리는 목소리만큼 그녀의 눈동자가 갈피를 잡지 못하고 혼란스러워하고 있었다. 마주 잡은 두 손이 어찌할 바를 모르고 떨렸다.

"무슨 소리야?"

"그것이 술사의 표식인 줄 모르고 태워 버렸어요. 나는, 그것이 네르아테안의 마술을 완성시키는 표식인 줄 정말 몰랐어요. 정말 미안해요. 용서해 달라는 말은 하지 않을게요."

나는 모를 사죄를 내게 고한다. 무엇인지 알 것 같으면서도 더 정확한 말이 필요했다.

"조금 더 알아듣게 설명해 봐."

"그 화재."

떠오르는 건 단 하나였다. 창고에서의 화재 사건. 절묘한 타이밍에 나를 궁지로 몰아넣었던, 살아 겪은 지옥.

아델라이네의 목소리가 점점 더 떨리는 것이 느껴졌다. 그 뒤의 말이 기다려지면서도 듣고 싶지 않았다. 무슨 말을 내뱉을지 어느 정도 예상이 되었다.

"제 짓이었어요. 고의는 아니었을지언정, 범인은 저였어요."

요동치는 눈을 한 채, 떨리는 그녀의 감정으로 예상했던 말을 2황녀, 아델라이네, 내 여동생이 뱉었다.

"뭐?"

"그리고, 그 반동은 제게 왔어요."

입술을 한 번 깨물고는 무언가를 이겨내듯 짓씹어 내는 소리였다. 사정없이 흔들리는 그녀의 눈과 마주쳤다.

1황자는 좋은 오라버니인 척 서신을 보냈고, 그녀의 위치를 부드럽게 되새겨 주고, 함께 보낸 표식을 태우도록 지시했다. 그것이 2황녀의 어머니를 위한 축복의 표식이라는, 눈에 빤히 보이는 거짓을 섞어.

아델라이네가 재킷을 벗곤 그 안에 입고 있던 하얀 셔츠의 소매를 걷어 올렸다. 소녀의 손은 여전히 미세하게 떨리고 있었다. 떨림을 추스르려는 소녀의 헛된 노력도 함께 보였다.

옷이라는 가림막을 걷어내자 보이는 것은 흉측한 흉터였다. 화상 자국과 같은, 아니, 다 타고 말라비틀어진 듯한 끔찍한 흉터가 소녀의 여리고 하얀 피부와 대조되어 더욱 선명하고 끔찍하게 다가왔다. 황녀라는 고귀한 혈통의 소녀가 갖고 있을 흉터는 절대 아니었다.

"언니, 도와주세요. 1황자를, 데비스를 황태자의 자리에서 끌어내려 주세요."

소녀는 접어 올렸던 소매를 다시 내렸다. 끔찍한 흉터는 다시 옷 안으로 자취를 감췄다. 하지만 독기 어린, 그리고 그에 더한 체념의 빛이 언제나 당당하던 그녀를 처연하게 만들었다. 재킷까지 다시 걸친 아델라이네가 간절함을 담아 말했다.

"저를, 황가라는 감옥에서 끌어내 주세요."

〈2권에서 계속〉